ALICE
IN WONDERLAND

『앨리스』 출간 150주년 기념 디럭스 에디션

ALICE
IN WONDERLAND

루이스 캐럴 지음 | 마틴 가드너 주석
존 테니얼 외 그림 | 승영조 옮김

꽃
피는
책

귀네드 허드슨, 1922

마틴 가드너의 『주석 달린 앨리스』와
『더 많은 주석 달린 앨리스』, 그리고 지난 『최종판 주석 달린 앨리스』에
감사 편지를 보내주시고 교정 사항과 새로운 주석을 공들여 제안해주신
수많은 독자들께 이 책을 바칩니다.

• 차례 •

일러두기

1. 이 책은 *The Annotated Alice* 150th Anniversary Deluxe Edition (Norton, 2015)을 번역, 편집한 것이다.

2. 『이상한 나라의 앨리스』와 『거울 나라의 앨리스』, 「가발을 쓴 말벌」의 짝수 페이지는 루이스 캐럴의 작품이고, 홀수 페이지는 마틴 가드너의 주석이다.

3. 삽화가 이름이 따로 표시되어 있지 않은 삽화는 모두 『앨리스』 초판에 실렸던 존 테니얼의 원작 삽화며, 삽화가 이름이 없는 몇몇 삽화에 대해서는 『앨리스』 삽화를 그린 해당 삽화가 설명에 따로 표기해두었다.

4. 본문과 주석에서 마틴 가드너의 주는 번호로 옮긴이 주와 편집자 주는 •로 표시하였다.

5. 본문 및 주석 등에 나오는 [ ] 안의 내용은 옮긴이와 편집자가 추가한 것이다.

6. '엄선한 참고 자료'는 원서의 것을 그대로 옮겨오되, 명백한 오류는 바로잡았다.

7. '참고 문헌'은 원서에서는 본문 안에서 제시된 것들인데, 가독성을 위해 미주로 처리했으며, 내용은 그대로 가져오되 서지정보가 잘못되거나 부족한 자료는 확인 가능한 정보를 최대한 찾아 바로잡고 더했다.

8. 원서에서 이탤릭체로 강조한 부분은 고딕체로 표시했으나, 우리말로 강조하기 어려운 조동사나 be 동사를 비롯해 너무 타성적이다 싶은 이탤릭체 일부는 무시했다.

9. 단행본은 『 』, 신문과 잡지는 《 》, 단편과 시는 「 」, 노래, 그림, 영화 등은 〈 〉로 표시했다.

10. 인명·지명 등의 외래어 표기는 국립국어원 규정을 따르는 것을 원칙으로 했으나 용례가 굳어진 경우에는 통용되는 표기를 따랐다.

앨리스야, 어디 있니?

야릇한 아이, 예스러운 앨리스야, 네 꿈을 빌려다오.
나는 요즘 이야기꾼들과는 결별하고
너를, 너의 웃음과 반짝임을 따라갈 거야.
오늘밤, 성자나 죄인 이야기는 질렸어.
루이스와 테니얼이 찬란한 불멸의 새집에
너를 살게 한 후 우리는 늘 벗해왔지.
너의 순진무구함은 영원한 봄과도 같으니,
어서! 늙기 전에 나를 다시 어린 시절로 보내다오.

너는 젊음의 거울이니, 나는 오늘밤 결연히
네 마법의 미로 속 깊이 빠지고 말 거야.
눈부시게 화려한 붉은 여왕이 호통을 쳐대고
하얀 토끼가 부리나케 달려가는 그곳으로
손 맞잡고 우리 다시 모험을 떠나자.
나를 다시 믿게 해다오―그 원더랜드를!

―빈센트 스타렛, 『브릴릭』[1]에서

『주석 달린 앨리스』 서문

이 책(1960)의 수두룩한 주석에는 어처구니없어 보일 만한 구석이 있다는 것부터 우선 말해두고 싶다. 루이스 캐럴 탄생 100주년인 1932년, 작가 겸 평론가 길버트 K. 체스터턴Gilbert K. Chesterton은 자신의 "끔찍한 두려움"을 이렇게 토로했다. 일찌감치 학자들의 엄중한 손아귀에 붙들린 앨리스 이야기가 "고전의 무덤처럼 차갑고 기념비적인" 것이 되어가고 있다고 말이다.

"가엾고, 가여운 어린 앨리스!"라고 탄식한 길버트는 이어 이렇게 이죽거렸다. "앨리스는 어른들에게 붙들려 교훈을 들어야 했을 뿐 아니라, 이윽고 다른 이들에게 교훈을 주도록 강요당하기에 이르렀다. 그녀는 여학생일 뿐만 아니라 여선생이 된 것이다. 휴가는 끝났고 도지슨은 다시 교단에 섰다. 이제 교실엔 시험지가 난무할 것이다. 질문은 이러하다. (1) 다음 낱말들에 대해 무엇을 알고 있는가? 가냘런한, 해덕대구의 눈, 당밀 우물, 아름다운 수프. (2) 『거울 나라의 앨리스』에 나오는 체스 게임의 모든 착수를 기록하고, 체스판에 그림으로 나타내어라. (3) 초록수염의 사회문제를 다루기 위한 하얀 기사의 실제 정책을 간단히 기술하라. (4) 트위들덤과 트위들디를 구별하라."

『앨리스』를 너무 심각하게 받아들이지 말라는 체스터턴의 하소연에는 충분히 그럴 만한 이유가 있다. 하지만 어떤 농담이라도 그 의미를 모르면 재밌지가 않다. 캐럴의 농담은 때로 설명을 필요로 한다.『앨리스』의 경우 아주 이상하고 복잡한 난센스를 다루고 있는데, 이는 우리와 다른 세기에 살았던 잉글랜드 독자를 위해 쓰인 것이다. 우리가 그 위트와 글맛을 제대로 즐기고자 한다면, 본문 이야기 외에 아주 많은 것을 알 필요가 있다. 더욱 난감한 것은 캐럴의 농담 중 일부는 당시의 옥스퍼드 주민들만 이해할 수 있다는 것이다. 더 나아가 리들 학장의 사랑스러운 딸들만 이해할 수 있는 더욱 사적인 농담마저 이야기에 스며들어 있다.

사실 캐럴의 난센스는 결코 묘미가 없는 게 아니고, 막무가내도 아니다.『앨리스』를 읽고자 시도하는 오늘날의 어린이가 생각하는 것과는 달리 말이다. '시도'한다고 말한 이유는 단지 세월이 많이 흘렀기 때문이다. 오늘날 15세 이하의 어린이는『앨리스』원본을 읽으면서, 예컨대 『버드나무에 부는 바람』이나『오즈의 마법사』에서 얻을 수 있는 것과 동일한 기쁨을 얻을 수 없다. 잉글랜드에서조차도 말이다. 현대의 어린이들은 앨리스의 자못 악몽 같은 꿈들에 당황하고 때로 겁을 먹기까지 한다.『앨리스』가 불멸의 작품으로 여겨지는 것은 오로지 어른들 때문이다. 특히 과학자와 수학자들이 오늘날에도 계속『앨리스』를 즐겨 읽고 있기 때문인 것이다. 이 책의 기나긴 주석은 바로 그러한 어른들을 위한 것이다.

내가 최대한 피하고자 한 주석이 두 가지 있는데, 달기 어렵거나 달아서는 안 되기 때문에 피한 것은 아니다. 다만 영리한 독자라면 누구나 그것을 스스로 간파할 수 있기 때문이다. 다름 아닌 우의적이거나 정신분석적인 주석 말이다. 호메로스의 대서사시나 성경, 그리고 다른 모든 위대한 판타지 작품들과 마찬가지로『앨리스』역시 정치적이거나 형이상학적, 또는 프로이트적인 모든 유형의 상징적 해석에 활짝 열려 있다. 그러한 유형의 일부 박식한 주석은 제법 유쾌하다. 예를 들어, 셰인 레슬리는 「루이스 캐럴과 옥스퍼드 운동」[11]에서 빅토리아 시대 잉글랜드의 종교 논쟁에 대한 비밀스러운 역사를 『앨리스』에서 찾아낸다. 예컨대 오렌지 마멀레이드를 담았던 유리병—앨리스가 토끼 굴에서 추락하면서 집어 든 것—은 개신교의 상징이다(개신교의 왕으로 불리는 오렌지의 윌리엄을 검색해보라). 하얀 기사와 붉은 기사의 전투는 토머스 헉슬리와 새뮤얼 윌버포스 주교가 벌인 그 유명한 진화론 대 창조론 논쟁을 가리킨다. 파란 쐐기벌레는 당시 옥스퍼드대학 학장이자 성공회 성직자인 벤저민 조우이트, 하얀 여왕은 성공회 성직자였다가 가톨릭으로 회심하고 옥스퍼드 운동을 펼친 존 헨리 뉴먼, 붉은 여왕은 가톨릭 추기경 헨리 매닝, 체셔 고양이는 추기경 니콜라스 와이즈먼, 그리고 재버워크는 "가톨릭 교황을 향한 영국인의 시각을 무시무시한 것으로 표현한 것"이다.

최근 몇 년 동안 해석의 추세는 자연스럽게 정신분석학적 방향으로 치달아 왔다. 평론가 알렉산더 울콧Alexander Woollcott(1887~1943)은 프로이트 학자들이 앨리스의 꿈을 탐구하지 않고 남겨둔 것에 안도감을 표한 적이 있다. 하지만 그건 20여 년 전 일이다. 맙소사, 이제 우린 너나없이 아마추어 정신분석학자가 되었다. 토끼 굴에서 추락하거나, 좁은 집에서 몸을 오그린 채 굴뚝 안으로 한쪽 다리를 밀어 올리고 있는 것은 정신분석학적으로 무슨 뜻인가? 따위 질문에 우리는 하등 귀 기울일 필요가 없다. 문제는 어떤 난센스 작품이 너무나 많은 매력적인 상징으로 가득 차 있을 경우다. 그런 작품은 작가에 대해 제멋대로 억측함으로써 손쉽게 인상적인 주장을 펼칠 수 있다. 예를 들어, 앨리스가 하얀 왕의 연필 끝을 잡고 왕을 대신해 글을 끼적이는 장면을 생각해보자. 5분 안에 정신분석학적 풀이를 여섯 가지쯤은 너끈히 생각해낼 수 있을 것이다. 그러나 캐럴의 무의식이 그중 하나라도 염두에 두었을까?

그럴 리 없을 것이다. 캐럴이 심령현상과 자동기술에 관심을 가졌다는 사실은 그나마 그 장면과 관련이 있다. 하지만 그 장면에서 연필이 그런 식으로 표현된 것은 그저 우연의 산물일 수 있다는 가정을 배제해서는 안 된다. 또한 우리는 『앨리스』안의 많은 등장인물과 일화들이 언어유희를 비롯한 여러 언어적 농담의 직접적인 결과라는 점, 그리고 캐럴이 예컨대 프랑스어로 글을 썼더라면 상당히 다른 형태를 취했을 것이라는 점도 염두에 두어야 한다. 짝퉁거북에 대한 관련 설명을 찾아볼 필요는 없다. 우울한 그 존재는 짝퉁거북 수프 노래를 통해 적절하게 설명되기 때문이다.

『앨리스』에는 먹는 것에 대한 많은 언급이 나오는데, 그것은 캐럴의 '구강 공격성'*의 징표일까? 아니면 어린이들이 먹는 것에 집착하고, 먹을거리에 대한 이야기를 책에서 읽기를 좋아한다는 사실을 캐럴이 인식한 결과일까? 『앨리스』의 가학적 요소들에도 비슷한 물음표를 달 수 있는데, 이는 지난 70년 동안 애니메이션에 나타난 것에 비하면 상당히 온화한 편이다. 그렇다고 모든 만화 제작자들을 변태성욕자라고 가정하는 것은 터무니없는 일이다. 그들 모두가 아이들이 스크린에서 보고 싶어 하는 것을 발견했다고 가정하는 것이 더 합리적이다. 캐럴은 능수능란한 이야기꾼이어서 그와 비슷한 발견을 할 수 있는 능력이 있었음을 인정해야 한다. 요는 캐럴이 신경과민증이 아니었다는 게 아니다(실은 신경과민증이었다는 것을 우리 모두 알고 있다). 어린이를 위한 난센스 판타지물들이 생각만큼 그리 알찬 정신분석학적 통찰을 얻을 수 있는 보고가 아니라는 사실이 중요하다는 이야기다. 난센스 판타지물에는 상징이

• 구강 공격성Oral Aggression이란 아동 발달단계 중 리비도가 입에 집중되는 구순기 단계에서 좌절이나 방임 시 구강 공격적 성격을 형성하게 되는데, 그 특징은 음식이나 술, 흡연 따위에 집착하고 말하기와 노래하기, 이죽거리기 등을 좋아하게 된다는 프로이트 이론이다.

너무나 풍성해서 그것들을 설명하자면 한도 끝도 없다.

　『앨리스』에 대해 이루어진 여러 상반된 분석적 해석을 탐구하고자 하는 독자가 있다면, 이 책 뒷부분에 실은 엄선한 참고 자료들이 꽤 유용하다는 사실을 알게 될 것이다. 뉴욕의 정신분석학자 필리스 그리네이커Phyllis Greenacre는 그런 관점에서 캐럴에 대한 가장 훌륭하고 상세한 연구 결과를 내놓았다. 그녀의 주장은 더없이 기발한데, 아마도 맞는 주장일 테지만, 자신의 주장에 대한 그녀의 확신이 좀 부족했으면 싶다. 캐럴이 아버지의 죽음에 대해 "내 인생에 가해진 가장 큰 타격"이라고 쓴 편지가 있다. 『앨리스』에서 가장 명백한 어머니 상징인 하트의 여왕과 붉은 여왕은 아주 비정한 존재다. 그 반면, 아버지를 상징하는 후보격인 하트의 왕과 하얀 왕은 둘 다 상냥하기 그지없다. 하지만 이 모든 것을 거울처럼 반전시켜, 캐럴이 해소되지 않은 오이디푸스 콤플렉스를 지녔다고 가정해보자. 그럼 아마 캐럴은 어린 소녀들을 자기 어머니와 동일시했을 것이다. 그러니 앨리스 자체가 바로 진짜 엄마의 상징이라는 게 바로 그리네이커 박사의 견해다. 그녀는 캐럴과 앨리스의 나이 차가 캐럴과 그의 어머니의 나이 차와 비슷하다고 지적하며, "해소되지 않은 오이디푸스 콤플렉스에 의한 애착이 역전되는 것은 꽤 흔한 일"이라고 장담한다. 그리네이커 박사의 말에 따르면, 재버워크와 스나크는 정신분석학자들이 지금도 '원초적 장면'이라고 부르길 고집하는 것에 대한 차폐 기억이다.˙ 그럴지도 모르지만, 과연 그럴까?

　루이스 캐럴, 곧 성공회 부제副祭였던 찰스 러트위지 도지슨의 괴팍함의 내적 원천이 무엇이었는지는 분명치 않지만, 그의 삶에 대한 외적 사

● 원초적 장면primal scene이란 어린이가 목격한 부모의 성행위 장면으로, 프로이트는 신경증 환자의 상당수가 원초적 장면을 경험했다는 것을 발견, 그 중요성을 제기했다. 차폐 기억 screen memory이란 불쾌한 기억을 은폐하기 위해 무의식적으로 떠올리는 기억을 말한다.

실들은 잘 알려져 있다. 거의 반세기 동안 그는 모교였던 크라이스트처치* 칼리지의 거주자였다. 당시 그는 수학 강사였는데, 그의 강의는 유머가 없고 따분했다. 그는 수학에 그리 기여한 것이 없지만, 그의 논리적 패러독스 중 두 가지는 오늘날 메타논리학이라 부르는 것과 관련된 어려운 문제들을 다루고 있다. 논리학과 수학에 관한 그의 책들은 많은 재미난 문제들을 기묘하게 다룬 것으로, 그 수준은 초급이고, 오늘날 거의 읽히지 않는다.

O. G. 레즈랜더가 1863년에 찍은 루이스 캐럴

캐럴의 외모는 잘생겼지만 비대칭적이었다. 이 때문에 그가 거울에 비친 모습에 관심을 갖게 되었을 수도 있다. 한쪽 어깨가 다른 쪽보다 높았고, 미소는 살짝 비뚤어졌으며, 파란 두 눈은 수평이 맞지 않았다. 적당한 키에 마른 체격이었고, 뻣뻣하게 몸을 세운 채 걷는 모양이 유별나게 갑작스럽고 빨랐다. 한쪽 귀는 들리지 않았고, 윗입술을 떨며 말을 더듬었다. 윌버포스 주교의 집전으로 부제 서품을 받았는데도 발성 결함 때문에 거의 설교를 하는 일이 없었고, 부제 이상의 사제 성직으로는 나아가지 않았다. 잉글랜드 국교회에 대한 그의 견해의 깊이와 진정성만큼은 의심의 여지가 없다. 영원한 지옥을 믿을 수 없었다는 점만 빼면 그는 모든 면에서 정통 신앙인이었다.

• 크라이스트처치는 잉글랜드 성공회 대성당이자 옥스퍼드대학의 많은 칼리지 중 하나로 가장 역사가 깊고 규모도 가장 크다. 영화 〈해리포터〉의 촬영지이기도 하다.

정치적으로는 토리당(보수당)원이었고, 귀족과 귀부인들은 두려워하고 하급자에게는 잘난 척하는 경향을 보였다. 그는 무대에서의 불경과 외설에 강하게 반발했는데, 그의 많은 미완성 계획 가운데 하나는 어린 소녀들이 읽기 좋은 셰익스피어 판을 편집함으로써 진정 바우들러다운 책을 펴내는 것이었다.* 그는 바우들러가 무난하다고 여긴 구절들까지도 철저히 솎아낼 계획이었다. 그는 수줍음이 많아서 사교 모임에 몇 시간 앉아 있으면서도 전혀 대화에 끼어들지 못했다. 하지만 아이와 단 둘이 있을 때면 수줍음과 말더듬증이 "조용히 홀연 사라져버렸다." 그는 신경질적이고, 고지식하고, 까탈스럽고, 괴팍하고, 친절하고, 점잖은 독신 남자로, 성생활 없이 무사평온하고 행복한 삶을 살았다. 그는 한때 "나의 삶은 너무나 이상하게도 어떠한 시련도 어려움도 없다"면서, "나 자신의 행복은 내게 맡겨진 재능 가운데 하나라는 것을 나는 의심할 길이 없다. 주님이 돌아올 때까지 다른 이들의 삶을 행복하게 하는 일에 전념하라고 말이다"라고 쓴 적이 있다.

여기까지는 따분한 이야기다. 찰스 도지슨의 취미로 눈을 돌려보면 우리는 비로소 아주 다채로운 성격을 엿볼 수 있다. 어린 시절 그는 인형극과 손 마술을 취미로 익혔고, 평생 아이들을 위해 마술 묘기를 즐겨 보여주었다. 또한 손수건으로 쥐를 만든 다음 그의 손에서 불가사의하게 그것이 펄쩍 뛰게 하는 서프라이즈도 즐겼다. 그는 공중에서 세게 휘두르면 팡 하는 소리가 나는 종이 권총과 종이배 접는 방법을 아이들에게 가르쳐주었다. 사진 예술이 막 시작되었을 때 사진을 찍기 시작했고, 아이들과 유명한 사람들 초상화 사진을 전문으로 촬영했는데, 놀라

* 토마스 바우들러Thomas Bowdler(1754~1825)는 셰익스피어 작품에서 도덕적으로 부적절하다고 여겨지는 대목을 삭제 편집해서 『가족이 함께 읽는 셰익스피어The Family Shakespeare』(1818) 열 권을 펴냈다.

운 기술과 훌륭한 미적 감각으로 작품을 만들어냈다. 그는 모든 종류의 게임, 특히 체스와 크로켓, 백개먼(주사위 놀이), 당구 등을 즐겼다. 수학 퍼즐과 낱말 퍼즐, 게임, 암호화 방법, 그리고 숫자를 암기하는 체계를 발명하기도 했다(일기에서 그는 자신의 암기법으로 원주율을 소수점 71자리 까지 외우는 것에 대해 언급하고 있다). 오페라와 연극을 열렬히 후원한 탓에 교회 관계자들이 눈살을 찌푸리기도 했다. 유명한 여배우 엘런 테리*는 그의 평생 친구였다.

엘런 테리는 하나의 예외였다. 캐럴의 주된 취미—가장 큰 기쁨을 불러일으킨 취미—는 어린 소녀들을 즐겁게 하는 것이었다. "나는 어린이들을 좋아한다(사내아이 제외)"라고 쓴 적도 있다. 그는 사내아이들에 대한 공포를 공언했고, 더 나이 들어서는 가능한 한 사내아이들은 피했다. 행운의 날을 기리는 로마식 표시를 채택한 그는 특히 기억할 만한 날이라고 생각할 때마다 일기에 이렇게 쓰곤 했다. "나는 이날을 흰돌로 표시한다."[1]** 흰 돌의 날은 거의 모두 그가 어린이 친구를 기쁘게 하거나, 새 어린이 친구를 알게 된 날이었다. 그는 어린 소녀들의 누드가 (사내아이들과 달리) 너무나 아름답다고 생각했다. 때로 그는 소녀들 모친의 허락을 받아 누드 스케치를 하거나 사진을 찍었다. "만일 스케치를 하거나 사진을 찍기에 세상에서 가장 사랑스러운 아이가 있다 해도, 그녀가 누드 자세를 취하며 조금이라도 위축되는 것을 내가 알게 되면(그게 아무리 조금이고, 그리고 아무리 쉽게 그걸 극복해도), 나는 누

---

* 엘런 테리Dame Ellen Terry(1847~1928)는 셰익스피어 연극 작품에서 특히 호평을 받은, 빅토리아 시대 대표적 영국 배우로 손꼽힌다.
1 고대 로마의 서정시인 카툴루스가 인용한 고대 로마 관습의 역사를 보면, 특별한 날이나 사건을 흰 돌로 표시하는 관습이 있었다.[2]
** 행운의 날은 달력에 흰 돌, 곧 분필로 표시했고, 불운한 날에는 검은 목탄으로 표시했다.

드 요청을 전적으로 취소하는 것이 하느님께 져야 할 엄숙한 의무라고 생각해야 마땅하다"라고 그는 썼다. 옷을 벗긴 이 사진들이 나중에 소녀들을 수치스럽게 하지 않도록, 그는 사망 후 이를 모두 없애거나 아이 본인 또는 부모들에게 돌려주라고 요청했다. 남아 있는 사진은 없는 것 같다.

『실비와 브루노』 완결편에는 열정을 다 바친 어린 소녀들에 대한 자신의 강박을 사무치게 표현한 구절이 있다. 이야기의 화자로 살짝 변장한 찰스 도지슨은, 자기 평생 오로지 딱 한 번 완벽한 아이를 보았다고 회상한다. "…그것은 런던의 한 전시회장 안에서였다. 군중을 헤치고 나가던 나는 홀연 전혀 이 세상의 것이 아닌 아름다움을 지닌 한 아이와 딱 마주쳤다."

캐럴은 그런 아이 찾기를 결코 멈추지 않았다. 그는 기차 안에서나 공공 해변에서 어린 소녀들을 만나는 데 능숙해졌다. 해변 여행에 항상 지니고 다니던 검은 가방에는 소녀들을 솔깃하게 할 만한 철사 퍼즐을 비롯한 여러 특이한 선물들이 담겨 있었다. 심지어는 어린 소녀들이 파도에 발을 담그고 싶어 할 경우 치마를 걷어 고정할 수 있는 옷핀까지 가지고 다녔다. 안면을 트기 위한 그의 초기 전략은 제법 흥미롭다. 한번은 그가 해변에서 스케치를 하고 있을 때였다. 바닷물에 젖은 어린 소녀가 옷에서 물을 뚝뚝 흘리며 걸어갔다. 캐럴은 압지의 귀퉁이를 찢어 내밀며 말했다. "이걸로 물기를 좀 닦으렴."

매력적인 어린 소녀들(우리가 사진을 통해 매력적인 것을 알아볼 수 있는 많은 소녀들)이 캐럴의 삶을 스쳐 지나갔지만, 그의 첫사랑인 앨리스 리들만큼 그 누구도 대신하지 못했다. 앨리스가 결혼한 후 그는 이런 편지를 보냈다. "너와의 시간 이후 내게는 수많은 어린이 친구들이 있었지만, 그들은 모두 너와는 딴판이었어." 앨리스는 크라이스트처치 칼리

루이스 캐럴이 찍은 매력적인 어린 소녀들

지의 학장이었던 헨리 조지 리들의 딸이다.* 앨리스가 분명 아주 매력적이었을 거라는 점은, 당시의 시인 겸 화가 존 러스킨의 미완성 자서전인 『프라이테리타』[3]의 한 구절을 통해서도 엿볼 수 있다. 플로렌스 베커 레논이 쓴 캐럴의 전기에 그 구절이 다음과 같이 인용되어 있다.

　당시 옥스퍼드에서 교편을 잡고 있던 러스킨은 앨리스에게 그림을 가르쳤다. 눈 내리는 어느 겨울날 저녁, 학장과 리들 부인이 외식하러 나갔을 때, 앨리스는 차를 마시자며 러스킨을 초대했다. 이때의 일을 러스킨은 이렇게 썼다. "앨리스가 내게 초대 쪽지를 보냈을 때는 분명 톰 퀴드의 동쪽 해안도로가 막히지 않았을 것이다." 불이 이글거리는 벽난

• '리델'은 미국식, '리들'은 영국식 발음이다. 리들Liddell은 피들fiddle(대중음악용 바이올린)과 라임/압운을 이룬다. 『이상한 나라의 앨리스』「서시」2번 주석에 더한 옮긴이 주와 일곱번째 이야기 「미친 티파티」11번 주석을 참고하라.

로 옆 안락의자에 러스킨이 편안히 자리를 잡았을 때 와락 문이 열리며 "갑자기 들이닥친 외풍에 별들이 날아가 버린 것만 같았다." 폭설로 길이 끊긴 것을 알게 된 학장과 리들 부인이 집에 되돌아온 것이다.

"우리를 보게 되어 유감스럽겠어요, 러스킨 선생님!" 하고 리들 부인이 말했다.

"더없이 유감이네요." 러스킨이 대꾸했다.

학장은 차를 계속 마시라고 권했다.

"그래서 우리는 그렇게 했다"며 러스킨은 이어 썼다. "하지만 우리는 식사를 마친 파파와 마마를 응접실에서 밀어낼 수가 없었다.* 그래서 나는 우울하게 숙소로 돌아갔다."

이야기의 가장 중요한 대목이 아직 남아 있다. 러스킨은 앨리스의 자매인 이디스와 로다도 참석했다고 생각했지만 그건 확실치 않다. 그는 이렇게 썼다. "이제는 그 모든 것이 꿈만 같다." 그렇다. 앨리스는 러스킨에게도 매력적인 소녀였음이 분명하다.

캐럴이 앨리스 리들을 사랑했는지에 대해서는 논란이 많다. 그러나 그가 그녀와 결혼하고 싶어 했다거나 사랑을 나누고 싶어 했는가에 대해서라면, 그러한 증거는 전혀 없다. 그녀를 대하는 그의 태도는 짝사랑에 빠진 남자의 태도였다. 리들 부인이 뭔가 심상치 않은 낌새를 맡은 뒤 캐럴을 단념시키기 위한 조치를 취했고, 캐럴이 앨리스에게 보낸 초기 편지들을 나중에 모두 불태웠다는 것을 우리는 알고 있다. 캐럴의 1862년 10월 28일 일기에는 "로드 뉴리 일 이후 줄곧" 리들 부인의 눈 밖에 났다는 수수께끼 같은 언급이 있다. 로드 뉴리의 일이란 게 무엇

• 응접실이라고 번역한 drawingroom은 withdraw(물러나다)에서 유래한 말로 식후 식당에서 물러나 차를 마시는 곳을 뜻한다. 후일 캐럴이 손으로 쓰고 그린 『앨리스의 땅속 나라 모험』(『이상한 나라의 앨리스』 원작)이 이곳 탁자에 펼쳐져 있었다.

인지는 오늘날까지도 감질나는 미스터리로 남아 있다.

캐럴이 어린 소녀들과의 관계에서 가장 순수한 순진무구함 외에 다른 뭔가를 의식했다는 징표는 전혀 없다. 수십 명의 소녀들이 캐럴에 대해 나중 기록으로 남긴 애틋한 기억을 보아도 부적절한 것에 대한 암시는 일절 나타나지 않는다. 당시 문헌에 반영된 빅토리아 시대 잉글랜드에서는 어린 소녀들의 아름다움과 순결을 이상화하는 경향이 있었다. 그러한 사실 덕분에, 캐럴도 소녀들에 대한 자신의 애정이 의심의 여지 없이 높은 수준의 영적 애정이라고 짐작했을 법하다. 하지만 물론 캐럴의 애정을 그렇게만 설명할 수는 없다. 캐럴은 블라디미르 나보코프의 소설 『롤리타』의 주인공 험버트 험버트와 비교되어왔다. 두 사람 모두 어린 소녀들에 대한 열정을 지닌 것은 사실이지만, 그들의 목표는 정확히 반대였다. 험버트는 롤리타를 '님펫nymphet'이라고 불렀는데, '님펫들'은 모두가 색정적으로 이용당하는 존재였다. 그와 달리, 캐럴이 어린 소녀들에게 끌린 것은 그들과의 관계가 성적으로 무관하다고 느꼈기 때문이다. 성생활을 하지 않은 다른 작가들(헨리 데이비드 소로, 헨리 제임스 등), 그리고 어린 소녀들에게 강렬하게 끌린 작가들(에드거 앨런 포, 어니스트 다우슨 등)과 캐럴이 확연히 다른 것은 그의 이상한 조합 때문이다. 그러한 조합은 문학사에서 거의 유일무이한데, 다름 아니라 철두철미하게 이성애로만 묘사될 수 있는 열정을 지녔다는 사실과 아울러 성적으로는 완벽하게 순진무구했다는 사실의 조합이다.

캐럴은 어린 친구들에게 천만번의 키스, 혹은 4¾의 키스, 혹은 100만분의 2의 키스를 보낸다며 편지를 마무리하길 즐겼다. 하지만 그는 거기에 성적 요소가 개입될지도 모른다는 점에 겁을 먹곤 했다. 그의 일기에 흥미로운 기록이 있는데, 어느 어린 소녀와 키스를 했는데 나중에 알고 보니 열일곱 살이나 먹은 숙녀였다. 캐럴은 당장 그녀의 어머니에게 농담 어린 사과를 하며, 두 번 다시 그런 일이 일어나지 않을 거라고 장담하는 편지를 보냈다. 하지만 그 어머니는 그의 그런 농담을 달가워하지 않았다.

한번은 15세의 귀여운 여배우 아이린 반스(훗날 「앨리스」 뮤지컬에서 하얀 여왕과 하트 잭 역을 맡았다)가 해변 휴양지에서 찰스 도지슨과 일주일을 보냈다. 아이린은 자서전 『내 이야기를 들려주기 위해』[4]에서 그때를 이렇게 회고했다. "지금 내 기억으로 그는 매우 가냘픈 몸매에 키는 180센티미터 이하였고, 풋풋하고 팔팔해 보이는 얼굴에, 머리칼이 하얗고, 너무나 인상이 깨끗했다. … 그는 아이들을 깊이 사랑했다. 나로서는 아이들을 그다지 잘 이해하지 못하는 편이지만 말이다. … 그는 내게 자신의 논리 게임을 가르치며 몹시 즐거워했다. (그의 논리 게임이란 캐럴이 직접 만든 보드 위에 검은색과 빨간색 동전을 놓으며 삼단 논법을 풀어가는 방법을 가르치는 게임이다.) 밖에서는 악단이 행진하며 연주를 하고, 바다 위에는 달이 환히 빛나는 밤, 아마도 이 논리 게임 탓에 밤이 더 길어졌을 것이다."(로저 그린은 『캐럴의 일기』에서 이 구절을 인용했다).[5]

『앨리스』 속 변덕스럽고 억압되지 않은 폭력적 몽상을 통해 캐럴이 억압의 배출구를 찾았다고 말하기는 쉽다. 빅토리아 시대 아이들이 비슷한 해방을 즐긴 것은 의심의 여지가 없다. 아이들은 마침내 경건한 교훈이 없는 책을 몇 권 갖게 되어 기뻤지만, 캐럴은 아직 모종의 복음주의 기독교 메시지를 전달할 아동용 책을 쓰지 못했다는 생각에 점점 더 안절부절못했다. 그런 쪽으로의 노력의 결과가 바로 『실비와 브루노』다. 이 긴 판타지 소설은 두 편으로 나뉘어 출판되었는데, 이 책에는 훌륭하고 코믹한 장면들이 담겨 있다. 넋 나간 푸가처럼 이어지는 정원사의 노래는 전성기 캐럴의 필력을 여실히 보여준다. 정원사가 눈물을 줄줄 흘리며 부르는 마지막 구절은 다음과 같다.

그는 스스로 교황이었음을 입증하는

　　논법Argumenmt을 본 줄 알았네.

그는 다시 보고 알아차렸지, 그건 실은

　　얼룩덜룩한 한 토막 멜로드라마Soap였어.

그는 가냘프게 말하네.

　　"너무나 끔찍한 사실이군, 모든 희망을 말살하는!"

　그러나 『실비와 브루노』에서 캐럴이 가장 좋아한 대목은 훌륭한 난센스 노래가 아니었다. 그는 두 요정 어린이인 실비와 그녀의 동생 브루노가 부르는 노래를 더 좋아했는데, 그 후렴구는 다음과 같다.

　　나는 그것이 사랑이라고 생각하기에,

　　나는 그것이 사랑이라고 느끼기에,

　　나는 그것이 애오라지 사랑이라고 확신하기에!

　캐럴은 이 시를 그가 쓴 시 중 가장 훌륭하다고 생각했다. 이 시 밑에 깔린 정서, 그리고 감미로운 경건함으로 가득 찬 이 소설의 다른 대목 밑에 깔린 정서에 공감하는 독자라 할지라도, 현대에 이르러서는 작가에 대한 당혹감 없이 그 대목들을 읽는다는 건 그리 쉽지가 않다. 그것은 마치 당밀 우물 바닥에서 쓰인 글 같다. 안타깝게도 『실비와 브루노』는 대체로 예술적으로만이 아니라 수사적으로도 실패작이라고 결론짓지 않을 수 없다. 그 소설이 독자로 삼은 빅토리아 시대 아이들 가운데 그걸 읽고 감동이나 즐거움 또는 고양감을 느낀 아이는 거의 없을 게 분명하다.

　아이러니하게도, 적어도 소수의 현대 독자들에게 『실비와 브루노』

보다 더 효과적으로 종교적 메시지를 전하는 것은 캐럴의 초기 이단적 난센스 작품이다. 체스터턴이 우리에게 즐겨 말했듯, 난센스란 경이에 가까운 존재를 종교적으로 겸허하게 바라보는 하나의 방식이다. 유니콘은 앨리스를 전설적인 몬스터라고 생각한다. 뒷다리로만 서서 이리저리 거닐며, 한 쌍의 작은 굴절 렌즈로 세상을 관찰하며, 주기적으로 안면에 뚫린 구멍으로 유기물을 밀어 넣음으로써 에너지를 보충하며, 스스로 전설적인 존재임을 추호도 알지 못하는 수많은 이성적 몬스터들이 존재한다는 것은 부분적으로 우리 시대의 철학이 따분한 탓이다. 그런 존재들의 코가 이따금 순간적으로 경련을 일으킬 때가 있다. 키에르케고르는 한때 철학자가 심오한 문장을 기록하다가 재채기를 터트리는 모습을 상상하며 이런 의문을 던졌다. 그런 자가 어떻게 자신의 형이상학을 진담으로 여길 수 있단 말인가?

『앨리스』에 나오는 은유의 마지막 단계는 바로 이것이다. 즉, 환상 없이 이성적으로만 바라본 인생은 바보 수학자가 들려주는 한 편의 난센스 이야기와 다를 바 없다는 것. 사물의 핵심에서 과학이 발견하는 것은 오로지 짝퉁거북 파동과 그리핀 입자들의 끝 모를 광적 쿼드릴 춤사위뿐이다.[•] 일순간 그 파동과 입자들은 스스로의 부조리함을 반영하는 극한의 복잡한 패턴으로 그로테스크하게 춤을 춘다.

우린 모두 광대의 삶을 산다. 불가해한 사망 선고를 받은 상태로 말이다. 성Castle 당국이 우리에게 원하는 일이 무엇인가를 알아내려고 한들, 우리는 무능한 관료에게서 또 다른 무능한 관료에게로 전전할 뿐이다. 우리는 성의 주인인 웨스트웨스트 백작이 실존하는지 확신하지

[•] 짝퉁거북과 그리핀은 『이상한 나라의 앨리스』에서 앨리스에게 쿼드릴 춤 이야기를 들려준다. 끈 이론에 따르면 모든 물질, 곧 전자와 쿼크와 글루온 등은 진동하는 끈으로 이루어져 있다.

도 못한다. 카프카의 『심판』과 하트의 잭 재판의 유사성을 논평한 비평이 적어도 둘은 있다. 살아 있는 체스 말들이 게임 방식에 무지한 채, 스스로의 의지로 움직이는지, 아니면 보이지 않는 손가락에 떠밀리고 있는지도 알지 못하는 그런 체스 게임과 카프카의 『성』의 유사성을 논평한 비평도 있다.

우주의 섬뜩한 무심함(하트의 여왕이 외치는 말 "머리를 베어라!"처럼)에 대한 이러한 비전vision은 카프카의 책이나 욥기에서처럼 암울하고 불안하거나, 아니면 『앨리스』나 체스터턴의 『목요일이었던 남자』에서처럼 가볍고 코믹할 수 있다. 체스터턴의 형이상학적 악몽에서 하느님의 상징인 일요일은 추적자들에게 짧은 메시지를 던지는데, 그 메시지는 난센스인 것으로 밝혀진다. 메시지 가운데 하나에는 심지어 "작은 스노드롭 Snowdrop(눈풀꽃)"이라는 서명이 달려 있는데, 이는 앨리스의 하얀 아기 고양이 이름이다. 이러한 비전은 절망과 자살로 이어지거나, (장 폴 사르트르의 단편소설 「벽」의 마지막을 장식하는) 눈물겨운 한바탕 웃음으로 이어지거나, 아니면 궁극적인 어둠과 맞닥뜨린 채 과감히 나아가겠다는 휴머니스트의 결단으로 이어질 수도 있다. 또한 아울러 묘하게도, 그 어둠 뒤에는 빛이 도사리고 있을지도 모른다는 터무니없는 가정으로 이어질 수도 있다.

미국 개신교 신학자인 라인홀드 니부어는 더없이 훌륭한 설교 중에 이렇게 선언했다. 웃음이란 믿음과 절망 사이에 자리한 일종의 무인지경no man's land이라고. 우리는 삶의 표면적인 부조리absurdities를 웃어넘김으로써 제정신을 유지하지만, 악과 죽음이라는 더 깊은 불합리함 irrationalities을 향할 경우 그 웃음은 쓰라림과 비웃음으로 변한다. "바로 그러하기에" 하고 니부어는 이렇게 결론지었다. "사원 입구에는 웃음이, 사원 안에는 웃음의 메아리가 존재하지만, 성소 중의 성소에는 다만 믿음과 기도가 있을 뿐, 웃음은 없다."

로드 던세이니는 『페가나의 신들』[6]에서 바로 그와 비슷한 말을
했다. 이야기의 화자는 웃음의 신이자 노래하는 음유시인들의 신인 림
팡텅Limpang-Tung이다.

"인간계에 익살과 작은 웃음을 보내리니. 그대에게 사망이 자줏빛 산등성
이처럼 아스라할 때, 또는 슬픔이 쨍쨍한 여름날의 비처럼 묘연할 때는 림
팡텅에게 기도하라. 그러나 그대가 연로하거나, 사망을 앞두었을 때는 림팡
텅에게 기도하지 말라. 바야흐로 그대는 섭리의 일부가 되리니, 그는 그 섭
리를 이해하지 못하노라.

별이 빛나는 밤으로 나아가라, 림팡텅이 그대와 더불어 춤을 추리니. …
또는 림팡텅에게 익살을 바치되, 다만 그대가 슬플 때는 림팡텅에게 기도하
지 말라. '신들이 아주 영리할지는 몰라도, 그는 슬픔을 이해하지 못하노라'
하고 그가 말하느니."

『이상한 나라의 앨리스』와 『거울 나라의 앨리스』는 유례없는 두 편
의 익살이다. C. L. 도지슨 부제가 한때 크라이스트처치의 허드렛일을
잠시 접고 정신적 휴가를 떠나, 림팡텅에게 바친.

마틴 가드너, 1960

『더 많은 주석 달린 앨리스』서문

루이스 캐럴로 더 잘 알려진 찰스 러트위지 도지슨은 옥스퍼드대학 크라이스트처치 칼리지에서 수학을 가르친, 수줍음 많고 성격이 괴팍한 독신자였다. 수학과 논리, 낱말 놀이, 난센스 글쓰기, 그리고 매력적인 어린 소녀들과 함께 있기를 매우 좋아했다. 이러한 열정은 마법처럼 융합되어 그가 가장 사랑한 어린이 친구, 곧 크라이스트처치 학장의 딸 앨리스 리들을 위한 두 편의 불멸의 판타지*를 낳기에 이르렀다. 그 당시 이 두 권의 책이 영문학 고전이 될 줄은 누구도 생각지 못했다. 캐럴의 명성이 앨리스의 아버지와 모든 옥스퍼드 동료들을 능가하게 되리란 것도 마찬가지였다.

어린이를 위해 쓰인 책 가운데 『앨리스』보다 더 많은 설명을 필요로 하는 책은 없다. 『앨리스』에는 오늘날의 독자들, 심지어 영국 독자들에게도 낯선 빅토리아 시대의 사건과 관습을 반영한 위트가 많다. 당시의 옥스퍼드 주민들만이 이해할 수 있는 농담도 많고, 앨리스만을 위한 사적인 농담도 여럿 담겨 있다. 40년 전 『주석 달린 앨리스』(1960)를 편집하기 시작하며 나는 그 모호함을 최대한 명료하게 밝히고자 했다.

『주석 달린 앨리스』는 뿔뿔이 흩어져 있던 캐럴에 관한 글들을 최대

• 오늘날 두 권의 『앨리스』는 동화fairy-tale가 아니라 판타지fantasy로 일컬어진다.

한 샅샅이 찾아내 편집한 것이다. 당시 내 과제는 독창적인 연구를 하는 것이 아니라, 현대 독자들이 『앨리스』를 더욱 즐겁게 읽을 수 있도록 기존 문헌에서 찾아낼 수 있는 모든 것을 수집하는 것이었다.

그 후 40년이 지나는 동안, 루이스 캐럴에 대한 대중과 학자들의 관심이 깜짝 놀랄 만큼 늘어났다. 루이스 캐럴 협회는 잉글랜드에서 처음 발족했는데, 생기발랄한 정기간행물 《재버워키》(지금은 《더 캐럴리언》으로 개칭)는 1969년 창간 이후 분기마다 발간되고 있다. 스탠 막스 회장이 이끄는 북미 루이스 캐럴 협회는 1974년에 발족했다. 캐럴의 생애와 저술들의 특별한 측면에 관한 책들만이 아니라, 캐럴의 새 전기들—그리고 앨리스 리들의 전기!—도 연이어 출간되었다. 수집가들을 위한 필수 안내서인 『루이스 캐럴 입문서』는 1962년에 로저 그린이 업데이트해 개정판을 냈고, 1979년에 데니스 크러치가 다시 업데이트했다. 캐럴에 관한 논문은 학술지에 점점 더 빈번하게 실렸다. 그 밖에도 나는 캐럴에 관한 새로운 에세이와 전기들도 수집했다. 1979년에는 모턴 H. 코언이 편집한 두 권짜리 『루이스 캐럴의 편지』가 출간되었다. 1985년에는 마이클 핸처의 『앨리스 책들에 실린 테니얼의 삽화들』이 출간되었다.

『앨리스』 새 판본들은 물론이고, 『이상한 나라의 앨리스』의 원작인 『앨리스의 땅속 나라 모험』(캐럴이 손으로 쓰고 삽화를 그려 앨리스 리들에게 선물로 준 것)이 다시 인쇄되어 나왔고, 『유아용 앨리스』(아주 어린 독자들을 위해 캐럴이 고쳐 들려준 이야기)가 세계 각지에서 출간되었다. 새로운 주석을 단 『앨리스』 판본도 여럿 나왔다. 그중 하나는 영국 철학자 피터 히스가 주석을 단 것이다. 유명 화가들이 새로 삽화를 그려 출간한 판본들도 있다. 이 문헌들이 얼마나 방대한지는 253쪽에 달하는 에드워드 길리아노의 『루이스 캐럴: 주석을 단 전 세계의 참고 문헌, 1960~77』을 슬쩍 넘겨만 봐도 쉽게 알 수 있다. 그런데 이후 또 세월이 한참 흘렀다.

1960년 이후 앨리스는 영화와 텔레비전과 라디오의 스타가 되었다. 전 세계에서 끊임없이 다양하게 앨리스를 작품화한 것이다.『앨리스』속 시와 노래에는 현대 작곡가들이 거듭 새로이 멜로디를 붙였다. 그중 하나는 스티브 앨런이 뮤지컬로 작곡한 것으로 1985년 CBS에서 방영되었다. 데이비드 델 트레디치는『앨리스』를 테마로 화려한 교향곡을 작곡했다. 1986년에는 델 트리디치의 곡을 토대로 한 글렌 테틀리의 발레 〈앨리스〉가 맨해튼에서 공연되었다. 생존한 그 누구보다도 도지슨에 대해 많은 것을 알고 있는 모턴 코언은 1995년에 루이스 캐럴 전기를 펴냈다. 이 전기에는 놀라운 사실들이 많이 담겨 있다.

이런 모든 일들이 일어나고 있는 동안『주석 달린 앨리스』를 읽은 독자들 수백 명이 내게 편지를 보내 내가 미처 알아차리지 못한 내용을 지적하고, 옛 주석에서 고쳐야 할 대목이나 새로 추가해야 할 것들을 제안해주었다. 그 분량이 커다란 서류 박스를 가득 채울 정도가 되자, 나는 새로운 주석서를 낼 때가 되었다고 내심 생각하게 되었다. 그런데 원래의 책을 수정하고 업데이트해야 할까? 아니면『더 많은 주석 달린 앨리스』라는 제목으로 속편을 내야 할까? 나는 속편이 더 낫겠다고 결정했다. 그래야 첫 주석서를 소장한 독자들이 자기 책을 구닥다리로 여기지 않을 것이다. 또 어떤 주석이 새로 추가되었는지 알아보기 위해 내용을 대조해볼 필요도 없을 것이다. 원래의 주석서 여백에 새 주석을 끼워 넣는 것도 여간 고역이 아닐 것이다.

속편은 또한 예전과 다른 삽화들을 독자에게 소개할 수 있었다. 테니얼의 삽화가 영원한『앨리스』'정전canon'의 일부인 것은 사실이지만, 그 삽화들은 다른 판본의 책들에서도 쉽게 찾아볼 수 있다. 피터 뉴얼은 테니얼 이후『앨리스』삽화를 처음 그린 화가는 아니지만, 테니얼 이후 기억할 만한 삽화를 그린 화가로는 최초다. 뉴얼이 그린 40편의 삽화를 실은 최초의 『앨리스』는 1901년 하퍼 & 브라더스 출판사에서 펴냈다. 이어 이듬해 40편의 삽화가 실린 『앨리스』 재판이 나왔다. 두 책 모두 오늘날 고가의 수집품이 되었다. 독자들이 뉴얼의 삽화를 어떻게 생각하든 간에, 나는 그것들이 다른 화가의 상상력을 통해 앨리스와 친구들을 바라보며 신선함을 느끼게 했을 거라고 믿는다.

재판에는 『앨리스』에 어떻게 접근했는가를 밝힌 뉴얼의 매력적인 글이 실려 있고, 뒤이어 뉴얼과 그의 작품에 대한 최고의 에세이들이 실려 있다. 나는 이 서문에서 뉴얼 이야기를 다룰 계획이었는데, 『주석 달린 오즈의 마법사』를 비롯한 여러 책의 집필자인 친구 마이클 헌이 내가 말할 수 있는 것 이상을 어느 에세이에 이미 썼다는 것을 뒤늦게 알고 포기했다.

「가발을 쓴 말벌」에피소드에 대한 유명한 이야기가 있다. 테니얼이 말벌을 그릴 수 없다고 불평하자 캐럴은 두 번째 『앨리스』, 곧 『거울 나라의 앨리스』에서 그 대목을 삭제해버렸고, 덕분에 책이 더 좋아졌다고 생각했다고 한다. 이 말벌 에피소드는 이 책 말미에 포함시켰다. 캐럴이 원래 넣고자 했던 하얀 기사에 대한 장에 넣지 않고 말이다. 말벌 에피소드가 처음 출판된 것은 1977년으로, 북미 루이스 캐럴 협회에서 소책자 형태로 펴냈다. 이 책은 절판되었는데, 전체 내용을 이 책에 넣어도 좋다는 허락을 받아 여간 기쁘지 않다.

『주석 달린 앨리스』 서문에 나오는 몇몇 오류는 바로잡을 필요가 있다. 거기서 나는 셰인 레슬리의 에세이 「루이스 캐럴과 옥스퍼드 운동」에 대해 그것이 진지한 비평인 것처럼 언급했다. 독자들은 그게 그렇지 않다고 내게 재빨리 알려주었다. 사실 그것은 『앨리스』에 담겨 있을 성싶지 않은 상징적 표현을 찾고자 하는 일부 학자들의 강박증을 조롱하기 위한 것이었다. 또 캐럴이 찍은 어린 소녀들의 누드 사진이 한 장도 남아 있지 않은 듯하다고 말했는데, 나중 필라델피아 로젠바크 재단의 캐럴 수집품 중에서 손으로 컬러를 입힌 네 장의 누드 사진이 발견되었다. 이들 사진은 『루이스 캐럴의 어린이 누드 사진』이라는 멋진 논문에 실렸고, 논문은 코언 교수의 서문을 달아 1979년 로젠바크 재단에서 책으로 펴냈다.[1]

캐럴이 실재 앨리스(앨리스 리들)와 '사랑'에 빠졌는가 여부에 대해서는 캐럴리언들 사이에 추측이 난무했다. 리들 부인이 자기 딸에 대한 캐럴의 태도를 심상치 않게 여기고 캐럴을 단념시키기 위한 조치를 취했고, 결국 앨리스에게 보낸 그의 초기 편지들을 모두 불태웠다는 사실을 우리는 알고 있다. 나는 "로드 뉴리 일 이후 줄곧" 그가 리들 부인의 눈 밖에 났다는 수수께끼 같은 언급이 캐럴의 일기(1862. 10. 28.)에 나온다는 사실을 소개한 바 있다. 18세의 뉴리 자작이 크라이스트처치에 재학 중일 때, 리들 부인은 그가 딸들 가운데 한 명과 결혼하기를 바랐다. 1862년 뉴리 자작은 무도회를 열고자 했는데, 이는 학칙에 위배되는 것이었다. 그는 리들 부인의 지지를 업고 교수회에 허가를 청원했지만 역시 거절당했다. 이때 캐럴은 반대표를 던졌다. 이런 일이면 리들 부인의 반감을 충분히 설명할 수 있을까? 아니면 캐럴이 훗날 앨리스와 결혼하고 싶어 한다는 것을 느끼고 더욱 분노가 치솟았을까? 리들 부인 입장에서 그런 결혼은 천부당만부당한 일이었다. 스무 살이나 나이 차가 날 뿐만 아니라, 캐럴의 사회적 신분이 너무 낮다고 여겼기 때문이다.•

• 『오만과 편견』이나 『이상한 나라의 앨리스』 패러디 시에 나오듯, 당시 잉글랜드의 하위 성직자는 부자들에게 빌붙어 사는 하찮은 신분이었다. 물론 의사나 대학교수와 더불어 중산층으로 분류되긴 했다.

리들 부인과 결별한 날짜에 해당하는 일기의 내용은 누군지 알 수 없는 캐럴 가족에 의해 찢겨 나갔는데, 아마도 폐기되었을 것이다. 앨리스의 아들 카릴 하그리브스는 어머니와 캐럴이 로맨틱한 사랑에 빠진 줄 알았다는 기록을 남겼지만, 캐럴이 앨리스의 부모에게 결혼 의사를 밝혔을 수도 있다는 다른 징표들은 아직 공개된 것이 없다. 다만 캐럴과 앨리스의 전기를 쓴 앤 클라크는 모종의 프러포즈가 있었다고 확신한다.

그 문제는 모턴 코언의 캐럴 전기에서 철저하게 다뤄지고 있다. 원래 코언 교수는 캐럴이 누구와도 결혼할 생각이 없었다고 생각했지만, 나중에 생각을 바꾸었다. 에드워드 길리아노와 제임스 킨케이드가 편집한 에세이 모음집 『도도와의 비상』[2]에 실린 인터뷰에서 코언은 다음과 같이 설명했다.

사실 내가 마음을 바꾼 것은 최근이 아닙니다. 1969년에 바꾸었죠. 그의 가족에게 일기장 사본을 처음 받은 뒤였습니다. 자리를 잡고 앉아 끝까지 통독했어요. 출판된 발췌본만이 아니라 일기 전체였는데, 그중 25~40퍼센트가 출판되지 않은 것이었습니다. 당연히 출판되지 않은 부분이 굉장히 큰 의미를 지니고 있었지요. 그 부분들은 가족이 출판하지 말아야 한다고 결정한 것들이었습니다. 일기를 편집한 로저 랜슬린 그린은 편집해서 타이핑한 원고를 보고 작업을 했기 때문에 출판되지 않은 일기 전체를 본 적이 없었고요. 그런데 출판되지 않은 일기를 처음으로 읽으면서, 나는 루이스 캐럴의 '낭만'에 또 다른 차원이 존재한다는 것을 깨달았습니다. 물론 어린 소녀들을 선호하는 남자, 더구나 그중 한 명 이상에게 청혼까지 하고 싶을 정도로 어린 소녀를 선호하는 남자와 엄격한 빅토리아 시대 성직자가 양립하기는 너무나 어려운 일이긴 하죠. 하지만 나는 이제 그가 리들 가족에게 모종의 청혼의 말을 했을 거라고 믿습니다.

"열한 살짜리 딸과 결혼해도 될까요?" 같은 말은 하지 않고, 아마도 6년 또는 8년 후 우리가 지금 느끼는 것과 같은 감정을 느낀다면, 모종의 결연이 가능하지 않을까요? 하는 식의 부드러운 제안을 했을 것입니다. 나는 또한 그가 나중에 다른 소녀들과 결혼할 가능성에 대해서도 계속 생각했을 테고, 결혼도 하려고 했다고 봅니다. 그는 결혼하고 싶어 하는 남자였어요. 나는 확고히 믿습니다. 그가 독신으로 살기보다는 결혼한 것이 더 행복했을 것이라고 말입니다. 내가 보기에 그의 인생의 비극 중 하나가 바로 평생 결혼하지 못했다는 것입니다.

일부 비평가들은 캐럴을 블라디미르 나보코프의 소설 『롤리타』의 주인공 험버트 험버트에 비유했다. 두 사람 모두 나보코프가 님펫이라고 부르는 것에 끌렸지만 동기는 전혀 달랐다. 루이스 캐럴은 어린 소녀들과 성적 관계를 맺을 가능성이 전혀 없기 때문에 끌렸을 것이다. 빅토리아 시대 잉글랜드에서는 어린 소녀들의 아름다움과 순결을 이상화하려는 경향이 있었고, 이는 문학과 미술에 잘 반영되어 있었다. 분명 그 덕분에 자신의 애정이 당연히 영적으로 고결한 차원이라고 믿기가 더 쉬웠을 것이다. 캐럴은 독실한 성공회 지지자였다. 그가 고귀한 의도 외에 뭔가를 의식했을 거라고 시사한 학자는 단 한 명도 없다. 그의 많은 어린 친구의 회고들을 살펴봐도 부적절함의 기미는 전혀 보이지 않는다.

『롤리타』에는 에드거 앨런 포가 험버트와 같은 성적 취향을 지녔다는 암시가 많지만, 캐럴에 대한 언급은 없다. 나보코프는 어느 인터뷰에서 캐럴이 험버트와 "측은한 유사성"을 지녔다고 말하며, 이렇게 덧붙였다. "어떤 얄궂은 양심의 가책으로 인해 나는 『롤리타』에서 차마 언급할 수가 없었다. 캐럴이 어두운 방에서 찍은 그 모호한 사진들과 그의 비참한 변태성에 대해 말이다."

나보코프는 열렬한 『앨리스』 찬미자였다. 젊은 시절 그는 『이상한 나라의 앨리스』를 러시아어로 번역했다. 그것이 "최초의 번역은 아니었지만, 최고의 번역이었다"라고 그는 자평한 적이 있다. 그는 체스 선수에 대한 소설(『루진의 방어』), 그리고 트럼프카드를 모티프로 한 소설(『킹, 퀸 그리고 잭』)을 쓰기도 했다. 비평가들은 『이상한 나라의 앨리스』와 나보코프의 『사형장으로의 초대』가 결말이 비슷하다는 것에 주목하기도 했다.[1]

『주석 달린 앨리스』에 대해 불만을 제기한 평자도 여럿 있다. 주석들이 본문과 동떨어진 내용인 데다, 에세이라고 해야 할 장황한 코멘트도 많다고 말이다. 그렇다. 나는 종종 횡설수설했다. 하지만 그처럼 두서없는 주석이라도, 즐겨 읽을 독자가 분명 있으리라 믿는다. 주석자가 스스로 그 내용이 흥미롭거나 혹은 적어도 재미는 있을 거라고 생각한다면, 그 흥미로운 내용을 말하기 위해 주석란을 이용하지 않을 이유가 없다고 나는 본다. 『주석 달린 앨리스』에 실린 내 기나긴 주석 중 다수—예를 들어, 삶의 은유로서의 체스에 관한 주석—는 짧은 에세이를 의도한 것이다.

이 책을 위해 자료를 제공한 독자들의 이름이 주석 안에 나와 있지만, 셀윈 H. 구데커에게 특히 이 자리를 빌어 감사를 드리고 싶다. 현재

---

1 나보코프의 소설에는 『앨리스』에 대한 많은 암시가 나온다. 이에 대해서는 앨프레드 어펠 주니어가 편집한 『주석 달린 롤리타』[3]를 참고하길 바란다.*
* 마틴 가드너는 유명 과학 저서 『마틴 가드너의 양손잡이 자연세계』(1964)에서 나보코프의 1962년 소설 『창백한 불』 두 구절을 인용하면서, 그 구절이 나보코프가 아닌 소설 속 가상의 시인 존 셰이드가 쓴 거라고 언급했다. 그러자 5년 후, 나보코프는 자신의 소설 『에이다』의 마지막 부분에서 『양손잡이 자연세계』의 저자가 '마틴 가디너Martin Gardiner'라는 '가상의 철학자'라고 유머러스하게 반격했다. -원서 편집자

《재버워키》의 편집자이자 저명한 캐럴리언 학자이기도 한 그는 수많은 통찰을 내게 제공해줬을 뿐만 아니라, 내 주석의 초고를 읽고 값진 수정과 제안을 해주는 데에도 아낌없이 시간을 내주었다.

마틴 가드너, 1990[•]

• 1999년 『최종판 주석 달린 앨리스』를 펴내며 일부 수정한 것으로 보인다.

『최종판 주석 달린 앨리스』 서문

『주석 달린 앨리스』(1960)를 처음 출판한 건 클락슨 포터 출판사였다. 양장본과 문고본으로 미국과 잉글랜드에서 여러 판을 계속 찍었고, 이탈리아어와 일본어, 러시아어, 히브리어 등으로도 번역되었다. 그간 축적된 수많은 새로운 주석 원고를 추가해 대대적인 개정판을 내려고 했지만, 포터 출판사를 인수한 크라운 출판사를 설득할 수가 없었다. 얼마 후 크라운 출판사는 랜덤 하우스에 인수되었다. 나는 『더 많은 주석 달린 앨리스』라는 제목의 속편을 출판할 결심을 했고, 1990년에 랜덤 하우스에서 마침내 이것을 펴내게 되었다. 이전 책이 나온 지 어언 30년 만이었다.

『주석 달린 앨리스』와 차별을 두기 위해 속편에서는 테니얼의 삽화 대신 피터 뉴얼의 삽화 80개를 실었다. 마이클 패트릭 헌은 뉴얼에 대한 훌륭한 소개 글을 써주었다. 또한 『더 많은 주석 달린 앨리스』에는 오래 잊혀졌던 「가발을 쓴 말벌」 에피소드를 추가할 수 있었다. 이 에피소드는 캐럴이 테니얼의 강력한 권고를 받아들여 『거울 나라의 앨리스』에서 빼버린 이야기였다. 한데 이렇게 되고 보니 『앨리스』 주석을 제대로 읽으려면, 1960년 판과 1990년 판을 동시에 펴놓고 읽어야 했고, 이는 실용적이지 못한 것 같았다.

1998년에 노턴 출판사의 편집자 로버트 와일이 두 『앨리스』 주석들을 하나의 '최종판'으로 합본하자고 제안했다. 나는 놀랍고 기뻤다. 그 결과가 바로 이 책이다. 일부 주석은 보완되었고, 많은 새로운 주석이 추가되었다. 『주석 달린 앨리스』에서는 활자가 깨지거나 선이 흐릿한 것 투성이라서 테니얼의 삽화가 아주 미흡했는데, 이번 책에서는 원래대로 선명하고 충실하게 인쇄되었다.

「가발을 쓴 말벌」 에피소드를 다시 이 책에 실으면서, 1977년 한정판으로 북미 루이스 캐럴 협회에서 초판으로 낸 소책자에 내가 쓴 소개 글과 주석을 함께 싣게 되었다. 런던 경매에서 원화를 사들인 뉴욕의 수집가를 추적해 그것을 당시 소책자에 싣도록 설득할 수 있었던 것은 정말 즐거운 일이었다.

이번 최종판을 펴내게 해준 와일에게 감사드리며, 아울러 1990년에 개인 소장용으로 인쇄한 『이상한 나라의 앨리스』에 실린 테니얼의 예비 스케치를 이 책에 싣게 허락해준 최고의 희귀 어린이 도서 수집가이자 판매자 저스틴 실러에게도 감사드린다. 또한, 자신의 영화 수집품을 토대로 〈앨리스〉 영화 제작 일람표를 제공해준 데이비드 셰퍼에게도 감사드린다.

마틴 가드너, 1999

『앨리스』의 모든 어린이 독자에게[1]

사랑하는 어린이 여러분,

이 크리스마스에 진지한 말 몇 마디를 전하는 게 뜽딴지처럼 들리지 않았으면 좋겠어요. 난센스 책 말미에 진지한 소리라니? 하고 말이죠. 아울러 이 기회를 빌어 『이상한 나라의 앨리스』를 읽어준 수많은 어린이들에게 고마움을 전하고 싶어요. 내 어린 꿈의 아이에 대해 친절한 관심을 기울여준 것에 대해 말이에요.

어린이들이 미소를 머금고 행복한 얼굴로 앨리스를 환영하는 수많은 따스한 난롯가가 눈에 선하게 떠오르네요. 아울러 앨리스가 순수한 즐거움을 안겨준 많은 어린이들도 떠오르고요. 내 인생에서 그처럼 밝고 즐거운 생각은 드물답니다. 내게는 이름과 얼굴을 아는 어린이 친구가 많지만, 내가 결코 만나보지 못할 다른 소중한 어린이들과도 『앨리스』 이야기를 통해 친구가 된 느낌이 물씬 들어요.

내가 알고 있는 친구든 모르는 친구든, 내 모든 어린이 친구들이 '즐거운 크리스마스와 행복한 새해'를 맞이하길 진심으로 빌어요. 사랑하는 어린이 여러분, 하느님의 은총이 깃들기를 빌고, 보이지 않는 '쩐친'

---

1 이 글은 4페이지 분량의 리플릿으로 처음 출판되었으며, 『거울 나라의 앨리스』 초판에 끼워 배부했다. 캐럴 생전에는 책에 실리지 않은 글이다.

의 존재로 인해 다가오는 모든 성탄절이 지난 성탄절보다 더 밝고 아름답기를 또한 빌어요. 그 진정한 친구는 한때 이 땅에서 어린이들을 축복했답니다. 진정 지닐 가치가 있는 유일한 것, 곧 참된 행복을 (그리고 다른 이들을 행복하게 해주는 행복도!) 추구하는 삶, 사랑스러운 그런 삶의 기억으로 모두가 더욱 아름답기를 더해 빌어요.

여러분의 다정한 친구
루이스 캐럴[2]이
1871년 크리스마스에

---

2 루이스 캐럴이라는 필명이 처음 등장한 것은 《트레인》에 실린 「고독」이라는 시에서이다.[1] 1856년 2월 11일 자 그의 일기에, 편집자인 예이츠 씨에게 보낸 편지에 이 필명을 비롯한 여러 필명을 제안했다는 기록이 있다. 찰스 러트위지 도지슨이라는 본명의 첫째와 중간 이름의 앞뒤를 뒤바꾸었다가, 이것을 루도빅 카롤루스Ludovic Carolus라는 라틴어로 번역했다가, 이것을 다시 영어로 재번역해서 결국 '루이스 캐럴'이 되었다.

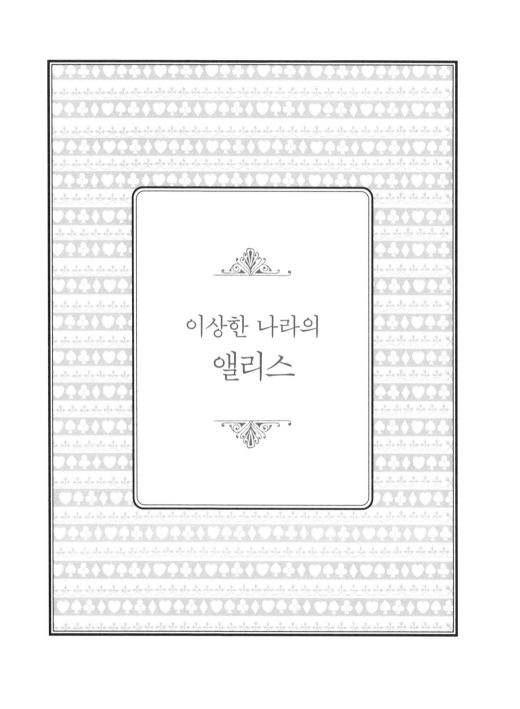

이상한 나라의
앨리스

© 앤서니 브라운, 1988

황금빛 오후¹ 내내

　　느릿느릿 우리는 강을 미끄러져 가요.

조그마한 깜냥으로 꿈지럭꿈지럭,

　　조그마한 팔로 노를 저으며,

조그마한² 손으로 헛되이

　　정처 없는 우리 뱃길을 이끄는 척하며.

아아, 인정머리 없는 세 자매야!

　　이렇게나 좋은 시간, 이렇게나 꿈결 같은 날씨에,

솜털 하나 불어 날리지 못할 만큼

　　녹초가 된 사람한테 무슨 이야길 해달란 거야!

하지만 가련한 내 한 목소리로

　　똘똘 뭉친 세 혓바닥을 이길 수가 있나요.

도도한 프리마 아가씨는 "어서 시작해요!"

1 이 서시에서 캐럴은 1862년의 '황금빛 오후the golden afternoon'를 회상하고 있다. 이날 그는 친구 로빈슨 덕워스 부제副祭(훗날 웨스트민스터 교구의 사제 평의원이 되는 옥스퍼드 트리니티 칼리지의 동료 성직자)와 함께 리들Liddell 세 자매를 데리고 템스강 상류로 노를 저어갔다. '프리마'는 장녀인 열세 살 로리나 샬롯 리들, '세컨다'는 열 살 앨리스 플레전스 리들, '터샤'는 막내인 여덟 살 이디스 리들이다.* 당시 캐럴은 서른 살이었다. 이날은 7월 4일 금요일이었는데, 시인 W. H. 오든은 이날을 "미국사에서와 마찬가지로 문학사에 길이 남을 날"이라고 평했다.

이 나들이 코스는 5킬로미터 정도의 거리로, 옥스퍼드 근처 폴리 브리지에서 시작해 갓스토 마을에서 끝났다. 캐럴의 일기에 따르면 "우리는 강 언덕에서 차를 마셨고", "저녁 8시 15분이 되어서야 다시 크라이스트처치에 도착했다. 그들을 내 방으로 데려가 내가 수집한 축소 사진들을 보여주었고, 9시 직전에 학장 관사로 돌려보냈다." 7개월 후 캐럴은 이 일기에 다음과 같은 메모를 덧붙였다. "이때 앨리스의 땅속 나라 모험 이야기를 들려주었다."

25년 후 캐럴은 「무대 위의 앨리스」[1]에 또 다음과 같이 썼다.

> 많은 나날 우리―어린 세 명의 아가씨와 나―는 조용한 그 강에서 함께 노를 저었다. 나는 아가씨들을 위해 많은 동화를 즉흥적으로 지어냈다. 시도 때도 없이 말이다. 신명이 난 이야기꾼에게 청하지도 않은 상상이 물밀듯 밀어닥칠 때는 물론이고, 탈진한 뮤즈가 옆구리를 꼬집히는 바람에 무슨 이야기든 하지 않을 수가 없을 때도 고분고분 이야기보따리를 풀어야 했다. 하지만 그 많은 이야기 중 어느 것도 기록되지 않았다. 한여름 하루살이처럼 이야기들은 황금빛 오후에 한나절 맴돌다 사라져버렸다. 우연히도 어느 날, 내 어린 청중 가운데 한 명이 자기를 위해 이야기를 글로 써달라고 조를 때까지는 말이다. 그것은 여러 해 전이었지만, 지금 이 글을 쓰고 있듯 눈에 선하게 기억하고 있다. 그때 나는 새로운 동화를 한사코 지어내고야 말겠다는 심정으로, 여주인공을 다짜고짜 토끼 굴 아래로 떨어뜨렸다. 뒤에 무슨 일이 일어나야 할지는 나 몰라라 하고. 그래서 결국, 사랑하는 한 아이를 즐겁게 해주려고(다른 동기는 기억나지 않는다), 자필 책으로 만들고, 못난 솜씨로 삽화까지 그려 넣었다. 드로잉을 배운 적이 없기에 모든 해부학과 미술 법칙에 거스르는 삽화였다. 내가 몇 해 전 영인본으로 펴낸 책이 바로 그것이다. 그 수작업 책을 완성하며 많은 새로운 아이디어를 보탰는데, 아이디어가 원래의 줄기에 붙어 스스로 쑥쑥 자라는 것 같았다. 그리고 여러 해가 지나 정식 출판을 하기 위해 전부 고쳐 쓰면서 다시 더 많은 아이디어가 스스로 몸집을 불렸다.
>
> (중략)
>
> 그리하여, 내 꿈들의 아이인 '앨리스'가 당차게 과거의 그늘에서 벗어나게 되었다. 너

서릿발 같은 엄명을 내리고,
세컨다 아가씨는 그나마 나긋한 말씨로
　　"얼토당토않은 소리도 섞어주기를!" 바라는데,
터샤 아가씨는 뜨문뜨문
　　이야기 허리를 똑똑 끊어요.

이윽고, 쥐 죽은 듯 조용해지면서
　　아가씨들은 환상의 날개를 펼치고는
너무나 신기하고 놀라운 나라를 누비고 다녀요,
　　꿈의 아이를 뒤쫓으며
새나 짐승이랑 도란도란 얘기도 나누며
　　이게 환상인지 실제인지 고개를 갸우뚱하며

그리고 영영, 환상의 샘이 마르고
　　이야기보따리를 탈탈 털린 뒤
지쳐버린 나는 우물쭈물 이야길 접으려고
　　"나머지는 이담에…." 그러자 득달같이
행복해하던 아가씨들 소릴 질러요.
　　"지금이 이담이에요!"

이러구러 슬렁슬렁, 하나씩 하나씩
　　이상한 나라[3]의 이야기가 늘어났답니다.
별나고 재미난 사건들이 뚝딱뚝딱 아퀴를 짓고●

───────────

● hammered out: 아퀴를 짓다. 일이나 말을 끝마무리하다. 결말을 내다.

를 탄생시킨 그 '황금빛 오후' 이후 많은 세월이 흘렀지만, 나는 바로 어제인 것처럼 생생히 떠올릴 수 있다. 구름 한 점 없는 푸른 하늘과 거울 같은 강물, 한가로이 나아가는 작은 배, 앞뒤로 나른하게 오락가락하는 노에서 떨어지는 물방울 소리, 그리고 (졸음 겨운 그 모든 장면들 속에서 오직 활기차게 살아 빛나는) 동화 나라의 새 소식에 굶주려 "안 돼"라는 말을 들으려 하지 않는 세 명의 열띤 얼굴이 지금도 눈에 선하다. 누군가의 입에서 흘러나온 "제발 이야기를 들려줘요"라는 말은 운명의 여신이 명한 말과도 같이 결코 뒤집을 수 없었다.

앨리스 리들은 이 일에 관한 기억을 두 번 기록으로 남겼고, 스튜어트 콜링우드는 그 기록을 『루이스 캐럴의 삶과 편지』[2]에서 다음과 같이 인용했다.

> 도지슨 선생님의 이야기 대부분은 옥스퍼드 근처의 뉴넘이나 갓스토까지의 강 나들이 도중 우리에게 들려준 것이다. 지금은 스킨 부인이 된 언니가 '프리마'였고, 나는 '세컨다', 여동생 이디스는 '터샤'였다. 앨리스 이야기는 어느 여름날 오후에 처음 시작되었던 것 같다. 그날 우리는 태양이 너무 이글거린 탓에 강 아래쪽 풀밭에 상륙, 배를 버려두곤 새로 만든 건초더미 아래서 발견한 아주 조그마한 그늘 속으로 몸을 피했다. 거기서 우리 셋은 입을 모아 입버릇처럼 "이야기를 들려줘요" 하고 졸랐고, 언제 들어도 재미난 이야기가 시작되었다. 도지슨 선생님은 때로 우리를 감질나게 하려고—어쩌면 진짜로 피곤해서—갑자기 이야기를 끊고 "그럼 나머지는 이담에"라고 말하곤 했다. 그러면 우리 셋은 입을 모아 "앗, 지금이 이담이에요!" 하고 절규했고, 이런저런 설득 끝에 이야기가 다시 시작되었다. 다른 날, 그 이야기는 아마도 배 안에서 다시 시작되었는데, 마음을 졸이게 하는 모험담을 풀어놓던 도중 종종 도지슨 선생님이 갑자기 잠에 곯아떨어진 척해 우리는 억장이 무너지곤 했다.

앨리스의 아들 카릴 하그리브스는 한 잡지에 기고한 글에서 어머니의 말을 다음과 같이 인용했다.[3]

> 『앨리스의 땅속 나라 모험』은 거의 전부 이글거리는 여름날 오후에 들려준 것이다. 풀밭 위로 뜨거운 아지랑이가 일렁일 때, 일행은 뭍으로 올라가 갓스토 근처의 건초더미 옆 그늘 속으로 피했다. 내 생각에 그날 오후 그가 들려준 이야기들은 평소보다 훨씬 더 좋았다. 그날의 나들이가 또렷이 기억날 정도인 데다, 다음날 나를 위해 그 이야기를 글로 써달라고 조르기 시작했을 정도였으니 말이다. 전에는 그런 적이 없었다. 그는 생각해보겠다고 말한 뒤 결국 머뭇거리며 약속을 했고, 마침내 그 것을 글로 쓰기 시작했다. 모두 나의 "계속, 계속해줘요"와 끈질긴 간청 덕분이다.

이야기가 다 끝나고서야

어스레해져 가는 날빛 아래

　　우리 행복한 뱃사람들은 집으로 배를 돌려요.

앨리스! 그대의 나긋한 손으로

　　아이다운 이야기 하나 가져다

얼기설기 아이들의 꿈이 서려 있는

　　추억의 신비한 동아리 안에 넣어주어요.

머나먼 나라를 누비고 다니며 꺾어온

　　꽃들로 엮은 순례자의 시든 화환인 양.[4]

루이스 캐럴이 찍은
머리에 화환을 쓴 앨리스 리들

마침내 우리는 덕워스 부제의 글을 입수했는데, 그것은 콜링우드의 『루이스 캐럴 그림책』[4]에서 찾아낸 것이다.

> 갓스토까지의 그 유명한 장기 휴가 뱃놀이 때, 그는 앞 노잡이를 맡아 노를 저었고 나는 정조수 노릇을 했다. 세 명의 리들 아가씨가 우리의 승객이었는데, 사실상 앨리스 리들을 위해 지어진 그 이야기는 내 어깨너머로 앨리스에게 전해졌다. 앨리스는 우리 작은 배의 키잡이 노릇을 했다. 앨리스가 배를 돌리며 하던 말이 기억난다. "도지슨, 이 모험담은 즉석에서 지어낸 거예요?" 그러자 그가 대답했다. "응, 노를 저으며 지어내고 있지." 우리가 학장 관사로 세 어린이를 데려다주었을 때 앨리스가 어떻게 말했는지도 생생히 기억난다. 그녀는 굿나잇 인사를 하고 말했다. "아, 도지슨 선생님, 저를 위해 앨리스의 모험을 글로 써주시면 좋겠어요." 그는 써보겠다고 말했고, 훗날 내게 말했다. 거의 꼬박 밤을 지새우며 그날 오후 그가 생명을 불어넣은 익살스러운 이야기를 다시 모아 자필로 책을 만들었다고. 그는 직접 삽화까지 그려 넣은 책을 선물했고, 그 책은 학장 관사의 응접실 탁자에서 종종 눈에 띄곤 했다.

슬프게도 덧붙일 말이 있다. 1950년 런던 기상청 기록[5]에 따르면, 1862년 7월 4일 옥스퍼드 근교의 날씨는 "서늘하고 약간의 비"였다.

이 사실은 훗날 옥스퍼드대학 산림학과의 필립 스튜어트에 의해 확인되었다. 그는 《옥스퍼드 래드클리프 천문대의 천문기상관측》[6]에 따르면, 7월 4일 날씨가 오후 2시 이후 비, 구름 많음, 그늘 최대 온도는 20도였다고 내게 편지로 알려주었다. 이러한 기록은 캐럴과 앨리스가 그날의 기억과 화창한 날의 비슷한 뱃놀이를 혼동했다는 견해를 뒷받침한다.

그러나 이 문제는 여전히 논란의 여지가 있다. 더블린 공항의 H. B. 도허티가 쓴 「이상한 나라의 앨리스 날인 1862년 7월 4일 날씨」[7]를 보면, 그날이 결국은 건조하고 화창했을 거라는 추측을 강력히 지지한다. 이 사실은 독자 윌리엄 믹슨이 내게 알려준 것이다.

- 라틴어로 첫째, 둘째, 셋째는 primo, secundo, tertio다.

2　첫 연에서 '조그마한little'이라는 낱말로 어떻게 세 번이나 언어유희를 하고 있는지 주목하라. 'liddle'이라는 발음은 'fiddle'과 라임을 이룬다.*

- 'little'은 대부분 '리들'이라고 발음한다. 마틴 가드너의 이 주석은 세 자매의 깜냥(능력·솜씨/skill)과 팔과 손이 little하면서도 동시에 fiddle하다는 것에 주목하고 있다. 'fiddle'은 대중음악용 '바이올린'이라는 뜻 외에 '(시간)을 낭비하다', '만지작거리다',

해리 퍼니스, 1908

'빈둥거리다'라는 뜻이 있다. 그런데 더 중요한 핵심은 따로 있다. 캐럴 당시는 물론 오늘날에도 영국에서는 'Liddell'을 '리들'로 발음한다(미국식 영어로는 '리델'). 따라서 시에 세 번 나오는 little은 리들 세 자매를 가리키는 언어유희이기도 하다.

3   '이상한 나라Wonderland'라는 말은 캐럴이 처음 지어낸 게 아니다. 피터 핀다**의 「완벽한 서한」에 이 말이 나온다. "공포에 가득 찬 다른 여행자들이 갈팡질팡하는 그곳에서/ 보라! 원더랜드Wonderland의 브루스는 얼마나 느긋한지."[8] 이 말은 또 토머스 칼라일의 『의상철학』[9]에도 다음과 같이 나온다. "그녀의 신비로운 원더랜드wonderland와 함께하는 판타지Fantasy 연주가 짧은 감각적 산문의 영역으로 편입되는 곳이 바로 이 자리이기 때문이다."

제목에 대한 캐럴의 고민은 친구인 톰 테일러에게 보낸 편지(1864. 6. 10.)에서 엿볼 수 있다. 원작인 『앨리스의 땅속 나라 모험』을 비롯해 '앨리스의 빛나는 시간', '엘프 나라에서 앨리스가 한 일' 등의 제목 후보에 대해 캐럴은 "너무 교훈 책 같다"면서 거부했다. 그런 책은 "광산 관리 지침을 강요하려 드는" 책이나 다름없다면서 말이다. 친구인 희곡 작가 톰 테일러는 『우리 미국인 사촌』의 저자인데, 이 희곡작품은 미국사의 비극에 한몫했다. 공교롭게도 에이브러햄 링컨이 이 작품을 보러 포드 극장에 갔다가 암살당했기 때문이다.

● 'wonderland'란 원래 '경이로운 상상의 나라', 혹은 '너무나 아름답거나 신기한 곳'을 일컫는 말이다. 이 낱말의 우리말 번역에 대해서는 두 번째 이야기 「눈물웅덩이」의 첫 번째 옮긴이 주(80쪽)를 참고하라.

●● 피터 핀다Peter Pindar는 저술가 존 울컷John Wolcot(1738~1819)의 필명이다.

4   성지 순례자들은 종종 머리에 '화환wreaths of flowers'을 썼다. 독자인 하워드 리스가 초서의 『캔터베리 이야기』 프롤로그에 나오는 다음 문장을 보내주었는데, 주요 등장인물인 소환사가 다음과 같이 묘사된다.

> 그는 머리에 화관garland을 쓰고 있었다.
> 술집 바깥 말뚝에 씌워놓은
> 호랑가시나무 덤불처럼 커다란….

하워드 리스는 이렇게 자문했다. "앨리스가 어른이 되었을 때, 어린 시절이라는 머나먼 나라에서 겪어온 시든 꽃다발 같은 추억 속에 이 이야기들도 담아두라는 것"을 캐럴이 암시한 것은 아닐까?

이 서시를 쓰기 몇 년 전, 캐럴은 머리에 화환을 얹은 앨리스의 사진을 찍었다.[10]

첫 번째 이야기

토끼 굴 아래로

앨리스[1]는 슬슬 따분해지기 시작했다. 냇가에서 언니 곁에 앉아 빈둥 거리다가, 언니가 읽는 책을 한두 번 슬쩍 훔쳐봤지만, 거기엔 그림도 이 야기도 없었다. "그럼 이딴 책이 무슨 쓸모가 있담? 그림도 이야기도 없 는걸" 하고 앨리스는 속으로 꽁알댔다.

그녀는 곰곰(날이 무더워 졸리고 멍했지만 제 딴에는 곰곰) 생각에 잠겼다. 데이지꽃으로 화환을 만들면 재밌으려나? 근데 데이지를 꺾어 모으며 땀깨나 흘릴 가치가 있을까? 그때 갑자기 분홍빛 눈의 하얀 토 끼[2]가 옆으로 휙 지나갔다.

토끼한테는 딱히 썩 눈여겨볼 만한 구석이 없었다. "어이쿠! 지각하 겠다, 지각!" 하고 토끼가 혼자 뇌까리는 소릴 듣고서도 아주 썩 이상

• 『앨리스』만큼은 아니겠지만 한때, 특히 철학과 과학 분야의 수많은 전문가들을 주석가 로 만들었던 영화 〈매트릭스〉에서 주인공 '네오'는 머리에 난 '구멍'을 통해 참혹한 '원더랜 드'라 불릴 만한 (실재) 세계로 빠지게 되는데, 그 시작은 "흰 토끼를 쫓아라"라는 말과 비중 이 거의 없는 여성 등장인물의 어깨에 새겨진 '흰 토끼' 문신이었다. 물론 『앨리스』 이후 흰 토끼가 다른 세계로의 인도자가 된 것이 이 작품뿐만은 아니지만. -편집자

▲ 루이스 캐럴, 1864
▶ 루이스 캐럴이 찍은 앨리스 리들, 1859

1　테니얼이 그린 앨리스는 앨리스 리들의 모습과 다르다. 앨리스 리들은 검은 머리를 짧게 자르고 앞머리도 가지런히 잘라 이마로 내렸다. 자필로 쓴 원작 『앨리스의 땅속 나라 모험』에 캐럴이 손수 그린 앨리스의 모습은 캐럴의 지인인 단테 가브리엘 로세티와 아서 휴즈의 그림에서 영감을 받은 것이다. 로세티의 그림은 애니 밀러를 모델로 그린 것이고, 휴즈의 그림은 캐럴이 소장한 〈라일락을 든 소녀〉라는 유화다.[1]
한때는 캐럴이 어린 메리 힐튼 배드콕의 사진을 테니얼에게 보내 그리게 했을 거라고들 생각했다. 그러나 1864년 7월 《편치》에 나온 그림(78쪽)으로 인해 그것은 아닌 것으로 밝혀졌다. 캐럴이 배드콕의 사진을 보기 6개월 전에 이미 앨리스의 모습이 그려졌기 때문이다.[2] 게다가 사진을 보냈다고 해도, E. 거트루드 톰슨에게 보낸 편지(1892. 3. 31.)에 캐럴은 이렇게 썼다. "테니얼 씨는 나를 위해 그림을 그려준 유일한 화가인데, 그는 단호하게 모델 사용을 거부하면서, 모델은 수학 문제를 풀기 위해 필요한 곱셈표보다도 더 쓸모가 없다고 선언했다!"
서시 첫 번째 주석에서 인용한 기고문인 「무대 위의 앨리스」에서 캐럴은 여주인공 앨리스의 성격을 다음과 같이 묘사했다.

　꿈속의 앨리스여, 그대의 양아버지 눈에 비친 그대 모습은 어떠할까? 그는 그대의 어떤 모습을 마음에 그릴까? 사랑스럽고, 무엇보다 사랑스럽고 온순한. 다시 말해 강아지처럼 사랑스럽고(진부한 직유법을 용서해주기 바란다. 세상에서 강아지처럼 순수하고 완벽하게 사랑스러운 것을 나는 알지 못하므로), 또한 아기사슴처럼 온순한. 나아가 예의 바른—누구에게나, 신분이 높든 낮든, 생김새가 위풍당당하든 기괴하든, 왕이든 쐐기벌레든, 심지어 황금으로 짠 옷을 입은 공주든 누구든, 그 누구하다는 생각은 들지 않았다. (뒤늦게 곰곰 생각해보니, 이상하다는 생각을 해야 했다는 생각이 떠올랐지만, 그때 그 순간엔 모든 게 당연해 보이기만 했다.) 하지만 토끼가 **조끼 주머니**에서 **회중시계**를 꺼내 시간을 보고, 다시 부랴부랴 달려갈 땐 달랐다. 앨리스는 벌떡 일어났다. 조끼를 입거나, 조끼 주머니에서 회중시계를 꺼내는 토끼는 생전 처음 본다는 생각이 번쩍 뇌리를 스쳤기 때문이다. 활활 호기심에 불탄 앨리스는 들판을 가로질러 부리나케 토끼를 쫓아갔다. 때마침 토끼가 산울타리 아래 큼직한 토끼 굴로 홀쩍 뛰어내리는 게 보였다.

앨리스도 곧장 뒤따라 뛰어내렸다. 거길 다시 빠져나올 수 있을지는 눈곱만큼도 생각지 않았다.

토끼 굴은 터널처럼 얼마쯤 앞으로 곧게 나아가다가, 갑자기 아래로 푹 꺼졌다. 워낙 갑작스러워 멈춰야 한다는 생각을 할 겨를이 없었다. 생각을 좀 추스르고 보니, 앨리스는 그새 아주 깊은 우물 같은 곳에 빠져 아래로 추락하고 있었다.

우물이 너무너무 깊은 걸까? 아니면 너무너무 느리게 떨어지고 있는 걸까? 마냥 떨어지고 있는 와중 여기저기 둘러보기도 하고, 이담엔 무슨 일이 일어날지 궁금한걸? 하며 시간을 때울 만큼이나 시간이 철철 넘쳐흘렀다. 앨리스는 우선 아래를 내려다보며 장차 어디로 떨어질지 알아내려고 했다. 하지만 밑은 너무 깜깜해 아무것도 보이지 않았다. 그래서 옆을 살펴보니, 우물 벽에 찬장과 책시렁이 한가득했다. 여기저기 그림과 지도가 못에 걸려 있는 것도 보였다. 스쳐 지나가는 시렁에서 유리병을 꺼내 보니 **"오렌지 마멀레이드"**라고 쓰여 있었다. 하지만 속 상하게도 속이 텅 비어 있었다. 그렇다고 내동댕이치긴 싫었다. 혹시 누가 밑에 있다 맞아 죽으면 어쩌라고. 그래서 스쳐 지나가는 찬장 안에 간신히 도로 집어넣었다.[3]

에게나 공손한. 그리고 믿음이 충만한—너무나 믿음
이 충만해서, 꿈꾸는 이들만 아는 너무나 불가능
한 일들을 기꺼이 받아들일 준비가 된. 그리고
마지막으로, 모든 것이 새롭고 공정한
어린 시절, 죄와 슬픔이라는 공허한
말들이 그저 아무 의미 없는 명사
일 뿐인 어린 시절, 애오라지 행
복하기만 한 그 어린 시절의 나
날에만 찾아오는 열렬한 삶의 즐
거움으로 충만하고, 활활 호기
심에 불타오르는![3]

『이상한 나라의 앨리스』는 '앨리스'
라는 낱말로 시작된다. 이것은 명
백히 캐럴이 의도한 것이었다는 독
자 리처드 해머러드의 말에 나는 동
의한다. 라이먼 프랭크 바움의 『오즈
의 마법사』 이야기는 '도로시'라는 말
로 시작된다. 이러한 사실은 바움에게
끼친 캐럴의 영향을 은근히 보여준다. 린다
선샤인은 이 두 작가에게 바치는 아름다운 그림책들을 펴냈는데, 『앨리
스의 모든 것』과 『OZ의 모든 것』이 그것이다.[4] 린다 선샤인과 엔젤리카 카펜터, 피
터 한프, 나 자신을 비롯한 그 밖의 많은 이들이 캐럴리언Carrollian[캐럴 마니아]인 동
시에 오지언Ozian[오즈 마니아]이다.
존 테니얼이 그린 모든 삽화의 왼쪽이나 오른쪽 아래 구석에 있는 기호는 그의 이름
두 문자인 J. T.를 짜 맞춘 모노그램이다.

2   런던 종합대학의 D. T. 도노반 교수는 하얀 토끼가 분홍색 눈이라면 알비노, 곧
선천성 색소 결핍증 동물이라고 내게 일깨워주었다.

3   정상적인 자유낙하 상태에서는 앨리스가 유리병을 아래로 떨어뜨릴 수 없다(유
리병이 앞에 그대로 있을 것이다). 또한 찬장에 얹어놓을 수도 없다(추락 속도가 너무 빠
르니까). 이런 사실을 물론 캐럴도 알고 있었을 것이다. 흥미롭게도 그의 소설 『실비
와 브루노』 제8장에서 캐럴은 하강하는 집 안에서만이 아니라, 더 빠른 가속도로 아

베시 피즈 구트만, 1907

마거릿 태런트, 1916

앨리스 B. 우드워드, 1913

마일로 윈터, 1916

"후유!" 하고 앨리스는 속으로 좋알거렸다. "이렇게나 마냥 떨어진 뒤엔 집 안 계단에서 굴러떨어지는 것쯤은 별것도 아니겠어! 툴툴 털고 일어나면 식구들이 우아! 씩씩한걸? 하며 다들 기특해하겠지! 아니, 지붕에서 굴러떨어져도 까짓것 좋알거릴 일도 못 돼!" (확실히 그럴 듯했다.)⁴

아래로, 아래로, 아래로. 추락이 끝나긴 할까? "여태 몇 킬로미터나 떨어졌을까?" 앨리스는 큰 소리로 말했다. "이제 엎어지면 지구 중심에 코를 박을 거야. 어디 보자. 그러니까 6,400킬로미터*는 너끈히 떨어진 셈이겠지?" (다들 알겠지만, 앨리스는 이런 여러 가지 것들을 학교에서 배웠다. 아무도 듣는 이가 없으니 지식을 뽐낼 좋은 기회는 아니지만, 그래도 복습해볼 좋은 기회이긴 하다.) "그래, 그쯤이 맞는 거리야. 하지만 내가 코를 박을 위도와 경도는 모르겠는걸?" (앨리스는 위도와 경도에 대해 까막눈이지만, 그게 아주 웅장한 말로 여겨졌다.)

앨리스는 곧이어 다시 떠들어댔다. "이러다 혹시 지구를 뚫고 나가는 건 아닐까?⁵ 머리를 땅에 박고 다니는 사람들 사이로 툭 튀어 나가면 꽤나 웃길 거야! 거긴 '극혐antipathies'⁶이라지, 아마?"** (그녀는 이번엔 아무도 듣는 이가 없어 오히려 기뻤다. 뭔가 좋지 않은 말 같아서였다.) "…하지만 그 나라 이름이 뭔지는 물어봐야겠어, 그치?⁷ 실례합니다, 아주머니, 여기가 뉴질랜드인가요? 아님 호주?" (그렇게 말하며 앨리스는 깍듯하게 절을 하려고 했는데, 상상해보라. 공중에서 추락하는 도중에 사뿐 무릎을 굽히고 상체를 숙이며 절을 하다니! 그게 잘 될 성싶은가!) "아냐. 그렇게 물으면, 어린 소녀가 되게 무식하네? 하고 생각할 거

• four thousand miles: 줄잡아 6,400킬로미터. 이는 지구의 반지름이다.
•• 중력에 대해 모르는 앨리스에게 지구 반대쪽이란 거울처럼 반전된 세상이다. 그래서 지구 반대쪽에서는 땅에 머리를 박고 다닐 거라는 아이다운 상상을 한다. 그것은 과연 '극혐'일 만하다.

래로 당겨지는 집 안에서 차를 마시는 것의 어려움을 묘사하고 있다. 이는 어느 면에서 아인슈타인의 유명한 '사고 실험'을 앞선 것이다. 아인슈타인은 상대성 이론의 여러 측면을 설명하기 위한 '사고 실험'에서 자유낙하하는 엘리베이터를 이용했다.

4 윌리엄 엠프슨은 이것이 『앨리스』에서 처음으로 죽음에 관한 농담을 한 것이라고 지적했다(『전원시의 여러 유형』[5] 중 루이스 캐럴에 관한 대목에서). 앞으로 더 많은 죽음에 관한 농담이 나온다.

5 캐럴 당시, 지구 중심을 관통하는 구멍으로 물체를 떨어뜨리면 어떤 일이 일어날 것인가에 대한 추측이 꽤 유행했다. 고대 그리스의 철학자 플루타르코스가 먼저 이 질문을 던진 적이 있고, 프랜시스 베이컨과 볼테르를 비롯한 많은 유명 사상가들이 이에 대한 논쟁을 벌였다. 갈릴레오는 정답을 내놓았는데, 즉 그 물체는 지구 중심에 도달할 때까지 속도가 증가하지만 가속도는 감소한다. 지구 중심에 이르면 가속도가 제로가 되고, 그 후 지구 반대쪽 입구에 도달할 때까지 속도가 떨어지면서 감속도가 증가한다. 반대쪽 입구에 이르면 다시 지구 중심으로 떨어질 것이다.[6] (그 구멍이 남극에서 북극으로 이어진 게 아닌 한) 지구 자전에 의한 코리올리의 힘과 공기 저항을 무시하면 물체는 영원히 위아래로 진동할 것이다. 물론 공기 저항으로 인해 결국 지구 중심에서 멈추게 될 것이다. 관심이 있는 독자라면 프랑스 천문학자 카미유 플라마리옹의 「지구를 관통하는 구멍」을 보라(섬뜩한 삽화만 보겠다면 348쪽을 보면 된다).[7]

이 문제에 대해 캐럴도 관심이 있었다. 『실비와 브르노』완결편 제7장에 (뫼비우스의 띠와 사영 평면, 기타 기발한 과학·수학적 장치 외에도) 유일한 동력원으로 중력을 이용하는 열차를 운행하는 주목할 만한 방법이 기술되어 있다는 사실만 보아도 그렇다. 이 열차 선로는 한 마을에서 다른 마을까지 완벽한 직선 터널을 통과한다. 터널 중간은 필연적으로 터널 끝보다 지구 중심에 더 가깝기 때문에 열차는 터널 중간까지 내달리며 터널의 다른 절반을 나아갈 수 있는 충분한 추진력을 얻는다. 묘하게도, 그 열차는 (공기 저항과 바퀴 마찰력을 무시하면) 지구 중심을 관통하는 물체의 낙하 시간과 정확히 같은 시간[편도 42분]을 운행하게 된다. 이 시간은 터널 길이와 관계없이 일정하다.

다른 많은 어린이 판타지 작가들도 원더랜드에 들어가기 위한 장치로 지구 중심부로 낙하하는 방법을 이용했다. 특히 L. 프랭크 바움과 루스 플럼리 톰슨이 각각 『도로시와 오즈의 마법사』와 『오즈 왕실의 책』에서 이를 이용했다. 바움은 또한 『오즈의 틱톡』에서 효과적인 플롯 장치로 지구를 관통하는 터널을 이용했다.

블랑슈 맥마누스, 1899

M. L. 커크, 1904

야! 그래, 절대 안 물어볼 거야. 어딘가 씌어 있는 게 눈에 띄겠지."

아래로, 아래로, 아래로. 앨리스는 딱히 할 일이 없어서, 다시금 쫑알거리기 시작했다. "오늘밤 다이나가 무척이나 날 보고 싶어 할 거야. 그걸 깜빡했네!" (다이나[8]는 고양이다.) "식구들이 티타임에 다이나에게 우유 한 접시 따라주는 걸 잊지 말아야 할 텐데. 사랑하는 다이나! 여기서 나랑 같이 떨어지면 얼마나 좋을까! 이 공중에 쥐는 없는 것 같지만, 박쥐는 잡을 수 있을 거야. 그건 쥐랑 꼭 닮았어, 그치? 근데 고양이가 박쥐도 먹나 모르겠네?" 이쯤에서 슬슬 졸리기 시작한 앨리스는 몽롱해진 채 혼잣말을 계속했다. "고양이는 박쥐도 먹지? 박쥐도 먹지?" 그러다간 가끔 "박쥐도 고양이 먹지?" 하고 쫑알거렸다. 어차피 답을 모르니까, 뭐라 쫑알거리든 상관없었다. 근데 내가 졸고 있나? 싶은 순간 앨리스는 어느새 꿈나라로 넘어가, 다이나와 손을 맞잡고 걸으며 아주 열렬히 말했다. "얘, 다이나, 솔직히 말해봐. 박쥐를 먹어본 적 있어?" 그때, 앨리스는 돌연 털퍼덕! 우지직! 하며 마른 낙엽과 삭정이 더미 위에 떨어졌고, 마침내 추락은 끝났다.

조금도 다치지 않은 앨리스는 바로 벌떡 일

윌리 포거니, 1929

6 antipathies는 물론 antipodes를 잘못 말한 것이다. antipodes는 지구의 정반 대 쪽에 있는 두 지점, 곧 지구 대척점을 뜻하는 말이다. 실제로 뉴질랜드에는 안티포 데스 제도라는 이름의 무인 화산섬들이 있었고, 지금도 있다.*

● 발음이 같거나 비슷한 말로 언어유희를 하는 것을 말라프로피즘malapropism이라 한다. 앨리스가 사는 런던과 뉴질랜드의 안티포데스 제도 인근이 실제로 지구 대척 점인데, 캐럴은 "거긴 혐오스러운 데 아냐?" 하고 의뭉을 떤다. 땅에 머리를 박고 다 니면 극혐인 게 맞을 테니, 이는 절묘한 말라프로피즘이다. 이런 말라프로피즘 언어 유희는 대부분 번역이 불가능하다. 그럴 경우 본문에 영어 낱말을 병기해 언어유희 라는 것을 알아볼 수 있게 하고, 따로 옮긴이 주는 달지 않았다.

7 딱히 의미가 없는 추임새로 앨리스가 '그치you know'란 말을 쓴 것은 이것이 처 음이다. 놀랍게도 제임스 B. 홉스는 『앨리스』 두 권 모두에서 앨리스가 이 추임새를 30번 이상 말한다는 사실을 일러주었다. 다른 등장인물들은 50번 이상 말한다! 이 횟수는 추임새가 아닌 경우를 뺀 것이다.

앨리스와 다른 등장인물들이 자주 쓰는 이 말을 오늘날의 미국 젊은이들 다수가 심 지어 나일 먹고도 곧잘 쓴다. 'you know'가 캐럴 당시에도 그렇게 널리 쓰였을까? 홉스는 이런 재미난 사실에 주목했다. 즉, 앨리스가 쐐기벌레에게 "you see"(앨리스가 좋아하는 또 다른 추임새)라고 말하자, 쐐기벌레가 곧이곧대로 "I don't see(안 된다)"라 고 대답한다. 나중에 앨리스가 또 "you know(이해되시죠?)"라는 추임새를 쓸 때는 강하게 이렇게 대답한다. "I *don't* know(전혀 안 돼)."*

● 'you know/you see'라는 영어 추임새는 주로 세 가지 맥락에서 쓰인다. 첫째, 말 문을 열기 위해. 둘째, 말하는 도중에 말문이 막혀 잠깐 우물쭈물할 때. 셋째, 말을 마 치고 상대의 공감이나 동의를 구하려 할 때. 앨리스는 주로 셋째 용도로 쓴다. 이 말 을 살리기 위해 불가피하게 "이해되시죠?"라고 번역하거나, 우리말 문장에서는 이런 영어 추임새가 오히려 문맥을 파괴하기 십상이어서 상당 부분 번역을 생략했다.

8 리들 세 자매는 집에서 키우는 두 얼룩고양이 다이나와 빌리킨스를 좋아했다. 고양이 이름은 〈빌리킨스와 그의 다이나〉라는 대중가요에서 따온 것이다. 다이나는 두 아기고양이 키티와 스노드롭과 함께 『거울 나라의 앨리스』 첫 번째 이야기에 다 시 등장하고, 나중 앨리스의 꿈에도 빨간 여왕과 하얀 여왕으로 나온다.

어났다. 고개를 들어보니 머리 위는 온통 깜깜했다. 앞에는 다른 긴 통로가 있었고, 여전히 부랴부랴 꽁지 빠지게 달려가는 하얀 토끼가 눈에 띄었다. 놓치면 안 돼! 바람처럼 쫓아간 앨리스는 때마침 토끼가 모퉁이를 돌아가며 말하는 소릴 들을 수 있었다. "아이고! 내 꽁지야," 너무너무 늦었어!" 앨리스가 바짝 다가가 모퉁이를 돌았을 때 토끼는, 벌써 온데간데 없었다. 길고 나지막한 복도에 앨리스 혼자 덩그러니 서 있을 뿐이었다. 그때 천장⁹에 줄지어 매달린 램프가 켜졌다.

복도 옆에는 줄줄이 방문이 나 있었다. 끝에서 끝까지 복도를 왔다 갔다 하며 문을 밀치고 당겨봤지만, 모두 꽁꽁 잠겨 있었다. 앨리스는 복도 중간으로 애처롭게 걸어가며 생각했다. 어떻게 다시 나간담?

앨리스는 문득 작은 탁자와 맞닥뜨렸다. 순전히 유리로 된 다리 세 개짜리 탁자였다. 탁자 위에는 자그마한 황금열쇠 하나만이 놓여 있었다. 복도 방문들 가운데 하나를 여는 열쇠일 거라는 생각이 퍼뜩 들었다. 그런데 엉? 열쇠 구멍이 헐렁헐렁했다. 구멍이 너무 큰 거야, 아님 열쇠가 너무 작은 거야? 암튼 어느 방문도 열리지 않았다. 하지만 복도를 돌며 두 번째로 구멍을 맞춰볼 때, 앨리스는 전에 보지 못한 방문을 발견했다. 거긴 나지막이 커튼이 드리워져 있었는데, 커튼 뒤에는 높이가 40센티미터쯤 되는 작은 문이 나 있었다. 자그마한 황금열쇠를 구멍에 끼우자, 반갑게도 딱 맞았다!¹⁰

문을 열어보니 비좁은 통로가 뚫려 있었다. 쥐구멍만 하달까. 무릎을 꿇고 구멍을 들여다보니, 그 어떤 정원보다 더 아름다운 정원이 내다보였다.¹¹ 앨리스는 어두운 복도를 어서 벗어나, 화사한 저 꽃밭과 저 시원

● Oh! my ears and whiskers: "오마이갓!"을 토끼답게 바꿔 말한 것이다. 유머러스한 어법이지만, 동시에 캐럴이 성직자답게 신을 세속적으로 거론하지 않으려는 것일 수도 있다.

9 브라이언 사이블리는 하얀 토끼가 복도를 총총히 달려가고 있는 테니얼의 삽화 (85쪽)에 주목했는데, 천장에는 램프가 매달려 있지 않다.*

● 원문에 '천장'이 'roof'로 되어 있어서, 램프가 ceiling이 아니라 roof에 매달려 있다는 것을 환기시키는 주석이다. 즉, 이 복도는 토끼 굴이고, 굴의 천장은 ceiling 이 아니라 roof라고 한다. 나중에 복도에서 키가 커진 앨리스는 'roof(천장)'에 머리를 찧는다.

10 신비의 문을 여는 황금열쇠는 빅토리아 시대 판타지에 자주 나타난다. 다음은 스코틀랜드 작가 앤드루 랭Andrew Lang(1844~1912)의 「책벌레의 발라드」 2연이다.

> 요정들이 내게 준 선물 하나 (대개는 세 개를
> 그들은 옛날에 주었지만)*
> [내가 받은 것은] 책을 사랑하는 마음,
> 마법의 문을 여는 그 황금열쇠.[8]

로저 랜슬린 그린은 옥스퍼드 판 『앨리스』에 단 주석에서 이 황금열쇠를 조지 맥도 널드의 유명한 판타지 「황금열쇠」에 나오는 천국으로 가는 마법 열쇠와 연결시킨다. 「황금열쇠」는 『이상한 나라의 앨리스』가 출판된 지 2년 후인 1867년에 나온 책 『요 정과의 거래』에 처음 실렸다. 그린은 캐럴과 맥도널드는 친한 친구 사이여서 캐럴이 「황금열쇠」 원고를 읽었을 가능성이 있다고 했다. 맥도널드는 또 「황금열쇠」라는 제 목의 시도 썼는데, 이 시는 1861년에 발표되었다. 그러니 캐럴이 앨리스 이야기를 쓰 기 전에 먼저 읽었을 가능성이 크다. 판타지 「황금열쇠」는 마이클 패트릭 헌의 훌륭 한 문집 『빅토리아 시대의 동화』[9]에 다시 실렸다.

● 랭의 요정 선물 세 개는 아름다움, 남을 즐겁게 하 는 능력, 그리고 위트다. 하지만 요정의 여러 선물 은 결국 쓸모없게 된다는 게 요정 이야기의 클 리셰다.

11 T. S. 엘리엇은 문학평론가 루이스 L. 마르츠에게 이렇게 밝혔다. 그가 『네 개의 사중주』의 첫 번째 시인 「번트 노튼」에 다 음과 같은 내용을 쓸 때 앨리스의 이 일화 를 염두에 두고 있었다고.

윌리엄 펜할로우 헨더슨, 1915

한 분수에서 놀고 싶었다. 하지만 문*으로는 머리도 들이밀 수 없었다. "내 머리가 기어코 들어간대도, 어깨 없는 머리가 무슨 소용이람. 망원경처럼 몸을 차곡차곡 접을 수 있다면 얼마나 좋을까!¹² 실마리만 찾으면 어떻게든 해낼 수 있을 텐데." 다들 알다시피 이제까지 얼토당토않은 일이 한두 번 벌어진 게 아니라서 앨리스는 이제 불가능한 일은 없다고 생각하던 참이었다.

앨리스는 작은 문간에서 기다려봐야 소용이 없을 것 같아 탁자로 돌아갔다. 혹시 다른 열쇠가 있지 않을까? 아님 망원경처럼 사람을 차곡차곡 접는 요령이 적힌 책이라도? 하고 바라며. 그런데, 이번엔 탁자에서 작은 병을 발견했다. ("아까는 분명 없었는데?" 하고 앨리스는 중얼거렸다.) 유리병 목에는 작은 종이 레이블이 매달려 있었는데, 거기엔 **"나를 마셔라"**라는 멋들어진 글자가 큼직하게 쓰여 있었다.¹³

"나를 마셔라!"라는 말은 아주 솔깃했지만, 앨리스는 똑똑한 아이라 **다짜고짜** 마시진 않았다. "그래, 우선 살펴봐야지. '독'이란 표시가 있는지 알아볼 거야." 그건 근사한 전래동화¹⁴를 여러 편 읽어보았기 때문이다. 친구들이 가르쳐준 규칙**을 까먹는 바람에 불벼락을 맞거나, 늑대에게 날름 잡아먹힌다거나 하는 동화 말이다. 끄트머리가 새빨갛게 단 부지깽이를 오래 쥐고 있으면 손이 덴다거나, 손가락을 칼에 푹 찔리

• 앨리스는 나중에 이 작은 문을 지나 장미 한 그루가 있는 정원으로 들어간다. 하지만 11번 주석에 인용된 엘리엇의 시에서는 장미 정원 안에 이 문이 있다. 이 문은 최초의 세계로 들어가는 최초의 문이다. 메아리는 정원의 장미 꽃잎에 앉은 먼지를 흐트러트리고 그 최초의 세계로 사라진다. 최초의 세계란 영원한 가능성으로 남아 있는 에덴동산일 것이다. 에덴동산Garden of Eden도 정원이니까, "우리가 결코 열지 않았던 문"은 그 비밀의 정원으로 나 있다. 앨리스는 그 문을 연다.

•• rule: 이런 대목에서는 '행동 방침' 정도로 새겨야 더 적절하지만, 여러 차례(『이상한 나라의 앨리스』에서 아홉 번) 나오는 이 말을, 다소 어색한데도 '규칙'이라고 일관되게 새긴 것은 캐럴이 수학자답게 규칙이라는 말을 좋아했을 법해서다.

블랑슈 맥마누스, 1899

『유아용 앨리스』에 실린 존 테니얼의 채색화, 1890

면 피가 철철 나니까 조심하라는 것처럼 아주 간단한 규칙인데도 그런 걸 기어코 까먹다니. 앨리스는 결코 까먹은 적이 없었다. '독'이라고 표시된 걸 마셨다가는 보나 마나 "나를 마셔라!" 하는 말에 조만간 뽀드득 이를 갈게 될 것이다.

하지만 병에는 '독'이란 표시가 확실히 없었다. 그래서 용감하게 찔끔 맛을 보았더니, 맛이 아주 그만이었다. (실은 체리 타르트와 커스터드, 파인애플, 칠면조 구이, 토피, 매콤한 버터 토스트 맛이 뒤범벅되어 있었다.) 앨리스는 단숨에 쭉 들이켰다.

현재의 시간과 과거의 시간은

아마도 모두 미래의 시간에 존재하며

미래의 시간은 과거의 시간에 담겨 있었을 것이다.

만일 모든 시간이 영원히 현존한다면

어떤 시간도 만회할 길이 없다.

있을 수 있었던 일은 하나의 추상으로

다만 사색의 세계에서만

영원한 가능성으로 남아 있으므로.

있을 수 있었던 일과 실제로 있었던 일은

언제나 현재인 한끝을 가리키므로.

발소리가 추억 속에서 메아리를 울리며

우리가 가보지 않은 통로를 지나

우리가 결코 열지 않았던 문을 향하여,

장미 정원 안으로 사라진다.[10]

12 캐럴은 치마를 부풀리는 크리놀린(거칠고 뻣뻣한 섬유) 패션을 극도로 싫어했다(『거울 나라의 앨리스』 아홉 번째 이야기 「여왕 앨리스」 11번 주석 참고). 왼쪽의 『유아용 앨리스』 삽화와 원래 『이상한 나라의 앨리스』에 실린 오른쪽 삽화를 비교해보라. 전자는 크리놀린의 양이 극적으로 줄어들고 파란 나비매듭 리본이 추가되었다. 또한 드레스의 채색에 주목하라. 이런 채색은 『유아용 앨리스』와 캐럴이 허가한 모든 이상한 나라 캐릭터 상품(1889년의 원더랜드 우표 수집앨범과 1894년의 드 라 루 카드 게임)에 쓰였다. 노란 옥수수 빛깔! 거의 어디에나 나타나는 파란 드레스가 어디에서 유래한 것인가에 대한 추측은 「나 파래?」[11]를 참고하라.

13 빅토리아 시대 약병에는 돌려 따는 뚜껑이나 부착된 레이블label이 없었다. 마개는 코르크였고, 레이블은 약병 목에 대롱대롱 묶여 있었다.

14 '근사한 전래동화'는 그리 근사하지 않았다고 찰스 로빗이 내게 일깨워주었다. 전래동화는 소름 끼치는 이야기들로 가득했는데, 대개 경건한 교훈을 포함하고 있었다. 예를 들어, 스테파니 러빗(북미 캐럴협회 회장)이 말해주듯, 루이스 캐럴의 서재에는 1811년의 동화 「엘런, 곧 교화된 개구쟁이 소녀」가 있었다. 이 이야기는 부모의 말을 안 듣는 소녀를 멀리 쫓아냈다가, 소녀가 할머니의 심부름을 훌륭하게 해내는 것을 우연히 보고 다시 함께 산다는 이야기다. 캐럴은 『앨리스』에서 그러한 교훈들을 폐기 처분함으로써 어린이들을 위한 새로운 소설 장르를 개척했다.

"기분이 너무 요상해!" 앨리스가 말했다. "내가 망원경처럼 접히고 있나 봐!"[15]

정말 그랬다. 앨리스는 이제 키가 25센티미터밖에 되지 않았다. 아름다운 정원으로 난 작은 문을 이젠 지나갈 만한 크기가 되었다는 생각에 앨리스는 얼굴이 활짝 펴졌다. 하지만 좀 더 줄어들지 몰라 얼마간 기다리고 있자니, 불안감이 슬그머니 고개를 쳐들었다. "마냥 줄어들다간 양초처럼 다 녹아버릴지도 몰라, 그치?"[16] 앨리스는 혼잣말을 했다. "그럼 나는 어떻게 되는 걸까?" 촛불이 꺼진 뒤 그 불꽃이 무엇처럼 보일지 앨리스는 상상해보려고 했다. 그런 것을 본 기억이 없었기 때문이다.

얼마 후, 아무런 일도 일어나지 않는 것을 알게 된 앨리스는 곧장 정원으로 가려고 했다. 그러나 에그, 불쌍한 앨리스![17] 앉은뱅이 문에 다가가서야 황금열쇠를 탁자 위에 두고 온 것을 알아차린 것이다. 탁자에 돌아가 보니, 열쇠가 손에 닿지 않았다. 유리탁자 밑바닥을 통해 빤히 열쇠가 보여서, 탁자 다리 하나를 껴안고 바둥바둥했지만 너무나 미끄러웠다. 바둥거리다 녹초가 된 앨리스, 불쌍한 그 어린 것은 주저앉아 흐느껴 울었다.

"쳇, 그렇게 울어봐야 소용없어!" 조금은 앙칼지게, 앨리스는 자기한테 말했다. "너, 좋게 말할 때 뚝 그쳐라, 앙!" 그녀는 자기한테 충고를

● (Alice/she) said to herself는 '혼잣말을 하다'는 뜻의 관용구지만, 이런 대목에서는 말 그대로 '자기한테' 말한 것으로 읽어야 한다. 앨리스는 수없이 자기한테 말한다(혼잣말을 한다). 이 대목처럼 두 사람인 척하기 놀이가 아니라 해도 그것은 특별한 의미를 지니고 있다. 최후에 등장하는 아리송한 시편에서 그 특별한 의미가 드러나는데, 이 혼잣말, 곧 자기한테 말하기는 고유한 자기 정체성 확립이 안 된 것을 암시하는 복선으로 작용한다. 하지만 계속 자기한테 말했다고 번역하면 우리말 문맥이 너무 어색하고 껄끄러워서, 대부분 "혼잣말을 했다"라고 새길 수밖에 없었다.

15 앨리스는 크기가 12번 바뀌는데, 이번이 최초다. 캐럴은 사랑하지만 결혼할 수 없는 어린 앨리스와 장차 성장한 앨리스 사이의 커다란 괴리를 무의식적으로 이렇게 표출했을지도 모른다고 문학평론가 리처드 엘만Richard Ellmann (1918~1987)이 조심스럽게 제안했다. 테니얼의 그림에 나타난 여러 크기의 앨리스에 관해서는 의학박사 겸 저술가 셀윈 구데이커의 「원더랜드에서의 앨리스의 크기 변화에 관하여」[12]를 참고하라.

16 『거울 나라의 앨리스』 네 번째 이야기 「트위들덤과 트위들디」에서 트위들덤이 이와 동일한 촛불 비유를 들먹인다.

17 alas for poor Alice!: alas와 alice의 라임은 캐럴이 의도적으로 쓴 언어유희일까? 그건 확실치 않지만 『피네간의 경야』[13] 528쪽에서 제임스 조이스가 쓴 다음 구절은 의심의 여지가 없는 의도적인 언어유희다. "Alicious, twinstreams twinestraines, through alluring glass or alas in jumboland?"(점보랜드의 매혹적인 글라스 아니 알라스를 관류하는 앨리스적 두 줄기 두 갈래의 꼬인 혈통인가?) 그리고 또 270쪽 "Though Wonderlawn's lost us for ever. Alis, alas, she broke the glass! Liddell lokker[새 판본에서 looker로 교정했다] through the leafery, ours is mistery of pain."(원더론[경이로운 이상향 잔디나라]은 우리를 영원히 잃었지만. 앨리스여, 맙소사, 그녀는 거울을 깨뜨리고 말았구나! 리들은 이파리를 통해 [원더론을] 바라보니, [원더론을 보지 못하는] 괴로움의 수수께끼는 우리의 몫이다.)

『피네간의 경야』에서는 도지슨, 곧 캐럴과 『앨리스』를 수백 번 언급한다.[14] 대부분의 언급은 논란의 여지가 없는 사실이다. 하지만 『피네간의 경야』 여주인공 애나 리비아 플루라벨Anna Livia Plurabelle과 앨리스 플레전스 리들Alice Pleasance Liddell의 이름 두 문자가 묘하게 일치한다는 사실은 어떨까? 독자인 데니스 그린이 지적했듯이, 필명인 루이스 캐럴과 앨리스 리들이라는 이름은 낱말의 길이, 성씨의 모음과 자음 위치, 이중 자음 등이 일치하는데, 그게 다 우연의 일치일까?

ALICE   LIDDELL
LEWIS   CARROLL

문자 유희는 더 있다. 'Dear Lewis Carroll'의 첫 스펠링은 캐럴의 본명인 'Charles Lutwidge Dodgson'의 그것을 거꾸로 쓴 것이다.

더욱 흥미로운 점은 앨리스에게 카릴 리들 하그리브스Caryl Liddell Hargreaves라는 이름의 아들이 있다는 사실이다. 성씨를 제외한 이름 두 문자가 캐럴의 본명 두 문자와 잘하는 편이었다. (자기 충고를 귓등으로 흘려듣기 일쑤였지만) 때로는 진짜 앙칼지게 자기를 꾸짖어서 눈물이 쏙 빠질 때도 있었다. 요상한 이 아이는 두 사람 행세하는 걸 무척 좋아해서, 한번은 자기랑 크로켓 솜씨 겨루기를 하다가 자기한테 속임수를 썼다고 자기 귀뺨을 때린 일도 똑똑히 기억하고 있었다. "하지만 지금 두 사람인 척해봐야 뭐 한담!"[18] 아니, 의젓하게 **딱 한 사람** 노릇하기도 힘들기만 한걸."

바로 그때, 탁자 아래 놓인 작은 유리 상자가 눈길을 끌었다. 열어보니 안에 아주 작은 케이크가 담겨 있었는데, "**나를 먹어라**"라는 말이 케이크 위에 건포도로 멋지게 쓰여 있었다. "그래, 먹을 거야." 앨리스가 말했다. "이걸 먹고 더 커지면 열쇠가 손에 닿겠지. 더 작아지면? 그럼 문틈으로 기어갈 수 있어. 어느 쪽이든 정원에 들어갈 수 있으니 아무래도 좋아!"

앨리스는 케이크를 눈곱만큼 떼어먹고, 조마조마한 마음으로 종알거렸다. "어느 쪽이지? 어느 쪽이야?" 머리 위에 한 손을 얹고, 머리가 쑥 올라가는지 쑥 내려가는지 느껴보려 했다. 하지만 앨리스는 당황했다. 키가 그대로였던 것이다. 케이크를 먹은 뒤 누구나 그러는 게 당연하건만. 진작부터 앨리스는 얼토당토않은 일이 벌어지는 것에만 마음이 잔뜩 쏠려서, 당연한 일은 이제 아주 따분하고 시시하게만 여겨졌다.

그래서 앨리스는, 케이크를 꾸역꾸역 게 눈 감추듯 먹어 치웠다.

마거릿 태런트, 1916

PUNCH

VOL 46

LONDON:

PUBLISHED AT THE OFFICE, 85, FLEET STREET,

AND SOLD BY ALL BOOKSELLERS.

1864.

1864년 6월 《펀치》 표지
이는 테니얼이 그린 앨리스의 최초 모습으로 『이상한 나라의 앨리스』가 출판되기 1년 반 전이다.

일치한다. 또 다른 우연의 일치는 앨리스가 레지널드 하그리브스와 결혼하기 전에 진지하게 연애감정을 느낀 유일한 사람은 잉글랜드의 왕자 리어폴드였다. 두 사람은 왕자가 크라이스트처치 칼리지에 재학 중일 때 만났다. 빅토리아 여왕으로서는 왕자가 공주 아닌 여성과 결혼하는 것은 생각할 수도 없는 일이었고, 리들 여사도 이에 동의했다. 하지만 앨리스는 왕자가 선물한 웨딩드레스를 입었고, 왕자의 이름을 따서 둘째 아들 이름을 리어폴드라고 지었다. 몇 주 후 리어폴드 왕자는 공주와 결혼했는데, 딸의 이름을 앨리스라고 지었다. 앨리스가 셋째 아들 이름을 카릴이라고 지었을 때, 그녀가 옛 수학자 친구를 염두에 두지 않았다고 믿기는 어렵다. 하지만 그녀는 항상 그 이름을 어떤 소설에서 따왔다고 주장했는데, 소설 제목은 밝히지 않았다. 이러한 사실은 앤 클라크가 경이로운 저서인 『진짜 앨리스』[15]에서 밝힌 것이다.

18　데니스 크러치와 R. B. 샤버먼은 『외알 안경* 아래서』[16]라는 소책자에서 앨리스 리들이 두 사람인 척하기를 좋아했다는 증거는 없다고 주장했다. 오히려 캐럴이 소설 속 앨리스에게 자신의 많은 부분을 투사했다고 주장하면서, 캐럴이 항상 자신을 두 사람으로 분리하고자 했다는 점을 우리에게 일깨워주었다. 즉, 옥스퍼드의 수학자 찰스 도지슨과 어린이책 작가 겸 어린 소녀들을 사랑하는 사람으로서의 루이스 캐럴이라는 두 사람 행세를 하려 했다는 것이다.

● 외알 안경quizzing glass은 거울looking glass을 패러디한 말이다. 'quizzing'은 '집요하고 자세히 바라보는/질문하는'이라는 뜻이다.

두 번째 이야기

눈물웅덩이

"기분이 요상해, 점점 더 요오상해!"[•]

앨리스가 외쳤다(어찌나 놀랐는지 표준말을 쓰는 것도 잊을 정도였다). "내 몸이 접혔던 망원경처럼 활짝 펼쳐지고 있어. 세상에서 제일 큰 망원경처럼! 잘 있으렴, 내 발들아(아래를 굽어보니 두 발이 까마득히 멀어지고 있어서 가물가물했기 때문이다). 불쌍한 내 발들아, 이제 누가 너희한테 신발이랑 양말을 신겨주지? 나는 절대 못 할 거야! 너희랑 까마득히 멀어져 이제 내가 돌봐줄 수 없어. 그러니 어떻게든 너희들

• curiouser: curious 같은 3음절 이상의 형용사나 부사의 비교급은 뒤에 ~er을 붙이지 않고 앞에 more만 붙이므로, 이는 문법(표준말)에 어긋난 표현이다. 우리말 국어사전에는 '요상하다'가 '이상하다'를 잘못 쓴 말이라고 설명되어 있지만, 그건 아니라고 본다. 요상한 것은 그냥 이상하기만 한 것이 아니라 괴상하고 수상하고 야릇하고 얄궂기까지 한데, 그 이면에 강렬한 호기심이 자리 잡고 있는 것이다. 암튼 옮긴이는 그런 뜻으로 'curious'(19회)와 'queer'(13회)를 모두 일관되게 '요상한/요상해'로 옮겼다. 본문에서 '이상한'으로 새긴 말은 'wonder(wonderful/wonderland 포함)'(32회 사용 중 6회. 나머지 24회 중 22회는 의문을 나타내는 말이고, 4회는 '놀랍다'는 뜻으로 새겼다)이고 'odd'(1회)는 '야릇하다'로 새겼다. 덧붙이면, 앨리스의 '이상한 나라'는 이상하다는 말로는 너무나 부족한 요상함이 넘쳐난다. 'wonderland'가 원래 '경이로운 상상의 나라/놀랍도록 아름답거나 신기한 장소'를 뜻하는 말인데도 '이상한 나라'라는 번역이 이상하지 않은 이유가 거기 있다.

마거릿 태런트 , 1916

깜냥껏 잘들 해보렴. 하지만 난 쟤들에게 친절하게 대해야 해" 하고 앨리스는 생각했다. "안 그러면 나를 따돌리고 쟤들 멋대로 걸으려 할 거야! 어떡하지? 그래, 크리스마스 때마다 새 장화를 선물해야지."

앨리스는 그러곤 어떻게 장화를 전달할지 한참 궁리했다. "배달을 시켜야 할 거야" 하고 앨리스는 생각했다. "근데 얼마나 우스꽝스러워 보일까? 자기 발한테 선물을 부치다니 말이야. 주소는 또 얼마나 야릇해 보일까!"

> 벽난로 펜더
> 　근처의 깔개,
> 　　앨리스의 오른발님께.[1]
> 　　　(앨리스가 사랑을 담아)

"에구, 이게 다 무슨 뚱딴지같은 소리람!"

바로 그 순간 앨리스의 머리가 천장에 쿵 찧었다. 어느덧 키가 270센티미터를 넘은 것이다. 앨리스는 곧바로 조그마한 황금열쇠를 집어 들고 정원 문으로 냉큼 달려갔다.

불쌍한 앨리스! 이제는 너무 커서 할 수 있는 거라곤 모로 누워 한쪽 눈으로 정원을 내다보는 것이 고작이었다. 그러니 빠져나갈 가망은 더더구나 없었다. 앨리스는 주저앉아 다시 흐느껴 울기 시작했다. "부끄러운 줄 좀 알아라." 앨리스는 자기한테 말했다. "너처럼 크나큰 소녀가," (과연 크다고 말할 만했다) "이렇게 질질 짜다니! 당장 뚝 해, 엉!"

마거릿 태런트, 1916

1 펜더fender는 벽난로 아궁이와 그 앞 깔개 사이에 놓인 철제 칸막이를 뜻한다. 앨리스가 자신의 오른발에 '님께Esquire'*라고 한 것은 캐럴이 미묘한 영어/프랑스어 조크를 의도한 것일 수도 있다고 셀윈 구데이커는 생각했다. 프랑스어로 '발pied'은 당사자의 성별과 무관하게 남성명사이기 때문이다.

• 'esquire'는 잉글랜드에선 기사(준남작) 바로 아래의 상류계급 남자를 가리키는 말로 '향사/신사' 정도의 의미다. 오늘날에는 남녀 변호사 등 소수 특정인에게만 쓰인다.

해리 라운트리, 1916

하지만 앨리스는 하염없이 울었다. 눈물이 펑펑 쏟아져 둘레로 커다란 웅덩이가 생겼고 10센티미터나 고이자 복도가 반은 눈물에 잠겼다.

얼마 후 멀리서 자박자박, 발소리가 들려왔다. '뭐지?' 앨리스는 얼른 눈물을 훔치고 무엇이 오는지 바라보았다. 하얀 토끼가 돌아오고 있었다. 화려한 차림에, 한 손에는 하얀 어린이 장갑 한 켤레를, 다른 손에는 커다란 부채를 들고 있었다. 토끼는 다급하게 종종거리며, 뭐라고 구시렁거리며 다가왔다. "어이쿠, 여공작마님! 마님! 오래 기다리셨다면 노발대발할 게 뻔한데!" 이때 앨리스는 이만저만 낙담한 게 아니라서 누구에게라도 도와달라 부탁할 준비가 되어 있었다. 그래서, 토끼가 가까이 다가오자, 나지막이 소심한 목소리로 말문을 열었다. "부탁이 있는데요, 저…" 토끼는 화들짝 놀라, 하얀 어린이 장갑과 부채를 툭 떨어뜨리고는 젖 먹던 힘을 다해 어둠 속으로 줄행랑쳤다.[2]

2　캐럴은 「무대 위의 앨리스」에 다음과 같이 썼다(「서시」 첫 번째 주석에서 언급한 기고문).

> 그리고 하얀 토끼, 그의 성격은 어떠할까? 그는 '앨리스'와 같은 유형일까, 아니면 대조되는 유형일까? 분명 대조된다. 앨리스의 '어림'과 '대담함', '씩씩함', '목표를 향한 재빠른 직진성' 등에 비해 토끼는 '다소 늙음', '소심함', '무기력함', '우유부단하고 갈팡질팡'하는 성격이다. 독자는 내가 의도한 성격을 잘 이해할 것이다. 나는 하얀 토끼가 안경을 써야 한다고 생각한다. 그는 분명 늘 목소리가 떨리고, 무릎도 부들부들 떨림 직하다. 그의 전체적인 분위기는 거위에게 '왁' 소리 한번 못 지를 정도로 매우 소심하다는 것을 시사한다.*

이 이야기의 원작인 『앨리스의 땅속 나라 모험』에서 토끼는 부채 대신 꽃다발을 떨어뜨린다. 그리고 나중에 앨리스는 그 꽃향기를 맡고 몸이 줄어든다.

● 마지막 문장의 원문은 "his whole air suggest a total inability to say 'Bo' to a goose!"이다. 거위에게 '왁/까꿍' 하는 소리도 지르지 못한다는 것은 아주 소심하다는 뜻의 숙어이다. 그런데 나중에 하얀 토끼는 하인인 '팻'에게 "야, 이 멍청아you goose!" 하고 외치며 버럭버럭 화를 낸다(겁이 많지만 아랫것들한테는 결코 소심하지 않다). 반면 앨리스는 대단원에 이르기 전까지 소심할 때가 많아서, 캐럴의 캐릭터 설명엔 어폐가 좀 있다. 재미있는 사실은 위 인용문에서 캐럴은 goose를 분명 거위라는 뜻으로 썼는데, 영어권의 그 누구도 "you goose!"라는 말에서 결코 거위를 떠올리지 않고 멍청이만 떠올린다는 점이다. 네 번째 이야기 「토끼가 빌을 굴뚝으로 보내다」의 136쪽 첫 번째 옮긴이 주를 참고하기 바란다.

부채와 장갑을 집어 든 앨리스는 복도가 너무 더웠기에, 연신 부채질을 하며 계속 쫑알거렸다. "세상에, 세상에! 오늘은 모든 게 요상해! 어제는 모든 게 평소와 같았는데. 어떻게 하룻밤 만에 내가 변해버린 거지? 생각 좀 해보자. 오늘 아침에 일어나서도 **똑같았잖아?** 어쩌면 쪼끔 달라진 느낌이 든 것 같긴 하지만 말이야. 암튼 내가 달라졌다면, 다음 문제는 이거야. '도대체 나는 누구지?' 아, 그건 커다란 수수께끼야!" 그리고 앨리스는 또래의 모든 아이들을 곰곰 생각하기 시작했다. 달라져버린 나는 그 아이들 중 누구랑 닮았을까? 하고.

"에이다는 아닌 게 확실해." 앨리스가 말했다. "걔는 긴 곱슬머린데, 나는 전혀 곱슬머리가 아니니까. 메이블³도 아닌 게 확실해. 나는 두루두루 아는 게 많은데, 걔는 미련퉁이니까! 게다가 걔는 걔고, 나는 나지. 근데 이런 세상에, 이젠 내가 정말 나인지조차 아리송해! 내가 알았던 것을 지금도 아는지 알아봐야겠어. 구구단을 외어볼까? 사오는 십이, 사륙은 십삼, 사칠은… 이런 세상에! 이래서는 20까지 이르지 못할 거야!⁴ 에이, 구구단은 시시껄렁해. 지리로 해보자. 런던은 파리의 수도다. 파리는 로마의 수도다. 로마는…. 아냐, 다 틀린 게 분명해! 내가 메이블처럼 변하고 말았나 봐! 시를 읊어봐야겠어." 앨리스는 무릎 위에 가지런히 두 손을 모으고, 선생님 앞에서 교훈시를 읊듯이 암송을 하기 시작했다. 하지만 목소리가 어쩐지 귀에 설고 좀 까슬한 데다, 주워섬긴 낱말도 원래의 시와는 달랐다.⁵

　"꼬맹이 크로커다일 악어는요
　　빛나는 꼬랑지를 팡팡 휘두르며
　　솟구치는 나일강 물보라로
　　　황금 비늘을 샅샅이 씻는다지요!

3 원작인 『앨리스의 땅속 나라 모험』에서는 이들 이름이 에이다와 메이블이 아니라 거트루드와 플로런스였다. 둘은 앨리스 리들의 사촌이다.

4 앨리스가 20까지 외울 수 없는 이유에 대한 가장 단순한 설명은 다음과 같다. 영어권에서 곱셈표는 전통적으로 12단에서 끝난다. 이 난센스 구구단은 4×5는 12, 4×6은 13, 4×7은 14 등으로 이어져서 (앨리스가 12단까지 외우면) 4×12는 19가 되어 결코 20에 이르지 못한다.

A. L. 테일러는 저서 『하얀 기사』[1]에서 이에 대한 흥미롭고 좀 더 복잡한 이론을 발전시킨다. 10진법이 아니라 18진법일 경우 4×5는 실제로 12고, 21진법으로 4×6은 13이다. 이 과정을 계속 진행해서 항상 진법을 3씩 늘리면 답이 계속 1씩 증가하는데, 답이 20이 이르러야 할 때 이 진행이 처음으로 빗나간다. 즉, 42진법에서 4×13은 20이 되는 게 아니라, '1' 뒤에 '10'을 나타내는 기호를 붙인 숫자가 답이 되는 것이다.*

앨리스의 산술에 대한 또 다른 해석은 미국 수학교수 프란신 에이벌리스의 「진법 변화에 따른 곱셈─루이스 캐럴에 관한 주석」,[2] 그리고 케네스 D. 샐런스의 「수학 속의 앨리스」[3]를 참조하라.

● 10진법 4×5의 답 20이 18진법으로는 X2(18 더하기 2)인데, X2를 12라고 한 것은 X 대신 '1'이라는 기호를 쓴 것이다. 10진법 4×12의 답 48은 39진법으로 Y9(39+9). 이것 역시 Y 대신 '1'이라는 기호를 쓰면 답이 19가 된다. 4×13=52=42+10. 앞서와 같이 42는 '1'이라는 기호로 표기할 수 있는데, 10진법이 아닌 경우 10 이상을 나타내는 숫자가 없기 때문에 다른 기호를 써야 한다. 10을 A라고 하면 그 답은 1A가 된다.

5 『앨리스』에 나오는 시편들 대부분은 캐럴 시대 독자들에게 잘 알려진 시나 대중가요를 패러디한 것이다. 오늘날 원작은 거의 예외 없이 잊혀지고, 다만 캐럴이 조롱거리로 삼았다는 사실 덕분에 제목만 살아남았다. 조롱거리로 삼은 원작을 모르면 무엇을 재치 있게 풍자했는지 대부분 놓치고 말기 때문에, 모든 원작을 이번 개정판에 옮겨놓았다. 이번에 노련하게 풍자한 시의 원작은 아이작 와츠Isaac Watts(1674~1748)의 유명한 시로, 와츠는 영국의 신학자이자 유명한 찬송가 가사를 쓰기도 한 작가였다. 와츠의 시 「게으름과 해코지에 맞서」[4]는 다음과 같다. 캐럴은 빠르게 날며 항상 바쁜 꿀벌과는 한참 동떨어진, 게으르고 굼뜬 크로커다일 악어를 선택해 이 시를 패러디했다.

바삐 바지런 피우는 꿀벌은요

찰스 로빈슨, 1907

빛나는 시간을 살뜰히 아껴가며
활짝 핀 꽃송이를 낱낱이 찾아
　온종일 꿀을 모은다지요!

집을 짓는 솜씨가 얼마나 기막힌지 몰라!
　밀랍은 또 얼마나 깔끔하게 바르는지 몰라!
저네가 만든 달콤한 음식으로
　곳간을 한가득 채우려고 얼마나 힘쓰나 몰라!

힘쓰거나 솜씨 부리는 일이라면
　나도 바삐 바지런 피울 거예요
악마는 항상 게으른 일손을 찾아다니며
　이런저런 해코지를 일삼거든요.

책을 보거나 일하거나 건강하게 놀면서
　내 어린 시절을 보내야지.
그 모든 날들에 대해 마침내
　이런저런 자랑을 할 수 있는 어린 시절을.

How doth the little busy bee
　Improve each shining hour,
And gather honey all the day
　From every opening flower!

How skillfully she builds her cell!
　How neat she spreads the wax!
And labours hard to store it well
　With the sweet food she makes.

In works of labour or of skill,
　I would be busy too;
For Satan finds some mischief still
　For idle hands to do.

W. H. 로메인 워커, 1907

히죽거리는 모습이 얼마나 기분 좋아 보이나 몰라!

활짝 벌린 발톱은 또 얼마나 깔끔하나 몰라!

친절하게 헤벌쭉 웃는 턱주가리로

작은 물고기들을 얼마나 반갑게 맞이하나 몰라!"

"말이 달라진 게 분명해." 불쌍한 앨리스는 계속 입을 놀리며 다시 눈물을 글썽였다. "결국 난 메이블이 되고 만 거야. 그럼 이젠 그 초라한 집에 가서 살아야 할 거야. 가지고 놀 장난감은 없고, 아, 배워야 할 교훈만 무지무지 많겠지! 흥, 난 결심했어. 내가 만일 메이블이라면, 차라리 이 굴속에 남아 있을 거야! 사람들이 고개를 푹 숙이고 내려다보면서 '얘! 다시 올라와!' 하고 말해봤자 소용없어. 난 그저 고개를 쳐들고 이렇게 말할 거야. '내가 누군데 그러세요? 그걸 먼저 말해보세요. 만일 내가 그 누구인 게 맘에 들면 그때 올라갈게요. 맘에 안 들면 이 밑에 남아 있을 거예요. 내가 다른 누군가일 때까지 말예요.' 하지만 아, 어쩜 좋아!" 앨리스는 갑자기 눈물이 북받쳐 소리를 질렀다. "사람들이 고개

In books, or work, or healthful play,
    Let my first years be passed,
That I may give for every day
    Some good account at last.

• 위 시와 아래 앨리스의 영시에 나오는 낱말 'improve'는 고어로 use(특히, 유익하게 이용하다)를 뜻한다. 위 시의 마지막 연에서 관계대명사 that으로 시작하는 두 행은 바로 위 행의 'my first years', 곧 어린 시절을 꾸미는 말로, 훗날 '어떤 좋은 보고/설명some good account', 곧 자랑할 수 있도록 어린 시절의 모든 날들을 열심히 일하자는 위 시에 대해 캐럴은 악어처럼 이기죽거린다. 일하지 않고 게으름 피우면 그게 어린이라 해도 악마가 '항상still(고어)' '해코지mischief'한다고? 어린 시절에 일이라니! 놀아야지! 크로커다일 악어는 나일강에서 물장구치며 논다. 이 물장구는 놀이이자 목욕이다.

캐럴은 빅토리아 시대 사람답게 은근히 청결을 강조한다. 꼬맹이 크로커다일은 물장구치며 그냥 놀기만 하는 게 아니라 '모든 황금빛 비늘'을 씻는데, 행간을 읽으면 발톱까지 '깔끔하게neatly' 씻는다. (스스로 이토록 정갈하게 목욕하는 게으름뱅이가 있을까?) 다만 밥벌이 일을 하지는 않는다. 먹히러 오는 물고기들에게 '친절하게gently' 턱을 벌려줄 뿐이다.

캐럴 당시 노동 착취는 극심했는데, 여성과 어린이에게는 훨씬 더 가혹했다. 꼬맹이 크로커다일이 훌륭하고 건실한 일벌과 달리 손가락질당할 만한 게으름뱅이라고 해석하면 곤란하다. 그럴 경우 루이스 캐럴은 교훈의 알맹이를 패러디하지 않고 껍데기만 뒤집어 우스개 말장난만 한 꼴이 된다. 다음은 앨리스가 읊은 영시 원본이다.

"*How doth the little crocodile*
    Improve his shining tail,
And pour the waters of the Nile
    On every golden scale!

How cheerfully he seems to grin,
    How neatly spreads his claws,
And welcomes little fishes in,
    With gently smiling jaws!"

좀 숙여줬으면 정말 좋겠어! 여기 혼자 있는 건 너무 싫어!"

그렇게 말하며 자기 손을 내려다본 앨리스는 하얀 어린이 장갑 한 짝이 끼워져 있는 걸 보고는 깜짝 놀랐다. "조그마한 장갑을 어떻게 꼈지?" 하고 앨리스는 생각했다. "내가 다시 작아지고 있나 봐." 자리에서 일어난 앨리스가 탁자로 가 몸을 대고 제 깜냥껏 키를 재보니, 이제 60센티미터쯤 되는 듯했다. 그런데 빠르게 키가 더 줄어들고 있었다. 앨리스는 그것이 손에 쥔 부채 때문이라는 것을 금방 알아차렸고, 더는 줄어들지 않도록 때맞춰 부채를 얼른 떨어뜨렸다.

"정말 아슬아슬한 탈출이었어!" 앨리스는 느닷없는 변화에 엄청 놀라긴 했지만, 하마터면 사라질 뻔한 위기에서 탈출한 것이 기뻤다.[6] "그럼 이제 정원으로!" 앨리스는 작은 문을 향해 전속력으로 달려갔는데, 이럴 수가! 문은 다시 닫혀 있었고, 황금열쇠는 전처럼 유리 탁자 위에 놓여 있었다. "이러면 전보다 더 나쁘잖아." 불쌍한 앨리스는 생각했다. "전에는 결코 이렇게까지 작지 않았으니까 말이야. 결코! 단언컨대, 정말 안됐어, 정말!"

이런 말들을 꿍얼거릴 때, 앨리스의 한쪽 발이 주르륵 미끄러졌다. 다음 순간 퐁당! 하는 소리와 함께 소금물이 턱까지 차올랐다. 먼저 떠오른 생각은 난데없이 바다에 빠졌다는 것이었다. "그럼 기차를 타고 돌아갈 수 있겠어" 하고 앨리스는 자기한테 말했다. (앨리스는 한 번밖에 바다에 가본 적이 없어서 그처럼 허술한 결론에 이른 것이다. 그러니까 영국의 바닷가에 가면 어디든 수많은 해수욕 포장마차[7]가 바다 안에 떠 있고, 몇몇 아이들이 나무 삽으로 모래를 파고 있는 모습과 줄지어 들어선 숙박업소를 볼 수 있는데, 그 뒤로 기차역이 있다는 결론 말이다.) 하지만 그건 키가 270센티미터를 넘을 때 울어서 생긴 눈물웅덩이라는 것을 앨리스는 곧 알아차렸다.

6 천문학자들은 우주 팽창론의 양상을 설명하기 위해 앞서 앨리스의 키가 커진 장면을 인용하곤 했다. 이 구절에서 앨리스의 아슬아슬한 탈출은 저명한 수학자 에드먼드 휘태커 경이 한때 캐럴식의 농담처럼 개진한 우주축소론을 상기시킨다. 우주축소론에 따르면 우주 물질의 총량은 계속해서 줄어들고, 결국 우주 전체가 무로 사라지게 된다. "이 이론은 우주의 최종 운명에 대한 매우 간단한 그림을 제공하는 것으로 추천할 만하다"라고 휘태커는 말했다.[5] 만일 우주가 충분한 물질을 담고 있어서 [그 중력으로 인해] 팽창을 멈추고 대함몰Big Crunch을 향한 다른 방향으로 나아간다면, 그 역시 비슷한 소멸이 일어나게 된다.

7 Bathing machines: 이것은 바퀴가 달린 작은 개인용 라커룸이었다. 해수욕하려는 사람은 말로 원하는 깊이까지 이것을 끌고 들어가선 먼바다로 향한 문으로 슬그머니 나가 해수욕을 했다. 뒤쪽에는 커다란 파라솔을 펴서 다른 사람의 눈에 띄지 않게 했다. 이것은 프라이버시를 위해 백사장에서 탈의실로도 이용되었다. 이 예스러운 빅토리아 시대의 물건은 잉글랜드 켄트주 북부 해안의 마게이트에 살던 퀘이커교도 벤저민 비일이 1750년경 발명한 것으로 마게이트 해변에서 처음 사용되었다. 이후 필딩의 『톰 존스』에 나오는 미스터 올워시의 모델인 랄프 알렌이 웨이머스에 소개하기로 했다.[6]

캐럴의 훌륭한 난센스 시*집 『스나크 사냥』(부제: 고뇌의 여덟 시가詩歌) 중 제2편에 따르면, 이 해수욕 포장마차를 좋아하는 것은 진짜 스나크를 알 수 있는 '의심의 여지 없는 다섯 가지 표지' 가운데 하나다.

> 네 번째는 해수욕 포장마차를 좋아한다는 것이다.
>> 그것을 항상 이리저리 끌고 다니며
> 그것이 풍경의 아름다움을 북돋는다고 믿으니
>> 행여나 그럴까 하는 심정.

● 난센스 시nonsense poem란 대개 어린이를 위한 가벼운 운문 형태로, 상상의 캐릭터들이 나오고 재미난 판타지가 펼쳐지거나, 말도 안 되는 구절이나 의미 없는 신조어들을 담고 있는 시를 일컫는 말이다. 스나크는 캐럴이 창조한 환상 동물인데, 그 모습은 묘사되지 않는다(캐럴은 삽화도 거부했다). 캐럴은 이 시편들에 어떤 의미가 있다는 것을 일체 부정했는데, 나중에 유일하게 인정한 것이 하나 있다. 시편 『스나크 사냥』은 행복 탐색의 알레고리라는 것.
『이상한 나라의 앨리스』의 마지막 시편에 fit라는 낱말이 나오는데, 물론 '시가/시편'이라는 뜻이다. 하트의 왕은 이 말을 '발작/발끈'의 뜻으로 이해한다.

"많이 울지 말 걸 그랬어!" 하고 말하며 앨리스는 이리저리 헤엄을 쳐 나갈 데를 찾으려고 했다. "지금 벌을 받고 있는 걸 거야. 내 눈물에 빠져 죽다니! 그건 요상한 일이 아닐 수 없어, 확실히! 하지만 오늘은 모든 게 요상한걸."

바로 그때, 웅덩이 저만치에서 툼벙거리는 소리가 들려왔다. 앨리스는 더 가까이 헤엄쳐 가 그게 뭔지 살펴보았다. 처음에는 분명 바다코끼리 아니면 하마라고 생각했지만, 지금 자기가 엄청 작다는 것을 돌이켜보니, 이내 그것이 생쥐라는 걸 알 수 있었다. 생쥐가 자기처럼 미끄러져 물에 빠진 것이다.

"이제 와 생쥐에게 말을 건들 무슨 소용이람?" 하고 앨리스는 생각했다. "여기선 모든 게 너무나 얼토당토않으니, 생쥐도 말을 할 수 있다고 봐야 해. 암튼 말을 걸어서 손해 볼 건 없잖아?" 앨리스는 말을 건넸다. "오 생쥐여, 어떡하면 이 웅덩이에서 벗어날 수 있는지 아시나요? 저는 여기서 허우적거리는 게 너무 싫답니다, 오 생쥐여!" (생쥐를 부를 때는 "오 생쥐여!" 하는 것이 옳다고 앨리스는 생각했다. 전에는 한 번도 생쥐를 불러본 적이 없었지만, 오빠의 라틴어 문법책에서 훔쳐본 격변화[8]라는 것이 떠올랐기 때문이다. "생쥐가—생쥐의—생쥐에게—생쥐를—오 생쥐여!") 생쥐는 호기심 어린 눈으로 앨리스를 슬쩍 바라보았는데, 그 모습이 마치 앙증맞은 눈으로 윙크하는 것처럼 보였다. 하지만 생쥐는 아무런 말도 하지 않았다.

"우리말을 못 알아듣나 봐" 하고 앨리스는 생각했다. "아마도 프랑스 생쥐일 거야. 정복자 윌리엄과 함께 잉글랜드로 건너온 거지." (이런 말을 한 것은 앨리스가 역사 지식을 아무리 탈탈 털어도 어떤 일

테니얼의 그림 없이 출판된 최초의 『이상한 나라의 앨리스』에 나오는 삽화
오벤든과 데이비스는 『앨리스의 삽화가들』(1970)에서, 이것을 번역가인 엘러노라 만이 그린 것으로 잘못
추정하긴 했지만, 이 삽화를 그린 네덜란드 화가가 누군지는 알려져 있지 않다.

마일로 윈터, 1916

이 언제 일어났는지 아리송했기 때문이다.) 앨리스는 그래서 다시 말을
걸었다. "우 에 마 샤트?"* 이건 앨리스의 프랑스어 교과서에 처음 나오는
말이다.[9] 그 말에 생쥐가 갑자기 화들짝 놀라 폴짝 뛰어오르더니 부르
르 진저리를 쳤다. "앗, 죄송합니다!" 앨리스는 얼른 외쳤다. 불쌍한 동
물을 놀라게 한 것 같아서였다. "고양이 싫어하는 걸 깜빡했네요."

● Où est ma chatte?: 내 고양이는 어디 있나요?

8　셀윈 구데이커는 이 문법책이 『코믹 라틴어 문법』(1840)일지 모른다고 주장했다.[7] 그 문법책은 《펀치》의 작가 퍼시벌 리가 익명으로 쓴 것으로 《펀치》의 만화가 존 리치가 삽화를 그렸다. 캐럴은 초판을 소장하고 있었다. 이 책에서 격변화를 보여주는 명사는 오직 하나인데, 'muse(뮤즈)'에 해당하는 라틴어 'musa'가 그것이다. 구데이커는 앨리스가 "오빠의 어깨너머로 라틴어 문법책을 보고 musa를 mus로 오독했다"라고 주장한다. 라틴어 'mus'는 'mouse(생쥐)'를 뜻한다. 그런데 오거스트 A. 임홀츠 주니어는 앨리스의 격변화에 탈격이 빠진 사실을 지적했다.[8] 따라서 이것은 라틴어가 아니라 뮤즈를 뜻하는 고대 그리스어 'mousa', 곧 '*μοῦσα*'의 격변화일 가능성이 크다는 것이다. 과연 고대 그리스어 학자의 딸다운 지적이다.•

• 라틴어 격변화에는 주격(~가), 속격(~의), 여격(~에게), 대격(~를), 탈격(~한테서/~로부터), 호격(~야/~여) 등 여섯 가지가 있는데, 이중 탈격 '쥐한테서from a mouse'가 빠졌다. 반면에 고대 그리스어 격변화는 다섯 가지로 탈격이 없다.

9　휴 오브라언은 이 프랑스어 교본이 『소소한 것: 서너 살의 아이들을 위한 소소한 프랑스어 입문서』[9]라는 것을 알아냈다.

"고양이 싫어!" 생쥐가 카랑카랑 외쳤다. "네가 나라면 고양일 좋아하겠어?"

"음, 아마 싫어하겠죠." 앨리스는 나긋나긋 달래듯 말했다. "진정하세요. 그래도 우리 고양이 다이나는 꼭 보여드리고 싶어요. 일단 보시면 차츰 고양이를 좋아하게 될 거예요. 걔는 정말 얌전하거든요."

웅덩이에서 꼬물꼬물 헤엄을 치며 앨리스는 반은 혼잣말로 말을 이었다. "불가에 앉아서는 제 발을 핥고 얼굴을 씻으면서 기분 좋게 가르랑거리는데요. 보듬으면 얼마나 보들보들하다고요. 게다가 생쥐 잡는 데는 선수라니까요. 앗, 죄송합니다!" 앨리스가 다시 외쳤다. 이번에는 생쥐가 온몸의 털을 곤두세웠다. 진짜 성이 난 게 분명했다. "원치 않으시면, 우리 그 얘긴 그만두기로 해요."

"그만둬!" 생쥐가 머리끝부터 꼬리 끝까지 바들바들 떨며 외쳤다. "내가 그런 얘길 나누고 싶을 리 없잖아! 우린 고양이가 항상 **미웠어**. 고약하고, 미천하고, 상스러운 그것들일랑은 다시 이름도 꺼내지 마!"

"정말 그만둘게요!" 앨리스는 말머리를 돌리려 후딱 대답했다. "그럼 혹시, 좋아하시는지…, 그, 개, 개들은?" 생쥐가 대꾸를 하지 않자, 안심

해리 라운트리, 1916

한 앨리스는 침을 튀기며 이어 말했다. "아주 귀여운 강아지가 우리 집 근처에 있거든요. 그 강아지를 보여드리고 싶어요! 눈이 초롱초롱한 테리어인데요, 그러니까, 아, 털이 길고 곱슬곱슬한 갈색이랍니다! 뭘 던지면 얼른 물어오고요, 허리를 곧추세우고 앉아 밥 달라고 조르고요. 아, 무지무지 떨어대던 이양이 반도 생각이 안 나네. 어느 농부 아저씨네 강아지인데, 그니까, 그 아저씨는 강아지가 아주 쓸모가 많다더라고요. 가격이 무려 100파운드*나 된다네요? 아저씨 말로는 쥐를 다 물어 죽인다던데. 앗!" 하고 앨리스는 구슬프게 외쳤다. "내가 또 쟤를 성나게 한 것 같아!" 생쥐가 물을 박차고 떠나는 모습을 보니 알만했다. 생쥐가 용을 쓰며 헤엄을 치는 바람에 웅덩이가 요동쳤다.

앨리스는 상냥하게 생쥐를 불렀다. "생쥐여, 제발! 다시 돌아와 줘요. 고양이나 개 얘긴 하지 않을게요. 그게 싫다면 말이에요!" 이 말을 들은 생쥐는 빙글 몸을 돌려 천천히 다시 돌아왔는데, 얼굴이 아주 창백했다 ("나 때문에 수난을 당해서"라고 앨리스는 생각했다). 생쥐는 나지막이 떨리는 음성으로 말했다. "일단 웅덩이에서 나가자. 그담에 내가 왕년에 어땠는지 얘기해줄게. 그럼 내가 고양이와 개를 싫어하는 까닭을 알게 될 거야."

진작 나갔어야 했다. 새들과 온갖 동물이 웅덩이에 빠져 꽤나 복닥거리고 있었기 때문이다. 오리랑 도도새, 진홍잉꼬랑 아기수리, 그밖에도 다른 요상한 동물이 여럿 있었다.[10] 앨리스가 앞장서자, 모든 무리가 뒤따라 물가로 헤엄쳤다.

• 당시의 100파운드는 오늘날 8,000~15,000파운드에 해당하니까, 원화로는 1,200만 ~2,400만 원 정도이다. 테리어는 영국 토종으로, 주로 쥐를 잡거나 여우 사냥용으로 길렀다. 루이스 캐럴 당시에는 특히 페스트를 퍼뜨리는 쥐를 잡기 위한 게 주된 사육 목적이었을 것이다.

10 다음 세 번째 이야기 「코커스 경주와 꼬불꼬불한 이야기」의 테니얼 삽화 두 개(111, 114쪽)에 원숭이의 머리가 나온다. 테니얼이 의도적으로 찰스 다윈의 캐리커처를 원숭이로 그렸을 거라는 주장이 있었지만, 그런 것 같지는 않다. 두 번째 원숭이 그림은 그가 정치 풍자화로 《펀치》(1856. 10. 11.)에 그린 원숭이와 정확히 일치한다. 그 원숭이는 일명 '폭탄 왕King Bomba', 곧 '두 시칠리아'의 왕 페르디난트 2세를 희화화한 것이다.

날지 못하는 도도새는 1681년 무렵에 멸종되었다. 캐럴이 리들 자매와 함께 종종 들렀던 옥스

존 새버리, 1651

퍼드대학 박물관에 도도새의 유골과 함께 존 새버리가 그린 유명한 도도새 그림이 있었다고 찰스 러빗이 내게 알려주었다(지금도 있다). 도도새는 인도양의 모리셔스섬 토착종이다. 네덜란드 선원과 식민지 정복자들은 '혐오스러운 새'라고 부르며 이 새들을 잡아먹었고, 알은 농장 동물들에게 먹였다. 도도새는 인간이 최초로 멸종시킨 동물 종 가운데 하나다.[10]

캐럴의 도도새는 자신의 캐리커처로 의도된 것이었다. 말을 더듬는 것 때문에 그는 이름을 '도도도지슨'이라고 말했다고 전해진다. 오리Duck는 친구인 로빈슨 덕워스 부제인데, 그는 종종 캐럴과 함께 리들 자매를 데리고 보트 나들이를 했다. 호주의 앵무새인 진홍잉꼬Lory는 리들 자매 중 장녀인 로리나(그래서 다음 이야기 두 번째 문단에서 진홍잉꼬가 앨리스에게 이렇게 말한다. "내가 너보다 나이가 많으니까, 내가 더 잘 알아."), 아기수리Eaglet는 이디스 리들이다.

『브리태니커 백과사전』에 실린 캐럴의 약력이 도도새에 관한 항목 직전에 있는 것을 보면 절로 미소를 머금게 된다. 이 요상한 동물 일행은 캐럴의 일기(1862. 6. 17.)에 나오는 일화의 등장인물들이기도 하다. 이날 캐럴은 덕워스와 리들 세 자매는 물론이고, (아마 다른 요상한 동물일) 그의 누이 패니와 엘리자베스, 그리고 고모 루시 러트위지와 함께 보트 나들이를 했다.

아서 래컴, 1907

arthur Rackham 07

6. 17. (화). 뉴넘 나들이. (트리니티의) 덕워스와 이나, 앨리스, 이디스와 함께 갔다. 우리는 12시 30분쯤 출발해 2시쯤 뉴넘에 도착했다. 거기서 식사를 하고 나서, 공원을 거닐고 4시 30분쯤 집으로 향했다. 뉴넘에서 1.6킬로미터쯤 갔을 때 장대비가 쏟아졌고, 잠시 참고 나아갔지만, 나는 보트를 떠나 걷는 게 낫겠다고 결정했다. 4.8킬로미터를 걸었을 무렵 우리는 흠뻑 젖었다. 아이들이 엘리자베스보다 훨씬 더 빨리 걸을 수 있었기 때문에 나는 먼저 아이들과 함께 계속 걸어서, 스탠퍼드에서 내가 유일하게 아는 브로턴 여사의 집(랭큰이 묵고 있는 집)으로 그들을 데려갔다. 나는 아이들이 옷을 말리도록 남겨놓은 채 마차를 잡으러 나갔지만, 그곳에는 마차가 한 대도 없었다. 그래서 다른 이들이 도착하자마자, 덕워스와 나는 이플리까지 걸어가선 임대 경마차 한 대를 잡아 그들에게 보내주었다.

원작인 『앨리스의 땅속 나라 모험』에는 이 경험과 관련한 상세한 내용이 나오지만, 캐럴은 나중에 이를 삭제했다. 일행의 사사로운 이야기에 관심 없을 거라고 보았기 때문이다. 이 자필 원고 영인본이 1886년에 출판되었을 때, 덕워스는 '도도가 덕에게'라고 쓴 증정본을 받았다.

루이스 캐럴, 1864

코커스 경주와 꼬불꼬불한 이야기

강둑에 모인 그들은 정말 요상해 보였다. 깃털을 질질 끌고 있는 새들과 털이 몸에 찰싹 달라붙은 네발 동물들은 모두가 물을 줄줄 흘리고 있는 데다 얼굴은 부루퉁하고, 몸가짐은 거북살스러웠다.

당연히 첫 번째 문제는 "몸을 다시 어떻게 보송보송 말리나?" 하는 것이었다. 모두가 머리를 맞대고 상의를 했다. 몇 분 후 앨리스는 평생 사귀어온 친구라도 되는 양, 그들과 도란도란 얘기를 나누는 것이 너무나 당연하게 여겨졌다. 진홍잉꼬랑은 한참 티격태격하기도 했다. 끝내는 골이 난 잉꼬가 딱 잘라 말했다. "내가 너보다 나이가 많으니까, 내가 더 잘 알아." 앨리스는 고분고분 인정하려 들지 않았다. 잉꼬의 나이라도 안다면 또 모를까. 하지만 잉꼬가 한사코 나이를 밝히지 않았기 때문에 더는 얘기가 오가지 않았다.

마침내 가장 어른스러워 보이는 생쥐가 버럭 소리를 질렀다. "앉으시오! 여러분 모두, 내 이야기를 잘 들으시오! 내가 여러분을 금세 보송보송하게 말려줄 것이오!" 한가운데 생쥐를 두고, 모두가 곧장 둥그렇게 둘러앉았다. 앨리스는 초조한 마음으로 생쥐에게서 눈을 떼지 않았다.

거트루드 케이, 1923

어서 몸을 말리지 않으면 감기에 걸릴 것만 같아서였다.

"에헴!" 생쥐가 거들먹거리며 말했다. "다들 준비되었소? 이건 내가 아는 것 중 최고로 바싹 마른 것•이오. 좌중은 부디 정숙하시오! '정복자 윌리엄은 교황의 지지를 받은 다음, 곧바로 잉글랜드를 정복하였고, 당시 숱한 약탈과 정복에 허덕이던 잉글랜드 사람들은 지도자를 원하였다. 머시아와 노섬브리아의 백작 에드윈과 모카는…'"[1]

"억!" 진홍잉꼬가 부르르 몸서리치며 말했다.

"뭐라 하였소!" 생쥐가 이맛살을 찌푸리며, 하지만 아주 정중하게 말했다. "당신이 말했소?"

"제가 아닌데요?" 진홍잉꼬는 얼른 얼버무렸다.

"당신이 말한 줄 알았소만." 생쥐가 말했다. "암튼 계속하겠소. '머시아와 노섬브리아의 백작 에드윈과 모카는 윌리엄 지지를 선언하였고, 애국자인 캔터베리의 대주교 스티갠드조차 그것이 합당함을 알아차리고…'"

"뭘 알아차렸다고?" 오리가 말했다.

"그것." 생쥐가 좀 언짢아하며 대답했다. "물론 '그것'이 무엇을 의미하는지는 당신도 알겠지."

"내가 직접 알아차린 거라면, '그것'이 무엇을 의미하는지 잘 알지. 그러니까 개구리라든가, 벌레라든가" 하고 오리가 말했다. "내 질문은 이

• '최고로 바싹 마른 것the driest thing', 곧 무미건조하기 짝이 없는 정복자 윌리엄의 이야기라면, 물먹는 하마처럼 몸의 습기 따위는 금세 말려줄 거라고 생쥐는 믿는다. 이야기의 위대한 힘! 스토리텔링이 몸을 말리는 최고의 방법이라니! 이는 기발할 뿐만 아니라, 시대를 앞선 놀라운 통찰이다. 스토리텔링의 위력이 이슈가 된 게 언제일까? "스토리텔링은 1995년 미국 콜로라도에서 열린 '디지털 스토리텔링 페스티벌'에서 처음 사용되어 확산된 것"이라는 말이 위키백과에 나온다. 그런데, 이 건조한 정복자 스토리텔링은 힘이 없었다. 무미건조한 교훈이 힘이 없듯.

이앤 맥케이그, 2001

1 이 무미건조한 구절의 출처가 확인되었다. 캐럴 일기의 편집자인 로저 랜슬린 그린이 해빌런드 쳅멜의 『간추린 역사』[1]에 실제로 이 구절이 나온다고 밝힌 것이다. 캐럴은 에드윈과 모카 백작의 먼 친척이었지만, 그린은 캐럴이 그것을 안 것 같지는 않다고 생각한다.[2] 쳅멜의 책은 리들 자매가 공부한 교재 중 하나였다. 그래서 이 생쥐의 모델이 자매의 가정교사였던 미스* 프리켓일지 모른다고 그린은 다른 지면에서 제안했다.

거야. 대주교가 뭘 알아차렸나?"

생쥐는 질문에 아랑곳하지 않고 이야기를 계속했다. "…그것이 합당함을 알아차리고, 에드거 왕자와 함께 윌리엄을 만나러 가 그에게 왕관을 바쳤다. 윌리엄 왕은 처음엔 온건하게 나라를 다스렸으나, 그가 이끈 노르만인들의 오만함은…' 얘, 어때? 슬슬 말라가고 있지?" 이야기를 이어가던 생쥐가 앨리스에게 고개를 돌리고 말했다.

"여전히 축축해요." 앨리스가 우울한 목소리로 말했다. "그걸로는 전혀 보송보송해지지 않는 것 같아요."

"그러하다면" 하고 도도새가 자리에서 일어나더니 엄숙하게 말했다. "좀 더 효과적인 처방을 즉각 채택하기 위하여, 휴회를 제안하는 바이올시다…"

"우리말로 말해요!" 아기수리가 말했다. "무슨 말인지 반도 못 알아듣겠어요. 게다가요, 그쪽도 자기 말이 뭔 소린지 모르잖아요" 하고는 아기수리가 웃음을 감추려고 고개를 폭 숙이자, 다른 새 몇이 킥킥거렸다.

도도새가 발끈해서 말했다. "내가 무슨 말을 하려고 했냐 하면, 우리 몸을 말리는 데는 코커스 경주[2]가 최고라는 거야."

"코커스 경주가 뭔데요?" 앨리스가 말했다. 딱히 알고 싶어서는 아니었다. **누군가는** 말을 해야 한다는 듯 도도새가 입을 꼭 다물고 있는데, 누구도 입을 열고 싶어 하지 않는 것 같아서였다.

"물론" 하고 도도새가 입을 열었다. "그걸 알아보는 최고의 방법은 직접 해보는 거야." (여러분도 어느 겨울날 직접 해보고 싶을지 모르니, 도도새가 어떻게 했는지 말해주겠다.)

먼저 도도새는 경주로를 둥그렇게 그렸다. ("좀 구불텅해도 괜찮아" 하고 도도새가 말했다.) 그런 다음 모두가 여기저기 경주로에 자리를 잡

마거릿 태런트, 1916

● 프리켓 앞의 미스Miss는 미혼의 여선생에 대한 존칭이다. 앨리스 리들은 루이스 캐
럴을 미스터 도지슨이라고 칭했는데, 이는 캐럴을 선생님으로 여겼다는 뜻이다.

2 '코커스caucus'라는 용어는 미국에서 유래한 것으로, 후보나 정책을 결정하기 위
한 지역 당원들의 모임, 곧 당원대회를 뜻하는 말이다. 이 말이 잉글랜드에서는 살짝
다른 의미로 바뀌었다. 즉, 잉글랜드에서는 고도의 규율에 따라 통제하는 정당 조직
시스템, 곧 당 위원회라는 뜻으로 쓰였는데, 일반적으로는 반대당의 조직을 매도하
는 용어로 사용되었다. 캐럴은 구성원들 모두가 정치적 이득을 얻기 위해 위원회 안
을 맴돌며 어떤 성과도 얻지 못한 채 그저 동분서주하는 현실을 풍자하기 위해 코커
스 경주caucus-race라는 말을 의도적으로 썼을 것이다. 이에 대해 캐럴이 영국 소설가
찰스 킹슬리Charles Kingsley(1819~1975)의 『물의 아이들』[3]이라는 장편 동화의 영향을
받은 것이라는 주장이 있었다. 이 동화 제7장에, 킹슬리가 가시 돋친 정치적 풍자를
의도한 장면인 까마귀들의 코커스 장면이 나오긴 하지만, 캐럴이 묘사한 장면과는
공통점이 없다.
코커스 경주는 원작인 『앨리스의 땅속 나라 모험』에는 나오지 않는다. 대신 두 번째

왔다. "하나, 둘, 셋, 땅!" 하는 소리는 없었지만, 다들 마음 내키는 대로 달리기 시작했다. 경주가 언제 끝나는지 아리송해서 내키는 대로 달리기를 멈추기도 했다. 하지만 30분쯤 지나 몸이 제법 말랐을 때 도도새가 외쳤다. "경주 끝!" 그러자 다들 도도새 둘레에 모여, 헐떡거리며 물었다. "근데 누가 이겼어?"

이 질문에 답하기 위해 도도새는 하염없이 오래 생각을 해야 했다. 도도새는 손가락으로 이마를 콕 짚고 오랫동안 가만있었다. (셰익스피어가 그림 속에서 꼭 그랬다.) 다들 말없이 기다리자, 마침내 도도새가 말했다. "모두가 이겼어. 다들 상을 받아야 해."

"하지만 누가 상을 주지?" 모두가 한목소리로 물었다.

"누구긴, 당연히 쟤지." 하며 도도새가 손가락으로 앨리스를 가리켰다. 그러자 모두가 곧바로 앨리스를 에워싸더니 막무가내로 외쳐댔다. "상을 줘! 상을 줘!"

앨리스는 어째야 좋을지 몰라, 에라 모르겠다는 심정으로 주머니에 손을 찔러 넣어 컴피트[3] 상자를 꺼냈다(다행히 소금물에 젖지 않았다). 상으로 나눠주자, 딱 하나씩 돌아갔다.

"근데 얘도 상을 받아야 해, 그치." 생쥐가 말했다.

"아무렴 그렇고말고." 도도새가 아주 근엄하게 말했다. "네 주머니에 또 뭐 없어?" 도도새가 앨리스에게 고개를 돌리고 물었다.

"골무밖에 없어요." 앨리스는 울적해하며 말했다.

"이리 줘봐." 도도새가 말했다.

그리고 모두가 다시 앨리스를 에워싸더니, 도도새가 골무를 상으로 수여하며 엄숙하게 말했다. "이 우아한 골무를 받아주소서." 도도새가 짧은 연설을 마치자 다들 박수를 쳤다.[4]

앨리스는 모든 게 생뚱맞다고 생각했지만, 다들 워낙 진지해 차마 웃이야기 「눈물웅덩이」 10번 주석에서 인용한 보트 나들이 일화를 기초로 한 다음 구절이 나온다.

> 도도새가 살짝 발끈해서 말했다. "내가 무슨 말을 하려고 했냐 하면, 이 근처에 집이 한 채 있다는 걸 내가 알고 있다는 거야. 거기서 우리는 어린 숙녀와 나머지 일행의 몸을 말릴 수 있을 거야. 또 편안히 이야기를 들을 수도 있을 거고. 친절하게도 당신이 우리에게 약속한 이야기 말이지." 그러곤 생쥐에게 엄숙하게 머리를 조아렸다.
> 생쥐는 반대하지 않았다. 그래서 모든 일행이 이동했다. (이 무렵 웅덩이는 복도 밖으로 넘쳐흐르기 시작했고, 강가에는 골풀과 물망초가 자라고 있었기 때문에) 강둑을 따라 느릿느릿 나아간 이 행렬에서 도도새가 앞장을 섰다. 잠시 후 도도새는 참을성을 잃고, 오리에게 나머지 일행을 데려오라고 맡긴 후, 앨리스랑 진홍잉꼬랑 아기수리랑 더 빠른 걸음으로 이동했다. 곧이어 작은 오두막에 이르자 그들은 아늑한 불가에 앉아, 나머지 일행이 도착할 때까지 담요를 몸에 둘렀고, 그들 모두 보송보송 몸이 말랐다.

3 컴피트comfit는 말린 과일이나 씨앗을 설탕에 절여 시럽을 얇게 입힌 사탕 과자를 뜻한다.

4 앨리스에게 받았다 다시 돌려준 골무는 정부가 시민의 주머니에서 세금을 걷어가 정책의 형태로 다시 돈을 돌려주는 것을 상징하는 것일 수도 있다.[4] 앨프리다 블랜처드의 말에 따르면, 코커스 경주는 정치가들의 공직 출마running for office를 뜻할 수도 있다.[5] 골무 관련 삽화에서 테니얼은 도도새의 작고 퇴화된 날개 아래 인간의 손을 그려 넣어야 했다. 달리 골무를 잡을 길이 없으니까.
두 번째 이야기 「눈물웅덩이」 10번 주석 말미에 코커스 경주에 참가한 동물들 그림에 놀랍게도 원숭이가 등장한다는 사실을 언급한 적이 있다. 캐럴도 『앨리스

찰스 로빈슨, 1907

의 땅속 나라 모험』에 직접 원숭이를 그려 넣었다(103쪽). 그 원작이나 이번 책 어디에도 원숭이가 언급되지 않기 때문에 캐럴이 왜 원숭이를 포함시켰고, 왜 테니얼에게도 그리게 했는지에 대해 궁금할 법하다. 원숭이의 등장은 다윈의 진화론에 대한 대중의 논란을 반영했다는 것이 문학평론가들의 일치된 의견이다.

캐럴은 진화론을 믿었을까? 그러지 않았다고 전해지지만, 나는 확신할 수 없다. 일기(1874. 11. 1.)에서 그는 영국의 동물학자 조지 잭슨 미바트 경의 책에 다음과 같이 경의를 표한다.

> 몸이 편찮아 종일 집에 머물렀다. 한나절에 걸쳐 무엇보다 흥미롭고 만족스러운 책인 미바트의 『종의 기원』[6]을 통독했다. 이 책은 사실이 그러하듯, '자연선택'만으로는 세계를 설명하는 데 부족하지만, 이는 하느님God*의 창조력이나 인도력과 완벽히 양립할 수 있는 이론이다. '환경 대응' 이론 역시 그리스도교인의 믿음과 조화를 이룬다.

토머스 헉슬리의 제자였던 미바트는 모든 생명체가 단세포 형태에서 진화했다는 것과 고대의 진화론적 지구 상황을 전부 수용했다. 그러나 그는 오늘날 '지적 설계' 지지자들과 유사하게, 하느님이 진화 과정을 창조하고 인도하며, 역사의 어느 시점엔가 원숭이 닮은 짐승에게 불멸의 영혼을 불어넣었다고 주장했다.

1900년 가톨릭교회는 미바트를 이단으로 파문했다. 하지만 최근 바티칸 교황청에서는 미바트의 '지적 설계' 견해를 공식 승인했다. 슬픈 그 이야기에 대해서는 내 책 『야생의 측면에 관하여』[7]를 참고하라.

1878년 12월 28일 일기에는 이렇게 기록되어 있다. "2인 보드게임 '자연선택'의 규칙에 대해… 개정판을 썼다." 이 보드게임 이름 '자연선택'은 의심의 여지 없이 다윈에게 경의를 표하기 위한 것이다. 하지만 1879년에 이 게임을 발표할 때는 '랜릭Lanrick'으로 이름을 바꾸었다.

이 장면의 삽화는 "캐럴이 앨리스와 결혼하고 싶은 열렬한 갈망을 교묘하게 위장한 고백"이라고 하워드 챙은 단언했다.[8] 그의 지적에 따르면, 이것이 전통적인 결혼식 장면일 경우 골무는 결혼반지이고, 앨리스는 신랑인 도도새, 곧 도지슨과 함께 신부의 자리에 서 있고, 중앙에서 오리(덕워스 부제)가 주례를 맡고, 두 자매인 아기수리(이디스)와 진홍잉꼬(로리나)가 증인으로 서 있다.**

* 다들 알다시피 캐럴은 성공회 성직자고, 대한성공회는 '하느님God'이라는 용어를 쓴다.

** 네 번째 이야기 「토끼가 빌을 굴뚝으로 보내다」에서 앨리스가 bill(영수증)을 받는 것은 그래서일까? -편집자

지 못했다. 그리고 딱히 할 말도 생각나지 않아서, 그저 절을 꾸벅 하고
는 나름 엄숙하게 골무를 받아들었다.

다음 차례는 컴피트 먹기였다. 이번에는 소동과 혼란이 좀 일었다.
커다란 새들은 간에 기별도 안 간다고 투덜거렸고, 작은 새들은 컴피트
가 목에 걸려 등을 두드려줘야 했다. 하지만 이윽고 다 먹어치우자 모두
는 다시 둥글게 모여 앉아, 생쥐에게 좀 더 이야기를 해달라고 졸랐다.[5]

"왕년의 이야기를 들려주겠다고 약속했잖아요, 그쵸? 왜 싫어하는
거예요?" 앨리스가 말하고는 "양이와 아지 말예요" 하고 소곤소곤 귓속
말로 덧붙였다. 다시 버럭 화를 낼까 봐 조마조마해서였다.

"내 이야기tale는 길고도 슬프단다" 하고 앨리스를 향해 돌아앉아 말
한 생쥐는 한숨을 푹 내쉬었다. "꼬리tail가 긴 건 맞는데, 그게 왜 슬
퍼요?" 하고 말하며 앨리스는 생쥐의 꼬리를 의아하게 내려다보았다. 생
쥐의 이야기가 술술 흘러나오는 동안에도 계속 고개를 갸우뚱거리고
있던 앨리스에게는 생쥐의 이야기조차 무슨 꼬랑지처럼 꼬부랑거렸다.[6]

5 "이상하게도, 테니얼의 삽화에서 열심히 이야기를 듣고 있는 올빼미는 찍찍이 squeaker(생쥐)에게 관심이 없는 것 같다. 찍찍이는 제 목소리에 취해서인지 포식자의 존재도 알아차리지 못하고 있고 말이다"라고 화가 앤드루 오거스는 지적했다.

6 생쥐의 이 이야기는 구체시emblematic verse, 혹은 도형시figured verse라고 일컫는 것이다. 이 시는 영국에서 가장 널리 알려진 구체시일 것이다. 구체시는 주제와 관련된 무언가를 닮도록 문자를 배열한다. 기원은 고대 그리스까지 거슬러 올라간다. 로버트 헤릭과 조지 허버트, 스테판 말라르메, 딜런 토머스, E. E. 커밍스를 비롯해 현대 프랑스 시인 기욤 아폴리네르 같은 쟁쟁한 시인들이 두루 구체시를 썼다. 설득력은 부족하지만 진지한 예술 형태로서 구체시를 강하게 옹호한 것으로, 《아트 뉴스 연보》중 찰스 볼튼하우스의 「사물 형태의 시편들」, 《포트폴리오》, C. C. 봄보의 『요상한 것 선집』, 윌리엄 S. 월시의 『문학적으로 진기한 것들 편람』, 캐럴린 웰스의 『요상한 명시 선집』을 참고하라.[9]

시인 테니슨은 언젠가 캐럴에게 이렇게 말한 적이 있다. 매우 긴 행으로 시작하는 요정들에 대한 기나긴 시를 꿈꾸었는데, 행이 점점 더 짧아지더니 이윽고 각각 두 음절만 남아 결국 50행인지 60행인지로 끝났다." (테니슨은 잠결에 곧잘 시를 생각했는데, 깨어나서는 까맣게 잊어버렸다.) 이 말이 생쥐 이야기 시의 아이디어가 되었을지 모른다는 말이 캐럴의 일기에 나온다.[10]

『앨리스의 땅속 나라 모험』에는 전혀 다른 시가 등장한다. 어느 면에서는 그게 더 적절해 보인다. 생쥐가 약속한 대로 왜 고양이와 개를 싫어하는지를 설명하고 있기 때문이다. 반면 본문에 등장하는 이야기는 고양이에 대한 언급이 없다. 캐럴이 자필로 쓴 원작 시는 다음과 같다.

> 따뜻하고 아늑하고 두툼한
> 깔개 밑에서 우린 살았지.
> 다만 근심 하나 있었으니
> 그것은 고양이였어!
>
> 우리 기쁨의 걸림돌.
> 우리 두 눈의 눈물.
> 우리 가슴 위의 바윗돌.
> 그것은 개였어!
>
> 고양이가 없으면

찰스 피어스, 1908

생쥐들이 뛰어놀 텐데.
하지만, 맙소사! 그게 언제?
(하고 그들은 말해)

생쥐를 잡으려고
다가온 그 개하고 고양이는
생쥐를 하나씩 깔고 주저앉아
몽땅 납작하게 만들지
따뜻하고 아늑하고 두툼한
그 깔개 밑에서
그걸 생각 좀 해봐!

미국의 논리학자이자 철학자인 찰스 피어스는 시각적 의성법onomatopoeia이라는 것에 관심이 많았다. 그의 미발표 논문 중 피어스가 '예술 서체art chirography'라고 일컬은 기법으로 쓰인 에드거 앨런 포의 시 「까마귀」가 인용된 것이 있는데, 낱말들이 시의 착상을 시각적으로 전달하기 위한 형태를 띠고 있다. 그게 우스꽝스러운 것 같지만 결코 그렇지 않다. 이 기법은 오늘날 광고와 책 표지, 잡지 스토리와 기사 제목, TV 방영물과 영화 제목 등의 문자표기에 자주 사용된다.

캐럴은 본문 시편 한 행을 고치려고 했다. 그런 사실은 R. B. 샤버먼과 데니스 크러치의 『외알 안경 아래서』[11]를 읽고서야 알게 되었는데, 그것은 그가 1866년 판본에 기재한 37개 수정 사항 가운데 하나였다. 수정 표시된 내용은 다음과 같은데, 물론 실제로 수정되지는 않았다.

> 원래 내용: "Such a trial… would be wasting our breath."
>   (그런 재판을 해봐야 입만 아플 거요.)
> 수정 표시: "Such a trial… would be tedious and dry."**
>   (그런 재판을 해봐야 지루하고 따분할 거요.)

'퓨리Fury(분통)'는 캐럴의 어린이 친구 이블린 헐의 폭스테리어 이름으로 쓰였다. 모턴 코언은 그 이름이 바로 이 생쥐 이야기의 잡종견 이름을 딴 것이라고 추측했다.[12] 코언은 출판본에서 삭제된 캐럴의 일기에 실린 내용, 곧 퓨리가 어떻게 물 공포증을 일으켰고, 어떻게 총을 맞았는지에 대한 일기를 인용하고 있는데, 바로 그 실제 현장에 캐럴이 있었다.

생쥐의 구체시를 보통의 시처럼 행 가름하면 다음과 같다.

분통이 생쥐
에게 말했어,
집 안에서
만나서, "같이
법정에 가자.
내가 너를
고소할 테니,
어서, 거절은
거절하겠어.
우린 재판을
해야 해.
실은 오늘 아침
내가 할 일이
없거든."
생쥐가
그 똥개한테
말했어.
"재판이라뇨,
분통 씨,
배심원도
판사도 없이
따따부따해서
뭐 한대요?"
"내가
판사이자
배심원이
될 거야."
교활하고
늙은
분통이
말했어.
"소송은
내가
전담해서
너한테
사형
선고를
내릴
거야."[7]

'Fury said to the mouse,
That he met in the house,
"Let us both go to law: I will prosecute you—

Come, I'll take no denial:
We must have the trial;
For really this morning I've nothing to do."

Said the mouse to the cur,
"Such a trial, dear sir,
With no jury or judge, would be wasting our breath."

"I'll be judge, I'll be jury,"
said cunning old Fury:
"I'll try the whole cause, and condemn you to death".

여기서 특이한 발견을 한 학생들이 있다. 1989년 뉴저지 페닝턴 스쿨의 10대 학생 개리 그레이엄과 제프리 메이든이 그들이다. 캐럴의 생쥐 시는 '꼬리 라임tail rhyme'이라고 알려진 구조를 지니고 있다는 것이 그들의 발견이다. 라임을 이룬 두 행에 이어 마지막 짧은 행은 라임을 이루지 않는 것이 보통의 꼬리 라임***인데, 캐럴은 마지막 행을 반대로 길게 늘였다. 그런데 본문처럼 꼬불꼬불한 구체시가 아니라 위와 같이 전통적인 형태로 표시해도 역시나 각 연이 긴 꼬리를 가진 쥐를 닮은 모양이 된다![13]

1995년에 데이비드와 맥신 섀퍼는 전 세계의 『이상한 나라의 앨리스』 출판본에 실린 쥐꼬리의 모든 다양한 모습을 조너선 딕슨의 그림으로 재현해 담은 자그마한 하드커버 책을 자비로 펴냈다. 이 유쾌한 책의 제목은 『생쥐 꼬리 이야기』[14]다.

• 생쥐의 영문 구체시는 49행이다.

•• 'waste our breath'의 숨을 낭비한다는 것은 누구에게 충고하거나 누군가와 시시비비를 가리려 말다툼한다는 것인데, 그것은 결국 헛되이 시간과 정력만 낭비하는 일이라는 뜻이다. 'tedious and dry'는 동의어 중복으로 강조 용법이다. 아주 따분할 테니 재판하지 말자는 말은 앞서 '분통Fury'이라는 이름의 잡종견cur이 할 일이 없어 심심하니까 재판이나 하자고 했기 때문에 나온 말이다.

••• 엄밀히, 꼬리 라임이란 각 행의 라임이 AAB CCB DDE FFE와 같이 진행되는 것을 일컫는 말이다.

"너, 한눈팔고 있구나!" 생쥐가 앨리스를 보며 따끔하게 말했다. "무슨 생각을 하고 있는 거야?"

"죄송해요." 앨리스가 머리를 조아리며 말했다. "다섯 번째 굽이bend에 이르신 거 아니어요?"

"아니야not!" 성이 나 생쥐가 버럭 날카롭게 외쳤다.

"아, 매듭knot![8] 매듭이라면 제가 풀어드릴게요!" 항상 누군가를 도와줄 준비가 된 앨리스가 걱정스레 두리번거렸다. "매듭이 어디 있지?"

"관둬! 이게 무슨 자다 봉창 두드리는 소리냐." 생쥐가 자리를 털고 일어나 앨리스 곁을 떠나며 말했다. "넌 뚱딴지같은 소리로 나를 모욕했어!"

"그런 뜻으로 말한 게 아니에요!" 불쌍한 앨리스가 하소연했다. "근데 너무 쉽게 화를 내시네요, 그쵸!"*

생쥐는 대꾸 대신 그저 그르렁거렸다.

"제발 돌아와서, 마저 이야기를 해줘요." 앨리스는 생쥐의 뒤에 대고 외쳤다. "그래요, 부탁해요." 모두가 입을 모아 말했다. 하지만 생쥐는 참을성 없이 씩씩거리며 더 빨리 걸음을 뗐다.

"생쥐가 떠나다니 쯧쯧!" 진홍잉꼬가 한숨을 내쉬었다. 생쥐가 시야에서 사라지자, 기회를 잡은 늙은 게가 딸에게 말했다. "아, 애야! 이 일을 교훈 삼아 참을성을 기르도록 하렴!" "엄마, 그만 좀 해요! 참을성 많은 굴 껍데기를 벗겨나 보시고 그러던가!" 하고 어린 게가 딱딱거

• 이야기를 하고 있는 생쥐의 꼬리에 한눈팔고 있는 앨리스에게는 생쥐의 이야기가 얼토당토않은 잠꼬대처럼도 들렸겠지만, 생쥐의 시는 자못 의미심장하게 새겨읽을 수 있다. '분통Fury', 곧 화는 잡종견cur, 곧 똥개다. 화는 스스로 판사가 되고 배심원이 되어 테리어가 생쥐 잡듯 생사람을 잡는다. 이 시편은 몇 해 전인가 세계적으로 유행한 '화'라는 화두를 루이스 캐럴이 150년 앞서 통찰하고 있음을 보여준다. 캐럴은, 곧 생쥐는, 뜬금없어 보이는 이 통찰을 이야기 속에 한사코 집어넣고 싶어서 앨리스가 한눈파는 틈을 노렸음 직하다.

7　이와 같은 사례로, 『스나크 사냥』 6편 「법정 변호사의 꿈」에서 스나크는 배심원이자 판사일 뿐만 아니라 피고 변호인 역할까지 한다.

8　캐럴은 1880년 《월간 패킷》에 10개의 수학 난제 시리즈를 기고했는데, 그는 난제를 '매듭knot'이라 칭하고, 난제 풀이에 앞서 "매듭을 내가 풀어드리겠다"라는 말을 썼다. 1885년에 캐럴은 이 난제들과 풀이를 『엉킨 이야기』[15]라는 책으로 펴냈다.

해리 라운트리, 1916

렸다.

"우리 다이나가 여기 있었으면 좋을 텐데. 정말 좋을 거야!" 앨리스는 딱히 누구에게랄 것 없이 큰 소리로 말했다. "걔라면 생쥐를 금방 도로 데려올 거야!"

"다이나가 누군데? 혹시 물어봐도 될까?" 진홍잉꼬가 말했다.

앨리스는 자기 고양이에 대해 종알거릴 준비가 항상 되어 있었기에 침을 튀기며 대답했다. "다이나는 우리 집 고양이예요. 쥐 잡는 데는 얼마나 선수인지, 짐작도 못 하실걸요? 다이나가 새 잡는 모습을 보셨으면 좋을 텐데. 새가 눈에 띄는 순간 벌써 개 입에 들어가 있다니까요!"

이런 입방아에 갑자기 장내가 술렁거렸다. 몇몇 새들은 꽁지에 불붙은 듯 푸다닥 떠났고, 늙수그레한 까치는 아주 세심하게 깃털을 가다듬으며 말했다. "이젠 정말 집에 돌아갈 시간이로군. 밤공기는 목 건강에 안 좋거든." 그러자 카나리아가 떨리는 목소리로 제 아이들에게 외쳤다. "얘들아! 어서 가자. 잠자리에 들어야 할 시간이 지났어!" 갖은 핑계를 대며 모두 떠나자, 앨리스는 금세 홀로 남았다.

"다이나를 입에 올리지 말아야 했어." 앨리스는 우울한 목소리로 중얼거렸다. "이 아래서는 아무도 개를 좋아하지 않나 봐. 내가 보기엔 세상에서 제일 좋은 고양이인데! 아, 사랑하는 다이나! 또 만날 수나 있으려나 몰라!" 그리고 이쯤에서 불쌍한 앨리스는 다시 울기 시작했다. 너무나 외롭고 풀이 죽은 탓이었다. 하지만 잠시 후 다시 멀리서 자박거리는 발소리가 들려왔다. 혹시나 생쥐가 마음을 고쳐먹고, 이야기보따리를 마저 풀려고 돌아오는 소릴까 싶어, 앨리스는 먼 데를 쳐다보았다.

해리 라운트리, 1916

토끼가 빌을 굴뚝으로 보내다

토끼였다. 토끼는 뭔가 잃어버린 게 있는 양, 걱정스레 주위를 두리번거리며, 타박타박 다시 돌아오고 있었다. 토끼가 혼잣말로 중얼거리는 소리가 들려왔다. "여공작마님! 마님! 어이쿠, 내 발! 어이쿠, 내 털가죽과 콧수염들아! 마님은 나를 처형하고 말 거야! 흰담비가 흰담비인 것만큼이나 확실하게!¹ 대체 그걸 어디다 떨어뜨렸담?"

앨리스는 토끼가 부채와 하얀 어린이 장갑을 찾고 있다는 것을 바로 짐작할 수 있었다. 마음씨 곱게도 앨리스는 그걸 찾아주려 두리번거렸지만 어디에도 보이지 않았다. 웅덩이에서 허우적거린 이후 모든 게 달라져 버린 듯했다. 유리 탁자와 작은 문이 있던 커다란 복도조차 온데간데없이 사라져버렸다.

앨리스가 구석구석 뒤지고 다닐 때, 하얀 토끼가 앨리스를 바로 알아보고 심통이 난 목소리로 외쳤다. "아니, 메리 앤,² 여기서 뭐 하는 거야? 당장 집으로 달려가서 장갑과 부채를 가져와! 지금 당장, 어서!"³ 앨리스는 흠칫 놀라서는 곧장 하얀 토끼가 가리키는 쪽으로 부리나케 달렸다. 전에 하얀 토끼가 얼떨결에 떨어뜨린 것에 대한 이야기를 할 겨를

1 『앨리스의 땅속 나라 모험』에서 하얀 토끼는 외친다. "여후작마마! 마마! 어이쿠, 내 발! 어이쿠, 내 털가죽과 콧수염들아! 마마는 나를 처형하고 말 거야! 흰담비가 흰담비인 것만큼이나 확실하게!" 여공작은 원작에는 나오지 않는다. 우리는 나중에야 하얀 토끼의 말을 듣고 알게 된다. "여왕님이 여후작이야. 그것도 몰랐어?" 그리고 그는 덧붙인다. "하트의 여왕이자 짝퉁거북들의 여후작이지."

하얀 토끼가 두려워할 만한 근거는 여섯 번째 이야기 「돼지와 후추」에 나온다. "도끼란 말이 나온 김에 저 여자애 머리를 베어버려!" 하고 여공작이 외치는 것이 바로 그것이다. 셀윈 구데이커는 여공작이 처형을 명하는 것은 성격과 어긋난 것이라고 생각한다. 그런데도 여공작이 그런 말을 한 것은 하얀 토끼가 탄식한 근거를 대기 위한 것이라고 그는 제안한다.

'흰담비ferret'는 주로 토끼와 쥐를 잡는 데 쓰인 반가축화된 족제비과 동물이다. (보통 노란빛을 띤 흰색이고, 눈이 분홍색이다.) 그러니 흰담비는 하얀 토끼가 '처형'의 두려움에 떨며 언급하기에 제격이다. 마침 인용하기에 적절한 구절이 여기 있다.

> 흰담비는 토끼류의 천적이다. 죽은 토끼를 어린 흰담비에게 선물하면, 흰담비는 전에 토끼를 본 적이 없더라도 바로 포식성을 드러내며 달려들어 물어뜯는다. 토끼가 살아 있다면 훨씬 더 사나워진다. 목을 물고 빙빙 돌며, 배가 찰 때까지 토끼 피를 계속 빨아먹는다.[1]

'ferret'은 동사로도 쓰였다.* 특히 잉글랜드에서는 훔친 물건을 취급하는 전당포업자를 부를 때 이 말을 비유적으로 사용했다. "흰담비가 흰담비인 것만큼이나 확실하게 as sure as ferrets are ferrets"란 구절은 너무나 확실하다는 뜻으로 캐럴 당시에 널리 쓰인 말이다. 『철학자의 앨리스』[2]에 나오는 주석에서 피터 히스는 앤서니 트롤로프의 소설 중 하나에 그런 용법이 나온 것을 인용한다.

캐럴이 그의 『유아용 앨리스』에서 언급했듯이, 테니얼은 하트의 잭을 재판하는 법정에 나온 12명의 배심원 중 하나를 흰담비로 그렸다.

1만 마리의 흰담비가 반려동물로 길러지고 있다고 알려진 뉴욕 시티에서 흰담비를 소유하는 것은 위생법 위반이다. 1983년 9월 18일 AP통신 기사에 따르면, 뉴욕 시티의 금지령을 해제하고자 '흰담비의 뉴욕 시티 친구들'이라는 단체가 결성되었다. 이 단체의 대변인은 이렇게 주장했다. 흰담비는 "사랑과 애정을 준다. … 자기 이름을 알아듣고 애교를 부릴 줄 안다." 지난여름, 이 단체가 센트럴 파크에서 '흰담비 축제'를 열었는데, 200명이 약 75마리의 흰담비를 데리고 참석했다.

《뉴욕 타임스》(1995. 6. 25.)에 따르면, 뉴욕 시티에 사는 에릭과 메리 셰퍼먼은 흰담비에 대한 찬양을 전문으로 하는 호화잡지 《모던 페릿》을 창간했다.

피터 뉴얼, 1901

- '흰담비로 사냥하다'라는 뜻.

2   로저 그린의 말에 따르면, 당시 영국에서 '메리 앤Mary Ann'은 '하녀servant girl'를 완곡하게 일컫는 말이었다. 도지슨의 열정적인 아마추어 사진작가 친구인 줄리아 캐머론 여사에게는 실제로 메리 앤이라는 이름의 15세 가정부가 있었다. 앤 클라크가 쓴 캐럴의 전기에는 그것을 입증하는 캐머론 여사의 사진이 있다. 찰스 디킨스의 소설에 나오는 메리 앤 패러건은 데이비드 코퍼필드의 집을 돌보는 부정직한 하인이었다. 그녀의 천성은 성씨인 패러건Paragon(모범/본보기)이라는 말에 '희미하게feebly 표현•되었다고들 말한다.

비속어 사전을 보면, 캐럴 당시 유행한 '메리 앤'이란 호칭엔 또 다른 의미가 있다. 의상 제작공의 드레스 스탠드가 메리 앤이라고 불린 것이다. 그 이후 특히 잉글랜드 북부 셰필드에서는 노동 착취 업소의 주인들을 공격한 여성들에게 이 이름이 붙게 되었다. 더 이후에는 동성애자들을 가리키는 저속한 용어로 쓰였다.

프랑스 혁명 이전에 메리 앤, 곧 마리안느Marianne••는 공화주의 비밀단체의 총칭이었을 뿐만 아니라, 단두대를 가리키는 속어이기도 했다. 혁명과 더불어 마리안느는 잉글랜드의 존 불과 미국의 엉클 샘에 견줄 만한 프랑스의 상징, 곧 공화주의 미덕을 지닌 신화적인 여성의 상징이 되었고, 지금도 그렇다.

마리안느는 정치 풍자만화와 작은 조각상들에서 전통적으로, 프랑스 혁명 당시 공화주의자들이 착용한 붉은 프리기아 양식의 모자, 곧 자유의 모자를 쓰고 있는 것으로 묘사된다. 캐럴이 메리 앤이라는 이름을 사용한 것이 여공작과 하트의 여왕이 공유하고 있는 머리 베기에 대한 집착을 예고한 것인 듯도 싶지만, 그건 아마도 우연의 일치일 것이다.

- 실은 명확하게 표현되었다는 의미의 반어법이다.
•• 외젠 들라크루아의 유명한 그림 중 젖가슴을 드러낸 채 자유·평등·박애의 삼색기를 들고 있는 그림 〈민중을 이끄는 자유의 여신〉(1839)이 바로 마리안느인데, 흔히 잔 다르크로 오해한다.

3   여기와 이후 대목에서 하얀 토끼는 화가 난 채 하인들에게 명령을 해댄다. 그게 모두 소심하게 겁을 먹은 탓인데, 두 번째 이야기 「눈물웅덩이」 2번 주석에서 인용한 캐럴의 토끼 성격 묘사와 얼마나 잘 일치하는지 주목해보라.

도 없었다.

"나를 하녀로 착각한 거야." 앨리스는 달려가며 혼잣말을 했다. "내가 누군지 알면 얼마나 놀랄까! 하지만 부채와 장갑은 갖다주는 게 좋겠지? 그러니까, 찾을 수만 있다면 말이야." 이렇게 말하는 사이 깔끔하고 아담한 집이 눈에 띄었다. 현관문에는 **"하얀 토끼"**라는 이름이 새겨진 황동 문패가 달려 있었다. 앨리스는 노크도 하지 않고 불쑥 들어가 후다닥 2층으로 올라갔다. 부채와 장갑을 찾기 전 진짜 메리 앤과 마주쳐 쫓겨날까 조바심이 나서였다.

"이건 정말 요상한 것 같아. 토끼 심부름을 하다니!⁴ 다음엔 다이나가 나한테 심부름을 시킬지도 몰라!" 혼잣말을 한 뒤, 앨리스는 이담에 일어날 일을 상상하기 시작했다. "'앨리스 양! 어서 이리 오렴. 산책할 준비를 해야지!' '잠시 후에 갈게요, 유모! 나는 이 쥐구멍을 지켜봐야 해요. 다이나가 그러라고 시켰거든요. 자기가 돌아와 생쥐가 나오지 않은 걸 확인할 때까지 말예요.'" 앨리스는 계속 종알거렸다. "다이나가 사람들한테 그런 지시를 하기 시작하면, 식구들이 다이나를 집에 두지 않을 것 같은데 어쩌나?"

그즈음 앨리스는 깔끔하게 정돈된 작은 방으로 들어섰다. 창가에 탁자가 놓여 있었는데, 그 위에 (앨리스가 바라던 대로) 부채와 두어 켤레의 하얀 어린이 장갑이 있었다. 앨리스가 부채와 장갑 한 켤레를 집어 들고 막 떠나려던 순간, 거울 가까이 놓인 작은 병이 눈에 띄었다. 이번에는 **"나를 마셔라"**라는 말이 쓰여 있지 않았지만, 그래도 마개를 뽑고는 입에 물었다. "뭔가 흥미진진한 일이 일어날 게 분명해." 앨리스는 혼잣말을 했다. "뭐든 먹거나 마실 때마다 그랬잖아? 이번에는 어떨지 금방 알게 되겠지. 다시 키를 자라게 해주었으면 정말 좋겠어. 내가 이렇게 자그마한 건 정말 싫거든!"

'going messages'는 스코틀랜드에서 지금도 쓰이는 말로 '심부름하다running errands'의 뜻이다.

조지 소퍼, 1911

정말 키가 커졌다. 그건 예상한 것보다 훨씬 더 빨라서, 반도 마시기 전에 머리가 천장을 쿵 찧었다. 앨리스는 목이 부러지지 않도록 고개를 앞으로 조아려야 했다. 앨리스는 혼잣말을 하며 재빨리 병을 내려놓았다. "이제 그만! 더 자라고 싶지 않아. 이런 꼴로는 문으로 나갈 수가 없어. 조금만 마실걸!"

에휴! 그러기엔 너무 늦고 말았다! 앨리스는 계속 자라고 또 자라서, 얼른 바닥에 무릎을 꿇어야 할 정도가 되었다. 그리고 잠시 후에는 더욱 커져서, 한쪽 팔을 문에 붙이고 삐딱하게 누워 다른 쪽 팔로는 머리를 감싸야 했다. 그래도 여전히 쑥쑥 자라 앨리스는 최후의 수단으로 한쪽 팔을 창밖으로 내밀고, 한쪽 발은 벽난로 아궁이에 쑤셔 넣은 뒤 굴뚝 위로 쳐들고는 꽁알거렸다. "무슨 일이 일어나든 이젠 더 이상 어떻게 해볼 도리가 없어. 난 어떻게 되는 걸까?"

다행스럽게도 마법의 병이 효능을 다해 앨리스는 더 이상 커지지 않았다. 그래도 불편하기 짝이 없는 건 마찬가지였다. 게다가 방에서 나갈

마거릿 태런트, 1916

가망이 없어 보였기에, 앨리스가 불행을 느낀 건 당연한 일이었다.

"집에서는 이보다 훨씬 더 편안했어." 불쌍한 앨리스는 생각했다. "그 때 작아졌다 커졌다 하는 일도 없었고, 생쥐나 토끼가 이래라저래라하는 일도 없었어. 토끼 굴에 떨어지지 않았으면 좋았겠다 싶을 정도야. 하지만, 그렇긴 하지만, 이건 꽤나 흥미진진하잖아? 이렇게 요상한 삶이라니! 나한테 이런 일이 일어날 수 있다는 게 정말 놀라워! 전에 동화를 읽을 때, 그런 일이 실제로 일어났다고는 꿈에도 생각지 않았어. 근데 지금 여기, 바로 그런 일의 한복판에 내가 있는 거야! 나에 대한 이야기가 책으로 나와야 해! 그렇고말고! 내가 다 크면 책으로 쓸 거야. 근데 벌써 난 다 컸네?" 앨리스는 서글프게 덧붙였다. "적어도 여기엔 내가 더 클 공간이 없어."

"그렇담", 앨리스는 생각했다. "이제 나는 더 이상 나이를 먹지 않는 걸까? 어느 면에서 그건 좀 위로가 되는걸? 할머니가 되지 않는다는 거 말이야. 하지만, 그렇담 그건 또 맨날 교훈을 배워야 한다는 소리야! 아, 내가 **그딴 걸** 좋아할 리 없잖아!"[5]

"이런, 멍청한 앨리스야!" 앨리스는 자기한테 대꾸했다. "이런 데서 어떻게 교훈을 배울 수 있겠어? 너를 위한 공간도 없는데, 교훈 책을 둘 공간이 어디 있냐고!"

그렇게 앨리스는 자기와 말을 주고받으며 이런저런 대화를 나누었다. 그러나 얼마 후 밖에서 목소리가 들려오자 대화를 멈추고 귀를 기울였다.

"메리 앤! 메리 앤!" 하고 목소리는 말했다. "지금 당장 장갑 가져오란 말이야!"[6] 그러더니 자박자박 계단을 오르는 발소리가 들렸다. 토끼가 자기를 찾으러 왔다는 것을 안 앨리스가 겁이 나서 바르르 몸을 떨자 집이 통째로 흔들렸다. 앨리스는 토끼보다 천 배는 더 커졌다는 것을 깜

5 『이상한 나라의 앨리스』 문고판[3]에서 영어 교수이자 저술가인 제임스 킨케이드는 앨리스의 이 생각에 대해 다음과 같은 주석gloss*을 달았다.

어린이 친구들이 성장하는 것에 대한 캐럴의 마음을 감안할 때, 이런 말은 양날의 칼인데, 아마도 가슴을 아프게 하는 칼날일 것이다. 캐럴의 편지는 이 주제에 대한 자기 연민의 농담으로 가득 차 있다. "어떤 아이들은 가장 언짢은 방식으로 어른이 된다. 우리가 다시 만나기 전까지 나는 네가 결코 그러지 않기를 바란다."

킨케이드는 주석자들이 자기만 좋다면 무슨 말이든[텍스트를 곡해하는 것이라 해도] 주석으로 달 권리를 옹호한다.[4] 그는 위의 주석을 그 예로 인용한다. "역사적 맥락이야 곡해할 것도 없지만, 중심인물들과 앨리스의 성장 욕구에 수반됨 직한 심리적 갈등을 드러내는 그런 구절이야말로 반대 감정의 병존을 지적할 기회를 제공한다."

윌리 포거니, 1929

빡 잊고 있었다. 그러고 보니 겁먹을 이유가
없었다.

잠시 후 방문까지 다가온 토끼가
문을 열려고 했다. 하지만 안으로
열리는 문짝을 앨리스의 우람
한 팔이 밀어붙이고 있으니
문이 열릴 턱이 없었다. 토끼
가 혼잣말을 하는 소리가 들
려왔다. "그럼 돌아가서 창문
으로 들어가야지."

"그것도 안 될걸?" 하고 앨리
스는 생각했다. 그러고는 창문
바로 아래서 토끼 소리가 들린다
싶을 때까지 기다렸다가 느닷없이
손을 쭉 뻗어 공중을 와락 낚아챘다. 아
무것도 붙잡지 못했지만, 억! 쿵! 쨍그
랑! 하는 소리가 들려왔다. 그 소리로 미

마거릿 태런트, 1916

루어, 앨리스는 토끼가 오이 기르는 유리 온실 같은 데 떨어졌을 거라
고 결론지었다.[7]

성난 목소리가 이어졌다. 토끼였다. "팻! 팻! 너 어딨어?" 그담엔 전에
들어본 적이 없는 목소리가 들려왔다. "워디긴유, 지 여깄유! 사과 캐고
있유!"[8]

"뭐? 사과를 캐?" 토끼가 발끈해서 외쳤다. "여기! 이리 와서 나 좀
꺼내줘!" (또 유리 깨지는 소리가 들렸다.)

"이제 말해봐, 팻. 저 창밖으로 나온 게 뭐지?"

내가 주석에서 횡설수설하는 것을 지지해준 것에 대해 킨케이드 선생에게 감사드린다.

• gloss는 행간을 새겨 읽는 주석을 일컫는 말이다. 행간 읽기가 항상 옳을 수만은 없고 정답도 없기 때문에 'gloss'에는 '곡해'라는 뜻도 있다.

6　하얀 토끼가 장갑을 가져오라고 한 것은 이번이 두 번째인데, 그가 장갑을 챙겼는지 여부는 알 수 없다. 장갑은 이야기 속 토끼에게만큼이나 현실의 캐럴에게 중요한 것이었다. "그는 옷차림이 좀 괴팍했다"라고 이사 보먼은 썼다. "가장 추운 날씨에도 그는 결코 외투를 걸치려 하지 않았고, 사계절 내내 항상 회색과 검은 면장갑을 착용하는 이상한 버릇이 있었다."[5]

장갑은 캐럴이 이사 보먼의 여동생 매기 보먼에게 쓴 가장 유쾌한 편지의 주제 중 하나였다. 캐럴은 매기가 "사랑으로 가득 찬 자루와 키스로 가득 찬 바구니"를 편지에 담아 보내겠다고 한 말에 대해, 매기가 실은 "'장갑'으로 가득 찬 자루와 '아기고양이'로 가득 찬 바구니!"를 편지에 담아 보내겠다고 말한 것인 양 너스레를 떨었다. 즉, 나중에 1,000개의 장갑이 가득 든 자루와 250마리의 고양이가 담긴 바구니가 도착했다고 편지에 쓴 것이다. 그래서 아기고양이들을 분양해준 여학생들이 고양이 발톱에 긁히는 것을 예방하기 위해 각각의 아기고양이에게 장갑 네 개씩 끼워줄 수 있었다고 캐럴은 이어 썼다.

> 그래서 어린 소녀들은 집으로 다시 춤추러 갔고, 이튿날 아침 다시 춤추러 학교에 왔지. 긁힌 상처는 모두 나았고 "아기고양이들은 잘 지내요!" 하고 그들이 내게 말했어. 아기고양이들이 생쥐를 한 마리 잡고 싶으면, 장갑을 하나만 벗고, 두 마리를 잡고 싶으면 두 개를, 세 마리 잡으려면 세 개를, 네 마리를 잡고 싶으면 장갑을 모두 벗지. 하지만 생쥐를 잡자마자 얼른 다시 장갑을 낀단다. 장갑을 끼지 않으면, 우리가 걔들을 사랑할 수 없다는 걸 잘 알기 때문이야. 너도 알다시피, '장갑'은 그 안에 '사랑'이 담겼거든. 장갑 **바깥**에는 아무것도 없지.

7　이 장면을 그린 테니얼의 삽화(139쪽)가 이전 삽화와 다르다는 것을 캐럴리언들은 알아차렸다. 토끼의 조끼가 이전에는 하얗기만 했는데, 이 장면에서는 재킷과 같은 체크무늬가 있는 조끼다. 이는 「눈물웅덩이」에서 우리가 들은 대로, 토끼가 '화려한 차림splendidly dressed'으로 바뀌어 복도로 돌아온 것의 연장인데, 아마도 여공작과의 약속 때문에 급히 집으로 돌아가 좋은 옷으로 갈아입었을 것이다. 그러나 스테파니 러빗은 테니얼의 묘사에 나오는 토끼 차림새는 처음 복장도 시골 지주나 신사다운 복장이 아닐뿐더러, 나중 복장도 화려한 구석이 하나도 없다고 꼬집는다.

"뭐여, 팔이구먼유, 나리!"

"팔이라고? 야, 이 멍청아!* 팔이 저렇게 큰 거 본 적 있어, 앙? 창문이 미어터질 것 같잖아!"

"그건 그류, 나리. 허지만 암만 봐도 팔 한 짝인디?"

"암튼 그건 상관없고, 가서 저것 좀 치워봐!"

그 후 긴 침묵이 깔렸다. 앨리스에게는 이따금 속살거리는 소리만 들렸다. "아유, 일없유! 지가 워치게! 워치게! 안 할뀸!"** "이런 겁쟁이! 내가 하란 대로만 해!" 앨리스는 결국 다시 손을 뻗어 공중을 한 번 더 낚아챘다. 이번에는 억! 억! 하는 소리가 두 번 들리더니, 유리 깨지는 소리가 더 크게 들렸다. "유리 온실이 많은가 봐!" 하고 앨리스는 생각했다. "저들이 이담엔 어쩌려나? 나를 창밖으로 꺼내려는 거라면, 제발 그래 줄 수 있기를 바라! 더는 여기 있고 싶지 않아!"

앨리스가 기다리는 동안 한참을 아무 소리도 들리지 않더니, 마침내 손수레 바퀴가 굴러가는 소리와 함께 여럿이 떠들어대는 소리가 들렸다. "다른 사다리는 어디 있는 거야? … 가져올 게 하나밖에 없었어요. 다른 건 빌이 가져왔다고요. … 빌! 그거 이리 가져와, 꼬맹아! …

• 우리가 먹보를 돼지라고 놀리듯 영어권에서는 멍청이를 goose라고 놀린다. 알 수 없는 동물인 이 팻의 정체에 대해 논란이 무성했다는데, 그 누구도 팻을 거위라고는 생각지 않는다. 토끼가 이 동물에게 "you goose!"라고 외쳤는데, 이것이 중의법重意法일 가능성은 완전 제로인 것일까? (『거울 나라의 앨리스』다섯 번째 이야기 「뜨개질하는 양과 강」590쪽 옮긴이 주를 참고하라.) 하나의 낱말이나 어구로 두 가지 이상의 뜻을 나타내는 문장 기교를 중의법이라고 한다. 캐럴은 하얀 토끼가 goose에게 '왁' 소리도 못 지를 정도로 소심한 캐릭터라는 설명을 남겼다. (두 번째 이야기 「눈물웅덩이」2번 주석에 더한 옮긴이 주를 참고하라.) 하얀 토끼가 팻에게 "you goose!"라고 왁왁 소리를 잘만 질러댔음을 캐럴이 까먹었을 리 없다. 이 goose의 의미가 멍청이든 거위든 간에, 어쨌든 하얀 토끼가 'goose'에게 왁왁 소리를 지른 건 명백한 사실이다. 'goose'는 거위인데 거위가 아니라는 패러독스를 캐럴이 홀로 즐긴 게 아닐까?

•• 이 충청도 사투리는 표준말로 "싫어요! 제가 어떻게! 어떻게! 안 할 거예요!"다.

해리 라운트리, 1908

자, 이 모퉁이에 걸쳐봐. … 아니, 사다리를 하나로 이어서 묶어야지. … 아직 반도 닿지 않아요. … 아, 그러면 되겠어. 대충대충 해. … 어이, 빌! 이 밧줄 좀 잡아. … 지붕이 견딜 수 있을까요? … 건들거리는 슬레이트 지붕 조심해. … 앗, 떨어진다! 머리 숙여!"(와장창하는 소리) "방금 누구였어? … 빌이었을걸요? … 누가 굴뚝으로 내려갈 거야? … 아유! 지가 워치게! 네가 해! … 그럼 나도 안 해! … 빌이 내려가야겠군. … 어이, 빌! 주인 어르신이 너더러 굴뚝으로 내려가라신다!"

"이런! 그래서 빌이 굴뚝으로 내려와야 하는 거야, 정말?" 앨리스는 혼잣말을 했다. "아이참, 다들 빌한테만 떠넘기는 것 같아! 나도 빌을 많이는 도와줄 형편이 못 되는데 어쩌지? 벽난로가 좀 좁아야 말이지. 하지만 살짝 걷어찰 순 있을 거야, 아마!"

앨리스가 굴뚝 아래로 최대한 발을 끌어내리고 기다리고 있자니, 어떤 작은 동물(앨리스로서는 뭔지 짐작도 할 수 없는 동물)이 굴뚝 벽을 할퀴며 기어 내려오는 소리가 위쪽 가까이서 들렸다. 그러자 "빌이다" 하고 혼잣말을 한 앨리스는 느닷없이, 정확하게 발차기를 날렸다. 그리고는 가만 기다리며 다음에 무슨 일이 일어나는지 알아보려 귀를 곤두세웠다.

처음 들려온 것은 "빌이 붕 떴다!" 하고 입을 모아 합창하는 소리였다. 다음엔 토끼 말소리만 들렸다. "울타리 옆의 너희들, 잘 받아!" 다음엔 침묵. 다음엔 또다시 와자지껄. "머리를 받쳐줘. … 자 브랜디. … 숨 막히게 하지 마. … 어땠어,

8 Digging for apples: 이것도 프랑스식 조크일까? 독자인 마이클 버그만이 편지에서 지적했듯 사과는 프랑스어로 '폼pomme'인데, 감자는 '폼 드 테르pomme de terre', 곧 '흙의 사과'다. 그러나 실은 프랑스식 조크가 아니라 아일랜드식 조크다. 팻Pat은 아일랜드 이름이다. 팻은 여기서 아일랜드 사투리를 쓰고 있는 것이다. 에버렛 블레일러가 내게 알려주었듯이 '아일랜드 사과Irish apples'란 말은 아일랜드 감자를 뜻하는 19세기 속어였다.

사과를 캐는 팻은 어떤 동물일까? 캐럴은 말하지 않는다. 데니스 크러치와 R. B. 샤버먼은 『외알 안경 아래서』에서, 팻은 굴뚝에서 앨리스에게 걷어차인 빌을 간호하는 두 기니피그 가운데 하나라고 추측한다.[6] 하트의 잭을 재판하는 법정에 두 기니피그가 나오는데, 배심원이었던 그들은 박수갈채를 보냈다 '제압'당한다.

마일로 윈터, 1916

해리 라운트리, 1908

이 친구야? … 어떻게 된 거야? … 빠짐없이 말해봐!"

마지막 말소리는 가냘프게 끽끽거리는 소리였다("빌이야" 하고 앨리스는 생각했다). "글쎄요, 잘 모르겠어요. … 됐어요, 이제 좀 괜찮아요. … 너무 헷갈려서 뭐라고 말해야 할지 모르겠어요. … 내가 아는 건 이 것뿐이에요. 까꿍상자*처럼 속에서 뭔가 불쑥 튀어 올랐고, 내가 폭죽처럼 공중으로 붕 떴다는 거."

"정말 그랬어, 이 친구야!" 다른 이들이 말했다.

"집을 태워버려야겠어!" 토끼 목소리였다. 앨리스는 있는 힘껏 소리를 질렀다. "만일 그랬다가는 다이나한테 물어뜯으라고 할 거야!"

순식간에 쥐 죽은 듯 조용해져 앨리스는 속으로 생각했다. "이담엔 저들이 어쩌려나? 조금이라도 센스가 있다면 지붕을 홀라당 벗길 텐데." 잠시 후 다시 그들이 부산하게 움직이기 시작하더니, 토끼 말소리가 들려왔다. "우선 한 수레만 있으면 될 거야."

"무엇을 한 수레?" 앨리스는 고개를 갸웃했지만, 오래 갸웃거리고 있을 수 없었다. 다음 순간, 작은 조약돌 소나기가 후드득후드득 창문으로 들이닥쳤기 때문이다. 그중 몇 개는 앨리스의 얼굴을 때렸다. "이래선 안 되겠어." 혼잣말을 한 앨리스는 고래고래 소리를 질렀다. "두 번 다시 이러면 가만 안 둘 거야!" 또다시 쥐죽은 듯 조용해졌다.

그때, 바닥에 떨어진 조약돌들이 모두 조그마한 케이크로 변하는 걸 본 앨리스는 살짝 놀랐다가, 문득 기발한 생각이 떠올랐다. "이 케이크를 하나 먹으면" 하고 앨리스는 생각했다. "분명 내 크기가 얼마간 달라질 거야. 내가 더 커질 수는 없으니까, 분명 더 작아질 거야, 아마도."

• Jack-in-the-box: 상자 뚜껑을 열면 불쑥 인형이 튀어 오르는 장난감. 까꿍 놀이에서처럼 가려졌던 것이 불쑥 나타난다는 것을 살려 '까꿍상자'라고 옮긴이가 작명했다. Jack은 우리말의 홍길동처럼 남자 이름의 대명사다.

A. E. 잭슨, 1914

케이크 하나를 꿀꺽한 앨리스는 곧바로 줄어들기 시작하는 것을 알고 얼굴이 환해졌다. 앨리스는 문으로 지나갈 만큼 작아지자마자 줄달음질 쳐 집을 빠져나왔다. 밖에는 작은 네발 동물들과 새들이 떼로 모여 기다리고 있었다. 가엾은 꼬맹이 도마뱀 빌이 한가운데 있었는데, 기니피그 둘이서 고개를 받치고 병에 든 뭔가를 먹이고 있었다. 앨리스가 나타나자마자 모두는 앨리스에게 우르르 달려들었다. 하지만 앨리스는 있는 힘껏 달려 곧 울창한 숲으로 무사히 달아날 수 있었다.

앨리스는 이리저리 숲속을 헤매며 혼잣말을 했다. "내가 첫 번째로 할 일은 다시 원래대로 커지는 거야. 두 번째로 할 일은 그 아름다운 정원으로 가는 길을 찾는 거야. 그게 아마 가장 좋은 계획이겠지?"

의심할 여지 없이 훌륭한 계획 같았다. 아주 깔끔하고 간단하기도 했다. 딱 하나 곤란한 점은 어떻게 시작해야 할지를 통 모른다는 것이었다. 걱정스레 나무들 사이를 골똘히 둘러보고 있을 때, 머리 바로 위에서 힘없이 컹 하고 짖는 소리가 들려왔다. 얼른 고개를 들어 쳐다보니, 아주 우람한 강아지가 동그랗고 커다란 눈으로 내려다보고 있었다. 강아지는 한쪽 발을 힘없이 뻗어 앨리스를 만지려 했다.[9] "가여운 것!" 앨리스는 다정스레 말하고는 잘 나오지도 않는 휘파람을 억지로 휘휘거리며 가까이 부르려 했다. 그러다 문득 강아지

해리 라운트리, 1916

9 이 강아지가 원더랜드에 어울리지 않는다고 생각한 주석자들이 많다. 마치 현실 세계에서 앨리스의 꿈속으로 들어와 방황하는 것 같다는 이유에서다. 그러나 데니스 크러치는 이 강아지가 원더랜드에서 앨리스에게 말을 걸지 않는 유일한 중요 동물이라고 평했다.* 또한 신경학자이자 저술가인 버나드 패튼은 조금도 미치지 않은 존재가 앨리스를 제외하고는 이 강아지가 유일하다고 덧붙였다.[7] 테니얼이 그린 이 강아지는 노픽테리어로 보인다.

• 이 강아지가 미치지 않은 것은 말을 몰라 언어유희의 패러독스에 빠지지 않았기 때문이다. 아홉 번째 이야기 「짝퉁거북 이야기」 320쪽 옮긴이 주를 참고하라.

가 배고플지도 모른다는 생각이 들자 더럭 겁이 났다. 여태 다정하게 굴기는 했지만, 강아지가 쫄쫄 굶었다면 자기를 한입에 꿀꺽하고 싶을지도 모른다.

앨리스는 저도 모르게 조그마한 막대기를 집어 들어 강아지에게 내밀었다. 그러자 강아지가 반갑다고 컹 짖으며 막대기를 깨물려는 듯 폴짝 공중으로 뛰어올라 바싹 달려들었다. 앨리스는 강아지 발에 깔리지 않으려고 커다란 엉겅퀴 뒤로 얼른 몸을 피했다. 그리고 엉겅퀴 뒤에서 다시 앨리스가 빼꼼 고개를 내민 순간, 강아지가 다시 막대기를 향해 달려들었다. 강아지는 자발머리없이 막대기를 깨물려고 서두르다 곤두박질 치고 말았다. 작은 강아지가 아니라 마치 커다란 짐말과 노는 것 같다는 생각이 들었다. 앨리스는 강아지 발에 깔릴 듯싶을 때마다 다시 엉겅퀴 뒤로 달려갔다. 그러면 강아지는 다시 막대기를 향해 달려들었는데, 매번 앞으로 아주 살짝 다가왔다가는 뒤로 멀리 폴짝 물러서며 줄곧 걸걸하게 컹컹 짖어댔다. 그러다 끝내는 멀찍이 물러나 털퍼덕 주저앉더니, 커다란 두 눈을 게슴츠레 뜨고서는 혀를 빼문 채 숨을 헐떡거렸다.

강아지에게서 벗어날 좋은 기회인 듯했다. 앨리스는 바로 출발했다. 기운이 꽤나 빠지고 숨이 턱에 찰 때까지, 그리고 강아지 짖는 소리가 아주 희미하게 들릴 때까지 마냥 달렸다.

"어쨌든 귀여운 강아지였어!" 한숨 돌리려 미나리아재비에 기댄 앨리스가 잎사귀를 한 장 따 부채질을 하며 말했다. "내가 원래만큼 컸다면, 강아지한테 재롱을 가르치는 게 아주 재미났을 텐데! 어머나! 내가 다시 커져야 한다는 걸 하마터면 까먹을 뻔했네? 생각 좀 해보자. 어떻게 야 커질 수 있을까? 뭔가를 먹거나 마셔야 할 것 같아. 하지만 큰 문제가 있어. 그 뭔가가 무엇인가? 이게 문제야."

마일로 윈터, 1916

"무엇인가?" 이것은 확실히 커다란 문제였다.* 앨리스는 주위의 꽃들과 뾰족뾰족한 풀잎들을 둘러보았다. 그러나 마땅히 먹거나 마실 만한 것은 눈에 띄지 않았다. 가까이에 큼직한 버섯이 하나 있었는데, 앨리스만큼 키가 컸다. 밑에서 쳐다보고, 오른쪽 왼쪽, 그리고 뒤로 돌아가서 살펴보다가, 버섯 꼭대기엔 뭐가 있는지 알아보는 게 좋겠다는 생각이 문득 들었다. 까치발을 하고 버섯 갓 가장자리 너머를 쳐다보는 순간, 앨리스는 커다란 연초록 쐐기벌레와 딱 눈이 마주쳤다. 쐐기벌레는 버섯 갓 위에 다리를 꼰 채 말없이 앉아 긴 물담뱃대를 물고 연기만 뻐끔거릴 뿐, 앨리스든 뭐든 나 몰라라 했다.

● 루이스 캐럴은 진지하고 무거운 주제를 (동화에서) 이처럼 가볍게 툭툭 던진다. 한국 불교계에 가장 널리 퍼진 화두(이 뭐꼬?)가 바로 이것이다. "이것은 무엇인가?"에 대한 정답은 없다. 저마다의 크고 작은 깨달음만이 가능할 뿐이다. 과거 중국 선불교 임제종에서 처음 제시한 이 화두는 한자 말로 시심마是甚麼(중국어 발음으로는 시센마)다.

마태복음 16장 15절의 질문은 이렇다. "너희는 나를 누구라(무엇이라) 말하느냐?" 그리스도교에서도 이보다 더 크고 근본적인 질문은 없을 것이다. 예수가 길이요 진리요 생명이라는 것을 모르면 그리스도 교인이 못 되니까.

고대부터 인류에게 "What?"보다 더 커다란 문제는 없었다. 근대 들어 "How?" 또는 "Why?"가 성행하고 있지만, "What?"이라는 근본적인 질문의 답을 얻으면 나머지는 대부분 저절로 해소되는 게 아닌가 싶다.

마일로 윈터, 1916

다섯 번째 이야기
쐐기벌레의 도움말

쐐기벌레[1]와 앨리스는 한동안 말없이 서로를 바라보았다. 이윽고 쐐기벌레가 입에서 담뱃대 물부리를 빼더니, 졸음 겨운 나른한 목소리로 앨리스에게 말을 걸었다.

"너는 누구냐?"

이것은 대화의 물꼬를 트는 말이 아니었다. 앨리스는 좀 수줍게 대답했다. "저… 저는 잘 모르겠어요. 지금은요… 적어도 오늘 아침 일어났을 때는 제가 누군지 알았지만, 그담에 제가 몇 번이나 바뀌었거든요."

"그게 무슨 뜻이지? 너 자신에 대해 똑똑히 말해보거라!" 쐐기벌레가 딱따그르르하니 말했다.

"나 자신에 대해선 똑똑히 말할 수가 없어요." 앨리스가 말했다. "지금 저는 저 자신이 아니거든요. 이해되시죠?"

"안 된다." 쐐기벌레가 말했다.

"죄송하지만 더 똑똑히 말할 수는 없을 것 같아요." 앨리스는 아주 정중하게 대꾸했다. "무엇보다도, 그게 이해가 안 되거든요. 하루에 여러 번이나 제 사이즈가 달라진다는 거, 그게 너무 얼떨떨해요."

아서 래컴, 1907

"얼떨떨하지 않다." 쐐기벌레가 말했다.

"음, 아직 겪어보지 못했겠군요. 하지만 애벌레에서 나중에 번데기로 변해야 할 때, … 그러니까 언젠가는 그렇게 변할 텐데 말예요. 그랬다가 또다시 나비로 변해야 할 때, 그때 좀 요상한 기분이 들지 않겠어요?" 앨리스가 말했다.

"전혀" 하고 쐐기벌레가 말했다.

"음, 그쪽이라면 다른 기분일지 모르겠네요." 앨리스가 말했다. "암튼 나라면 기분이 영 요상할 거라고요."

"너라면?" 쐐기벌레가 콧방귀를 뀌며 말했다. "너는 누군데?"[2]

이러고 보니 대화는 다시 처음으로 돌아갔다. 앨리스는 쐐기벌레가 아주 짧게만 말하는 것에 좀 짜증이 났다. 그래서 자세를 가다듬고 엄숙하게 말했다. "당신은 누구신데요? 그걸 먼저 밝혀야 하는 것 아닐까요?"

"왜?" 쐐기벌레가 말했다.

알쏭달쏭한 질문이 또 나왔다. 앨리스는 뭐라 할 말이 없었다. 게다가 쐐기벌레가 왠지 심통이 난 것도 같아서, 앨리스는 돌아서 딴 데로 걸어가기 시작했다.

"돌아오거라!" 쐐기벌레가 앨리스의 뒤에 대고 말했다. "중히 할 말이 있다!"

이 말은 확실히 솔깃했다. 앨리스는 다시 돌아왔다.

"참아라" 하고 쐐기벌레가 말했다.

"그게 다예요?" 앨리스는 치미는 화를 되삼키며 말했다.

"아니다." 쐐기벌레가 말했다.

앨리스는 어쩔 수 없이, 다음 말을 기다리는 게 좋겠다고 생각했다. 혹시나 귀담아들을 만한 말을 들려줄지도 모르니까. 쐐기벌레는 한동

1　『유아용 앨리스』에서 캐럴은 테니얼이 그린 쐐기벌레*의 코와 턱을 잘 보라면서, 실은 그것이 두 다리라고 설명한다. 디즈니 애니메이션에서 가장 인상적인 시각효과 가운데 하나는 이 쐐기벌레가 내뿜은 다채색의 담배 연기가 기호와 사물 형태를 띰으로써 자기 말을 일러스트로 보여주는 것이었다.

• 'caterphillar'는 나비와 나방의 애벌레를 일컫는 말이다. 일부 사전에 쐐기벌레가 '나방' 애벌레라고 나오지만, 쐐기나방만이 아니라 쐐기풀나비로도 탈바꿈한다. 단발로 톡톡 쏘는 가시 돋친 말투기에 (나비) 애벌레보다는 쐐기벌레로 새기는 것이 제격이다.

2　런던에서 갑자기 생겨난 다양한 유행어들에 대해 시인 찰스 맥케이가 쓴 책이 있다. 그의 고전 작품『이례적인 대중의 망상과 군중의 광기』[1]가 그것인데, 그 가운데「거대 도시들의 대중의 어리석음」을 주목하라고 프레드 매든이 촉구한 바 있다.[2] 그 내용에 따르면, 캐럴 당시 유행한 문구 중 하나가 바로 "Who are *you*?"*였다고 한다. 이 말에서 이탤릭체[한국어는 고딕체] 낱말(you)은 특히 강세를 주어 발음했다. 이 유행어는 "버섯처럼" 갑자기 나타났다. "…전에는 듣도 보도 못 했고, 고안되지도 않았던 말들이 갑자기 런던에 널리 퍼졌다. … 맥줏집에 새로운 손님이 찾아오면 예외 없이 이런 무례한 질문을 받았다. '당신은 누구요?'"

캐럴은 맥케이의 이 책을 소장하고 있었고, 이 유행어가 런던에서 잠깐 광적으로 유행할 때 아마 캐럴도 버럭하는 이 질문을 당한 적이 있을 거라고 존 클라크는 지적한다.[3] 푸른 쐐기벌레가 버섯 위에 앉아 앨리스에게 "너는 누구냐?" 하고 느닷없이 묻고, 나중에 또 거듭 "너는 누군데?" 하는 물음을 던질 때, 캐럴은 런던의 이 열풍을 염두에 두고 있었을까? 분명 그랬을 것 같다.

윌리엄 펜할로우 헨더슨, 1915

안 말없이 담배만 뻐끔거리더니 이윽고 꼬았던 다리를 풀고, 입에 문 물부리를 빼며 입을 열었다.

"그러니까 네가 달라졌다고 생각한단 말이지?"

"그래요." 앨리스가 말했다. "전에 알았던 게 기억이 안 날 정도예요. 그리고 10분도 안 돼서 내 사이즈가 막 달라지는 거예요!"

"무엇이 기억 안 나지?" 쐐기벌레가 말했다.

"그러니까, 「바삐 바지런 피우는 벌」이란 시를 외우려고 했거든요. 근데 엉뚱한 말이 마구 튀어나오는 거예요!" 앨리스는 아주 우울한 목소리로 대답했다.

"다른 시 「당신은 늙으셨어요, 윌리엄 신부님」을 암송해보거라" 하고 쐐기벌레가 말했다.

앨리스는 두 손을 앞에 모아 손깍지를 끼고 시를 읊기 시작했다.[3]

"당신은 늙으셨어요, 윌리엄 신부님," 청년이 말했다네요.
　"머리도 호호백발이 되었는데요,
근데도 줄기차게 머리를 박고 거꾸로 서시다니요.
　그 나이에 그래도 괜찮다고 생각하세요?"

"내가 왕년에" 하고 윌리엄 신부님이 청년에게 답했다네요.
　"그러다 골이 뻴까 걱정도 했지만
그러나 이젠 골이 비었다고 확신한다네.
　그러니 아무 걱정 없이 머리 박기를 하고 또 한다네."

"당신은 늙으셨어요." 청년이 말했다네요. "전에도 말했죠,
　당신은 세상에 둘도 없는 뚱보가 되었다고요.

● 캐럴은 '나', '너', '당신' 등의 인칭대명사를 특히 자주 이탤릭체로 강조한다. 이 책을 끝까지 읽고 돌이켜보면, 그것은 최후에 등장하는 시편을 향한 복선이 분명하다. "Who are you?" 또는 "Who am I?"는 『이상한 나라의 앨리스』의 핵심 주제 중 하나다.

3   셀윈 구데이커는 앨리스가 여기서 두 손을 앞에 모아 손깍지를 끼는 것, 그리고 두 번째 이야기에서 「꼬맹이 크로커다일」을 읊을 때 무릎 위에 가지런히 두 손을 모은 것에 대해 흥미로운 촌평을 한다.[4]

나는 은퇴한 초등학교 교장과 이 구절들을 논의했는데⋯ 그는 아이들이 정확히 그렇게 교육을 받았다고 내게 확인해주었다. 즉, 학생들은 교훈시를 그런 자세로 암송 repeat*해야 했다. 이는 기계적으로 외우는 학습을 했다는 뜻이다. 교훈시를 암송하며 두 손을 가지런히 하게 한 것은 차분히 정신을 집중하라는 의도에서 강요된 자세다.

피터 뉴얼, 1901

그런데도 뒤공중돌기로 집 안에 들어오시다니요.

　묻건대, 그 까닭이 뭣이냐고요.”

“내가 왕년에” 하고 백발을 살랑이며 현자가 말했다네요.

　“내 팔다리가 아주 나긋나긋했네만

한 곽에 1실링[4]짜리 이 만병통치약*을 쓴 덕분이라네.

● ‘ointment’는 보통 ‘연고’로 번역되는 말인데, 당시 이 약은 가정상비약으로 만병통치약
처럼 사용되었다.

앨리스의 「당신은 늙으셨어요, 윌리엄 신부님」은 논란의 여지 없는 걸작 난센스 시다. 이 시는 오래전에 잊힌 로버트 사우디Robert Southey(1774~1843)의 교훈시 「노인의 안락과 그 연유」를 현명하게 패러디한 것이다. 사우디는 산문과 시 모두에서 다작했지만, 오늘날에는 「인치케이프 암초」와 「블렌하임 전투」 같은 몇 편의 짧은 시, 그리고 골디락스와 세 마리의 곰에 대한 불멸의 민담을 번안한 것을 제외하고는 거의 읽히지 않는다. 사우디의 원 시는 다음과 같다.

"당신은 늙으셨어요, 윌리엄 신부님." 청년이 외쳤다네.
　"듬성듬성한 머리털도 백발이 되었는데,
신부님은 아직도 정정하고 원기가 넘치시네요.
　바라건대, 이제 그 까닭을 일러주세요."

"내가 왕년에" 하고 윌리엄 신부님이 대답했다네.
　"청춘이란 눈 깜작할 사이임을 가슴에 새겼네.
젊어서 건강과 정력을 남용하지 않은 덕분에
　늙어서 그걸 아쉬워할 일이 없게 되었지."

"당신은 늙으셨어요, 윌리엄 신부님." 청년이 외쳤다네.
　"청춘과 함께 인생의 낙도 사라지는데
신부님은 흘러간 날들을 한탄하지 않으시네요.
　바라건대, 이제 그 까닭을 일러주세요."

"내가 왕년에" 하고 윌리엄 신부님이 대답했다네.
　"젊음은 오래 머물지 않음을 가슴에 새겼네.
무슨 일을 하든 미래를 생각한 덕분에
　과거를 한탄하지 않게 되었지."

"당신은 늙으셨어요, 윌리엄 신부님." 청년이 외쳤다네.
　"인생은 덧없이 흘러 사라지는데
신부님은 죽음 이야기를 흥겨워하며 즐기시네요.
　바라건대, 이제 그 까닭을 일러주세요."

"나는 흥겹다네, 젊은이." 윌리엄 신부님이 대답했다네.
　"늘 원인을 주목하도록 하게나

자네한테도 몇 곽 팔았으면 싶다네."

"당신은 늙으셨어요." 청년이 말했다네요, "턱이 약해서
    비계보다 단단한 건 씹지를 못하세요.
그런데도 거위를 뼈랑 부리째 먹어 치워요.
    묻건대, 어쩌면 그리 잘도 잡숫냐고요."

"내가 왕년에" 하고 그의 아버지가 말했다네요. "법정에 가서
    사사건건 아내랑 시시비비를 가렸네만
법정에서 시부렁시부렁 입방아깨나 찧은 덕분에
    튼튼해진 턱 근력이 평생을 갔다네."

"당신은 늙으셨어요." 청년이 말했다네요. "이제
    눈도 침침하다고 다들 생각하는데
코끝에 뱀장어를 세우는 균형 감각은 또 뭔가요.[5]
    어쩌면 그리 재주도 좋으시냐고요."

"세 가지 질문에 답을 했으니, 그만하면 됐거든?"
    하고 그의 아버지가 말했다네요. "으스대지 마라!
종일 그딴 소리나 시부렁거리려거든
    썩 꺼져라, 안 그러면 아래층으로 걸어차겠다."

"달라." 쐐기벌레가 말했다.
"쪼끔 다르죠?" 앨리스가 쭈물쭈물 말했다. "낱말이 조금 달라진 것
같아요."

찰스 포커드, 1929

마거릿 태런트, 1916

내가 왕년에 하느님을 가슴에 새긴 덕분에
　　하느님은 내 노년을 살펴주신다네."***

"You are old, father William," the young man cried,
　　"The few locks which are left you are grey;
You are hale, father William, a hearty old man;
　　Now tell me the reason, I pray."

"In the days of my youth," father William replied,
　　"I remember'd that youth would fly fast,
And abus'd not my health and my vigour at first,
　　That I never might need them at last."

(중략)

"I am cheerful, young man," father William replied,
　　"Let the cause thy attention engage;
In the days of my youth I remember'd my God!
　　And He hath not forgotten my age." ****

● 하우스 파티 때나 가정오락으로 시를 암송할 때처럼 'recite(낭송/암송하다)'라고
하지 않고, 'repeat(반복/암송하다)'라고 말한 것을 주목할 필요가 있다. 본문에서 여
덟 번에 걸쳐 '암송'이라고 새긴 말은 모두 'repeat'다. 'recite'란 말은 한 번도 나오지
않는다.

●● 이 교훈시는 젊어서 절제하고, 장래를 생각하고, 인과응보를 잊지 말라고 충고
한다. 구구절절이 지당해 보이는 이 말씀을, 루이스 캐럴은 가혹하게 희화화한다. 늙
어서도 이팔청춘처럼 사는 것은 결코 좋은 게 아니다. 그건 '뇌brain'가 없어서, 속된 말
로 골이 비어서 그런 것이다. 다 늙어서 공중제비를 돌 만큼 팔팔해봐야 서커스의 어
릿광대 놀음이나 할 수 있을 뿐이다. 교훈시란 지난날 어릿광대가 팔던 1실링짜리 가
짜 만병통치약 같은 것이다(여섯 번째 이야기 「짝퉁거북 이야기」에서 앨리스는 교훈을 '저렴
한cheap' 것이라고 말한다). 코끝에 뱀장어를 세운 테니얼의 삽화(157쪽 네 번째 삽화)를
보면 일그러진 쪽박 같은 모자가 앞에 놓여 있다. 노년이 안락하기는커녕 남루하다.
이 시에 대한 캐럴의 패러디 시는 실은 성직자를 통렬하게 풍자한 것이다. 50여 년
앞선 제인 오스틴의 『오만과 편견』에도 잘 나타나 있지만, 당시 성직자는 도덕적으로

해리 라운트리, 1916

해이하고 세속화되어 있었다. 성직자가 박봉인 탓도 있었겠지만, 돈을 밝히고 부자에게 빌붙기를 서슴지 않았다. 패러디 시는 성직자가 한 마디로 싸구려 만병통치약을 파는 어릿광대라고 풍자한 것이다. 중간에 한 번 '현자sage'라고 말한 것은 반어법이다.

성공회 성직자는 가톨릭과 마찬가지로 주교—사제—부제라는 3단계로 이루어진다. 캐럴은 이 책을 발표하기 4년 전인 1861년에 부제 성직서품Deacon's Orders을 받았지만, 이 풍자시가 당시 타락한 성직자에 대한 조롱인 것은 명명백백하다. 캐럴은 진화론을 그리스도교 교리와 양립할 수 있는 것으로 받아들였다. 그러니 진화적 관점에서 잉글랜드 성공회의 실태를 돌아보았을 가능성도 얼마든지 있다.

패러디 시에서는 'Father'와 'his father'를 혼용함으로써 어린 앨리스가 신부님과 아버지를 혼동하고 있음을 나타내고 있다. 원 시에서는 일관되게 'father'로 나오는데, 신부는 그렇게 머리글자를 소문자로 표기한다. 당시 성공회는 직위 고하를 떠나 성직자를 'father'라고 불렀다. 이 시는 메시야의 대행자로서 고귀한 'Father' 같아야 할 성직자가 실은 아들한테도 멸시당할 만한 어릿광대 아버지father라는 것을 풍자한다(성공회 성직자는 결혼할 수 있고, 결혼해도 고위 성직자가 될 수 있다).

●●● 이 영시 마지막 연 두 번째 행에서 문법에 어긋나게 어순을 바꾼 것은 라임(압운: engage/age)을 이루게 하기 위한 것이다. 맞게 고치면 "Let the cause engage thy attention"(원인이 그대를 주목하게 하라)이다. 여기서 cause(원인)는 앞서의 reason(까닭)과 동의어다. 빈번한 아포스트로피(')는 모음 e를 생략했다는 부호인데, 이렇게 모음을 없앰으로써 각 행의 낱말 모음들의 강세가 약강약강 혹은 강약강약 식으로 리드미컬하게 흐르게끔 낭독하기 위한 것이다. 아래는 앨리스가 읊은 시의 원문 중 첫 두 연과 마지막 연이다.

> "*You are old, Father William,*" *the young man said,*
> "*And your hair has become very white;*
> *And yet you incessantly stand on your head—*
> *Do you think, at your age, it is right?*"
>
> "*In my youth,*" *Father William replied to his son,*
> "*I feared it might injure the brain;*
> *But, now that I'm perfectly sure I have none,*
> *Why, I do it again and again.*"
>
> (중략)

"처음부터 끝까지 다 틀렸어." 쐐기벌레가 딱 잘라 말했다. 그러자 몇 분 동안 얘기가 뚝 끊겼다.•

쐐기벌레가 먼저 입을 열었다.

"너는 어떤 사이즈가 되고 싶으냐?"

"아, 사이즈야 대충 맞으면 돼요." 앨리스는 얼른 대답했다. "그저 막 달라지는 게 싫은 거예요. 이해되시죠?"

"전혀 안 된다." 쐐기벌레가 말했다.

앨리스는 입을 꾹 다물었다. 예전에 이렇게나 많이 반박당해본 적이 없던 앨리스는 슬슬 화가 났다.

"지금 사이즈는 어때?" 쐐기벌레가 말했다.

"음, 괜찮으시다면, 쪼끔만 더 컸으면 좋겠어요." 앨리스가 말했다. "키가 딱 3인치, 그러니까 8센티미터도 안 되다니 정말 딱하잖아요."

"그만하면 아주 큰 거다!" 쐐기벌레가 발끈하더니, 몸을 꼿꼿이 곧추세웠다(키가 딱 3인치였다).

"하지만 전에는 훨씬 더 컸단 말예요!" 애처롭게 하소연한 뒤 앨리스는 속으로 생각했다. "다들 왜 걸핏하면 벌컥벌컥 화를 내는 거람!"

• 앞서 쐐기벌레가 '달라'라고 한 말 'That is not said right'는 '암송이 틀렸다'는 뜻이 아니라 '제대로/일치되게 읊지 않았다'는 뜻으로, 다시 말해 다르게 읊었다는 말이다. 원작과 다르지만 훨씬 더 나은 시를 암송했는데 틀렸다고 하면 너무나 옹색한 판단이 된다. 그런데 낱말이 좀 달라진 것 같다고 앨리스가 '쭈물쭈물timidly(소심하게/쭈뼛쭈뼛)' 말하자, 그제야 비로소 쐐기벌레는 "처음부터 끝까지 다 틀렸어It is wrong from beginning to end"라고 '딱 잘라 decidedly(명확하게)' 말한다. 이렇게 말한 것은 암송 내용이 틀렸다는 게 아니다! 캐럴이 너무나, 정말 위험할 정도로 너무나 대차게 성직자를 패러디했는데, 앨리스가 그 패러디에 대해 너무나 소심하게 구니 다 틀렸다고 한 것이다. 원 시와 일치하는 낱말들이 분명 제법 있으니, 암송 자체는 처음부터 끝까지 다 틀린 게 결코 아니다. 이야기가 뚝 끊긴 이 침묵의 시간에 캐럴의 고심이 깃들어 있다. 『이상한 나라의 앨리스』 대단원에 이르러 앨리스는 자기 정체성을 확인하고, 더는 소심하지 않은, 너무나 당찬 아이가 됨으로써 '이상한 나라'를 벗어나게 된다.

우리엘 번바움, 1923

"I have answered three questions, and that is enough,"
Said his father. "Don't give yourself airs!
Do you think I can listen all day to such stuff?
Be off, or I'll kick you downstairs!"

4   원작인 『앨리스의 땅속 나라 모험』에 나오는 시에서는 가격이 5실링*이었다.
● 당시 1실링은 오늘날 약 140실링으로 10,000원 안팎이다. 원작의 5실링이 아마
실제 가격이었을 텐데, 가짜치고는 너무 비싸서 수정했을 것이다.

블랑슈 맥마누스, 1899

"금방 적응이 될 거다." 쐐기벌레가 말했다. 그러고는 물부리를 입에 물고, 다시 담배를 뻐끔거리기 시작했다.

이번에는 쐐기벌레가 다시 말할 때까지, 앨리스는 참을성 있게 기다렸다. 잠시 후, 쐐기벌레가 물부리를 입에서 빼더니 한두 차례 하품을 하고 몸을 부르르 떨었다. 그러고는 버섯에서 내려와 풀밭으로 꿈틀꿈틀 기어가며 딱 이렇게만 말했다. "한쪽은 키가 더 커지고, 다른 쪽은

5 이 대목을 그린 테니얼의 삽화 배경에 다리 같은 게 보인다(157쪽 네 번째 삽화). "그 '다리bridge'는 실은 장어통발eel trap이다. 냇물이나 강을 가로질러 설치한 것으로, 골풀이나 때로 버드나무로 엮은 원뿔꼴의 바구니들로 물길을 막아놓은 것"이라고 필립 버넘은 말한다.[5]

길퍼드 인근에는 철로 만든 통발이 지금도 있다고 로버트 웨이크먼은 덧붙였다. "각 바구니 끝에 난 작은 구멍으로 장어가 연못으로 탈출할 수 있게 한 반면, 다른 종류의 물고기는 구멍을 통과할 수 없다." 더 자세한 내용과 그림은 마이클 핸처의 『앨리스 책들에 실린 테니얼의 삽화』[6]를 참고하라.

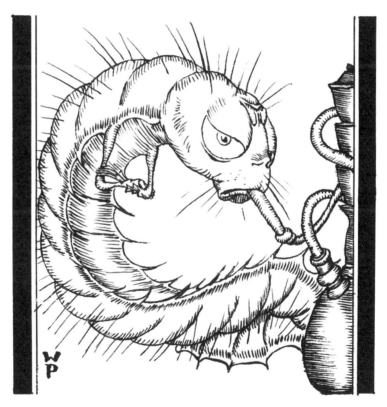

윌리 포거니, 1929

W. H. 로메인 워커, 1907

귀네드 허드슨, 1922

거트루드 케이, 1923

A. E. 잭슨, 1914

마거릿 태런트, 1916

앨리스 B. 우드워드, 1913

해리 라운트리, 1908

해리 라운트리, 1916

키가 더 작아진다."[6]

"무엇의 한쪽이고, 무엇의 다른 쪽이람?" 하고 앨리스는 속으로 생각
했다.

"버섯의" 하고 쐐기벌레가 말했다. 마치 앨리스가 소리 내어 물어보
기라도 한 것처럼[7] 툭 말을 내던진 쐐기벌레는 금세 어디론가 사라져버
렸다.

앨리스는 잠시 곰곰 생각하며 버섯을 바라보았다. 버섯의 양쪽이란
게 어디 어디지? 그건 아주 어려운 질문이었다. 버섯이 아주 둥글둥글
했으니까. 하지만 생각 끝에 앨리스는 두 팔을 활짝 벌려 버섯을 부둥
켜안고는 손끝으로 양쪽을 조금 떼어냈다.

"그럼 이제 어느 쪽이 어느 쪽일까?" 앨리스는 자기한테 묻고는 오른
손의 버섯을 야금야금 먹어보았다. 어떻게 될까? 다음 순간, 느닷없이
턱이 얼얼했다. 키가 갑자기 줄어들면서 발등에 턱을 찧은 것이다! 앨리
스는 너무나 난데없는 변화에 깜짝 놀랐지만, 우물쭈물할 시간이 없다
는 것을 직감했다. 키가 더 쏙쏙 줄어들었기 때문에, 곧장 다른 손의 버
섯을 입에 가져갔다. 입을 벌리기 힘들 정도로 턱이 발등에 찰싹 붙었지
만, 기어코 입을 벌리고는 왼손의 버섯을 한 자밤 꼴깍 삼키는 데 성공
했다.

"아자! 마침내 머리가 들렸어!" 그러나 앨리스의 환호는 이내 경악으
로 바뀌었다! 어깨가 보이지 않았다. 고개를 숙여보니 눈에 보이는 것이

6 『앨리스의 땅속 나라 모험』
에서 쐐기벌레는 달리 말한다.
버섯 꼭대기는 키를 크게 하고
줄기는 키를 작게 할 거라고.
특정 버섯의 환각 성분을 묘사
한 오래된 책 중에 캐럴이 읽었
을 법한 책들을 많은 독자들이
내게 소개해주었다. 가장 흔히
언급된 버섯은 아마니타 무스카
리아Amanita muscaria, 곧 광대버섯
이다. 그걸 먹으면 시간과 공간
이 왜곡되는 환각 증상을 일으
킨다. 그러나 로버트 혼백은 그
의 유쾌한 글에서 테니얼이 그린
것은 광대버섯이 아니라며 다음
과 같이 썼다.

> 아마니타 무스카리아는 코티
> 지 치즈 조각을 튀긴 것처럼
> 보이는 밝은 빨간 갓을 펼
> 친다. 그와 달리 쐐기벌레가
> 앉아 있는 버섯 갓은 매끄러

워서, '아마니타 풀바Amanita fulva(고동색우산버섯)'를 매우 닮았다. 이것은 독성이
없고 오히려 맛있다. 테니얼이든 캐럴이든 아이들이 앨리스를 본받아 독버섯을 먹
지 않기를 바랐다고 우리는 추측할 수 있다.[7]

7 쐐기벌레는 앨리스의 마음을 읽었다. 캐럴은 심령현상을 믿지 않았지만, 초감각
적 지각과 염력은 실재한다고 믿었다. 1882년 한 편지에서 그는 심령현상이 진짜라
는 그의 확신을 북돋아 준 "생각 읽기"에 관한 소책자(심령 연구협회 발간)에 대해 말
한다.

> 이 모든 것은 전기electricity와 신경 에너지nerve-force가 연합해 뇌가 다른 뇌에 작용
> 하게 할 수 있는 대자연의 힘이 존재함을 가리키는 듯하다. 이것이 알려진 대자연의
> 힘들 가운데 하나로 분류되고, 그 법칙이 발견되는 날, 그리고 물질주의를 넘어서는

라고는 어마어마하게 긴 모가지뿐이었다. 그건 마치 발아래 멀리 펼쳐진 초록빛 풀잎의 바다에서 우뚝 솟아오른 무슨 긴 꽃자루 같았다.

"저 초록빛은 다 뭐지? 내 어깨는 또 어디 간 거야? 에구, 불쌍한 내 손들아, 어째서 보이질 않는 거니?" 하고 말하며 두 손을 이리저리 움직여봤지만, 여전히 두 손은 보이지 않고, 멀리서 초록 잎사귀들이 살랑, 살랑거리기만 했다.

두 손을 머리 위로 쳐들 가망이 없어 보였기 때문에, 차라리 두 손이 있는 곳으로 고개를 숙여보려고 했다. 그러고 보니 반갑게도 어느 쪽으로든 뱀처럼 목이 휙휙 잘 돌아갔다. 우아하게 목을 꼬부랑꼬부랑 구부려 고개를 숙이는 데 막 성공한 앨리스는, 마침내 잎사귀들 속으로 머리부터 다이빙하려고 했다(자기 두 손을 보려고 말이다). 하지만 우왕좌왕하던 머리 아래엔 나무 우듬지밖에 보이지 않았다. 그때, 끼룩끼루룩하는 소리에 앨리스는 얼른 고개를 쳐들었다. 하지만 어느새 날아든 커다란 비둘기가 날갯짓으로 앨리스의 귀빰을 날린 뒤였다.

"구렁이다!" 비둘기가 끼루룩 소리를 질렀다.

"난 구렁이가 아니야!" 앨리스가 씩씩거렸다. "날 건드리지 마!"

"구렁이라니깐!" 비둘기가 다시 되뇌었지만, 이번에는 목청이 좀 낮아졌다. 그러고는 좀 서글프게 덧붙였다. "여기에도 저기에도 시도해봤지만 어디에도 안 되는 것 같아!"

"무슨 말을 하는지 못 알아듣겠어." 앨리스가 말했다.

"나무뿌리에도 시도해보고, 강둑에도 시도해보고, 울타리에도 시도해봤지만!" 비둘기는 앨리스의 말을 들은 척도 하지 않고 계속 말했다. "저 구렁이들! 저것들이 껄떡거리는 걸 막을 수가 없어!"

앨리스는 더욱 어리둥절했다. 하지만 비둘기가 말을 마칠 때까지는 무슨 말을 해도 소용이 없을 것 같았다.

찰스 로빈슨, 1907

"알을 부화시키려고 안달복달하는 거로도 모자라 눈에 불을 켜고 구렁이 망보기까지 해야 하다니!" 비둘기가 말했다. "밤낮없이! 정말이지, 지난 3주 동안 한숨도 못 잤어!"

"화나게 해서 정말 미안해." 이제야 뭔가 알아차리기 시작한 앨리스가 말했다.

"내가 숲에서 가장 키 큰 나무에 자리를 잡으니까" 하고 비둘기가 끼루룩 언성을 높이며 말했다. "그래서 내가 마침내 저것들한테서 벗어났나 싶으니까, 이제 저것들은 하늘에서 기어 내려와야 했겠지! 억! 구렁이다!"

"아니 난 구렁이가 아니라니까!" 앨리스가 말했다. "나는 뭐냐면… 나는 어…."

"그래! 대체 넌 뭐냐?"[8] 비둘기가 말했다. "보아하니 무슨 거짓부렁을 주워섬기려는 눈치야!"

"나는… 나는 소녀야" 하고 앨리스는 긴가민가하며 말했다. 그날 앨리스가 겪은 수많은 사이즈 변화가 생각났기 때문이다.

"아이고, 그래서?" 그지없이 한심하다는 듯 비둘기가 말했다. "왕년에 내가 소녀를 수없이 봤는데, 이렇게 모가지가 긴 소녀는 하나도 못 봤어! 그렇고말고! 넌 구렁이야. 아니라고 해봐야 소용없어. 알을 한 번도 먹어본 적 없다고 시부렁거려 보지 그래?"

"먹어본 건 확실해." 거짓말하지 않는 아이답게 앨리스가 말했다. "하지만 소녀도 구렁이만큼이나 알을 많이 먹어."

"말도 안 돼" 하고 비둘기가 말했다. "만일 그게 사실이라면, 소녀란 것들도 구렁이의 일종이야. 나한테는 그게 구렁이일 수밖에 없어."

앨리스는 그 말이 너무나 기발하게 들려 한참 할 말을 잃었다. 그리고 그 사이 비둘기가 쏘아붙이는 말을 더 듣게 되었다. "알이 어디 있나 것처럼 보이는 증거가 있음에도 항상 최후의 순간까지 눈을 감아버리는 과학적 회의론자들이 그것을 자연에서 증명된 사실로 받아들일 수밖에 없는 날, 그런 날이 머지않았다고 본다.[8]

캐럴은 심령 연구협회의 열성적인 종신회원이었고, 오컬트에 관한 수십 권의 책을 소장하고 있었다.[9]

8   비둘기는 쐐기벌레의 질문을 되뇌고 있다. 'Who'를 'What'으로 바꾸어서.

윌리 포거니, 1929

찾고 있구나? 내가 그것도 모를까 봐? 네가 소녀든 구렁이든 나한테는 그게 그거야."

"나한테는 하늘과 땅 차이야." 앨리스는 얼른 말했다. "난 정말 알을 찾고 있지 않단 말이야. 그랬다 해도, 네 알을 먹고 싶진 않았을 거야. 난 날것을 싫어해."

"그래, 그럼 썩 꺼져!" 비둘기가 부루퉁하니 말하며 다시 둥지에 배를 깔고 앉았다. 앨리스는 제 깜냥껏 나뭇가지에 목이 얽히지 않게 조심하며 나무들 사이로 머리를 낮췄는데, 번번이 우뚝 멈추고 매듭처럼 엉킨 목을 풀어내야 했다. 양손에 아직도 버섯 부스러기를 쥐고 있다는 사실을 떠올린 앨리스는 얼마 후, 아주 조심스레 버섯 부스러기를 야금거리기 시작했다. 처음엔 이것을 야금, 다음엔 저것을 야금거리자니, 때로는 더 커지고, 때로는 더 작아지다가, 이윽고 보통의 사이즈로 돌아오는 데 성공했다.

제 사이즈와 비슷하게 되기까지 정말 오래 걸렸다. 처음에는 아주 낯설어 보였지만, 몇 분 후 익숙해져 앨리스는 평소처럼 자기한테 말을 걸기 시작했다. "아자! 이제 반은 성공한 거야, 그치? 사이즈가 막 달라져서 얼마나 어리둥절했는지 몰라! 이제나저제나 또 어떻게 변할지 몰랐으니까! 하지만 이제 알맞은 크기가 됐어. 이젠 그 아름다운 정원으로 갈 차례야. 근데 어떻게 가지?" 그 말을 하는 순간, 앨리스는 갑자기 사방이 활짝 트인 곳에 이르렀다. 공터 안에 자그마한 집이 한 채 있었는데, 높이가 1.2미터쯤 되었다. "저기에 누가 살든, 지금 이런 크기로는 누구도 만나지 않을 거야" 하고 앨리스는 생각했다. "그야, 누구라도 깜짝 놀랄 테니까!" 그래서 오른손의 부스러기를 다시 야금거리기 시작했다. 20센티미터 남짓하게 키가 줄어들 때까지 앨리스는 집 근처엔 얼씬도 하지 않았다.

레너드 와이스가드, 1949

여섯 번째 이야기

돼지와 후추

앨리스가 잠시 집을 바라보고 서서 이담에 어떡할지 궁리를 하고 있을 때였다. 제복 입은 시종* 한 명이 숲에서 공터로 달려나왔다. (앨리스가 시종이라고 생각한 것은 말쑥한 제복을 입었기 때문인데, 얼굴만 보고 판단했다면 물고기라고 생각했을 것이다.) 시종이 손가락 마디로 문을 콩콩 두드리자, 제복 입은 다른 시종이 문을 열어줬다. 눈망울이 부리부리하고 얼굴이 동글동글한 게 개구리 같았다. 두 시종 모두 뒤로 빗어 넘긴 곱슬머리에 무슨 분가루를 뿌린 듯 머리가 하앴다. 호기심에

---

* footman: 왕족이나 귀족의 손발이 되어 식사 시중을 들거나, 문을 지키거나, 다양한 심부름을 하는 남자를 일컫는다. 특히 왕실의 시종과 시녀는 왕족이거나 귀족, 혹은 그 자제이므로 사전에 나오는 대로 '하인'이라고 새기면 안 된다. 바로 뒤에 나오지만, 이들은 곱슬머리에 하얀 분을 뿌렸다. 긴 곱슬머리는 가발이다. 서구에서 대유행한 가발은 18세기 프랑스 혁명을 기점으로 사라지기 시작했는데, 캐럴 시대에도 귀족은 가발을 애용한 모양이다 (캐럴은 그것을 야유하고 있다). 가발이 유행할 때는 가발만이 아니라 생머리에도 돼지기름 왁스를 펴 바르고 그 위에 밀가루를 뿌렸다. 주식인 빵을 만드는 재료를 머리에 뿌린 이 시종들은 하인은커녕 서민도 아니다. 영국에는 지금도 시종과 시녀가 있어서 2020년 엘리자베스 여왕의 시종footman이 코로나에 걸렸다는 뉴스가 나오기도 했다. 여왕의 문서 수발이나 애완견 산책 등이 그의 임무다.

베시 피즈 구트만, 1907

불탄 앨리스는 무슨 일인지 엿들으려 살그머니 숲 밖으로 기어나갔다.

물고기 시종이 거의 자기 키만 한 편지를 겨드랑이에서 빼들더니 다른 시종에게 건네주며 근엄하게 말했다. "여공작*에게. 여왕님께서 전하는 크로켓 경기 초대장." 이 말을 개구리 시종이 똑같이 근엄하게 되뇌었는데, 말순서만 살짝 바꿨다. "여왕님께서. 여공작에게 전하는 크로켓 경기 초대장."

그런 다음 둘은 허리를 깊이 숙여 맞절을 했는데, 둘의 곱슬머리가 한데 엉켰다. 앨리스는 웃음보가 터졌고, 그 바람에 혹시 들켰을까 싶어 숲으로 다시 후다닥 돌아가야 했다. 다음에 다시 기웃거릴 무렵엔 물고기 시종은 떠난 뒤였고, 다른 시종은 문 가까이 땅바닥에 주저앉아 넋을 놓고 하늘만 쳐다보고 있었다.

앨리스는 쭈뼛거리며 문으로 다가가 노크를 했다.

"노크 같은 건 소용없어" 하고 시종이 말했다. "이유는 두 가지야. 첫

• 원더랜드에서는 왕과 왕비가 아니라 왕과 여왕이 존재하기 때문에 여공작duchess을 공작부인으로 새기면 일관성을 잃게 된다. 이번 이야기 1번 각주 내용처럼 테니얼 삽화의 모델로 추정되는 인물인 마가렛은 여공작이자 여백작이었다. 남자 상속자가 없는 카린티아 공국(지금의 오스트리아 지역)의 공주였다가 여공작이 된 그녀는 남편이 둘이었는데, 첫 남편을 구금한 뒤 새로 결혼해 유럽을 떠들썩하게 했다.

마거릿 태런트, 1916

째, 너랑 마찬가지로 나도 문밖에 있으니까. 둘째, 집 안이 워낙 시끄러워서 아무도 노크 소리를 듣지 못하니까." 그러고 보니 집 안에선 엄청 왁자지껄한 소리가 났다. 끊임없이 울부짖는 소리에 재채기 소리, 그리고 이따금 접시나 주전자가 박살 날 때처럼 와장창하는 소리가 들려왔다.

"그럼 안으로 어떻게 들어가요?" 앨리스가 물었다.

시종은 앨리스의 말을 들은 척도 않고 말을 이었다. "네 노크에는 의미가 있었을 거야. 우리 사이에 문이 있었다면 말이지. 예를 들어, 네가 안에 있고, 안에서 노크를 한다면, 내가 널 내보내 줄 수 있겠지."

그렇게 말하면서도 그는 계속 하늘만 쳐다보았다. 앨리스는 그게 단연코 그게 무례한 태도라고 생각했다. "하지만 저 아저씨도 어쩔 수 없을 거야. 두 눈이 거의 머리 꼭대기에 붙어 있으니까. 하지만 어쨌거나 대답을 해줄 수는 있잖아?" 앨리스는 혼잣말을 하고는 "안으로 어떻게 들어가요?" 큰 소리로 다시 물었다.

"난 여기 앉아 있을 거야." 시종이 짧게 말했다. "내일까지."

그 순간 문이 열리더니 커다란 접시가 시종의 머리를 향해 물수제비처럼 날아와 시종의 코를 살짝 스치고는 뒤쪽 나무에 부딪혀 박살이 났다. "혹시 어쩌면, 모레까지도." 시종은 아무 일도 없었다는 듯 여전히 담담하게 말을 이었다.

"안으로 어떻게 들어가요?" 앨리스가 더 크게 물었다.

"기어이 들어갈 거라고? 정말? 그것이 먼저 풀어야 할 문제야, 너도 알다시피." 시종이 말했다.

그건 그랬다. 하지만 앨리스는 그딴 식의 말을 듣는 게 싫었다. "정말 끔찍해. 어쩜 다들 그딴 식으로 말하지? 진짜 돌아버리겠어" 하고 앨리스는 꽁알댔다.

시종은 그게 자기 말을 살짝 바꿔 다시 뇌까릴 좋은 기회라고 여긴

피터 뉴얼, 1901

엘레너 애벗, 1905

A. E. 잭슨, 1914

듯했다. "난 여기 앉아 있을 거야." 그가 말했다. "때때로, 몇 날 며칠이든."

"하지만 나는 어쩌고요?" 앨리스가 말했다.

"그야 네 맘이지" 하고 말한 시종은 휘파람을 불기 시작했다.

"에이, 말해 뭐해. 완전 멍청이야." 꿍알거린 앨리스는 기대를 접고는 문을 열고 안으로 들어갔다.

입구는 커다란 부엌으로 곧장 이어져 있었다. 부엌은 끝에서 끝까지 연기가 자욱했는데, 부엌 한복판에서 여공작[1]이 세 발 걸상에 앉아 아기를 어르고 있었다. 여자 요리사는 화덕 쪽으로 몸을 수그린 채 큼직한 솥단지에 한가득해 보이는 수프를 휘저어댔다.

"수프에 후추를 너무 많이 쳤나 봐!"[2] 앨리스는 재채기를 하며 어렴사리 혼잣말을 했다.

공중에 후추가 휘날리고 있는 게 분명했다. 여공작도 이따금 재채기

1　이후 아홉 번째 이야기 「짝퉁거북 이야기」에 이르러서야 앨리스는 여공작을 다시 만나게 된다. 그때 우리는 앨리스가 여공작과 거리를 두려 한다는 것을 알게 된다. 그 이유는 첫째, "여공작이 너무 못생겼기 때문이다." 둘째, "뾰족한 턱이 [앨리스의] 어깨를 콕콕 찔러댔기 때문이다." 뾰족한 턱이 찔러댄다는 말은 세 번이나 나온다.

테니얼이 그린 여공작의 턱은 뾰족하지 않지만 못생긴 것만큼은 확실하다. 테니얼은 16세기 플랑드르의 화가 캥탱 마시의 초상화를 모방했을 가능성이 높다. 그 초상화는 14세기 카린티아 공작령과 티롤 백작령의 상속인인 마가렛 여공작의 초상화인 것으로 널리 인정되고 있다. 그녀는 역사상 가장 못생긴 여자로 이름을 날렸다.[1] (그녀의 별명 '마울타셰Maultasche'

캥탱 마시의 초상화 〈못생긴 여공작〉, 1513
런던 내셔널 갤러리 소장

는 '호주머니 주둥이'를 뜻한다.) 리온 포이히트방거의 소설 『못생긴 여공작』[2]은 그녀의 슬픈 일대기를 그린 것이다.

한편, 레오나르도 다빈치의 제자 프란체스코 멜치의 초상화를 비롯, 마시의 초상화와 거의 비슷한 수많은 판화와 그림들이 있다. 멜치의 초상화는 버킹엄 궁전에 있는 왕실 컬렉션의 일부로, 다빈치의 사라진 초상화를 모사한 것이라고 한다. 마가렛 여공작과는 전혀 관련이 없을지도 모르는 이 그림들의 혼란스러운 역사에 대해서는 마이클 핸처의 『앨리스 책들에 실린 테니얼의 삽화』[3]를 참고하라.

2　수프 속 후추와 공기 중의 후추는 여공작의 후추 같은 성격, 곧 신랄하고 화를 잘 내는 성격을 암시한다. 빅토리아 시대 잉글랜드에서는 하층민이 약간 상한 고기와 채소의 맛을 감추기 위해 습관적으로 수프에 후추를 잔뜩 치지 않았을까?

캐럴은 새빌 클라크가 연극 무대에 올릴 〈앨리스〉를 위해 요리사가 수프를 저으며 할 대사를 다음과 같이 써주었다. "후추만 한 건 없고말고요. … 반은 더 넣어야 해요. 반의반은 더 넣어야 해요." 그런 다음 주문을 외우는 마녀처럼 다음 구절을 낭송한다.

　　수월수월하게 끓어라,
　　번들번들하게 섞여라,

를 했다. 아기로 말할 것 같으면, 잠시도 쉬지 않고 재채기와 울음보를 번갈아 가며 터트렸다. 부엌에서 재채기를 하지 않는 것은 오직 둘뿐이었다. 요리사와 커다란 고양이가 그들인데, 고양이는 벽난로 바닥 위에 누운 채, 입꼬리가 귀에 걸릴 정도로 함박웃음을 짓고 있었다.

"부디 말씀해주시겠어요? 저 고양이가 왜 저렇게 웃고 있는지." 앨리스는 조금 쭈뼛거리며 말했다. 먼저 말을 꺼내는 것이 예의 바른 것인지 무례한 것인지 좀 아리송했기 때문이다.

"걔는 체셔 고양이란다. 그래서 그래"[3] 하고 여공작이 말했다. "돼지야!"[4]

여공작의 마지막 말이 갑작스런 폭죽처럼 터지자 앨리스는 엉덩방아를 찧을 뻔했다. 하지만 그 말이 자기가 아니라 아기에게 향한 것을 알고는 용기를 내 다시 말을 이었다.

"체셔 고양이가 항상 저렇게 활짝 웃는 줄은 몰랐네요. 실은 고양이가 웃을 수 있다는 것도 몰랐지만요."

"다들 가능해." 여공작이 말했다. "그리고 대부분 실제로 씩 웃지."

"그런 고양이는 한 마리도 모르는데요." 앨리스는 대화를 나누게 된 것에 커다란 즐거움을 느끼며 공손하게 말했다.

"모르는 게 많구나. 근데 그건 사실이야." 여공작이 말했다.

앨리스는 이딴 식의 말을 전혀 좋아하지 않아서, 뭔가 다른 이야깃거리를 꺼내는 게 좋겠다고 생각했다. 잠시 다른 이야깃거리를 궁리하던 참, 요리사가 수프 솥단지를 화덕에서 내려놓더니, 뭐든 손에 잡히는 족족 여공작과 아기에게 집어던지기 시작했다. 부지깽이와 부삽을 비롯한 화덕 가의 온갖 쇠붙이들이 먼저 날아왔고, 다음엔 소스팬과 접시와 사발이 날아다녔다. 여공작은 그것에 얻어맞으면서도 전혀 아랑곳하지 않았다. 아기는 진작부터 집이 떠나가라 울부짖고 있어서, 그게 얻어맞은

재채기깨나 하게 저어라,

하나! 둘!! 셋!!!

"마님을 위해 하나, 고양이를 위해 둘, 아기를 위해 셋." 요리사는 대사를 계속하며 아기 코를 때린다.

위 내용은 찰스 C. 러빗의 값진 저서『무대 위의 앨리스: 이상한 나라의 앨리스 초기 연극 제작사』[4]에서 인용한 것이다. 이들 대사는 연극과 출판된 극본에 모두 나온다.

3 '체셔 고양이 같은 미소grin'[이를 드러내며 활짝 짓는 미소]는 캐럴 당시 흔히 쓰이던 말이었다. 그 유래는 알려져 있지 않다. 두 가지 주요 가설은 다음과 같다. (1) 체셔(캐럴이 태어난 카운티)의 간판 페인트공이 체셔 지역의 여관 간판에 미소 짓는 사자를 그렸다.[5] (2) 언제인가 미소 짓는 고양이 모양의 체셔 치즈가 판매된 적 있다.[6]

"체셔 고양이는 캐럴리언들에게 남다른 흥미를 불러일으키는 존재"라고 필리스 그리네이커 박사는 썼다.[7] "'치즈' 하며 웃는 고양이가 치즈를 먹는 쥐를 먹을지도 모른다는 환상을 불러일으키기 때문이다." 체셔 고양이는『앨리스의 땅속 나라 모험』에는 나오지 않는다.

데이비드 그린은 1808년 찰스 램의 편지에서 인용한 글을 내게 보내주었다. "나는 일전에 언어유희로 홀크로프트를 슬쩍 속여 넘겼는데, 그는 체셔 고양이처럼 씩 웃었다. 체셔의 고양이들은 왜 웃을까? 그 이유는 그곳이 한때 팰러타인 백작령이어서, 고양이들은 그것을 생각할 때마다 씩 웃지 않을 수 없기 때문이다. 내가 보기엔 별로 웃을 만한 일도 아니지만 말이다."*

캐럴의 천천히 지워지는 고양이는 달이 점점 이울어 마침내 사라지기 전, 미소와 같은 그믐달로 서서히 변하는 것에서 착안한 것일지도 모른다고 한스 해버먼은 제안했다. 달은 [서구에서] 광기와 관련이 있는 것으로 여겨지기도 했다.

T. S. 엘리엇이 다음 2행으로 「아침 창가에서」를 마무리할 때, 혹시 체셔 고양이의 미소를 염두에 둔 게 아닐까?

뜻 없는 미소가 공중에서 맴돌다
지붕을 타고 사라진다.

미소에 대한 더 많은 내용은 켄 올트램의 「체셔 고양이와 그 유래」를 참고하라.[8]
1989년 일본에서 출판된 소책자, 다츠고 카사이의『루이스 캐럴과 그의 생애』[9]에서는 윌리엄 메이크피스 새커리의 소설『뉴컴 일가』[10]의 다음 구절을 인용한다. "그 여자는 체셔 고양이처럼 씩 웃는다. … 체셔 고양이들이 특별하다는 것을 처음 발견한 탓인지 아닌지 알 수 없었다.

"에구, 제발 조심하세요!" 아비규환 속에서 죽을힘을 다해 펄쩍 뛰었다 주저앉았다 하며 앨리스가 외쳤다. "앗! 아기의 소중한 코가 날아가요!" 유난히 커다란 소스팬이 아기를 스쳐 지나갔다. 하마터면 아기를 저세상으로 보낼 뻔했다.

"만일 모두가 남의 일에 아랑곳하지 않고, 자기 일에만 신경 쓰면"* 하고 여공작이 쉰 목소리로 말했다. "세상은 지금보다 훨씬 더 빨리 돌아갈 거야."

"그게 더 나은 건 아닐걸요?" 앨리스는 알량한 지식을 과시할 기회를 잡게 되자 마냥 기뻐하며 말했다. "낮과 밤이 짧아지면 세상이 어떻게 될지, 그것만 생각해봐도 그렇잖아요! 아시다시피 지구가 한 바퀴 도는 데는 24시간이 걸려요. 그러니까 지축axis을…."

"도끼axes란 말이 나온 김에" 하고 여공작이 말했다. "저 여자애 머리를 베어버려!"

흠칫한 앨리스는 이게 무슨 말인가 싶어 요리사를 힐끗 쳐다봤다. 하지만 요리사는 수프를 젓느라 바빠 그 말을 듣지 못한 듯했다. "24시간이 맞을 거예요. 아니 12시간인가? 제가…." 앨리스가 말했다.

"아휴, 나를 귀찮게 좀 하지 마! 숫자는 딱 질색이야!" 여공작이 말했다. 그리고 다시 아기를 어르며 자장가랍시고 노래를 불렀는데, 한 소절이 끝날 때마다 아기를 사정없이 흔들어댔다.

● If everybody minded their own business: 여공작의 이 말은 앞선 앨리스의 말, "에구, 제발 조심하세요Oh, please mind what you're doing!"를 받아서 한 말이다. 번역으로는 두 mind를 매끄럽게 연계시킬 수 없었다. mind에는 주의를 기울이다To pay attention to란 뜻과 조심하다, 귀담아듣다/명심하다란 뜻 등등이 있다. 나중에 앨리스는 돼지가 되기 직전의 아기에게 "애, 네가 만일 돼지로 변하면 더 이상 돌봐주지 않을 거야. 명심해(Mind now)!"라고 말한다.

마거릿 태런트, 1916

박물학자는 누구였을까?" 카사이는 캡틴 고스의 『사전: 멋쟁이의 속어와 대학가 재담, 소매치기의 풍부한 용어』[11]에 나오는 구절도 인용한다. "그는 체셔 고양이처럼 씩 웃는다grin."[치아와 잇몸을 드러내며 웃는 것을 일컬음] 카사이는 이 구절의 유래에 대한 다른 인용문과 가설들을 논했는데, 1995년에 내게 보낸 편지에서 흥미로운 추론을 제시했다. 체셔 치즈가 한때 씩 웃는 고양이 형태로 팔렸다는 것은 앞서 말한 바 있다. 이 치즈는 웃고 있는 머리만 접시에 남을 때까지 꼬리 끝부터 얇게 베어먹는 경향이 있었다.

북미 루이스 캐럴 협회의 공식 회보인 《나이트 레터》에 전 협회장 조엘 비렌바움의 「우리는 마침내 체셔 고양이를 찾았나?」라는 기고문이 실렸다.[12] 비렌바움은 크로프턴티에 있는 세인트 피터 교회를 관광했는데, 이 교회는 캐럴의 아버지가 교구 사제로 재직한 곳이다. 사제석 동쪽 벽에 고양이 머리 석상이 있는 것을 그는 주목했다. 그것은 바닥에서 1미터쯤 공중에 매달려 있었다. 그가 무릎을 꿇고 자세히 올려다보자, 고양이 입이 활짝 미소를 머금고 있는 것처럼 보였다.** 그의 발견은 《시카고 트리뷴》(1992. 7. 13.) 1면을 장식했다.

• 백작령 지명 '팰러타인palatine'은 궁전palace에서 유래한 말로, 이 지역은 백작이 왕실에 준하는 특권을 행사했다. 그래서 체셔 고양이도 왕실 고양이의 특권을 생각하며 웃지 않을 수 없었다는 뜻인 듯하다.

•• 이 미소짓는 고양이, 그리고 '고양이 없는 미소'의 가장 인상적인 재현 중 하나가 미야자키 하야오의 〈이웃집 토토로〉에 나온다. ─편집자

4   13세 로이 립키스는 『고도를 기다리며』의 포조와 여공작의 유사성을 발견했다. 여공작은 아기를 '돼지'라고 부르며 다그치고, 사정없이 흔들어대고 내던지기까지 한다. 포조는 무기력하고 어린아이 같은 럭키를 학대하며 종종 '돼지' 혹은 '호그hog(유용 돼지)'라고 부른다.

아서 래컴, 1907

찰스 포커드, 1929

앨리스 B. 우드워드, 1913

해리 라운트리, 1916

마일로 윈터, 1916

귀네드 허드슨, 1922

[5]"사내아이에게 험악하게 말하고
재채기할 때마다 때려줘야 해,
재채기하는 것은 애태우는 거라고
잘도 알고 성질나게 재채기를 해."

합창
(요리사와 아기도 입을 모아)
"와우! 와우! 와우!"

여공작은 2절을 부르면서부터 아기를 사정없이 위로 던졌다 받기를 계속했다. 불쌍한 어린것이 울부짖는 소리에 앨리스는 2절을 잘 알아들을 수 없었다.

"사내아이에게 나는 매섭게 말하고
재채기할 때마다 때려주곤 해.
울부짖고 사정할 때
실컷 양껏 후춧가루 먹으라고 해."

합창
"와우! 와우! 와우!"

"자! 부탁인데, 애 좀 둥개둥개 해주련?" 여공작이 말하며, 아기를 앨리스에게 냅다 던졌다. "나는 가서 준비 좀 해야 해. 여왕님과 크로켓 경기를 할 거니까." 그녀는 그러고는 훌쩍 떠나버렸다. 여공작이 떠날 때 뒤통수를 향해 요리사가 프라이팬을 던졌지만 살짝 빗나갔다.

5 광시burlesque라고 할 만한 이 패러디의 원작은 「친절하게 말해요」라는 시다. 전문가들은 지은이를 조지 W. 랭퍼드라고도 하고, 필라델피아의 브로커인 데이비드 베이츠라고도 한다.

랭퍼드 가문에서 전해오는 말에 따르면, 조지 랭퍼드는 1845년 아일랜드에 있는 자신의 생가를 방문했을 때 이 시를 썼다고 한다. 1900년 이전의 모든 영국 인쇄물에는 이 시가 익명이거나 랭퍼드 작품인 것으로 나온다. 1848년 이전에 잉글랜드에서 인쇄된 것은 발견되지 않았다.

존 M. 쇼는 랭퍼드 버전의 원작시를 찾는 데 실패했다고 보고했다.[13] 실은 랭퍼드 본인을 찾는 데도 실패했다. 하지만 쇼는 1849년에 베이츠가 출판한 시집인 『에올리언』[14]에서 이 시를 마침내 발견했다. 베이츠의 아들이 아버지의 『시 작품들』[15] 서문에서, 널리 인용된 이 시를 그의 아버지가 실제로 썼다고 진술한 것을 쇼는 지적한다.

베이트 작이라는 주장은 하나의 발견에 의해 크게 고무되었다. 'D. B.'라는 서명이 붙은 이 시가 1845년 7월 15일 자 《필라델피아 인콰이어러》 2쪽에 실린 것이 1986년에 발견된 것이다.[16] 영국이나 아일랜드 신문에서 더 일찍 인쇄된 것이 발견되지 않는 한 랭퍼드가 썼을 가능성은 아주 희박해 보인다. 그래도 큰 의문이 하나 남아 있다. 미국 시인 이름이 어떻게 잉글랜드 시의 저자로 그토록 확고한 자리를 차지하게 되었을까?

논쟁에 대한 자세한 역사는 에드워드 길리아노가 편집한 『루이스 캐럴을 말하다』에 실린 내 에세이 「친절하게 말해요」(『순서와 놀람』에 재수록)를 참고하라.[17]

존 쇼는 또 이 논란에서 자신이 주된 역할을 한 이력에 대해서도 썼다. 그는 「"친절하게 말해요"는 누가 썼는가?」[18]에서 "친절하게 말해요"로 시작하는 56편의 시 출판물 문헌을 제시한다. 그리고 이렇게 결론짓는다. 캐럴의 풍자시는 "그중 어느 한 편이 아니라 그 모든 시편들을 반영했다고 볼 수 있다." 한편, 앨프레드 스콧 개티는 캐럴의 패러디를 노래로 만들었다. 연대 미상의 그 악보는 《재버워키》(1970 겨울)에 실렸다. 원작 시 전문은 아래와 같다.

친절하게 말해요! 두려움보다 사랑으로
　　지도하는 것이 훨씬 나아요.
우리가 이 땅에서 할 수 있는 좋은 일들이
　　거친 말에 훼손되지 않도록, 상냥하게 말해요.

친절하게 말해요! 사랑은 진실로
　　굳은 마음의 맹세를 나지막이 속삭여요.

해리 라운트리, 1916

우정의 말소리는 친절하게 흐르고
    애정 어린 목소리는 다정하게 들려요.

어린아이에게도 친절하게 말해요!
    어김없이 사랑 듬뿍 받을 거예요.
부드럽고 상냥한 말소리로 아이를 가르쳐요.
    아이는 곧 어른이 될 테니까요.

청년에게 친절하게 말해요. 이미 그들은
    참아야 할 일들이 너무 많아요.
수고로운 보살핌으로 충만한 청춘은
    최선을 다해 이 삶을 헤쳐나갈 거예요.

노인에게 친절하게 말해요.
    세파에 시달린 마음, 서럽지 않도록.
남은 세월이 한 줌도 되지 않는
    노인들 편안히 세상을 떠날 수 있도록.

가난한 이들에게 친절하게 말해요.*
    다정하게, 귀에 거슬리지 않도록.
그들은 견뎌야 할 일들이 너무 많아요.
    불친절한 말이 아니더라도!

잘못한 이들에게 친절하게 말해요. 알다시피
    잘하려고 고생했을 수 있고
불친절함으로 인해 그리되었을 수도 있으니
    오, 그들이 다시 잘할 수 있도록!

친절하게 말해요! 생명을 내어준 그분**께서
    일진광풍 몰아치는 바다가
인간의 완강한 의지를 꺾으려 할 때,
    저 바다를 향해 명했듯이, "잠잠하라, 고요하라!"

친절하게 말해요! 친절한 말들이

해리 라운트리, 1916

앨리스는 어렵사리 아기를 받았다. 어린 것이 생긴 모양도 요상한
데다, 팔다리를 사방으로 뻗치고 있었기 때문이다. "꼭 불가사리 같잖
아" 하고 앨리스는 생각했다. 막 받았을 때 증기기관처럼 칙칙폭폭 콧방
귀를 뀌던 가련한 어린것은 이제 몸을 두 겹으로 접었다 다시 쫙 펼치
며 발버둥 쳐댔다. 요컨대, 처음 1, 2분 동안은 아기를 붙들고 있는 것조
차 힘에 부쳤다는 얘기다.

아기를 보듬는 적당한 방법을 알아내자마자(그 방법이란 일종의 매
듭처럼 아기를 오므린 다음, 오른쪽 귀와 왼쪽 발을 단단히 붙들어 옴
짝달싹 못 하게 하는 것이었다), 앨리스는 아기를 안고 바깥으로 나

마음의 깊은 우물에 떨군 소소한 것들 같아도
그것이 초래하는 좋은 일들과 기쁨은
영원토록 회자되리니.

Speak gently! It is better far
  To rule by love than fear;
Speak gently; let no harsh words mar
  The good we might do here!

(중략)

Speak gently, kindly, to the poor;
  Let no harsh tone be heard;
They have enough they must endure,
  Without an unkind word!

(중략)

Speak gently! He who gave his life
  To bend man's stubborn will,
When elements were in fierce strife,
  Said to them, "Peace, be still."

Speak gently! 'tis a little thing
  Dropped in the heart's deep well;
The good, the joy, that it may bring,
  Eternity shall tell.

• gently와 kindly는 동의어인데, 위와 같이 동의어를 나란히 쓴 것은 강조 용법이다. 동의어지만 어원으로 보면 미묘한 차이가 있다. 원래 gentle은 고귀한 태생이라는 말에서 유래한 것으로 과거 뼈대 있는 가문의 소양인 '(신사/숙녀다운) 친절한 태도'를, kind는 child와 같은 어원에서 유래한 것으로 '(아이같이 순수하고) 친절한 마음씨'를 나타낸다. 그러고 보니 캐럴의 패러디 시에서 꼬맹이 크로커다일은 물고기들에게 kind하지 않고 gentle했다.

갔다. "아기를 데려가지 않으면 저들이 하루나 이틀 만에 죽이고 말 거야" 하고 앨리스는 생각했다. "아기를 여기 남겨두는 것은 살인이나 마찬가지 아닐까?"[6] 앨리스가 마지막 말을 크게 외치자, 어린 것이 그렇다는 듯 꿀꿀거렸다(때마침 아기가 재채기를 터트렸다). "꿀꿀거리지 마." 앨리스는 말했다. "그건 너 자신을 표현하는 적절한 방법이 전혀 아니야."

아기가 다시 꿀꿀거렸다. 앨리스는 무슨 탈이 났나 싶어 아기 얼굴을 아주 걱정스레 바라보았다. 두말할

아서 래컴, 1907

나위 없이 코가 너무 위로 벌렁 젖혀져, 사람 코보다는 돼지 코를 훨씬 더 닮아 보였다. 게다가 아기치고는 눈이 너무나 작았다. 한 마디로 앨리스가 전혀 좋아하지 않는 생김새였다. "하지만 아마 너무 울어서 그런 걸 거야" 하고 생각한 앨리스는 다시 아기의 눈을 들여다보았다. 눈물을 글썽이고 있나 싶어서였다.

눈물은 눈곱만큼도 없었다. "애, 네가 만일 돼지로 변하면 더 이상 돌봐주지 않을 거야. 명심해!" 그러자 가련한 어린것은 다시 울먹거렸다

한편, 캐럴의 패러디 시는 친절의 위선을 풍자한 것이기도 하다. 당시 자본가 상류층은 아마 gentle이라는 가면을 쓰고 있었을 것이다. 그들의 피고용인 착취는 이루 말할 수 없이 극심했는데, 여성과 아이들에게는 더욱 가혹했다. 과격하게 아동학대를 하는 여공작, 혐오스럽게 생긴 여공작은 바로 그 자본가들이나 상류층의 민낯이 아니었을까? 뒤에 가서 다시 등장한 여공작이 교훈을 거듭 캐내며 스스로 패러독스에 빠질 때 그 위선의 가면은 벗겨진다. 아홉 번째 이야기 「짝퉁거북 이야기」 9번 주석에 더한 옮긴이 주를 참고하라. 참고로 여공작의 노랫말 원문은 이렇다.

"Speak roughly to your little boy,
And beat him when he sneezes:
He only does it to annoy,
Because he knows it teases."

"I speak severely to my boy,
I beat him when he sneezes;
For he can thoroughly enjoy
The pepper when he pleases!"

●● 마지막 두 번째 연의 'He'는 예수다. 그런데 그다음 행은 영어권 사람들조차 더러 오독하는 듯하다. 예수가 인간의 완고한 의지를 꺾기 위해 목숨을 바쳤다는 식으로. 그러나 두 번째 행은 라임(will/still, life/strife)을 이루기 위해 세 번째 행과 자리를 바꾼 것이다. elements(그리고 다음 행의 them)는 자연의 힘을 뜻한다. "잠잠하라, 고요하라Peace, be still!"는 마가복음에 나오는 말로 나지막이 속삭이는 사랑처럼, 언성을 높이지 말라는 뜻으로 한 말이다.

6 조 브러밴트 변호사는 『그것은 살인이나 마찬가지 아닐까?』[19]에서 이 말을 법적으로 검토했다.

(아니, 꿀꿀거렸나? 가늠하기 어려웠다). 둘은 한동안 말없이 계속 나아갔다.

"근데, 얘를 집에 데려간 뒤엔 어쩌지?" 하고 막 생각하던 참에 아기가 다시 꿀꿀거렸다. 귀가 따가울 지경이어서, 걱정이 된 앨리스는 아기 얼굴을 굽어보았다. 이번에는 알쏭달쏭한 구석이 전혀 **없이** 영락없는 돼지였다! 돼지를 알뜰살뜰 보듬고 가는 건 우스꽝스러운 거 아닐까?[7]

앨리스는 어린것을 내려놓았다. 돼지가 숲으로 조용히 종종거리며 사라지는 것을 보자 앨리스는 마음이 놓였다. "쟤가 성장한 거라면 정말 끔찍하게 못생긴 아이로 자란 셈이야" 하고 앨리스는 혼잣말을 했다. "하지만 돼지라면 오히려 잘생긴 거 아닐까?" 앨리스는 자기가 아는 아이들 가운데 성장해 영락없이 돼지가 될 아이들을 곰곰 생각해보기 시작했다. "걔들을 사람으로 바꿔줄 방법을 누가 알기만 한다면…" 하고 막 혼잣말을 할 때였다. 체셔 고양이가 몇 미터 떨어진 나뭇가지 위에 앉아 있는 것을 본 앨리스는 살짝 놀랐다.[8]

고양이는 앨리스를 보곤 그저 씩 웃었다. 상냥해 보이는걸? 하고 앨리스는 생각했다. 그래도 발톱이 아주 길고, 이빨이 너무나 많아, 아무래도 공손하게 대해야 할 것 같았다.

"체셔 야옹님." 앨리스는 우물쭈물 말을 건넸다. 그렇게 부르는 것을 좋아할지 어쩔지 알 수가 없었기 때문이다. 하지만 고양이는 좀 더 크게 씨익 웃기만 했다. "아자! 아직까진 좋았어" 하고 생각한 앨리스는 말을 이었다. "부디 가르쳐주시겠어요? 제가 여기서 어느 길로 가야 할지?"

"그건 네가 **어디에** 도착하고 싶은가에 달려 있지."

"어디든 상관이 없는데…" 앨리스가 말했다.

"그럼 어느 길로 가든 상관없지."[9] 고양이가 말했다.

7   캐럴이 사내 아기를 돼지로 만든 데는 분명 악의가 없지 않았다. 그는 사내아이들을 좋게 보지 않았기 때문이다. 『실비와 브루노』 완결편에서 어걱 Uggug이라는 이름의 불쾌한 아이(우승 상품으로 걸린 돼지로 표현되는… 엉큼한 뚱보 사내아이)는 마침내 고슴도치로 변한다. 캐럴은 가끔 어린 소년과 친해지려고 노력했지만, 그건 대개 그 소년에게 캐럴이 만나고 싶은 누이가 있을 때만 그랬다. 그의 숨겨진 라임 편지(산문처럼 보이지만 자세히 보면 운문으로 드러나는 편지) 중 하나에서 캐럴은 다음과 같은 추신을 말미에 달았다.

바이런 시웰, 1975
호주 원주민 판본에서 돼지는 주머니쥐로 바뀌었다.

> 너에게 내 최고의 사랑을—너의 어머니에게는
> 내 최고의 문안을—너의 작고
> 뚱뚱하고 오만하며 무지한 오라비에게는
> 내 증오를—안부는 이걸로 다 됐을 듯.[20]

캐럴이 1879년 10월 24일 어린이 친구인 캐슬린 에슈위거에게 보낸 편지에는 종종 중요하게 인용되는 "나는 아이들을 좋아한다(사내아이 제외)"라는 말이 나온다. 하지만 최근 들어 사내아이들에 대한 캐럴의 적개심에 대한 의구심이 제기되어 왔다. 2006년 로스앤젤레스에서 열린 '루이스 캐럴과 어린이에 대한 생각' 회의에서, 국립 미술관 사진학과 보조 큐레이터인 다이앤 웨거너는 '어린 남성들에 대한 도지슨의 태도에 대한 신화'라는 주제로 의견을 개진했다. 캐럴의 어린이 사진 중 약 25퍼센트가 남자아이들 사진인데, 이것은 단체 사진이거나 성인 친구들의 아들이기 때문에 찍은 것이라고 그녀는 지적한다. 예를 들어, 캐럴이 사내아이인 해리 리들스의 사진을 찍은 것은 오늘날 유명해진 그의 누나들이 포즈를 취하기 전이었다.

테니얼의 아기돼지를 안고 있는 앨리스 그림은 아기만 인간으로 다시 그려 원더랜드 우표수집 앨범에 사용된다. 우표를 보관할 수 있도록 판지로 만든 이 앨범은 캐럴이 고안한 것으로, 옥스퍼드의 어느 회사에서 팔았다. 앨범을 봉투에서 꺼내면 테니얼의 원화대로 아기만 돼지로 바뀐다. 봉투와 앨범 뒷면에서도 비슷한 방식의 변화를 보인다. 봉투에서는 씩 웃는 체셔 고양이가 앨범에서는 대부분 사라져버린 그림으로 바뀌는 것이다. 앨범 전면에는 『편지 쓰기에 좋은 8~9개의 낱말』이라는 제목의 소책자가 끼워져 있다. 이 유쾌한 에세이는 다음과 같이 시작한다.

"…어디든 도착하기만 한다면야." 앨리스가 설명을 덧붙였다.

"아, 분명 그렇게 될 거야" 하고 고양이가 말했다. "오래 걷기만 한다면 말이야."

그건 부정할 수 없다고 생각한 앨리스는 다른 질문을 던졌다. "이 근방엔 어떤 이들이 살아요?"

"저쪽에는" 하며 고양이가 오른발을 빙 돌리며 말했다. "모자장수°가 살지, 그리고 저쪽에는" 하고 고양이는 다른 발을 까딱거리며 말했다. "삼월 산토끼가 살고 있어. 내키는 대로 아무 데나 가보렴. 어차피 둘 다 미치광이니까."[10]

"하지만 미치광이한테 가고 싶진 않아요." 앨리스가 잘라 말했다.

"아, 그건 어쩔 수 없어" 하고 고양이가 말했다. "여기선 다들 미쳤거든. 나도 미쳤고, 너도 미쳤어."[11]

"내가 미쳤다는 걸 어떻게 아세요?" 앨리스가 말했다.

● 모자장수라고 번역한 Hatter는 모자를 팔기만 하는 게 아니라 제작하고 수리까지 하는 사람을 일컫는 말이다.

어느 미국 작가가 이렇게 말했답니다. "이 지역의 뱀들은 하나의 종류로 분류할 수 있다. 다름 아닌 독사로." 여기서도 같은 원리가 적용된답니다. "우표수집 앨범들은 하나의 종류로 분류할 수 있다. 다름 아닌 원더랜드로." 의심의 여지 없이 이것을 모방한 것이 곧 나타날 것입니다. 하지만 서프라이즈 그림은 나타나지 않겠죠. 저작권이 있거든요.

내가 왜 '서프라이즈'라고 한지 모르겠다고요? 그렇다면 봉투에 담긴 앨범을 왼손에 들고 잘 살펴보세요. 앨리스가 여공작의 아기를 어르고 있는 게 보이죠? (그런데 이 그림은 전혀 새로운 조합이라 책에는 나오지 않아요.) 이제 오른손 엄지와 검지로 앨범을 잡아 봉투에서 쓱 빼보세요. '아기가 돼지로 변했다!' 이게 놀랍지 않다면 여러분은 난데없이 계모가 자이로스코프로 변해도 놀라지 않을 거예요!

프랭키 모리스는 아기가 돼지로 변한 것에 대해 버킹엄 백작부인이 제임스 1세에게 했던 유명한 장난에서 유래했을 수도 있다고 제안했다.[21] 그녀는 잉글랜드와 스코틀랜드의 왕 제임스 1세가 아기의 세례를 지켜보도록 주선했는데, 왕이 아기라고 생각했던 것이 실은 왕이 유난히 싫어했던 동물인 돼지였다. 아기-돼지를 안고 있는 앨리스 그림(213쪽)은 앨리스의 정면 모습을 보여주는 테니얼의 몇 안 되는 삽화 중 하나다.

8   『유아용 앨리스』에서 캐럴은 테니얼의 이 장면 삽화에서 앨리스 바로 앞에 있는 화초 디기탈리스Fox Glove를 주목하라며, 여우는 장갑을 끼지 않는다고 어린 독자들에게 설명한다. "올바른 말은 'Folk's Gloves'랍니다. 옛날에 요정들도 '사람Folk'이라고 불렸다는 말을 들어본 적이 있나요?" 하지만 이 매력적인 이야기는 사실 민간어원*이다. 이 꽃은 항상 foxglove라고 불려왔다.

이 체셔 고양이의 눈은 어떤 색일까? 이 질문에 대답할 수 있는 캐럴리언은 거의 없었다. 그런데 『유아용 앨리스』 30쪽에 답이 나온다. '사랑스러운 초록빛 눈'이라고.

● 민간어원folk etymology이란 어떤 말의 어원을 역사적 사실이 아니라 유사한 말 따위를 끌어와 그럴싸하게 설명하는 것을 말한다.

9   이 대목은 『앨리스』에서 가장 많이 인용되는 구절 가운데 하나다.* 잭 케루악의 소설 『길 위에서』에서 그 메아리를 들을 수 있다.

　"…그곳에 도착할 때까지 우리는 멈추지 말고 계속 가야 해."
　"이봐, 우리 어디로 가고 있는데?"
　"나도 몰라. 하지만 우린 가야 해."

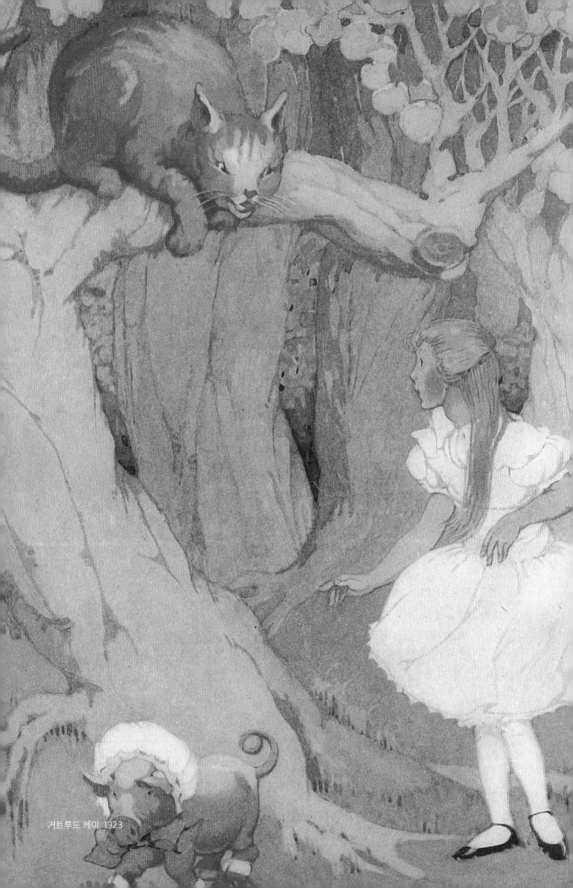

거트루드 케이 1923

수학자이자 컴퓨터 과학자인 존 케메니는 『철학자가 과학을 바라보다』[22]에서 앨리스의 질문과 고양이의 유명한 대답을 과학과 가치에 관한 장 서두에 인용했다(케메니의 이 책 각 장 서두는 『앨리스』에서 발췌한 적절한 인용문으로 시작한다). 고양이의 대답은 과학과 윤리 사이의 영원한 분열을 아주 정확하게 표현한다. 케메니가 분명히 말하듯, 과학은 우리에게 어디로 가야 하는가 하는 윤리적 당위에 대해 아무런 말도 해줄 수 없다. 하지만 어떤 다른 근거에 따라 그 결정이 이루어진 후라면, 과학은 그곳에 가는 가장 좋은 방법을 우리에게 알려줄 수 있다.

이 대화와 유사한 속담이 하나 있다. "당신이 어디로 갈지 모른다면, 어떤 길이든 당신을 인도할 것이다." 유래가 불확실한 이 속담은 1942년 이전엔 인용된 적이 없다. 조지 해리슨의 노래 〈어떤 길이든Any Road〉(2002)에도 이 말이 나온다.

● 이 문답에는 지난한 패러독스가 담겨 있다. 어떤 길로 가든 어디든 도착할 것이라는 말은 맞는 말이지만 틀린 말이다. 어디든 도착하는 것은 맞다. 그러나 어디에 도착하고 싶은가를 모르면 도착 여부를 알 수가 없다. 도착했어도 도착했다는 것을 모른 채 방황해서야 도착했다고 할 수가 없다. 그건 피안에 도착해서도 여기가 피안인 것을 모르는 것과 같다. 불교에서는 차안을 떠나 피안에 도착하는 것을 수행의 한 목표로 삼는다. 그런데 깨달은 이들은 차안이 곧 피안이라고 말한다. 그것을 여일如一의 경지라 한다. 그것을 머리로 안다 해도, 이미 도착했음을 온몸으로 체득하기는 지난하다.

10 "모자장수처럼 미쳤다"와 "삼월 산토끼처럼 미쳤다"는 말은 캐럴 당시에 흔히 쓰이던 말이었다. 캐럴이 이 두 캐릭터를 만든 이유도 물론 그것이다. 전자, 곧 "Mad as a hatter"는 이전에 쓰이던 말, "Mad as a adder(독사처럼 미쳤다)"가 와전된 것일 수도 있지만, 모자장수들이 최근까지 실제로 미쳤다는 사실에서 유래했을 가능성이 더 높다. 실제로 미친 이유는 페놀 수지를 경화시켜 펠트를 만들 때 사용하는 수은에 중독되었기 때문이다(오늘날에는 미국 대부분의 주와 유럽 일부에서 수은 사용을 불법화한다). 수은에 중독되면 "모자 장인의 경련Hatter's shakes"이라는 증상이 눈과 팔다리에 나타나고 발음장애가 생긴다. 더 진행되면 환각을 비롯한 정신병적 증상으로 발전한다.

H. A. 월드론의 「미친 모자장수는 수은에 중독되었을까?」라는 기고문이 《브리티시 메디컬 저널》에 실렸다.[23] 월드론 박사는 미친 모자장수가 수은 중독은 아니라고 주장한다. 하지만 셸윈 구데이커 박사와 다른 두 내과의사는 1984년 1월 28일 동 저널에서 그것을 논박했다.

두 영국 과학자 앤서티 홀리와 폴 그린우드가 보고한 광범위한 관찰 결과에 따르면, 수컷 산토끼가 3월 발정기에 미친 듯 날뛴다는 민간 속설은 아무런 근거가 없는 것

"보나 마나지." 고양이가 말했다. "미치지 않고서야 여길 왔을 리가 없잖아."

앨리스는 그게 미쳤다는 증거라고는 전혀 생각지 않았다. 하지만 이어 말했다. "자신이 미쳤다는 건 어떻게 알아요?"

"무엇보다도" 하고 고양이가 말했다. "강아지는 미치지 않았어. 그건 인정하지?"

"그런 것 같아요." 앨리스가 말했다.

"음, 그렇다면" 하고 고양이가 이어 말했다. "개는 화가 나면 으르렁거리

블랑슈 맥마누스, 1899

고, 좋으면 꼬리를 친다는 걸 알 거야. 그런데 나는 좋으면 으르렁거리고, 화가 나면 꼬리를 쳐. 그러니 난 미친 거야."

"나는요, 고양이가 으르렁거린다고 말하지 않아요. 가르랑거린다고 하죠." 앨리스가 말했다.

"너 좋을 대로 말하렴" 하고 고양이가 말했다. "오늘 여왕님이랑 너도 크로켓 경기를 하는 거야?"

"크로켓이라면 엄청 좋아해요. 하지만 아직 초대받지 못했는걸요." 앨리스가 말했다.

으로 밝혀졌다(《네이처》, 1984. 6. 7.). 8개월에 걸친 번식기 내내 산토끼 수컷은 주로 암컷을 쫓아다니거나, 다른 수컷과 쟁탈전을 벌인다. 3월도 여느 달과 다를 게 없다. 에라스무스는 "습지 토끼처럼 미쳤다"는 말을 쓴 적이 있다. 훗날 '습지marsh'가 '3월 March'로 와전되었을 거라고 과학자들은 생각했다.

테니얼의 삼월 산토끼를 보면, 머리에 지푸라기 몇 가닥이 돌돌 감겨 있다(226쪽). 캐럴은 이것을 언급하지 않았지만, 당시 그것은 미술과 연극 무대 모두에서 광기를 상징하는 것이었다. 『유아용 앨리스』에서 캐럴은 이렇게 썼다. "그것은 삼월 산토끼랍니다. 기다란 두 귀가 있고, 지푸라기가 머리털과 얽혀 있죠. 지푸라기는 산토끼가 미쳤다는 것을 보여준답니다. 그 이유는 나도 모르지만." 더 많은 내용은 마이클 핸처의 『앨리스 책들에 실린 테니얼의 삽화』 중 광기의 상징으로서의 지푸라기에 관한 장을 참고하라.[24] 캐럴의 『실비와 브루노』에 나오는 미친 정원사(해리 퍼니스의 삽화)를 보면 머리카락과 옷에 비슷한 지푸라기가 붙어 있다.

모자장수와 산토끼는 『피네간의 경야』에 최소한 두 번은 나타난다. "Hatters hares" 그리고 "hitters hairs"가 그것이다.[25]

11 캐럴의 일기(1856. 2. 9.)에 적힌 다음 대목과 체셔 고양이의 이후 말들을 비교해 보라.

> 질문: 꿈을 꾸고 있을 때, 그리고 종종 그렇듯이, 꿈을 꾸고 있다는 것을 어렴풋이 의식하며 깨어나려고 할 때, 깨어 있을 때라면 미쳤다고 할 만한 말이나 행동을 우리는 하지 않는가? 그러면 경우에 따라 미쳤다는 것은, 어떤 것이 깨어 있는 삶이고 어떤 것이 잠든 삶인지 구별하지 못하는 것이라고 정의할 수 있지 않을까? 우리는 꿈을 꾸며 종종 그것이 비현실적인 것임을 조금도 의심하지 않는다. "잠은 자신만의 세계를 가지고 있다." 그리고 그 세계는 종종 다른 세계만큼이나 현실적이다.

플라톤의 『테아이테토스』에서 소크라테스와 테아이테토스는 이 주제에 대해 다음과 같이 논한다.

> 테아이테토스: 광인이나 몽상가들이 참되게 생각한다는 것을 저는 결코 받아들일 수 없습니다. 그들이 더러 스스로 신이라 생각하고, 더러 하늘을 날 수 있다고 생각하고, 잠을 자며 날아다닌다고 생각하는 것을 보면 말입니다.
> 소크라테스: 그러한 현상들, 특히 꿈을 꾸는 것과 깨어 있는 것에 대해 제기될 수 있는 또 다른 질문을 너는 아느냐?
> 테아이테토스: 무슨 질문 말인가요?

"거기서 또 만나자" 하고 말한 고양이는, 감쪽같이 사라졌다.

앨리스는 그리 놀라지 않았다. 요상한 일들이 벌어지는 게 한두 번이어야 말이지. 고양이가 앉았던 자리를 가만 바라보고 있는데, 불쑥 고양이가 다시 나타났다.

"그건 그렇고, 아기는 어떻게 됐어?" 고양이가 말했다. "그걸 묻는다는 걸 깜빡했지 뭐야."

"돼지로 변했어요." 고양이가 불쑥 다시 나타난 게 당연하다는 듯 앨리스는 담담하게 대답했다.

"그럴 줄 알았어" 하고 말한 고양이는 다시 감쪽같이 사라졌다.

앨리스는 기다렸다. 혹시나 불쑥 다시 나타날까 싶어서였는데, 고양이는 나타나지 않았다. 잠시 후 앨리스는 삼월 산토끼가 산다는 쪽으로 계속 걸어갔다. "모자장수는 전에 많이 봤어." 앨리스는 혼잣말을 했다. "삼월 산토끼가 더 흥미로울 거야. 지금이 5월이니까, 설마 미쳐 날뛰지는 않겠지. 적어도 3월만큼은 말이야." 그렇게 종알거리며 고개를 들자, 다시 고양이가 나뭇가지 위에 앉아 있었다.[12]

소크라테스: 사람들이 자주 질문하는 걸 너도 들어봤을 것이다. 즉, 지금 이 순간 우리는 잠들어 있고, 우리의 모든 생각이란 한낱 꿈에 불과한 것인가? 아니면 지금 우리는 깨어 있고, 깨어 있는 상태에서 서로 대화를 나누고 있는 것인가? 어느 쪽이 옳은지 어떻게 판단할 수 있을까?

테아이테토스: 소크라테스여, 정말이지, 저는 어느 쪽이 옳다고 해야 할지 모르겠습니다. 왜냐하면 두 경우 모두 사실과 정확히 일치하기 때문입니다. 이 모든 토론을 하는 동안 우리가 실은 꿈속에서 서로 이야기를 나누었다고 가정하는 것도 무리가 아닙니다. 즉, 우리가 꿈속에서 꿈 이야기를 하는 것 같다고도 할 수 있으니, 그 두 상태의 유사성은 너무나 놀랍습니다.

소크라테스: 그러하다면, 너도 알다시피, 우리가 깨어 있는지 꿈을 꾸고 있는지를 의심할 수 있으니, 감각의 실재성에 대한 의심이 쉽게 제기된다. 그리고 우리의 시간은 잠자는 것과 깨어 있는 것 사이에 균등하게 나뉘어져 있기 때문에, 그 어느 쪽 존재의 영역에서든 다들 우리 마음에 존재하는 생각들이 진실이라고 주장한다. 우리 삶의 절반 동안은 우리가 한쪽의 진실을 확신하고, 다른 삶의 절반 동안은 다른 쪽 진실을 확신하니, 두 가지 모두의 진실을 똑같이 확신하고 있는 셈이다.

테아이테토스: 확실히 그러합니다.

소크라테스: 광기와 같은 병도 마찬가지라 할 수 있지 않겠느냐? 그 차이는 단지 시간이 균등하지 않다는 것뿐이다.•

(열두 번째 이야기 「앨리스의 증언」 9번 주석과 『거울 나라의 앨리스』 네 번째 이야기 「트위들 덤과 트위들디」 11번 주석을 참고하라.)••

• 우리에겐 장자의 나비 꿈 이야기로 잘 알려진 이 꿈과 관련한 철학적 논변은 데카르트의 저서 『성찰』에서 자문자답 형식으로 그대로 반복된다. ─편집자

•• 강아지와 앨리스를 빼고 모두가 미칠 수밖에 없는 충분한 텍스트 내적 근거가 있다. 중중첩첩한 언어유희의 패러독스가 바로 그것인데, 아홉 번째 이야기 「짝퉁거북 이야기」 320쪽 옮긴이 주도 참고하길 바란다.

12 셀윈 구데이커의 관찰에 따르면, 테니얼의 삽화는 다시 나타난 고양이가 이전과 같은 나무에 앉아 있는 것을 보여준다. 앨리스가 '계속 걸어'갔는데도 말이다. 덕분에 캐럴은 『유아용 앨리스』에서 기발한 종이접기를 보여줄 수 있었다. 테니얼의 삽화 두 장을 모두 왼쪽 페이지에 위치시킴으로써 (캐럴의 말대로) "이 책장의 모서리를 접으면, 고양이 없는 미소를 앨리스가 보게 할 수 있는데, 앨리스는 고양이 전체를 보고 있을 때보다 더 놀란 표정을 조금도 짓지 않아요. 그렇죠?" 《캐럴리언》(1998 봄)에서 페르난도 J. 소토는 앨리스가 직진해서 길을 떠났고, 짧은 순환로를 거쳐 다시 직

"아까 '돼지pig'랬어, '무화과fig'랬어?" 고양이가 말했다.

"'돼지'랬어요." 앨리스가 대답했다. "그런데 그렇게 계속 불쑥 나타났다가 혹 사라지지 않으면 좋겠어요. 현기증 난단 말예요!"

"알았어" 하고 말한 고양이는, 이번에는 아주 천천히 사라졌다. 꼬리 끝부터 사라지기 시작해서 씩 웃는 입이 마지막으로 사라졌는데, 그 미소는 나머지가 다 사라진 뒤에도 한참 더 남아 있었다.

"어머나! 미소 없는 고양이는 자주 봤지만, 고양이 없는 미소라니!"[13] 하고 앨리스는 생각했다. "내 평생 이렇게 요상한 건 처음 봐."

앨리스는 멀리 갈 필요도 없이 삼월 산토끼의 집을 곧 발견했다. 틀림없이 산토끼의 집이라는 생각이 들었다. 굴뚝이 토끼 귀 모양인 데다, 토끼 모피로 이엉을 얹어서였다. 집이 커다래서 당장 다가가고 싶지는 않았다. 앨리스는 왼손의 버섯을 야금거려서 키를 60센티미터쯤으로 키웠다. 그러고도 쭈뼛쭈뼛 소심하게 다가가며 혼잣말을 했다. "알고 보니 미쳐 날뛰는 토끼면 어쩌지! 차라리 모자장수를 보러 가는 게 좋을 뻔했어!"

진 길로 돌아온 것이라고 제안한다. 물론 가장 간단한 설명은 앨리스가 '계속 걸어' 갔다는 것을 테니얼이 알지 못한 채 무심코 삽화를 그렸다는 것이다.

13 '고양이 없는 미소grin without a cat'라는 말은 순수 수학적으로 썩 빼어난 묘사다. 수학 공리가 종종 외부 세계의 구조에도 유용하게 적용될 수 있긴 하지만, 그 공리 자체는 버트런드 러셀이 표현했듯 "인간의 열정으로부터 멀리 떨어진" 또 다른 영역에 속하는 추상이다. 이 추상은 "심지어 자연의 사소한 사실들에서조차 멀리 떨어져 있다. 그것은 순수 사고가 풍성하게 거주하는 질서 잡힌 우주. 우리의 더 고귀한 충동들 중 적어도 하나가, 실세계의 음울한 추방으로부터 벗어날 수 있는 곳인 질서 정연한 우주 말이다."

수리물리학자들은 캐럴리언 명명법을 상당히 좋아한다. 통과하는 어떤 것의 카이랄성chirality, 곧 손대칭성handedness을 역전시키는 것으로 보이는 비방향성 웜홀을 '앨리스 핸들Alice handle'이라고 하며, 이를 포함하는 (가상의) 우주를 '앨리스 우주'라고 한다. 크기를 가졌지만 지속적으로 식별할 수 있는 극성이 없는 전하를 '체셔 전하'라 하고, 벡터 보스-아인슈타인 응축에선 반양자 소용돌이를 '앨리스 끈Alice string'이라 한다. 프랑스 그르노블에 있는 라우에-랑수뱅 연구소의 과학자들은 최근 처음으로 입자에서 그 입자가 갖는 물리적 속성(질량이나 스핀 따위) 중 하나를 분리해 입자 본체가 없는 '양자 체셔 고양이'라는 것을 만들어냈다. 그 고양이는 중성자 빔 스필리터를 가지고 자기 모멘트에서 속성들을 분리함으로써 얻어진다. 초유체 물리학에서 '부점Boojum'이라는 것은 초유체 헬륨3의 위상 중 하나의 표면에 있는 기하학적 패턴을 일컫는 말이다. 이론물리학에서 '캐럴 입자Carroll particle'란 빛의 속도가 0이 되는 극한에서의 상대론적 입자 모형을 일컫는 말이다. 그런 입자는 움직일 수 없는데, 붉은 여왕의 발언, 곧 "여기서 제자리를 지키려면 넌 있는 힘껏 달려야 해"라는 발언 덕분에 그런 이름이 붙여졌다.

일곱 번째 이야기
미친 티파티

집 앞마당 나무 아래 탁자가 놓여 있었고, 삼월 산토끼가 거기서 차를 마시고 있었는데, 모자장수[1]와 함께였다. 둘 사이에선 겨울잠쥐[2]가 꿀잠을 자고 있었다. 삼월 산토끼와 모자장수는 겨울잠쥐 어깨를 쿠션 삼아 팔꿈치를 떡하니 걸친 채 그 머리 너머로 이야기를 주고받고 있었다. "겨울잠쥐가 너무 불편하겠어." 앨리스는 생각했다. "그래도 잠들었으니 괜찮겠지?"

탁자가 큼지막했지만, 셋은 한쪽 모퉁이에 다닥다닥 붙어 앉아 있었다. 앨리스가 다가오는 것을 본 셋은 일제히 외쳤다. "빈방room 없어! 빈방 없다고!"

"빈자리room가 많기만 하네요!" 발끈한 앨리스

1　테니얼이 캐럴의 제안을 받아들여, 옥스퍼드 근처의 가구상 시오필러스 카터와 비슷하게 모자장수를 그렸다는 사실을 믿을 만한 충분한 이유가 있다(당시엔 모자장수가 영국 총리 글래드스턴을 풍자한 것이라고 널리 믿었지만 그건 아무런 근거가 없다). 카터는 그 지역에서 미친 모자장수Mad Hatter로 알려져 있었다. 항상 중산모를 쓴 데다 괴팍한 아이디어를 자주 냈기 때문인데, 그는 잠자는 사람을 바닥에 내동댕이쳐 깨우는 '알람 침대'를 발명했다(이 발명품은 1851년 크리스털 팰리스에서 전시되었다). 캐럴의 모자장수가 시간에 관심이 많을 뿐만 아니라 잠든 겨울잠쥐를 깨우는 데도 열심인 까닭이 바로 그 발명품에 고스란히 반영되어 있다. 또한, 이번 일곱 번째 이야기에서 탁자와 안락의자, 책상 등의 가구가 유난히 눈에 띈다는 점도 그와 관련이 있다. 과학자 노버트 위너는 이렇게 썼다.[1] "미친 모자장수로 보인다고 말하는 것 말고는 달리 버트런드 러셀을 묘사할 길이 없다. … 테니얼의 캐리커처는 그 예술가의 모습을 거의 예견했음을 보여준다." 위너는 이어서 케임브리지에서 러셀의 동료 철학자 J. M. E. 맥태거트와 G. E. 무어가 겨울잠쥐와 삼월 산토끼를 닮았음을 지적한다. 이 세 남자는 케임브리지에서 삼위일체의 미친 티파티로 알려져 있었다.

엘리스 힐먼은 새로운 후보자를 제시한다.[2] '미친 샘'으로 알려진 맨체스터의 모자장수 새뮤얼 오그든이 그 후보인데, 그는 1814년 러시아 황제가 런던에 들렀을 때 특별한 모자를 디자인했다. 힐먼은 또한 '미친 해더Hatter'[little처럼 t 발음 순화]에서 H를 묵음 처리하면 '미친 애더Adder'[덧셈 기계, 독사]로 들리는데, 이는 케임브리지의 수학자 찰스 배비지나 캐럴 본인과 같은 수학자를 일컫는 말로 쓰일 수 있다고 썼다. 배비지는 복잡한 수학 계산기를 만들려고 고심하다 살짝 미친 것으로 널리 알려져 있었다.

『얄궂은 어원』[3]에서 휴 로슨은 작가 새커리가 『펜데니스』[4]에서 '모자장수처럼 미친'이라는 말을 사용했다고 썼다. 또한 노바스코샤의 판사인 토머스 챈들러 핼리버튼도 『시계공』[5]에서 다음과 같이 썼다. "샐 수녀는 … 모자장수처럼 미친 듯이 방에서 걸어 나왔다."

모자장수와 산토끼, 겨울잠쥐는 『앨리스의 땅속 나라 모험』에는 나오지 않는다. 전체 이야기가 나중에 추가된 것이다. 산토끼Hare와 모자장수Hatter는 『거울 나라의 앨리스』 여섯 번째 이야기 「험티 덤티」에서 왕의 전령인 헤어Haigha와 해터Hatta로 다시 등장한다.

2. 영국의 겨울잠쥐dormouse는 나무에서 사는 설치류로, 쥐보다는 작고 다람쥐를 더 닮았다. 'dormouse'는 라틴어 'dormire'에서 유래한 말로, 동물의 겨울 동면 습성을 가리키는 말이다. 다람쥐와 달리 겨울잠쥐는 야행성이기 때문에 5월(앨리스가 이상한 나라를 모험하는 달)에도 낮 동안엔 휴면 상태를 유지한다. 『윌리엄 마이클 로세티의

는 그렇게 말하고는 탁자 한쪽 끝 커다란 안락의자에 털썩 앉았다.

"와인 한잔해라." 삼월 산토끼가 권했다.

탁자를 둘러보았지만, 홍차 말고는 아무것도 없었다.[3] "와인이 없는데요?" 앨리스가 스스럼없이 말했다.

"없지." 삼월 산토끼가 말했다.

"없는 걸 권하다니 예의가 없으시군요!" 앨리스가 화를 내며 말했다.

"초대도 받지 않고 거기 앉은 네가 먼저 예의가 없었어." 삼월 산토끼가 말했다.

"주인 없는 자린 줄 알았다고요. 세 명이 앉고도 자리가 철철 넘치니까요."

"네 머리칼 좀 잘라야겠다."[4] 불쑥 모자장수가 말했다. 호기심이 가득한 눈으로 앨리스를 한참이나 바라보고 있던 그가 처음으로 입을 연 것이다.

"예의범절을 좀 배우셔야겠네요. 그건 남의 잔치에 감 놔라 배 놔라 하는 격이라고요. 아주 무례해요." 앨리스가 따끔하게 말했다.

그 말을 들은 모자장수는 눈이 휘둥그레지더니, 다짜고짜 뚱딴지같은 소리를 했다. "까마귀랑 책상의 공통점이 뭐게?"[5]

"아하! 이제야 좀 재밌어지겠다! 반갑게도 수수께끼를 내주다니." 앨리스는 생각했다. "내가 맞힐 수 있을 거예요." 앨리스가 소리쳐 말했다.

"네가 맞힐 수 있을 거라는 게 진심이야?" 삼월 산토끼가 말했다.

"그렇고말고요." 앨리스가 말했다.

"그럼 네 진심을 말해야 할 거야." 삼월 산토끼가 이어 말했다.

"난 언제나 진심을 말해요." 앨리스가 냉큼 대답했다. "적어도… 적어도 내가 말하는 것은 다 진심이에요…. 그게 다 같은 소리네요, 그쵸?"

"조금도 같지 않아!" 하고 모자장수가 말했다. "넌 말이지, '내가 먹

회상』[6]에 따르면, 겨울잠쥐는 탁자 위에서 자는 습관이 있었던 단테 가브리엘 로세티의 애완동물 웜뱃을 모델로 한 것인지도 모른다. 캐럴은 로세티 일가 사람들을 모두 알고 있었고 가끔 방문하기도 했다.

셸윈 구데이커 박사의 지적에 따르면, '티파티'에서는 겨울잠쥐의 성별을 알 수 없지만, 열한 번째 이야기 「누가 타르트를 훔쳤나」에서 수컷인 것으로 밝혀진다. 영국의 독자인, 기고자 J. 리틀은 멸종위기에 처한 종 가운데 하나인 영국 겨울잠쥐가 그려진 우표를 내게 보내주었다. 이 우표는 1998년 1월에 발행된 것이다.

3   캐럴과 테니얼 모두 우유병이 탁자 위에 있어야 한다는 사실을 깜빡한 것 같다. 나중에 삼월 산토끼가 그것을 엎지르니 말이다.

4   『외알 안경 아래서』[7]에서 R. B. 샤버먼과 데니스 크러치가 지적한 바에 따르면, 빅토리아 시대, 어린 소녀에겐 아무도 머리카락이 너무 길다고 말하지 않을 테지만, 캐럴에게라면 그렇게 말할 만했다. 이사 보먼의 저서 『루이스 캐럴 이야기』[8]에서 과거 어린이 친구였던 한 여배우는 이렇게 회고한다. "루이스 캐럴은 평균 키였다. 내가 그를 처음 만났을 때, 은회색인 그의 머리칼은 당시 유행하던 것보다 더 길었고, 눈은 짙은 파란색이었다."

5   미친 모자장수의 풀리지 않은 이 유명한 수수께끼는 캐럴 당시 많은 추측을 불러일으켰다. 캐럴 자신의 답은 다음과 같다(그가 쓴 1896년 판을 위해 새로 쓴 서문에 나온다).

> 모자장수의 수수께끼에 대해 상상 가능한 답이 무엇인가를 묻는 이들이 너무나 많아 꽤 적절한 대답으로 여겨지는 것을 여기에 기록해두는 것이 좋을 듯싶다. 즉, 까마귀raven와 책상writing desk*의 공통점은 "둘 다 소리note를 낼 수 있다는 것이다. 비록 그 소리가 아주 단조롭지만. 그리고 [raven을] 반대로 돌려놓으면 nevar라는 것!"** 하지만 이것은 단지 이후의 생각일 뿐이다. 처음 만들었을 때 이 수수께끼는 아무런 답이 없었다.

다른 여러 답이 제안되어왔다. 특히 미국의 퍼즐 천재 샘 로이드가 사후에 펴낸 『퍼즐 백과사전』[9]은 주목할 만하다. 캐럴의 두운법 문제와 맞추어 로이드는 나름 최고

해리 퍼니스, 1908

의 여러 해답을 제시했다. 즉, 까마귀와 책상의 공통점은 둘 다 소리를 낼 때의 음이 음악적 음으로서의 음이 아니라는 것. 에드거 앨런 포가 까마귀와 책상 둘 다 썼다는 것. 둘 다 살펴보면 bill(부리/청구서)이 있고 이야기가 있다는 것. 또 둘 다 다리로서 있고, 둘 다 steel/steal(책상의 강철/까마귀의 좀도둑질)을 드러내지 않고, 둘 다 [책상 위판과 부리가] 닫히도록 만들어졌다는 것.

1989년 잉글랜드 루이스 캐럴 협회는 새로운 해답을 공모해 《밴더스내치》 회보에 발표했다.

올더스 헉슬리는 「까마귀와 책상」[10]이라는 글에서 두 가지 난센스 답을 제시했다. 즉, both에 b가 하나 있고, neither에 n이 하나 있다는 것.*** 제임스 미치도 비슷한 답을 보냈다. 즉, each(저마다)가 e로 시작한다는 것. 헉슬리는 다음과 같은 형이상학적 질문, 곧 신은 존재하는가? 우리에게 자유의지가 있는가? 고통은 왜 있는가? 따위의 질문들은 미친 모자장수의 질문, 곧 "난센스 수수께끼, 실재에 대한 것이 아니라 낱말에 대한 질문"처럼 의미가 없다는 견해를 지지한다.

"둘 다 잉크에 적신 깃quill(깃펜/깃털)이 있다"고 독자 데이비드 B. 조드리 주니어는 제안했다. 시릴 피어슨은 "둘 다 flap(책상 덮개/날개 퍼덕임)으로 경사각을 이룬다는 것"이 공통점이라고 제안한다.[11]

데니스 크러치는 놀라운 발견을 보고했다.[12] 1896년 판 서문에서 캐럴은 분명 의도적으로 'nevar'라고 썼는데, 그 이후의 모든 출판물에서 'never'라고 교정되었다는 것이다. 아마도 식자공의 오류라고 생각한 편집자가 그렇게 고쳤을 것이다. 해답의 독창성을 망가뜨린 이 '교정' 직후에 캐럴이 사망하는 바람에 원래의 철자는 복원되지 않았다. 캐럴이 자신의 교묘한 해답에 가해진 손상을 알고 죽었는지는 알려지지 않았다.

1991년 잉글랜드의 《스펙테이터》는 모자장수의 이 수수께끼에 대한 해답을 공모했다. 7월 6일에 발표된 수상작과 수상자는 다음과 같다.

> 둘 다 없으면 헉슬리의 『멋진 신세계』가 집필될 수 없었다는 것. -로이 데이븐포트
> 하나에는 귀를 쫑긋하게 하는 시편flapping fits이 있고, 다른 하나에는 딱 맞는 덮개 fitting flap가 있다는 것. -피터 빌
> 까마귀는 책을 쓰는 데for writing books 제격이고, 책상은 까마귀들을 음미하는 데for biting rooks 더욱 제격이라는 것. -조지 시머스
> 책상은 펜대의 안식처rest for pens이고, 까마귀는 굴뚝새의 골칫거리pest for wrens라는 것. -토니 웨스턴
> 'raven'에는 문자 다섯 개가 들어 있는데, 책상에서도 그 정도 문자는 충분히 찾아낼 법하다는 것. -로저 베어셀

는 것은 다 보인다'는 말이랑 '보이는 것은 내가 다 먹는다'는 말이 똑같다고 말하는 거나 마찬가지야!"

"또는 이렇게 말하는 거나 마찬가지지" 하고 삼월 산토끼가 덧붙여 말했다. "내가 가진 것은 다 좋다'랑 '좋은 것은 내가 다 가진다'랑 똑같다!"

"또는 이렇게 말하는 거나 마찬가지지." 겨울잠쥐가 잠꼬대라도 하는 양 덧붙여 말했다. "잠을 잔다는 것은 살아 있다는 거다'랑 '살아 있다는 것은 잠을 잔다는 거다'랑 똑같다!"

"너한테는 정말 똑같은 소리네." 모자장수가 말했다. 그러고는 대화가 뚝 끊기고, 다들 잠시 말없이 앉아 있었다. 그 사이 앨리스는 까마귀와 책상에 대해 기억나는 모든 것을 곰곰 생각했다. 하지만, 딱히 기억나는 게 없었다.

모자장수가 먼저 침묵을 깼다. "오늘이 며칠이지?" 모자장수는 앨리스를 돌아보았다. 그러고는 주머니에서 회중시계를 꺼내더니, 뜨악하게 바라보고는 시계를 마구 흔든 다음 귀에 댔다.

앨리스는 잠깐 생각한 다음 말했다. "4일이에요."[6]

"이틀이 틀려!" 모자장수는 한숨을 내쉬고는 삼월 산토끼를 째려보며 덧붙였다. "내가 그랬잖아, 시계에 버터 칠을 하는 건 안 좋다고!"

"그건 제일 좋은 버터였어!" 삼월 산토끼가 쑥스럽게 대꾸했다

"그래, 하지만 버터에 빵 부스러기가 들어간 게 틀림없어." 모자장수가 툴툴거렸다. "빵 자르던 칼을 버터 안에 쑤셔 넣지 말았어야지."

삼월 산토끼는 회중시계를 받아 들고 우울하게 바라보았다. 그러더니 그것을 홍차 잔에 담그고는 다시 바라보았다. 하지만 처음에 한 말보다 더 나은 말을 떠올리지 못해 다시 되뇌었다. "그건 제일 좋은 버터였다고, 너도 알다시피."

둘 다 carri-on de-composion(사체의 해체/창작의 수행)에 익숙하다는 것. -노엘 페티

둘 다 언짢은 bills(부리/청구서)를 들이대는 경향이 있다는 것. -M. R. 매킨타이어

둘 다 They both have a flap in oak(떡갈나무에서 퍼덕인다/떡갈나무로 만든 뚜껑이 있다). -J. 테벗

『까마귀와 책상』[13]의 저자 프랜시스 헉슬리가 제시한 두 개의 해답은 다음과 같다.

둘 다 'owed bills'(소유한 부리/지불 의무가 있는 청구서)를 보면 조짐이 불길하다는 것.

각각 Neva와 Esk라는 강을 하나씩 포함하고 있다는 것.

● writing-desk는 뒤쪽이 높아 경사가 있는데, 위판을 들어 올리면 그 밑에 수납함이 있다.

●● raven의 낱말 순서를 뒤집으면 nevar가 된다. nevar는 never. 까마귀든 책상이든 반대로 돌려놓으면 안 된다는 것이 공통점이라는 소리다. 책상 뒤쪽은 막혔는데, 더구나 writing desk는 뒤쪽이 앞쪽보다 높아서 돌려놓고 쓰면 안 된다.

●●● 답 자체는 맞지만, raven과 writing desk에는 해당되지 않는다. 헉슬리의 답은 문제 자체가 무의미함을 돌려 깐 것이다.

6 이날이 4일이라는 앨리스의 언급과 이달이 5월이라는 앞서의 언급으로 미루어 보면 앨리스의 땅속 나라 모험 날짜는 5월 4일이 된다. 1852년 5월 4일은 앨리스 리들이 태어난 날이다. 캐럴이 처음 이야기를 하고 이를 기록한 해인 1862년에 앨리스는 열 살이었지만, 이야기 속의 앨리스는 일곱 살이라는 것이 거의 확실하다(『거울 나라의 앨리스』 첫 번째 이야기 「거울 속의 집」 2번 주석을 참고하라). 앨리스에게 준 『앨리스의 땅속 나라 모험』 마지막 쪽에 캐럴은 앨리스가 일곱 살 때인 1859년에 찍은 사진(411쪽)을 붙였다.

A. L. 테일러가 『하얀 기사』[14]라는 저서에서 보고한 바에 따르면, 1862년 5월 4일은 음력으로는 4월 6일로, 이틀 차이가 난다. 이는 모자장수의 시계가 음력에 맞추어져 있다는 것을 암시한다. 그래서 "이틀이 틀려!" 하고 모자장수가 말한 것도 이것으로 설명이 된다고 테일러는 제안한다. 원더랜드가 지구 중심부 근처에 있다면, 태양의 위치로 날짜를 알아낼 수는 없어도 달의 위상으로 날짜를 알아낼 수 있다고 테일러는 덧붙인다. '달lunar'과 '광기lunacy'가 긴밀히 연관돼 있다는 점도 이 추측을 뒷받침한다. 그러나 캐럴이 이 모든 것을 염두에 두었는지는 알 수 없다.

윌리엄 펜할로우 헨더슨, 1915

살짝 궁금했던 앨리스는 어깨너머로 시계를 바라보고 있었다. "묘한 시계네!"[7] 앨리스가 말했다. "날짜가 나오는데, 시간이 안 나오다니!"

"그게 어때서?" 모자장수가 우물거렸다. "그럼 네 시계는 지금이 몇 년인지 나와?"

"물론 안 나오죠." 앨리스가 선뜻 대답했다. "몇 년인지는 달라지지 않고 아주 오랫동안 똑같으니까요."

"내 시계도 바로 그래서야." 모자장수가 말했다.

앨리스는 어리둥절했다. 우리말인 건 분명한데 무슨 뜻인지를 알아들을 수가 없었다. "무슨 말씀인지 이해가 안 돼요." 앨리스는 한껏 공손하게 말했다.

해리 퍼니스, 1908

모자장수가 "겨울잠쥐가 다시 잠들었네" 하고 말하더니 겨울잠쥐 코에 따끈한 홍차를 부었다. 겨울잠쥐는 방정맞게 머리를 흔들어대더니 눈을 뜨지도 않고 말했다. "당연하지, 당연하고말고. 내가 하려던 말이 바로 그거야."

"수수께끼는 풀었어?" 모자장수가 다시 앨리스를 돌아보며 말했다.

"아니요, 포기할래요." 앨리스가 대답했다. "답이 뭐예요?"

"전혀 몰라." 모자장수가 말했다.

"나도 몰라." 삼월 산토끼가 말했다.

앨리스는 진절머리가 나 한숨을 폭 내쉬며 말했다. "다들 좀 더 재미나게 시간을 보내는 게 어때요? 답도 없는 수수께끼를 내서 시간을 낭

마일로 윈터, 1916

7   『실비와 브루노』 23장에는 더욱 묘한 시계가 등장한다. 독일 교수가 지닌 기묘한 시계Outlandish Watch가 그것이다. 시간은 이 시계를 따라 움직인다. 시곗바늘을 앞으로 돌릴 수는 없고, 한 달까지 뒤로 돌릴 수만 있는데, 뒤로 돌리면 과거로 돌아가게 된다. H. G. 웰스의 '타임머신'을 예견케 하는 흥미로운 시계가 아닐 수 없다. 그뿐만 아니라 그 시계는, '역진 핀reversal peg'을 누르면 필름을 거꾸로 돌리는 것처럼 사건이 거꾸로 진행된다.

또한, 이는 캐럴이 이전에 쓴 작품을 연상시키는데, 그 글에서 그는 하루에 1분씩 늦게 가는 시계보다 멈춘 시계가 더 정확하다는 것을 증명한다. 멈춘 시계는 24시간마다 정확히 두 번 맞는데, 하루 1분씩 늦게 가는 시계는 2년에 딱 한 번만 시간이 맞는다. 캐럴은 이렇게 덧붙였다.

그러면 이렇게 물을지도 모르겠다. "시계가 알려주지 않는다면, 언제 여덟 시가 되는지 어떻게 알 수 있는가?" 인내심을 가져라. 여덟 시가 되면 시간이 맞게 된다는 것을 알고 있으니 말이다. 아주 딱 맞는다. 그런데 규칙이 하나 있다. 두 눈을 시계에 고정시키고 있어야 한다는 것. 시간이 맞는 바로 그 순간, 그때가 바로 여덟 시다.

비하지 말고요."

"시간이란 녀석을 네가 나만큼 잘 안다면," 모자장수가 말했다. "그것을 낭비한다고는 말하지 못할 거야. 그것은 그 녀석이거든."

"무슨 말을 하는지 모르겠어요." 앨리스가 말했다.

"알 리가 없지." 모자장수는 깔보듯 턱을 치켜들며 말했다. "아마 시간에게 말을 걸어본 적도 없을걸?"

"아마 그렇겠죠?" 앨리스는 조심스레 대답했다. "하지만 음악을 배울 때 시간을 때려야 한다는 건 알아요."

"하! 영어로는 그게 박자를 맞춘다는 뜻이야." 모자장수가 말했다. "녀석은 때리는 걸 못 참을걸? 네가 녀석이랑 사이좋게 지내기만 하면, 녀석은 시계를 가지고 네가 좋아하는 무슨 일이든 해줄 거야. 예를 들어, 지금 아침 아홉 시라고 해봐. 따분한 수업을 시작할 시간이지. 그때 네가 시간에게 살짝 귀띔만 해주면, 시계가 반짝반짝하며 순식간에 팽팽 돌 거야! 벌써 한 시 반, 점심시간이야!"

("난 그러기만 바랐지." 삼월 산토끼가 혼자 속살거렸다.)

"그건 굉장하네요, 정말." 앨리스가 생각에 잠긴 채 말했다. "하지만 그래서야 내가 배고프질 않을 텐데요, 그죠?"

"처음엔 그렇겠지, 아마?" 모자장수가 말했다. "하지만 너만 좋다면 시간을 한 시 반에 계속 붙잡아둘 수 있을 거야."

"아저씨는 그랬어요?" 앨리스가 물었다.

모자장수는 애석하다는 듯 고개를 내두르며 대답했다. "난 못했지!

윌리 포거니, 1929

해리 라운트리, 1916

지난 3월에 우린 다퉜단다. 녀석이 미쳐버리기 직전에…" (하며 그는 티스푼으로 삼월 산토끼를 가리켰다.) "그러니까 그건 하트의 여왕께서 위대한 콘서트를 열었을 때였지. 난 노래를 불러야 했어."[8]

<blockquote>
"반짝반짝 작은 박쥐!

놀랍게도 나불나불해!"*
</blockquote>

"너도 이 노래 알지, 아마?"

"비슷한 걸 들어봤어요." 앨리스가 말했다.

---

* 모자장수의 노래 "How I wonder what you're at"에서 'are at (something)'은 끈질기게 열심히 몰두한다는 뜻이다. (I've been at this problem for hours and still haven't found a solution.: 나는 몇 시간째 이 문제에 매달렸지만 아직 해답을 찾지 못했다. The band has been at it for over a decade without major success.: 그 밴드는 10년이 넘도록 줄곧 밴드 활동에 매진했지만 그리 빛을 보지 못했다.)

각주 8번에서 언급한 강의실에서 뜻 모를 말을 나불거리던 '박쥐' 교수든 태엽을 감아 날린 박쥐든, 열심히 잘도 나불나불하는 것이 너무나 놀랍다는 것일까?

8   모자장수의 노래는 제인 테일러의 유명한 시 「별」의 첫 연을 패러디한 것이다.

반짝반짝 작은 별님
놀랍게도 초롱초롱해*
세상 높이높이 더 높이
밤하늘의 보석같이

이글대던 해님 잠들어
온 세상이 깜깜할 때
작은 별님 등을 밝히고
밤새도록 반짝반짝

어둠 속의 나그네는
작은 등불 고마워
갈 길 몰라 헤맬 때
별님 반짝 길을 밝혀

검푸른 하늘 저 멀리서
내 창문 기웃기웃해
초롱초롱한 눈망울로
아침 해님 깰 때까지

반짝이는 네 작은 빛
밤길 나그네 비추듯
놀랍게도 초롱초롱해
반짝반짝 작은 별님

캐럴의 이 패러디에는 코미디언들이 '아는 사람만 아는 농담inside joke'이라고 일컫는 것이 담겨 있을 수 있다. 즉, 옥스퍼드의 유명한 수학교수이자 캐럴의 좋은 친구인 바살러뮤 프라이스는 학생들에게 '박쥐'라는 별명으로 불렸다. 의심할 나위 없이 그의 강의는 학생들 머리 위 높이 날아다녔다.**
또한 캐럴의 패러디는 헬무트 게른스하임이 『사진작가 루이스 캐럴』[15]에서 언급한 사건과 관련된 것일 수도 있다.

"노래는 이어지지, 이렇게" 하며 모자장수가 노래를 계속했다.

"세상 높이높이 날아서
차 쟁반처럼 하늘에서
반짝, 반짝⋯."

이 대목에서 겨울잠쥐는 몸을 흔들며 "반짝, 반짝, 반짝, 반짝⋯," 잠결에 노래를 하기 시작했다. 그런데 그게 끝날 줄을 몰라 그들은 겨울잠쥐를 꼬집어 노래를 끊어야 했다.

"근데 1절을 다 부르기도 전에" 하고 모자장수가 말했다. "아 글쎄 여왕님이 호통을 친 거야. '이것이 시간을 죽이고 있구나![9] 당장 머리를 베어라!' 하고 말이야."

"끔찍한 야만인 같아!" 앨리스가 외쳤다.

"그리고 그 이후로 쭉" 하고 모자장수는 애석하다는 듯 말을 이었다. "시간이 내가 부탁한 걸 들어주려 하질 않아! 그래서 지금은 항상 여섯 시란다."

캄캄하던 앨리스의 머릿속이 환해졌다. "그 때문에 여기 이렇게나 많은 찻잔들이 놓여 있는 거예요?" 앨리스가 물었다.

"그래, 그 때문이지." 모자장수가 한 차례 한숨을 푹 내쉬고는 말했다. "항상 차 마실 시간인 거야.[10] 그래서 찻잔을 씻을 시간도 없어."

"그럼 탁자를 돌며 자리를 계속 옮기나 보죠?" 앨리스가 물었다.

"아무렴, 그렇고말고." 모자장수가 말했다. "찻잔을 다 비우면 자리를 옮기는 거야."

"다시 티파티를 시작할 때는 어떻게 해요?"

"얘기를 좀 바꾸는 게 어떨까?" 삼월 산토끼가 하품을 하며 말했다.

크라이스트처치에서 대체로 근엄했던 이 수학 강사는 커다란 자기 숙소(아이들의 참된 천국)에 찾아온 어린 방문객들과 함께할 때면 비로소 긴장을 풀었다. 숙소에는 인형과 장난감, 요술 거울, 태엽으로 움직이는 곰, 그리고 직접 만든 날아다니는 박쥐 등 멋진 것들이 한가득했다. 이 박쥐는 어느 더운 여름 오후에 방을 몇 바퀴 돌다가 갑자기 창문 밖으로 날아가, 대학의 하인이 들고 가던 차 쟁반tea-tray에 떨어져 한바탕 소동을 일으켰다. 하인은 난데없이 나타난 이상한 물체에 놀라 와장창 쟁반을 떨어뜨렸다.

• 위 시 두 번째 행 "How I wonder what you are!"를 대부분 '네가 무엇인지 정말 궁금하다'라는 식으로 이해하는데, 그건 시인이 아닌 과학자에게 어울리는 말이다. little star라는 답이 이미 첫 행에 나온다. 그러니 이 말은 요컨대, 너의 정체가 궁금한 게 아니라, 있는 그대로의 너의 실체가 너무나 경이롭다는 뜻이다. I AM WHO I AM(나는 있는 그대로의 나다). 고대 그리스어(헬라어)로 된 이 말을 음역한 것이 야훼, 또는 여호와다. 있는 그대로의 너what you are, 다이아몬드같이 초롱초롱 빛나는 그 별이 너무나 경이롭다.
•• 요령부득의 강의를 했다는 뜻이다.

9 박자를 맞추지 못하고 엉망진창으로 노래하고 있다는 뜻이다.

10 스테파니 러빗은 1840년대 잉글랜드에선 오후 다섯 시에 차를 마시는 것이 널리 확산되어 있었다고 지적한다. 그러나 모자장수와 산토끼, 겨울잠쥐는 '유아용 차nursery tea'를 마신 것으로 보인다. 이것은 여섯 시에 아이들에게 제공된 간단한 음식이다. 이것은 또한 빅토리아 시대의 가정 관리 전문가인 이사벨라 비튼이 추천한 '가족끼리 차 마시기' 중 하나였을 수도 있다.[16]
아서 스탠리 에딩턴을 비롯해 관계 이론을 집필한 여러 작가들은 항상 여섯 시에 열리는 이 미친 티파티를 시간이 영원히 정지된 더 시터르Der Sitter 우주 모형의 일부와 비교하기도 했다.[17]

윌리 포거니, 1929

해리 라운트리, 1908

해리 라운트리, 1916

베시 피즈 구트만, 1907

앨리스 B. 우드워드, 1913

찰스 로빈스, 1907

아서 래컴, 1907

마거릿 태런트, 1916

거트루드 케이, 1923

M. L. 커크, 1904

귀네드 허드슨, 1922

A. E. 잭슨, 1914

블랑슈 맥마누스, 1899

"그 얘긴 슬슬 따분해지기 시작했어. 이제 어린 숙녀께서 이야기를 들려주는 것에 한 표를 던진다."

"들려드릴 만한 이야기가 없는데요?" 난데없는 제안에 움찔한 앨리스가 말했다.

"그럼 겨울잠쥐한테 시켜야지!" 둘이 한 입으로 외쳤다. "일어나, 겨울잠쥐야!" 둘은 양쪽에서 겨울잠쥐를 동시에 꼬집었다.

겨울잠쥐가 천천히 눈을 떴다. "난 잠들지 않았어." 겨울잠쥐가 컬컬하고 흐리멍덩한 목소리로 말했다. "네 녀석들이 하는 말을 낱낱이 다 들었단 말이야."

"이야기를 들려줘!" 하고 모자장수가 말했다.

"네, 제발요!" 앨리스가 애원했다.

"근데 후딱후딱 말해. 안 그러면 이야기를 마치기 전에 또 잠들 테니까." 모자장수가 덧붙였다.

"옛날 옛적 어린 세 자매가 살았답니다" 하며 겨울잠쥐는 부리나케 이야기보따리를 풀었다. "세 자매 이름은 엘시, 레이시, 틸리[11]였는데, 우물 바닥에서 살았답니다…."

"뭘 먹고 살았대요?" 항상 먹고 마시는 것에 관심이 많은 앨리스가 물었다.

"당밀[12]을 먹고 살았지." 1, 2분쯤 생각한 뒤 겨울잠쥐가 말했다.

"그랬을 리 없어요." 앨리스는 스스럼없이 친절하게 일러주었다. "아시다시피, 그러면 병들거든요."

"그래서 병들었지." 겨울잠쥐가 말했다. "몹시 아팠어."

앨리스는 그런 삶이 얼마나 남다를지 상상을 좀 해보려 했지만, 그건 너무 알쏭달쏭한 수수께끼 같았다. 그래서 이어 말했다. "근데 우물 바닥에서 어떻게 살았대요?"

해리 퍼니스, 1908

11 이 세 자매는 리들 세 자매다. 엘시Elsie는 L. C., 곧 로리나 샬럿Lorina Charlotte이고, 틸리Tillie는 이디스Edith의 집안 별명인 마틸다Matilda, 레이시Lacie는 앨리스Alice의 철자 순서를 바꿔 만들어낸 이름이다.

캐럴이 리들 자매 이름으로 언어유희를 한 것은 이번이 두 번째다. 서시 첫 연에서 캐럴은 'Liddell'과 발음이 유사한 'little'을 세 번 반복함으로써 다음 연의 "인정머리 없는 세 자매cruel Three"를 암시한다. 캐럴 당시 옥스퍼드 학생들이 지은 다음 대구의 라임으로 미루어볼 때 'Liddell'은 '리들'로 발음되었다는 것을 알 수 있다.

> 나는 학장이고 이쪽 여선생님은 리들Liddell,
> 그녀가 연주하는 것은 제1 피들, 나는 제2 피들fiddle.

어떤 이유에선지 테니얼은 세 자매를 그리지 않았다. 피터 뉴얼의 우물 속 세 자매 그림은 내가 편집한 『더 많은 주석 달린 앨리스』(1990) 90쪽에 실려 있다. 이 삽화는 당밀을 먹고 사는 또 다른 세 자매를 묘사한 것이다.

찰스 로빈슨, 1907

"차를 좀 더 마시려무나." 삼월 산토끼가 앨리스에게 열렬히 권했다.

"아직 안 마셨어요. 그러니 더 마실 수는 없다고요." 앨리스가 볼멘 소리로 대꾸했다.

"덜 마실 수 없는 거겠지." 모자장수가 말했다. "제로보다 더 많이 마시긴 아주 쉽거든."

"아무도 안 물어봤거든요?" 앨리스가 말했다.

"지금 남의 잔치에 감 놔라 배 놔라 하는 게 누군데?" 모자장수가 의기양양하게 말했다.

이 말에 앨리스는 꿀 먹은 벙어리가 되고 말았다. 그래서 홍차에 버터 바른 빵을 곁들여 좀 오물거리다간 겨울잠쥐를 돌아보며 다시 물었다. "걔들은 왜 우물 바닥에서 살았대요?"

겨울잠쥐는 다시 1, 2분 생각한 뒤 말했다. "그건 당밀 우물이었거든."

"그런 게 어딨어요!" 앨리스는 화가 나기 시작했다. 하지만 모자장수와 삼월 산토끼는 "쉿! 쉿!"거리기만 했고, 겨울잠쥐는 뾰로통하게 "그렇게 자꾸 따따부따하려면, 네가 마저 이야기를 해보지 그래" 하고 말했다.

"아녜요, 제발 계속해주세요!" 앨리스는 아주 겸손하게 말했다. "다시는 참견하지 않을게요. 당밀 우물이란 게 있을 거예요, 아마."

● 모자장수의 이 수학적 발언은 분명 옳은데, 마신 적이 없으니 더 마실 수는 없다는 앨리스의 말 역시 옳다. 앨리스의 말이 옳은 까닭은 없는 것과 있는 것의 크기를 비교할 수는 없기 때문이다. 그러나 수학에서, 신의 무한대 속에서, 그리고 불교에서, 공空은 없는 것이 아니다. 공즉시색空即是色. 제로는 무無로서 존재한다. 제로를 포함한 수가 실제로 존재한다고? 수는 정의로, 혹은 믿음으로 존재한다. 믿음은 바라는 것들의 실상이요 보지 못하는 것들의 증거다(「히브리서」 11장).
정반대의 두 말이 다 옳다는 이 패러독스가 성립하는 것은 앨리스의 말에 수학적 제로 개념이 빠져 있기 때문이다. 제로(산스크리트어로 수냐śūnya)는 인도에서 발생한 혁명적인 수학 개념이다(3~4세기 인도 문헌에 제로 개념이 나온다). 불교의 공空, śūnyatā이 곧 수냐śūnya이다.

12 영국 영어 'treacle'은 '당밀molassess'을 뜻한다. 옥스퍼드에 사는 비비언 그린(소설가 그레이엄 그린의 아내)이 내게 당밀 우물을 처음으로 알려주었다. 나중, 매사추세츠에 사는 헨리 A. 모스 주니어 여사도 비슷한 정보를 보내주었다. 즉, '당밀 우물'이라 불리는 것이 캐럴 당시 옥스퍼드 근교 빈지Binsey에 실제로 존재했다는 것이다. 'treacle'은 원래 독사에 물렸을 때, 또는 독 섭취와 관련한 여러 질병에 쓰는 해독제를 일컫는 말이었다. 의학적 가치가 있는 물을 담고 있다고 믿어진 우물은 때로 'treacle wells'라고 불렸다. 이는 물론 뒤이어 세 자매가 '몹시 아팠다'는 겨울잠쥐의 말에 의미를 더해준다.

메이비스 베이티는 8세기 빈지의 우물 전설을 들려준다.[18] 그 전설에서 신이 알가 왕을 눈멀게 한다. 왕이 결혼을 하겠다며 프라이즈와이드 공주를 쫓아갔기 때문이다. 눈먼 왕에게 자비를 내려달라고 공주가 성 마가렛에게 빌자, 기적의 물이 담긴 우물이 빈지에 생겨 알가 왕의 실명을 치료한다. 옥스퍼드로 돌아간 성 프라이즈와이드는 오늘날 크라이스트처치가 자리한 곳에 수녀원을 세운다. 당밀 우물은 중세 내내 인기 있는 치료소가 된다.

프라이즈와이드는 옥스퍼드의 수호성인이자 옥스퍼드대학의 수호성인이다. 템스강을 배로 거슬러 올라가는 그녀의 여정 묘사가 옥스퍼드 세인트 프라이즈와이드 처치 문에 새겨져 있다. 이는 바로 앨리스 리들의 작품이다. 앨리스 리들은 재능 있는 화가로, 존 러스킨에게 그림을 배웠다. 템스강을 곧잘 유람했던 어린 이 숙녀는 지금도 남아 있는 이 처치 문으로 불멸의 존재가 되었다.

1568년에 인쇄되어 트리클 성서Treacle Bible로 알려진 유명한 '이상한 성서Curious Bible'에서 treacle의 초기 의미에 대한 재미있는 예를 찾아볼 수 있다('이상한 성서'란 인쇄공의 별난 식자 오류나 편집자가 선택한 이상한 낱말들이 포함된 성서를 두루 일컫는 말이다). 킹 제임스 성서의 예레미야 8장 22절은 이렇게 시작한다. "길르앗에는 유향이 있지 아니한가?" 그런데 트리클 성서에는 이렇게 되어 있다. "길르앗에는 트리클이 있지 아니한가?"

크라이스트처치 대성당 중 라틴 예배당의 스테인드글라스 창문에는 빈지 당밀 우물로 가는 병자들 무리가 묘사되어 있다.

처치 문에 있는 앨리스 리들의 그림
렉스 해리스 촬영

"있고말고!" 겨울잠쥐는 뿔이 나 말
했지만, 이야기를 그만두진 않았다.
"그래서 그 어린 세 자매는… 길어
올리는 법을 배우고 있었답니다."

"뭘 길어 올려요?" 앨리스가 말
했다. 그새 약속을 까맣게 잊고서.

"당밀 말이야." 겨울잠쥐가 이번에
는 전혀 뜸 들이지 않고 바로 답했다.

"난 깨끗한 잔을 써야겠어." 모자장수가 중
간에 끼어들었다. "모두 옆으로 한 자리씩 옮기자."

그렇게 말하며 모자장수가 옆으로 움직이자 겨울잠쥐가 뒤따랐다.
삼월 산토끼가 겨울잠쥐 자리로 옮기자 앨리스는 시큰둥하게 삼월 산
토끼 자리로 옮겨 앉았다. 이렇게 자리를 옮겨 득을 본 것은 모자장수
뿐이었다. 앨리스는 전보다 훨씬 더 나빠졌다. 삼월 산토끼가 잔 받침에
우유를 엎질러 놓아서였다.

앨리스는 다시 겨울잠쥐를 뿔나게 하고 싶지 않아 아주 조심스레 말
을 꺼냈다. "하지만 이해가 안 돼요. 걔들은 당밀을 어디서 길어 올렸
대요?"

"우물에서는 물을 길어 올릴 수 있잖아" 하고 모자장수가 말했다.
"그러니 당밀 우물에서는 당밀을 길어 올릴 수 있다고 생각해야지. 안
그래, 멍청아?"

"하지만 걔들은 우물 속에 있었잖아요." 멍청이란 말은 들은 척도 않
고 앨리스가 겨울잠쥐에게 말했다.

"물론 우물 속에 있었지." 겨울잠쥐가 말했다.

불쌍한 앨리스는 이 말이 얼떨떨했지만, 겨울잠쥐가 이야기를 계속

© 리즈베트 츠베르거, 1999

하도록 한동안 참견하지 않았다.

"걔들은 길어 올리는 법을 배우고 있었어." 겨울잠쥐가 이야기를 다시 잇다 하품을 하며 두 눈을 비볐다. 졸음이 쏟아져서였다. "그래서 온갖 것들을 길어 올렸지. M으로 시작하는 모든 것들을…."

"왜 하필 M이래?" 앨리스가 말했다.

"M이 어때서?"[13] 삼월 산토끼가 말했다.

앨리스는 꽁하니 입을 다물었다. 겨울잠쥐는 이때 눈을 감고 꾸벅꾸벅 졸았다. 하지만 모자장수가 꼬집자 아얏! 하고는 깨어나 바로 다시 말을 이었다. "M으로 시작하는, 쥐덫, 달, 추억, 그리고 많고 많은 것들…, 그러니까 대동소이[14]하다고 말하는 것들을 길어 올렸단 말이지…. 그렇게 길어 올린 그림 같은 것들을 너는 하나라도 본 적 있어?"

"설마! 지금 나한테 물어본 거예요?" 머리가 너무 혼란스러워진 앨리스는 우물쭈물 말했다. "못 본 것 같은데요…."

"그럼 말을 말아야지." 모자장수가 말했다.

이 무례한 말은, 앨리스의 참을성을 뭉개고야 말았다. 울컥한 앨리스는 발딱 일어나 홱 하니 자리를 떴다. 겨울잠쥐는 곧바로 잠이 들었고, 다른 이들도 앨리스가 떠나는 걸 조금도 알아차리지 못했다. 앨리스는 한두 번 뒤를 돌아보았다. 혹시 돌아오라고 부를까 싶어서였다. 마지막으로 돌아봤을 때, 둘은 겨울잠쥐를 찻주전자에 욱여넣으려 하고 있었다.[15]

"어쨌든 다신 거기 가지 않을

해리 라운트리, 1916

13 캐럴의 『스나크 사냥』 삽화를 그린 헨리 홀리데이는 이렇게 회고했다. 캐럴에게 보낸 편지에서 모든 선원의 이름이 왜 B로 시작하느냐고 물었더니 캐럴이 대답했다. "B가 어때서Why not[안 될 건 뭔데]?"

이 대답을 한 것이 겨울잠쥐가 아니라 삼월 산토끼라는 것을 주목하라. 셀윈 구데이커는 이렇게 지적했다. "삼월March 산토끼의 이름 역시 M으로 시작하니, 스스로 이야기의 일부가 되기를 원한 것이다."

셀윈 구데이커는 또 '당밀molasses'이 m으로 시작하기 때문에, 자매들이 우물에서 당밀을 '길어 올리기' 적절하다는 사실을 내게 일깨워주었다.

14 'Much of a muchness(대동소이)'는 두 개 이상의 사물이 매우 비슷하거나 같은 가치를 가지고 있다는 것을 의미하는 영국 구어이다. 어떠한 상황에서 두루 동일한 종류들을 한데 묶어 일컫는 데 쓰이는 말이기도 하다.●

● 셰익스피어의 신조어를 연상시키는 'muchness'는 '크기/다량'을 뜻하는 고어로, 'much of a muchness(대동소이/오십보백보)'라는 어구로만 드물게 쓰인다. 이런 말을 앨리스가 이해하기는 어려웠을 것이다. 더구나 우물에서 쥐덫mouse-traps과 달moon과 추억memory과 대동소이muchness한 그 밖의 많은 것들을 길어 올리다니! 우물에서 '길어 올리는to draw' 것들이 '그림 같은a drawing of a~' 것이라니! 그중 하나라도 본 적 없으면 말을 말아야 한다니…. 어린 시절의 마당은 세상보다 넓다는 시가 있지만, 이 우물 속은 초라한 세상보다 크다.

레오놀 솔랑스 그라시아, 2012

거야!" 하고 말하며 앨리스는 숲으로 난 길을 택했다. "그렇게 멍청한 티 파티는 난생처음이야!"[16]

말을 마친 순간, 안으로 들어가는 문이 달린 나무가 앨리스의 눈에 들어왔다.[17] "요상하네!" 앨리스는 생각했다. "오늘은 모든 게 요상해. 당 장 들어가 보는 게 좋겠어." 앨리스는 안으로 들어갔다.

기다란 복도에 또다시 덩그러니 선 앨리스 근처엔 작은 유리 탁자가 있었다. "그래, 이번에는 더 잘해볼 거야." 앨리스는 혼잣말을 했다. 그러 고는 먼저 작은 황금열쇠를 집어 들고 가 정원으로 이어진 문을 딴 다 음, 버섯을 야금거리기 시작했다. (주머니에 조금 남겨두었더랬다.) 키가 30센티미터쯤 될 때까지 야금거린 후, 앨리스는 작은 통로로 걸어 들어 갔다. 그리고 마침내 그 아름다운 정원에 들어섰다. 화사한 꽃밭과 서늘 한 분수 사이로.

15 빅토리아 시대 아이들이 실제로 풀이나 건초를 채운 낡은 찻주전자 안에 겨울잠쥐를 길렀다는 놀라운 사실을 로저 그린이 일깨워주었다.

16 빠르게 발전하고 있는 '가상현실'이라는 신기술을 구축하기 위해 가장 먼저 쓰인 것 가운데 하나가 바로 미친 티파티를 토대로 한 장면이었다. 피실험자는 컴퓨터 프로그램과 연결된 비디오 스크린이 양쪽 눈에 비치는 고글 헬멧을 쓰고 헤드폰을 낀다. 더해 몸과 손이 어떻게 움직이는지, 그리고 그러한 동작들이 시각적인 장면을 어떻게 변화시키는지를 컴퓨터에 알려주는 광섬유 센서가 장착된 특수복과 장갑을 착용한다. 이렇게 하면 3차원의 인공적인 '공간'에서 보고 움직일 수 있다. 앨리스나 미친 티파티의 다른 캐릭터 역을 맡아 행동할 수 있는 것이다. 장차 기술이 발전하면 캐릭터들과 상호작용도 할 수 있게 될 것이다.[19]

17 『앨리스의 땅속 나라 모험』에 나오는 캐럴의 원작 삽화에는 이 나무의 문을 바라보는 앨리스의 모습이 나온다. 앨리슨 고프너과 앨비 레이 스미스는 「요상한 문: 찰스 도지슨과 이플리 주목朱木」[20]이라는 탁월한 기고문에서 캐럴이 이플리라고 불린 주목을 문 달린 나무의 모델로 사용했음을 입증한다.

이플리 교회 건물과 주목[21]

루이스 캐럴, 1864

여왕의 크로켓 경기장

정원 입구 가까이엔 커다란 장미 나무 한 그루가 서 있었다. 하얀 장미꽃이 피었는데, 정원사 셋이 부랴부랴 하얀 꽃을 빨갛게 칠하고 있었다. 참 요상한 일도 다 있다 생각한 앨리스는 더 가까이 다가가 그들을 지켜보았다. 막 다가갔을 때, 한 명이 말하는 소리가 들렸다.

"조심해, 파이브! 나한테 물감이 튀지 않게 하란 말이야!"

"일부러 그런 게 아냐." 파이브가 부루퉁하니 말했다. "세븐이 내 팔꿈치를 밀쳤어."

그 말에 세븐이 고개를 들며 말했다. "얼씨구! 파이브, 넌 어째 맨날 남 탓만 해!"

"너나 말조심해!" 파이브가 말했다. "여왕님께서 너더러 죽어 마땅하다고 말하는 걸 내가 들은 게 바로 어제야."

"뭣 때문에?" 처음에 소리를 질렀던 이가 말했다.

"투! 남의 일에 상관 마." 세븐이 말했다.

"그래, 그건 투의 일이 아니지." 파이브가 말했다. "그러니 내가 말해 줄 거야. … 그건 말이지, 요리사한테 양파 대신 튤립 알뿌리를 갖다줬

아서 래컴, 1907

해리 라운트리, 1916

기 때문이야."[1]

세븐이 붓을 내동댕이치고는 "아니, 하고많은 부당한 일들 가운데 하필…" 하고 막 말을 이어가던 참에 자기들을 지켜보고 서 있는 앨리스가 우연히 그의 눈에 띄었다. 그는 얼른 자세를 가다듬었다. 다른 이들도 앨리스를 돌아보고는 모두가 낮게 머리를 조아렸다.

"여쭈어볼 게 있는데요." 앨리스는 조금 소심하게 말했다. "왜 장미에 물감을 바르고 있어요?"

파이브와 세븐은 말없이 투를 바라보았다. 투가 나지막이 입을 열었다. "실은, 그러니까, 이것은 **빨간** 장미여야 하기 때문입니다요, 아가씨. 근데 우리가 실수로 하얀 장미를 심은 거예요.[2] 여왕님이 이걸 아시면 우리 모두의 머릴 베어버릴 거라고요. 그래서 아가씨도 보다시피, 우린 여왕님께서 오시기 전에 열심히…"

1 캐럴이 찰스 맥케이의 『비범한 대중적 망상과 군중의 광기』[1]에 나오는, 튤립 마니아에 관한 장에 기술된 사건을 염두에 두고 이 대목을 썼을지도 모른다고 브루스 베번은 썼다. 네덜란드에서 한 영국인 여행자가 양파라고 생각한 희귀종 튤립을 사려고 알뿌리를 집어 들고 껍질을 벗겨보았다. 그것의 가격은 4천 플로린[약 280만 원]에 달했다. 이 영국인 남자는 체포되어 튤립 알뿌리의 주인에게 대가를 치를 때까지 수감되었다.

2 셰익스피어의 『헨리 6세』 1부 2막 4장에서는 여러 백작 간의 다툼을 그리고 있는데, 백작들은 동료 귀족들로부터 붉은 장미나 흰 장미 중 하나를 선택함으로써 리처드 플랜태저넷이나 서머싯 공작 중 어느 줄에 설 것인가를 결정하라는 요청을 받는다. 이는 랭커스터 왕가(문장 상징이 붉은 장미)와 요크 왕가(흰 장미) 사이의 유명한 장미 전쟁을 예고하는 것이다. 서머싯 공작은 이렇게 경고한다. "장미를 꺾을 때 손가락을 찔리지 않도록 조심하라,/ 흰 장미를 빨갛게 칠하지 않도록."

귀네드 허드슨, 1922

엘레너 애벗, 1916

M. L. 커크, 1904

에드윈 J. 프리티, 1923

바로 그 순간, 정원 저편을 걱정스레 바라보고 있던 파이브가 외쳤다. "여왕님이다! 여왕님이야!" 세 정원사는 몸을 던져 넙죽 엎드렸다. 부산한 발소리가 들리자 앨리스는 주위를 두리번거리며 여왕을 찾아보려 했다.

먼저 클럽[3]을 든 열 명의 병사가 다가왔다. 그들은 모두 정원사와 같은 모습이었다. 직사각형에 납작했는데, 모서리에 팔다리가 달려 있었다. 이어 온통 다이아몬드로 장식을 한 열 명의 신하가 다가왔다. 그들도 병사들처럼 둘씩 짝을 지어 걸었다. 그다음에는 왕족 아이들이 왔다. 열 명의 귀여운 아이들은 둘씩 짝을 지은 채 손을 맞잡고 즐겁게 팔짝팔짝 뛰어왔다. 아이들은 모두 하트로 치장하고 있었다. 다음에는 손님들이 왔다. 주로 왕들과 여왕들이었는데, 그들 사이에 하얀 토끼가 있는 걸 앨리스는 알아보았다.

하얀 토끼는 다급하고 불안하게 뭐라고 말을 하다가도 남의 말을 들을 땐 항상 미소를 지었다. 토끼는 앨리스를 알아보지 못하고 지나쳤다. 그리고 이어 나타난 하트의 잭은 진홍 벨벳 방석에 왕관을 얹어 두 손으로 나르고 있었다. 웅장한 이 행렬의 마지막엔 **하트의 왕과 여왕**이 등장했다.[4]

정원사들처럼 넙죽 엎드려야 할지 말지 앨리스는 좀 아리송했지만, 그런 행렬의 규칙 같은 건 들어본 기억이 없었다. "게다가 그게 행렬에 무슨 쓸모가 있담?" 하고 앨리스는 생각했다. "모두가 납작 엎드려야 한다면 행렬을 볼 수가 없잖아?" 앨리스는 그래서 자리에 그냥 선 채 행렬을 기다렸다.

행렬이 앨리스의 맞은편에 이르렀을 때, 모두가 걸음을 멈추고는 앨리스를 바라보았고 여왕은 엄숙하게 말했다. "이것은 누구지?" 여왕이 하트 잭에게 물었는데, 잭은 대답을 못 하고 그저 미소를 띤 채 고개만

3   카드에서 클럽club*은 병사, 스페이드는 정원사, 다이아몬드는 신하, 하트는 열 명의 왕자와 공주다. 얼굴 카드, 곧 J, Q, K는 기사와 여왕과 왕을 나타낸다.** 이번 이야기에서 캐럴이 카드 인간들의 행동과 실제 카드 게임에서의 카드 동작을 얼마나 교묘하게 연계시키고 있는가를 주목하라. 납작 엎드려 등을 보이는 카드 인간들은 실제 카드처럼 그게 어떤 존재인지 알 수 없다. 이들은 쉽게 뒤집힌다. 경기장에서는 아치 모양으로 몸을 구부려 크로켓 기둥문hoop으로 변하기도 한다.

독자 데이브 알렉산더는 피터 뉴얼이 정원사 그림에 스페이드를 하트로 그려 넣은 건 잘못이라고 지적했다.

● 검정 클럽 문양의 카드를 '클로버'라고 하는 것은 틀린 표현이다. 그 문양이 실은 세 잎 클로버가 아니라 'club', 곧 곤봉을 본딴 것이기 때문이다.

●● 프랑스식 트럼프 카드에서는 클럽이 농민, 스페이드(검 혹은 창날)는 기사나 귀족, 하트(원래 잔 또는 성배)는 성직자, 다이아몬드는 상인을 상징한다.

조아렸다.

"바보!" 여왕은 성마르게 고개를 내두르며 말했다. 그러고는 앨리스를 돌아보며 말을 이었다. "이름이 무엇이냐, 애야."

"제 이름은 앨리스입니다, 여왕마마." 앨리스는 아주 정중하게 대답했다. 하지만 혼잣말로 덧붙였다. "그래, 이들은 고작 카드 한 벌일 뿐이야. 겁먹을 거 없어!"

"그럼 저들은 누구지?" 장미 나무 둘레에 엎드린 정원사들을 가리키며 여왕이 물었다. 왜냐하면, 다들 알다시피, 그들은 납작 엎드려 있었기에 등의 무늬가 모든 다른 카드들과 똑같아서 그들이 정원사인지, 병사인지, 신하인지, 아니면 자기 아들딸인지조차 여왕은 알 수 없었기 때문이다.

"그걸 내가 어떻게 알아요? 저들이 누구든 나와 상관도 없는걸요" 하고 말한 앨리스는 자신의 용기에 놀랐다.

여왕은 화가 나서 얼굴이 붉으락푸르락해졌다.[5] 잠시 야수처럼 앨리스를 째려보더니, 비명처럼 소리를 지르기 시작했다. "이것의 머리를 베어라! 베어…"•

"말도 안 돼!" 앨리스가 아주 크게, 똑 부러지게 말하자, 여왕은 냉큼 입을 다물었다,

• 영국은 중세에 잡범은 교수형에 처하고, 귀족은 도끼로 목을 베었다가 18세기 말부터 모두 교수형으로 통일했다. 참수형은 귀족의 체면을 배려한 것이었다. 교수형으로는 바로 죽기도 했지만, 의식을 잃지 않고 최장 15분까지 발버둥을 치며 고통스럽게 죽기도 했다. 이 스트랭글러스 댄스strangler's dance(교살자의 춤)를 군중들은 웃고 떠들며 즐겼다. 캐럴이 세상을 뜰 무렵, 그러니까 19세기 말부터 영국에서는 목뼈가 부러져 바로 사망하게끔 교수형 방법을 바꿨다. 1965년에는 살인범에 대한 사형 선고가 폐지되었고, 1998년에는 마지막 남은 반역죄와 해적행위 사범에 대한 사형 제도도 폐지되었다. 우리나라의 경우 사형은 교수형으로 집행하는데, 1997년 12월 30일(흉악범 23명 처형) 이후 사형이 집행되지 않아 사실상 사형폐지국이 되었다.

4　이 정원 장면을 그린 테니얼의 삽화에 대해서는 마이클 핸처가 훌륭하게 분석한 바 있다. 컬러 삽화에선 코끝이 살짝 붉은 잭(열두 번째 이야기 「앨리스의 증언」 7번 주석을 참고하라)은 잉글랜드의 공식 성 에드워드의 왕관을 나르고 있다. 하트 왕과 하트 잭은, 물론 카드 게임을 토대로 한 것이다. 하트 왕의 왼쪽에는 스페이드 왕과 클럽 왕, 그리고 외눈의 다이아몬드 왕 얼굴이 보이는데, 다이아몬드 왕은 카드와 달리 얼굴이 서쪽[왼쪽]이 아닌 동쪽을 향하고 있다. 하트 여왕은 스페이드 여왕과 같은 무늬의 드레스를 입고 있다. 테니얼은 전통적으로 죽음과 관

『유아용 앨리스』에 실린 존 테니얼의 채색화, 1890

련된 카드와 그녀를 동일시한 것이 아닐까?* 하고 핸처는 묻는다. 멀리 배경으로 보이는 온실의 유리돔**을 주목하라.***

퀴즈: 삽화에서 하얀 토끼는 어디 있을까?

• 삽화에 나오는 하트의 여왕 드레스에 스페이드(창날) 무늬가 있는데, 스페이드의 상징 가운데 하나가 '죽음'이다.

•• 유리돔 역시 죽음을 상징하는 건축 형태이다. -편집자

••• 1830년 런던 서부 사이언 파크에 세워진 온실이 진정한 세계 최초의 유리 온실인데, 삽화처럼 중앙에 유리돔이 있다.

5　캐럴은 「무대 위의 앨리스」에서 이렇게 썼다. "나는 하트의 여왕을 이렇게 상상했다. 일종의 걷잡을 수 없는 열정의 화신, 맹목적인 분노의 화신으로." 그녀의 끊임없는 참수 명령이 현대 아동 문학 비평가들에게는 충격적일 것이다. 청소년 소설은 모든 폭력, 특히 프로이트적인 요소를 지닌 폭력을 일체 배제해야 한다고 생각하기 때문이다. 그러나 안데르센이나 그림 동화에 나타나는 공포를 아주 비범하게 배제하고 있는 L. 프랭크 바움의 『오즈』조차도 많은 참수 장면을 담고 있다. 내가 아는 한 아이들이 그러한 장면에 어떻게 반응하고, 어떤 것이 아이들 정신에 어떤 해를 가하

"다시 생각해보구려, 여보. 고작 아이일 뿐이잖소." 왕이 그런 여왕의 팔에 한 손을 얹고 소심하게 말했다.

여왕은 샐쭉 토라져서 왕에게서 몸을 홱 돌리고는 잭에게 말했다. "저것들을 뒤집어라!"

잭은 조심스레 한 발로 정원사들을 뒤집었다.

"일어나!" 여왕이 째지는 목소리로 버럭 소리를 지르자, 세 정원사가 그 즉시 벌떡 일어나 절을 하기 시작했다. 왕과 여왕, 왕실의 아이들, 그리고 다른 모든 이에게.

"절은 작작 좀 해라!" 여왕이 빽 소리를 질렀다. "현기증이 날 정도니까 말이다." 그러고는 다시 장미 나무를 향해 돌아서 말했다. "너희는 여기서 무엇을 하고 있었느냐?"

"삼가 아뢰옵나이다, 여왕마마" 하고는 투가 아주 겸손하게 말하며, 한쪽 무릎을 꿇었다. "다름 아니라 저희는…."

"알만 하구나!" 그 사이 장미를 다 살펴본 여왕이 말했다. "저것들의 머리를 베어라!" 그리고 행렬은 다시 계속되었고, 병사 셋만 불운한 정원사들을 처형하려 남았다. 정원사들은 구해달라며 앨리스에게 쪼르르 달려왔다.

"머리를 베여선 안 돼!" 하고 말한 앨리스는 근처에 놓인 커다란 화분에 셋을 집어넣었다.

병사 셋은 1, 2분쯤 주위를 돌아다니며 정원사들을 찾다가 말없이 다른 이들을 뒤따라 행진했다.

"머리가 떨어졌느냐?" 여왕이 외쳤다.

"머리가 사라졌다고, 삼가 아뢰옵나이다, 여왕마마!" 병사들이 우렁차게 대답했다.

"옳지!" 여왕이 외쳤다. "그런데 너는 크로켓을 할 줄 아느냐?"

는지에 대한 경험적인 연구는 이루어지지 않았다. 내 추측으로 정상적인 아이들이라면 이 모든 것을 매우 재미있게 여기고 정신적으로 조금도 손상되지 않을 것이다. 하지만 『이상한 나라의 앨리스』와 『오즈의 마법사』 같은 책들은 정신분석을 받고 있는 성인들에게 무분별하게 유통되어서는 안 된다고 본다.

『유아용 앨리스』에 실린 테니얼의 이 장면 삽화에서, 여왕의 얼굴은 밝은 빨간색이다. 클레어 임홀츠는 이렇게 주석을 달았다. "캐럴은 『유아용 앨리스』에서 여왕이 매우 화가 난 것처럼 보인다고 강조했지만, 여왕의 얼굴이 너무 빨갛다는 이유에서 1만 부 초판 시안을 거부한 바 있다. 1889년 6월 23일 맥밀런 출판사에 보낸 편지에서 캐럴은 이렇게 말한다. "너무나 실망스러워서 『유아용 앨리스』 출판을 크리스마스 때까지 연기할 수밖에 없지만, 그것은 꼭 필요한 일입니다. 그 삽화는 너무 밝고 화려해서 전체적으로 저속해 보입니다. '잉글랜드에서 그런 것은 단 한 권도 팔아서는 안 됩니다.' 지금 내 명성이 얼마나 되는지는 몰라도, 그걸 팔아서는 그 명성을 추락시키게 될 것입니다. 나로서는 대중을 위해 할 수 있는 최선을 다해야 한다는 점에서 에번스 씨(컬러 인쇄공)는 예전 테니얼의 채색 삽화대로 1만 부를 인쇄해야 합니다. 그리고 이번에는 모든 교정쇄를 내가 미리 보아야겠습니다. 그런 다음에야 비로소 출판에 적합한 책을 펴내게 될 겁니다. … 44쪽의 삽화[앨리스를 손가락으로 가리키는 여왕 그림] 하나만으로도 책 전체를 망치고야 말 겁니다!"

윌리 포거니, 1929

병사들은 입을 다물고 앨리스를 바라보았다. 그 질문은 분명 앨리스를 향한 것이었기 때문이다.

"네!" 하고 앨리스가 외쳤다.

"그럼, 썩 이리 오너라!" 여왕이 으르렁거리듯 말했다. 다음에 무슨 일이 일어날지 너무나 궁금해하며 앨리스는 행렬에 끼어들었다.

"오늘… 오늘은 날씨가 정말 좋네." 앨리스 옆에서 소심한 목소리가 들려왔다. 보니, 하얀 토끼가 옆에서 함께 걸으며 앨리스의 얼굴을 걱정스레 힐끗거리고 있었다.

"정말 그러네요. 근데 여공작은 어디 있어요?" 앨리스가 말했다.

"쉬! 쉿!" 토끼가 다급하게 나지막이 말했다. 그러면서 제 어깨너머로 걱정스레 뒤를 살폈다. 그러고는 까치발로 서서 앨리스의 귀에 입을 바투 대고 소곤거렸다. "여공작은 사형 선고를 받았어."

"무엇 때문에요What for?" 앨리스가 말했다.

"너무 딱해요What a pity!'라고 방금 말한 거야?" 토끼가 물었다.

"아니요." 앨리스가 말했다. "딱하다곤 생각지 않아요. 제 말은 그게 무엇 때문이냐고요."

"여공작이 여왕님의 양쪽 귀싸대기를 날렸어…." 토끼가 대답했다. 앨리스는 쿡 웃음을 터트렸다. "앗, 쉿!" 토끼가 놀라 소곤거렸다. "여왕님이 듣겠어! 그러니까 여공작이 좀 늦게 왔거든. 그래서 여왕님이 말씀하시길…."

"다들 제자리로!" 여왕이 우레같이 외치자, 모두가 사방으로 흩어져 달리기 시작했다. 서로 부딪쳐 나동그라지기 일쑤였지만, 1, 2분 후 다들 크로켓 경기장에 자리를 잡았고, 경기가 시작되었다.

앨리스는 평생 이렇게 요상한 크로켓 경기장은 본 적 없단 생각이 들었다.

피터 뉴얼, 1901

M. L. 커크, 1904

찰스 피어스, 1908

마거릿 태런트, 1916

거트루드 케이, 1923

경기장은 밭고랑과 이랑처럼 온통 들쑥날쑥한 데다, 크로켓 공은 살아 있는 고슴도치였고, 망치는 살아 있는 홍학[6]이었다. 그리고 기둥 문으로 쓰인 병사들은 원산폭격을 해야 했다.

앨리스에게 가장 어려운 것은 홍학을 다루는 것이었다. 홍학의 몸통은 겨드랑이에 끼우고 다리는 아래로 늘어뜨려 제법 편안한 자세를 잡는 데는 성공했다. 그러나 홍학의 목을 반듯하게 펴서 홍학 머리로 고슴도치를 치려고만 하면, 홍학이 고개를 번쩍 들고 어리둥절한 얼굴로 앨리스를 쳐다보곤 했다. 그런 홍학을 보면 웃음을 참을 수가 없었다. 한편, 다시 홍학의 머리를 낮추어 고슴도치를 치려고 하면, 고슴도치가 공처럼 말았던 몸을 풀고 슬금슬금 꽁무니를 뺐다. 그건 정말 약 오르는 일이었다. 그런 것들 말고도, 고슴도치를 굴려 보내고 싶은 곳 어디든 고랑과 이랑이 가로막고 있었다. 원산폭격을 하고 있는 병사들은 또 걸핏하면 벌떡 일어나 다른 곳으로 자리를 옮기곤 했다. 그러니 정말 어려운 경기라는 결론에 이를 수밖에.

크로켓 선수들 모두는 자기 차례를 기다리지도 않고 한꺼번에 나서선 내내 티격태격하며 고슴도치를 차지하려고 싸웠다. 여왕은 시도 때도 없이 불타올라, 발을 구르며 이리저리 왔다 갔다 하면서 1분에 한 번 꼴로 "저 녀석의 머리를 베어라!" 아니면 "저 여자의 머리를 베어라!" 고래고래 소리를 질러댔다.

앨리스는 뜨악한 기분이 들기 시작했다. 아직까지 여왕과

6　원작『앨리스의 땅속 나라 모험』에서는 텍스트나 캐럴의 삽화 모두 홍학이 아닌 타조가 크로켓 망치로 쓰인다.

캐럴은 다들 잘 아는 게임을 새롭고 특이하게 하는 방법을 고안하는 데 많은 시간을 들였다. 그가 개인적으로 인쇄한 200여 종의 팸플릿 중 20여 개만 창작 게임을 다룬 것이다. 그가 리들 자매와 자주 했던 복잡한 게임인 캐슬 크로켓Castle Croquet 규칙은 그의 다른 게임 팸플릿들과 함께 재판을 찍었는데, 이에 대해서는『손수건 한 장 속의 우주: 루이스 캐럴의 수학 레크리에이션과 게임, 퍼즐, 낱말 놀이들』[2]을 참조하라.

마거릿 태런트, 1916

W. H. 로메인 워커. 1907

해리 라운트리, 1916

블랑슈 맥마누스, 1899

M. L. 커크, 1904

어떤 입씨름을 해보지는 않았지만, 두말할 나위 없이, 그런 일이 언제라도 일어날 수 있다는 것을 알고 있었기 때문이다. "그런 일이 일어나면" 하고 앨리스는 생각했다. "나는 어떻게 될까? 이곳 사람들은 머리 베는 걸 끔찍하게 좋아해. 너무나 놀라운 것은 누구나 살아 있다는 거야!"• 앨리스는 어떻게든 탈출할 방법을 궁리하기 시작했다.

앨리스가 '눈치채지 못하게 달아날 수 있을까?' 하고 고개를 갸웃거릴 때였다. 공중에 요상한 모습이 나타난 게 보였다. 처음에는 그게 뭔지 몰라 어리둥절했지만, 1, 2분 지켜보고는 그것이 미소라는 것을 알아차린 앨리스는 혼잣말을 했다. "체셔 고양이다. 이제야 말 상대가 생기겠네."

"어떻게 지내?" 입이 나타나자마자 고양이가 말했다.

앨리스는 눈이 나타날 때까지 기다렸다가 고개를 끄덕였다. "말은 해봐야 소용없어. 아직 귀가 없거든" 하고 앨리스는 생각했다. "한쪽 귀라도 나타나야 말을 하지." 다시 1분이 지나자 머리 전체가 나타났다. 그러자 앨리스는 홍학을 내려놓고, 경기에 대해 따따부따 불평을 늘어놓기 시작했다. 누구든 자기 말에 귀를 기울여줄 상대가 생긴 것이 무척이나 반가워서였다. 고양이는 이만큼 보이면 충분하다고 생각했는지, 머리 말고 더는 모습을 드러내지 않았다.

"경기가 전혀 공정하지 않은 것 같아요." 앨리스는 투덜댔다. "그리고

• the great wonder is, that there's any one left alive!: any는 every의 뜻으로 이 문장의 의미는 누군가는 살아남았다는 게 아니라, 누구나 살아 있다는 것이 너무나 놀랍다는 것이다. 다른 영문 용례로 'any child can do it'이라고 하면 아이들 누구나 할 수 있다는 뜻. 카드 나라의 백성은 참수형을 당해 죽는 이가 아무도 없다. 그렇긴 하지만 루이스 캐럴은 어린이 이야기에서 걸핏하면 "머리를 베어라!"라는 흉악한 말을 대체 왜 쓴 것일까? 혹은 왜 써야만 했을까? (줄잡아 20번은 나온다).
이 옮긴이 주를 쓰고 나서 다음 장을 번역하다가 비로소 여왕이 왜 끊임없이 "머리를 베어라!" 하고 외쳐야만 하는지 그 내적 이유를 알 수 있었다. 아홉 번째 이야기 「짝퉁거북 이야기」의 320쪽 옮긴이 주를 참고하라.

해리 퍼니스, 1908

찰스 로빈슨, 1907

찰스 로빈슨, 1907

다들 얼마나 티격태격하는지, 자기 말소리도 들리지 않을 정도라니까요. 게다가 무슨 규칙도 없는 것 같아요. 혹시 있다고 해도 아무도 지키질 않아요. 더더구나 모든 게 살아 있어서 얼마나 혼란스러운지 몰라요. 예를 들어 내가 통과해야 할 기둥 문이 앞에 있었는데, 경기장 반대편으로 문이 걸어가 버리는 거예요."

마거릿 태런트, 1916

"여왕은 마음에 들어?" 고양이가 나지막이 물었다.

"전혀요." 앨리스가 말했다. "여왕님이 너무나…." 바로 그때, 앨리스는 여왕이 자기 바로 뒤에서 귀를 기울이고 있다는 것을 알아차렸다. 그래서 이어 말했다. "이길 가능성이 높아서, 경기를 끝까지 하나 마나예요."

여왕은 빙그레 웃으며 지나갔다.

"너 누구한테 말하고 있는 거냐?" 왕이 앨리스에게 다가와 말하고는 호기심 가득한 눈으로 고양이 머리를 바라보았다.

"제 친구예요, 체셔 고양이죠." 앨리스가 말했다. "소개시켜드릴까요?"

"저런 고양이 모습은 전혀 좋아하지 않는다만. 저것이 원한다면, 내 손에 입을 맞춰도 되느니라" 하고 왕이 말했다.

"차라리 안 하고 말지." 고양이가 딱 잘라 말했다.

"방자하게 굴지 말렷다." 왕이 말했다. "짐을 그렇게 바라보지도 말렷다!" 하고 말하며 왕은 앨리스 뒤에 몸을 숨겼다.

"고양이도 왕을 볼 순 있어요." 앨리스가 말했다. "그런 말을 어떤 책

마일로 윈터, 1916

에서 봤는데, 무슨 책인지는 생각나지 않네요."[7]

"고얀지고! 저것을 없애버려야겠다." 왕이 아주 단호하게 말했다. 그러고는 마침 지나가던 여왕을 불렀다. "여보! 당신이 이 고양이를 없애버렸으면 좋겠소."

크든 작든 여왕이 모든 문제를 해결하는 방법은 딱 하나였다. "저 녀석 머리를 베어라!" 여왕은 주위를 둘러보지도 않고 말했다.

"내가 직접 망나니를 데려오겠어." 왕은 씩씩하게 말하고는 서둘러 떠났다.

앨리스는 다시 돌아가 경기가 어떻게 진행되고 있는지 알아보는 게 좋겠다는 생각이 들었다. 때마침 멀리서 열렬히 질러대는 여왕의 날카로운 목소리가 들려와서였다. 자기 차례를 놓친 세 명에게 여왕이 처형 선고를 내린 것을 이미 들은 적이 있기도 했다. 그런데 가 보니 경기는 누구 차례인지 모를 만큼 난장판이었고, 앨리스는 그런 꼴을 지켜볼 마음이 조금도 없었다. 그래서 제 고슴도치나 찾으러 갔다.

앨리스의 고슴도치는 다른 고슴도치와 싸우고 있었다. 이건 둘 중 아무거나 하나를 골라잡아 경기를 할 절호의 기회였다. 하지만 골칫거리가 하나 있었다. 홍학이 정원 반대쪽에 가 있었는데, 보아하니 나무 위로 날아오르려 버둥거리는 중이었다.

앨리스가 홍학을 붙잡아 데려왔을 땐 고슴도치들이 싸움을 끝내고 사라진 뒤였다. "하지만 상관없어. 어차피 이쪽 기둥 문도 다 사라졌잖아" 하고 생각한 앨리스는 다시 도망치지 못하도록 홍학을 겨드랑이에 끼고, 이야기를 좀 더 나누려 친구에게 돌아갔다. 체셔 고양이에게 돌아왔을 때, 고양이 주위에 사람들이 와글와글 모여 있는 것을 본 앨리스는 깜짝 놀랐다. 망나니와 왕과 여왕이 동시에 뭐라고 떠들어댔는데, 나머지는 입을 꼭 다문 채 안절부절못하고 있었다.[8]

7   『원더랜드의 화가』의 저자인 프랭키 모리스는 《재버워키》(1985 가을)에서 앨리스가 읽은 책은 영국 왕들을 통렬하게 공격한 아치볼드 웰던 경의 저서『어떤 고양이라도 왕을 쳐다볼 수 있다』[3]일 거라고 주장한다. "어떤 고양이라도 왕을 쳐다볼 수 있다"라는 말은 흔히 쓰이는 속담으로, 아랫사람이라도 윗사람에게 모종의 권리를 지니고 있음을 뜻한다.

8   이 장면 삽화에서 테니얼이 망나니executioner를 클럽 에이스로 설정한 것은 적절한 것으로 보인다.•

● 클럽이 무기와 죽음을 상징하고, 에이스는 가장 강력한 패이기 때문이다. 하지만 다음 이야기「짝퉁거북 이야기」의 320쪽 옮긴이 주에서 설명했듯이 패러독스 때문에 망나니는 아무의 목도 베지 않았고, 베지도 못한다. 그러니 망나니를 어릿광대 조커 카드로 설정했어도 적절했을 것이다.

마거릿 태런트, 1916

마거릿 태런트, 1916

귀네드 허드슨, 1922

조지 소퍼, 1911

앨리스가 나타난 순간, 세 사람 모두가 문제를 해결해달라고 앨리스에게 호소하면서, 자기 말이 옳다고 계속 티격태격했다. 하지만 셋이 동시에 떠들어대서, 앨리스는 그들이 무슨 말을 하는지 알아듣는 데 애를 먹었다.

망나니의 주장은 딸린 몸통이 없는데 어떻게 머리를 베냐는 것이었다. 망나니는 전에 그런 일을 해야만 했던 적이 한 번도 없었다. 또 그는 나이가 몇인데, 이제 와서 그런 일을 새로 맡을 수는 없다고도 했다.

왕의 주장은 머리가 있는 것이라면 뭐든 머리를 벨 수 있으니, 말도 안 되는 난센스는 집어치우라는 것이었다.

여왕의 주장은 무슨 일이든 당장 하지 않으면 모두 다 머리를 베어버리겠다는 것이었다. 주위의 모든 사람을 말이다. (이 마지막 발언 때문에 무리 모두가 부들부들 떨고 있었다.)

앨리스는 뾰족하게 할 말이 생각나지 않아 이렇게만 말했다. "저건 여공작의 고양이예요. 이 일은 그분께 물어보는 게 좋겠네요."

"여공작은 감옥에 있다. 이리 데려와라." 여왕이 망나니에게 말했다. 그 말에 망나니는 쏜살같이 떠났다. 그가 떠나는 순간, 고양이 머리가 희미하게 사라지기 시작했는데, 여공작을 데리고 돌아왔을 무렵엔 완전히 사라진 뒤였다. 그래서 왕과 망나니는 고양이를 찾아 펄쩍펄쩍 뛰어다녔고, 나머지는 다시 크로켓 경기를 시작했다.

메리 시브리, 1880
케이트 프라일리그라트 크뢰커의 『아이들을 위한 앨리스와 다른 요정 이야기』[4] 권두
삽화로, 이는 테니얼이 아닌 다른 화가가 원더랜드 캐릭터를 그려 출판한 최초의 책
이다.

아홉 번째 이야기

짝퉁거북 이야기

"다시 보니 얼마나 반가운지 넌 모를 거야, 요 귀여운 것아!" 여공작
은 그렇게 말하며 다정하게 앨리스의 팔짱을 끼고 함께 자리를 떴다.

앨리스는 여공작이 기분이 좋은 걸 보니 무척 반가웠다. 부엌에서 만
났을 때는 그저 후추 때문에 그토록 야만스러웠을 거라는 생각이 들
었다.

"내가 여공작이라면" 하고 (하지만 그럴 리는 없다는 말투로) 앨리스
는 혼잣말을 했다. "내 부엌에 후추는 한 톨도 두지 않을 거야. 수프는
후추를 안 쳐도 돼. 다들 걸핏하면 화를 내는 것도 아마 후추 때문일
거야." 새로운 규칙을 발견한 앨리스는 방글방글 웃으며 혼잣말을 계속
했다. "식초 때문에 다들 시큼털털해지고, 카밀러¹ 때문에 다들 오만상
을 찌푸리고, 그리고… 보리사탕² 같은 거라면 아이들도 마음이 보들보
들해지지. 다들 **그걸** 좀 알았으면 좋겠어. 그러면 사탕 가지고 그렇게들
짜게 굴지 않을 텐데 말이야, 그치?"

잠시 여공작을 까맣게 잊고 있던 앨리스는 갑자기 여공작이 귀에 바
투 대고 말을 하는 바람에 흠칫 놀랐다. "얘, 너 지금 나랑 얘기하는 것

1　카밀러Camomile는 동명의 식물에서 추출한 매우 쓴 약으로, 빅토리아 시대 잉글랜드에서 널리 사용되었다.

2　보리사탕barley sugar은 잘 부서지는 반투명한 사탕으로, 잉글랜드에서 지금도 판매되고 있다. 과거에는 사탕수수당을 보리 혼합물에 넣고 끓여 만들었다.

A. E. 잭슨, 1914

귀네드 허드슨, 1922

해리 라운트리, 1916

도 잊고 무슨 생각을 그리하는 거야? 당장은 그에 마땅한 교훈을 내려줄 수 없지만, 곧 생각날 거야."

"교훈이랄 게 있겠어요?" 앨리스가 대담하게 말했다.

"쯧쯧, 얘야!" 여공작이 말했다. "모든 것엔 교훈이 깃들어 있단다. 찾아낼 수만 있다면 말이지."[3] 그렇게 말하며 여공작은 앨리스에게 몸을 더 밀착시켰다.

앨리스는 여공작이 바투 붙어 있는 게 썩 내키지 않았다. 무엇보다도 여공작이 너무 못생겼기 때문이다. 둘째로는, 여공작의 키가 하필 앨리스의 어깨에 턱을 걸쳐놓기에 안성맞춤이어서, 뾰족한 턱이 어깨를 콕콕 찔러댔기 때문이다. 하지만 무례하게 굴고 싶지는 않아 앨리스는 꾹 참아냈다.

"이제 크로켓 경기가 좀 볼 만하네요." 앨리스가 얘기를 이어가려 했다.

"그렇군." 여공작이 말했다. "저 경기의 교훈은… 그래, '사랑이여, 사랑이여, 세상을 돌아가게 하는 것이여!'"[4]

"누구[5]는 또 이렇게 말하던데요?" 앨리스가 소곤거렸다. "모두가 자기 일에만 신경을 쓰면 세상이 휙휙 잘 돌아갈 거라고요!"

"아, 그래! 그게 다 같은 의미야" 하고 여공작이 뾰족한 턱으로 앨리스의 어깨를 콕콕 찔러대며 말했다. "그 말의 교훈은 또 이런 거지, '의미에 신경을 써라, 그러면 소리는 저절로 따라올 것이다.'"[6]

"교훈 찾아내기를 정말 좋아하시네" 하고 앨리스는 생각했다.

"아마 너는 지금 내가 왜 네 허리를 껴안지 않는지 궁금해하고 있을 거야." 여공작이 말하고는 잠시 뜸을 들인 후 이어 말했다. "이유가 뭐냐면, 네 홍학의 성질머리가 미덥지 않아서야. 어디 한번 시험해볼까?"

"물지도 몰라요." 앨리스는 걱정스레 대답했지만, 제발 시험해봤으면

3　M. J. C. 호자트는 찰스 디킨스의
소설『돔비와 아들』제2장에 나오는
다음과 같은 발언을 내게 일깨워
주었다. "모든 것에는 교훈이
있다, 우리가 그것을 이용할 수만 있다
면." 제임스 킨케이드 교수는 배리 모저
가 삽화를 그린 1983년 문고판『거울
나라의 앨리스』주석에서 캐럴의 전공
논문『옥스퍼드, 크라이스트처치의
새 종탑』에 나오는 다음 발언을 인
용한다. "찾고자만 한다면 모든 것
에 교훈이 담겨 있다. 워즈워스의 경
우 모든 시의 상당 부분이 교훈
에 할애되어 있다. 바이런의 경우
에는 그보다 좀 적고, 터퍼*는 전
부가 교훈이다."

● 마틴 파콰 터퍼Martin Farquhar
Tupper(1810~1889)는 영국의 시
인이자 작가로『속담 철학』의 저자다.

4　당시 유행한 프랑스 노래에 "C'est l'amour, l'amour, l'amour/ Qui fait le
mond à la ronde(그것은 사랑, 사랑, 사랑/ 세상을 움직이는 것은)"이라는 가사가 들어
있지만, 오래된 영국 노래인「사랑의 새벽」첫 줄을 여공작이 인용하고 있다고 로저
그린은 생각한다. 그러면서 그린은 단테의『신곡』「천국편」말미에 나오는 문장*을 주
목하라고 말한다.
"세상을 돌아가게 하는 것은 사랑이란다, 애야"라고 디킨스는 썼다.[1] 영문학에는 사
랑에 관한 이런 표현이 물론 한없이 많다.
● "하늘의 태양과 모든 별들을 움직이는 것은 사랑."(단테,『신곡』「천국편」)

5　'누구'는 물론 여공작이다. 여섯 번째 이야기「돼지와 후추」에 이 비슷한 말이
나온다.

6　Take care of the sense, and the sounds will take care of themselves: 센스
와 사운드에 관한 이 말이 펜스와 파운드에 관한 다음의 영국 속담을 기발하게 바꾼

해리 라운트리, 1916

좋겠다는 심정이었다.

"맞는 말이야." 여공작이 말했다. "홍학도 물지만bite, 겨자도 그래. 톡 쏘거든bite. 이 경우 교훈은, '끼리끼리 논다'는 거야. 깃털이 같은 새들끼리 모인다는 말이랄까."

"겨자는 새가 아닌데요?" 앨리스가 똑 부러지게 말했다.

"역시 맞는 말이야." 여공작이 말했다. "너는 참 명쾌하게 문제를 바로잡는구나!"

"겨자는 광물이죠, 아마?" 앨리스가 말했다.

"물론이지." 앨리스가 한 말이면 뭐든 옳다고 맞장구칠 준비가 된 것처럼 여공작이 말했다. "이곳에 큰 겨자 광산mine이 있단다. 여기서 캐낼 수 있는 교훈은 이런 거야. '내 것mine이 많을수록 남의 것은 적다.'"[7]

"아, 알았다!" 여공작의 말을 귓등으로 흘려버리고 앨리스가 외쳤다. "겨자는 식물이에요.[8] 식물처럼 보이지 않지만 식물이죠."

것이라는 사실을 알아차릴 미국 독자는 거의 없을 것이다. "펜스를 알뜰히 여기면, 파운드가 저절로 따라올 것이다Take care of the pence and the pounds will take care of themselves."[티끌 모아 태산] 산문을 쓸 때는 물론이고 시를 쓸 때도 따라야 할 좋은 규칙으로 때로 여공작의 이 말이 인용되기도 하지만, 그건 물론 허튼소리다.•

• 여공작의 이 유명한 언어유희는 자기가 말하고자 하는 것이 무엇인지를 알면 그에 알맞은 표현이 저절로 이루어진다는 뜻이다. 이는 분명 말도 안 되는 소리nonsense고, 당연히 글쓰기에 적용할 수 없는 규칙이다. 여공작의 언어유희는 sense를 말하는 nonsense라는 점에서 패러독스가 된다.

하지만 그 의미가 너무나 미묘하고, 너무나 깊을 경우에는 또 달라진다. 비트겐슈타인은 『논리철학 논고』에서 "[그 의미는 알아도] 말할 수 없는 것에 대해서는 침묵해야 한다What we cannot speak about we must pass over in silence"라고 말하면서도 그 말할 수 없는 것에 대해 말을 한다. 그러고는 자기 말은 허튼소리니, 뜻을 이해했으면 자기 말을 버리라고 한다. 표현이 아니라 의미에 신경을 쓰라는 여공작처럼. 그리고 "강을 건넜으면 뗏목을 버려라"라는 부처의 말처럼.

"달마가 서쪽에서 온 뜻은 무엇입니까?"라는 질문에 대해 조주선사는 이렇게 답했다. "대문니에 터럭이 난 거지(판치생모板齒生毛)." 이는 허튼소리지만 허튼소리가 아니다. 또 이렇게도 답했다. "그건 저 뜰 앞에 잣나무니라(정전백수자庭前栢樹子)." 운문선사는 "부처는 무엇인가"라는 질문에 대해 이렇게 답했다. "부처는 마른 똥막대기다(건요궐乾屎厥)." 똥막대기는 당시 밑 닦을 때 쓰던 것이다. 표현은 아랑곳하지 말고 의미에 신경을 쓰라는 여공작의 언어유희(허튼소리)는 선문답 차원에서 결코 허튼소리가 아니라는 점에서 이중의 패러독스다. 난센스는 단지 난센스가 아니다.

7　　이 격언은 캐럴이 창작한 것 같다. 이것은 현대 게임 이론에서 2인 제로섬 게임이라고 불리는 것이다. 포커는 여러 명의 제로섬 게임이다. 총이익이 총손실과 같으니까.

8　　앨리스의 말은 동물(새)에서 광물로, 그리고 식물로 옮겨왔다. 독자 제인 파커는 편지로, 이것은 빅토리아 시대의 인기 있는 실내 게임 '동물, 식물, 광물' 스무고개를 언급한 것임을 알려주었다. 이 게임은 출제자가 무엇을 생각하고 있는지 추리하는 놀이다. 첫 단계는 전통적으로 그것이 동물인가, 식물인가, 광물인가?에 대한 물음으로 시작한다. 이후 질문에 대한 대답은 예, 아니오로만 한다. 20개 이하의 질문으로 정확하게 답을 맞히는 것이 놀이의 목표다. 이 스무고개에 대한 더 명확한 언급이 『거울 나라의 앨리스』 일곱 번째 이야기 「사자와 유니콘」에(666쪽) 나온다.

"완전 동감이야." 여공작이 말했다. "그럼 이 경우의 교훈은 이거야. '같고자 하는 것 같은 존재가 되어라.' 이걸 더 간단히 말하자면 이런 소리야. '네가 무엇이었는지 혹은 무엇이었음 직했는지가 실제로 무엇이었는지와 다르지 않았을지라도 그 실제가 남들에게는 달리 보였을 것이므로 네가 지금 남들에게 나타나 보일 법한 모습이 실제의 너 자신과 다르지 않을 거라고는 상상도 하지 마라.'"[9]

"더 잘 이해할 것도 같아요, 제가 글로 받아썼다면 말예요." 앨리스는 아주 정

엘레너 애벗, 1916

중히 말했다. "하지만 지금은 무슨 말인지 잘 모르겠어요."

"이 정도 교훈은 새 발의 피야. 내가 마음만 먹으면 좔좔 쏟아낼 수 있는 것들에 비하면 말이다." 여공작이 아주 흐뭇한 어조로 대꾸했다.

"부디 더 쏟아내려고 애쓰진 마세요." 앨리스가 말했다.

"이런, 애를 쓰긴 무슨!" 여공작이 말했다. "내가 여태 말한 모든 것을 너에게 선물로 주마."

"그런 저렴한 선물을!" 앨리스는 생각했다. "사람들이 교훈을 생일 선

9 간단히 말하겠다는 여공작의 말은 딱히 간단하지 않다. 그러나 그녀의 장황한 말은 그저 "Be yourself(있는 그대로 너 자신을 보여줘/평소 하던 대로 해)"라는 간단한 뜻이다.

● 영어권에서조차 이 교훈(속담)을 오해하는 것 같다. 게다가 '더 간단히more simply' 설명한 것도 쉽게 이해되고 있지 않은 듯하다. 그래서 캐럴이 또 이죽거리며 이 속담에 대한 오해를(사람들 뇌리에 잘못 박힌 교훈을) 장황한 완곡어법으로 돌려 까고 싶었음 직하다.

중세 속담인 여공작의 이 말은 예컨대 "고결해 보이는 유일한 길은 고결해지는 것이다"라는 식으로 오독하기 쉽다(옮긴이가 검색해본 영문 사이트에서 다들 그렇게 풀이하고 있다). "같고자 하는 존재가 되어라"라고 단순하게 이해하면 그렇게 오독하게 된다. 백범 김구 같고자 하면 백범 김구가 되어라? 그것은 불가능하다. 백범 같아 보이고자 한다면 백범이 되는 게 아니라, 백범 같아 보이는 존재가 되어라! 다시 말해, 고결해

보이고 싶으면 고결해 보이는 존재가 되라는 뜻이다. 이것은 실제로 고결해지는 것과 전혀 다른 차원이다. 이 속담은 고매한 교훈이 아니라 어찌 보면 비열한, 혹은 냉정한 현실적 처세술이다.

뒤이어 나오는 여공작의 복잡한 말은 부정을 중첩시키는 완곡어법과 장황한 문장으로 일부러 헷갈리게 설명함으로써 이 속담에 대한 몰이해를 풍자한다. 풀이를 잘 새겨 읽으면, 그 복잡함은 실제로 위 속담에 대한 오해를 간단히 풀어준다. 복잡한 것이 간단하다고 여공작은 말한다! 이것은 패러독스 중에서도 모순어법oxymoron이라고 한다.

앨리스 B. 우드워드, 1913

물로 주지 않아 천만다행이야!" 하지만 앨리스는 감히 그 생각을 입 밖에 꺼내진 못했다.

"또 생각에 빠졌어?" 여공작이 또 뾰족한 턱으로 콕콕대며 물었다.

"저도 생각할 권리가 있다고요." 앨리스는 뾰족하게 말했다. 슬슬 교훈이 걱정되었기 때문이다.

"아하, 돼지들도 훨훨 날아야 할 만큼의 권리에 대해서라면"[10] 하고 여공작이 말했다. "이 경우의 ㄱ…."

순간 앨리스는 깜짝 놀랐다. 여공작이 가장 좋아하는 낱말인 '교훈'의 '교'자도 꺼내지 못하고, 팔짱을 끼고 있던 팔을 부들부들 떨었기 때문이다. 앨리스가 고개를 들어보니, 여왕이 팔짱을 끼고 서서 당장 우레가 칠 것처럼 낯을 찡그리고 있었다.

"화창한 날씨로군요, 여왕마마!" 여공작이 나지막하고 가녀린 음성으로 말했다.

"이제, 마지막 기회를 주겠다." 여왕이 쿵 하고 발을 구르며 버럭 외쳤다. "너 아니면 네 머리가 사라져야 한다. 영(0)의 반 시간 안에 시행할 테니, 선택하라!"

여공작은 선택을 했고, 순식간에 사라졌다.

"경기를 계속하러 가자꾸나." 여왕이 앨리스에게 말했다. 앨리스는 말문이 막힐 정도로 몹시 놀랐지만, 그래도 천천히 여왕을 뒤따라 경기장으로 갔다.

손님들은 여왕이 없는 틈을 노려 그늘에서 쉬고 있었다. 하지만 여왕을 보는 순간 허둥지둥 다시 경기를 시작했다. 여왕은 그저 잠시만 우물쭈물해도 목숨으로 대가를 치를 거라고 쏘아붙였을 뿐이다.

경기를 하는 내내 여왕은 다른 선수들에게 쉼 없이 시비를 걸어대며 줄기차게 외쳤다. "저 녀석의 머리를 베어라!" 아니면 "저 여자의 머리를 네가 과거에 실제로 무엇이었든 남들에게는 달리 보였을 것이다. 이를테면 과거에 사기꾼이었어도 남들은 사기꾼으로 보지 않았을 것이다. 그러므로 이제 와서 네가 아무리 고결하다 한들, 남들한테 고결하게 보이리라고는 꿈도 꾸지 마라. "Be yourself!" 그러면 남들이 알아봐 줄 거라고? 상상도 하지 마라. 있는 그대로 너 자신을 보여주어서는 겨자가 광물로 보일 수 있다(앨리스의 말처럼, 식물처럼 보이지 않는 겨자가 있는 그대로 자신을 보여준들 무엇으로 보이겠는가?).

혹시 오해할까 덧붙여 말하면, 그렇다고 해서 루이스 캐럴이 겉 다르고 속 다른 인간이 되라고 말하는 것은 아니다. 이것은 여공작의 말이다. 여공작은 줄기차게 새로운 교훈을 캐낸다. 그런데 이 대목에서 여공작은 고매한 교훈을 절묘하게 유린하는 교훈을 말함으로써 스스로 패러독스에 빠진다. 이것은 패러독스 중에서도 자가당착 self-contradiction이라고 한다(자가당착自家撞着: 자기 집을 발로 차서 무너뜨림. 모순당착/자기모순). 그래서 이후 'moral(교훈)'의 'mo(교)'자도 꺼내지 못하게 되고, 끝내 원더랜드에서 사라진다.

앞서 말했듯, 여공작은 아마 캐럴 당시 상류층을 풍자하는 인물일 것이다. 혐오스러운 민낯으로 아동학대를 일삼는 존재지만, 그들은 gentle이라는 가면을 쓴 채 gentle하라는 교훈을 남발했다. 캐럴의 교훈 혐오증은 거기서 유래했을 것이다.

10 돼지의 날개에 대한 언급이 『거울 나라의 앨리스』 네 번째 이야기 「트위들덤과 트위들디」 중 트위들디의 노래에 나온다. 스코틀랜드 속담에 이런 것이 있다. "돼지도 날지 못하란 법은 없지만, 그러기야 하겠어."『스나크 사냥』에서 헨리 홀리데이가 그린 비버의 수업 삽화에 날개 달린 돼지가 나온다.

헨리 홀리데이, 1876

베어라!" 그러면 병사들이 선고받은 이들을 체포했고, 당연히 병사들이 맡았던 기둥 문이 경기장에서 사라졌다. 그래서 30분쯤 지나자 기둥 문이 남아나질 않았고, 왕과 왕비와 앨리스를 뺀 모든 선수가 체포된 채 처형을 기다리게 되었다.

그러자 여왕도 경기를 그만두고, 가쁜 숨을 몰아쉬며 앨리스에게 말했다. "짝퉁거북*을 벌써 보았던가?"

"아니오." 앨리스가 말했다. "짝퉁거북이란 게 뭔지도 모르는걸요."

"그건 짝퉁거북수프¹¹를 만드는 재료야." 여왕이 말했다.

"그런 수프는 듣도 보도 못했어요." 앨리스가 말했다.

"그럼 이리 오너라. 녀석이 너에게 제 왕년의 이야기를 들려줄 거야."

둘이 함께 떠날 때, 앨리스는 왕이 나지막이 무리에게 "너희 모두의 죄를 용서하노라" 하고 말하는 소리를 들었다. "아자! 그것참 잘 됐다!" 하고 앨리스는 혼잣말을 했다. 여왕이 명한 그 많은 처형 선고에 안 그래도 마음이 무척 언짢았기 때문이다.

둘은 곧 그리핀¹²과 마주쳤다. 그리핀은 볕 바른 곳에 누워 곤히 잠들어 있었다. (그리핀이 뭔지 모른다면 오른쪽 그림을 보라.)

"일어나, 이 게으른 것아!" 여왕이 말했다. "이 어린 숙녀를 데리고 짝퉁거북한테 가서 그 녀석의 왕년 이야기를 듣게 해줘. 나는 돌아가서 내가 명한 처형을 집행해야 하니까." 여왕은 그러고는 앨리스만 그리핀 곁에 남겨둔 채 훌쩍 떠났다. 앨리스는 그리핀의 생김새가 썩 마음에 들

---

* mock turtle: 이 거북은 스스로 과거에 '진짜 거북real turtle'이었다고 말한다. 그렇다고 지금 '가짜(위조) 거북'인 것은 아니다. 사실 '모조 거북'이 더 적절한 번역이다. 가짜나 위조는 '속이려는 의도'가 있는 것이고, 옳지 않은 것, 도덕적·사회적으로 있어서는 안 되는 것, 존재 가치가 없는 것이다. 하지만 모조, 곧 이미테이션은 경우에 따라 나름의 훌륭한 존재 가치를 지닌 것이고, 존재할 수밖에 없는 것이다(불법인 경우 문제를 일으키긴 하지만). 그러나 '모조'는 어린이책에 어울리지 않는 딱딱한 한자 말이라서 '짝퉁'으로 새겼다.

11 실제 짝퉁거북수프는 초록거북수프를 모조imitation한 것으로, 초록거북 대신 송아지 고기를 썼다. 테니얼이 짝퉁거북의 머리와 발굽과 꼬리를 송아지의 것으로 그린 것도 그 때문이다(327쪽 그림 참조).

12 그리핀 또는 그리폰은 독수리의 머리와 날개, 사자의 하반신을 지닌 상상 속 동물이다. 단테의 『신곡』(「지옥편」은 사실상 땅속의 원더랜드를 여행하는 이야기다) 「연옥편」 제29곡에서 교회를 상징하는 전차를 끄는 것이 바로 그리핀이다. 16세기 이탈리아의 서사시 『광란의 오를란도』 제37곡에 흰색 갑옷을 입은 그리핀이라는 기사가 나온다는 사실을 게리 바클런드가 일깨워주었는데, 그리핀은 아마도 『거울 나라의 앨리스』에 나오는 하얀 기사의 전조인 듯하다.

그리핀은 그리스도 안에서 인간이 신과 결합하는 것을 나타내는 중세의 일반적인 상징이었다. 하지만 여기 나오는 그리핀은 짝퉁거북과 함께 옥스퍼드대학 졸업생들에 대한 감상적인 풍자인 것이 명백하다. 옥스퍼드대학 졸업생들은 항상 몬스터 같은 데가 있었으니 말이다.

나는 비비안 그린 덕분에 그리핀이 옥스퍼드 트리니티 칼리지의 상징이라는 것을 알게 되었다. 그리핀은 이 대학 정문에 새겨져 있어서, 캐럴과 리들 자매 모두 그리핀을 잘 알고 있었을 것이다.

독자인 제임스 베튠은 그리핀의 잠에 풍자적인 의미가 있다고 생각한다. 고대 스키타이의 금광을 열심히 지켜야 하는 존재였던 그리핀은 극한의 경계를 상징하는 문장으로 쓰였다.[2]

진 않았지만, 그래도 그리핀과 함께 있는 게 야만적인 여왕을 따라가는
것보다는 안전할 거라고 생각했다. 앨리스는 그래서 기다렸다.

　그리핀은 일어나 앉아 눈을 비볐다. 그러고는 여왕이 사라질 때까지
지켜보다가 나직이 콧소리로 웃어댔다.

　"정말 재밌군!What fun!" 그리핀이 반은 자신에게, 반은 앨리스에게 말
했다.

　"뭐가 재밌어요?" 앨리스가 말했다.

　"뭐긴, 저 여자지." 그리핀이 말했다. "그게 다 저 여자의 환상이야. 그
러니까 너도 알다시피, 그들은 노바디를 처형하지 않거든?¹³* 카드 나라
백성은 노바디거든? 영어로 노바디를 처형한다는 것은 아무도 처형하
지 않는다는 뜻이거든? 여왕이 노바디를 처형하라고 외치는 것은 아무

● "너도 알다시피" 이후의 네 문장은 모두 다음 영어 문장 하나를 풀어 번역한 말이다.
'they never executes nobody' 이 한 문장에 패러독스가 중첩되어 있다. 이 문장이 상식
적으로는, 아무도 처형하지 않는 게 아니라는 뜻이다. 이중 부정을 상쇄하면 몸통body을 처
형한다는 뜻이다. 카드 나라 백성은 몸통을 처형당한 것일까? 어쨌든 그들은 노-바디다. 한
마디로, 위 영문은 노바디를 처형하지 않는다는 뜻이다.
카드나라 백성은 처형할 수 없고, 처형하지 않을 수도 없다. 긍정문으로 바꾸어 'They
execute nobody'라고 하면 아무도 처형하지 않는다는 뜻이다. 동시에 노바디를 처형한다
는 뜻이다. 아무도 처형하지 않으면 노바디를 처형하는 게 된다. 노바디의 나라에서는 처형
하는 것이 처형하지 않는 것이다! 끊임없이 여왕이 머리를 베라고 부르짖는 진짜 이유가 여
기 있다! 이것은 패러독스 중에서도 딜레마dilemma(진퇴양난)라고 한다. 하트의 여왕은 딜레
마의 여왕이다!
이런 패러독스의 원더랜드에서는 체셔 고양이 말대로 모두가 미칠 수밖에 없다. 언어유희를
모르는, 말 못 하는 강아지만 말짱하다. 이 대목에서 앨리스는 언어유희를 모르는 척, 아무
런 반응을 보이지 않는다. 알면 앨리스도 미칠지 모른다.
"they never executes nobody." 영어는 3인칭 단수 현재형일 경우 동사에 s나 es를 붙인다.
they는 단수가 아닌데 execute에 s가 붙어 있다. they가 가리키는 것이 nobody라는 단수
명사이기 때문이다(패러독스 중 모순어법이다). 테니얼의 삽화에 나오듯 망나니는 클럽 에이
스다. 즉, 망나니도 몸통이 없는 nobody. "Nobody never executes nobody." 노바디는 노
바디를 처형하지 않는다. (이중부정을 상쇄하면) 바디는 바디를 처형하지 않는다. 결국 그 어
떤 처형도 없다는 뜻이 된다. 다만, 여공작은 스스로 사라지는 형벌을 택한다.

13 그리핀의 말대로 'nobody'가 처형되지 않았다면, 『거울 나라의 앨리스』 일곱 번째 이야기 「사자와 유니콘」에서 앨리스가 'nobody'를 보는 것도 하등 이상할 게 없다.

블랑슈 맥마누스, 1899

도 처형하지 말란 소리거든? 애야, 이리 오너라!"

"여기선 걸핏하면 '이리 오너라!'야." 앨리스는 천천히 그리핀을 따라가며 생각했다. "전에는 그딴 명령을 들은 적이 없어. 내 평생, 결코!"

둘은 멀리 가지 않아 멀찍이 있는 짝퉁거북을 발견했다. 짝퉁거북은 작은 바위 턱에 홀로 서글프게 앉아 있었다. 그리핀과 함께 다가가며 앨리스는 짝퉁거북이 가슴이 미어지는 듯 한숨을 내쉬는 소리를 들을 수 있었다. 앨리스는 그가 무척이나 딱해 보였다. "어째서 슬프대요?" 앨리스가 그리핀에게 물었다. 그러자 그리핀이 조금 전 말과 거의 같은 말로 답했다. "그게 다 저 녀석의 환상이야. 즉, 알다시피, 저 녀석에겐 안 슬픔이 없거든.• 이리 오너라!"

둘은 짝퉁거북에게 다가갔다. 짝퉁거북은 왕방울만 한 눈에 눈물을 그렁그렁한 채 둘을 바라볼 뿐, 아무런 말이 없었다.

"여기 어린 숙녀께서 오셨어." 그리핀이 말했다. "너의 왕년 이야기를 알고 싶어 하지, 암."

"들려주지." 짝퉁거북이 깊고 공허한 음성으로 말했다. "앉아라, 둘 다. 그리고 내가 이야기를 마칠 때까지 한마디도 하지 마."

• 그리핀은 짝퉁거북의 슬픔이 환상이라고 말한다. 환상이란 현실의 대척점이다. 그런데도 짝퉁거북이 늘 가슴이 미어지도록 슬퍼하는 것은, 원더랜드에서는 환상이 곧 현실이기 때문일 것이다.
짝퉁거북은 노바디를 처형해야만 처형하지 않는 것이 되는 딜레마의 여왕과 처지가 전혀 다르다. 그리핀도 짝퉁거북에게는 "What fun!"이라고 외치지 않는다. 짝퉁거북과 함께 어린 시절을 회상하며 함께 즐거워하고 함께 탄식하고 슬퍼한다. 『이상한 나라의 앨리스』에서 분노 이외의 감정을 보이는 캐릭터는 이 둘뿐이다.
한편 짝퉁거북은 과거에 '진짜 거북'이었다고 말한다. 진짜 거북이었던 것은 '우리가 어렸을 때When we were little'다. 어렸을 때 그는 가난했지만 그래도 좋은 학교에 다녔다. 그런데 '그에게는 안 슬픔이 없다.' 왜? 물론 짝퉁거북이라는 이름에 그 답이 있다. 짝퉁거북이 된 이유는 〈거북 수프〉 노래 행간에 담겨 있다. 열 번째 이야기 「바닷가재 쿼드릴」의 354쪽 옮긴이 주를 참고하길 바란다.

아서 래컴, 1907

그 말에 셋은 앉았고, 한동안 셋 다 입을 열지 않았다. 앨리스는 속으로 생각했다. "시작도 하지 않으면 어떻게 마칠 수가 있담?" 하지만 앨리스는 참을성 있게 기다렸다.

"왕년에" 하고 마침내 짝퉁거북이 깊은 한숨을 몰아쉬곤 말했다. "나는 진짜 거북이었어."

이 말에 이어 아주 긴 침묵이 뒤따랐다. 그리핀이 이따금 내뱉는 "ㅎㅈㅋㄹㄹㅎ!"• 하는 탄성과 짝퉁거북의 줄곧 목메어 흐느끼는 소리만이 침묵을 깰 뿐이었다. 앨리스는 참다못해, 자리를 털고 일어나 이렇게 말할 뻔했다. "고마워요, 아저씨, 재미난 이야기였어요." 하지만 틀림없이 이야기보따리가 좀 더 풀릴 거라는 생각을 하지 않을 수 없었다. 그래서 아무 말 않고 가만히 앉아 있었다.

"우리가 어렸을 때" 하고 짝퉁거북이 마침내 말을 이었다. 조금은 진정했지만, 그래도 이따금 조금씩 흐느끼긴 마찬가지였다. "우리는 바다 학교에 다녔댔어. 선생님은 늙은 터틀Turtle이었는데, 우리는 토터스Tortoise라고 불렀지."[14]

"터틀인데 왜 토터스라고 불렀대요?" 앨리스가 물었다.

"그는 우리를 가르쳤어taught us. 그러니 토터스라고 불렀지."[15] 짝퉁거북이 발끈해 말했다. "너 진짜 멍청하구나?"

"그렇게 간단한 질문을 하다니 스스로 부끄러운 줄 알아야 해." 그리핀이 덧붙였다. 그러고는 둘 다 말없이 앉아 불쌍한 앨리스를 빤히 쳐다보았다. 앨리스는 땅속으로 꺼질 준비가 된 기분이었다. 마침내 그리핀이 짝퉁거북에게 말했다. "어서 계속해, 친구! 이러다 날 새겠어!" 그러자 짝퉁거북이 이야기를 이어갔다. 이렇게.

• Hjchrrh: 자음만으로 이루어진 소리.

14 캐럴 당시 'tortoise'는 바다에 사는 'turtle'과 구분하기 위해 육지에 사는 거북을 일컫는 말로 쓰였다.

15 캐럴은 이 언어유희를 《마인드》에 실은 기고문 「토터스가 아킬레우스에게 말한 것」[3]에서 다시 사용했다. 제논의 패러독스[아킬레우스는 결코 거북을 따라잡을 수 없다는 곤혹스러운 논리 패러독스]를 아킬레우스에게 설명한 후, 토터스는 이어 말한다. "그리고 개인적으로 부탁건대, 우리의 이 대화가 19세기의 논리학자들에게 얼마나 많은 가르침을 줄지 고려해볼 때, 내 사촌인 짝퉁거북이 만든 언어유희를 채택해서, 귀하를 토터스TaughtUs로 개명하는 게 어떻겠소?"
그러자 아킬레우스Achilles(영어로 아킬리즈)는 두 손에 얼굴을 파묻고 절망적인 어조로 나지막이 또 다른 언어유희를 날린다. "좋을 대로 하시오! 짝퉁거북이 만들지 않은 언어유희를 채택해서, 당신 이름을 아 킬리즈A KillEase라고 개명하겠다면 말이오!"

마거릿 태런트, 1916

"그래, 우린 바다 학교에 다녔댔어. 믿을지 모르겠다만…."

"안 믿는다고 말한 적 없어요!" 앨리스가 말을 가로챘다.

"있어." 짝퉁거북이 말했다.[16]

"입 좀 다물어라!" 앨리스가 다시 입을 열기 전, 그리펀이 덧붙였다. 짝퉁거북은 이야기를 계속했다.

"우린 최고의 교육을 받았어. 사실 날마다 학교에 갔는데…."

"나도 학교에 다녔어요" 하고 앨리스가 말했다. "그딴 건 그렇게 자랑할 게 못 된다고요."

"보충수업도 받고?" 짝퉁거북이 살짝 걱정스레 물었다.

"네" 하고 앨리스가 말했다. "프랑스어와 음악을 배웠어요."

"그럼 세탁도?" 짝퉁거북이 말했다.

"그건 절대 아니죠!" 앨리스는 쌍심지를 켜고 말했다.

"아! 그럼 진짜 좋은 학교에 다닌 건 아니로군." 짝퉁거북이 가슴을 크게 쓸어내리며 말했다. "암, 우리 학교에서는 학비 명세서 끝에 '프랑스어와 음악, 그리고 세탁은 별도'[17]라고 쓰여 있었지."

"세탁은 별 필요가 없었을 텐데요. 바다 밑에서 사니까요" 앨리스가 말했다.

"나는 가난해서 세탁을 배울 수 없었어" 하고 짝퉁거북이 한숨을 내쉬며 말했다. "나는 정규 과목만 배웠지."

"그건 뭐였는데요?" 앨리스가 물었다.

"당연히 처음엔 건들거리기와 몸부림치기지."[18] 짝퉁거북이 대답했다. "그담엔 이런저런 산수를 배웠어. 야망, 산만, 흉물화, 조롱 따위 말이야."

"흉물화란 말은 들어보지 못했네요" 하며 앨리스는 당차게 물었다. "그게 뭐예요?"

그리펀이 놀라 앞발을 둘 다 번쩍 쳐들고는 탄성을 질렀다. "흉물화

16 피터 히스가『철학자의 앨리스』에서 지적했듯, 짝퉁 거북은 앨리스가 전에 그런 말을 한 적이 있다고 말한 게 아니라, 방금 '안 믿는다고' 말했다고 말한 것이다. 『거울 나라의 앨리스』에서 험티는 앨리스가 말하지 않은 것을 말한 것처럼 언급함으로써 앨리스를 말장난의 함정에 빠뜨리고 있음을 히스는 일깨워준다.

17 'French, music, and washing—extra' 이 구절은 기숙학교 청구서에 흔히 쓰인 말이다. 물론 프랑스어와 음악 과외 요금과 학교에서 해준 세탁 요금은 별도로 청구된다는 뜻이다.

18 두말할 나위 없이, 짝퉁거북의 모든 교과목 명칭은 언어유희다.● 사실 이번 이야기와 다른 여러 곳에 언어유희가 많이 나오는데, 아이들은 이것을 아주 재미있어 한다. 하지만 대다수 현대 권위자들은 이런 언어유희가 청소년 책의 문학적 수준을 떨어뜨린다고 생각한다.

● 건들거리기Reeling—읽기reading, 몸부림치기Writhing—쓰기writing, 야망Ambition—덧셈addition, 산만distraction—뺄셈subtraction, 흉물화Uglification—곱셈multiplication, 조롱Derision—나눗셈division, 신비Mystery—역사history, 바다생물Seaography은 캐럴의 신조어, (모음을) 늘여 말하기Drawling—소묘drawing(데생), 팔다리 뻗치기Stretching—스케치sketching, 똬리 틀고 기절하기Faint in Coils—유화painting in oils, 웃음Laughing—라틴어Latin, 슬픔Grief—고대 그리스어Greek.

를 들어본 적도 없다니! 그래도 미화란 건 알겠지, 설마?"

"그럼요" 하며 앨리스는 미심쩍게 말했다. "그 뜻은…, 그러니까 뭔가를… 더 예쁘게 만든다는 뜻이에요."

"그래" 하고 그리핀이 이어 말했다. "그런데도 흉물이 뭔지 모른다면 너는 바보인 거야."

앨리스는 더 이상 그에 대해 물어볼 용기가 나지 않았다. 그래서 짝퉁거북을 돌아보며 말했다. "또 뭘 배워야 했나요?"

"음, 신비란 게 있었지." 짝퉁거북은 물갈퀴 달린 앞발로 과목 수를 손꼽으며 대답했다. "옛날과 지금의 신비랑 바다생물이랑, 주우욱 늘여 말하기…. 근데 늘여 말하기 선생님은 늙은 붕장어였어. 일주일에 한 번 오셨는데, 우리에게 늘여 말하기, 팔다리 뻗치기, 똬리 틀고 기절하기를 가르치셨지."[19]

"그건 어떻게 하는 건데요?"

"음, 내가 직접 보여줄 순 없어." 짝퉁거북이 말했다. "나는 너무 뻣뻣하거든. 그리고 그리핀은 그걸 배운 적이 없지."

"내가 배우는 과목이 아니었어." 그리핀이 말했다. "나는 그 시간에 고전을 배우러 갔지. 선생님은 늙은 게였어, 진짜로."

"난 그분한테 안 배웠어." 짝퉁거북이 한바탕 한숨을 내쉬며 말했다. "그분이 가르친 걸 다들 웃음과 슬픔이라고 말했지."

"그랬지, 그랬어." 이번에는 그리핀이 한숨을 내쉬며 말했다. 그리고는 둘 다 앞발에 얼굴을 묻었다.

"수업을 일주일에 몇 시간이나 들었나요?" 앨리스는 말머리를 돌리려 잽싸게 말했다.

"첫날은 열 시간." 짝퉁거북이 말했다. "다음 날은 아홉 시간, 계속 그런 식이었지."

귀네드 허드슨, 1922

"요상한 시간표네요!" 앨리스는 탄성을 질렀다.

"그러니 수업을 레슨lesson 이라고 하지. 하루하루 줄 어드니까lessen 말이야." 그리핀이 똑 부러지게 말했다.

앨리스에게 그건 무척 새로운 발상이었다. 그래서 다시 입을 열기 전, 잠깐이나마 곰곰 생각해봤다.

"그럼 11일째가 쉬는 날이겠네요."

"물론이지." 짝퉁거북이 말했다.

"그다음 12일째는 어떡해요?"[20] 앨리스는 눈을 반짝이며 물었다.

베시 피즈 구트만, 1907

"레슨은 그걸로 충분해." 그리핀이 불쑥, 아주 단호하게 말했다. "이제 그 게임 이야기를 얘한테 들려줘."

19 일주일에 한 번 'Drawling, Stretching, and Fainting in Coils'를 가르치러 왔다는 '늘여 말하기 선생님Drawlingmaster'의 모델은 다름 아닌 미술 비평가 존 러스킨이다. 러스킨은 일주일에 한 번 리들 집에 찾아와 소묘와 스케치, 유화를 가르쳤다. 세 자매는 잘 배웠다. 앨리스의 많은 수채화와 오빠 헨리의 수채화, 그리고 앨리스의 여동생 바이올렛이 유화로 그린 앨리스를 슬쩍 보기만 해도 그들이 아버지에게 미술 재능을 물려받았다는 걸 알 수 있다. 리들 집안의 많은 미술 작품에 대해서는 콜린 고던의 『거울 너머』[4]를 참고하라.

맥스 비어봄이 그린 당시의 러스킨 캐리커처 하나와 그 외 여러 사진을 보면, 러스킨은 키가 컸고 호리호리해서, 마치 붕장어를 닮은 듯 보인다. 캐럴과 마찬가지로, 러스킨도 세 자매에게 매력을 느꼈다. 그들의 성적 순수성 때문에 말이다. 그는 열 살 연하의 유페미아 그레이(약칭 '이피')와 결혼했는데, 6년의 비참한 결혼 생활 후 '치유할 수 없는 무능함'을 근거로 이혼했다. 이피는 곧바로 젊은 존 에버렛 밀레이와 결혼했는데, 밀레이는 러스킨이 크게 찬미한 라파엘 전파前派를 세운 화가다. 그녀는 여덟 명의 자녀를 낳았는데, 그중 한 명은 밀레이의 유명한 그림인 〈나의 첫 번째 설교〉에 등장하는 어린 소녀다. 『거울 나라의 앨리스』 세 번째 이야기 「거울 곤충들」 4번 주석을 참고하라.

4년 후 러스킨은 아일랜드 은행가의 딸 로지 라 토치를 열렬히 사랑하게 된다. 이 은행가의 아내는 러스킨의 글을 찬미했는데, 이때 로지는 열 살이었고, 러스킨은 47세였다. 그녀가 18세가 되자 청혼했지만 그녀는 거절했고, 이것은 러스킨에게 충격을 주었다.

러스킨은 그 후로도 자신처럼 순결한 어린 소녀들과 사랑에 빠졌고, 70세에 한 소녀에게 청혼했다. 그리고 10년 후인 1900년 심한 조울증으로 사망했다. 자서전에서 그는 앨리스 리들을 찬미했는데, 캐럴에 대해서는 언급하지 않았다.

20 앨리스의 날카로운 이 질문은 그리핀을 곤혹스럽게 한다. 그 답은 음의 수이고 (음수는 초기 수학자들을 곤혹스럽게 했다) 음수, 곧 0보다 적은 수로는 '요상한 시간표' 상에 수업 시간을 나타낼 수 없을 듯하니 말이다. 음수로 나타낸다면, 12일째부턴 학생들이 선생을 가르쳤다는 의미가 될 것이다.

바닷가재 쿼드릴

짝퉁거북은 깊은 한숨을 내쉬고는 물갈퀴 달린 앞 발등으로 눈물을 쓱 훔쳤다. 그러곤 앨리스를 바라보며 뭔가 말하려 했지만, 한동안 목이 메어 말문을 열지 못했다.

"목에 뼈라도 걸린 모양인데?" 하고 말한 그리핀은 그를 흔들어대다 주먹으로 등을 치기 시작했다. 마침내 목소리를 되찾은 짝퉁거북은 두 볼에 눈물을 줄줄 흘리며 이야기를 이어갔다.

"너는 바다 밑에서 살아보지 않았을 거야…." ("살아보지 않았죠" 하고 앨리스가 말했다.) "그리고 아마 바닷가재와 인사를 나눈 적도 없겠지…." ("한 번 먹어본 적은…" 하고 입을 열었다가 앨리스는 얼른 멈추고 다시 말했다. "네, 없어요.") "그러니 바닷가재 쿼드릴[1]이 얼마나 유쾌한지 모를 거야."

"모르죠." 앨리스가 말했다. "근데 쿼드릴이 무슨 춤인데요?"

"뭐긴" 하고 그리핀이 말했다. "먼저 해변에 한 줄로 자리를 잡아야 해."

"두 줄이야!" 짝퉁거북이 외쳤다. "물범이랑 거북이랑 연어랑 기타 등

1　쿼드릴Quadrille(프랑스어로는 카드리유)은 원래 다섯 피겨figure(일련의 동작)로 이루어진 스퀘어 댄스*로, 루이스 캐럴 당시 유행하던 가장 어려운 사교춤 가운데 하나였다. 리들 자매는 가정교사에게 이 춤을 배웠다.

캐럴은 어린 소녀에게 보낸 편지 중 하나에 자신의 춤을 다음과 같이 설명했다.

춤에 관해 말하자면, 내 나름대로 독특한 방식으로 추는 것이 허용되지 않는 한 나는 춤을 춘 적이 없단다. 그 방식은 글로 어떻게 설명할 길이 없으니, 직접 보여줘야만 믿을 거야. 어느 집 안에서 마지막으로 그것을 시도했을 때 마루가 무너져 내렸

찰스 포커드, 1929.

등이 말이야. 그리고 걸리적거리는 해파리를 싹 다 치우고 나서…."

"그건 시간깨나 걸리지." 그리핀이 불쑥 끼어들었다.

"…앞으로 두 번 나아가서…."

"각자 바닷가재랑 짝을 짓고서!" 그리핀이 외쳤다.

"물론." 짝퉁거북이 말했다. "앞으로 두 번 나아가서, 짝꿍과 마주 보고 폴짝폴짝…."²

"그리고 바닷가재를 바꾼 다음, 같은 식으로 뒤로 물러나지." 그리핀이 이어 말했다.

"그리고 너도 알다시피" 하고 짝퉁거북이 말을 이었다. "짝꿍을…."

"던져!" 그리핀이 공중으로 펄쩍 뛰며 외쳤다.

"…있는 힘껏 멀리 바다로…."

"그리고 뒤따라 헤엄을 쳐!" 그리핀이 꺅꺅거렸다.

"바다에서 공중제비를 돌아!" 짝퉁거북이 펄쩍펄쩍 뛰며 외쳤다.

"다시 짝꿍 바닷가재를 바꿔!" 그리핀이 목청껏 소리를 질렀다.

"다시 해변으로 돌아와. 그리고… 일단 그게 첫 번째 피겨야." 짝퉁거북이 말하고는 갑자기 목소리를 낮췄다. 줄곧 미치광이처럼 이리저리 펄쩍펄쩍 뛰던 두 동물은 조용히, 그리고 아주 슬픈 얼굴로 다시 자리에 앉더니 앨리스를 빤히 쳐다봤다.

"아주 예쁜 춤인가 봐요." 앨리스가 조심스레 말했다.

"조금 보여줄까?" 짝퉁거북이 말했다.

"많이 보여줘요." 앨리스가 말했다.

"자, 첫 번째 피겨를 해보자!" 짝퉁거북이 그리핀에게 말했다. "우린 바닷가재 없이도 할 수 있어. 노래는 누가 할까?"

"그야, 네가 해야지. 난 가사를 까먹었어." 그리핀이 말했다.

그렇게 둘은 앨리스를 빙빙 돌며 엄숙하게 춤을 추기 시작했다.

지 뭐냐. 하지만 바닥 두께가 얇은 데다, 들보는 15센티미터밖에 되지 않아서 들보라고 부를 수도 없는 집이었어. 내 독특한 방식으로 제대로 춤을 추려면, 돌다리 위가 훨씬 더 나을 거야. 동물원에서 코뿔소와 하마를 본 적 있나 몰라. 함께 미뉴에트를 추려고 하는 동물들 말이야. 그건 감동적인 광경이지.

'바닷가재 쿼드릴'은 '랜서즈 쿼드릴'이라는 춤을 빗댄 것으로 보인다. 랜서즈Lancers(창기병) 쿼드릴은 캐럴이 『앨리스』를 쓸 당시 영국 무도회장에서 엄청난 인기를 끌었던 것으로, 8~16쌍이 함께 추는 워킹 스퀘어 댄스다. 이는 쿼드릴의 변형으로, 각각 다른 박자로 구성된 다섯 피겨로 이루어진 것이다. 『음악과 음악가 백과사전』에 따르면, 랜서즈(춤과 그 무곡 둘 다)는 더블린의 춤 선생이 만든 것으로, 파리에서 소개된 이후 1850년대에 세계적으로 추종받았다. 짝퉁거북 노래의 마지막 소절은 프랑스를 휩쓴 랜서즈의 인기를 반영하고 있다. 바닷가재를 던지는 것은 전투 도중의 창던지기를 암시하는 것일 수 있다. 그런 투척이 춤에서 어떤 역할을 했는지는 모르겠다.

● 네 쌍이 손을 맞잡고 추는 춤.

2　'R. 독자'라고 서명한 편지를 보내온 영국의 한 독자는 "짝꿍과 마주 보고 폴짝폴짝set to partner"이란 파트너와 마주 보고 한 발로 폴짝 뛴 다음 다른 발로 폴짝 뛰는 것을 의미한다고 일깨워주었다.

M. L. 커크, 1904

거트루드 케이, 1923

마일로 윈터, 1916

해리 라운트리, 1908

가까이 지나갈 때마다 매번 앨리스의 발가락을 밟아대며, 박자를 맞
추기 위해 앞발을 흔들어대며, 짝퉁거북은 아주 천천히, 그리고 서글프
게 노래를 불렀다.[3]

"좀 더 빨리 걸을래?" 민대구가 달팽이한테 말했지.
"돌고래가 뒤에 붙어 내 꼬릴 밟아대거든.
바닷가재랑 거북이가 얼마나 쑥쑥 나아가는지 좀 봐!
걔들이 자갈해변[4]에서 기다리고 있으니, 춤추러 갈래?
　갈래, 말래, 갈래, 말래, 춤추러 갈래?
　갈래, 말래, 갈래, 말래, 춤추러 가지 않을래?"

"그게 정말 얼마나 유쾌한지 넌 모를지도 몰라.
걔들은 바닷가재랑 우리를 들어서 바다로 던질 거야!"
하지만 달팽이는 "너무 멀어, 멀어!" 하고 눈을 흘겼지.
달팽이는 친절하게 고맙다 하면서도 춤추러 가지 않으려 했지.
　안 갈래, 난 못 해, 안 갈래, 난 못 해, 춤추러 안 갈래.
　안 갈래, 난 못 해, 안 갈래, 난 못 해, 춤추러 가지 않을래.

"멀리 가는 게 어때서 그래?" 비늘 달린 친구가 대꾸했지.
"반대편에도 해변이 있다는 걸 너도 알잖아.
잉글랜드에서 멀수록 프랑스에서는 더 가까워….
사랑하는 달팽이야, 뭘 그리 질색해, 어서 춤추러 가자.
　갈래, 말래, 갈래, 말래, 춤추러 갈래?
　갈래, 말래, 갈래, 말래, 춤추러 가지 않을래?"

3 짝퉁거북의 노래는 메리 하윗의 시편 「거미와 파리」(옛 노래를 토대로 한 시)의 보격步格을 그대로 채택해 첫 행을 패러디한 것이다. 하윗의 시 첫 연은 다음과 같다.

"내 응접실로 들어올래?" 거미가 파리에게 말했지.
"네가 엿본 응접실 가운데 최고로 예쁘거든.
내 응접실은 돌돌 돌아가는 계단 위에 있지.
네가 오면 보여줄 요상한 것들이 많단다."
"오, 싫어요, 싫어" 하고 파리가 말했지. "괜히 오라 하지 마요.
돌돌 돌아가는 계단을 올라가 다시 내려온 이 없으니까요."

이에 대해서는 클로에 니콜스가《캐럴리언》에 게재한 「레리 하윗의 '거미와 파리'가 『이상한 나라의 앨리스』에 기여한 것」[1]을 참고하라. 하윗의 시 7연 전체는《캐럴리언》부록에 실려 있다.
캐럴의 원작 『앨리스의 땅속 나라 모험』에서는 짝퉁거북이 아래와 같은 다른 노래를 부른다.

바닷속 저 아래
투실투실한 바닷가재들 산다네.
그들은 너랑 나랑 춤추길 너무 좋아해.
　나의 연어, 나의 친절한 연어도!

　　　　(후렴)

연어야, 올라와! 연어야, 내려와!
연어야, 꼬링지 둥글게 꼬부리고 와!
바다의 모든 물고기 중
　연어만큼 훌륭한 물고기는 없다네.

위 노래는 어느 흑인 가수의 노래*를 패러디한 것인데, 그 노래 후렴은 다음과 같이 시작한다.

샐리야, 올라와! 샐리야, 내려와!
샐리야, 뒤꿈치 빙글빙글 돌리며 와!

블랑슈 맥마누스, 1899

캐럴의 1862년 7월 3일 일기(유명한 템스강 뱃놀이 전날)에 리들 자매가 (비 오는 날 학장 관사에 모여) 위 흑인 가수의 노래를 '아주 발랄하게' 부르는 것을 들었다고 적혀 있다. 이 일기에 주석을 단 로저 그린은 그 노래 2절과 후렴을 제시하고 있다.

> 지난 월요일 밤 난 무도회를 열었지.
> 그리고 깜장이들 모두를 초대했지.
> 껑다리, 땅딸보, 통통이, 말라깽이,
>   하지만 누구도 샐리만은 못했지.
>
> 샐리야, 올라와! 샐리야, 내려와!
> 샐리야, 뒤꿈치 빙글빙글 돌리며 와!
> 그 아저씨는 읍내에 가버렸다더라.
>   오 샐리야, 한복판으로 내려와!

어떤 노래에서는 "샐리 같은 아가씨는 없더라!" 하고 끝맺는다. 『앨리스』를 각색해 오페레타 무대에 올린 헨리 새빌 클라크에게 보낸 편지(1886년)에서 캐럴은 이렇게 촉구한다. 전래 자장가를 패러디한 자기 노래들은 새로운 음악이 아니라 전통 가락에 맞춰 불러야 한다고. 특히 이 노래가 그렇다고 그는 지적했다. "'내 응접실로 들어올래? 거미가 파리에게 말했지'의 감미롭고 고풍적인 분위기보다 더 나은 가락을 창작하려면 아주 훌륭한 작곡가가 필요할 겁니다."

테니얼이 《펀치》에 실은 시사만화 「범블랜드Bumbleland의 앨리스」(1899. 3. 8.)에는 앨리스와 그리핀, 짝퉁거북 3인조가 등장한다. 앨리스는 보수 정치가 아서 제임스 밸포어, 그리핀은 런던, 흐느끼는 짝퉁거북은 웨스트민스터시를 대변한다. 테니얼의 초기 만화 「블런더랜드Blunderland의 앨리스」(1880. 10. 30.)에서는 앨리스와 그리핀, 그리고 평범한 거북이 등장한다. 테니얼이 그린 앨리스가 《펀치》에 또 등장하는 것으로는 1868년 2월 1일 만화(여기서 앨리스는 미국을 대변한다)와 제46권(1864) 표지(78쪽)가 있다.

두 『앨리스』에 나오는 많은 노래들의 전통 가락들만이 아니라, 훗날 작곡가들이 지은 멜로디에 대한 훌륭한 설명은 《나이트 레터》에 실린 아멜 퍼터만의 기고문 「'네' 하고 앨리스가 말했다. '우리는 프랑스어와 음악을 배웠어요'」[2]를 참고하라.

● 프레드릭 버클리Frederick Buckley가 작가 작곡했다고 알려진, 하지만 원곡자는 따로 있을 가능성이 높은 〈Sally come up song〉이란 노래다. -편집자

4   shingle: 미국보다 영국에서 더 흔히 쓰이는 말로, 크고 둥근 돌과 자갈로 덮여 있는 해변을 뜻한다.

"고마워요, 정말 재밌는 춤 잘 봤어요." 그렇게 말하면서도 앨리스는 마침내 춤이 끝나 다행이라 생각했다. "그리고 그 민대구에 대한 요상한 노래도 정말 좋았어요."

"오, 민대구에 대해서라면" 짝퉁거북이 말했다. "걔들은…, 아 당연히 걔들을 본 적 있겠지?"

"그럼요. 종종 보았죠. 밥상… 에서?" 앨리스는 말을 얼버무렸다.

"밥상이 어딘지는 모르겠다만" 짝퉁거북이 말했다. "종종 보았다면 물론 어떻게 생겼는지도 알지?"

"알 것 같아요." 앨리스는 차분히 생각하며 대답했다. "걔들은 꼬리가 입속에 있어요.[5] … 그리고 살이 잘 부스러져요."

"잘 부스러진다는 건 틀린 말이야." 짝퉁거북이 말했다. "그러면 바다에서 풀어져 버리라고? 하지만 꼬리가 입속에 있는 건 맞아. 그 이유는…" 이 대목에서 짝퉁거북은 하품을 하며 두 눈을 질끈 감더니, "얘한테 그 이유랑 이거저거 말해줘" 하고 그리핀에게 말했다.

"그 이유는" 하며 그리핀이 말을 이었다. "바닷가재랑 춤추러 가곤 했는데, 바다로 던져졌거든. 그래서 먼바다에 나가떨어져야 했거든. 그래서 꼬리를 단단히 입에 물었거든. 그래서 다시는 입에서 꼬리를 꺼낼 수가 없었거든. 그게 전부야."

"고마워요." 앨리스가 말했다. "정말 재밌네요. 민대구가 그런 줄은 몰랐어요."

"원한다면 더 많은 사연을 들려주지." 그리핀이 말했다. "민대구를 영어로 왜 화이팅whiting이라고 하는지 알아?"

"생각해본 적이 없어요" 하며 앨리스가 물었다. "왜죠?"

"녀석은 구두랑 장화를 닦거든."

앨리스는 어리둥절해 고개를 갸웃했다. "구두랑 장화를 닦다니!" 앨

5 이에 대한 캐럴의 설명이 스튜어트 콜링우드의 『루이스 캐럴의 삶과 편지』[3]에 다음과 같이 인용되어 있다. "나는 민대구가 정말로 입에 꼬리를 물고 있다고 믿었지만, 나중에 들은 생선장수들의 말에 따르면, 입이 아니라 눈에 꼬리를 쑤셔 넣었다고 한다."

'앨리스'라고만 자신을 밝힌 어느 여성 독자는 《뉴요커》(1993. 2. 15.)에 실린 크레이그 클레이본의 편지를 오려 내게 보내주었다. 거기서 클레이본은 생선을 동그랗게 구부려 꼬리를 입안에 물려 만든 '멜랑 앙 콜레르merlan en coleere', 곧 '성난 민대구'라고 알려진 프랑스 요리에 대해 묘사한다. "이 민대구는 바싹 튀겨서 파슬리와 레몬, 타르타르소스를 곁들여 제공된다. 뜨거울 때 식탁에 오른 민대구의 모습은 마치 화를 내거나 짜증을 내고 있는 듯 보인다."

스테파니 러빗은 자크 페팽이 자신의 역작 레시피 『라 테크닉』[4]에서 '아몬드 송어 trout almondine' 요리 사진과 설명을 제시하고 있다고 내게 알려주었다. 이 요리는 송어를 저며 반으로 나눠 튀긴 후, 반쪽의 두 살코기를 서로 꼬리를 입에 문 듯 납작하게 펴 제공한다. 이는 말 그대로 꼬리를 물고 있는 매우 인상적인 이미지를 보여준다.

윌리 포거니, 1929

리스는 놀란 듯 되뇌었다.

"그래, 너는 구두를 어떻게 관리하지?" 그리핀이 말했다. "그러니까, 어떻게 구두를 반짝반짝하게 닦느냐 이 말이야."

앨리스는 제 구두를 내려다보고, 잠시 생각한 다음 대답했다. "아마 구두약blacking으로 닦겠죠?"

"바다에서는 장화랑 구두를 민대구로 하얗게 닦는단다." 그리핀이 걸걸한 목소리로 말을 이었다. "이제 알겠지?"

"장화랑 구두는 뭐로 만드는데요?" 호기심이 치민 앨리스가 물었다.

"물론, 서대기sole(밑창)랑 장어로 만들지." 그리핀이 떨떠름하게 대답했다. "새우도 다 아는 걸 묻고 그래."

"제가 민대구라면 돌고래한테 이렇게 말했을 거예요." 앨리스가 말했다. 아직도 노랫말이 귓가에 맴돌고 있었기 때문이다. "'제발, 뒤로 좀 물러나! 우릴 가지고 너를 닦아대지 말란 말이야' 하고 말예요."

"하지만 걔들은 돌고래랑 함께한 것을 고맙게 여겼단다." 짝퉁거북이 말했다. "돌고래 없이는 어디로 가려고 하지도 않지. 현명한 물고기라면."

"정말?" 앨리스는 깜짝 놀라 되물었다.

"물론이지." 짝퉁거북이 말했다. "그러니까, 물고기가 나한테 와서 여행을 갈 거라고 말하면 난 이렇게 묻지. '어떤 돌고래랑porpoise'?"

"어떤 목적purpose으로? 하고 묻는 게 아니고요?" 앨리스가 말했다.

"내 말 그대로야." 짝퉁거북이 발끈하며 대꾸했다. 그러자 그리핀이 덧붙여 말했다. "자, 이제 네 모험담을 좀 듣자꾸나."

"오늘 아침부터라면 저도 모험담을 들려드릴 수 있어요" 하곤 앨리스는 조금 소심하게 덧붙였다. "하지만 어제까지는 모험이랄 게 없었어요. 그때는 제가 다른 사람이었거든요."

앨리스 B. 우드워드, 1913

"다 설명해봐." 짝퉁거북이 말했다.

"아니, 아니야! 모험담부터 이야기해. 설명은 지긋지긋해." 그리핀이 성마르게 말했다.

그래서 앨리스는 처음 하얀 토끼를 봤을 때부터 펼쳐진 모험담을 들려주기 시작했다. 앨리스는 양옆에 바투 붙어 앉은 두 동물이 눈을 부리부리하게 뜬 채 입을 떡 벌리고 있어 처음에는 좀 불안했다. 하지만 이야기가 이어질수록 용기가 났다. 그들은 계속 입을 꼭 다물고 있었다. 쐐기벌레에게 「당신은 늙으셨어요, 윌리엄 신부님」을 암송할 때 전혀 다른 시가 입에서 흘러나온 대목에 이르렀을 때였다. 짝퉁거북이 길게 숨을 몰아쉬고는 말했다. "참 요상하네!"

"진짜 더없이 요상한 일이야." 그리핀이 말했다.

"시가 완전히 달라지다니!" 짝퉁거북은 곰곰 생각하며 되뇌었다. 그러고는 "지금 뭔가 암송하는 걸 들어보고 싶어. 얘한테 읊어보라고 해" 하고 그리핀을 바라보며 말했다. 그리핀이 앨리스에게 명령을 내릴 권한이라도 있는 것처럼.

"일어나서 암송해보렴. 「게으름뱅이의 소리」를." 그리핀이 말했다.

"어떻게 동물들이 이래라저래라 명령을 하고, 교훈시까지 암송하라고 한담!" 하고 앨리스는 생각했다. "이래서는 차라리 학교에 있는 게 낫겠어." 하지만 앨리스는 자리에서 일어나 암송을 시작했다. 그러나 머릿속이 바닷가재 쿼드릴로 가득 차 있어, 자기가 무슨 말을 하는지도 알수 없었다. 그래서 정말 요상한 말들이 입에서 흘러나왔다.[6]

"나는 그가 선언하는 소릴 들었지, 바닷가재의 소리를
'나를 너무 오래 구웠잖아. 난 내 머리에 설탕 좀 쳐야겠어.'
눈꺼풀 달린 오리가 그러듯, 자기 코를 가지고 그는

6 이 시의 첫 행은 '거북의 소리(반구의 소리)'라는 구약성서 구절(「아가」 2:12)을 연상시키지만, 실은 캐럴의 독자들에게 잘 알려진 아이작 와츠의 참혹한 시 「게으름뱅이」 1연을 패러디한 것이다.

> 나는 그가 투덜대는 소릴 들었지, 게으름뱅이의 소리를
> "나를 너무 빨리 깨웠잖아. 난 다시 눈 좀 붙여야겠어."
> 경첩에 매달린 문짝이 그러듯, 그는 침대에 붙어
> 옆구리와 어깨와 무거운 머리를 빙그르르 돌리지.
>
> "조금만 더 잘래, 조금만 더 눈 붙일래."
> 그렇게 한나절 하고도 수없는 시간을 허비하지.
> 그리고 일어나서는 손깍지를 끼고 앉아 있거나
> 이리저리 어슬렁거리거나, 빈둥빈둥 서 있지.
>
> 나는 그의 앞마당을 지나며 찔레를 보았지,
> 가시와 줄기가 점점 널리 점점 높이 자라는 것을.
> 그의 몸에 걸친 옷가지는 넝마가 되어 가는데
> 돈은 계속 낭비하지, 쫄쫄 굶거나 구걸할 때까지.
>
> 나는 그를 찾아갔지, 혹시나 하고
> 마음 고쳐먹고 스스로를 더 잘 돌보나 하고.
> 그는 자기 꿈이라며, 먹고 마시는 얘기를 할 뿐,
> 성서는 읽은 적 없고, 묵상하는 건 질색을 하지.
>
> 그래서 난 맘속으로 말했지, "이건 나를 위한 교훈이야."
> 이 남자는 내가 그리될지도 모르는 초상화라고.
> 하지만 나를 가르치며 보살펴준 친구들에겐 고마워해
> 때맞춰 즐겨 일하고 독서하라고 가르쳐준 이들에겐.

와츠의 이 시*에 대한 캐럴의 패러디 시는 여러 차례 수정되었다. 1886년 이전의 모든 『앨리스』 판본에는 1연 8행 가운데 4행과 함께 2연은 처음 2행만 실렸다가, 1870년에 출판된 윌리엄 보이드의 『이상한 나라의 앨리스에 나오는 노래』[5]에 싣도록 하면서 캐럴은 [2연의] 두 행을 더 제공해주었다. 그 2연 4행은 다음과 같다.

허리띠와 단추를 매만지고 발가락을 밖으로 돌리지.

모래가 바짝 마르면 종달새처럼 좋아라 하며

콧대를 세우고 상어에 대해 콧방귀깨나 뀌어대겠지.

하지만 밀물이 들고 상어들이 활개를 치면

그의 목소리는 소심하게 덜덜, 덜덜 떨린다지.”

“그건 내가 어렸을 때 외운 거랑 달라.” 그리핀이 말했다.

“음, 예전에 들어본 적이 없는걸? 하지만 흔치 않은 난센스로 들리는
군.” 짝퉁거북이 말했다.

앨리스는 아무 말도 하지 않았다. 얼굴을 두 손에 묻고 앉은 채 속으
로 물었다. 어떤 일이 되었든 다시 예전처럼 당연해 보이는 일이 이제
과연 일어날 수 있을까?

“설명을 듣고 싶어.” 짝퉁거북이 말했다.

“설명은 무슨 설명을 해.” 그리핀이 냉큼 말했다. “다음 구절이나 계
속 외워봐.”

“하지만, 발가락은 무슨 소리야?” 짝퉁거북은 물러서지 않았다. “자
기 코로 어떻게 발가락을 밖으로 돌릴 수가 있냐고.”

“그건 춤을 출 때 첫 번째 자세예요.”⁷ 앨리스는 그렇게 말은 했지만,
모든 것이 너무 어리둥절해 말머리를 돌리고만 싶었다.

“다음 구절을 계속 외워봐.” 그리핀이 되뇌었다. “다음 구절은 ‘나는
그의 앞마당을 지나며’야.”

앨리스는 온통 엉터리로 외울 게 분명하다고 생각은 했지만, 차마 못
하겠다고 할 수 없어 떨리는 목소리로 계속 낭송을 했다.

“나는 그의 앞마당을 지나며, 유심히 보았지, 한쪽 눈으로,

나는 그의 앞마당을 지나며, 유심히 보았지, 한쪽 눈으로,

부엉이와 굴oyster이 파이를 어떻게 나누는지

오리와 도도, 도마뱀과 고양이가

모자챙 둘레의 우유 속에서 헤엄을 치는 동안.

1886년 캐럴은 『앨리스』를 뮤지컬 무대에 올리기 위해 이 시편을 16행으로 확대 수정했다. 그것이 최종 수정으로, 1886년 이후 판본에 등장한다. 믿기 어렵지만, 에식스 교구의 목사는 《세인트 제임스 가제트》에 편지를 보내 캐럴의 불경 행위를 비난했는데, 패러디 첫 행에서 성서 구절을 인용했다는 이유에서였다.

● 위 교훈시는 근면을 부르짖는다. 게으르면 쫄쫄 굶으며 구걸을 하게 된다고. 그러나 캐럴 당시의 실상은 아무리 부지런해도 가난했고, 실은 가난한 자가 더 부지런했을 것이다. 어떻게든 연명해야 하니까. 사실 그들에게는 낭비할 돈이란 게 없었을 것이다. 앨리스의 시 1연에 나오듯, 그들은 구워 먹히는 바닷가재 신세와 같았을 것이다. 바닷가재는 너무 오래 구워지고 있다! 스스로의 머리에 설탕을 친다는 것은 자기 위안이라도 필요하다는 뜻이다.

수생동물이 물 밖에서 잘난 척 하는 것은 비통한 자가당착이다. 초라한 poky 이 세상은 강자 독식이다. 앨리스의 시 2연에서 약자인 부엉이가 갖는 것은 빈 그릇뿐이다. 부엉이는 사정을 해서 숟가락을 겨우 챙긴다(멀건 수프를 끓여서 떠먹으려고). 흑표범은 고기는 물론이고 파이 부스러기까지 독차지하고, 한 번 으르렁거리는 것만으로 나이프와 포크를 차지한다(고기를 썰어 먹으려고). 그런데 위 교훈시는 '먹고 마시는 얘기', 그 꿈을 천시하고 성서를 운운한다. 교훈시는 현실에 무지한, 혹은 철저히 현실을 외면하는 거짓된 시인 것이다. 게으름뱅이가 한사코 좀 더 자려 한다고 힐난하지만, 당시 압도적 다수의 가난한 사람들은 연명할 양식만이 아니라

부엉이와 흑표범이 파이를 어떻게 나누는지
흑표범은 파이 크러스트와 고기와 고기즙 양념장을 차지하고
부엉이는 자기 몫으로 접시를 차지한 걸 보았지.
파이가 바닥나자, 부엉이는 사정을 해
친절하게 허락을 받았지, 숟가락을 챙겨도 된다고.
흑표범은 한 번 으르렁거려 나이프와 포크를 챙기고
그리고 그렇게 잔치는 막을 내렸지…"[8]

"그딴 걸 암송해야 무슨 소용이람?" 짝퉁거북이 불쑥 끼어들며 말했다. "중간에 설명해주지 않으면 알 수도 없잖아. 그렇게 헷갈리는 소리는 처음 들어봐."

"그래, 그만두는 게 낫겠다." 그리핀이 말했다. 앨리스는 거기서 그만두는 게 너무나 기쁘기만 했다.

"바닷가재 쿼드릴 다음 파트를 불러줄까?" 그리핀이 이어 말했다. "아니면 짝퉁거북이 부르는 다른 노래를 듣고 싶어?"

"아, 노래를 불러줘요. 짝퉁거북님이 친절하시다면요." 앨리스가 한껏 열렬하게 대답한 탓에, 그리핀은 좀 삐져서 말했다. "흥! 취미도 가지가

조지 소퍼, 1911

휴식 시간조차 너무나 부족했을 것이다. 이 비극적 상황에 대한 패러디는 다음 짝퉁 거북의 목멘 노래에서 절정에 이른다.

7 셀윈 구데이커는 자기 딸의 다음 말을 내게 전해주었다. 즉, 발레의 첫 번째 자세로 테니얼이 발 달린 바닷가재를 그림으로써 앨리스의 말을 세심하게 뒷받침했다고. 데이비드 록우드는 「앨리스의 그림 퍼즐」[6]에서 『이상한 나라의 앨리스』 삽화에서 발레 오프닝 자세 다섯 가지를 모두 등장시킨 좋은 예를 제시한다. 첫 번째 자세는 바닷가재(351쪽). 두 번째는 클럽 잭(299쪽). 세 번째는 물고기 시종(188쪽). 다섯 번째는 같은 삽화의 개구리 시종. 그리고 네 번째는 111쪽의 앨리스다.

이는 우연의 일치가 아니라고 록우드는 주장한다. 『거울 나라의 앨리스』에 나오는 테니얼의 삽화에는 발레 자세가 거의 나오지 않기 때문이다. 첫 번째 자세만 트위들덤 형제 삽화에서 찾아볼 수 있다. 록우드는 "머리를 베어라!"라는 명령의 기원에 대한 흥미로운 추측으로 기고문을 마감한다.

8 1886년에 인쇄된 새빌 클라크의 오페레타 판본에는 '부엉이를 먹으며'라는 섬뜩한 말로 낭송이 끝난다. 마지막 두 행에 대한 다른 버전이자 아마도 초기 버전이 스튜어트 콜링우드의 전기에 나타나는데, 다음과 같다.

> 그러나 흑표범은 포크와 나이프를 모두 손에 넣었고,
> 그래서 그가 이성을 잃었을 때, 부엉이는 목숨을 잃었다.

캐럴리언들은 '부엉이를 먹으며eating the owl'를 다른 말로 바꿔 말하기를 즐겼는데, 이는 루이스 캐럴 협회 회보인 《밴더스내치》에 가끔 보고되곤 했다. 라임을 이루게끔 낭송의 결말로 제안된 말들은 다음과 같다. '먹이 찾아 배회하며(~prowl)', '턱을 닦으며(jowl)', '한바탕 울부짖으며(~howl)', '꽃삽을 쥐며(~trowel)', '암탉에게 입 맞추며(~fowl)', '눈살을 찌푸리며(~scowl)', '두건을 쓰며(~cowl)'.

지라더니! 애한테 〈거북수프〉 노래나 불러주지 그래?"

짝퉁거북은 이렇게 노래를 시작했다.[9] 깊이 한숨을 내쉬고, 흐느끼며 목멘 소리로.

"아름다운 수프, 너무나 걸쭉한 초록빛

수프가 뜨거운 사발 안에서 기다리는데

그런 요리에 누가 머리를 조아리지 않을까?

저녁의 수프, 아름다운 수프!

저녁의 수프, 아름다운 수프!

　아아아아름다운 수우우우프!

　아아아아름다운 수우우우프!

저어어어녁의 수우우우프!

　아름다운, 아름다운 수프!

아름다운 수프! 물고길랑, 살코길랑,

딴 요릴랑은 누가 좋아하는 거야!

단돈 두 푼짜리 아름다운 수프라면

다른 모든 걸 줘도 아깝지 않아.•

• Who would not give all else for two p/ ennyworth only of beautiful Soup?: 라임을 이루기 위해 pennyworth의 p에서 행 가름했다. 단돈 2푼two penny짜리 아름다운 수프를 위해서라면, 다른 모든 것을 누군들 주지 않겠는가? 짝퉁거북은 연명하기 위한 죽 한 사발을 얻기 위해 다른 모든 것, 곧 '진짜 거북'임을 날마다 포기해왔다는 것이 이 구절에 함축되어 있다. 이 수프가 "너무나 걸쭉한 초록빛so rich and green"이라는 것을 주목하라. 이는 초록거북 수프, 곧 진짜 거북의 죽음을 암시한다. 자신의 몸을 팔아서 얻은, '단돈 두 푼짜리' 저녁 한 끼는 처절하게 아름답다.
신배승의 시 「기침」이 언뜻 떠오른다. "밥그릇의 천 길 낭떠러지 속으로/ 비굴한 내 한 몸 던져버린 오늘." 하지만 짝퉁거북의 노래 자체는 익살스러워 보인다. 이런 것을 골계滑稽라고

9 1862년 8월 1일, 캐럴은 리들 자매가 그를 위해 당시의 유행가 〈저녁의 별〉을 불러주었다고 일기에 기록한다. 노랫말과 곡은 제임스 M. 세일리스가 쓴 것이다.

하늘의 아름다운 별 너무나 밝아
지구 멀리 움직이는 그대
은색 별빛이 부드럽게 내리비치네.
저녁의 별, 아름다운 별.

(후렴)

아름다운 별,
아름다운 별,
저녁의 별, 아름다운 별.

팬시의 눈에는 이렇게 말하는 것 같아,
날 따라오라고, 지구에서 멀리 오라고.
하늘 너머 사랑의 영역으로
위로, 그대 영혼의 나래는 오르려 하네.

오 신성한 사랑의 별, 늘 빛나기를.
멀리 움직이며 그대 둘레로
우리 영혼의 사랑이 휘감기기를.
황혼의 별, 아름다운 별.

짝퉁거북의 노래 2절은 원작에는 나타나지 않는다. '아름다운'과 '수프', '저녁'이라는 낱말을 길게 늘인 것은 그렇게 길게 늘여 부르라는 뜻이다.

바다거북이 밤에 산란할 해안가를 방문할 때, 특히 암컷 거북은 종종 하염없이 눈물을 흘리는 것처럼 보인다고 여러 독자들이 내게 알려주었다. 독자인 헨리 스미스는 그 이유를 이렇게 설명했다. 파충류의 콩팥은 바닷물에서 소금을 제거하는 데 효율적이지 못해서 양쪽 눈 바깥쪽 모서리에 있는 도관을 통해 짠 물을 배출하는 특별한 분비선을 갖추고 있다. 물속에서는 분비물이 씻겨나가지만, 육지에 있을 때는 그 분비물이 북받치는 눈물처럼 보인다. 동물학에 관심이 많았던 캐럴은, 의심할 나위 없이 그런 사실을 잘 알고 있었을 것이다.

단돈 두 푼짜리 아름다운 수프라면.

　아아아아름다운 수우우우프!

　아아아아름다운 수우우우프!

　저어어어녁의 수우우우프!

　아름다운, 아름다아아운 수프!"

"후렴, 다시!" 그리핀이 외치자, 짝퉁거북이 되풀이하기 시작했다. 바로, 그때, 멀리서 "재판이 열린대!" 하고 외치는 소리가 들려왔다.

"가자!" 그리핀은 앨리스의 손을 잡고, 노래가 끝나길 기다리지도 않고 부리나케 달렸다.

"무슨 재판인데요?" 앨리스가 숨을 헐떡이며 말했지만, 그리핀은 "어서!" 하고 말할 뿐이었다. 발걸음을 재촉하는 동안, 산들바람에 실려 그들 뒤를 따라오던 노랫말은 갈수록 희미해졌다.

　"저어어어녁의 수우우우프,

　　아름다운, 아름다운 수프!"

한다. 골계란 익살을 부리는 가운데 신랄한 풍자를 하는 것이다. 『이상한 나라의 앨리스』에 나오는 캐럴의 시는 거의가 패러디인데, 패러디의 3대 요소로 모방과 변용, 그리고 골계를 꼽는다. 캐럴의 풍자시는 모두 겉보기에 우스꽝스럽다. 그러나 그 이면에는 초라하고 처참한 현실에 대한 비애나 질타가 담겨 있다.

찰스 포커드, 1929

누가 타르트를 훔쳤나

그들이 도착했을 때 하트의 왕과 여왕이 왕좌에 앉아 있었고, 주위로 많은 군중들, 곧 카드 한 벌만이 아니라 온갖 종류의 작은 새와 네발 동물들이 북적거리고 있었다. 잭은 사슬에 묶인 채 그들 앞에 서 있었는데, 병사가 양쪽에서 그를 지키고 있었다. 그리고 왕 가까이엔 하얀 토끼가 한 손엔 트럼펫을, 다른 손엔 양피지 두루마리를 들고 있었다. 법정 한가운데 놓인 탁자 위에는 큼직한 접시에 타르트˙가 담겨 있는데, 워낙 먹음직스러워 앨리스는 군침이 돌았다. "재판을 끝내고 저걸 간식으로 돌렸으면 좋겠어!" 하고 앨리스는 생각했다. 하지만 그럴 가망은 없어 보였다.

앨리스는 시간을 때우기 위해 주위의 모든 것을 둘러보기 시작했다.

˙ tart는 원래 프랑스어로 영국에서는 파이와 같은 뜻으로 쓰이는 말이다. 흑표범과 부엉이가 나오는 앨리스의 시에 파이 크러스트pie-crust란 말이 나오니까, 굳이 차이를 따져보면, 타르트는 파이와 달리 바닥만 크러스트(밀가루 반죽)로 되어 있고, 파이 크러스트보다 더 두꺼워 쿠키 같은데, 크러스트 위에 체리 따위의 과일을 얹어서 굽는다. 파이는 반죽 안에 과일과 견과류나 고기 등의 재료를 넣고 감싸서 굽는다. 타르트는 아주 크게 만들기도 한다.

해리 퍼니스, 1908

앨리스는 한 번도 법정에 가본 적이 없었다.[1] 그러나 책에서 읽어본 적은 있어서, 그곳에 있는 거의 모든 것의 이름을 알고 있다는 사실이 아주 뿌듯했다. "저건 판사야." 앨리스는 혼잣말을 했다. "왜냐하면 거창한 가발을 썼거든."

그런데 판사는 왕이었다. 가발 위에 왕관을 써서 전혀 편안해 보이지 않았다(이 왕이 어떤 모습인지 알고 싶다면 삽화를 보라). 가발에 왕관은 확실히 어울리지 않았다.

"그리고 저건 배심원석이야." 앨리스는 생각했다. "그리고 저건 열두 동물."(어쩔 수 없이 '동물creatures'이라고 생각한 것은, 알다시피, 일부는 네발 동물animals이고, 일부는 새였기 때문이다.) "그리고 저들은 배심원jurors일 거야." 이 마지막 말을 앨리스는 혼잣말로 두어 번 되뇌며 자못 자랑스러워했다. 또래 소녀 중에 그 의미를 조금이라도 아는 애는 없을 거라 생각했고, 사실 그 생각이 맞았기 때문이다. 하지만 '남자배심원jurymen'이라고 생각했어도 마찬가지였을 것이다.*

12명의 배심원은 모두 아주 바쁘게 석판**에 글을 쓰고 있었다. "저들은 뭐 하는 거예요? 재판이 시작되기 전에는 아무것도 기록할 게 없을 텐데 말예요." 앨리스가 그리핀에게 소곤소곤 물었다.

"자기 이름을 적고 있는 거야." 그리핀도 소곤소곤 대답했다. "재판이

● 'juror'와 'jurymen'은 동의어다. 동물의 성별을 가릴 수는 없지만, 수컷들뿐일 게 분명해서 후자인 가부장적 용어를 썼어도 옳았을 거라는 뜻이다. 배심제도가 처음 시행된 것은 12세기 잉글랜드와 웨일스다. 배심원의 임무가 증거의 조사·수집에서, 17세기 말부터 만장일치의 사실 판정으로 바뀌면서 증인을 법정에 부르게 되었다. 19세기 중반 영국, 곧 루이스 캐럴 당시 영국에서는 '여성운동'이 막 시작되었고 여성 배심원은 아직 없었다. 영국에서 여성에게 투표권을 부여한 것이 1918년이었으니, 여성 배심원은 그 한참 이후에 생겼을 것이다.

●● slate: 당시 학생들도 사용한 필기판. 얇은 판으로 쉽게 분리되는 암회색 바위slate로 만든다.

1 에드워드 웨이클링은 캐럴이 법체계에 매료되어 「변호사의 꿈」과 『스나크 사냥』의 6편과 같은 글을 썼다는 사실을 우리에게 상기시킨다. 캐럴의 잦은 법정 방문과 재판 참관은 그의 여러 일기에도 기록되어 있다.[1]

마거릿 태런트, 1916

끝나기 전에 자기 이름을 까먹을까 봐 그러는 거지."

"멍청한 것들!" 앨리스는 발끈해 소리 내어 말했다가 얼른 말을 멈췄다. 하얀 토끼가 "법정에서는 정숙하시오!" 하고 외쳤기 때문이다. 게다가 왕도 안경을 쓴 채 누가 떠들고 있는지 알아내려고 열심히 주위를 두리번거리고 있었다.

앨리스는 어깨너머로 보기라도 한 듯, 모든 배심원이 자기 석판에 "멍청한 것들!"이라고 기록하고 있다는 걸 알 수 있었다. 심지어 한 명은 '멍청한'이라는 낱말의 철자조차 모른다는 것도 알아냈다. 그가 이웃 배심원에게 철자를 물어본 것이다. "재판이 끝나기도 전에 석판이 난장판이 되겠는걸?" 하고 앨리스는 생각했다.

배심원 중 하나의 연필은 끽끽거리는 소리를 냈다. 당연히 이걸 참지 못한 앨리스는 법정을 빙 돌아 그의 뒤로 갔고, 곧바로 연필을 가로챌 기회를 잡을 수 있었다. 앨리스가 너무도 잽싸게 연필을 낚아채서, 가엾은 꼬마 배심원(그건 도마뱀 빌이었다)은 연필이 어디로 사라졌는지 전혀 알아채지도 못했다. 그래서 연필을 한참 찾다가는 결국 손가락으로 글을 써야 했다. 그런데 손가락은 아무런 쓸모가 없었다. 석판에 흔적도 남지 않았기 때문이다.

"포고관, 고소장을 읽어라!" 왕이 말했다. 그러자 하얀 토끼가 트럼펫을 세 차례 분 다음, 두루마리 양피지를 펼쳐 다음과 같이 읽었다.[2]

"하트의 여왕, 마마께서 여름 한나절 내내
　　약간의 타르트를 만드셨노라.
하트의 잭, 그가 그 타르트를 훔쳐
　　아주 멀리 가져갔노라!"

블랑슈 맥마누스, 1899

"평결을 논의하라." 왕이 배심원단에게 말했다. "아직, 아직 아닙니다!" 토끼가 급히 왕의 말을 끊었다. "그 전에 거쳐야 할 게 많아요!"

"첫 번째 목격자를 불러라" 하고 왕이 말하자, 하얀 토끼가 트럼펫을 세 차례 분 후, "첫 번째 목격자!" 하고 외쳤다.

첫 번째 목격자는 모자장수였다. 그는 한 손엔 찻잔을, 다른 손엔 버터 바른 빵 한 조각을 들고 들어왔다.

"국왕 전하, 이런 것을 들여와서 송구하옵니다!" 모자장수가 입을 열었다. "하지만 호출받았을 때 차를 미처 다 마시지 못했나이다."

"다 마시고 와야 했다. 언제부터 마시기 시작했느냐?" 왕이 말했다.

모자장수는 삼월 산토끼를 바라보았다. 그를 따라 법정에 들어온 삼월 산토끼는 겨울잠쥐와 팔짱을 끼고 있었다. "3월 14일이라고 사료되옵니다." 모자장수가 말했다.

"15일입니다." 삼월 산토끼가 말했다.

"16일입니다." 겨울잠쥐가 말했다.

"그것을 기록하라" 하고 왕이 배심원단에게 말하자, 배심원단은 자기 석판에 열심히 세 날짜를 모두 기록한 다음, 숫자들을 모두 더하고, 그 답이 몇 실링 몇 펜스인지 계산했다.

2　윌리엄과 실 배링굴드가 『주석 달린 마더 구스』에서 주석으로 달았듯,[2] 하얀 토끼는 《유러피언 매거진》(1782. 4.)에 처음 실린 4연의 시 중 첫 행만 읽는다.＊ 1연은 '마더 구스' 라임 모음집에 실리게 되었는데, 배링굴드가 시사한 바와 같이 아마도 캐럴이 이것을 인용한 덕분에 현재의 명성을 얻게 되었을 것이다. 다음은 전체 시편이다.

> 하트의 여왕
> 그녀는 한여름 내내
> 약간의 타르트를 만들었지.
> 하트의 잭
> 그가 이 타르트를 훔쳐
> 깨끗이 치워버렸지.
> 하트의 왕은
> 타르트를 찾고자
> 잭을 심하게 때렸지.
> 하트의 잭은
> 다시 타르트를 가져왔고
> 더는 훔치지 않겠다고 맹세했지.
>
> 스페이드의 왕
> 그는 하녀들에게 키스를 했고
> 여왕은 몹시 화가 났지.
> 스페이드의 여왕
> 그녀는 하녀들을 때리고
> 밖으로 내쫓았지.
> 스페이드의 잭은
> 바람둥이 여자들을 한탄하면서도
> 그들을 위해 탄원했지.
> 우아한 여왕
> 그녀는 마음이 풀려
> 더는 때리지 않겠다고 맹세했지.
>
> 클럽의 왕
> 그는 자주 몽둥이질을 하지.

"모자를 벗어라." 왕이 모자장수에게 말했다.

"이것은 제 것이 아닙니다요." 모자장수가 말했다.

"**훔쳤구나!**" 왕이 소리를 지르고는 배심원단을 돌아보았다. 배심원단은 즉각 그 사실을 기록했다.

"모자는 팔려고 간직하고 있는 겁죠." 모자장수가 설명을 덧붙였다. "제 모자는 하나도 없어요. 저는 일개 모자장수 일 뿐입죠."•

이때쯤 여왕이 안경을 쓰더니, 모자장수를 뚫어져라 노려보기 시작했다. 모자장수는 낯빛이 창백해져 안절부절못했다.

"너의 증거를 제시하라." 왕이 말했다. "불안해하지 말라. 안 그러면 즉석에서 처형하겠다."

이 말이 증인에겐 전혀 용기를 북돋워 준 것 같지 않았다. 그는 왼쪽 오른쪽으로 계속 몸을 건들거리며 불안하게 여왕을 바라보았다. 그렇게 갈팡질팡하다, 모자장수는 버터 바른 빵 대신 찻잔을 크게 물어뜯었다.[3]

바로 그 순간 앨리스는 아주 요상한 느낌이 들었다. 너무 어리둥절했던 앨리스는 결국 무슨 영문인지 알아냈다. 다시 몸이 점점 커지기 시작한 것이다. 처음에는 얼른 일어나 법정을 떠날까 했지만, 앨리스는 생

• 모자장수는 '내 것my own'을 가진 적이 없다면서 항상 모자를 쓰고 있다. 삽화를 보니 그가 쓰고 다니는 모자는 판매용 전시품이다. 판매용은 자기 소유라도 '내 모자'가 아니다. 모자에 쓰인 말: "이런 스타일은 10/6". 10실링 6펜스, 곧 10.5실링은 오늘날의 화폐가치로 약 73.5펜스(11만 원)다.

그가 사랑하는 여왕이자 아내를.
클럽의 여왕은
그의 모욕을 모욕으로 갚으니
소란과 다툼뿐.
클럽의 잭은
윙크하고 쓰다듬으며
여왕을 편들겠다고 맹세하지.
우리의 왕들이
그런 짓들을 하니
자기들은 현명해야 한다며.

다이아몬드의 왕은
흔쾌히 노래하겠노라 하고
그의 아름다운 여왕도 그러지만
오만한 노예인
다이아몬드의 잭은
그들을 갈라놓지 않고는 못 견뎠지.
선량한 다이아몬드의 왕은
교수형 밧줄로
오만한 잭을 결딴내느니!
그리하여 마음 평온한
여왕이여 부디
왕실의 침대를 즐기시라.

윌리 포거니, 1929

트럼펫을 부는 하얀 토끼를 그린 테니얼의 원래 삽화는 인쇄된 것과 여러모로 다르다. 테니얼의 삽화(364쪽)와 다른 '사용하지 않은' 다음 삽화(365쪽)는 영국 도서관에 있는 달지얼 형제의 스크랩북에서 가져온 것이다.
● 이 잡지에 시가 처음 실렸을 때는 행 구분이 달랐던 듯하다. ─편집자

3   테니얼의 이 장면 삽화에 나오는 모자장수의 나비넥타이는 뉴얼의 삽화들처럼 넥타이의 오른쪽 끝이 뾰족하다는 게 주목을 받아왔다. 테니얼이 그린 「미친 티파티」의 두 삽화에서는 모자장수의 나비넥타이가 왼쪽 끝이 뾰족하다. 마이클 핸처는 테니얼에 관한 책에서 이것을 테니얼의 삽화에 나타나는 몇 가지 재미있는 불일치 중 하나로 지적한다.

각을 고쳐먹고 여유 공간이 있는 한 오래 법정에 머물기로 마음먹었다.

"날 좀 찌부러뜨리지 마. 숨을 쉬기가 힘들어." 옆에 앉아 있던 겨울잠쥐가 말했다.

"나도 어쩔 수가 없어요." 앨리스는 아주 얌전하게 말했다. "계속 자라고 있거든요."

"무슨 권리로 여기서 자란단 말이야?" 겨울잠쥐가 말했다.

"말도 안 되는 소리 하지 마요." 앨리스가 당차게 말했다. "아시다시피 그쪽도 자라고 있잖아요."

"그래, 하지만 난 막무가내로 자라진 않아." 겨울잠쥐가 말했다. "그렇게 우스꽝스럽게 자라진 않는다고." 그는 그러곤 아주 뾰로통하니 자리에서 일어나 법정을 가로질러 다른 자리로 가버렸다.

그러는 내내 여왕의 눈초리는 모자장수에게서 떠나지 않았다. 겨울잠쥐가 법정을 막 가로질렀을 때 여왕이 법정 경찰관 중 한 명에게 말했다. "지난번 콘서트에서 노래한 자들 명단을 가져오너라!"[4] 그 말에 절망한 모자장수는 부들부들 떠는 바람에, 양쪽 신발이 다 훌렁 벗겨졌다.

"너의 증거를 제시하라." 화가 난 왕이 되뇌었다. "그렇지 않으면 너를 처형하겠다. 네가 불안하든 말든."

"저를 불쌍히 여기소서, 국왕 전하." 모자장수는 떨리는 음성으로 말을 시작했다. "제가 차를 마시기 시작한 것은…, 일주일이 넘지 않았습죠…. 버터 바른 빵이 줄어든 걸 보십쇼. 그리고 반짝반짝하는 차tea…."[5]

4 「미친 티파티」에 나온 대로 모자장수가 "반짝반짝 작은 박쥐!"를 부르며 시간을 죽인(박자를 맞추지 못한) 사건을 여왕은 상기하고 있다.

5 모자장수의 말이 중간에 끊기지 않았다면, 그는 '차 쟁반tea tray'이라고 말했을 것이다. 그는 미친 티파티에서 차 쟁반처럼 하늘에서 반짝이던 박쥐에 대한 노래를 떠올리고 있다.

피터 뉴얼, 1901

"뭐가 반짝반짝해twinkling?" 왕이 물었다.

"그건 티tea로 시작하는 말입죠." 모자장수가 대답했다.

"물론 트윙클링이야 T로 시작하지." 왕이 날카롭게 말했다. "너는 나를 바보로 아느냐? 계속해 보거라!"

"저를 불쌍히 여기소서" 하고 모자장수가 말을 이었다. "그리고 그후 온갖 것들이 반짝거렸습죠. 다만 저 삼월 산토끼 말로는…."

"난 말하지 않았어!" 삼월 산토끼가 득달같이 말을 가로챘다.

"말했어!"* 모자장수가 말했다.

"저는 부인합니다!" 삼월 산토끼가 말했다.

"그가 부인한다. 그 대목은 넘어가도록 하라." 왕이 말했다.

"음, 아무튼 겨울잠쥐가 말하길…" 하고 이어 말하며, 모자장수는 겨울잠쥐 역시 부인을 할지 알아보려 걱정스레 두리번거렸다. 하지만 겨

● 이것 역시 캐럴식 언어유희. 산토끼가 앞서 "난 말하지 않았어!" 하고 말했다는 뜻에서 모자장수가 "말했어!"라고 말한 것이다. 이후 겨울잠쥐가 잠이 들어 아무 말도 하지 않자 모자장수는 할 말이 궁해진다.

A. E. 잭슨, 1914

울잠쥐는 단잠에 빠져 아무것도 부인하지 않았다.

"그 후" 하고 모자장수가 이어 말했다. "저는 버터 바른 빵을 좀 더 잘랐습죠…."

"그런데 겨울잠쥐가 뭐라고 말했나요?" 배심원단 가운데 한 명이 물었다.

"그건 기억나지 않습니다." 모자장수가 말했다.

"기억해야 한다." 왕이 명했다. "그렇지 않으면 너를 처형하겠다."

참담해진 모자장수는 찻잔과 버터 바른 빵을 떨어뜨리고는 한쪽 무릎을 꿇었다. 그러곤 "저는 불쌍한poor 놈입니다, 국왕 전하" 하고 말했다.

"그래, 너는 참 할 말이 궁한poor 자로구나."• 왕이 말했다.

이 대목에서 기니피그 중 하나가 박수갈채를 보냈다가, 법정 경찰관들에게 바로 제압당했다. (이건 좀 어려운 말이라서, 제압이란 것을 어떻게 했는지 설명해주겠다. 그들은 끈으로 주둥이를 묶는 커다란 포대자루 하나를 가지고 있었다. 그들은 그 포대 안에 기니피그를 머리부터 집어넣은 다음 그 위에 걸터앉았다.)

"저걸 보니 반갑네." 앨리스는 생각했다. "종종 신문에서 읽어봤어. 재판이 끝난 후 박수갈채가 좀 터져 나왔는데, 그걸 법정 경찰관들이 즉각 제압했다는 것 말이야. 제압이란 게 무슨 뜻인지 몰랐는데 이제야 알겠어."

"네가 아는 것이 그게 전부라면 너는 증인석에서 내려가도 좋다." 왕이 이어 말했다.

• 'poor(불쌍한)'을 '궁핍한/가난한'으로 받아 '참 할 말이 궁핍한 자a very poor speaker'라고 언어유희를 한 것이다.

W. H. 로메인 워커, 1907

"저는 더 내려갈 수가 없나이다. 보시다시피, 저는 바닥에 서 있습죠." 모자장수가 말했다.*

"그럼 앉아도 좋다." 왕이 대꾸했다,

이 대목에서 다른 기니피그가 박수갈채를 보냈고 바로 제압당했다.

"이제야, 기니피그들이 다 사라졌네! 이제 좀 낫겠어" 하고 앨리스는 생각했다.

"저는 차를 마저 마시고 싶습니다" 하고 말한 모자장수는 불안한 눈길로 여왕을 바라보았다. 여왕은 가수들 명단을 읽고 있었다.

"그럼 너는 가도 좋다." 왕이 말하자, 모자장수는 신발 신는 잠깐 시간도 참지 못하고 부리나케 법정을 떠났다.

"…그의 머리를 베어라, 밖에서." 여왕이 경찰관 가운데 한 명에게 덧붙여 말했다. 그러나 경찰관이 문에 이르기도 전에 모자장수는 종적을 감췄다.

"다음 목격자를 불러라!" 왕이 말했다.

다음 증인은 여공작의 요리사였다. 그녀는 손에 후추 상자를 들고 있었다. 앨리스는 요리사가 법정에 들어서기 전부터 입구 근처 사람들이 일시에 재채기해대는 것을 보고 그게 누군지 알 수 있었다.

"너의 증거를 제시하여라." 왕이 말했다.

"싫은데요." 요리사가 말했다.

그 말에 왕이 뜨악하게 하얀 토끼를 바라보자, 토끼가 나지막이 말했다. "이 증인은 반드시 엄하게 신문을 하셔야 합니다."

"음, 그래야 한다면 그래야지." 왕이 우울하게 말하고는 팔짱을 낀 후

• 증인석에서 내려가도 좋다는 뜻의 이 말을 모자장수는 문자 그대로 아래로 내려가라는 뜻으로 이해한다. 기니피그는 stand down을 못 하겠다면 'sit' down을 하라는 왕의 언어유희에 갈채를 보낸다.

앨리스 B. 우드워드, 1913

눈살을 잔뜩 찌푸리며 요리사를 엄하게 째려봤다. 왕은 요리사가 거의 보이지 않을 정도로 눈살을 찌푸린 다음에야 걸걸한 음성으로 말했다. "타르트는 무엇으로 만드느냐?"

"후추죠, 주로." 요리사가 말했다.

"당밀." 하는 졸음 겨운 목소리가 요리사 뒤에서 들려왔다.

"저 겨울잠쥐를 붙잡아라!" 여왕이 소리를 빽 질렀다. "겨울잠쥐의 머리를 베어라! 저 겨울잠쥐를 법정에서 쫓아내! 녀석을 제압해! 꼬집어버려! 녀석의 콧수염을 베어버려!"

겨울잠쥐를 잡아 쫓아내느라 한참 동안 법정 전체가 술렁였고, 그들이 다시 자리에 앉았을 무렵, 요리사는 사라지고 없었다.

"걱정 마라!" 이제야 마음이 놓인다는 듯 왕이 말했다. "다음 증인을 불러라." 그러고는 여왕에게 목소리를 낮춰 말했다. "정말이지, 여보, 다음 증인은 당신이 신문을 해야겠소. 이런 일은 골치가 아파서, 원!"

앨리스는 명단을 뒤지고 있는 하얀 토끼를 지켜보았다. 다음 증인은 또 어떨지 너무나 궁금해서였다. "…아직까지 증거가 별로 없으니까" 하고 앨리스는 혼잣말을 했다. 토끼가 가녀린 목청으로 찢어지라 크게 그 이름을 낭독했을 때, 앨리스가 얼마나 놀랐을지 상상해보라.

"앨리스!"

거트루드 케이, 1923

앨리스의 증언

"여기요!" 앨리스가 외쳤다.

지난 몇 분 동안 법정이 술렁이는 중에 앨리스는 자기가 얼마나 크게 자랐는지 까맣게 잊고 있었다. 앨리스가 자기 이름을 부르는 소리에 갑자기 벌떡 일어나는 바람에 앨리스의 치맛자락에 쓸린 배심원석이 홀러덩 엎어져 버린 것이다. 모든 배심원이 아래쪽 방청객들의 머리 위로 곤두박질쳐서는 이리저리 나동그라졌다. 그건 앨리스가 지난주에 실수로 엎은 어항 속 금붕어들을 떠올리게 하는 광경이었다.[1]

"어머나, 죄송합니다!" 너무나 당황한 앨리스가 외쳤다. 그러곤 허겁지겁 그들을 집어 들기 시작했다. 금붕어 사건이 계속 머릿속을 맴돌고 있어서, 얼른 거두어 모아 다시 배심원석에 넣지 않으면 금붕어처럼 죽고 말 거라는 생각이 어렴풋이 들어서였다.

"재판을 진행할 수가 없군." 왕이 아주 심각한 목소리로 말했다. "배심원들이 모

1 『유아용 앨리스』에서 캐럴은 이 장면을 그린 테니얼의 삽화에 12명의 배심원 모두가 등장한다는 점을 강조하면서 그들을 개구리, 겨울잠쥐, 집쥐, 흰담비, 고슴도치, 도마뱀, 밴텀 수탉, 두더지, 오리, 다람쥐, 아기황새, 아기생쥐 순으로 나열한다. 그리고 마지막 둘에 대해 이렇게 말한다. "테니얼 선생님은 비명을 지르고 있는 새가 아기황새래요(물론 그게 무엇인지 여러분도 이미 알겠지만). 그리고 머리가 하얀 작은 동물은 아기생쥐랍니다. 정말 귀엽고 사랑스럽지 않나요?"

『유아용 앨리스』에 실린 손 테니얼의 삽화, 1890

두 제자리로 돌아갈 때까지 말이야, 모두." 왕은 **모두**라는 말을 강조하면서 앨리스를 쏘아보았다.

배심원석을 바라본 앨리스는 너무 서두르다 도마뱀을 거꾸로 엎어놓은 것을 알게 됐다. 그 가엾은 꼬맹이는 움직이지도 못하고 꼬리만 우울하게 까딱거리고 있었다. 앨리스는 곧장 다시 들어 똑바로 앉혔다. "이건 별일 아냐." 앨리스는 혼잣말을 했다. "이제 남들처럼 똑바로 앉았으니 다른 배심원만큼 아주 잘 해낼 거라고 봐."

배심원들은 엎어져 곤두박질친 충격에서 조금 벗어나자마자, 그리고 찾아낸 석판과 연필을 다시 돌려받자마자, 방금 일어난 일을 아주 부지런히 기록하기 시작했다. 도마뱀만 빼고 말이다. 도마뱀은 무슨 일이든 할 만큼은 회복된 것 같았지만, 입을 떡 벌리고 앉아 재판정의 천장만 물끄러미 쳐다보고 있었다.

"고소 사건에 대해 너는 무엇을 알고 있느냐?" 왕이 앨리스에게 말했다.

"아무것도 몰라요." 앨리스가 말했다.

"뭐가 됐든 **아무것도**?" 왕이 거듭 물었다.

"뭐가 됐든 아무것도요." 앨리스가 말했다.

"그것은 아주 중요하다." 왕이 배심원단을 돌아보며 말했다. 그들이 석판에 이 말을 막 기록하려고 할 때, 불쑥 하얀 토끼가 끼어들었다. "국왕 전하의 말씀은, 당연히, 안 중요하다는 뜻이오." 그는 한껏 존경 어린 목소리로 말하면서도 왕을 향해 잔뜩 눈살을 찌푸렸다.

윌리 포거니, 1929

블랑슈 맥마누스, 1899

A. E. 잭슨, 1914

마거릿 태럿트, 1916

"당연히, 내 말은, 안 중요하다는 뜻이다." 왕은 서둘러 말하고는 목소리를 낮춰 계속 혼잣말을 했다. "중요하다, 안 중요하다, 안 중요하다, 중요하다…." 어느 말이 가장 듣기 좋은지 알아보려는 듯 말이다.

배심원단은 그것을 받아 적었다. 몇 명은 '안 중요하다'라고, 몇 명은 '중요하다'라고 받아 적었다는 것을 앨리스는 알 수 있었다. 그들의 석판을 건너다볼 만큼 가까이 있었기 때문이다. "하지만 그게 무슨 상관이람" 하고 앨리스는 생각했다.

그 순간, 시간깨나 들여 자기 공책에 뭔가를 끼적이고 있던 왕이 외쳤다. "정숙하라!" 그러고는 공책에 적힌 말을 낭독했다. "규칙 제42조.[2] 키가 1.6킬로미터 이상인 사람은 모두 재판정을 떠나야 한다."

모두가 앨리스를 바라보았다.

"내 키는 1.6킬로미터가 안 돼요." 앨리스가 말했다.

"된다." 왕이 말했다.

"3.2킬로미터에 가깝다." 여왕이 덧붙여 말했다.

"글쎄요, 그래도 떠나지 않을래요." 앨리스가 말했다. "게다가 그건 원래의 규칙이 아니잖아요. 방금 지어낸 거죠."

"이 책에서 가장 오래된 규칙이야." 왕이 말했다.

"그렇다면 규칙 제1조여야 해요." 앨리스가 말했다.

왕은 낯빛이 푸르죽죽해지더니 얼른 공책을 덮었다. 그러곤 "배심원단은 평결을 논의하라" 하고 떨리는 목소리로 나지막이 말했다.

"국왕 전하, 아직 나오지 않은 증언이 더 있습니다." 하얀 토끼가 갑자기 펄쩍 뛰며 말했다. "이 증거 서류는 꼭 채택되어야 합니다."

"거기 무엇이 적혀 있느냐?" 여왕이 말했다.

"아직 열어보지 않았습니다만, 편지인 것 같습니다. 죄수가 쓴 건데요, 에, 누군가에게요." 하얀 토끼가 말했다.

2   42라는 숫자는 캐럴에게 각별한 의미가 있었다. 첫 번째 『앨리스』에는 42개의 삽화가 실렸다. 중요한 항해 규칙인 제42조가 캐럴의 『스나크 사냥』 서문에 인용되어 있다. 그리고 『스나크 사냥』 1편 7연에서 제빵사는 꼼꼼하게 꾸린 42개의 상자를 가지고 배에 올라탄다. 「주마등」이라는 시 1편 16연에서 캐럴은 당시 37세였는데 자기가 42세라고 밝힌다. 『거울 나라의 앨리스』에서 하얀 왕은 험티 덤티를 되찾기 위해 4,207명의 병사와 말을 보낸다. 7은 42의 약수다. 두 번째 책에서 앨리스의 나이는 7세 6개월인데, 7 곱하기 6은 42다. 우연의 일치인지 모르지만 (필립 베넘이 지적한 대로) 두 권의 『앨리스』는 각각 12장으로 이루어져 모두 24장인데, 24의 숫자 자리를 바꾸면 42가 된다.

캐럴의 생애와 그리스도교 성서, 셜록 홈즈 이야기 등에 나타나는 42에 대한 수비학을 알고 싶다면 잉글랜드 루이스 캐럴 협회의 회보 《밴더스내치》 42호를 참고하라 (이것은 1942년 더하기 42년 1월에 발간되었다). 또한 에드워드 웨이클링의 「내가 너에게 42번 말한 것은 참이다!」, 「숫자 42에 관한 더 많은 발견」,[1] 그리고 1981년 판 『스나크 사냥』에 실린 내 「주석 달린 스나크」의 32번 주석을 참고하라.[2] 더글러스 애덤스의 인기 SF 소설 『히치하이커의 은하 가이드』[3]에는 "모든 것에 대한 궁극의 질문"에 대한 답이 42라는 말이 나온다. 이 42에 대한 더 많은 정보가 해당 책 1장 5번 주석에 나온다. 그의 컴퓨터 딥소트Deep Thought가 '궁극의 질문'에 대한 답을 말할 때, 자신은 캐럴을 염두에 두었다는 사실을 부인했다. 하지만 그 숫자가 머릿속에 무작위로 떠올랐다는 애덤스의 말은 농담일 뿐이다.[4]

숫자 42에 대한 더 많은 사색은 《재버워키》 1989년 겨울/봄 호에 실린 찰스 랠프스와 앨런 홀랜드, 앨런 후커, 에드워드 웨이클링의 기고문과 1993년 봄 호에 실린 엘리스 힐먼과 브라이언 패트리지, 조지 스펜스의 기고문, 그리고 조 엘윈 존스와 J. 프랜시스 클래드스톤의 『앨리스 입문서』[5]를 참고하라.

코바타 유리코는 자신이 발견한 다음과 같은 상관관계에 대해 내게 편지로 알려주었다. DODGSON(도지슨)이라는 철자 7개의 알파벳 위치 순서(D=4, G=7 등)를 모두 합하면 42가 된다고.

앨런 태넌바움은 나와의 대화에서 42는 이진수로 0101010인데, 이는 곧 앞부터 읽거나 뒤부터 읽거나 동일한 기호 곧, '이진수 팰린드롬binary palindrome'이라고 언급했다.

2009년부터 메이저리그 야구에선 4월 15일 재키 로빈슨*의 날을 기념해 모든 야구 관계자(심판, 선수, 감독, 코치)가 동일한 번호의 유니폼을 착용하는 캐럴리언 패러독스 아이디어(곧, 등번호의 유효성을 부정하는 아이디어)를 실행하도록 요구했다. 두말할 나위 없이 그 숫자는 42다.

● 재키 로빈슨Jackie Robinson(1919~1972)은 메이저리그 최초의 흑인 선수로 등번호가 42였다.

"그야 그렇겠지." 왕이 말했다. "노바디nobody에게 쓴 게 아니라면 말이다. 알다시피, 노바디에게는 보통 편지를 쓰지 않으니까."

"누구한테 보낸 건데요?" 배심원 중 한 명이 말했다.

"누구한테도 보낸 게 아닌데요?" 하얀 토끼가 말했다. "사실 겉에는 적힌 게 아무것도 없거든요." 그렇게 말하며 그는 서류를 펼치고 덧붙여 말했다. "어차피 편지가 아니네요. 한 편의 시예요."

"죄수가 자필로 쓴 건가요?" 다른 배심원이 물었다.

"아니오, 그건 아닙니다." 하얀 토끼가 말했다. "필체가 너무나 요상해요." (배심원단은 모두 어리둥절한 표정을 지었다.)

"그렇다면 다른 자의 필체를 흉내 낸 게로군." 왕이 말했다. (배심원 모두는 다시 얼굴이 환해졌다.)

"국왕 전하" 하고 잭이 말했다. "저는 그것을 쓰지 않았습니다. 제가 썼다는 증거도 없고요. 맨 끝에 서명도 없으니까요."[3]

"네가 서명하지 않은 거라면 죄가 더욱 무거워질 뿐이다. 너는 누군가를 해코지하려고 한 것이 분명하다. 그게 아니라면 정직하게 네 이름을 썼을 것이다."

이 대목에서 여기저기 박수갈채가 터져 나왔다. 이날 왕이 한 말 가운데 처음으로 진정 현명한 말이었기 때문이다.

"당연히 그것은 네가 유죄라는 증거다." 여왕이 말했다. "그러니 머리를…."

"그건 어떤 증거도 아니에요!" 앨리스가 말했다. "암튼, 내용이 뭔지도 모르잖아요."

"읽어보아라." 왕이 말했다.

하얀 토끼는 안경을 꺼내 썼다. "국왕 전하, 어디서부터 시작할까요?" 그가 물었다.

베시 피즈 구트만, 1907

"시작부터 시작해." 왕이 아주 심각하게 말했다. "그리고 끝까지 계속 읽은 다음 멈추도록 해라."

법정은 쥐 죽은 듯 조용해졌다. 그런 정적 속에서 하얀 토끼가 시를 낭독했다.[4]

"그들이 내게 말했어, 네가 그녀에게 다녀왔고
　　그에게 내 이름을 댔다고.
그녀는 내게 좋은 캐릭터 하나를 주었지만
　　나는 수영은 못한다고 말했지.

그는 그들에게 전했어, 내가 가지 않았다고
　　(우리는 그게 사실이라는 걸 알아.)
만일 그녀가 그 문제를 계속 밀어붙이면
　　너는 어떻게 될까?

나는 그녀에게 하나를, 그들은 그에게 둘을 주었고
　　너는 우리에게 셋 이상을 주었지.
그들은 모두 그에게서 너에게로 돌아갔어,
　　그들이 전에는 나에게 속한 것이었지만.

나나 그녀가 우연히도
　　이 일에 말려들게 된다면
그는 너에게 믿고 맡기지, 그들을 풀어주도록
　　예전에 우리가 꼭 그렇게 풀려났듯이

3   만일 잭이 쓴 게 아니라면 거기에 서명이 없다는 것을 그가 어떻게 알았을까? 하고 셸윈 구데이커는 묻는다.

4   하얀 토끼가 낭독한 이 증거는 이해할 수 없는 대명사와 거의 의미가 없어 보이는 6연의 시로 이루어져 있다. 이 시편은 1855년 런던 《코믹 타임스》에 처음 실린 캐럴의 8연의 난센스 시 「그녀는 그에 대해 내가 꿈꾼 모든 것」을 상당 부분 수정한 것이다. 원작 첫 행은 당시 유행한 윌리엄 미의 감성적인 노래 「앨리스 그레이」의 첫 행을 변용한 것이다. 나머지 부분은 라임만 빼고 그 노래와 유사성이 없다.
소개 글이 앞에 달린 캐럴의 초기 원작은 다음과 같다.

　　이 감동적인 시는 비극 「너였나, 나였나?」, 그리고 인기 소설 두 편 「누이와 아들」과 「조카의 유산, 또는 고마운 할아버지」를 쓴 유명 저자의 원고에서 발견된 것이다.

　　그녀는 그에 대해 내가 꿈꾼 모든 것.
　　　　(나는 부질없는 허풍을 떨지 않는다)
　　만일 그나 네가 팔다리 하나를 잃는다면
　　　　누가 가장 괴로워할까?

　　그가 말했지. 네가 그녀에게 다녀왔다고
　　　　그리고 전에 여기서 날 봤다고
　　하지만 다른 캐릭터로는
　　　　그녀는 너와 동일한 존재.

　　우리에게 말을 거는 자는 아무도 없었어,
　　　　거리에 가득했던 그 모든 이들 중에 아무도.
　　그래서 애석하게도 그는 버스에 올라탔고
　　　　발을 쿵쿵 굴렀어.

　　그들은 그에게 전했어, 내가 가지 않았다고
　　　　(우리는 그것이 사실이라는 걸 알아)
　　만약 그녀가 이 일을 계속한다면,
　　　　너는 어떻게 될까?

　　그들은 그녀에게 하나를, 나에게는 둘을 주었고

내 생각에 너는 장애물이었어.

　(그녀가 이렇게 발끈fit하기 전에는)

그와 우리 자신과 그것

　사이에 낀 장애물이었던 거야.

그에게 알리지 마, 그녀가 그들을 가장 좋아한다고.

왜냐하면 이건 영원한 비밀이거든.

다른 모든 이들에게는 숨기고

너 자신과 나만 알아야 할 비밀 말이야."*

● 왕의 시 해석이 시사하듯, 이 최후의 시편에서 중요한 것은 지시대명사에 대한 해석이다. 이 시편의 중심인물은 셋이다. 1인칭과 2인칭과 3인칭. me/I, you/You, her/She(him/He: me는 him도 된다). 이들이 집합으로 묶이면 us/we, them/they가 되고, 집합에서 자유롭게 풀리면 다시 각각의 인칭이 된다.

베를린 공대의 언어학 교수인 카를 마롤트Karl Maroldt는 이 인칭대명사들을 명사, 곧 이름 으로 해석한다(국제 기호학 연구협회의 유명 학술지인 《세미오티카Semiotica(기호학)》 118호, 1998). 각각의 이름은 첫 스펠링이 대문자로 쓰일 때 비로소 고유명사가 된다. 고유명사가 아닐 때 의 이름은 상대에 따라 주체성 없이 바뀐다. 특히 me는 him도 us도 you도 them도 된다. 주격이 되기 전에는 자기 정체성이 없는 것이다. 세상 사람 모두를 대변하는 이 세 캐릭터는 유리 탁자의 다리가 셋이고, 여공작이 앉았던 걸상 다리가 셋인 것과도 관련이 있다. 삼위 일체의 유리 탁자 위에는 황금열쇠가 놓여 있었는데, 이 시편이 바로 그 황금열쇠라고 카를 마롤트는 지적한다.

> They told me you had been to her,
> 　And mentioned me to him:
> She gave me a good character,
> 　But said I could not swim.
>
> He sent them word I had not gone,
> 　(We know it to be true):
> If she should push the matter on,
> 　What would become of you?
>
> I gave her one, they gave him two,

그들은 우리에게 셋 이상을 주었지.
그들은 모두 그에게서 너에게로 돌아갔어.
　　　그들이 전에는 나에게 속한 것이었지만.

나나 그녀가 우연히도
　　　이 일에 말려들게 된다면,
그는 너에게 믿고 맡기지, 그들을 풀어주도록
　　　예전에 우리가 꼭 그렇게 풀려났듯이.

내가 보기에 너는 그랬던 것 같아
　　　(그녀가 이렇게 발끈하기 전에는)
너는 그와 우리 자신과 그것
　　　사이에 낀 장애물이었던 거야.

그에게 알리지 마, 그녀가 그들을 가장 좋아한다고.
　　　왜냐하면 이건 영원한 비밀이거든.
다른 모든 이들에게는 숨기고
　　　너 자신과 나만 알아야 할 비밀 말이야.

마거릿 태럿트, 1916

캐럴이 이 시편을 자신의 이야기에 끌어들인 것은 이 시편의 배경이 된 노래가 앨리스라는 소녀에 대한 한 남자의 짝사랑을 노래하고 있기 때문일까? 존 M. 쇼의 소책자(여섯 번째 이야기 「돼지와 후추」 5번 주석에서 언급한 것)에 따르면 그 노래의 앞부분은 다음과 같다.

그녀는 그녀에 대해 내가 꿈꾼 모든 것.
　　　그녀는 사랑스럽고, 신성하지만
그녀의 심장은 다른 사람의 것.
　　　그녀는 결코 내 것이 될 수 없어.

그래도 나는 사랑했어, 인간의 사랑 같지 않게
　　　부패하지 않는 사랑,
오, 내 심장, 내 심장이 찢어질 것 같아
　　　앨리스 그레이의 사랑 때문에.

You gave us three or more;
They all returned from him to you
    Though they were mine before.

If I or she should chance to be
    Involved in this affair,
He trusts to you to set them free,
    Exactly as we were.

My notion was that you had been
    (Before she had this fit)
An obstacle that came between
    Him, and ourselves, and it.

Don't let him know she liked them best,
    For this must ever be
A secret, kept from all the rest,
    Between yourself and me.

카를 마롤트의 해석에 따라 옮긴이가 살짝 덧칠해서 이 최후의 시편을 유의미하게 번역하면 다음과 같다. 이 시의 의미를 찾는 것은 원더랜드의 불멸을 추구하는 것이다. 역으로 이 시를 무의미하게 보면 원더랜드에서 방출된다.

· mention: 이름을 대다.

· a good character: 하나의 좋은 문자, 곧 고유명사임을 나타내는 대문자이며 1인칭 주격인 I.

· the matter: 이름을 주격으로 고유명사화하는 문제.

· What would become of you?: you는 어떻게 될까? 다른 이들은 고유명사가 되면서 철자가 바뀌는데 you는 바뀌지 않는다. 또 다른 이들은 항상 단수인데 you는 복수일 수도 있어서 고유한 존재로 특정할 수가 없다. 그래서 you는 고유명사화하는 데 문제적 '장애물 obstacle'이다!

> you와 her가 me에게 말했다. you가 her에게 가서
>   me를 him이라 언급했다고.
> She는 me에게 대문자 I를 주었지만
>   I는 수영을 못한다고 말했다.
>
> He는 you와 her에게 말했다. I가 가지 않았다고
>   (I와 She는 그것이 사실이라는 걸 안다.)
> 만일 She가 고유명사화를 계속 밀어붙이면
>   you는 어떻게 될까?

아서 래컴, 1907

I는 She에게 하나인 you이고, I와 She는 He에게 둘인 you인데
    너희는 us에게 셋 이상의 you다. [왜냐하면]
He가 you라고 한 것까지 모두 you니까.
    전에는 you들이 모두 me를 가리키는 말이었지만.

I나 She가 우연히
    이런 혼란에 휘말린다면
He는 you들을 You 자신이 알아서 풀어주라고 한다.
    전에 we가 그랬듯이, 알아서 I나 She가 되라고.

I가 생각하기에, you는 장애물이었다.
    (그녀가 이 시편fit을 갖기 전에는), [곧, 주격 고유명사화를 완성하기 전에는]
him과 me와 her와 it(동물들)을
    고유명사로 만들지 못하게 하는 장애물 말이다.

He에게 알리지 마라, She가 I 겸 you를 가장 좋아한다고.
    왜냐하면 이건 영원히 비밀이니까
다른 모든 이들에게는 숨기고
    You와 I만이 알아야 할 비밀이니까.

그녀가 곧 앨리스라면, 앨리스는 이 시편fit을 가짐으로써 자기 자신을 비롯한 모두가 비로소 주체성을 지닌 고유한 존재가 된다. 앨리스는 이 시를 이해하지 못하고 무의미하다고 외치며 원더랜드에서 벗어난다. 하지만 어쨌거나 앨리스는 이 시편을 갖게 되었다. 원더랜드를 출입하는 황금열쇠를 지니게 된 것이다.

원더랜드 이야기 말미에 등장하는 이 최후의 시편은 앨리스의 주장과 달리 이런저런 의미가 있다. 따라서 원더랜드는 영원히 존속한다. 그리고 이 시편은 현실과 환상 사이, 주인공과 독자 사이, 주체적 존재와 객체적 존재 사이, you들 사이, 소심한 앨리스와 당찬 앨리스 사이에 비밀의 열쇠로 자리 잡는다.

이 시편은 앨리스가 두 사람 행세하기를 좋아한 것과 깊이 연관되어 있다. 앨리스는 줄곧 자기 자신한테 말한다. 우리에게 her인 앨리스는 스스로 me이면서 you이길 좋아했다. 그래서 첫 번째 이야기 「토끼 굴 아래로」 끝 무렵에 망원경처럼 접혀서 너무 작아진 앨리스는 울면서 자기에게 이렇게 말한다. "너, 좋게 말할 때 뚝 그쳐라, 앙!" 잠시 후에는 또 이렇게 말한다. "하지만 지금 두 사람인 척해봐야 뭐 한담! 의젓하게 '딱 한 사람' 노릇하기도 힘들기만 한걸." 그리고 두 번째 이야기 「눈물웅덩이」에서는 이렇게 말한다. "암튼 내가 달라졌다면, 다음 문제는 이거야. '도대체 나는 누구지?' 아, 그건 커다란 수수께끼야!" 그리고 '나'는 '에이다'가 아니고 '메이블'도 아닌 게 확실하다고 말하지만, '나는 앨리스'라고 결코 말하지 않는다(못한다). 다만 "걔는 걔고 나는 나지"라고 말하지만, 나는 나라는 사실조차 '아리송'하다고 말한다! 「쐐기벌레의 도움말」에서 앨리스는 "지금 저는 저 자신이 아니거든요" 하고 말한다. 배심원들은 자기 이름을 까먹을까 봐 얼른 석판에 적다가, "멍청한 것들!"이라고 자

귀네드 허드슨, 1922

밀리센트 소어비, 1907

"우리가 여태 들은 것 가운데 가장 중요한 증거로구나." 왕이 두 손을 쓱쓱 비비며 말했다. "그럼 이제 배심원단은…"

"배심원 중에 누구라도 이 시를 설명할 수 있다면, 그에게 6펜스를 주겠어요."[5] 앨리스가 말했다. (앨리스는 지난 몇 분 동안 너무나 크게 자라 왕의 말을 잘라먹는 게 조금도 두렵지 않았다.) "나는 그 시에 눈곱만큼이라도 의미가 있다*고 생각지 않아요."

기 이름을 적는다. 그러한 모든 상황이 바로 이 최후의 시편을 향해 치닫는다.
원더랜드에서는 어느 누구도 앨리스를 앨리스라고 부르지 않는다. 앨리스는 her나 you라고 불릴 뿐이다. 오로지 단 한 번, 법정에서 이름이 불린다! "얼마나 놀랐을지 상상해보라!"는 증인이 되어 놀랐다기보다 고유한 자기 이름이 불린 것에 놀란 것으로 읽어야 한다. 그리고 이 법정에서 앨리스는 마침내 이 시와 더불어 오롯이 세상에 하나뿐인, 그리고 결코 더는 쭈뼛거리지 않고 자신감이 넘치는 고유한 존재가 된다.
앨리스는 이야기 초반에 이렇게 말했다. "내가 누군데 그러세요? 그걸 먼저 말해보세요. 만일 내가 그 누구인 게 맘에 들면 그때 올라갈게요. 맘에 안 들면 이 밑에 남아 있을 거예요. 내가 다른 누군가일 때까지 말예요." 이 시편을 통해(그리고 물론 앞서의 여러 모험을 거치며) 앨리스는 마침내 다른 누군가가 된다. 어떻게 다른? 최소한 '나는 나'라는 것이 아리송하지 않은 앨리스, 그리고 늘 공손하고 예의 바르기만 한 아이가 아니라, 왕과 여왕에게도 자기주장을 당차게 하는 다른 앨리스. 그러니 이제 땅속 나라에서 지상으로 올라갈 때가 된 것이다. 그 전환점이 바로 황금열쇠, 곧 이 최후의 시편이다.
• there's an atom of meaning in it: 다들 알다시피 atom, 곧 원자는 물질의 가장 작은 단위를 가리키는 말로, 서력기원전 5세기에 고대 그리스의 철학자 데모크리토스가 사용했다. 원자 안에 전자가 있다는 것은 1897년경 조지프 존 톰슨이 발견했고, 이로써 더 이상

5   셀윈 구데이커는 이렇게 평했다. 이 말은 "이제 앨리스가 자신감이 넘치고 있음을 보여주는 발언"이다. "우리는 앨리스의 주머니에 동전이 없다는 것을 알고 있다. 가진 게 골무밖에 없다고 도도새에게 말한 적이 있으니 말이다."[6]

다른 삽화에서, 그리고 테니얼의 권두화에서도 잭은 하트의 잭이 아니라 클럽의 잭으로 보인다. 그 이유는 잭의 상의 튜닉에 새겨진 작은 엠블럼이 클럽처럼 보이기 때문이다. 그러나 오늘날의 트럼프에서 하트의 잭을 확인해보면 동일한 엠블럼을 찾아볼 수 있다. 사실 그것은 클럽이 아니라 세 잎 클로버로, 아일랜드 크리스천들은 클로버를 성 삼위일체의 상징으로 널리 받아들이고 있다.

『유아용 앨리스』에 실린 존 테니얼의 삽화, 1890

배심원 모두가 석판에 이 말을 받아 적었다. "그녀는 그 시에 눈곱만큼이라도 의미가 있다고 생각지 않는다." 하지만 그 시를 설명하겠다고 나서는 배심원은 아무도 없었다.

"그 시에 아무런 의미가 없다면" 하고 왕이 말했다, "그럼 엄청난 수고를 덜어주겠지.* 거기서 뭘 캐내려고 할 필요가 없으니까." 그렇게 말하며 왕은 무릎에 시를 펼쳐놓고, 한 눈으로 바라보았다. "하지만 시에 담긴 의미가 조금은 보이는 것 같구나. '…나는 수영을 못한다고 말했다….' 너는 수영을 못하지?" 그가 잭을 돌아보며 말했다.

잭은 서글프게 고개를 내둘렀다. "제가 그렇게 보이긴 하죠?" 그가 말했다. (전부 종이로 만들어졌으니 그가 수영을 못하는 건 분명했다.)

"좋았어, 지금까지는" 하고 왕이 말했다. 그러곤 자기 자신을 돌아보며 중얼거리듯 말을 이었다. "'우리는 그게 사실이라는 걸 알아.' … 우리란 물론 배심원단이지. … '만일 그녀가 그 문제를 계속 밀어붙이면.' … 그녀는 물론 여왕이겠지. … '너는 어떻게 될까?' … 어떻게라니, 아

쪼갤 수 없는 줄 알았던 원자도 쪼개질 수 있음이 드러났으며 이어 20세기 초에는 원자핵이 발견되었다. 당연히 루이스 캐럴 시대에는 원자가 물질의 가장 작은 단위였다.

• that saves a world of trouble: 'a world of ~'는 '산더미 같은/하늘만큼 땅만큼 많은'의 뜻으로 쓰이는 관용어다. 그런데 관용어를 잊고 문자 그대로 새겨 '어떤 트러블의 세상을 구원하게 된다'라고 새길 수도 있다. 즉, 재판만이 아니라 딜레마에 빠진 원더랜드에서도 벗어날 수 있다는 중의법이 된다. "그 시에 아무런 의미가 없다면"이라는 전제를 기억하라. 이 시편이 아무런 의미가 없다면 패러독스로 중첩된 원더랜드에서 벗어나게 된다고 왕은 말한 것이다. 그런데 이 시편은 의미가 있다고 볼 수도 있고, 없다고 볼 수도 있다. 따라서 이 시편은 땅속 원더랜드라는 환상과 지상의 현실 사이에 놓인 경계와도 같다. 어느 쪽을 택할 것인가? 카를 마롤트는 앞서 언급한 글에서 다음과 같이 썼다. "수수께끼 같은" 이 시는 "현실과 환상 사이의 문을 지탱하고 있는 경첩의 회전축the pivot on which the door between reality and fantasy hinges"이다. 앨리스는 눈곱만큼도, 아니 사실상 전혀 의미가 없다고 주장한다. 그럴 경우 왕의 말대로 앨리스는 원더랜드에서 벗어나게 된다. 또한 시의 의미를 찾던 왕은 결국 "이 시는 말장난pun이야!" 하고 외침으로써 결국 원더랜드의 붕괴를 예고한다.
이 난센스 시의 의미를 찾아내면 카드나라는 존속한다.

피터 뉴얼, 1901

하! … '나는 그녀에게 하나를, 그들은 그에게 둘을 주었고.' … 그래, 이건 그가 타르트로 뭘 어쨌다는 말이 틀림없어, 알다시피…."

"하지만 다음 구절을 봐요. '그들은 모두 그에게서 너에게로 돌아갔어'잖아요." 앨리스가 말했다.

"그러니 저기 있잖아!" 왕이 탁자 위의 타르트를 가리키며 의기양양하게 말했다. "이보다 더 명백할 수는 없어." 그러곤 여왕을 향해 말했다. "그리고 다시… '그녀가 이렇게 발끈하기 전에는….'* 여보, 당신은 발끈한 적이 없지, 아마?"

"결코!" 하고 말한 여왕은 격분해 잉크병이 담긴 필기 통을 도마뱀에게 집어 던졌다. (불운한 꼬맹이 빌은 부질없이 손가락으로 끼적거리기를 진작 그만두었는데, 얼굴에 잉크가 줄줄 흐르자 그것을 찍어 다시 서둘러 석판에 끼적거리기 시작했다. 잉크가 다 떨어질 때까지.)[6]

"그럼 그 말은 당신에게 안 맞는군don't fit."[7] 왕이 미소를 머금은 채 법정을 둘러보며 말했다. 법정은 쥐 죽은 듯 침묵이 감돌았다.

"이 시는 말장난이야!" 왕이 성난 목소리로 덧붙여 말하자, 모두가 웃음을 터트렸다.

"배심원단은 평결을 논의하라." 왕이 말했다. 이날 스무 번은 했던 말이다.

"아니, 안 돼!" 여왕이 말했다. "선고 먼저, 평결은 나중에."

"말도 안 돼요!" 앨리스는 큰 소리로 외쳤다. "어떻게 선고를 먼저 해요!

"입 닥쳐라!" 여왕이 붉으락푸르락하며 말했다.

● Before she had this fit: 왕의 독해와 달리 "앞서 말했듯, 그녀가 이런 시편을 갖기 전에는"으로 새길 수도 있다. 'fit'의 뜻을 왕은 '발작/발끈'이라고 이해하지만, 여왕이 발끈하지 않은 적이 없으니 '시편'의 뜻인 게 명백하다.

6 이것은 누군가의 얼굴에 잉크를 뿌리는 것에 대한 두 차례 언급 중 첫 번째다.『거울 나라의 앨리스』첫 번째 이야기에서 앨리스는 하얀 왕을 깨어나게 하려고 얼굴에 잉크를 던지려 한다.

7 아래『스나크 사냥』두 번째 '시편fit'에 나오듯이, 언어유희에 대한 이와 비슷한 반응이 스나크의 다섯 가지 특징 중 하나다.

세 번째는 농담을 받아들이는 데 늦다는 것이다.
여러분이 농담을 던져 본다면 어떨까.
녀석은 깊은 슬픔에 잠긴 어떤 존재처럼 한숨을 쉴 것이다.
녀석은 언어유희에 항상 진지해 보인다.

F. Y. 코리, 1902

왕이 미소를 머금고 주위를 둘러보는 삽화를 테니얼이 그린 것은,『이상한 나라의 앨리스』권두화 장면 직후의 왕의 모습을 보여주려고 의도한 것이 분명하다. 셀윈 구데이커가 지적했듯이, [권두화와 달리] 여기서는 왕이 왕관을 바꿨고 안경을 썼으며, 양손에 나눠진 보주와 홀을 버렸고, 세 명의 궁정 관리들은 고개를 숙인 채 잠이 들었지만, 잭만큼은 반항적인 자세를 바꾸지 않고 있다. 두 삽화에서 잭이 술꾼이라는 사실을 암시하기 위해 코에 음영을 넣은 것에 주목하라. 빅토리아 시대 사람들은 범죄자들을 모두 술고래라고 생각했다. 또한 지금도 그렇지만 당시 만화가들이 코에 음영을 넣는 것은 주정뱅이를 가리키는 관행적인 표현이었다. 테니얼은 여공작과 하트의 여왕도 코를 검게 칠해서 그들 역시 술고래임을 암시한다. 테니얼이 채색한 삽화가 나오는『유아용 앨리스』중 잭이 왕관을 들고 출현하는 여덟 번째 이야기(275쪽)와 권두화(397쪽)에서 잭의 코끝은 장밋빛을 띠고 있다.

"싫어요!" 앨리스가 말했다.

"저 여자애 머리를 베어라!" 여왕이 고래고래 소리를 질렀다. 노바디가 움직였다.*

"그딴 말에 누가 신경이나 쓴대?" 앨리스가 말했다(이 무렵 앨리스는 더 커질 수 없을 만큼 커져 있었다). "당신들은 그냥 카드일 뿐이라고요!"

이 말에 모든 카드가 공중으로 떠올라, 앨리스에게 날아와 덮쳤다.[8] 앨리스는 반쯤은 놀라고 반쯤은 화가 나 살짝 날선 소리를 지르고는, 카드를 때려눕히려고 팔을 내둘렀다. 그리고 문득 정신을 차리고 보니 냇가에 누워 있었다.** 언니의 무릎을 베고 말이다.

---

* 노바디가 움직였다는 말은 아무도 움직이지 않았다는 말이다.

** 이후 앨리스의 그녀는 언니가 앨리스의 원더랜드 꿈을 꾸는 것은, 곧 앨리스가 된 꿈을 꾸는 것이다. 그러면서도 언니라는 자각을 지니고 있다. 즉, 앨리스의 언니는 꿈속에서 자기 자신이면서 동시에 자기 동생이다. 이는 앞서 나온 최후의 시에서 밀어붙인 '그 문제the matter'를 더욱 밀어붙인 것이다. 즉, '나'는 고유한 '나'이면서 동시에 '너'다. 비록 꿈속의 일이지만.

아홉 번째 이야기 「짝퉁 거북 이야기」 9번 주석에 더한 옮긴이 주에서 "Be what you would seem to be"를 해석하며 옮긴이는 백범 김구가 되는 것이 불가능하다고 말한 적 있다. 그러나 앨리스의 언니는 그것이 가능하다는 것을 보여준다. 꿈, 또는 상상을 통해서라면, 불교의 여일如一의 경지와 같이 '나는 너다'라는 것이 가능하다. 선불교 차원의 깨달음을 떠나 그것을 가능케 하는 것이 바로 꿈이나 상상의 힘이고, 또한 스토리텔링의 힘이기도 하다. 생쥐는 믿었다. 스토리텔링으로 흠뻑 젖은 몸도 말릴 수 있다고. 겨울잠쥐는 이야기했다. 우물에서 달을 길어 올릴 수 있다고. 모자장수는 말했다. 우물에서 길어 올린 그림 같은 것들을 하나라도 본 적이 없으면 침묵하라고.

제프리 스턴은 테니얼의 《펀치》 동료 화가인 찰스 헨리 베넷이 그린 『이솝 우화와 기타』[7]에 나오는 권두화와 『이상한 나라의 앨리스』에 나오는 테니얼의 권두화 사이의 많은 유사성에 대해 다음과 같이 주의를 환기시켰다.[8]

찰스 베넷, 1857
『이솝 우화와 기타』 권두화

궁정 서기관인 부엉이는 하트의 왕처럼 멍한 표정을 짓고, 사자는 하트의 여왕처럼 사나운 표정을 짓고 있다(사자는 바라보는 방향까지도 여왕과 같다). 배심원들과 가발을 쓴 새들(변호사들) 중 일부 역시 비슷한 자세를 취하고 있고, 변호하는 개는 잭과 같은 위치에 있다. 베넷의 책 이 『원더랜드』보다 8년 앞선 1857년에 나왔다는 사실 외에는 이 모든 것이 큰 의미는 없을 것이다. 다음의 삽화가 그려진 우화의 제목은 「말을 학대했다는 이유로 사자의 궁정에서 재판받는 인간」이다.

8 이 장면을 묘사한 테니얼의 그림에서는 카드들이 평범한 트럼프 카드로 바뀌었지만, 세 장에는 흔적처럼 코가 그려져 있다. 피터 뉴얼의 삽화에서는 몇몇이 머리와 팔, 다리까지 달려 있다.
에드워드 길리아노가 편집한 『루이스 캐럴을 기리며』[9]에서 리처드 켈리가 기고문에 썼듯이 테니얼은 이 삽화에서 하얀 토끼의 옷을 벗겼다.
가장 먼저 치솟아 떨어지는 카드가 망나니인 클럽 에이스라는 것을 주목한 이들이 많다.
『이상한 나라의 앨리스』 판본들 가운데, 스페이드 6에 가려진 카드 왼쪽 여백에 'B. Rollitz'라는 글자가 있는 판본이 많다. 브루노 롤리츠는 1932년 클럽 한정판 출판을 위해 새 판화를 만들었는데, 많은 출판업자들이 원래의 달지얼 목판이 아니라 그것들을 썼다.

아서 래컴, 1907

A. E. 잭슨, 1914

귀네드 허드슨, 1922

조지 소퍼, 1911

언니는 나무에서 앨리스의 얼굴로 나풀대며 떨어진 낙엽들을 가만히 쓸어내고 있었다.

"얘, 앨리스, 그만 일어나렴!" 하고 언니가 말했다. "아니, 무슨 잠을 그리 오래 자는 거야!"

"아, 정말 요상한 꿈을 꾸었어!" 앨리스가 말했다. 그리고 앨리스는 이제까지 독자 여러분이 읽은 그 모든 모험담을 기억이 나는 한 낱낱이 언니에게 들려주었다. 이야기를 마치자, 언니는 앨리스에게 입을 맞추고는 말했다. "요상한 꿈이었구나, 정말. 아무튼 이제 어서 가서 차를 마시렴. 안 그러면 늦을 거야." 그 말에 앨리스는 일어나 달려갔다. 당연하게도 달려가며 꿈 생각을 했다. 그것은 얼마나 놀라운 꿈인가!

하지만 언니는 앨리스가 떠날 때도 가만히 자리에 앉아 한 손에 머리를 괴고 지는 해를 바라보며, 어린 앨리스와 그 놀라운 모험에 대해 생각했다. 그러다 이윽고 그녀 역시 자기 나름의 꿈을 꾸기 시작했다. 다음은 그녀가 꿈꾼 것이다.

먼저, 그녀는 어린 앨리스가 되는 꿈을 꿨다. 그러자 자그마한 두 손이 그녀의 무릎 위에서 다시 한번 부르쥐어졌고, 초롱초롱 빛나는 두 눈이 그녀의 두 눈을 올려다보았다. 그녀는 그녀의 음색을 생생히 들을 수 있었고, 그녀가 고개를 내둘러, 흘러내려 눈에 걸리적거리는 머리칼을 살짝 뒤로 젖히는 요상한 고갯짓을 볼 수 있었다. 그리고 가만히 그녀가 귀를 기울이거나 혹은 귀를 기울일 때, 어린 여동생의 꿈속에 나타난 낯선 존재들과 더불어 그녀 주위의 모든 장소가 되살아났다.[9]

그녀의 발치에서 긴 풀잎이 바스락거리는 순간, 하얀 토끼가 부랴부랴 그녀의 곁을 지나갔다. … 화들짝 놀란 생쥐가 툼벙거리며 근처의 웅덩이를 헤쳐 갔다. … 그녀는 삼월 산토끼와 친구들이 바닥나지 않는

9 이런 꿈속의 꿈 모티프(앨리스의 언니가 앨리스의 꿈을 꿈꾸기)는 후속편에서 더욱 복잡하게 다시 등장한다.『거울 나라의 앨리스』네 번째 이야기「트위들덤과 트위들디」의 11번 주석을 참고하라.

찰스 피어스, 1908

먹을거리를 나눌 때 달그락거리는 찻잔 소리와 함께 불운한 초대 손님들을 처형하라고 명하는 여왕의 날카로운 목소리를 들을 수 있었다. … 또다시 아기돼지가 여공작의 무릎에서 재채기를 해댔고, 그러는 동안 접시와 사발이 주위에서 쨍쨍 부서졌다. … 또다시 그리핀이 깍깍대는 소리, 도마뱀이 석판 연필을 끼적거리는 소리, 제압당한 기니피그가 숨막혀 하는 소리가 대기를 채우며 비참한 짝퉁거북이 멀리서 흐느끼는 소리와 뒤섞였다.

그렇게 그녀는 두 눈을 감은 채 가만히 앉아 자기 자신이 이상한 나라에 있다는 것을 반쯤은 믿었지만, 다시 눈을 떠야 한다는 것도 알고 있었다. 그러면 모든 것이 지루한 현실로 바뀔 것이다. … 풀잎은 그저 바람에 바스락거릴 뿐이고, 웅덩이는 흔들리는 갈대에 쓸려 잔물결이 일 것이다. … 달그락거리는 찻잔은 딸랑거리는 양들의 방울소리로 바뀌고, 여왕의 날카로운 외침은 목동의 목소리로 바뀔 것이다. … 아기의 재채기와 그리핀의 깍깍거림, 그리고 다른 모든 요상한 소리는 (그녀가 익히 아는) 분주한 농장의 어수선한 소란으로 바뀔 것이다. … 그리고 짝퉁거북의 무거운 흐느낌은 멀리서 들려오는 나직한 가축들 소리로 바뀔 것이다.

마지막으로, 그녀는 상상해보았다. 그녀 자신과 어린 동생이 훗날 어떤 여인으로 성장하게 될지. 그리고 더 나이를 먹어가면서, 그 순박하고 사랑스러운 어린 시절의 마음을 어떻게 계속 간직할지. 그리고 다른 어린아이들을 둘러앉히고, 수많은 낯선 이야기들로, 어쩌면 먼 옛날에 꿈꾼 이상한 나라 이야기로 어떻게 아이들의 눈을 초롱초롱 빛나게 할지. 그리고 그 모든 아이들의 소박한 슬픔을 어떻게 함께 느끼고, 그 모든 아이들의 소박한 기쁨 속에서 어떻게 즐거움을 찾아낼지. 그러면서 어떻게 추억할지 상상해보았다, 자신의 어릴 적 삶과 그 행복한 여름날들을.[10]

10 캐럴이 앨리스 리들에게 준 자필 원작『앨리스의 땅속 나라 모험』마지막 페이지에는 앨리스가 일곱 살이었던 1859년에 찍은 타원형 얼굴 사진(아래 오른쪽)이 붙어 있다. 1977년이 되어서야 모턴 코언은 이 사진 뒤에 앨리스의 얼굴 그림이 숨겨져 있는 것을 발견했다. 이 스케치는 캐럴이 그린 것으로 알려진 유일한 앨리스 리들 그림(아래 왼쪽)이다.

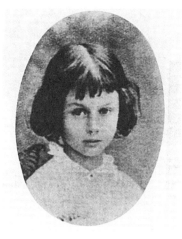

▲ 루이스 캐럴, 1864
▶ 일곱 살의 앨리스 리들

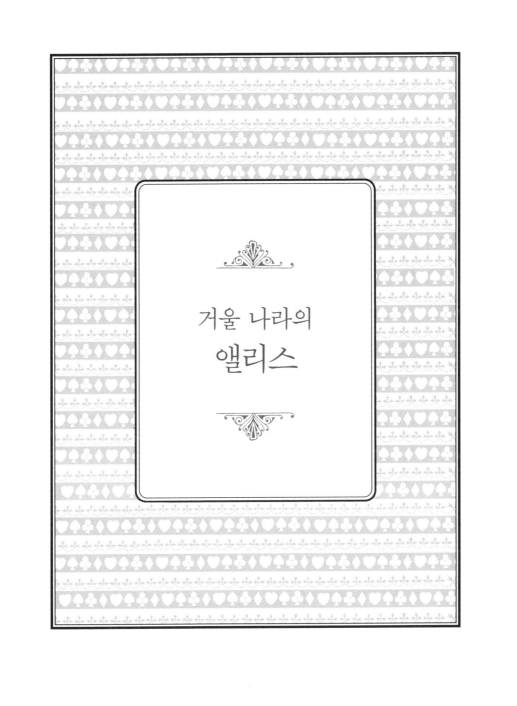

거울 나라의
앨리스

붉은 쪽

하얀 쪽

🐴 붉은 기사   ♘ 하얀 기사

♚ 붉은 왕   ♔ 하얀 왕

♛ 붉은 여왕   ♕ 하얀 여왕

♜ 하얀 룩   ♙ 하얀 폰(앨리스)

1. 앨리스(d2), 붉은 여왕을 만남

2. 앨리스(d2), 도랑 건너 기차를 타고 d4로

3. 앨리스(d4), 하얀 여왕 만남(숄을 챙겨줌)

4. 앨리스(d4), d5로(가게, 강, 가게)

5. 앨리스(d5), d6로(험티 덤티 만남)

6. 앨리스(d6), d7로(숲으로 들어감)

7. 하얀 기사(f5), 붉은 기사(e7) 잡음

8. 앨리스(d7), d8로(왕관을 씀)

9. 앨리스(d8), 여왕이 됨

10. 앨리스 여왕(d8), 성에 들어감(축제)

11. 앨리스 여왕 e8로(붉은 여왕 잡고 체크메이트)

1-1. 붉은 여왕(e2), 앨리스와 헤어져 h5로

2-1. 하얀 여왕(c1), 날아간 숄을 쫓아 c4로

3-1. 하얀 여왕(c4), c5로(양이 됨)

4-1. 하얀 여왕(c5), f8로(선반 위에 달걀 세움)

5-1. 하얀 여왕(f8), 붉은 기사 곁을 떠나 c8로

6-1. 붉은 기사(g8), e7로 가서 앨리스 만남(체크!)

7-1. 하얀 기사(e7), f5로

8-1. 붉은 여왕(h5), e8로(앨리스 여왕을 시험함)

9-1. 두 여왕(c8, e8), 성에 들어감

10-1. 하얀 여왕(c8), a6으로(수프 속으로)

1897년 판 서문

앞 쪽 체스 착수와 관련해 어리둥절해할 독자가 있을 테니, 그걸 먼저 설명하는 게 좋겠다. 우선 착수 자체는 정확히 체스의 규칙을 따르고 있다. 붉은 쪽과 하얀 쪽이 교대로 한 번씩 둔다는 규칙은 물론 지켜지지 않았다. 그리고 세 여왕이 성에 들어가는 것, 곧 '캐슬링castling'은 체스 규칙인 캐슬링과 달리 그들이 단순히 입성했다는 뜻이다.[1] 하지만 '체크'(하얀 왕에게 장군)한 6-1번 착수, 하얀 기사가 붉은 기사를 잡는 7번 착수, 그리고 마지막으로 붉은 여왕 잡고 붉은 왕을 '체크메이트'한 수는 착수 지시대로 직접 해보면 체스 규칙에 정확히 일치한다는 것을 알 수 있을 것이다.[2]

「재버워키」라는 시에 나오는 새로운 낱말을 어떻게 발음할 것인지에 대한 논란이 좀 있었다. 그래서 그 점에 대해서도 몇 가지 알려두는 게 좋겠다. 'slithy'는 두 낱말 'sly(슬라이), the(디)'를 합친 것처럼 발음한다. 'gyre(가이어)'와 'gimble(김블)'에서 'g'는 /g/로 발음한다(/dʒ/가 아니다). 그리고 'rath(라스)'는 'bath(영국식으로 바스)'와 라임을 이루도록 발음한다.

1 체스 착수 가운데 퀸이 캐슬링을 하는 경우는 없다.* 여기서 캐럴이 말한 캐슬링은 세 여왕(앨리스, 붉은 여왕, 하얀 여왕)이 마지막 8번째 가로줄에 이르렀다는 뜻이다. 체스 규칙상 폰이 마지막 가로줄(상대의 첫째 가로줄)에 이르면 여왕이 된다.
● 체스의 특수 규칙 가운데 하나인 캐슬링은 룩과 폰이 성처럼 왕을 에워싸 지키는 행마법으로, 왕과 룩이 특별하게 움직인다.

2 앞 쪽 체스판 그림 아래 캐럴이 설명해놓은 착수는 이 책에 담긴 스토리의 밑바탕을 이룬다. 착수가 체스 규칙을 따르기는 했다. 하지만 이 착수는 시드니 윌리엄스와 폴코너 매든이 쓴 『C. L. 도지슨 부제의 문학 입문서』[1]에 따르면, 정상적인 체크메이트(외통수)를 실행하려는 어떤 시도도 하지 않았다. 이에 대해선 뾰족하게 변명할 말이 없다. 최후의 체크메이트는 전적으로 정통적인 수다. 그러나 캐럴이 지적했듯, 붉은 쪽과 하얀 쪽이 교대로 한 번씩 둔다는 규칙은 지켜지지 않았다. 또한 캐럴의 '착수moves' 중 일부는 실제 착수가 아니라 상황에 대한 묘사일 뿐이다(예를 들어, 앨리스의 1번, 3번, 9번, 10번 착수와 여왕들의 캐슬링이 그것이다).
가장 심각한 체스 규칙 위반은 마지막 무렵에 일어난다. 그것은 8-1번 착수로 하얀 왕이 붉은 여왕에게 체크(장군/장이야!)를 당했는데도 그 사실이 철저히 무시되고 있다.* 미스터 마단은 이렇게 썼다. "체스 관점에서 볼 때 제정신으로 이루어진 착수가 거의 없다." 양쪽이 지극히 부실한 게임을 하고 있는 게 사실이지만, 거울 뒤 미친 인물들에게 무엇을 기대한단 말인가? 하얀 여왕은 체크메이트를 할 기회를 두 번이나 그냥 넘기고, 한 번은 붉은 기사를 잡을 수 있는데도 그냥 달아난다. 하지만 그러한 실수는 모두 그녀가 멍한 상태였다는 사실과 일맥상통한다.
재미난 난센스 판타지와 체스 게임을 조화롭게 한데 엮어내는 것이 무척이나 어려웠을 거라는 점을 고려하면, 캐럴은 정말 놀라운 작품을 만들어낸 것이다. 그 어려움의 예로, 앨리스는 자기 칸 옆에 있지 않은 체스 기물과는 결코 대화를 나누지 않는다. 실제 체스 게임에서 그러하듯, 여왕들은 아주 부산하게 움직인다. 남편들이 중요한 자리를 지키며 무기력하게 멈춰 있는 동안 말이다. 하얀 기사의 기행은 실제 체스의 나이트가 움직이는 방식과 놀랍도록 일치한다. 심지어 기사들이 걸핏하면 말에서 좌우로 굴러떨어지는 것도 나이트의 행마법을 시사하는 것이다(한 칸 직진한 후 앞칸의 왼쪽 칸이나 오른쪽 칸으로 삐딱하게 나아가는 것이 나이트의 행마법이다).
체스 기물의 움직임과 스토리가 맞물려 돌아가는 것을 독자가 잘 이해할 수 있도록, 각각의 착수가 이루어지는 곳마다 주석을 달아놓았다.
거대한 체스판의 가로줄rows[1~8의 수평 줄]은 각 칸이 도랑으로 분리되어 있다. 세로줄columns[a~h의 수직 줄]은 각 칸이 산울타리로 나뉘어 있다. 앨리스가 여왕이 되어 붉은 여왕을 잡고, 졸고 있는 붉은 왕을 체크메이트로 끝장내는 마지막 수 이전

이번 책을 인쇄하기 위한 6만 1천 개의 새로운 전기판*은 목판으로 만든 것이다(이 목판은 인쇄에 한 번도 사용된 적이 없는 것으로, 초판을 찍기 위해 1871년에 처음 깎았을 때와 마찬가지로 상태가 좋았다). 이번 책은 바로 이 새로운 활판으로 전체를 인쇄했다. 이번에 재발행한 이 책의 예술적인 질이 초판본에 미치지 못하는 구석이 조금 있다 해도, 그것은 저자와 출판사 또는 인쇄업자의 노력 부족 탓은 아닐 것이다.

이 기회를 빌어 알리고 싶은 것이 있다. 지금까지 4실링**으로 가격이 책정된『유아용 앨리스』를 이제 보통의 1실링짜리 그림책과 같은 가격에 소장할 수 있게 되었다는 사실이다. 하지만 나는 이 책이 모든 면에서(내가 운운할 자격이 없는 본문 텍스트의 질은 차치하고) 보통의 그림책보다 훨씬 더 질이 뛰어나다고 확신한다. 내가 감당해야 했던 엄청난 초기 비용을 고려할 때 4실링은 전적으로 합리적인 가격이었다. 하지만 여전히 대중이 "아무리 예술적으로 뛰어나도 그림책에 1실링 이상은 지불하지 않을 것"이라고들 하니, 어린이들을 위해 쓴 이 책을 어린이들이 읽지 못하게 할 바에야 차라리 내가 체념하고 책에 들인 비용을 기꺼이 완전한 손실로 치부하기로 했다. 나로서는 거저 주는 것이나 다름없는 가격에 책을 파는 셈이다.

1896년 크리스마스에

루이스 캐럴

---

* 전기판electrotype 기술은 1838년에 프러시아의 모리츠 폰 야코비가 발명한 것으로, 1세기 이상 활판 인쇄용 판을 만드는 데 사용되었다. 전기판은 나무 등으로 거푸집을 만든 뒤 전해액 속 구리에 전기를 통하는 방식의 습식 화학 공정으로 만든다. 삽화도 목판화를 만든 뒤 이 기술을 이용해 인쇄용 판으로 만들었다.
** 1891년 보급판은 2실링(오늘날 화폐가치로 2만 원 남짓)이었다.

까지, 앨리스는 계속 여왕의 줄(d 수직)만을 따라 직진한다. 붉은 여왕이 자기 줄을 따라 마지막 여덟 번째 칸까지 나아가라고 앨리스에게 권한다는 것도 재미난 사실이다. 붉은 여왕은 이 조언으로 자신을 보호하고 있다. 왜냐하면 하얀 쪽이 세 수만에, 비록 우아하지는 않아도 손쉽게 다음과 같이 체크메이트할 수 있기 때문이다. 즉, 하얀 나이트(f5)가 g3으로 이동하며 체크. 붉은 왕(e4)이 d3이나 d4로 피하면, 하얀 여왕이 c3으로 이동해 체크메이트! 이때 유일한 방법은 붉은 왕이 e5로 후퇴하는 것이다. 그러면 하얀 여왕이 c5로 두 칸 전진하며 체크. 붉은 왕은 다시 e6로 후퇴할 수밖에 없다. 이때 하얀 여왕이 d6로 착수하면 체크메이트가 된다. 물론 이렇게 잘 두려면 하얀 나이트나 여왕에게 결여된 말짱한 정신이 필요하다.

스토리 전개와 맞아떨어지면서도 모든 체스 규칙에 부합하는 더 나은 착수를 찾고자 하는 여러 시도가 있었다. 그런 시도 가운데 내가 우연히 발견한 가장 야심 찬 시도가 《브리티시 체스 매거진》[2]에 실려 있다. 도널드 M. 리들은 첫수부터 마지막까지 전체 체스 게임을 제시한다. 버드 오프닝**으로 시작하는데, 마지막 칸에 들어가서 체크메이트로 게임을 끝내기까지 앨리스는 66수를 둔다! 버드 오프닝으로 시작한 것은 적절하다. 영국인 H. E. 버드H. E. Bird(1829~1908)보다 더 발랄하고 괴팍한 수를 둔 선수는 일찍이 없었기 때문이다. 도널드 M. 리들이 앨리스 리들 집안과 어떤 관계가 있는지는 확인할 수 없었다.

중세와 르네상스 시대에는 때로 널따란 들판에서 인간을 기물로 써 게임을 하기도 했다.[3] 그러나 내가 알기로는, 소설에서 살아 있는 체스 기물을 등장시킨 것은 캐럴이 최초다. 캐럴 이후에는 여러 차례 그런 시도가 있었는데, 주로 SF 소설 작가들이 그런 소설을 썼다. 최근의 예로 폴 앤더슨의 훌륭한 단편소설 「불멸 게임」[4]이 있다. 체스는 여러 가지 이유에서 두 번째 『앨리스』 책 소재로 제격이다. 체스 기물들은 첫 번째 『앨리스』의 트럼프 카드들과 완벽한 짝을 이룬다. 또 왕과 여왕들이 다시 등장할 수 있고, 기사 잭이 없는 대신 다른 기사들이 등장함으로써 상쇄 이상의 효과를 낸다. 첫 번째 『앨리스』에 나오는 앨리스의 당혹스러운 크기 변화는 당혹스러운 장소 변화로 대체되는데, 물론 이는 보드 위에서 체스 기물들이 움직이면서 이루어진다. 행복한 우연의 일치로, 체스는 거울 반영 모티브와도 멋지게 맞아떨어진다. 룩과 비숍, 나이트가 쌍을 이룰 뿐만 아니라, 게임 시작 전의 기물 배치가 (왕과 여왕의 존재 때문에) 자기편은 비대칭이지만, 상대편 배치와는 거울 반영처럼 정확히 대칭을 이룬다. 마지막으로, 체스 게임의 광적인 성격이 거울 나라의 미친 논리와 부합한다.

다음 쪽 등장인물 목록은 초기 판본에 실려 있었는데, 1896년에 캐럴이 서문을 달면서 이를 없애버렸다. 목록 제거는 현명한 일이었다. 체스 게임에 혼란만 가중시켰기 때문이다. 혼란의 예를 하나만 들면 다음과 같다. 트위들 형제가 하얀 룩이라면, 캐럴의 체스판(f1)에 나오는 하얀 룩은 누구란 말인가? 이는 데니스 크러치가 체스

찰스 포커드, 1929

등장인물

하얀 쪽		붉은 쪽	
중요기물	폰	폰	중요기물
트위들디	데이지	데이지	험티 덤티
유니콘	헤어	전령	목수
양	굴	굴	바다코끼리
하얀 여왕	'백합'	참나리	붉은 여왕
하얀 왕	아기사슴	장미	붉은 왕
노인	굴	굴	까마귀
하얀 기사	해터	개구리	붉은 기사
트위들덤	데이지	데이지	사자

게임 강의[5]에서 던진 질문이다.

각 등장인물이 체스의 어떤 기물에 해당하는지는 위 등장인물 순서대로 체스판 시작 위치에 놓아보면 쉽게 알아볼 수 있다.••• 굳이 따져볼 이유는 없지만, 스토리에서 언급되지 않은 비숍은 양과 노인, 바다코끼리, 까마귀다.

매트 데마코스는 이런 주석을 달았다. "스코틀랜드의 루이스섬 해변에 묻혀 있다가 1831년 4월에 발굴된 12세기의 전설적인 유물인 루이스 체스멘Lewis Chessmen[루이스 체스 기물들] 중 칼과 방패를 든 '수호자warders'가 있다. 이들은 구석 칸을 차지하는 기물들이다. 여러모로 보아 캐럴의 구석 칸 캐릭터인 트위들덤과 트위들디는 바로 칼과 방패를 든 수호자라고 할 수 있다. 루이스 체스멘의 대부분은 바다코끼리 상아(엄니)로 만든 것이다."

캐럴의 체스 착수는 괴팍한데, 이를 정당화하려는 시도도 많았다.[6] 가장 상세한 분석 자료로는 A. S. M. 디킨스의 「요정 나라의 앨리스」[7]가 있다. 요정 나라는 '요정 체스fairy chess'를 둔다. 요정 체스는 색다른 체스 기물과 규칙에 기반한 변형 체스들을 공통으로 가리키는 말이다. 디킨스의 강의는 세 번째 이야기 「거울 곤충들」 1번 주석과 아홉 번째 이야기 「앨리스 여왕」 1번 주석에서 다시 인용할 것이다.

• 왕이 체크를 당할 경우 무조건 달아나든 체크한 기물을 잡든 가로막든 해야 한다.

•• H. E. 버드 나름의 독특한 체스 첫 착수로 하얀 폰이 f4로 두 칸 전진하는 것을 가리키는 말. 이는 수비를 도외시해서 자기편 왕을 위태롭게 하는, 강공에 치중하는 수다.

••• 중요 기물은 위에서 아래로 각각 룩, 나이트, 비숍, 퀸과 킹, 비숍, 나이트, 룩에 해당한다. 그리고 폰 8개.

윌리엄 펜할로우 헨더슨, 1915

¹티 없이 맑고 깨끗한 이마와

　꿈을 꾸며 경이로워하는 두 눈의 아이야!

세월이 속절없이 흘러, 그대와 나

　반평생을 떨어져 있지만°

판타지°°라는 애정 어린 선물에 그대는

분명 사랑스러운 미소로 답하겠지.

° 반평생을 떨어져 있다는 표현은 앨리스와 캐럴 간의 물리적·정서적·심리적 거리를 나타내는 말이면서 동시에 나이 차이를 드러낸 말일 것이다.『거울 나라의 앨리스』 초판이 출판된 것은 1871년으로 이때 캐럴은 39세, 앨리스 리들은 19세였다. 초판에는 이 서시가 실리지 않았다고 하니, 40세와 20세로 보면 나이 차이가 정확히 캐럴의 반평생에 이른다. 또『이상한 나라의 앨리스』 원작인『앨리스의 땅속 나라 모험』이야기를 캐럴이 앨리스에게 들려주었던 것이 10년 전인 1862년이었으니, 그 이후 지금까지 앨리스의 반평생이 지나서, 여러 면에서 반평생을 격하고 있다.
°° 영문은 'fairy-tale'. 전설적인 행위나 동물이 등장하는, 대체로 어린이용의 환상적인 이야기가 fairy-tale이다. 보통 동화라고 번역되지만 여기서는 판타지로 새겼다. 루이스 캐럴은 자신의 이야기를 fairy-tale이라 생각했는데, 오늘날 학자들은 앨리스 이야기를 동화로 보지 않고 판타지fantasy story로 본다. 어린이보다 어른이 더 좋아하는 이야기이기 때문이다.

베시 피즈 구트만, 1909

그간 그대의 화사한 얼굴을 보지 못하고
   그대의 은빛 웃음소리*도 듣지 못했네.
어린 시절이 다 가버린 그대의 젊은 삶 속에
   내 생각이 자리할 곳은 없겠지…**2**
그러나 지금 그대가 내 이야기에 귀를
기울이지 않을 수 없는 것으로 충분하니.

햇살 찬란하던 여름 어느 날,
   그 옛날에 이야기는 시작되었지…
우리 노 젓는 리듬에 맞추어
   울려 퍼지던 소박한 종소리…
아직도 추억 속에서 메아리치는데
시샘하는 세월은 '잊으라' 하네.

와서 들어보라, 공포의 목소리가
   쓰라린 소식을 싣고 와**
달갑지 않은 침상**3**으로 부르기 전에,
   우울한 아가씨여!
우리는 다만 더 나이 든 어린이일 뿐,
잠잘 시간이 닥치는 것에 애가 타는 우리는.

• 은빛 웃음소리silver laughter는 세월의 흐름을 연상시킨다. 『이상한 나라의 앨리스』는 황금빛 여름날 오후에 시작되었는데, 『거울 나라의 앨리스』는 은빛 겨울날 해저물녘에 시작한다. 앨리스도 이제는 어리지 않다.
•• voice of dread/ With bitter tidings laden: tidings는 소식news을 뜻하는 고어. 쓰라린 소식이란 늙고 병들어 죽어간다는 소식을 가리킬 것이다.

윌리엄 펜할로우 헨더슨, 1915

집 밖, 서리와 눈을 멀게 하는 눈발과
　　폭풍의 변덕스러운 광기가 없는⋯
집 안, 벽난로의 이글거리는 불빛과
　　즐거운 어린 시절의 둥지 안에서
마법의 이야기는 그대를 사로잡으리니
광란의 눈보라에는 아랑곳하지 않으리.

'행복한 여름날들'⁴은 다 지나고
　　여름의 영광도 사라져버려
이윽고 한숨의 그림자가
　　이야기 속을 떨며 지나갈지라도
그 비탄의 숨결로⁵ 빼앗지는 못하리,
우리 판타지의 즐거움⁶만은.

1   이 서시의 교정쇄가 지금까지 남아 있어 캐럴의 필체 변화를 확인할 수 있다. 시드니 윌리엄스와 팰코너 매단의『루이스 캐럴 입문서』[1]를 보면 초판과 무엇이 달라졌는지 수정사항 목록이 나온다. 4연 4행의 "우울한 아가씨!"는 "지친 옹고집 아가씨여"를 수정한 것이다. 5연 1행의 "서리와 눈을 멀게 하는 눈발"은 "회오리치는 바람과 눈발"을 고친 것이고, 다음 행 "폭풍의 변덕스러운 광기"는 "스스로를 광기로 몰아붙임"을 고친 것이다.

2   비록 캐럴의 많은 어린이 친구들이 청소년기 이후 캐럴과 연락을 끊긴 했지만, 이 시행의 슬픈 예감은 근거가 없는 것으로 판명되었다. 앨리스가 말년에 발표한 캐럴에 대한 여러 회상은 캐럴에게 바친 최고의 헌사로 손꼽힌다.

3   unwelcome bed: '우울한 아가씨'의 죽음에 대한 언급으로, 그저 (취침 시간의) 불편한 잠일 뿐이라는 기독교적 암시일 수도 있고, 프로이트 비평가들이 지치지 않고 지적하듯, 신혼의 잠자리에 대한 잠재의식적 암시일 수도 있다.

4   따옴표 안의 이 말은『이상한 나라의 앨리스』본문에 나오는 마지막 말이다.

5   breath of bale: 슬픔sorrow의 숨결이라는 뜻.

6   pleasance: 교정쇄를 보면 원래는 'pleasures'였다. 그런데 이것을 동의어이자 고어인 'pleasance'로 수정한 것은 이 낱말이 앨리스 플레전스 리들의 중간 이름이기 때문일 것이다.

첫 번째 이야기
거울 속의 집[1]

한 가지는 확실했다. 하얀 아기고양이는 결백하다는 것. 그건 순전히 까만 아기고양이 잘못이었다. 하얀 아기고양이는 지난 15분 내내 어미가 얼굴을 씻겨주고 있어서, 장난에 끼어들 겨를이 없었다(아기는 꽤나 잘 참아냈다).

어미고양이 다이나가 아기들 얼굴을 씻겨주는 방법은 이랬다. 먼저 한쪽 앞발로 가여운 아기의 귀를 지그시 밟는다. 그런 다음, 다른 앞발로 아기의 코부터 시작, 터럭의 결을 거슬러* 온 얼굴을 쓱싹쓱싹 문질러댄다. 그렇게 다이나가 아기 얼굴을 열심히 씻겨주는 동안, 아기는 얌전히 누워 괜스레 가르랑거렸다—어미의 뜨악한 행동이 다 자기 좋으라고 하는 일인 줄 아는 게 분명했다.

그런데 까만 아기고양이는 오후 일찍 세수를 마쳤다. 그래서 앨리스가 커다란 안락의자 구석에 웅크리고 앉아 반쯤 잠들고 반쯤은 혼잣말을

• the wrong way: 반대 방향으로/거슬러서/잘못된 방향으로. 이 구절은 『거울 나라의 앨리스』 전체에 걸친 강력한 복선이다. 반전된 거울 나라에서는 목표에 다가가려면 뒤로 물러서야 한다. 똑바로 가려면 반대로 가야 한다.

1 매트 데마코스에 따르면, 하버드대학의 휴턴 도서관에 소장된『거울 나라의 앨리스』초기 원고 목차를 보면, 원래는 첫 번째 이야기 소제목이「유리 커튼」이었다. 다섯 번째 이야기「뜨개질하는 양과 강」은 한때「거꾸로 살기」와「향기 나는 골풀들」이라는 두 개의 이야기로 나뉘어 있었다. 나뉜 자리로 가장 유력한 곳은 "깜짝 놀랐다"와 "앨리스는 여왕을 바라보니" 사이다. 여덟 번째 이야기「"이건 내가 발명한 거야."」는 원래「체크Check!」였고, 마지막 이야기「누가 꿈꾸었을까?」는「그것은 누구의 꿈이었을까?」였다.[1]

데마코스는 또 다음과 같은 내용의 주석을 달았다. 캐럴의 첫 번째『앨리스』는 제목에서 장소(이상한 나라)가 언급되고, 첫 번째 이야기 소제목에 입구(토끼 굴)가 언급되는데, 두 번째『앨리스』는 원래 제목(거울을 통과해서 앨리스가 거기서 발견한 것*Through the Looking-Glass and What Alice Found There*)에서 입구(거울)가 언급되고, 첫 번째 이야기 소제목에 장소(거울 속의 집)가 언급된다.*

* 두 책 제목과 소제목이 거울처럼 반전되었다.

블랑슈 맥마누스, 1899

웅얼거리고 있는 동안, 엄청난 사고를 쳐놓은 것이다. 까만 아기고양이는 앨리스가 애써 잘 감아놓은 털실 뭉치를 이리저리 돌돌 굴려 다시 풀어 헤쳐 놓고, 그 한복판에서 제 꼬리를 물려고 뱅뱅 돌았다. 그 바람에 벽난로 깔개 위에는 온통 뒤엉키고 매듭진 털실이 수북수북했다.

"어머나, 이 못된 장난꾸러기!" 하고 외친 앨리스는 까만 아기고양이를 냉큼 들어 올렸다. 그러고는 그게 못된 짓이라는 걸 알려주기 위해 아기에게 쪽 입을 맞추었다.

"아 진짜, 다이나가 너한테 예의범절을 좀 가르쳐줬어야 했어! 그랬어야지, 다이나. 그랬어야 한다는 걸 너도 알잖아!" 꾸짖듯 다이나를 바라보며 앨리스는 나름 목청을 돋워 야단을 쳤다. 그러고는 털실을 집어 들고 까만 아기고양이와 함께 다시 커다란 안락의자로 기어 올라갔다. 다시 털실을 감기 시작했지만, 때로 아기고양이에게, 때로는 자기 자신에게 말을 거느라 바빠서, 빠르게 감지는 못했다. 아기고양이는 아주 새치름하게 엎드려 털실이 감기는 것을 지켜보는 척했다. 그러다 이따금 한 발을 쓱 내밀어 실타래를 톡톡 건드렸다. 혹시라도 괜찮으면 기꺼이 도와주겠다는 듯이.

"얘, 아가냥°아, 내일이 무슨 날인지 아니?" 하고 운을 뗀 앨리스는 이어 말했다. "네가 나랑 같이 창가에 있었다면 잘 알 텐데. 그땐 다이나가 너를 씻겨주고 있었으니 알 리가 없겠지. 밖에서 남자애들이 모닥불²을 피우려고 장작을 모으고 있었단다. 모닥불을 피우려면 그게 많

● Kitty: 까만 아기고양이 이름은 키티다. 키티는 새끼고양이 애칭으로 일반명사처럼 쓰이는 말인데, 캐서린Catherine(그리스어 '순수한'에서 유래한 말)의 애칭으로 쓰이기도 한다. 참고로 어미고양이 다이나도 까만 고양이다. 거센소리가 딱딱하게 들려 '키티' 대신 '아가냥'으로 의역했다. 『이상한 나라의 앨리스』에서 해터와 헤어를 모자장수와 산토끼로 새긴 것과 같은 맥락이다.

2 극명한 대비를 좋아하는 캐럴답게, 이번 속편은 한겨울 실내 장면으로 막을 연다(『이상한 나라의 앨리스』는 따뜻한 5월의 오후 야외에서 시작한다). 겨울 날씨는 그의 서시와 에필로그에 나오는 나이 및 다가오는 죽음의 상징들과 조화를 이룬다. 모닥불 준비와 앨리스의 "내일이 무슨 날인지 아니?"라는 말은 이날이 가이 포크스의 날 Guy Fawkes Day 전날인 11월 4일임을 나타낸다. (이 연례 휴일에는 옥스퍼드 크라이스트처치 칼리지의 펙워터 쿼드랭글 Peckwater Quadrangle [대학 구내 안뜰 중 하나]에서 거대한 모닥불을 피웠다.) 다섯 번째 이야기 「뜨개질하는 양과 강」에서 앨리스가 하얀 여왕에게 정확히 일곱 살 반이라고 말한 것이 이 사실을 뒷받침한다. 앨리스 플레전스 리들의 생일은 5월 4일로, 이전의 원더랜드 여행은 앨리스가 정확히 일곱 살이었을 것으로 추정되는 5월 4일에 이루어졌다(『이상한 나라의 앨리스』 일곱 번째 이야기 「미친 티파티」 6번 주석을 참고하라). 로버트 미첼이 한 편지에서 말했듯, 정확히 6개월 간격의 5월 4일과 11월 4일은 뗄 수 없는 관계를 지닌 날짜다.

이때가 1859년(앨리스가 실제로 일곱 살이었을 때)인지, 1860년이나 1861년인지, 아니면 캐럴이 앨리스의 첫 번째 모험 이야기를 들려주고 기록했던 1862년인지는 의문으로 남아 있다. 11월 4일이 1859년에는 금요일, 1860년에는 일요일, 1861년에는 월요일, 1862년에는 화요일이었다. 곧이어 앨리스가 다다음 수요일까지 벌을 모아 둔다고 말하는 것으로 미루어보아 이때는 1862년이었을 가능성이 가장 높다.

메이비스 베이티 여사는 소책자 『앨리스의 옥스포드 모험』[2]에서 그날이 웨일스 왕자의 결혼식 날인 1863년 3월 10일이라고 주장한다. 이날 결혼식을 기념해 옥스퍼드에서 모닥불을 피우고 불꽃놀이를 했는데, 캐럴은 이날 밤 앨리스를 데리고 대학 구내를 돌아다니며 구경한 일을 일기에 다음과 같이 썼다. "앨리스가 아주 자유분방하게 그 모든 걸 즐기는 모습을 보게 되어 기뻤다." 그런데 캐럴의 3월 9일과 10일 일기에는 앨리스가 말한 눈에 대한 언급이 없다. 하지만 베이티 여사의 추측을 뒷받침하는 사실이 있다. 잉글랜드에서는 11월 초에 눈이 오는 일이 아주 드물고, 3월에는 아주 흔하다.

이 필요하거든. 근데 너무 추운 데다 눈도 많이 내려서, 애들이 다 집에 돌아갈 수밖에 없었어. 하지만 걱정 마, 아가냥아. 우리가 모닥불을 보러 가는 건 내일이니까."

앨리스는 털실을 아기고양이 목에 두어 바퀴 감고는 그 모습이 귀여운지 요리조리 살펴보았다. 이때 아기고양이가 버둥거리는 바람에, 실타래가 바닥으로 굴러 다시 주르르 풀리고 말았다.

"아가냥아, 내가 아까 얼마나 화났는지 아니?" 앨리스가 자리를 편하게 고쳐잡으며 말했다. "네가 저지른 짓을 보고서는, 창문을 벌컥 열고 너를 눈밭에 던져버릴 뻔했다니까! 넌 그래도 싼 짓을 한 거야, 에그, 귀여운 장난꾸러기! 입이 열 개라도 할 말이 없지, 응? 그러니 이제 내 말 끊지 말고 잘 들어! 네가 뭘 잘못했는지 말해줄게."

앨리스는 검지를 곧추세우며 말을 이었다. "첫째, 다이나가 씻겨줄 때 넌 두 번이나 낑낑거렸어. 아니라곤 못 할걸? 내가 분명히 들었으니까! 지금 뭐라고?"(아기고양이의 말을 듣는 척하며) "엄마 발에 눈이 찔렸다고? 음, 그건 네 잘못이야. 그러게 누가 눈을 뜨고 있으래? 눈을 질끈 감았음 그리될 리 없잖아. 이제 더 둘러대지 말고 잘 들어! 둘째, 내가 스노드롭[3] 앞에 우유 접시를 내려놓을 때, 네가 개 꼬리를 물고 잡아당겼어! 뭐? 목이 말랐다고? 네가? 개도 목이 말랐다면 어쩔 건데? 자, 셋째, 넌

● Snowdrop: 눈풀꽃 또는 설강화. 독일 문학이 세계 문학에 가장 큰 기여를 한 책으로 그림 형제의 동화 두 권(1812~1815)을 꼽는다. 그 영향력은 괴테(1749~1832)를 훌쩍 뛰어넘는다. 그 동화 중 하나인 「백설 공주」의 주인공 이름이 독일어로 '슈니비첸 Schneewittchen'(백설 같은 하양)인데, 문자 그대로 새겨 오늘날의 제목인 'Snow White' 가 되었다. 그런데 이 이름은 20세기 초까지는 'Snowdrop'으로 번역되어 영어권에 소개되었다('Snow White'라는 직역이 아마 싱겁고 촌스러워 보였기 때문일 것이다). 그러니 하얀 아기고양이 이름을 의역하면 '눈풀꽃'보다는 '백설 공주'라고 해야 한다. 이른 봄에 피는 수선화과의 눈풀꽃은 눈밭에서 새하얀 꽃을 피운다.

3 스노드롭은 캐럴의 초기 어린이 친구 가운데 한 명인 메리 맥도널드의 아기고양이 이름이었다. 메리는 스코틀랜드의 시인이자 소설가인 캐럴의 좋은 친구 조지 맥도널드(『공주와 고블린』, 『북풍의 뒤에서』 등을 쓴 유명 어린이 판타지 작가)의 딸이었다. 캐럴이 『이상한 나라의 앨리스』를 출판하기까지 맥도널드 아이들도 한몫했다. 캐럴은 이야기가 매력적인가를 시험하기 위해 맥도널드 여사에게 부탁해 아이들에게 원고를 읽어주게 했다. 반응은 열광적이었다. 당시 여섯 살의 그레빌은 6만 부는 출판해야 한다고 부르짖었다(그는 훗날 『조지 맥도널드 부부』라는 책에서 당시를 회고했다).

하얀 아기고양이 스노드롭과 까만 아기고양이 키티는 체스판의 하얀 칸과 검은 칸, 그리고 이야기에 나오는 체스 게임의 하얀 기물과 붉은 기물을 반영하고 있다.

해리 라운트리, 1928

내가 안 보는 틈에 털실 뭉치를 엉망진창으로 헝클어놓았어!"

"얘, 아가냥아. 네가 잘못한 게 바로 그 세 가지야. 그런데 넌 아직 그중 어떤 것도 벌을 받지 않았어. 모두 모아 두었다가 다다음 수요일⁴에 너한테 벌을 줄 거란 거 알지? 아, 근데 사람들도 나한테 줄 벌을 모두 모아 두었으면 어쩌지?" 앨리스는 이제 아기고양이보다 자기 자신한테 더 많은 말을 쫑알거렸다. "연말이 되면 사람들이 날 어떻게 할까? 혹시 감옥에 보낼지도 몰라. 아니면… 그러니까… 벌 하나마다 저녁 한 끼 굶는 거라면? 그럼 연말에 비참하게도 한꺼번에 쉰 끼니의 저녁을 굶어야 할 거야! 음, 까짓것, 별일 아니네! 한꺼번에 쉰 끼니를 먹느니 굶는 게 낫지!"

"얘, 아가냥아, 유리창에 하얀 눈이 부딪는 소리 들리니? 그 소리가 얼마나 부드럽고 멋진지 몰라! 마치 밖에서 누가 창에 입맞춤을 하는 것만 같아. 눈송이가 나무와 들판을 사랑해서 그렇게 부드럽게 입맞춤하는 걸까? 눈송이는 입맞춤하고 나서 하얀 이불로 포근히 덮어준단다. 그리고 아마 이렇게 말할 거야. '잘 자요, 내 사랑, 다시 여름이 올 때까지' 하고 말이야. 그리고 아가냥아, 나무랑 들판이 여름에 깨어나면 온통 초록빛 옷을 입고 너울너울 춤을 춘단다. 바람이 불 때마다. 아, 그건 얼마나 예쁜지 몰라!" 하고 외친 앨리스는 털실 뭉치를 떨어뜨리며 짝 손뼉을 쳤다. "난 정말 그게 진짜 입맞춤이었기를 바라! 가을이 오면 숲은 졸음에 겨운 것처럼 보이지. 단풍이 노랗고 붉게 물들면 말이야."

"아가냥아, 체스 둘 줄 아니? 웃지 마, 얘. 지금 진지하게 묻는 거야. 아까 우리가 체스를 두고 있을 때, 너도 뭘 안다는 듯이 지켜보았잖아. 내가 '체크!' 하고 외치니까 네가 가르랑거렸어! 음, 그건 정말 멋진 수였지. 고약한 나이트가 몸을 홱 비틀며⁵ 끼어들지만 않았다면 내가 이겼을 텐데. 얘, 아가냥아, 우리 이런 척해보자…."

4　Wednesday week : 다가오는 수요일 다음의 수요일.•

• 이것은 영국 영어에서만 쓰이는 어법으로, 제임스 매슈 배리James Matthew Barrie(1860~1937)의 『피터 팬』에 'Thursday week'라는 말이 나온다. "하지만 친애하는 마담, 다다음 목요일Thursday week까지는 열흘이 남았어요."

5　wriggling: 이는 체스에서 나이트가 어떻게 움직이는가를 나타내는 데 제격인 낱말이다.•

• 나이트는 한 칸 전진 후 앞쪽 칸 좌나 우로 한 칸 더 사선으로 나아간다. 장기의 마馬와 동일하다.

앨리스가 가장 좋아하는 말이 바로 "이런 척해보자"라는 말이었다. 그렇게 시작하는 말을 얼마나 많이 좋알거렸는지, 그걸 반의반도 다 들려줄 수 없을 정도다. 앨리스는 그 말 때문에 어제도 언니랑 한참 말다툼을 했다. 그러니까 "왕들이랑 여왕들인 척해보자"라는 말 때문이었다. 언니는 정확히 딱 맞아떨어지는 것을 좋아했다. 그런데 앨리스랑 자기 둘뿐이니, 둘이서 왕들이랑 여왕들인 척을 다 할 수 없다고 언니는 주장했다. 앨리스는 결국 이렇게 말해야 했다. "그럼 언니는 그중 한 명인 척만 해. 나머지는 다 내가 알아서 할 테니까." 한번은 보모를 깜짝 놀라게 한 적도 있었다. 보모 귀에 대고 갑자기 이렇게 외친 것이다. "보모! 우리 이런 척해봐요. 나는 굶주린 하이에나인 척할 테니까, 보모는 뼈다귀인 척해요!"

얘기가 샜다. 다시 아기고양이한테 말을 거는 앨리스에게 돌아가자. "우리 이런 척해보자, 아가냥아. 너는 붉은 여왕인 척해! 알려나 모르겠는데, 똑바로 앉아서 팔짱만 끼면 딱 붉은 여왕처럼 보일 거야. 자, 이제 해봐, 착하지, 응?" 하고는 앨리스는 탁자 위 체스판에서 붉은 여왕을 집어 들고, 그걸 따라 해보라고 아기고양이 앞에 세워놓았다. 하지만 헛일이었다. 앨리스 말에 따르면, 일단 아기고양이는 팔짱을 끼려고 하지 않았다. 그래서 앨리스는 벌을 주려고 아기고양이를 거울 앞에 세웠다. 제 얼굴이 얼마나 부루퉁한지 보라고. "…당장 착하게 굴지 않으면," 하고 앨리스는 덧붙여 말했다. "널 거울 속 집에 집어넣어 버릴 거야. 그럼 어떨 것 같아, 응?"

"자, 잘 들어봐, 아가냥아. 거울 속 집에 대한 내 생각을 다 말해줄게. 우선, 거울 속을 들여다보면 방이 있어. 그건 우리 거실과 똑같이 생겼지. 다만 왼쪽과 오른쪽이 바뀔 뿐이야.[6] 의자에 올라서면 그걸 다 볼 수 있어. 벽난로 속만 빼고, 아! 그 속을 볼 수 있으면 좋을 텐데! 겨울철

6　거울이라는 주제는 이야기에 뒤늦게 추가된 것 같다. 스토리의 대부분이 과거 리들 자매가 체스 게임 방법을 신나게 배울 때 캐럴이 해준 체스 이야기를 토대로 하고 있다고 앨리스 리들이 말한 바 있기 때문이다. 한편 또 다른 앨리스, 곧 캐럴의 먼 친척인 앨리스 레이크스가 거울 모티프를 제시하는 데 한몫한 것으로 여러 해 동안 생각되어왔다. 런던 《타임스》 1932년 1월 22일 자에 레이크스가 어떻게 한몫했는지 실려 있다.

> 온슬로 스퀘어에 살던 어릴 때, 우리는 집 뒤뜰에서 체스를 두곤 했다. 나이 많은 삼촌과 함께 그 집에 머물고 있을 때, 찰스 도지슨은 뒷짐을 진 채 잔디밭 길을 오락가락하곤 했는데, 어느 날 내 이름을 들은 그가 나를 불러 이렇게 말했다. "그러니까 네가 또 다른 앨리스로구나. 난 앨리스들을 아주 좋아해. 이리 와서 꽤나 알쏭달쏭한 것 좀 보지 않을래?" 우리 집과 마찬가지로 뒤뜰 쪽으로 열려 있는 그의 집 안으로 우리는 따라 들어갔다. 거울로 가득한 방에 들어갔는데, 한쪽 모퉁이에 커다란 거울이 세워져 있었다.
> "자" 하고 그가 내게 오렌지를 하나 주며 말했다. "우선 네가 오렌지를 받은 손이 어느 손인지 말해봐." "오른손이요" 하고 내가 말했다. "자 그럼" 하고 그가 말했다. "저 거울 앞에 가서 서봐. 그리고 네 눈에 보이는 어린 소녀가 오렌지를 어느 손에 들고 있는지 말해봐." 당황한 나는 잠시 생각한 후 말했다. "왼손이요." "맞았어." 그가 말했다. "넌 그걸 어떻게 설명할 거야?" 나는 설명할 수 없었지만 대답을 기다리고 있는 걸 알고 용기를 내 말했다. "내가 거울 **저쪽**에 있다면, 오렌지는 여전히 내 오른손에 있지 않을까요?" 이때 그가 웃음을 터트린 것이 지금도 기억난다. "잘했어, 어린 앨리스. 내가 여태 들은 것 가운데 최고의 답이야" 하고 그가 말했다.
> 당시 더 이상 무슨 말을 듣진 않았지만, 몇 년 후 내 말 덕분에 그가 『거울 나라의 앨리스』에 대한 최초의 아이디어를 얻었다고 말한 것을 들었다. 그는 『거울 나라의 앨리스』를 한 권 내게 보내주었고, 다른 책들도 출간될 때마다 한 권씩 보내주었다.[3]

이 이야기가 매력적이긴 하지만 캐럴의 일기를 보면 레이크스를 처음 만난 게 1871년 6월 24일이다. 캐럴은 이미 그 오래전에 『거울 나라의 앨리스』 원고를 인쇄소에 보냈다. 그러니 레이크스 입장에서 위와 같은 사실은 그저 희망사항이었음이 분명하다. 메리 힐튼 배드콕의 경우와 마찬가지로 말이다(『이상한 나라의 앨리스』 첫 번째 이야기 「토끼 굴 아래로」 1번 주석을 참고하라).

모든 비대칭 객체(거울 이미지와 겹쳐지지 않는 객체)는 거울에서 상像이 '반대로 비친다'. 그러한 좌우 반전에 대한 이야기가 이번 책에 여러 차례 나온다. 곧 알게 되겠

피터 뉴얼, 1903

지만, 트위들디와 트위들덤은 이른바 거울상mirror image[거울에 비친 좌우 반대 모습의] 쌍둥이다. 하얀 기사는 "오른발을 왼쪽 신발에 쑤셔" 넣는다는 노래를 한다. 타래송곳(corkscrew: 코르크 마개뽑이)에 대한 여러 차례의 언급도 우연이 아닐 수 있다. 타래송곳은 그 나선이 왼쪽과 오른쪽으로 회전 방향이 분명히 구분되는 비대칭 구조이기 때문에 선택되었을 것이다. 거울을 막 통과한 앨리스 삽화(447쪽)에서 테니얼의 모노그램조차 반전되어 있는 것을 주목하라! 거울 반영 주제를 확대해 비대칭 관계의 반전까지 포함시키면, 이야기 전체를 지배하는 한 가지 특징이 있음을 우리는 알 수 있다. 그 사례를 일일이 나열하려면 너무나 많은 지면이 필요하지만, 중요 핵심은 다음 사례들에 담겨 있다. 두 번째 이야기 「말하는 꽃들의 정원」에서 앨리스가 붉은 여왕을 향해 나아가자 여왕은 사라져버리고, 여왕에게서 뒷걸음질 치자 여왕과 가까워진다. 세 번째 이야기 「거울 곤충들」에서 열차 차장은 앨리스에게 "반대 방향으로 the wrong way" 가고 있다고 말한다. 왕에게는 전령이 두 명("와야 할 한 명과 가야 할 한 명") 있어야 한다. 다섯 번째 이야기 「뜨개질하는 양과 강」에서 하얀 여왕은 시간을 거슬러 사는 것의 이점을 설명한다. 거울 케이크는 먼저 조각을 나눠준 다음에 여러 조각으로 썬다. 왼쪽과 오른쪽에 대응하는 홀수와 짝수가 또 여러 곳에서 등장한다(예를 들어 하얀 여왕은 '하루건너 잼'을 주겠다고 말한다). 어느 면에선 난센스 자체가 바로 정상의 반전이다. 일상 세계가 뒤집히고 반전됨으로써, 난센스 세계에서는 정상적인 방식을 제외한 다른 모든 방식으로 사태가 진행된다.

물론, 반전 테마는 캐럴의 난센스 글쓰기 전반에 걸쳐 두루 나타난다. 『이상한 나라의 앨리스』 첫 번째 이야기 「토끼 굴 아래로」에서 앨리스는 고양이도 박쥐를 먹는지, 박쥐도 고양이를 먹는지 아리송해한다. 또 일곱 번째 이야기 「미친 티파티」에서는 언제나 진심을 말하는 것과 말하는 것이 다 진심인 것은 같지 않다는 말을 듣는다. 앨리스가 버섯의 왼쪽을 먹으면 커지고, 오른쪽을 먹으면 그 반대가 된다. 『이상한 나라의 앨리스』에서 여러 차례 일어나는 신체 크기의 변화는 그 자체가 반전이다(예를 들어 작은 강아지와 커다란 소녀 대신 커다란 강아지와 작은 소녀를 우리는 만난다). 『실비와 브루노』에는 다음과 같은 것들이 등장한다. 무게가 0보다 적게 나가도록 소포로 꾸릴 수 있는 '무게를 가늠할 수 없는' 반중력 양털, 시간의 흐름을 되돌리는 시계, 검은빛, 포르투나투스의 지갑,* 바깥이 안이고 안이 바깥인 사영 평면 그리고 악E-V-I-L이란 그저 시간을 거슬러 사는 것L-I-V-E backward이다.

실제 생활에서도 캐럴은 그의 어린이 친구들을 즐겁게 해주려고 가능한 한 많은 반전 개념을 찾아냈다. 그의 편지 중 하나에서는 인형의 왼손이 떨어졌을 때 오른손이 '왼손'이 되는 것에 대해 이야기하고, 또 다른 편지에서는 잠자리 시간 역행 방법을 이야기한다. 즉, 잠자리에서 일어난 후 무지막지하게 빨리 잠자리로 되돌아가면 일어나기 전의 잠자리로 되돌아갈 수도 있다는 것이다. 그는 거울 글자로도 편지를 써서,

타티아나 이아노프스카이아, 2007

엔 거울 속 집에서도 벽난로에 진짜 불을 땔까? 그걸 꼭 알고 싶어. 너도 알다시피, 여기서 불을 피워서 거울 속 방에서 연기가 피어올라야만 그걸 알 수 있잖아. 하지만 연기가 나도 불을 때는 척만 하는 걸지도 몰라. 음, 그리고, 거울 속 책도 우리 책과 똑같아. 글자만 뒤집혀 보일 뿐이야. 그건 나도 잘 알지. 거울 앞에서 책을 펼치면 거울 방에서도 책이 펼쳐지거든."

"아가냥아, 네가 거울 집에 살면 어떨 것 같니? 거기서도 너한테 우유를 줄까? 어쩌면 거울 우유[7]는 마실 수 없을지도 몰라. 아참, 아가냥아! 우리 이제 복도를 살펴보자. 우리 거실 문을 활짝 열어놓으면, 거울 집 복도도 살짝 들여다볼 수 있어. 보이는 데까지는 우리 복도랑 똑같

그걸 읽으려면 거울에 비춰보아야 했다. 또 마지막 낱말부터 처음 낱말 쪽으로 읽어야 하는 편지를 여럿 쓰기도 했다. 그에게는 뮤직 박스가 있었는데, 그가 가장 좋아한 묘기는 노래를 거꾸로 트는 것이었다. 또 위아래를 뒤집으면 다른 그림으로 바뀌는 재미있는 그림을 그리기도 했다.

진지한 순간에도 캐럴의 마음은, 하얀 기사의 마음과 마찬가지로 사물을 거꾸로 볼 때 가장 잘 기능하는 것처럼 보였다. 그는 곱하는 수(승수)를 곱해지는 수(피승수) 위에 거꾸로 쓰는 새로운 곱셈법을 개발하기도 했다. 『스나크 사냥』은 사실 거꾸로 창작되었다고 그는 말한다. 그러니까 "알다시피, 스나크는 부줌Boojum이었으므로"라는 마지막 행이 갑자기 영감으로 떠올랐고, 나중에 그 행에 맞추어 살을 붙여 하나의 연을 썼고, 그 연에 맞추어 살을 붙인 것이 한 편의 시가 되었다는 것이다.

논리적 모순에 대한 캐럴의 유머는 그의 반전 유머와 밀접한 관련이 있다. 붉은 여왕은 '저 언덕'을 '골짜기'라고 말한다. 진짜 언덕은 '저 언덕'에 비해 너무나 크기 때문이다. 또 붉은 여왕은 갈증을 해소하라고 마른 비스킷을 준다. 왕의 전령은 귓속말을 한다면서 고함을 지른다. 앨리스는 같은 곳에 머물기 위해 있는 힘을 다해 빠르게 달린다. 앞뒤가 맞지 않는 소리irish bull를 캐럴이 좋아했다는 사실도 놀랄 일이 못 된다. 그는 언젠가 누이에게 이렇게 썼다. "부디 다음의 추론을 논리적으로 분석해줘. 어린 소녀: '나는 아스파라거스를 좋아하지 않아서 정말 좋아.' 친구: '아니 왜?' 어린 소녀: '내가 그것을 진짜로 좋아했다면 먹어야 했을 테니까. 그건 참을 수 없는 일이야!'" 캐럴의 지인 중 한 명은 캐럴이 친구에 대해 이야기한 것을 회상했는데, 그 친구의 발이 너무 커서 머리 쪽으로 바지를 꿰어 입었다는 것이다.

캐럴의 풍부한 논리적 난센스의 또 다른 원천은 '공집합(원소를 하나도 가지고 있지 않은 집합)'을 존재하는 것으로 취급하는 것이다. 삼월 산토끼는 앨리스에게 존재하지 않는 와인을 마시라고 한다. 앨리스는 촛불이 꺼졌을 때 불꽃이 어디에 있는지 궁금해한다. 『스나크 사냥』의 지도는 '완벽하고 절대적인 여백'으로 되어 있다. 하트의 왕은 노바디에게 편지 쓰는 것을 특별한 일이라고 생각한다. 하얀 왕은 아주 멀리에 노바디가 있는 것을 볼 수 있을 만큼 시력이 좋은 앨리스를 부러워한다.

캐럴의 유머는 왜 그런 종류의 논리적 뒤틀림과 얽히게 되었을까? 캐럴이 논리와 수학에 깊은 관심을 가졌다는 사실이 그에 대한 충분한 설명이 될까? 아니면 익숙한 세계를 영원토록 구부리고 잡아 늘이며, 압축하고 뒤집으며, 반전시키고 왜곡하지 않을 수 없는 무의식적인 충동이 그에게 있었던 것일까? 그러한 의문들은 이 자리에서는 다루지 않을 것이다. 플로렌스 베커 레넌이 그 주제로 쓴 글은 분명 적절치 않다. 그것만 빼면 그녀의 전기 『거울 속의 빅토리아』[4]는 존경할 만하다. 그녀는 캐럴이 왼손잡이로 태어났지만 오른손을 사용하도록 강요받았다면서, "그는 자신을 살짝 뒤집는 행동을 함으로써 복수를 했다"고 주장한다. 하지만 안타깝게도 캐럴이 왼손잡

아. 하지만 그 너머는 완전 다를지도 몰라. 아, 아가냥아, 거울 속 집으로 들어갈 수만 있다면 얼마나 좋을까! 그곳엔 아! 너무나 아름다운 것들이 분명 한가득할 거야. 아가냥아, 어떻게든 거울 속으로 들어갈 방법이 있는 척해보자. 거울이 마치 얇은 천처럼 하늘하늘한 척해보는 거야. 그러면 통과할 수 있잖아. 앗! 거울이 무슨 안개처럼 변하고 있어! 말 그대로야! 이제 거울 속으로 들어가는 건 식은 죽 먹기일 거야…." 그렇게 말하는 동안 앨리스는 벽난로 선반[8] 위에 올라가 있었다. 어떻게 그랬는지는 알 수 없었다.[•] 이어 거울이 실제로 밝고 뽀얀 안개처럼 변하기 시작했다.

다음 순간 앨리스는 거울 속으로 스르르 들어갔고,[9] 이내 거울 방으로 폴짝 뛰어내렸다. 앨리스가 처음 한 일은 거기서도 벽난로에 불을 피웠는지 살펴보는 것이었다. 뒤에 두고 온 벽난로처럼 여기서도 진짜 불이 환하게 타오르고 있는 것을 본 앨리스는 얼굴이 환해졌다. "그럼 저쪽 거실처럼 여기도 따뜻하겠다" 하고 앨리스는 생각했다. "실은 더 따뜻할 거야. 여기선 불 가까이 가지 말라고 잔소리할 사람도 없을 테니까. 아, 정말 재밌겠다! 사람들이 거울 속에 내가 있는 걸 보면서도 나를 어찌지 못하는 걸 본다면 말이야!"

앨리스는 곧 주위를 둘러보기 시작했다. 저쪽 거실에서도 볼 수 있었던 것들은 여기서도 평범하고 심드렁했다. 하지만 그밖에는 전혀 딴판이었다. 이를테면, 벽난로 옆 벽에 걸린 그림들은 모두 살아 있는 것 같았다. 그리고 벽난로 선반 위 시계(거울에 뒷모습만 비치던 시계)에는 얼굴이 있었다. 작은 그 시계 노인은 앨리스를 향해 씩 웃어 보였다.

"저쪽 거실만큼 깔끔하지는 않은걸?" 벽난로 잿더미 속에 체스 기물

[•] 이때 잠이 들었다는 것을 암시하는 말이다. 이후는 꿈 이야기다.

이로 태어났다는 주장은 증거가 너무 박약해 설득력이 전혀 없다. 설령 사실이라 해도, 그것을 캐럴식 난센스의 기원으로 보는 것은 전적으로 부적절하다.

R. B. 샤버먼은 조지 맥도널드가 캐럴에게 끼친 영향에 대한 기고문[5]에서, 맥도널드의 1858년 판타지 소설 『판타스테스』[6] 13장의 다음 구절을 인용한다.

> 거울은 얼마나 이상한가! 그리고 거울과 인간의 상상력 사이에는 얼마나 놀라운 친화력이 존재하는가! 거울을 통해 보는 내 방은 똑같으면서도 똑같지 않다. 거울 속 방은 단순히 내가 살고 있는 방이 재현된 게 아니라, 마치 내가 즐겨 읽는 이야기 속 방처럼 보인다. 모든 공통점은 진작 사라져버렸다. 거울이 내 방을 사실의 영역에서 예술의 영역으로 끌어 올린 것이다. … 그 방에 들어갈 수만 있다면, 거기서 살고 싶다.

● 게르만 전설에 나오는 것으로, 거지 포르투나투스가 여신에게 선물로 받는 화수분 지갑을 말한다.

7   앨리스의 거울 우유looking-glass milk에 대한 추측은 캐럴이 추측한 것보다 더 의미심장하다. 『거울 나라의 앨리스』가 출판된 후 여러 해가 지나서야 입체화학 연구를 통해 유기 물질의 원자 배열이 비대칭적이라는 증거가 발견되었기 때문이다. 이성질체isomer는 정확히 같은 원자로 구성된 분자를 지닌 물질이지만, 이 원자들의 연결 구조는 위상학적으로 상당히 다르다. 입체이성질체는 위상 구조까지 동일한 이성질체지만, 그 구조의 비대칭성 때문에 거울상 쌍mirror-image pairs을 이룬다. 생물체에서 발생하는 대부분의 물질은 입체이성질체다. 흔한 예로 설탕을 들 수 있는데, 오른손잡이[우회전성, 곧 시계 방향 회전] 형태는 포도당, 왼손잡이 형태는 과당이라고 불린다. 음식물 섭취는 인체의 비대칭 물질과 비대칭 음식 사이의 복잡한 화학반응을 수반하기 때문에 같은 유기 물질이라도 좌우 회전성에 따라 맛과 냄새, 소화성에 종종 현저한 차이를 나타낸다. 어떤 젖소나 어떤 실험실에서도 아직 반전 우유를 생산하지 않았지만, 일반 우유의 비대칭 구조가 반영된다면, 이 거울 우유는 마시기에 좋지 않을 거라고 장담할 수 있다.

거울 우유에 대한 이런 판단은 우유 원자가 연결된 구조가 반전된 것만을 고려한 것이다. 물론 우유의 진정한 거울 반영은 기본입자 자체의 구조를 반전시킬 것이다. 1957년에 두 명의 중국계 미국인 물리학자 리정다오와 양전닝은 일부 기본입자들이 비대칭이라는 '유쾌하고 멋진 발견'(로버트 오펜하이머의 말)을 이끌어낸 업적으로 노벨 물리학상을 받았다. 이제 입자와 그 반입자(전하가 반대인 동일 입자)는 입체이성질체와 마찬가지로 동일한 구조의 거울상 형태에 지나지 않는 듯싶다. 만약 그것이 사

들이 흩어져 있는 것을 보자 앨리스는 그런 생각이 들었다. 하지만 다음 순간, 살짝 놀라 "아!" 하고 탄성을 질렀다. 앨리스는 무릎을 꿇고 바닥에 손을 짚은 채, 체스 기물들을 빤히 바라보았다. 기물들은 둘씩 짝지어 걷고 있었다!

"저기, 붉은 왕과 붉은 여왕이 있어." 앨리스는 (그들이 놀랄까 봐) 종알거렸다. "하얀 왕과 하얀 여왕은 부삽에 걸터앉아 있네? 룩˚은 둘이

● Rook: 캐럴은 'Castle'이라고 썼는데 보통은 '룩'이라고 한다. 룩은 성장城將(성을 지키는 장수)을 뜻하며, 장기의 차車와 마찬가지로 상하좌우로 원하는 칸만큼 이동할 수 있고, 이동로에 놓인 상대 기물을 잡을 수 있다. 그 가치가 나이트나 비숍보다 높고, 퀸보다는 낮은 것

실이라면, 거울 우유는 '반물질'로 구성되어 입에 댈 수조차 없을 것이다. 우유는 앨리스와 접촉하자마자 폭발할 테니까. 물론 거울 반대편에 있는 반-앨리스라면, 그것이 평소처럼 맛있고 영양가 많은 반-우유라는 것을 알게 될 것이다.

왼손잡이와 오른손잡이의 철학적·과학적 의미에 대해 더 알고 싶은 독자는 독일 수학자 헤르만 바일의 『대칭』[7]이라는 흥겨운 책과 필립 모리슨의 기고문 「홀짝성의 전복」[8]을 참고하라. 좀 더 가벼운 글로는 좌우 주제에 관한 내 논의와[9] 내 글 「왼쪽인가 오른쪽인가?」[10]가 있다. 좌우 반전을 포함하는 고전 SF 소설로는 H. G. 웰스의 「플래트너 이야기」[11]가 있다. 《뉴요커》(1956. 12. 15.) 164쪽의 글[12]도 간과할 수 없다. 거기에는 그해 11월 10일 자 《뉴요커》에 발표한 자신의 시에 대한 에드워드 텔러 박사의 캐럴식 위트가 담긴 해석이 실려 있다. 그 시는 텔러 박사가 에드워드 반-텔러 박사와 악수를 하다가 폭발하는 장면을 묘사하고 있다.

공간과 시간의 대칭과 비대칭에 대한 최근의 비전문적 언급으로는 브라이언 번치의

마일로 윈터, 1916

『현실의 거울: 대칭 수학 탐구』,[13] 내 저서 『새로운 양손잡이 우주』,[14] 그리고 사로 저 헥스트롬과 딜립 콘데푸디의 「우주의 대칭성」[15]을 참고하라.

원자 과학자들 사이에서는 핵질량을 에너지로 완전 전환시킬 수 있는 가능성에 대한 추측이 무성하다. 실험실에서 자기력에 의해 공간에 매달려 있도록 반물질을 생성한 다음 그것을 물질과 결합함으로써 말이다(이는 소규모 핵질량만 에너지로 전환할 수 있는 핵융합이나 분열과 전혀 다른 차원이다). 따라서 원자력 발전으로 가는 궁극의 길은 거울 너머에 있는지도 모른다.

8   영국식 영어 'chimneypiece'는 벽난로 선반mantelpiece을 뜻한다. 많은 SF 소설가들이 우리 세계를 평행 세계와 연결하는 장치로 거울을 사용해왔다. 그 사례로 헨리 S. 화이트헤드의 「함정」, 도널드 완드레이의 「그림 거울」, 그리고 프리츠 라이버의 「거울 세계의 한밤중」 등이 있다.[16]

9   존 테니얼의 거울을 통과하는 앨리스 삽화는 연구할 가치가 있다. 두 삽화 중 두 번째 그림(447쪽)에서 시계 뒷면과 꽃병 아랫부분에 웃는 얼굴을 추가한 것을 주목하라. 시계와 조화artificial flowers를 종 모양의 유리 덮개에 씌워 두는 것은 빅토리아 시대(1837~1901)의 관습이었다. 벽난로 위쪽 장식물인 혀를 내민 가고일 그림은 분명치가 않다.

이 두 삽화는 앨리스가 거울 너머에서 반전되지 않았다는 것을 보여주기도 한다. 오른손을 쳐들고 있는 것과 오른쪽 무릎을 꿇고 앉아 있는 모습이 동일하기 때문이다. 두 삽화의 하단과 두 『앨리스』에 실린 테니얼 삽화 대부분에 'Dalziel(달지얼)'이라는 이름이 쓰인 것을 주목해보라. 테니얼의 삽화 전부를 목각한 이를 종종 달지얼 형제라고 부르지만, 실은 네 명의 형제와 한 명의 자매가 참여했다. 조지(1815~1902), 에드워드(1817~1905), 마가렛(1819~1894), 존(1822~1869), 토머스(1823~1906) 등이 그들이다. 앞서 말했듯 두 번째 삽화에서 테니얼의 모노그램이 반전되어 있는 것 역시 주목하라.

벽난로 근처 벽에 걸린 그림들이 살아 있는 것 같다는 얘기를 우리는 나중에 들었다. 거울을 통과한 앨리스 삽화(440쪽)를 그린 피터 뉴얼이 바로 그 점을 지적했다. 1933년 파라마운트 영화에서는 벽에 걸린 그림들이 살아나 앨리스에게 말을 건다. 모든 표준 판본에서, 두 삽화는 마치 앨리스가 통과한 거울이라도 되는 것처럼, 본문 지면 양쪽에 자리하고 있다. 퍼핀 판본(1948)은 두 삽화를 책 앞뒤 겉면에 배치, 아예 책을 거울로 만들어놓았다.

서 팔짱을 끼고 걸어가고 있어.[10] 설마 내 말을 알아듣진 못하겠지?" 앨리스는 얼굴을 더 가까이 들이대며 소곤거렸다. "나를 보지도 못하겠지, 뭐. 어째 투명인간이 된 기분이네?"

이때 앨리스 뒤쪽 탁자에서 뭔가 꽁알거리는 소리가 들리기 시작했다. 고개를 돌려보니 하얀 폰* 하나가 벌렁 자빠져 버둥거리고 있는 게 보였다. 호기심이 치민 앨리스는 무슨 일이 벌어지는지 가만 지켜보았다.

"내 아이 목소리다! 나의 소중한 백합! 내 왕실의 아기고양이!" 하얀 여왕이 외치며 왕의 등을 밀치고는 쏜살같이 달려갔다. 그 바람에 왕은 잿더미 속에 고꾸라지고 말았다. 여왕은 벽난로 앞 칸막이를 미친 듯이 기어오르기 시작했다.

"왕실 깽깽이**" 같으니!" 하얀 왕이 엎어지면서 다친 코를 쓱쓱 문지르며 말했다. 머리부터 발끝까지 재를 뒤집어썼으니, 여왕에게 **살짝** 화낼 자격이 있었다.

으로 평가된다. 자기 기물을 뛰어넘을 수 없지만, 캐슬링을 할 경우에는 자신의 킹을 뛰어넘어 바로 옆에 자리를 잡는다. 참고로 비숍은 대각선으로만 이동한다. 퀸은 체스에서 가장 강력한 기물로, 룩처럼 상하좌우로, 비숍처럼 대각선으로 모두 이동할 수 있다. 킹도 그렇게 이동하지만 다만 한 칸만(캐슬링의 경우에는 두 칸) 이동 가능하다. 나이트는 장기의 말과 동일하게 움직이는데, 상대는 물론이고 자기편 기물도 뛰어넘을 수 있다. 뛰어넘은 기물은 잡은 게 아니다.

• Pawn: 졸卒. 뒤나 옆으로 움직이지 못하고, 한 칸씩 직진만 할 수 있는데, 상대 기물이 가로막고 있으면 전진하지 못한다. 앞쪽 대각선 칸에 상대 기물이 있으면, 대각선으로 나아가 그것을 잡을 수 있다. 예외적으로 각각의 폰이 처음 움직일 경우에 한해 두 칸 전진할 수 있다. 폰이 마지막 열rank(가로줄)에 도달하면 다른 기물로 프로모션promotion(승격)한다. 곧 킹을 제외한 어떤 기물로도 바꿀 수 있는데, 보통 가장 강력한 퀸으로 바꾼다. 그래서 폰이었던 앨리스는 마지막 열에서 퀸, 곧 여왕이 된다.

•• fiddlestick: 바이올린을 켜는 활을 뜻하는 말로, 의미 없는 물건이나 잡것 따위를 뜻하기도 해서 짜증이나 화가 났을 때 살짝 나무라는 말로도 쓰인다. 우리말 깽깽이는 해금이나 바이올린을 속되게 일컫는 말이다.

10 테니얼이 이 장면 삽화(아래)에서 체스 조각을 짝짓기할 때 거울 반영을 어떻게 제시했는지 주목하라. 캐럴은 비숍에 대해서는 언급하지 않았지만(아마도 성직자에 대한 존중 때문일 것이다), 테니얼의 삽화에선 비숍을 볼 수 있다. 아이작 아시모프의 『흑거미 클럽』에 나오는 미스터리 「이상한 누락」은 캐럴이 이상하게 체스에서 비숍을 누락한 것으로 이야기를 끌어간다.

아직 이해되지 않는 어떤 이상한 이유로, 이 삽화와 두 번째 이야기 「말하는 꽃들의 정원」*과 일곱 번째 이야기 「사자와 유니콘」(653, 661, 666쪽)에서 테니얼은 왕들에게 여왕들이 쓴 것과 같은 왕관을 그려주었다! 단순한 실수였을까? 그렇다면 체스 왕들의 왕관 꼭대기가 십자가로 장식되어 있다는 것을 확실히 알고 있던 캐럴은 왜 반대하지 않았을까? 캐럴은 「말하는 꽃들의 정원」 2번 주석에서 다루었듯이, 그리스도교의 진지한 문제가 경박한 문맥에 끼어들지 말아야 한다고 생각했을 가능성이 있다. 이에 대한 논의는 오거스트 A. 임홀츠 주니어의 「왕의 십자가 상실」[17]을 참고하라.

● 마틴 가드너의 실수다. 두 번째 이야기에는 왕을 그린 테니얼의 삽화가 아예 없다. -편집자

앨리스는 도와주고 싶은 마음이 간절했는데, 때마침 가엾은 백합이 자지러질 듯 비명을 질렀다. 앨리스는 냉큼 여왕을 집어 들어, 탁자 위에서 버둥거리며 꿍알거리고 있는 어린 딸 옆에 턱 내려놓았다.

여왕은 헉 하고 놀라며 털퍼덕 주저앉았다. 공중을 휘익 날아오느라 숨도 쉬지 못한 탓이었다. 여왕은 한동안 어린 백합을 껴안은 채 오도카니 앉아 있는 것 말고는 어쩔 엄두를 내지 못했다. 그러다 살짝 한숨을 돌린 여왕은 잿더미 속에 불퉁하니 앉아 있는 왕에게 외쳤다. "화산 조심해요!"

"무슨 화산?" 하고 말한 왕은 불안하게 장작불을 쳐다보았다. 화산이 가장 있음 직한 곳이 거기였다.

"나를… 휘리릭… 날려버렸다고요." 여전히 숨이 가쁜 여왕은 헐떡이며 말했다. "조심조심 정상적으로 올라오세요. 휘익 날려 오지 말고!"

앨리스는 하얀 왕이 벽난로 칸막이를 한 칸 한 칸 차분히 올라가는 걸 지켜보았다.[11] 그러다 더는 참지 못하고 말했다. "그래서는 탁자까지 가는 데 몇 시간은 걸리겠어요. 차라리 내가 좀 도와주는 게 훨씬 좋겠죠?" 하지만 왕은 들은 척도 하지 않았다. 실은 앨리스를 보지도 듣지도 못하는 게 분명했다.

앨리스는 왕을 아주 살그머니 집어 들고, 여왕을 들어 옮길 때보다 훨씬 더 느릿느릿 옮겨주었다. 혹시라도 숨이 막히지 않도록. 하지만 탁자에 내려놓기 전 문득 떠오른 생각이 있었다. 온통 재를 뒤집어썼으니 좀 털어주는 게 좋지 않을까?

나중에 앨리스가 한 말에 따르면, 그때 왕이 지은 표정은 앨리스 생전 처음 보는 것이었다. 보이지 않는 손에 번쩍 들린 왕이 공중으로 둥실 떠올랐을 때 지은 표정 말이다. 더욱이 뒤집어쓴 재가 털릴 때는 너무 놀라 비명을 지를 정신조차 없었는지 다만 입이 점점 더 크게 떠억

So Alice picked him up very gently.   Peter Blake, 1970.

피터 블레이크, 2004

11   하얀 왕이 펜더, 곧 벽난로 칸막이를 애써 한 칸 한 칸 올라가는 것은 체스 행마
법과 관련이 있다. 체스의 왕은 여왕처럼 어떤 방향으로든 움직일 수 있지만 한 칸씩
만 움직일 수 있다. 여왕의 자유자재한 움직임은 나중에 여왕이 공중을 날 수 있는
것으로 나타난다.

벌어졌고, 휘둥그레진 두 눈은 통방울만 해졌다. 앨리스는 웃음보가 터져 손이 흔들렸고, 그 바람에 하마터면 왕을 떨어뜨릴 뻔했다.

"어머! 제발 그런 표정 짓지 마요!" 앨리스는 자기 말을 듣지 못한다는 것도 까먹고 왕에게 말했다. "너무 웃기는 바람에 떨어뜨릴 뻔했잖아요! 입을 그렇게 크게 벌리면 어떡해요! 재가 한가득 들어가겠어요. 아, 이제 좀 깔끔해진 것 같네요!" 앨리스는 왕의 머리칼을 매만져준 뒤 여왕 옆에 내려놓았다.

왕은 뒤로 벌러덩 나동그라져선[12] 옴짝달싹하지 않았다. 자기가 한 짓에 살짝 놀란 앨리스는 왕한테 끼얹을 물을 찾아 방 안을 한 바퀴 돌았다. 하지만 잉크 한 병밖엔 눈에 띄는 게 없었다. 잉크를 들고 돌아와 보니 왕은 정신을 차린 뒤였다. 너무 놀란 왕과 여왕은 소곤소곤 무슨 얘기를 속살거리고 있었는데, 말소리가 너무 나지막해 알아듣기 힘들

12 체스에서 패배란 왕이 뒤로 자빠지는 것을 뜻한다. 곧 나오지만, 이것은 병사가 전쟁터에서 살해당하는 것처럼 왕에겐 최악의 공포다. 기록을 해두라는 여왕의 제안은 체스 선수가 그 게임을 잊지 않도록 착수를 기록해두는 관행을 시사한다.

피터 뉴얼, 1903

었다.

왕은 이렇게 말하는 듯했다. "여보, 나는 구레나룻 끝까지 얼어붙고 말았소!"

그러자 여왕이 대꾸했다. "당신한텐 구레나룻이 없어요."[13]

"그때의 공포를 나는 결코, 결코 잊지 못할 거요!" 왕이 이어 말했다.

"하지만 잊고 말걸요? 기록해두지 않는다면 말예요."

여왕의 말을 들은 왕은 주머니에서 어마어마하게 큰 공책*을 꺼내 기록을 하기 시작했다. 그 모습을 흥미진진하게 바라보던 앨리스는 문득 재미난 생각이 떠올라 왕의 어깨너머까지 올라온 연필 끝을 붙잡고 왕 대신 기록을 했다.[14]

불쌍한 왕은 쩔쩔매며 한동안 말없이 연필과 씨름을 했다. 하지만 왕에 비해 앨리스는 너무 힘이 셌다. 결국 왕은 헐떡이며 말했다. "여보! 정말이지 더 작은 연필이 있어야겠소! 이건 도무지 다룰 수가 없어. 내가 쓰려고 하지도 않은 게 제멋대로 써지니…."

"뭐라고 써졌는데요?" 여왕이 말하며 공책을 건너다보았다. (앨리스는 이렇게 써 놓았다. "하얀 기사가 부지깽이를 타고 내려간다. 균형을 잡지 못하고 삐딱하게 움직인다.")[15] "이건 당신 생각을 쓴 게 아니군요!"

한편, 앨리스 근처의 탁자 위에는 책이 한 권 놓여 있었는데, 멀뚱히 왕을 지켜보며 앉아 있는 동안(앨리스는 아직도 왕이 살짝 걱정되어, 다시 기절하면 잉크를 끼얹을 준비를 하고 있었다) 심심해진 앨리스는 책을 한 장씩 넘기며 읽을 만한 대목을 찾아보았다. "…모르는 말로만 쓰여서 통 알 수가 없네." 앨리스가 혼잣말을 했다.

---

* 거울 반전이 되어, 아마 공책은 주머니보다 더 클 것이다. 이곳에선 담긴 것이 담은 것보다 더 크다. 어린 시절의 마당이 세상보다 더 크듯이. 또는 램프 속의 지니처럼.

13 미국 독자들에게는 여왕의 이 구레나룻 whiskers[*] 발언이 어리둥절하게 들렸다. 이 대목이나 일곱 번째 이야기 「사자와 유니콘」에 나오는 하얀 왕 삽화에는 콧수염 mustache과 턱수염beard이 있기 때문이다. 하지만 데니스 크러치가 지적했듯, 여왕은 왕에게 sideburns[**]가 없다는 뜻으로 말한 것이다. 『실비와 브루노』 제1장에 나오는 다음 말을 크러치는 인용한다. 남자의 얼굴은 "북쪽에 머리털, 동쪽과 서쪽에 구레나룻, 남쪽에 턱수염으로 테를 두르고" 있다. 잉글랜드에서 whiskers는 관습적으로 구레나룻을 뜻한다.

● 미국 영어로는 whiskers가 얼굴의 수염을 뜻한다.

●● 미국 영어로 구레나룻을 뜻하는 말.

14 자동기술automatic writing이라 불린 글쓰기는 이른바 19세기 심령술 열풍의 주요 양상이었다. 코난 도일의 아내는 뛰어난 자동기술 작가였는데, 육체가 없는 영혼이 심령술사의 손을 잡고 위대한 저 너머, 곧 사후세계로부터 메시지를 전한다고들 믿었다. 오컬트에 대한 캐럴의 관심에 관한 나의 의견은 『이상한 나라의 앨리스』 다섯 번째 이야기 「쐐기벌레의 도움말」 7번 주석을 참고하라.

15 부지깽이에 걸터앉은 하얀 기사가 균형을 잘 잡지 못하는 것은 여덟 번째 이야기 「"이건 내가 발명한 거야."」에서 앨리스와 만난 그가 말 등에서 균형을 잘 잡지 못하는 것을 예고한다.

책에는 이렇게 쓰여 있었다.

재버워키

브릴릭의 시간, 나끌나끌한 토브들
웨이브에서 빙글팽글 후빌빌거리니,
보로고브들 너무나 가냘런하고
몸 러리스들은 헷젖불렀다.

앨리스는 한참 어리둥절하니 바라보다 마침내 깨달았다. "아, 이건 거울 속 책이야. 그래! 거울에 비춰보면 똑바로 보일 거야."[16]
앨리스가 읽은 시는 이랬다.

재버워키[17]●

브릴릭의 시간, 나끌나끌한[18] 토브들[19]
웨이브에서 빙글팽글[20] 후빌빌거리니,[21]
보로고브들[22] 너무나 가냘런하고[23]

● 캐럴의 신조어는 묘한 울림을 지니고 있다. 다시 말해, 딱히 무슨 뜻인지는 몰라도 추상화처럼 뭔가 아스라하게 느껴지는 게 있다. 그런데 캐럴식으로 우리말 신조어를 만들어 번역할 경우 언어문화 차이로 인해 너무 어설퍼진다. 추상화처럼 뭔가 떠오르거나 울림이 느껴지기는커녕 허튼 신조어에 짜증만 나기 십상이다. 그런 번역은 노래를 소음으로 바꾸는 격이다. 그래도 유일하게 읽을 만한 우리말 번역을 하나 발견했는데, '위키문헌'의 Timefly 번역이 그것이다. 이번 번역에서는 어설프고 뜻 모를 신조어 창작은 될수록 배제하는 한편, 국어사전에 오르지 못한 시쳇말을 조금 살려 쓰고, 이름씨는 모두 음역하여 소박하게 번역했다.

16 캐럴은 원래「재버워키」시편 전체를 거울에 비친 글자로 인쇄하려고 했지만, 나중에 1연만 그렇게 하기로 마음을 바꾸었다. 인쇄물이 앨리스에게 거울 이미지로 보였다는 사실은 앨리스 자신이 거울을 통과하면서 반전되지 않았다는 증거가 된다(다섯 번째 이야기「뜨개질하는 양과 강」10번 주석 참고). 앞에서 설명한 바와 같이, 거울 세계에서 반전되지 않은 앨리스는 잠시도 존재할 수 없다고 보는 데에는 그럴 만한 과학적 이유가 있다.

앨리스가 거울에 비친 모습이 아니라고 가정하는 데에는 또 다른 이유가 있다. 첫 번째『앨리스』에 나오는 테니얼의 많은 삽화들은 앨리스가 오른손잡이라는 것을 보여주는데, 두 번째 책 삽화에서도 여전히 오른손잡이로 나온다. 피터 뉴얼의 삽화는 그 점이 모호한데, 테니얼의 삽화와 달리 앨리스는 왼손에 홀을 쥐고 있다.

오랫동안 잊혀졌던「가발을 쓴 말벌」에피소드에서, 앨리스는「재버워키」를 읽을 때와 달리 반전되지 않은 말벌 신문을 읽는 데 어려움이 없다. 트위들 형제의 목깃에 새겨진 '덤'과 '디' 또한 반전되지 않았고, 일곱 번째 이야기「사자와 유니콘」삽화에 나오는 모자장수 모자에 쓰인 글자(661쪽), 그리고 아홉 번째 이야기「앨리스 여왕」에 나오는 아치형 문 위쪽에 커다랗게 쓰인 '앨리스 여왕'이라는 글자(741쪽)도 반전되지 않았다. 브라이언 커쇼가『거울 나라의 앨리스』의 좌우 측면(반전)에 대해 상세하게 분석한 결과, 거울 뒤에서 누가, 또는 무엇이 거울에 반영된 것인가에 대해 테니얼과 캐럴 모두 일관성이 없다는 결론에 이르렀다.

17 「재버워키」첫 번째 연은『뒤죽박죽*Mischmasch*』에 처음 나타난다. 이 책은 캐럴이 형제자매들에게 들려주기 위해 쓰고 삽화까지 손수 그려 넣은 작은 '정기 간행물' 중 마지막 작품인데, 그가 23세였던 1855년에 만든 이 정기 간행물에「앵글로색슨 4행시」라는 제목으로 실린 '요상한 단편'이 바로 그것이다.

이 시편에 이어 캐럴은 시 속 신조어의 뜻과 시 전체의 의미를 다음과 같이 풀이했다.

- bryllyg(브릴릭): bryl, 곧 broil(불에 굽다)에서 파생. "만찬을 구워내는 시간, 곧 오후의 막바지 무렵."
- slythy(슬라이디): slimy(미끄럽거나 끈적끈적한)와 lithe(나긋나긋하고 잘 휘는)의 혼성어. "몸이 미끄덩하고 활동적인."
- tove(토브): 오소리의 일종. 매끄럽고 하얀 털에 긴 뒷다리, 수사슴 같은 짧은 뿔이 있고, 주로 치즈를 먹고 살았다.
- gyre(가이어/자이어): '개'를 뜻하는 gyour, 곧 giaour(이단사)에서 파생. "개처럼

몸²⁴ 라스²⁵들은 휘칫꿀거렸더라.²⁶

"아들아, 조심해라, 재버워크²⁷를!
　　물어뜯는 주둥이, 낚아채는 발톱을!
접접새²⁸를 조심하고, 날렵하게 피해라,
　　노발대발˙한²⁹ 밴더스내칠³⁰랑은!"

그 아들은 보팔³¹검˙˙을 들고
　　오랫동안 괴랄˙˙˙한³² 적을 찾아다니다
툼툼³³˙˙˙˙ 나무 옆에서 한숨 돌리며
　　잠시 생각에 잠겨 섰더라.

그가 꺼끌한³⁴ 생각에 잠겼을 때
　　재버워크가 두 눈을 이글대며,
코를 쿵쿵대며³⁵ 울울창창한 숲을 헤치고
　　허줄지줄³⁶˙˙˙˙˙ 다가왔느니!

● 노발대발怒發大發(분노를 크게 일으키고 또 일으킴)은 과거 우리 땅에서 만들어진 신조어로, 한국인만 쓰는 한자 말이다. 희로애락의 감정을 일으키는 것을 한자로 발發이라 한다.
●● 캐럴의 신조어 보팔검은 오늘날 게임에서 필살검의 이름으로 흔히 쓰인다.
●●● '괴랄'은 국어사전에 편입되지 않았지만 장르문학에서 흔히 쓰이는 말로, 괴이쩍은 정도가 심하게 발랄하거나 지랄맞을 정도라는 뜻이다.
●●●● 우리말에 비해 영어의 의성어는 많이 어설프게 들린다. 단조롭게 현악기 퉁기는 소리라면 '텀텀'보다 퉁퉁, 팅팅, 징징 정도가 훨씬 더 적절할 것이다.
●●●●● 재버워크는 드래곤 급이니 "크롸라라랏!" 정도로 울부짖어야 제격인데, 캐럴이 만든 의성어는 너무 유약해서 반어법 유머로 들린다. 그게 아니라면 굶주리고 지쳐 힘이 없는 상태일 것이다. 우리말 '허줄하다'는 '허기가 지고 출출하다/차림새가 보잘것없고 초라하다'의 뜻이다. '지줄'은 정지용의 「향수」 중 "지줄대는 실개천"에서 끌어왔다.

땅을 긁어 파다."•

· gymble(김블): gimblet에서 유래. "빙글빙글 돌아가며 구멍을 내다."••

· wabe(웨이브): 동사 swab(탈지면을 적시다), 또는 soak(빨아들이다)에서 파생. (빗물을 흠뻑 빨아들인) "비탈진 언덕."

· mimsy(밈지): mimserable과 miserable(비참한)에서 유래. "불행한."

· borogove(보로고브): 멸종된 앵무새의 일종. 날개가 없고, 부리가 위로 구부러졌으며, 해시계 아래 둥지를 틀었는데, 송아지를 먹고 살았다.

· mome(몸): solemome, solemone, 그리고 solemn(엄숙한, 진지한)에서 유래. "심각한grave."

· Rath(라스): 육지거북의 일종. 곧추세운 머리, 상어 같은 입, 무릎으로 걸을 수 있도록 구부릴 수 있는 앞다리를 가진 매끄러운 초록빛 몸통의 동물. 제비와 굴을 먹고 살았다.•••

· outgrabe(아웃그레이브): outgribe의 과거형으로 'shriek(날카로운 소리를 내지르다)'와 'criek(삐걱거리다)'를 파생시킨 고어 'grike' 또는 'shrike(때까치)'와 관련된 말. "찍찍/꾸꾸거렸다squeaked."••••

따라서 대체적인 문장의 뜻은 다음과 같다. "때는 저물녘이었다. 매끄럽고 활동적인 오소리들이 언덕 비탈에 굴을 파고 있었다. 앵무새들은 몹시 불행했고, 심각한 사태에 거북들은 휘칫꿀거렸다."

그 언덕 위에는 해시계가 있었을 것이다. '보로고브'들은 둥지가 망가질까 봐 안달복달했을 것이다. 또 언덕에는 '라스'의 둥지도 지천이었을 것이다. 라스들은 '토브'들이 밖에서 땅을 파헤치는 소리를 듣고 겁에 질려 꾸꾸거리며 둥지 밖으로 뛰쳐나왔을 것이다. 이는 잘 알려지지 않은 고대의 유물과도 같은 시로, 은근히 깊은 감동을 준다.

이 풀이를 험티 덤티가 여섯 번째 이야기 「험티 덤티」에서 풀이한 것과 비교해보면 여간 흥미롭지 않다.

「재버워키」가 영어로 된 난센스 시 가운데 가장 위대한 시라는 사실에 반대하는 사람은 거의 없을 것이다. 이 시는 19세기 후반 영국의 남학생들에게 너무나 잘 알려져 있었다. 그래서 『정글북』의 작가 러디어드 키플링의 유쾌한 학생들 이야기인 『스토키와 친구들Stalky & Co.』(1899)에서는 학생들이 얘기를 나누며 위의 난센스 낱말 다섯 개를 무심코 내뱉는다. 이 시를 읽은 뒤 앨리스는 시의 매력에 대해서 고개를 갸우뚱하며 이렇게 말한다. "온갖 생각이 고개를 쳐들지만, 딱히 무슨 뜻인지는 모르겠어!" 저자의 설명 없이는 딱히 의미를 규정할 수 없는 이 신조어들은 함축적인 묘한 뉘앙스의 울림을 지니고 있다.

그가 헛둘! 헛둘! 쐐액, 쐐애애액,

　　보팔검으로 썽둥 썰어버렸더라![37]

죽은 재버워크는 버려둔 채 머리만

　　달랑 들고 칠렐레팔렐레[38] 돌아왔더라.

"그리하여 재버워크를 해치웠단 말이냐?[39]

　　내 품에 안기어라, 빛나는[40] 나의 아들아!

오, 경희작약*할 날이로다! 선재! 선재로다!"[41]**

　　그는 기뻐서 푸헐헐[42] 웃었더라.

브릴릭의 시간, 나끌나끌한 토브들

　　웨이브에서 빙글팽글 후빌빌거리니

보로고브들 너무나 가냘련하고

　　몸 라스들은 휘칫꿀거렸더라.

──────────

● frabjous: 모든 영어사전에 나오지만, 이것 역시 캐럴이 이 책에서 처음 사용한 신조어다. 정확히 어떤 낱말들의 혼성어인지는 알 수 없는데, frightening(놀라운), fabulous(믿기지 않는), joyous(즐거운) 등의 낱말이 뒤죽박죽 섞였음 직하다. 경희작약驚喜雀躍은 깜짝 놀랄 만큼 좋아 뛰며 기뻐하다라는 뜻의 사자성어다.

●● "선재善哉! 선재善哉로다!"는 칭찬하는 말로, 착하다, 좋다, 훌륭하다라는 뜻이다. 『금강경』에서 부처가 수보리 존자에게 한 말로 전해온다.

이런 난센스 시는 명백히 추상화와 유사성이 있다. 사실주의 화가는 자연을 복제할 때 자기가 원하는 형태와 색상으로 최대한 비슷하게 자연을 베껴야 하지만, 추상 화가는 자기가 원하는 대로 자유롭게 그림을 그릴 수 있다. 이와 비슷하게, 난센스 시는 패턴과 의미를 결합하는 기발한 방법을 군이 찾을 필요가 없다. 그저 『이상한 나라의 앨리스』(아홉 번째 이야기 「짝퉁거북 이야기」 6번 주석 참고)에서 여공작이 조언한 것과 반대되는 방침을 채택하기만 하면 된다. 즉, 소리에 신경을 쓰면 의미가 저절로 따라온다. 이때 구사된 낱말들은 눈인지 발인지 아리송한 피카소의 추상화처럼 그 의미가 모호할 수도 있고, 전혀 의미가 없을 수도 있다. 캔버스의 비구상 색채 유희처럼 그저 흔쾌한 소리 유희일 수도 있는 것이다.

물론, 캐럴이 유머러스한 시에서 종잡을 수 없는 말double-talk을 구사한 최초의 사람은 아니다. 캐럴에 앞서 난센스 언어를 구사한 사람으로 에드워드 리어가 있다. 논란의 여지 없이 영어 난센스 문장의 선구자인 이 두 사람의 글이나 편지 어디에도 서로를 언급하는 말이 없고, 만난 적이 있다는 증거도 없다는 게 이상하지만 말이다. 리어와 캐럴 시대 이후, 예를 들어 다다이즘 및 이탈리아 미래주의 작가들과 미국의 거트루드 스타인 등이 좀 더 진지한 난센스 시를 창작하고자 했다. 하지만 기교를 너무 진지하게 받아들임으로써 그 결과가 따분해지고 말았다. 나는 거트루드 스타인의 역작 시편을 하나라도 암송할 수 있는 사람을 만나보지 못했다. 하지만 군이 외우려 하지 않았는데도 「재버워키」를 저절로 외워버린 많은 캐럴리언들을 나는 알고 있다. 오그든 내시는 자신의 시 「게돈딜로」에서 멋진 난센스 낱말들을 선보였지만, 그는 효과를 높이기 위해 어깨에 너무 힘을 준 것으로 보인다. 반면에 「재버워키」는 난센스를 독보적인 것으로 승화시키는 가벼운 발랄함과 완벽함을 지니고 있다.

영국 천문학자 아서 스탠리 에딩턴은 「재버워키」를 너무 좋아한 나머지, 자신의 글에서 여러 차례 이를 언급한다. 『새로운 과학의 길』[18]에서 그는 난센스 시의 추상적 구문 구조를 수학의 현대 분과인 군론group theory과 결부시킨다. 또 『물리 세계의 본질』[19]에서는 물리학자의 기본입자에 대한 묘사가 실은 일종의 재버워키라고 지적한다. 곧, 그 묘사의 언어가 "우리가 무엇인지 알지 못하는 일(뜻)을 행하는(의미하는)" "미지의 어떤 것"을 가리키는 말이라는 뜻이다. 과학적 묘사에는 숫자가 포함되기 때문에, 과학은 현상들에 일정한 질서를 부여하고 그 현상들을 성공적으로 예측할 수 있다. "어떤 원자핵은 둘레에 여덟 개의 전자가 돌고, 또 어떤 원자핵은 둘레에 일곱 개의 전자가 돌고 있다는 사실을 고찰함으로써"라고 시작한 에딩턴은 이어 이렇게 썼다.

> 우리는 산소와 질소의 차이를 깨닫기 시작한다. 나끌나끌한 여덟 마리 토브들은 산소 웨이브에서 빙글팽글 후빌빌거리고, 일곱 마리 토브들은 질소 웨이브에서 그러하다. 몇몇 숫자를 받아들이면 '재버워키'도 과학적이 될 수 있다. 그럼 이제 우리는

Jabberwocky

Twas brillig, and the slithy toves
  Did gyre and gimble in the wabe:
All mimsy were the borogoves,
  And the mome raths outgrabe.

"Beware the Jabberwock, my son!
  The jaws that bite, the claws that catch!
Beware the Jubjub bird, and shun
  The frumious Bandersnatch!"

He took his vorpal sword in hand:
  Long time the manxome foe he sought…
So rested he by the Tumtum tree,
  And stood awhile in thought.

And, as in uffish thought he stood,
  The jabberwock, with eyes of flame,
Came whiffling through the tulgey wood,
  And brubled as it came!

One, two! One, two! And through and through
  The vorpal blade went snicker-snack!
He left it dead, and with its head

과감히 예측해볼 수 있다. 즉, 토브 한 마리가 탈출하면, 산소는 당당히 질소의 탈을 쓰고 변장을 하게 될 것이다. 항성과 성운에서 우리는 양의 탈을 쓴 늑대들을 발견한다. 그걸 발견하지 못하는 게 도리어 놀랄 일이다. 물리학의 기본 실체들 가운데 중요한 미지의 것을 '재버워키'라고 번역하는 것도 나쁘지 않을 것이다. 숫자—운율을 지닌 말—만 바뀌지 않는다면 전혀 문제 될 게 없다.

『거울 나라의 앨리스』가 나온 직후 「재버워키」 시편에 대한 외국어 번역이 봇물 터지듯 터져 나오기 시작했다. 《나이트 레터》 70호(2002. 겨울)에서는 특히 라틴어와 그리스어에 초점을 맞춘 풍부한 번역 사례와 더불어, 외국어 번역들에 대한 장문의 논의를 특집으로 다루었다. 오거스트 A. 임홀츠 주니어의 이 글은 『로키 마운틴 언어문학 리뷰』[20]에 먼저 실렸다. 이 글에서 논의된 여섯 편의 라틴어 번역 중 획기적인 두 편은 널리 알려져 있다. 하나는 오거스터스 A. 밴시타트의 번역이다. 케임브리지 트리니티 칼리지의 특별 연구원인 그는 1881년 옥스퍼드대학 출판부에서 발행한 소책자에 이를 발표했는데, 스튜어트 콜링우드의 캐럴 전기 144쪽에 이것이 실려 있다. 다른 하나는 캐럴의 삼촌인 해서드 H. 도지슨이 번역한 것으로, 『루이스 캐럴 그림책』 364쪽에 실려 있다(이 그림책을 펴낸 출판사 이름이 가베르보쿠스Gaberbocchus인데, 이는 해서드가 재버워크를 라틴어로 옮긴 말이다.)
프랭크 L. 워린의 프랑스어 번역은 《뉴요커》[21]에 처음 실렸다. (아래 내가 인용한 것은 레논 여사의 책 『거울 속의 빅토리아』에 재수록된 것이다.)

Le Jaseroque

Il brilgue: les tôves lubricilleux
Se gyrent en vrillant dans le guave,
Enmîmés sont les gougebosqueux,
Et le mômerade horsgrave.

Garde-toi du Jaseroque, mon fils!
La gueule qui mord; la griffe qui prend!
Garde-toi de l'oiseau Jube, évite
Le frumieux Band-à-prend.

Son glaive vorpal en main il va-
T-à la recherche du fauve manscant;

Puis arrivé à l'arbre Té-Té,
Il y reste, réfléchissant.

Pendant qu'il pense, tout uffusé
Le Jaseroque, à l'œil flambant,
Vient siblant par le bois tullegeais,
Et burbule en venant.

Un deux, un deux, par le milieu,
Le glaive vorpal fait pat-à-pan!
La bête défaite, avec sa tête,
Il rentre gallomphant.

As-tu tué le Jaseroque?
Viens à mon cœur, fils rayonnais!
O jour frabbejeais! Calleau! Callai!
Il cortule dans sa joie.

Il brilgue: les tôves lubricilleux
Se gyrent en vrillant dans le guave,
Enmîmés sont les gougebosqueux,
Et le mômerade horsgrave.

저명한 고대 그리스어 학자인 로버트 스콧의 독일어 번역문은 장중하다. 그는 앨리스의 아버지인 리들 학장과 함께 고대 그리스어 사전을 만든 사람이다. 그의 번역 시편은 《맥밀런스 매거진》에 실린 그의 기고문 「재버워크의 참된 근원 추적」[22]에 처음 선보였다. 토머스 채터튼이라는 필명을 쓴 스콧은 이 기고문에 이렇게 썼다. 즉, 그가 심령술 모임에 참석했는데, 이때 헤르만 폰 슈빈델이라는 유령이 나타나 캐럴의 시는 아래 전래 독일 민요를 영어로 번역한 것에 지나지 않는다고 주장했다는 것이다.

Der Jammerwoch

Es brillig war. Die schlichte Toven
  Wirrten und wimmelten in Waben;

에드윈 J. 프리티, 1923

Und aller-mümsige Burggoven
  Die mohmen Räth' ausgraben.

Bewahre doch vor Jammerwoch!
  Die Zähne knirschen, Krallen kratzen!
Bewahr' vor Jubjub—Vogel, vor
  Frumiösen Banderschnätzchen!

Er griff sein vorpals Schwertchen zu,
  Er suchte lang das manchsam' Ding;
Dann, stehend unten Tumtum Baum,
  Er an-zu-denken-fing.

Als stand er tief in Andacht auf,
  Des Jammerwochen's Augen-feuer
Durch tulgen Wald mit wiffek kam
  Ein burbelnd ungeheuer!

Eins, Zwei! Eins, Zwei!
  Und durch und durch
Sein vorpals Schwert
  zerschnifer-schnück,
Da blieb es todt! Er, Kopf in Hand,
  Geläumfig zog zurück.

Und schlugst Du ja den Jammerwoch?
  Umarme mich, mien Böhm' sches Kind!
O Freuden-Tag! O Halloo-Schlag!
  Er chortelt froh-gesinnt.

Es brillig war, &c.

『앨리스』는 계속 새로 번역되고 있다. 『원더랜드라는 세계의 앨리스: 루이스 캐럴 걸작 번역들』[23]에서는 65개 언어로 발행된 350종의 『거울 나리의 앨리스』 번역서 목

찰스 포커드, 1929

록을 제시하고 있는데, 모두 약 1,500판을 찍은 이 책들 거의 모두가 「재버워키」를 번역해 실었다. (『이상한 나라의 앨리스』는 174개 언어로 번역되었고, 두 권을 합해 모두 8,400판을 찍었다.)

「재버워키」 패러디도 끝없이 시도되어왔다. 최고의 패러디 세 편, 곧 「유럽 워키의 그 어딘가」, 「풋볼워키」, 「출판업자들의 재버워키」("[앞 두 편은] 하퍼스와 리틀 브라운의 것 / [뒤엣것은] 휴턴 미플런이 책에 쓴⋯")라는 시편 셋이 캐럴린 웰스의 명시 선집 『멋진 난센스』[24] 36쪽과 37쪽에 실려 있다. 그러나 유머러스한 것을 유머러스하게 모방한 그런 모든 시도에 대해 나는 체스터턴의 회의적인 견해에 동감한다(그의 견해에 대해서는 『주석 달린 앨리스』 초판 서문에서 언급한 바 있다).

루이스 패짓(헨리 커트너와 그의 아내 캐서린 L. 모어의 공저용 필명)의 가장 잘 알려진 SF 단편소설 가운데 하나인 「보로고브들은 가냘렸했다」[25]에서 「재버워키」에 나오는 낱 말들은 미래에서 온 상징적인 언어인 것으로 밝혀진다. 그리고 이 언어를 잘 해석하 면, 4차원 연속체로 들어가는 어떤 테크닉을 설명하고 있음을 알 수 있다. 프레드릭 브라운의 대단히 재미난 추리 소설 『재버워크의 밤』[26]에도 이와 비슷한 개념이 나 온다. 이 소설의 화자는 열렬한 캐럴리언이다. 그는 보팔검Vorpal Blades이라는 캐럴 찬 미자 모임의 일원인 예후디 스미스를 통해 캐럴의 판타지가 결코 허구가 아니며, 존 재의 다른 면에 대한 사실적 보고임을 알게 된다. 그 판타지의 비밀을 푸는 단서는 캐럴의 수학 논문, 특히 『큐리오사 마테마티카Curiosa Mathematica』, 그리고 아크로스 틱*****이 아니면서도 실은 그보다 더 교묘한 아크로스틱인 캐럴의 시편들 속에 감춰 져 있다. 캐럴리언에게 『재버워크의 밤』은 놓칠 수 없는 필독서로 『앨리스』와 밀접한 관련이 있는 뛰어난 소설 작품이다.

• 'gyre'는 '선회하다'라는 뜻인데 캐럴은 '가이어'로 읽어야 한다고 서문에서 밝혔다.
•• 존재하지 않는 낱말인 이 gimblet이 gimlet의 이형이라면 '타래송곳', 또는 '타래 송곳으로 구멍을 낸다'는 뜻이다.
••• 캐럴은 이 말을 영국식으로 바스bath와 라임이 맞게 발음해야 한다고 서문에 썼다.
•••• 험티 덤티는 새소리와 돼지소리가 섞인 데다 중간에 칫칫거리기도 하는 소리라 고 해석했다.
••••• acrostic: 각 행의 첫 글자나 마지막 글자 또는 특정 글자를 이어 쓰면 말이 되는 언어유희 시를 뜻한다.

18 slithy: 『옥스퍼드 영어사전』에는 이 낱말이 'sleathy'의 이형으로, 'slovenly(칠 칠치 못한/꾀죄죄한)'라는 뜻의 폐어廢語라고 설명되어 있지만, 여섯 번째 이야기에서 험티 덤티는 앞서 캐럴의 설명과 비슷하게 해석한다.

우리엘 번바움, 1925

19 toves: 캐럴은 이 말을 groves(숲)와 라임이 일치하도록 발음해야 한다고 『스나크 사냥』 서문에서 말한다. 이 책 629쪽에 토브 그림이 나오는데, 테니얼이 그린 이 토브의 코는 긴 나선형의 타래송곳처럼 생겼다. 거울 대칭이라는 이 책의 주제에 맞춰 나선은 두 가지 형태로 나뉘는데, 각각은 다른 것의 거울 반영이다. 타래송곳에 대해서는 두 번째 이야기 「말하는 꽃들의 정원」 1번 주석과 「가발을 쓴 말벌」 13번 주석을 참고하라.

20 gyre: 『옥스퍼드 영어사전』에서는 '빙빙 돌다'라는 의미를 갖는 이 말의 기원이 1420년까지 거슬러 올라가는 것으로 본다. 험티 덤티도 그와 같은 뜻으로 해석한다. 특이한 이 낱말이 '선회/회전'이라는 뜻의 명사로 사용된 것을 현대 독자들이 유일하게 접할 수 있는 글은 아마도 W. B. 예이츠의 시 「재림」일 것이다.•
• 예이츠는 「재림」에서 매가 하늘에서 '선회'하는 것을 'gyre'라고 표현했다. 그 밖에 해양학에서 코리올리 효과로 인한 바닷물의 '환류'를 뜻하는 말로 쓰는 것 외에는 거의 사용되는 않는 낱말이다. 'gyre' 대신 'turn'이나 'whirl around'라는 말을 쓴다.

21 gimble: 『옥스퍼드 영어사전』에 따르면 gimble은 gimbal•의 이형이다. gimbal[미국식 발음은 짐블, 영국식은 김블]은 선박이 롤링[좌우로 흔들림]하는 동안 나침반이 수평을 유지할 수 있도록 해주는 장치 등 다양한 용도로 사용되는 회전 고리다. 하지만 험티 덤티는 동사 gimble이 gimblet[아마도 타래송곳gimlet의 이형]처럼 후비며 구멍을 낸다는 뜻으로 쓰였다고 캐럴의 해석과 동일하게 말한다.
• '자이로스코프', 곧 '회전의'의 가장 바깥 둥근 고리 안에 있는 두 회전 고리를 'gimbal'이라고 한다.

22 borogoves: 『스나크 사냥』 서문에서 캐럴은 이렇게 썼다. "첫 번째의 o는 'borrow'의 'o'처럼 발음한다. 나는 그걸 사람들이 'worry'의 'o(/ʌ/)'처럼 발음하려고 하는 걸 들은 적 있다. 인간의 옹고집이란 그런 것이다." 초보 캐럴리언들은 이 낱말을 흔히 'borogroves'라고 잘못 발음한다. 그런 오자는 미국의 일부 『거울 나라의 앨리스』에도 나오는데, 심지어 센트럴 파크에 설치된 델라코르테의 앨리스 동상•에도 오자가 있다.
• 델 출판 제국의 창립자 조지 델라코르테가 기증한 이 동상은 커다란 버섯 위에 앨리스와 아기고양이가 앉아 있고, 모자장수, 하얀 토끼, 체셔 고양이, 겨울잠쥐가 그 둘레에 있다. 이 동상 이름은 'Alice in Wonderland'다.

23 mimsy: 「재버워키」의 낱말들 가운데 『스나크 사냥』에서 다시 사용되는 여덟 개

피터 뉴얼, 1903

의 난센스 낱말 중 첫 번째. 7편 9연에 다음과 같이 나온다. "그리고 가장 가냘픈한 mimsiest 어조로 노래했다." 『옥스퍼드 영어사전』에 따르면 캐럴 시대에 mimsey(e 추가)는 "새침하고, 숙녀인 척하며, 경멸스러운" 것을 의미했다. 캐럴이 이것을 염두에 두었을지도 모르겠다.*

● 험티 덤티는 이 말이 가냘프고flimsy와 가련한miserable이라는 두 낱말의 혼성어라고 풀이한다. 앞서 말한 Timefly가 '위키문헌'에서 '가냘런한'으로 새겨서 이를 차용했다. Timefly는 또 재버워키를 잡아요괴, brillig을 불일킬, 이어 나오는 'frumious'를 '증노蒸怒한', 보로고브 새를 볼겂새, 밴더스내치를 벤듯이낚아치라고 옮겼다. 음역과 의역을 동시에 도모한, 절묘하면서도 유머러스한 훌륭한 번역이다.

24 mome: 이 낱말은 엄마, 멍청이, 잔소리꾼, 얼간이 등 여러 의미로 쓰이다가 폐어가 되었는데, 험티 덤티의 해석으로 미루어보면 캐럴은 그중 어떤 의미도 염두에 두지 않았다.*

● 캐럴은 '심각한', 험티 덤티는 '집 떠난from home'으로 풀이했다.

25 rath: 험티 덤티는 라스가 초록 돼지라고 말했지만, 캐럴 당시에 이 말은 잘 알려진 옛 아일랜드어로, 담이나 울타리를 뜻하는 말이었다. 보통은 둥글게 흙벽을 쌓아서, 한 부족의 우두머리를 위한 요새 겸 거주지 역할을 했다.

26 outgrave: 『스나크 사냥』 5편 10연에 이런 구절이 나온다. "그러나 그것은 무척이나 낙담해서, 절망적으로 휘칫꿀거렸다."

27 재버워크는 『스나크 사냥』에 언급되진 않지만, 채터웨이 여사(캐럴의 어린이 친구 어머니)에게 보낸 편지에서 캐럴은 『스나크 사냥』의 무대가 "접접새와 밴더스내치가 자주 출몰하는 섬인데, 재버워크가 살해된 바로 그 섬"이라고 설명한다.
보스턴에 있는 라틴어 여학교의 한 학급에서 캐럴에게 학교 잡지 이름을 '재버워크'라고 짓는 것을 허락해달라고 요청했을 때 캐럴은 이렇게 답했다(1888. 2. 6.).

> 루이스 캐럴 씨는 제안을 보낸 잡지 편집자들에게 원하는 대로 잡지명을 사용할 수 있도록 허락하는 것을 대단히 기쁘게 생각합니다. 그는 앵글로색슨 낱말 'wocer' 또는 'wocor'가 '자손' 또는 '소산'을 뜻한다는 것을 발견했습니다. 그래서 'jabber'를 '흥분되고 떠들썩한 논의'라는 일반적인 의미로 받아들인다면, 재버워크는 '더욱 흥분된 논의의 산물'이라는 의미를 띠게 될 것입니다. 기획하시는 정기간행물에 그런 의미의 문구가 적용될 것인지의 여부는 미래의 미국 문학사가 결정할 것입

He went galumphing back.

"And hast thou slain the Jabberwock?
Come to my arms, my beamish boy!
O frabjous day! Callooh! Cally!"
He chortled in his joy.

'Twas brillig, and the slithy toves
did gyre and gimble in the wabe:
All mimsy were the borogoves,
And the mome raths outgrabe.

"멋진 시 같아. 뭐, **살짝** 아리송하지만!" 시를 다 읽은 앨리스가 말했다. (이걸 보면 앨리스는 이 시가 무슨 뜻인지 모른다는 것을 자기 자신에게조차 고백하고 싶지 않았다는 걸 알 수 있다.) "머릿속에서 온갖 생각이 고개를 쳐들지만, 딱히 무슨 뜻인지는 모르겠어! 하지만 암튼 누군가가 뭔가를 죽였어. 그건 확실해."**43**

"하지만 아!" 앨리스는 갑자기 벌떡 일어서며 생각했다. "서두르지 않으면 나머지를 다 보기도 전에 다시 거울을 통해 돌아가야 할지도 몰라! 먼저 정원을 살펴보자!" 앨리스는 곧바로 방에서 나와 계단을 뛰어 내려갔다. 아니 정확히 말하면 뛰는 게 아니었다. 앨리스는 혼자 종알거리며, 계단을 빠르고 쉽게 내려가는 새로운 방법을 궁리해냈다. 그러니까 손끝으로 난간을 살포시 짚은 채, 발로 계단을 딛지도 않고 스르르 떠내려간 것이다. 앨리스는 둥실둥실 떠서 복도를 지나갔는데, 문설주를 붙잡지 않았다면 그대로 둥둥, 집 밖으로 떠내려갔을 것이다. 공중에

니다. 캐럴 씨는 곧 나올 잡지의 성공을 기원합니다.

앵글로색슨 낱말 'wocer(워커)'의 의미는 캐럴의 말과 같다. 이 글로 볼 때 캐럴이 어원을 소급하는 데 재미를 붙이고 있었다는 점은 의심의 여지가 없다.

28 jubjub bird: 『스나크 사냥』에서는 접접새가 다섯 번 언급된다. 4편 18연, 5편 8, 9, 21, 29연.

29 frumious: "…노발대발한 턱주가리들."『스나크 사냥』7장 5연에 나오는 말이다. 『스나크 사냥』 서문에 캐럴은 다음과 같이 썼다.

> 예컨대 'fuming(분개한)'과 'furious(격노한)'라는 두 낱말을 일시에 말해보자. 하지만 어느 낱말을 먼저 말할지는 미리 정하지 말고, 자, 이제 입을 열고 말해보라. 만일 여러분의 마음이 'fuming' 쪽으로 살짝 더 기울면 'fuming-furious'라고 말할 것이다. 간발의 차이로라도 마음이 'furious' 쪽으로 기울면, 'furious-fuming'이라고 말할 것이다. 하지만 당신에게 더없이 희귀한 재능이 있어서, 그 마음이 완벽하게 중용을 이루면, 'frumious'라고 말할 것이다. 또,
>
> 궁색한 자여, 어느 왕 아래인가?
말하지 않으면 죽으리라!
>
> 이 유명한 신문訊問의 말을 피스톨•이 던졌을 때, 로버트 샐로 대법관은 그것이 윌리엄 William 아니면 리처드Richare라고 확신했지만, 어느 쪽으로도 마음이 더 기울지 않는 바람에 말문이 턱 막혔다고 가정해보자. 이때 말을 하지 않고 죽기보다는, 허겁지겁 "릴치엄Rilchiam!"이라고 부르짖었음직하다는 것을 누가 의심할 수 있겠는가?

어느 왕 아래인가란, '윌리엄인가 리처드인가'가 아니라 실은 '헨리 4세인가 5세인가'를 묻는 말이다. 하지만 헨리사오세를 혼성어로 만들어서는 유머러스한 구석이 전혀 없다.
• 셰익스피어의 『헨리 4세』에 나오는 인물로, 해리 왕세자(훗날 헨리 5세)의 단짝 친구다.

30 밴더스내치bandersnatch는 『스나크 사냥』7편 3, 4, 6연에 등장하고, 이 책 일곱 번째 이야기 「사자와 유니콘」에서 다시 등장한다.

31 vorpal: 알렉산더 L. 테일러는 캐럴에 관한 그의 책 『하얀 기사』[27]에서, 'verbal(언

떠 있는 것이 좀 어지럽다 싶을 때, 앨리스는 다시 자연스럽게 걸을 수
있게 되었다. 그러자 차라리 걷는 게 더 마음에 들었다.

엘리너 애벗, 1916

어의)'과 'gospel(복음)'이라는 낱말에서 철자를 하나씩 번갈아 취함으로써 'vorpal'을 얻을 수 있음을 보여준다. 하지만 캐럴이 신조어를 만들면서 그런 방법을 썼다는 증거는 없다. 사실 캐럴은 한 어린이 친구에게 이렇게 썼다. "나는 너에게 '보팔검'을 설명해줄 수가 없어. '털지• 숲tulgey wood'도 마찬가지."

• 'tulgey'는 그 어원을 헤아릴 수 없어 그저 '아주 울창한'의 의미일 것으로만 추정되고 있다.

32 Manxome: Manx(맹스)는 켈트족의 맨섬Isle of Man 이름이었다. 그래서 이 낱말은 잉글랜드에서 이 섬에 관련된 어떤 것을 가리키는 데 쓰이게 되었다. 맨섬의 언어를 맹스Manx라 하고, 그곳 주민을 맹스맨Manxmen이라 하는 식이다. 캐럴이 'manxome'이라는 말을 만들 때 그것을 염두에 두었는지는 알 수 없다.

33 tumtum: 이는 캐럴 당시에 흔히 쓰인 구어로, 특히 단조롭게 퉁기는 현악기 소리를 가리키는 말이다.

34 uffish: 『스나크 사냥』 4편 1연에 이런 구절이 나온다. "벨맨은 uffish해 보였고, 이마에 주름이 잡혀 있었다." 1877년에 어린이 친구 모드 스탠든에게 보낸 편지에서 캐럴은 'uffish'가 "태도가 거칠고roughish, 성격이 거만해서 까칠하고huffish, 목이 쉬어 소리가 거친 사람의 마음 상태"를 가리킨다고 썼다.

35 whiffling: 이것은 캐럴이 만든 말이 아니다. 캐럴 당시에 다양한 의미로 쓰였는데, 보통은 짧고 불안정하게 '훅훅/쿵쿵puff'• 숨을 내뿜는 것을 가리키는 말로 쓰였고, 변덕스럽고 종잡을 수 없는 것을 의미하는 속어로도 쓰였다. 그 이전 세기에는 흡연과 음주를 뜻하는 말로 쓰였다.

• 〈puff the magic dragon〉이라는 팝송이 있다. 마법의 드래곤 이름이 퍼프인데, 이는 드래곤이 불꽃 콧김을 쿵쿵 내뿜는 것을 따서 지은 것이다. 또 puff는 담배를 뻐끔거리며 피우는 것, 또는 증기기관차가 칙칙폭폭거리는 것 등을 뜻하기도 한다.

36 burbled: 캐럴은 앞서 인용한 편지에 이렇게 썼다. "세 개의 동사 'bleat(염소 따위가 매 하고 울다)'와 'murmur(웅얼거리다)', 그리고 'warble(지저귀다)'에 내가 밑줄을 친 낱말을 택해 더하면 그건 분명 'burble'이 되지. 또렷이 기억이 나지는 않지만, 그런 식으로 그 낱말을 만든 것 같아." (분명 'burst[터지다]'와 'bubble[거품]'의 조합인) burble은 오랫동안 잉글랜드에서 'bubble(거품, 포말, 보글거리다, 졸졸 흐르다)'의 이형으로 사용되었다(예를 들어 '졸졸 흐르는burbling' 개울처럼). 또한 "황당한, 혼란스러운,

M. L. 커크, 1904

뒤죽박죽의"와 같은 뜻으로도 쓰였다. (『옥스퍼드 영어사전』에서는 1883년 칼라일 여사의 편지에서 이를 인용했다. "그의 삶은 끔찍하게 혼란스러운 뒤죽박죽burbled 상태가 되었다.") 현대 항공학에서 burbling은 공기가 물체 주위를 원활하게 흐르지 않을 때 발생하는 난기류를 뜻한다.

37 snicker-snack: 커다란 칼을 뜻하는 고어로 'snickersnee(스니커스니)'*라는 말이 있다, 이 고어는 또 '칼을 들고 싸우다'라는 뜻도 지니고 있다. 『옥스퍼드 영어사전』에서는 오페라 〈미카도〉 제2장에 나오는 다음 말을 인용한다. "나는 이를 악물고 칼집에서 스니커스니를 뽑았노라."
● 물론 캐럴이 'snickersnee'를 염두에 두었음 직하지만, whiffling, puff, burbled 등과 마찬가지로 이 말도 실은 의성어로 쓴 것이다. 곧, 원문 "The vorpal blade went snicker-snack!"은 보팔검이 쏙싹쏙싹/싹둑싹둑/썽둥썽둥했다는 뜻이다 (snicker는 킥킥 웃다, snack은 간식을 먹다의 뜻). 이런 의성어법의 다른 용례인 "the cannon went boom"은 대포가 꽝 했다라는 뜻이다.

38 galumphing: 『스나크 사냥』 4편 17연에 이런 구절이 나온다. "비버는 그저 이리저리 칠렐레팔렐레 쏘다녔다." 캐럴의 이 말 galumph은 'gallop(질주하다)'*와 'triumphant(의기양양한)'의 혼성어로, "불규칙하게 펄쩍펄쩍 뛰며 의기양양하게 행진하다"라는 의미로 『옥스퍼드 영어사전』에 올라 있다.
● gallop은 말이 달릴 때 네 발을 동시에 땅에서 떼며 빠르게 달리는 것, 곧 질주하는 것인데, 신조어 galumph에서는 '질주'의 의미가 퇴색하고, 대신 신이 나서 좀 꼴사납게clumsily 펄쩍펄쩍 뛰며 걷는다는 뜻으로 쓰인다. 사전에 나오지 않는 '칠렐레팔렐레'는 경박하고 발칙하게 신체를 움직이는 것을 뜻하는 의태어로 이 말의 어원으로 추정되는 '칠락팔락'은 '고르고 가지런하지 못함' 또는 '산만하게 흩어짐/흐트러짐' 정도의 뜻을 갖고 있다.

39 재버워크를 해치우는 장면에 관한 테니얼의 인상적인 삽화(466쪽)는 원래 책의 권두화로 의도된 것이었는데, 캐럴은 그게 너무 끔찍해 보여 권두화로는 좀 더 부드러운 장면을 싣는 것이 낫겠다고 생각했다. 캐럴은 1871년에 약 30명의 어머니에게 다음과 같은 인쇄된 편지를 보내 개인적으로 여론조사를 했다.

> 『거울 나라의 앨리스』에 실을 권두화(안)를 동봉합니다. 내가 보기에 그것이 너무 끔찍한 괴물이라, 불안정하고 상상력이 풍부한 아이들을 놀라게 할 것만 같습니다. 그리고 어쨌든 더 즐거운 주제로 책을 시작하는 것이 좋겠다고 봅니다.

파올로 우첼로, 1456

그래서 몇몇 친구들에게 질문을 드리고자, 권두화 사본을 만들었습니다.

우리 앞에는 세 갈래 길이 있습니다.

(1) 이대로 권두화로 쓴다.

(2) 적절한 지면(원래 그림으로 보여주고자 한 시편이 있는 곳)으로 옮기고 새로운 권두화를 넣는다.

(3) 아예 빼버린다.

마지막 길을 선택하면 그림을 그린 그간의 큰 수고와 시간이 물거품이 되겠지만, 꼭 필요한 게 아니라면 굳이 채택해서 좋을 건 없을 것입니다.

어느 길이 가장 좋을지 (적합하다고 여겨지는 어린이들에게 그림을 보여주어 시험 해보시고) 소중한 의견을 보내주시면 감사하겠습니다.

대부분의 어머니가 두 번째 길을 선호한 게 분명하다. 말을 탄 하얀 기사 그림이 권두화가 되었으니 말이다.

편지를 보내주신 독자 헨리 모스 주니어 여사는 런던 내셔널 갤러리에 있는 이탈리아 화가 파올로 우첼로의 그림에 나오는 성 조지가 살해한 드래곤과 테니얼의 재버워크가 너무나 비슷하다는 사실을 발견했다. 테니얼에게 영향을 주었음 직한 다른 몬스터들 그림은 마이클 핸처의 『앨리스 책들에 실린 테니얼의 삽화』 제8장을 참고하라.

40 beamish: 『스나크 사냥』 3편 10연 "하지만 오, 빛나는 조카여, 그날을 조심하라"에도 쓰인 이 말은 캐럴이 만든 말이 아니다. 『옥스퍼드 영어사전』에서는 1530년 문헌에도 발견되는 이 말이 'beaming'의 이형으로 '밝게 빛나는, 광채 나는'을 뜻한다고 밝히고 있다.

41 Callooh! Callay!: 스코틀랜드 북부에서 겨울을 나는 북극 오리의 한 종을 컬루calloo라고 하는데, 이 이름은 저녁에 "Calloo! Calloo!" 하고 외치는 것에서 따온 것이다.

그러나 독자인 앨버트 L. 블랙웰과 칼튼 S. 하이맨 여사가 더 그럴듯한 추측을 보내주었다. 즉, 캐럴이 '아름다운, 좋은, 멋진' 등을 뜻하는 고대 그리스어 'kalos'의 두 가지 형태를 염두에 두었을 거라는 추측이다. 그 두 형태는 캐럴이 철자화한 것과 비슷하게 발음되는데, 시행의 의미에 더 잘 맞아떨어진다.

42 chortled: 캐럴이 만든 이 말 역시 영어사전에 올랐다. 『옥스퍼드 영어사전』에서는 'chuckle'[목이 좀 쉬거나 조인 듯한 낮은 웃음소리]와 'snort'[말의 투레질 같은 콧소리]의 혼성어로 정의한다.

VOL. XXXIX. No. 1012. PUCK BUILDING, New York, July 29th, 1896. PRICE TEN CENTS.

Copyright, 1896, by Keppler & Schwarzmann.

"What fools these Mortals be!"

Puck

Entered at N. Y. P. O. as Second-class Mail Matter.

우도 케플러, 1896

THE FREE SILVER JABBERWOCK.

And as Sound Money stands at rest,
 The Jabberwock, upon the run,
Comes whiffling from the Wooly West,
 Burbling "Sixteen to One!"

One, two! — One, two! — and through and through,
 Sound Money's sword goes snicker-snack; —
He'll leave it dead, and with its head,
 He'll go galumphing back.

—With PUCK's acknowledgments to the author of "Alice In Wonderland," and Sir John Tenniel.

43 아직도 확실치 않은 것은 「재버워키」가 무엇을 패러디한 것인가 하는 점이다. 로저 그린은 《런던 타임스 문예부록》[28]과 『루이스 캐럴 입문서』[29]에서 어린 목동들이 그리핀 몬스터를 어떻게 해치웠는가에 관한 긴 독일 민담, 「거대한 산맥의 양치기」를 염두에 두었을지 모른다고 제안했다. 이 민담은 캐럴의 사촌인 마넬라 뷰트 스메들리가 번역해서 《샤프의 런던 매거진》[30]에 발표했다. 로저 그린은 이렇게 썼다. "유사성을 정확히 꼬집어 말할 수는 없다. 느낌과 분위기에 유사성이 많으니, 스타일 일반과 관점에 대한 패러디라고 할 수 있다."

캐럴이 열세 살 때 쓴 『유용하고 교훈적인 시』(캐럴의 첫 저서)에는 셰익스피어의 『헨리 4세』 2부에서 웨일스의 왕자가 'biggen'이라는 낱말을 사용한 구절을 패러디한 것이 있다. 이 패러디에서 왕자는 어리둥절해하는 왕에게 그 낱말이 "양털 나이트캡의 일종을 뜻한다"라고 설명한다. 그리고 나중에 'rigol(리걸)'이라는 낱말을 언급한다.

"'rigol'이 무슨 뜻이냐?" 하고 왕이 묻는다.

"전하, 저는 모릅니다." 왕자가 대답한다. "다만 각운이 잘 맞아떨어진다는 것만 알 따름입니다."

"그래, 그건 그렇지." 왕이 동의한다. "그런데 왜 의미도 없는 낱말을 사용하느냐?"

이때 왕자는 「재버워키」의 난센스 낱말들을 예언하는 듯한 말을 한다. "전하, 제 입술을 통과했기에 그 낱말이 말해진 것이며, 이 땅의 어떤 권능으로도 그 말을 다시 물릴 수는 없습니다."

캐럴의 동시대인들이 「재버워키」에 어떻게 반응했는지, 그리고 문학 및 법에 끼친 영향이 어느 정도였는지를 비롯해 「재버워키」에 관한 더 많은 것을 알고 싶다면 조지프 브러밴트의 『재버워키에 관한 몇 가지 관찰』[31]을 참고하라.

『재버랜드: 재버워키 모방작-털지 숲을 헤치고 쿵쿵대며』[32]는 200편 이상의 「재버워키」 혼성모방작 모음집인데, 이는 데이나 맥코슬랜드와 힐다 보험이 편집해서 2002년에 발간한 것이다. 저작권법 때문에 판매할 수는 없지만, 미국과 캐나다의 루이스 캐럴 협회 회원들에게 무료로 한정판이 제공되었다.

「재버워키」의 난센스 패러디를 쓰기는 쉽다. 캐럴의 신조어 대신 새로운 난센스 낱말만 끼워 넣으면 되니까. 그보다 어려운 것은 의미 있는 서정시가 되도록 낱말을 바꾸는 것이다. 예를 들어 하버드대학 교수 해리 레빈이 「다시 찾은 원더랜드」[33]라는 멋진 에세이에서 바로 그렇게 했는데, 그 4행시는 다음과 같다.

> 4월 어느 날, 큰비가
> 도로에서 가랑가랑 후드득거리니,
> 유리창은 너무나 뿌옇고
> 배수관은 흘러넘쳤더라.

두 번째 이야기

말하는 꽃들의 정원

"저기선 정원이 더 잘 보일 거야, 저 언덕에 올라가면."

앨리스는 줄곧 종알거렸다.

"언덕으로 곧장 이어진 길이 여기 있네? 아니, 곧장 이어진 건 아닌데…." (길을 따라 몇 미터 간 후, 여러 차례 획 꺾인 모퉁이를 돈 후) "그래도 결국은 언덕으로 이어지겠지. 하지만 길이 요상하게 꺾였어! 길이라기보다는 타래송곳¹ 같은걸? 음, 이번 모퉁이를 돌면 언덕이 나올듯…? 아니, 아니잖아! 이건 곧장 집으로 돌아가는 길이야! 그럼 다른길로 가봐야지."

앨리스는 그렇게 길을 오르락내리락하면서 모퉁이를 돌고 또 돌았다. 하지만 애써 이리저리 가 봐도 항상 집으로 돌아오고 말았다. 한번은 평소보다 더 빠르게 치달려 모퉁이를 획 돌았다가, 미처 멈추지 못하고 집을 들이받고 말았다.

"툴툴거리지 마."

앨리스는 집을 올려다보며 자기랑 말다툼을 하는 척 말했다. "난 아직 집에 들어갈 생각이 없어. 다시 거울을 지나 예전의 방으로 돌아가

레너드 와이스가드, 1949

야 한다는 건 알고 있어. 하지만 그러면 모험은 끝장나고 마는 거야!"

앨리스는 그러곤 단호하게 집에 등을 돌리고 다시 길을 떠났다. 언덕에 이를 때까지 계속 직진하기로 마음먹은 채. 몇 분 동안은 모든 게 순조로웠다. "이번에는 꼭 성공하고 말겠어" 하고 종알거릴 때, (나중에 앨리스가 자세히 말했듯) 갑자기 길이 저절로 휘익 꺾이며 마구 흔들렸다. 그리고 다음 순간, 앨리스는 문간에서 집 안으로 걸어 들어가고 있는 자신을 발견했다.●

"정말 너무해!" 앨리스가 외쳤다. "집이 길을 막고 있다니! 이런 집은 본 적이 없어! 결코!"●●

하지만 언덕이 빤히 눈에 보이는 곳에 있었기에, 다시 출발하는 것 말고는 달리 할 게 없었다. 이번에는 커다란 화단이 눈에 띄었다. 데이지꽃을 둘레에 두르고, 그 한가운데 버드나무가 자라고 있었다.

"어머나, 참나리²야!" 하고 말한 앨리스는, 바람에 이리저리 우아하게 흔들리고 있는 참나리에게 말을 걸었다. "네가 말을 할 수 있었으면 좋겠어!"

"우린 말할 수 있어. 얘기를 나눌 가치가 있는 사람만 있다면 말이야" 하고 참나리가 말했다.

● '~하는 자신을 발견했다' 같은 축어역(문자 그대로의 번역) 투의 우리말 문장이 요즘 너무 흔히 쓰인다. 하지만 앨리스가 두 사람인 척하며 자기 자신한테 꾸지람도 하고 호통도 치는 성격이라, 여기서는 이런 축어역 문장도 이상할 게 없다. 축어역이 아니라면, "그리고 다음 순간 정신을 차리고 보니 앨리스는 집 안으로 걸어 들어가고 있었다" 정도로 번역할 수 있다.

●● I never saw such a house for getting in the way! Never!: 'for getting'을 생략해도 뜻은 같다. 'something for 동명사'는 사물의 기능이나 용도를 나타낼 때 쓰는 어법으로, 축어역을 하면 "길을 막는 데 쓰는 그런 집은 본 적이 없어! 결코!"인데, 이는 고도의 시적 상상력을 보여주는 거울 반전이다. 세상의 집은 언제나 길 밖에 있다. 그런데 거울 나라의 집은 길 안에 있다. 'get in the way (of someone/something)'는 관용어로 '방해가 되다/막다'의 뜻으로 문자 그대로 읽으면 집이 길 안에 들어온다는 뜻이다.

1 타래송곳은『거울 나라의 앨리스』에서 여러 번 언급된다. 타래송곳 날이 나선형이고, 거울에 비치면 '반대 방향'으로 돌아가는 비대칭 3차원 곡선이라는 거야 캐럴도 몰랐을 리가 없다. 험티 덤티는 앨리스에게 「재버워키」에 나오는 '토브'가 타래송곳처럼 생겼다고 말한다. 또 험티 덤티는 타래송곳으로 물고기를 깨우려 한 일을 이야기하는 시를 읊고, 아홉 번째 이야기 「앨리스 여왕」에서 하얀 여왕은 그가 타래송곳을 들고 하마를 찾아 자기 집에 왔던 것을 회상한다.

2 Tiger-lily: 캐럴은 원래 여기서 시계풀꽃passion flower을 등장시킬 계획이었지만, 그것이 인간의 열정passion의 꽃이 아니라, 그리스도의 십자가 수난passion의 꽃이라는 사실을 알고 참나리로 바꿨다. 전체 에피소드가 테니슨의 시 「모드」 1부 22절에 나오는 말하는 꽃들을 패러디한 것이다.

앨리스는 화들짝 놀라 한참 동안 말문이 열리지 않았다. 너무 놀라 숨 쉬는 것을 잊을 정도였다. 참나리가 계속 이리저리 흔들리고만 있자, 마침내 앨리스의 입에서 거의 속삭이듯 소심한 목소리가 흘러나왔다. "설마 꽃들이 말을 할 줄 아는 거야?"

"너만큼은 할 줄 알지." 참나리가 말했다. "그리고 너보다 더 크게 말할 수 있어."

"우리가 먼저 말을 거는 건 예의가 아니거든" 하고 장미가 말했다. "정말이지 나는 네가 언제 말을 걸어오나 싶었어! '저 여자애가 센스는 좀 있는 것 같은 얼굴인데, 똑똑하진 않겠어!' 하고 혼잣말을 했지. 하지만 넌 빛깔이 좋아. 그건 오래가는 빛깔이야."

"빛깔 따윈 알게 뭐람." 참나리가 딴죽을 걸었다. "쟤는 꽃잎이 살짝 말려 올라갔다면 더 좋았을 거야."

앨리스는 이러쿵저러쿵 지적당하는 것을 좋아하지 않았던 터라 얼른 질문을 하기 시작했다. "이런 데서는 좀 무섭지 않니? 돌봐줄 사람이 아무도 없잖아."

"한가운데 나무가 있잖아. 근데 뭐가 또 필요하겠어?" 장미가 말했다.

"하지만 위험이 닥치면 나무가 뭘 해줄 수 있는데?" 앨리스가 물었다.

"짖을 수 있지." 장미가 말했다.

"영어로 바우와우bough-wough 하고 말이야!" 하고 데이지가 외쳤다. "그래서 나뭇가지를 바우bough라고 하는 거야!"

"넌 그것도 몰랐지?" 하고 다른 데이지가 외쳤다. 그러자 화단의 모든 데이지들이 외쳐대기 시작했고, 앨리스는 왁자지껄한 소리에 귀가 먹먹했다.

"다들 조용히 해!" 참나리가 외쳤다. 흥분한 참나리는 이리저리 열렬히 나부끼며 파들파들 떨기까지 했다. "쟤들은 내가 꿀밤을 먹일 수

마거릿 태런트, 1916

없다는 걸 다 알아. 아니면 감히 저러지 못할 텐데!" 참나리는 숨을 헐떡이며, 떨리는 머리를 앨리스에게 숙여 보였다.

"난 괜찮아!" 앨리스가 위로하듯 말했다. 그리고 다시 아우성치려는 데이지들 쪽으로 몸을 숙이고는 소곤소곤 말했다. "입을 다물지 않으면 쏙 뽑아버리겠어!"

다들 조용해졌고, 분홍 데이지들 몇몇은 낯빛이 하얘졌다.[3]

"잘했어!" 참나리가 말했다. "데이지들은 정말 최악이야. 하나가 말을 하면 죄다 떠들어대거든. 걔들이 떠드는 소리로 꽃 하나를 시들게 하는 건 일도 아니야!"

"넌 어쩜 그리 말을 잘하게 된 거야?" 앨리스가 말했다. 칭찬으로 기분을 북돋아주고 싶어서였다. "전에 이런저런 정원을 많이 봤지만, 말을 하는 꽃은 하나도 못 봤어."

"땅바닥에 손을 짚고 느껴봐." 참나리가 말했다. "그러면 이유를 알게 될 거야."

앨리스는 그렇게 했다. "땅이 딱딱해. 하지만 그게 말을 하는 것과 무슨 상관이야?" 앨리스가 말했다.

"대부분의 정원은 베드*가 너무 폭신폭신해. 그래서 꽃들이 늘 잠에 곯아떨어지지."

아주 그럴듯한 소리였다. 앨리스는 그걸 알게 된 것이 기뻤다. "전에는 생각도 못 했어!"

"내가 보기에도 넌 생각이란 걸 하지 않는 것 같아." 장미가 약간 심각한 투로 말했다.

"내가 본 것 중에 제일 멍청해 보여" 하고 제비꽃[4]이 말했다. 너무 난

• bed: 화단/침대.

3　로버트 혼백은 (『이상한 나라의 앨리스』 다섯 번째 이야기 「쐐기벌레의 도움말」 6번 주석에 인용된 글에서) 이 데이지가 야생의 영국 데이지 변종이라고 제안한다. "그것들은 꼭대기가 하얗고 그 아래는 불그스름한 혀 모양의 꽃잎을 피운다. 그래서 아침에 꽃잎이 활짝 벌어지면, 분홍색에서 흰색으로 변하는 것처럼 보인다."

4　Violet: 리들 자매 중엔 캐럴이 그토록 좋아했던 세 자매 외에 더 어린 두 여동생 로다Rhoda와 바이올렛Violet이 있었다. 그들은 이번 장에서 장미rose와 제비꽃Violet으로 등장하는데, 『앨리스』에서 그들이 언급되는 것은 이 대목뿐이다.

피터 뉴얼, 1903

데없는 소리라서, 앨리스는 펄쩍 뛸 정도로 놀랐다. 제비꽃은 여태 말을 한 적이 없었다.

"입 다물어!" 참나리가 외쳤다. "다른 누굴 본 적도 없으면서! 항상 나뭇잎 아래서 고개를 박고 코만 골았잖아. 세상에서 일어나는 일에 대해 넌 새싹일 때보다 더 아는 게 없을걸?"

"정원에 나 말고도 사람이 있는 거야?" 앨리스가 아까 장미가 한 말에는 아랑곳도 하지 않고 물었다.

"정원에는 너처럼 이리저리 움직일 수 있는 꽃이 하나 있어." 장미가 말했다. "네가 어떻게 그처럼 움직이는지 놀랍지만…." ("너는 늘 놀랍지" 하고 참나리가 말했다.) "그 여자는 너보다 옆으로 더 펑퍼짐하게 퍼졌어."

"나랑 비슷하게 생겼다고?" 자기를 닮았다는 말에 다른 어린 여자아이를 떠올린 앨리스는 열띤 목소리로 물었다. "정원 어딘가에 또 다른 소녀가 있다고?"

"음, 그 여자도 너처럼 못생겼어." 장미가 말했다. "하지만 너보다 더 붉고, 꽃잎은 더 짧을 거야, 아마."

"그 여자의 꽃잎은 달리아처럼 다닥다닥 붙었지." 참나리가 말했다. "너처럼 뒤죽박죽 헝클어져 있진 않아."

"하지만 그건 네 잘못이 아니야." 장미가 친절하게 덧붙였다. "알다시피 넌 시들기 시작했거든.* 그래서는 꽃잎이 좀 흐트러질 수밖에 없지."

앨리스는 자기에 대한 이런 생각이 전혀 좋지 않았다. 그래서 화제를 바꾸려 질문을 던졌다. "그녀가 여기 온 적이 있어?"

---

* 이는 거울 반전으로, 실은 활짝 피어나기to bloom 시작했다는 뜻이다. 그러나 루이스 캐럴에게라면, 순수한 어린이가 7세를 넘어서는 것은 그 순수함이 시들기 시작하는 것이다. 그런 맥락에서 이 말은 중의법이다.

M. L. 커크, 1904

"곧 보게 될 거야." 장미가 말했다. "그녀는 아홉 개의 대못을 가진 종류 중 하나야."**5**

"대못이 어디에 있는데?" 호기심이 발동한 앨리스가 물었다.

"그야, 물론 머리둘레에 있지." 장미가 대답했다. "너는 그런 게 없다는 게 놀라워. 나는 그게 정식 규칙*인 줄 알았거든."

"그녀가 오고 있다!"**6** 참제비고깔이 외쳤다. "자갈길에서 자박자박 울리는 발소리가 들려!"

주위를 둘레둘레 살펴본 앨리스는 오고 있는 것이 붉은 여왕이라는 것을 알아차렸다. 앨리스의 첫 소감은 "엄청 커졌네?" 하는 것이었다. 그녀는 정말 컸다. 잿더미 속에 있는 걸 처음 봤을 때는 키가 8센티미터도 안 됐는데, 지금은 앨리스보다 머리 반쯤은 더 컸다!

"신선한 공기 덕분에 그런 거야. 여긴 엄청 공기가 맑거든." 장미가 말했다.

"가서 만나봐야겠어." 앨리스가 말했다. 말하는 꽃들도 무척 흥미로웠지만, 진짜 여왕과 얘기를 나누는 게 훨씬 더 굉장한 일 같았다.

"그러지 못할걸?" 하고 장미가 말했다. "내가 충고를 안 할 수가 없네. 넌 딴 길로** 가야 해."

• regular rule: 임시가 아닌 정식 규칙. 캐럴은 규칙rule이란 말을 즐겨 쓴다. 『이상한 나라의 앨리스』에도 행동 규칙 등을 비롯 아홉 번 나오는데, 『거울 나라의 앨리스』에서는 규칙이라는 말이 열네 번 나온다. 머리둘레에 대못이 솟아야 한다는 규칙, 차례로 말을 해야 한다는 규칙, 주급 지급 규칙(=라틴어 문법 규칙), 기쁨을 느끼는 규칙, 말馬이 어떻게 쓰러져야 하는가의 규칙, 결투 규칙, 고양이가 "예"라고 답할 때는 가르랑거리기만 하고 "아니오"라고 할 때는 야옹거리기만 해야 한다는 규칙 등이 그것이다. 사실상 전부 난센스 규칙들이다. 이는 체스 게임이 엄격한 규칙을 따르는 것을 패러디한 것인 듯하다. 캐럴은 수많은 게임의 규칙을 바꾸었고, 더러 그 매뉴얼을 판매했다.

•• the other way: 딴 길로. 하지만 여기선 'the wrong way'를 순화한 말로, 사실상 '반대로'의 뜻이다.

우리엘 번바움, 1925

5　『거울 나라의 앨리스』 초판에서는 이 문장이 "그녀는 가시가 있는 종류the thorny kind 중 하나야"라고 되어 있다. 아홉 개의 대못spikes이란 붉은 여왕의 왕관 위쪽이 뾰족한 것을 가리키는 말이다. 테니얼의 여왕들이 쓴 왕관은 위쪽 아홉 군데가 뾰족한데, 앨리스가 여덟 번째 칸에 도착해서 여왕이 되면, 그와 똑같은 황금 왕관을 쓰게 된다.

6　테니슨의 장시 「모드」 1부 22절 10연의 다음 내용과 본문을 비교해보라.

[정원] 입구의 시계풀꽃에서
찬란한 눈물이 흘러 떨어진 뒤,
그녀가 오고 있다, 나의 비둘기, 내 사랑이여.
그녀가 오고 있다, 나의 삶, 내 운명이여.
붉은 장미가 외친다, "그녀가 가까이 있다, 그녀가."
그리고 하얀 장미가 탄식한다, "그녀가 늦었구나."

말도 안 되는 소리 같아서 앨리스는 아무 말도 하지 않았다. 대신 곧장 붉은 여왕을 향해 나아갔다. 그 순간 놀랍게도 여왕은 온데간데없이 사라졌고, 앨리스는 다시 문간에서 집 안으로 들어가고 있는 자신을 발견했다.

살짝 짜증이 난 앨리스는 뒷걸음질을 치면서 여왕을 찾아 두리번거렸다. (여왕이 멀리 있는 게 마침내 눈에 띄었다.) 앨리스는 이번엔 반대 방향으로 걸어가 보기로 마음먹었다.

멋지게 성공했다.[7] 1분도 걷지 않아 붉은 여왕과 얼굴을 딱 마주친 것이다. 게다가 그렇게나 오래 오르려 했던 언덕도 바로 눈앞에 활짝 드러났다.

"넌 어디서 온 것이냐?" 붉은 여왕이 말했다. "그리고 어디로 가는 거지? 고개를 들고 똑똑히 말해보아라. 손가락은 작작 좀 꼼지락거리고."[8]

앨리스는 지시사항 모두에 주의하며, 이제껏 길을 잃기만 했다고 조곤조곤 설명했다.

그러자 여왕이 말했다. "여기선 모든 길이 다 내 꺼야. 근데 네가 어떻게 그걸 잃을 수가 있지? …암튼 너는 대체 왜 여기 온 것이냐?" 그렇게 물은 여왕은 좀 더 다정한 어조로 덧붙여 말했다. "일단 절부터 하면서 할 말을 생각하도록 하렴. 그러면 시간이 절약될 거야."

앨리스는 무슨 말인가 싶었지만 일단 절부터 했다. 여왕이 너무 위엄이 넘쳐 그 말을 믿지 않을 수 없어서였다. "집에 가서도 해봐야지. 이담에 저녁 식사 때 늦으면 말이야." 앨리스는 속으로 생각했다.

● 손가락들(특히 엄지손가락)을 꼼지락거리는 것은 너무 따분하거나, 아니면 불안하고 초조할 때 무의식적으로 하는 행동이다. 숙어로는 '빈둥거리다'는 뜻이지만, 여기서는 여왕을 처음 만나 쩔쩔매는 모습을 나타낸 것이다. 이와 비슷한 표현인 'wring one's hands'가 다섯 번째 이야기 「뜨개질하는 양과 강」(582쪽 두 번째 옮긴이 주 참고)에 나온다.

참제비고깔은 귀를 기울인다, "나는 듣는다, 듣는다."
그리고 백합이 속삭인다, "나는 기다린다."*

● 위 시에서 '그녀'는 시의 화자가 사랑하는 여성인 모드Maud다. 화자는 무도회가 열리는 동안 정원에서 이 22절을 노래한다. "정원으로 들어오라, 모드여"(1부 22절 1연 1행)를 시작으로 꽃들에게 말을 걸고, 10연에서는 꽃들이 말을 한다. 이어 11연에서 화자가 설레어하며 "내가 한 세기 동안 죽어 누워 있었더라도/ 그녀의 발아래서 놀라 몸을 떨면서/ 보랏빛과 빨간색 꽃으로 피어나리라" 하고 노래한 후 1부는 끝난다. 그러나 사랑은 이루어지지 않고 모드는 곧 사망한다. 이를 좋아하지 않는 독자가 많았지만 테니슨은 이 시를 가장 좋아했다고 한다.

7 이는 거울에서 앞과 뒤가 반전된다는 사실에 대한 명백한 암시다. 거울에 비친 상을 향해 다가가면 대상으로부터 멀어진다.

8 앞서 인용한 「무대 위의 앨리스」라는 기고문에 캐럴은 이렇게 썼다.

> 나는 붉은 여왕을 분노의 여신처럼 그렸지만, 이 분노의 유형은 보통과 다르다. 그녀의 열정은 차갑고 침착해야 한다. 그녀는 격식 있고 엄격해야 한다. 하지만 불친절하지는 않으며, 모든 가정교사의 본질이 집약된 것처럼 지극히 현학적이다.

붉은 여왕은 리들 집안 아이들 가정교사인 미스 프리켓(아이들은 그녀를 '프릭스Pricks'[뜨개바늘,

피터 뉴얼, 1903

말하는 꽃들의 정원   499

"이제 대답할 시간이야. 말을 할 때는 입을 조금 더 크게 벌리고, 항상 '여왕마마'라는 말을 덧붙이도록 하렴." 여왕이 자기 시계를 보며 말했다.

"저는 그저 정원을 둘러보고 싶었을 뿐이에요, 여왕마마…."

"그렇군" 하고 말한 여왕은 앨리스의 머리를 쓰다듬었다. 하지만 앨리스는 그게 달갑지 않았다. "너는 이걸 '정원'이라고 하는데, 내가 본 정원들에 비하면 이건 황무지나 다름없어."

앨리스는 감히 반박하지 못하고 이어 말했다. "…그리고 저는 길을 찾아 저 언덕 위로 가려고…."

여왕이 얼른 말을 가로챘다. "네가 저걸 '언덕'이라고 하는데, 너에게 진짜 언덕을 보여주고 싶구나. 그것에 비하면 저건 골짜기라고 해야 할 거야."[9]

"아니, 그럴 순 없어요." 앨리스는 여왕의 말에 놀라 기어코 반박을 하고야 말았다. "언덕이 골짜기일 수는 없다고요. 그건 말도 안 돼요. 난센스라고요…."

그러자 붉은 여왕이 고개를 내두르며 말했다. "네가 원한다면 '난센스'라고 해도 돼. 하지만 나는 진짜 말도 안 되는 소리를 많이 들어봤단다. 진짜 난센스를 말이야. 그것에 비하면, 언덕이 골짜기라는 건 어엿하게 사전에 올려도 좋을 만큼 센스 있는 소리란다."[10]

여왕이 살짝 화가 난 것 같아 겁이 난 앨리스는 대꾸 대신 다시 머리를 조아렸다. 이후 둘은 작은 언덕 위에 이를 때까지 말없이 걸었다.

몇 분 동안, 앨리스는 묵묵히 서서 사방을 둘러보았다. 이 거울 속 나라는 너무나 요상한 곳이었다. 여러 줄기의 작은 도랑이 좌우로 곧게 흐르고 있었고, 그 사이의 여러 땅은 작은 초록빛 산울타리로 네모지게 칸칸이 나뉘어 있었다.

가시)라고 불렸다)을 모델로 한 인물로 추측되어왔다. 옥스퍼드에서는 한때 캐럴과 미스 프리켓의 로맨스가 소문으로 떠돌았다.* 캐럴이 리들의 집을 자주 찾았기 때문이다. 그러나 캐럴은 가정교사가 아니라 어린이들에게 관심을 가졌다는 것이 곧 명백해졌다.

● 루이스 캐럴이 크라이스트처치 칼리지의 강사(교수가 아니라)였고, 프리켓은 가정교사였으니, 서로 어울리는 신분이라 그런 로맨스가 떠돌았을 것이다.

9 수학자 솔로몬 골롬은 붉은 여왕의 이 말과 다음 앨리스의 말에 대해 편지에 이렇게 썼다. "나는 도지슨이 크리스티안 안데르센의 이야기 「엘프들의 언덕Elverhøj」(원래 너무나 유명한 민담으로 발레로까지 만들어졌다)에 담긴 뭔가에 반응한 것이 아닌가 싶습니다. 노르웨이의 트롤 왕(나중에 입센이 쓴 『페르 귄트』에 나오는 산의 왕, 곧 도브레구벤Dovregubben)이 덴마크의 엘프 왕을 방문하고자 하는데, 트롤 왕의 망나니 아들이 이야기의 제목인 '엘프들의 언덕'을 염두에 두고 이렇게 말합니다. 그걸 '언덕'이라 한다고요? 우리 노르웨이에서라면 '구멍'이라고 말할 겁니다!' (덴마크는 매우 평평하고 노르웨이는 매우 산이 많죠.) 앨리스의 말은 볼록한 것은 오목한 것이 될 수 없다는 도지슨의 수학적 견해를 표현한 셈이죠. (「엘프들의 언덕」 영어 번역본이 언제 옥스퍼드에 등장했는지, 그래서 도지슨이 그것을 읽었을 가능성이 있는지를 우리는 알 필요가 있어요.)"

10 에딩턴은 『물리적 세계의 본질』[1] 마지막 장에서 그가 물리학자의 '난센스 문제'라고 부른 것에 대한 미묘한 논의와 관련해 붉은 여왕의 이 말을 인용한다. 요약

"마치 커다란 체스판을 그려놓은 것 같아!" 마침내 앨리스는 입을 열었다. "분명 어딘가 돌아다니는 사람들이 있을 거야. 그래, 저기 있네!" 반갑게 덧붙인 앨리스는 흥분으로 가슴이 빠르게 뛰기 시작했다. "온 세상이 엄청나게 큰 하나의 체스판이야.[11] 이것이 세상이긴 하다면 말이지. 아, 진짜 재밌겠다! 내가 저들 중 하나라면 얼마나 좋을까! 내가 체스판에 낄 수만 있다면 폰이 되어도 좋아. 물론 여왕이 되면 제일 좋겠지."

그렇게 쫑알거리며 앨리스는 다소 수줍게 진짜 여왕을 흘끗 쳐다보았다. 여왕은 그저 기분 좋게 미소 지으며 말했다. "그야 어렵지 않지. 너만 좋다면 하얀 여왕의 폰이 될 수 있으니까. 내 아기백합은 너무 어려서 체스를 할 수 없거든.[12] 너는 두 번째 가로줄에서 시작하렴. 여덟 번째 가로줄에 도착하면 넌 여왕이 될 거야." 바로 그 순간, 여왕과 앨리스는 마구 치달리기 시작했다.

나중에 든 생각이지만, 앨리스는 어떻게 달리기를 시작했는지 알 수 없었다. 기억 나는 것은 그저 둘이 손을 잡고 달렸다는 것과 여왕이 너무 빨라서 허둥지둥 따라가야 했다는 것뿐. 하지만 여왕은 계속 "빨리! 더 빨리!" 하고 외쳐댔다. 앨리스는 더 빨리 달릴 수 없다고 생각했지만, 숨이 차 말을 할 수가 없었다. 그런데 너무나 요상하게도, 그들을 둘러싼 나무 같은 식물들이 스쳐 지나가지 않고 주변에 그대로 서 있었다. 아무리 빨리 달려도 결코 지나칠 수가 없었다. 앨리스는 "이 모든 것들이 우리랑 함께 달리는 건가?" 하는 생각이 들었다. 그러자 여왕이 그 생각을 알아차렸는지 버럭 외쳤다. "더 빨리! 아무 말도 하지 마!"

앨리스는 왜 이렇게 빨리 달려야 하는지 알 수 없었다. 다시 말도 할 수 없을 만큼 숨이 턱까지 차올랐다. 그래도 여왕은 "더 빨리! 더 빨리!" 하고 외치며 앨리스를 잡아끌었다. "거의 다 왔나요?" 앨리스는 헐떡이며 간신히 말을 꺼냈다. "거의 다 왔어!" 여왕이 대답했다. "아니,

하면, 물리학자가 물리 법칙을 넘어선 어떤 종류의 실재를 긍정하는 것은 난센스일 수 있지만, 그러한 실재가 없다고 가정하는 난센스에 비하면 사전에 올려도 좋을 만큼 센스 있는 소리라는 것이다.

11 인생 자체를 거대한 체스 게임에 빗대어 쓴 기억할 만한 글이 너무나 많아서, 그것들을 모으면 엄청난 분량의 문집을 낼 수 있을 것이다. 플레이어들은 인간이면서도, 때로 인간이 체스 기물을 조종하듯 동료 인간을 조종하려 한다. 다음 구절은 조지 엘리엇의 『펠릭스 홀트』에서 인용한 것이다.

체스 게임이 다음과 같다면 어떠할지 상상해보라. 만일 체스의 모든 말들이 열정을 지녔고, 대단치는 않아도 약삭빠른 지성을 지니고 있다면? 만일 당신이 상대편 말들의 움직임에 대해 확신하지 못할 뿐만 아니라, 자신의 말들에 대해서도 그러하다면? 만일 당신의 캐슬링에 혐오감을 느낀 당신의 나이트가 몰래 스스로 다른 곳으로 이동할 수 있다면? 만일 당신의 비숍이 폰들을 감언이설로 꼬드겨 자리를 벗어나게 할 수 있다면? 그리고 만일 당신의 폰들이 자기가 폰이라는 이유로 당신을 싫어해 갑자기 체크메이트를 할 수도 있는 자리를 떠나 다른 곳으로 가버릴 수 있다면? 그러면 당신의 수읽기가 아무리 뛰어나다 해도, 당신의 폰들 때문에 게임에서 질 수도 있다. 만일 수학적 상상력이 뛰어나다고 거만하게 굴면서 당신의 열정적인 말들을 멸시한다면 더더구나 게임에서 질 가능성이 높다.
하지만 이런 상상의 체스 게임은 차라리 쉽다. 다른 동료 인간들을 도구로 쓰는 동

10분 전에 지나쳤어!˙ 더 빨리!˙˙ 둘은 한동안 말없이 계속 달렸다. 앨리스의 귓전을 스치는 바람이 쌩쌩 소리를 냈고, 바람에 머리가 홀렁 벗겨질 것만 같았다.

"어서! 어서!" 여왕이 외쳤다. "더 빨리! 빨리!" 그리고 둘은 너무나 빨리 달리는 바람에 발이 거의 땅에 닿지도 않은 채, 물수제비로 띄운 조약돌처럼 날았다. 그러다 앨리스가 기진맥진할 무렵, 갑자기 우뚝 멈췄다. 앨리스는 숨이 가쁘고 어질어질해 땅에 털퍼덕 퍼질러 앉았다.

여왕은 앨리스를 나무에 기대 앉히며 친절하게 말했다. "이제 좀 쉬어도 돼."

앨리스는 깜짝 놀라 주위를 둘러보았다. "아니, 이제까지 내내 이 나무 아래 있었잖아요! 모든 게 달리기 전과 똑같아요!"

"그야 물론이지. 아니면 어떨 줄 알았는데?" 여왕이 말했다.

"아니, 우리나라에서는요." 앨리스는 여전히 숨을 헐떡이며 말했다. "우리가 달린 것처럼 그렇게 오랫동안 아주 빨리 달리면 어딘가 다른 곳에 도착한다고요."

"느려터진 나라에선 그렇지! 여기서 제자리를 지키려면 넌 있는 힘껏 달려야 해.¹³˙˙ 어딘가 다른 곳에 도착하려면 적어도 그보다 두 배는 더 빨리 달려야 하지!"˙˙˙ 여왕이 말했다.

˙ 이는 거울 반전으로, 10분 전에 지나쳤다는 것은 10분 더 달려야 한다는 뜻이다.

˙˙ "Now, *here*, you see, it takes all the running *you* can do, to keep in the same place"에서 'Now'와 'you see'는 별 의미 없는 추임새다. it은 가주어이고 to 이하가 진주어. "같은 자리에 계속 머물려면, 네가 할 수 있는 모든 달리기가 필요하다/있는 힘껏 달려야 한다." 이런 구문의 다른 예를 들면, "It takes two to tango." 탱고를 추려면 두 사람이 필요하다(고장난명孤掌難鳴). "가만히 있으려면 있는 힘껏 달려야 한다." 이는 물론 패러독스 가운데 모순어법인데, 거울 반전이기도 하다.

˙˙˙ 이 문장을 빌어 1973년, 진화생물학자 리 밴 베일런Leigh Van Valen(1935~2010)은 '붉은 여왕의 가설Red Queen hypothesis'을 주창했다. 한 마디로 계속 노력하지 않으면 경쟁에서

료 인간들과 맞서야만 하는 어떤 게임에 비하면 말이다.

때로 플레이어는 신과 악마다. 윌리엄 제임스는 에세이『결정론의 딜레마』[2]에서 이 주제를 한참이나 다룬다. H. G. 웰스는 교육에 관한 훌륭한 소설『꺼지지 않는 불』[3] 서론에서 이 주제를 반추한다. 웰스의 이야기는 그 모델로 삼은「욥기」처럼 신과 악마의 대화로 시작되는데, 그들은 체스를 둔다.

하지만 그들이 두는 체스는 인도에서 유래한 기발한 작은 게임이 아니다.* 그 게임은 규모가 사뭇 다르다. 우주의 지배자가 체스판과 말과 규칙을 만든다. 모든 착수를 그가 한다. 그는 원할 때마다 원하는 만큼 많은 착수를 할 수 있다. 그런데 그의 적대자는 각각의 착수에 약간의 설명할 수 없는 부정확성을 가미하는 것이 허용된다. 그것을 바로잡으려면 추가적인 착수가 필요하다. 조물주는 게임의 목적을 결정하고 은폐한다. 적대자의 목적이 조물주를 무찌르는 것인지, 조물주의 헤아릴 수 없는 계획을 보조하는 것인지는 분명치 않다. 분명 적대자는 승리할 수 없지만, 게임을 계속하는 한 패배할 수도 없다. 그러나 그는 게임에서 어떤 합리적인 계획의 발전을 막는 일에 가담하고 있는 것처럼 보인다.

때로 신들 자신이 더 차원 높은 게임의 말들이고, 이 게임의 플레이어들은 더 큰 체스판의 끝없는 위계에 속한 말들이 되기도 한다. 미국 작가 제임스 브랜치 카벨의 판타지 소설『저건』[4]에서 세레다 수녀는 이 주제를 심화시킨 후 이렇게 말한다. "머리 위에 즐거움이 있지만, 매우 멀리 있다."

• 인도의 차투랑가가 페르시아로 전해져 샤트란지가 되었고, 이것이 서구에 전해져 체스가 되었다.

M. L. 커크, 1905

"제발이지, 그렇게 달리지 않는 게 낫겠어요! 여기 머무르는 것으로 완전 만족해요. 너무 덥고 목이 말라요!" 앨리스가 말했다.

여왕은 호주머니에서 작은 상자를 꺼내며 "네가 뭘 원하는지 난 알지! 비스킷 하나 먹으렴" 하고 태연하게 말했다.

그건 원하는 것이 결코 아니었지만, "아니오"라고 말하는 것은 예의가 아닌 것 같아 앨리스는 비스킷을 받아 억지로 먹었다. 비스킷은 너무나 퍽퍽했다. 앨리스는 평생 이렇게 질식할 만큼 목이 멘 적은 없다는 생각이 들었다.

"네가 한숨 돌리는 동안, 나는 측량을 좀 해야겠어" 하고 말한 여왕은 주머니에서 인치가 눈금으로 표시된 줄자를 꺼내 길이를 재곤 작은 말뚝을 여기저기 박기 시작했다.

여왕은 "2야드 끝에" 하고 말하며 길이를 표시하기 위한 말뚝을 박았다. "너에게 방향을 알려주려는 거란다. 비스킷 하나 더 먹을래?"

"아니요, 감사합니다. 하나면 충분해요!" 앨리스가 말했다.

"갈증이 풀렸으면 좋겠다만." 여왕이 말했다.

앨리스는 이 말에 어떻게 대꾸해야 할지 몰랐지만, 다행히 여왕은 대답을 기다리지 않고 말을 이었다. "3야드° 끝에 또 박을 거야. 네가 방

도태되는 현상을 가리키는 이 가설은 '붉은 여왕의 달리기' 또는 '붉은 여왕 효과'라 불린다. 밴 베일런의 해양 화석 연구에 따르면, 멸종 생물 대부분이 환경에 적응하지 못했거나, 적응했어도 (같이 달리기를 하는 경쟁자와 달리) 천적 없이 안주한 탓에 도태되어 멸종했다. 그래서 그는 '밴 베일런의 법칙'으로 알려진 '멸종의 법칙'을 설명하기 위해 '붉은 여왕의 가설'을 제안한 것이다. 이 가설은 경영학과 물리학 등 다양한 분야에서 인용되고 있다. 『이상한 나라의 앨리스』 두 번째 이야기 「눈물웅덩이」 10번 주석에 도도새가 1681년 무렵 멸종되었다는 말이 나오는데, 이 멸종도 '붉은 여왕의 가설'로 설명이 된다(오래도록 천적이 없었다). 또한 코닥 회사가 디지털카메라를 최초로 발명했지만, 아날로그 필름에서 얻는 막대한 이익 때문에 디지털카메라 출시를 미뤘다가 결국 파산에 이른 것도 이 가설의 설득력 있는 사례로 거론된다.

• 야드yard는 영국과 미국에서 쓰는 길이의 단위로, 1963년 정확히 0.9144미터로 규정되

12 하얀 여왕의 딸이자 하얀 폰 중 하나인 백합은 첫 번째 이야기 「거울 속의 집」에서 앨리스와 마주친 적이 있다. '백합'이라는 이름을 선택하면서 캐럴은 조지 맥도널드(「거울 속의 집」 3번 주석)의 장녀인 어린이 친구 릴리아 스콧 맥도널드를 염두에 두었을 것이다. 그녀의 아버지는 릴리아Lilia를 '나의 하얀 백합Lily'이라고 불렀다. 캐럴이 (15세가 지난) 그녀에게 보낸 편지에는 그녀의 더해가는 나이를 조롱하는 내용이 많이 담겨 있다. 여기서 백합이 체스를 두기에 너무 어리다는 말은 아마도 그런 조롱의 일부였을 것이다.

콜링우드의 캐럴 전기 427쪽을 보면, 캐럴이 어린이 친구들 중 한 명에게 선물한 백합이라는 이름의 하얀 아기고양이에 대한 기록이 나온다(「거울 속의 집」에서 하얀 여왕은 아기백합을 "내 왕실의 아기고양이"라고 부른다). 그러나 그 선물은 『거울 나라의 앨리스』를 쓴 이후의 일인 듯하다.

13 이 구절은 아마도 『앨리스』에서 어떤 구절보다 더 자주 인용되었을 것이다. 보통은 빠르게 변화하는 정치 상황과 관련하여 인용되었다.

마일로 윈터, 1916

향을 잊어버릴까 봐 그래. 4야드 끝에서는 작별인사를 할 거야. 그리고 5야드 끝에서 나는 떠날 거야!"•

　그렇게 말할 무렵 여왕은 말뚝을 다 박았다. 앨리스가 자못 호기심에 이끌려 지켜보는 동안, 나무로 돌아온 여왕은 다시 천천히 말뚝을 따라 걸어가기 시작했다.

　여왕은 2야드 말뚝에서 고개를 돌리더니 "너도 알겠지만, 폰은 맨 처음에만 두 칸 앞으로 나아간단다. 세 번째 칸은 그냥 빠르게 지나치렴. 철로 위를 달리듯 말이야. 그래서 곧장 네 번째 칸에 서는 거야. 그 칸은 트위들덤과 트위들디의 구역이지. 그담부터는 한 칸씩 나아가는데, 다섯 번째는 대부분 물이고, 여섯 번째는 험티 덤티의 구역이야. 근데 너는 왜 말을 안 해?"하고 말했다.

　"저는… 저는 말을 해야 하는 줄 몰랐어요." 앨리스가 더듬더듬 말했다.

<hr>

었다(1인치는 정확히 2.54센티미터). 1791년 프랑스에서 지구 자오선 길이의 4천만분의 1을 1미터로 정한 후(지구 자오선 길이, 곧 지구 둘레 길이를 4만 킬로미터로 정한 후) 1875년 국제회의에서 미터법 조약이 체결되었다. 영국은 1965년에야 미터법을 채택해서, 야드와 파운드 등의 영국 단위계와 병용하고 있다. 미국과 미얀마, 라이베리아 3개 국가만이 미터법을 채택하지 않고 있다.
● 한국에서도 토지 측량을 할 때 빨간 말뚝을 박아 경계를 표시한다. 하지만 본문에서 말뚝을 박은 것은 경계 표시가 아니라 방향 표시를 위한 것이다. 그것도 거울 반전과 관계가 있을 듯하다. 붉은 여왕은 2야드에 말뚝을 박고 그것이 방향을 가르쳐주기 위한 거라고 말한다. 3야드에 또 한 개를 박으며 "네가 방향을 잊어버릴까 봐"라고 말한다. 그런데 이후 두 개의 말뚝을 더 박은 이유는 말하지 않는다. 다만 4야드에서 작별인사를 하고, 5야드에서 떠날 거라고만 한다. 굳이 작별인사의 자리와 떠날 자리를 표시한 것은 말뚝을 실없이 낭비한 게 아닐까? 앞서 소개되었듯 캐럴은 42를 유난히 좋아했다고 한다. 수비학적으로 '모든 것에 대한 궁극의 질문에 대한 답이 42다(『이상한 나라의 앨리스』의 열두 번째 이야기 「앨리스의 증언」 2번 주석 참고). 처음 측량한 것이 2야드이고, 말뚝은 네 개다. 이것을 조합하면 42가 된다. 이런 억측보다, 그저 작별인사와 떠남이 아쉬워 말뚝으로 기념했다고 이해하면 충분할까? 하긴 측량은 최소 세 개의 말뚝을 필요로 한다. 붉은 여왕의 토지 측량은 머물며 지키기 위한 것이 아니라 떠나기 위한 것이라는 데 거울 반전이 있다.

베시 피즈 구트만, 1909

"너는 말을 해야만 했어." 여왕은 꾸짖는 투로 엄하게 이어 말했다. "'그 모든 걸 말씀해주시다니 정말 친절하시군요' 하고 말이야. 아무튼 말했다고 치자. 일곱 번째는 온통 숲이야. 하지만 기사들 중 하나가 네게 길을 가르쳐줄 거야. 그리고 여덟 번째에서 우리는 다 같이 여왕이 될 거야. 한바탕 재미난 축제가 열릴 거고!'"

앨리스는 벌떡 일어서 절을 하곤 다시 주저앉았다.

다음 말뚝에서 다시 고개를 돌린 여왕은 이번에는 이렇게 말했다. "뭐라고 해야 하는지 우리말이 생각나지 않으면 프랑스어로 말하렴. 걷다가 발가락을 밖으로도 돌리고….[14] 네가 누군지 잊지 마!" 여왕은 이번엔 앨리스가 절하길 기다리지 않고 재빨리 다음 말뚝으로 향했다. 거기서 잠깐 돌아보며 "안녕" 하고 말하더니, 서둘러 마지막 말뚝으로 향했다.

어떻게 그럴 수 있지? 여왕은 마지막 말뚝에 이르자마자 온데간데없이 사라져버렸다.[15] 공중으로 홀쩍 사라진 것일까? 아니면 재빨리 숲으로 달려간 것일까? ("하긴, 여왕은 아주 빨리 달릴 수 있지!" 하고 앨리스는 생각했다). 어디론지 짐작도 할 수 없는 곳으로 여왕이 홀연 사라지자, 앨리스는 자기가 폰이고, 이제 곧 게임 시간이 될 거라는 사실이 떠올랐다.

● 붉은 여왕은 이 미래를 어떻게 알까? 나중 다섯 번째 이야기 「뜨개질하는 양과 강」에서 하얀 여왕이 말한다. 거울 나라에서는 시간을 거슬러 산다고. 그래서 과거와 미래, 양쪽 모두 기억할 수 있다고.

14 제럴드 M. 와인버그는 한 편지에서 여왕의 조언에 대해 다음과 같은 두 가지 흥미로운 의견을 제시했다. 여왕은 앨리스에게 폰으로서 행동하는 방법을 가르치고 있기 때문에 "…프랑스어로 말하렴"은 폰으로 폰을 잡는 앙파상˙을 언급하는 것일 수 있다(앙파상에 해당하는 영어는 없다). 또 "발가락을 밖으로도 돌리고"는 폰이 상대 기물을 잡을 때 왼쪽이나 오른쪽 대각선으로 전진하는 것을 가리키는 말일 수 있다.

● 앙파상en passant은 폰이 맨 처음 두 칸을 전진했을 경우, 한 칸만 전진한 것으로 가정하고 상대 폰이 이를 잡을 수 있는 체스의 규칙이다.

15 캐럴이 그린 체스판의 말들 위치를 보면, 앨리스(하얀 폰)와 붉은 여왕이 나란히 붙어 있음을 알 수 있다. 문제의 첫 번째 착수로 붉은 여왕은 KR4[붉은 왕 쪽의 룩 세로줄 4번째 칸, 곧 h5]˙로 멀찍이 홀쩍 이동한다.

● 영문 착수 표기법의 숫자는 착수를 하는 플레이어 쪽에서 칸을 계산한 것이다. 룩, 나이트, 비숍은 각각 두 개라서 그 위치가 여왕 쪽인지, 왕 쪽인지를 구분한다. 이런 영문 표기법은 너무 불편해서 이 책에선 일반 표기법의 a~h와 1~8을 사용했다.

세 번째 이야기

거울 곤충들

가장 먼저 한 일은 물론, 장차 여행할 나라를 대대적으로 조사하는 것이었다. "이건 지리 공부랑 쏙 닮았어." 앨리스는 생각하며 조금이라도 더 멀리 보려고 까치발로 발돋움을 했다. "주요* 강은… 하나도 없네. 주요 산은… 내가 서 있는 이곳뿐이야. 근데 이름 없는 산 같아. 주요 도시는…, 아니 저 동물들은 뭔데 저기서 꿀을 모으고 있지? 꿀벌일 리는 없어… 1킬로미터도 넘게 떨어진 곳에 있는 벌이 보일 리 없잖아, 그치…?" 앨리스는 한동안 말없이 서서, 꽃들 사이를 누비고 다니며 꽃송이에 주둥이를 찔러 넣고 있는 것들 중 하나를 지켜보았다. "보통의 벌처럼 구네?" 앨리스는 생각했다.

하지만 그건 보통의 벌이 아니라, 실은 코끼리였다.[1] 앨리스는 이내 그것을 알아차렸는데, 처음에는 그것이 코끼리라는 사실에 숨이 멎을 정도로 놀랐다. "그럼 꽃송이가 집채만 할 거야!" 하는 생각이 이어 떠올랐다. "기둥 위 오두막 같은 집인데, 지붕이 훌러덩 날아가 버린 그런

• principal: 지리책에서 쓰는 말. 미국에서는 대개 major라고 한다.

피터 뉴얼, 1903

1 거울 체스 게임에 대한 A. S. M. 디킨스의 기고문(「앨리스 여왕」 1번 주석 참고)에 따르면, Bee(꿀벌)의 B라는 글자는 비숍을 위한 기호라면서(캐럴에게는 "나를 마셔라"라고 적힌 병bottle을 위한 기호였지만), 약 600년 전에는 체스의 비숍이 코끼리였다고 지적했다. "무슬림의 체스 기물 알필Alfil, 인도의 체스 기물 하스티Hasti, 동양의 장기 기물 상象"이 모두 코끼리를 뜻한다. "오늘날까지도 러시아인들은 이 체스 기물을 코끼리라는 뜻의 슬론Slon이라 부른다. 그래서 '코끼리' 운운한 이 수상쩍은 부분은 사실 체스의 비숍을 소개하고 있는 셈이다. 암호로 꽁꽁 싸매서 말이다."

어린이 친구인 이사 보면을 위해 쓴 반쯤 난센스인 매력적인 이야기 「이사의 옥스퍼드 방문」에서 캐럴은 이사와 함께 우스터 칼리지의 정원을 거닌 것에 대해 이야기한다(이 이야기는 이사의 책 『루이스 캐럴 이야기』[1]에 재수록되었다). 그들은 "(당연히 호수에 있어야 할) 백조도, 바쁜 벌처럼 꿀을 모으며 꽃들 사이를 누비고 다녀서는 안 되는 하마도" 보지 못한다.

집 같은 꽃송이라니…. 그럼 꿀을 엄청 많이 만들겠다! 내려가 봐야겠어. …아니, 아직은 아냐." 앨리스는 언덕을 달려 내려가기 시작하다 우뚝 걸음을 멈추고는, 갑자기 겁을 먹은 것에 대한 핑계를 궁리했다. "저것들을 싹 쓸어버릴 짱짱한 나뭇가지 하나 없이 저기 끼어들 순 없어…. 음, 산책이 그렇게 좋았냐고 물어봐 준다면 재밌을 텐데. 그럼 난 대답할 거야. '어머머, 좋았고말고요….' (이 대목에서 앨리스는 즐겨하는 버릇대로 고개를 홱 젖혀 머리칼을 뒤로 넘기는 동작을 하고는 이어 종알거렸다.) '먼지가 풀풀 날리고 엄청 더운 데다, 코끼리들이 진짜 너무나 애를 먹이긴 했지만 말예요!'""

그리고 잠시 뜸을 들인 후 말을 이었다. "아무래도 딴 길로 내려가야겠다. 코끼리들이야 나중에 만나 봐도 되겠지, 뭐. 게다가 나는 꼭 세 번째 칸에 가보고 싶거든!"

이런저런 핑곗김에 앨리스는 후다닥 언덕을 내려가서, 여섯 줄기의 도랑 가운데 첫 번째 도랑을 폴짝 뛰어넘었다.[2]

● 비숍(주교)인 코끼리가 보통의 부지런한 벌처럼 꿀을 모으고, 게다가 엄청 많은 꿀을 만들 거라는 언급은 성직자에 대한 찬사일까? 하지만 루이스 캐럴은 벌처럼 부지런히 살아야 한다는 교훈에 코웃음을 친 사람이다. 코끼리가 부지런한 진짜 벌인 듯 행동한다는 것은 성직자의 위선을 패러디하는 것일 수도 있다. 앨리스가 이 코끼리들을 만나고 싶어 하기는커녕, 짱짱한 나뭇가지로 쓸어버리고 싶어 하는 것이 그 증거다. 코끼리들이 진짜 너무나 애를 먹였다는 것은, 당시 성직자들이 어린이들에게 교훈 운운하며 너무 못살게 굴었기 때문 아니었을까?

2　체스에서 여섯 개의 작은 개울, 곧 도랑은 앨리스가 여왕이 될 여덟 번째 칸까지의 가로줄을 구분하는 수평의 선이다. 앨리스가 선을 넘을 때마다 세 줄의 별표로 본문이 구분된다. 앨리스의 첫 번째 착수인 PQ4[폰이 여왕 줄 네 번째 칸으로, d4]는 두 칸 전진하는 것인데, 이는 폰에게 유일하게 허용되는 긴 '여행'이다. 여기서 앨리스는 세 번째 칸으로 한 칸 폴짝 뛴 후, 기차에 실려 네 번째 칸으로 이동한다.

블랑슈 맥마누스, 1899

"승차권 보여주세요!" 기차 차장이 창문으로 머리를 들이밀며 말했다.˙ 모두가 재빨리 표를 내밀었다. 그들은 사람과 거의 똑같은 크기였고, 기차를 한가득 채우고 있는 듯했다.

"자 이제! 네 승차권을 보여줘야지, 꼬마야!" 차장이 성난 표정으로 앨리스에게 말했다. 그러자 수많은 목소리가 일제히 울려 퍼졌다. "그를 기다리게 하지 마, 꼬마야! 그의 시간은 1분에 1천 파운드나 나간대!"(앨리스는 "합창 같네" 하고 생각했다).

"승차권이 없는데요. 제가 온 곳에는 매표소도 없었어요." 앨리스는 겁먹은 목소리로 말했다. 그

피터 뉴얼, 1903

러자 다시 합창이 울려 퍼졌다. "꼬마가 온 곳은 매표소를 세울 자리도 없었어. 그곳은 땅이 1인치에 1천 파운드˙˙나 나간대!"

"핑계 대지 마. 기관사에게 가서 사도록 해." 차장이 말했다. 그리고 또다시 합창이 울려 퍼졌다. "기관사는 증기 기관차를 모는 사람. 저런, 칙칙폭폭 한 번에 1천 파운드나 나간대!"[3]

● 차표 검사를 기차 밖에서 하는 것도 거울 반전일 것이다.
●● 당시 1천 파운드는 오늘날 약 14만 파운드로 2억 원을 웃도는 금액이다.

3　《재버워키》(1970. 3.)에 다음과 같은 내 질문이 실렸다. "어쩌면 독자 가운데 한 명이 『앨리스』에서 아직 풀리지 않은 가장 큰 미스터리 가운데 하나를 풀어줄지도 모르겠다. 열차 객실 장면에서 '…worth a thousand ~~ a ~~!'라는 말이 네 번 되풀이된다. 이것은 당시 독자들이 잘 아는 뭔가를 캐럴이 언급한 것이라고 나는 확신한다. (광고 슬로건일까?) 그런데 그것이 무엇인지 나는 알아내지 못했다."

《재버워키》다음 호에 실린 응답들 간에 공통된 것은 그 구절이 "한 곽에 1기니worth a guinea a box"라는 비첨의 알약에 대한 인기 있는 슬로건을 언급하고 있다는 점이다. R. B. 샤버먼과 데니스 크러치는 『외알 안경 아래서』[2]에서 다른 이론을 제시한다. 즉, 와이트섬 공기의 신선함은 "1파인트에 6펜스의 가치worth sixpence a pint"가 있다고 말한 테니슨의 유명한 말을 반영한 것이라고 말이다.

또 다른 추측도 있다. 윌프레드 셰퍼드는 한 편지에서 1천 파운드라는 것이 당시 거대했던 영국 배 그레이트 이스턴호(1858년에 진수한 배)를 둘러싼 엄청난 홍보와 관련이 있다고 주장한다. 『브리태니커 백과사전』에는 그것이 "아마도 지금까지 건조된 증기선 중 가장 많은 논란을 낳은 것으로, 역사상 가장 큰 실패작"이라고 실려 있다. 셰퍼드는 제임스 듀건의 『위대한 철선』[3]이라는 책에 이 사건에 대한 설명이 실려 있는 것을 발견했다. 책에는 그 배를 진수하기까지 1피트에 1천 파운드가 들었고, 1일에 1천 파운드의 자본이 소모되었다는 등의 언급으로 가득하다. 캐럴이 읽었음 직한 신문 기사 가운데 그 증기선에 관한 "칙칙폭폭/기적소리/과대광고 한 번에 1천 파운드 a thousand pounds a puff"라는 언급이 있는지 누군가 확인해볼 만하다.

프랭키 모리스는 《재버워키》에 실은 「'미소와 비누': 루이스 캐럴과 '과대광고 돌풍'」[4]에 관한 글에서, 'puff'라는 낱말이 빅토리아 시대에 광고나 개인적인 추천사를 통한 제품 판촉을 뜻하는 말로 널리 쓰였다고 썼다. 그는 E. S. 터너의 『충격적인 광고의 역사』[5]에 나오는 말을 인용한다. 곧 어떤 알약 제조업자가 디킨스에게 "과장된 찬사 puff 하나에 1천 파운드"를 주겠다고 했다는 것이다.

"무슨 말을 해봐야 소용없겠어" 하고 앨리스는 생각했다. 앨리스가 아무런 말도 하지 않자, 이번에는 합창이 울려 퍼지지 않았다. 하지만 놀랍게도, 모두가 다음과 같이 마음속으로 합창을 했다(마음속으로 합창을 한다는 게 무슨 뜻인지 다들 잘 알았으면 좋겠다. 솔직히 고백하면 난 모른다). "아무 말도 하지 않는 게 나아. 말 한마디에 1천 파운드나 나간대!"

"오늘 밤 1천 파운드 꿈을 꾸겠네. 안 꿀 리가 없어!" 앨리스는 생각했다.

그러는 동안 차장은 계속 앨리스를 바라보고 있었다. 처음에는 망원경으로, 다음에는 현미경으로, 그담에는 오페라 쌍안경으로 바라보더니 마침내 입을 열었다.[4] "너는 반대 방향으로 여행하고 있구나."● 차장은 그리고는 창문을 닫고 떠나버렸다.

"얘, 꼬맹아." 맞은편에 앉은 신사가 말했다(그는 하얀 종이옷을 입고

● 역시 거울 반전으로, 거울 나라에선 반대로 가야 제대로 간다.

4   이 장면에 대한 테니얼의 삽화는 영국 화가 존 에버렛 밀레이의 유명한 그림인 〈나의 첫 번째 설교〉를 의도적으로 패러디한 것일 수 있다. 두 소녀의 옷차림이 닮은 게 눈에 띈다. 깃털이 달린 펠트 모자, 줄무늬 스타킹, 밑단에 주름이 몇 줄 잡힌 치마, 뾰족한 검정 구두, 그리고 모피 토시가 그것이다. 앨리스 옆에 놓인 지갑 대신 밀레이의 교회 신도석의 소녀 옆에는 성서가 놓여 있다. 1864년 4월 7일 일기에서, 캐럴은 밀레이의 집에 들러 그림 속 소녀의 모델인 밀레이의 여섯 살 난 딸 에피를 만났다고 썼다.

테니얼의 기차에 탄 앨리스가 교회 신도석에 앉아 있는 밀레이의 소녀와 닮았다는 것은 스펜서 D. 브라운이 처음으로 발견했다. 테니얼의 그림을 〈나의 첫 번째 설교〉와 나중에 신도석에서 졸고 있는 같은 소녀를 그린 〈나의 두 번째 설교〉를 합성해서 비교해 보면 유사성이 더욱 두드러진다.

〈나의 첫 번째 설교〉는 잉글랜드에서 복제되어 널리 퍼졌다. 미국에서는 커리어와 아이브스가 〈리틀 엘라〉라는 제목의 흑백(일부 손으로 색칠한) 복사본을 판매했다. 커리어와 아이브스가 인쇄한 연대는 알려져 있지 않고, 그것을 새로이 그린 화가의 이름도 알려져 있지 않다. 그림이 해적판인지, 커리어와 아이브스가 복제 허가를 받았는지도 알려져 있지 않다. 여기 실은 밀레이의 그림은 몇 가지만 빼고 원본을 정확히 복제한 것이다. 첫째로, 거울에 비친 것처럼 반전되어 있다(캐럴이 재미있어했을 것이다). 또 소녀의 얼굴이 좀 더 인형처럼 변형되었다.

존 에버렛 밀레이의 〈나의 첫 번째 설교〉 복사본과 밀레이의 〈나의 두 번째 설교〉

있었다).⁵ "너는 어디로 가야 할지부터 알아야 해. 네 이름은 모르더라도 그건 알아야지!"

하얀 종이옷 신사 옆에 앉아 있던 염소가 두 눈을 질끈 감고 우렁차게 말했다. "너는 먼저 매표소로 가는 길을 알아야 해. 알파벳을 몰라도 그건 알아야지!"

염소 옆에는 딱정벌레가 앉아 있었는데(정말이지 기차에는 아주 요상한 승객들로 가득했다), 차례로 모두가 말을 해야 한다는 규칙이라도 있는 것처럼, 이어 말했다. "걔는 여기서 돌려보내야 해. 짐짝처럼 말이야!"

딱정벌레 너머에 누가 앉아 있는지 앨리스에게는 보이지 않았지만, 쉰 목소리가 이어 들려왔다. "기차를 갈아타…."⁶ 쉰 목소리는 그렇게 말하고는 목이 메 말을 잇지 못했다.

"꼭 말horse 소리처럼 들리네?" 앨리스는 생각했다. 그때 너무나도 작은 목소리가 앨리스의 귓전에 대고 소곤거렸다. "그걸로 농담을 해보지 그래. '목쉰hoarse' 소리가 '말horse' 소리 같다는 거 말이야."⁷

이어 멀리서 아주 부드러운 목소리가 들려왔다. "꼬맹이한테 딱지를 붙여야 해. '소녀, 취급주의'⁸라고."

그리고, 또 다른 목소리들이 계속 이어졌다. ("기차에 정말 많이도 탔네!" 하고 앨리스는 생각했다.) "꼬맹이를 우편으로 부쳐야 해. 헤드head(머리/우표)가 붙어 있으니까…."⁹ "꼬맹이를 메시지처럼 전보로 부쳐버려", "이제부턴 꼬맹이더러 기차를 끌고 가라고 해…" 등등.

하지만 하얀 종이옷 신사는 몸을 숙이고는 앨리스의 귓전에 이렇게 소곤거렸다. "얘, 남들이 뭐라 하든 신경 쓸 것 없어. 하지만 기차가 멈출 때마다 왕복표를 구하도록 하렴."

"그럴 순 없어요!" 앨리스는 발끈해 말했다. "저는 기차 여행을 하려 로저 그린은 테니얼의 그림과 밀레이의 그림의 유사성이 우연의 일치였을 거라고 나를 설득했다. 그는 《펀치》에 실린 당시 사진들을 내게 보여주었는데, 그 사진들을 보면 기차에 탄 소녀들이 정확히 앨리스와 똑같은 옷을 입고 있는 데다, 토시에 손을 넣고 있는 것도 똑같다. 마이클 헌은 1869년 월터 크레인의 『런던의 리틀 애니와 잭』[6]에 실린 비슷한 사진을 보내주었다.

그렇기는 하지만, 교회에 있는 밀레이의 딸과 테니얼의 앨리스가 너무나 쏙 빼닮아서, 테니얼이 그런 사실을 전혀 몰랐다고는 믿어지지 않는다.

5　하얀 종이옷을 입은 남자 삽화와 《펀치》에 실린 테니얼의 정치 만화를 비교해보면, 종이 모자 아래의 얼굴이 벤저민 디즈레일리(영국 총리, 1874~1880)의 얼굴이라는 것에 거의 의심의 여지가 없다. 테니얼과 캐럴은 그러한 정치인들이 '하얀 종이'(공문서)에 둘러싸여 있음을 염두에 두었을 것이다.●

● 캐럴은 보수당을 좋아했고, 그 당수가 디즈레일리였다.

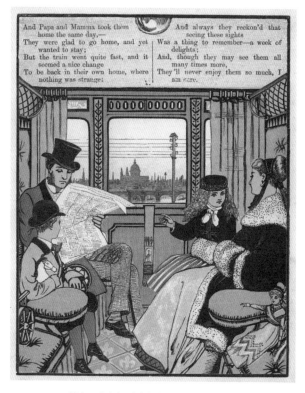

월터 크레인의 『런던의 리틀 애니와 잭』, 1869

던 게 결코 아니에요. 아까까지 숲에 있었다고요. 차라리 다시 숲으로 돌아갈 수 있다면 좋겠어요."

그 말에 예의 그 작은 목소리가 앨리스 귓전에 대고 말했다. "그걸로 농담을 해보지 그래. 할 수만 있다면 하겠다는 거 말이야."[10]

"귀가 간지럽잖아!" 하고 말하며 앨리스는 어디서 들리는 소린지 알아보려 주위를 두리번거렸다. 하지만 아무것도 보이지 않았다. "그렇게나 농담을 듣고 싶으면, 네가 직접 하지 그래?"

작은 목소리는 한숨을 깊이 몰아쉬었다.[11] 몹시 불행한 게 분명해서 앨리스는 위로의 말을 해주려 했고, "남들처럼 한숨을 내쉰 거라면 말이지"라는 말을 생각했다. 그런데 한숨 소리가 놀랍도록 너무나 작았다. 귀에 아주 가까이 대고 내쉰 게 아니었다면 전혀 들리지 않았을 것이다. 그 탓에 앨리스는 귀가 너무 간지러워서, 불쌍한 그 작은 동물이 불쌍하다는 생각을 먼지처럼 훌훌 털어버렸다.

작은 목소리가 이어 들려왔다. "네가 친구라는 걸 난 알아. 사랑하는 오랜 친구 말이야. 그러니 넌 나를 가슴 아프게 하지 않을 거야. 내가 벌레이긴 하지만."

"무슨 벌렌데?" 앨리스는 살짝 걱정되어 물었다. 정말 알고 싶은 것은, 그게 침을 쏠까 안 쏠까 하는 것이었다. 하지만 그런 걸 묻는 것은 아주 무례한 것 같다는 생각이 들었다.

"뭐냐 하면, 설마 너…" 이어지던 작은 목소리는 날카로운 기적 소리에 묻혀 더는 들리지 않았다. 모두가 놀라 벌떡 일어났지만, 앨리스는 일어서지 않았다.

창밖으로 머리를 내민 말horse이 조용히 머리를 거둬들이며 말했다. "이제 도랑 하나만 뛰어넘으면 돼." 그 말에 모두가 흐뭇해하는 듯했다. 하지만 앨리스는 기차가 뭘 뛰어넘는다는 것에 가슴이 덜컹했다. "하지만 네 번째 칸에 도착할 테니, 그나마 다행이지 뭐!" 하고 앨리스는 혼

6 말 울음소리를 낸 승객이 "말을 갈아타"가 아니라 "기차를 갈아타"라고 외치는 것의 유머러스함을 간과하기 쉽다.

7 이 말장난을 바탕으로 한 오래된 농담이 있다. "나는 목이 좀 쉬었어요I'm a little hoarse" 하고 말한 사람이 이어 말한다. "나한테 귀여운 망아지가 한 마리 있죠I have a little colt."•

• 위 농담은 "나는 어린 망아지인데요, 나한테 어린 새끼가 하나 있어요"라는 뜻이다.

8 당시 잉글랜드에선 유리 물건이 든 상자 포장에 보통 "유리, 취급주의Glass, with care"라는 딱지를 붙였다.

9 head는 빅토리아 시대 속어로 우표를 뜻했는데, 모든 우표에 군주의 옆모습만 그려져 있었기 때문이다. 앨리스한테는 헤드가 있기 때문에, 우편post으로 발송되어야 한다고 목소리들이 외친 것이다. 꼭대기에 적의 절단된 머리가 걸린 기둥post을 흉흉하게 암시하고 있다는 것도 주목하라.•

• 그녀는 우편post으로 부쳐야 한다. 그녀는 기둥post 옆으로 가야 한다. 이것이 효수梟首(머리를 베어 높은 곳에 매달아 놓고 뭇사람에게 공시하는 것)를 암시한다 해도, 거울의 의미 반전을 생각하면 흉흉할 것도 없다.

10 캐럴은 여기서 『마더 구스』 노래의 첫 소절을 의도했는지도 모른다.

> 난 할 거야, 할 수만 있다면.
> 할 수 없다면 어떡하지?
> 내가 할 수 없다면 할 수 없지, 안 그래?
> 너는 할 수 없는데 할 수 있겠어, 너는?
> 너는 할 수 있겠어? 있겠어?
> 너는 할 수 없는데 할 수 있겠어, 너는?

11 「가발을 쓴 말벌」(이 책에 재수록)에서 나이 든 말벌의 긴 한숨은 캐럴과 앨리스 사이의 심연 같은 나이 차에 대한 캐럴의 슬픔을 표현한 것일 수 있다. 조지 그레이슨은 편지에서 이 각다귀의 한숨이 그와 비슷한 의미를 담고 있는 듯하다고 썼다. 기차로 상징화된 시간은 앨리스(캐럴의 '사랑하는 오랜 친구')를 'wrong way(반대 방향/잘못된 방향)', 곧 성인 여성으로 인도하고 있다. 머잖아 캐럴이 앨리스를 잃고 말 방

잣말을 했다. 다음 순간, 앨리스는 기차가 공중으로 붕 떠오르는 것을 느꼈다. 더럭 겁이 난 앨리스는 가장 가까이 있는 것을 손으로 와락 움켜쥐었다. 하필 그것은 염소수염이었다.[12]

그런데, 손에 쥐자마자 수염은 흐물흐물 녹아버린 듯했다. 문득 정신을 차려보니 앨리스는 나무 아래 오도카니 앉아 있었다. 한편 (앨리스의 귀를 간지럽히던 벌레인) 각다귀*는 앨리스의 머리 바로 위 작은 나뭇가지에서 균형을 잡으며, 두 날개로 앨리스에게 부채질을 해대고 있었다.

그건 분명 아주 커다란 각다귀였다. "병아리만큼이나 크잖아?" 앨리스는 생각했다. 하지만 걱정이 되지는 않았다. 한참이나 서로 얘기를 나눈 사이니까.

"…설마 너 모든 벌레를 싫어하는 건 아니지?" 각다귀가 이어 말했다. 아무런 일도 일어나지 않은 것처럼 각다귀는 태연했다.

"말할 줄 아는 벌레는 좋아해. 내가 온 나라에선 벌레는 말을 하지 않지만." 앨리스가 말했다.

"넌 어떤 벌레를 좋아하는데? 넌 어떤 나라에서 온 거야?" 각다귀가 물었다.

• Gnat: 모기와 각다귀 모두 파리목 모기아목에 속하지만 모기는 모기하목, 각다귀는 각다귀하목에 속한다. 각다귀는 암수 모두 흡혈을 하지 않는다.

향으로 말이다. 이 시간의 흐름은 캐럴의 서시 마지막 연에 나오는 '한숨의 그림자'일
수도 있다.

프레드 매든은 「『거울 나라의 앨리스』에 나오는 철자 변형」[7]에서 캐럴이 기차에 왜
염소와 함께 각다귀를 넣었는지에 대한 흥미로운 설명을 한다. 캐럴의 더블릿
Doublets* 게임에서 '각다귀gnat'라는 말은 한 글자만 변해 '염소goat'가 된다. 매든은
캐럴의 소책자 『더블릿: 낱말 퍼즐』[8]에 실제로 등장하는 낱말 사다리를 참고해 이
러한 주장을 뒷받침한다. 여기서 캐럴은 GNAT(각다귀)를 여섯 단계 만에 BITE(물어
뜯다)로 바꾼다(GNAT, GOAT, BOAT, BOLT, BOLE, BILE, BITE).

• 'Doublet'은 '자매어'라는 뜻. 캐럴이 만든 이 게임은 선풍적인 인기를 끌었다. 철
자를 하나씩만 바꾸어 다른 낱말을 만들어가는 낱말 게임인데, 다음과 같은 문제가
제시된다. Head(머리)를 다섯 번 만에 Tail(꼬리)로 만들어라(head heal teal tell tall
tail). APE(원숭이)을 네 번 만에 MAN(인간)으로 진화시킬 수 있겠는가? FLOUR(밀가
루)를 다섯 번 만에 BREAD(빵)로 만들어라. 다섯 번 만에 SLEEP에서 DREAM으로
가라. ONE을 다섯 번 만에 TWO로 늘려라. 여섯 번 만에 BLACK을 WHITE로 바
꾸어라. 여섯 번 만에 GRASS를 GREEN으로 만들어라. 여덟 번 만에 BLUE를 PINK
로 바꿔라. 열 번 만에 RIVER(강)에서 SHORE(해안)에 이를 수 있겠는가? 열두 번
만에 WITCH(마녀)를 FAIRY(요정)로 바꿀 수 있겠는가?

12 기차의 도약으로 앨리스의 PQ4[d4] 착수가 완료된다. 캐럴의 원본 원고에서는
앨리스가 객실 어느 노부인의 머리카락을 움켜쥐었는데, 1870년 6월 1일자 편지에
서 테니얼은 캐럴에게 이렇게 썼다.

"나는 **좋아하는** 벌레 없어" 하며 앨리스는 설명했다. "벌레는 좀 무섭 거든. 아무래도 커다란 벌레는 말이야. 하지만 벌레 이름 몇 가지는 잘 알아."

"이름을 부르면 그 벌레들이 당연히 대답을 하겠지?" 각다귀가 천연 덕스레 물었다.

"대답을 했는지 어쨌는지는 모르겠어."

"그렇다면 이름이 있어 봐야 무슨 소용이야? 이름을 불러도 응답하 지 않는다면?" 각다귀가 말했다.

"걔들한테는 쓸모가 없겠지." 앨리스가 말했다. "하지만 이름을 지은 사 람들에게는 쓸모가 있을걸? 소용이 없으면 왜 이름을 지어 붙였겠어?"

"나야 모르지." 각다귀가 대꾸했다. "게다가 저 숲에선 모두가 이름이 없어. 암튼 네가 아는 벌레 이름을 대봐. 어서, 시간이 없어."

"음, 말파리Horse-fly란 게 있어." 앨리스가 손가락을 꼽으며 벌레 이름 을 대기 시작했다.

"그렇군. 저 딸기나무 중간을 잘 보면 흔들-말-파리가 보일 거야. 온몸 이 나무로 되어 있는데, 몸을 흔들며 이리저리 나뭇가지를 건너다니지."

"뭘 먹고 사는데?" 호기심이 인 앨리스가 물었다.

"나무즙이나 톱밥을 먹고 살지. 다른 벌레 이름을 또 대봐." 각다귀 가 말했다.

앨리스는 흔들-말-파리를 골똘히 바라보았다. 이제 막 물감을 새로 칠한 게 분명하다는 생각이 들었다. 색깔이 아주 선명하고 물감이 덜 말라 끈적끈적해 보였기 때문이다. 앨리스는 말을 이었다.

"또 잠자리란 게 있어. 영어로는 드래곤플라이Dragon-fly야."

"머리 위 나뭇가지를 쳐다보렴." 각다귀가 말했다. "스냅-드래곤-플라 이가 앉아 있는 게 보일 거야. 몸통이 건포도 푸딩이고, 날개는 호랑가

피터 뉴얼, 1903

시나무 잎사귀*인데, 머리는 브랜디에
담겨 불붙었던 건포도 한 알이야."**13**

"그건 뭘 먹고 사는데?" 앨리스가
조금 전처럼 물었다.

"프루멘티**14**랑 민스파이.**" 각다귀
가 대답했다. "그리고 크리스마스 상자에 둥지를 틀지."

"그리고 나비도 있어. 영어로는 버터플라이butterfly야." 머리에 불이
붙은 벌레를 한참 바라본 후 앨리스가 말했다. 그리고 속으로 생각
했다. "벌레들이 촛불 속으로 달려들기를 그렇게 좋아하는 이유가 바로
저걸까? 그러니까 스냅-드래곤-플라이로 변하고 싶어서?"

"네 발치에서 기어가고 있네?" 각다귀가 말했다. (앨리스는 흠칫 놀
라 뒤로 물러섰다.) "발치에 브레드-앤드-버터-플라이Bread-and-butter-fly
가 보일 거야. 걔는 날개가 버터 얇게 바른 빵조각이고, 몸통은 빵 껍질
인데, 머리는 각설탕이야."

"그건 또 뭘 먹고 사는데?"

"크림을 넣은 연한 차를 마시고 살지."

앨리스는 새로운 난관에 부닥쳤다. "그런 차를 찾지 못하면 어쩌지?"
앨리스가 넌지시 물었다.

"그럼 굶어 죽겠지."

"그럼 분명 그런 일이 너무 자주 일어날 거야." 앨리스가 사려 깊게
말했다.

"늘 일어나지." 각다귀가 말했다.

• 붉은 열매가 달린 호랑가시나무holly 가지는 크리스마스 장식으로 쓴다.
•• mince-pie: 민스미트mincemeat, 곧 다진 고기와 사과, 건포도, 설탕 따위를 섞어 만든
파이이다.

친애하는 도지슨,

기차가 점프하는 장면에서 앨리스가 가장 가까운 물체로 노부인의 머리카락을 잡는 대신 염소 **수염**을 잡는 게 낫겠다는 생각이 듭니다. 그러면 염소가 홱 뿌리치는 동작으로 앨리스와 각다귀를 함께 자연스레 날려버릴 수 있을 겁니다.

나를 잔인하다고 생각할지 모르지만, 나는 '말벌' 챕터가 전혀 흥미롭지 않다고 말할 수밖에 없습니다. 어떻게 그려야 할지도 모르겠습니다. 만일 책을 좀 줄이고 싶다면, 그것이야말로 기회라고—일체 순종하며—생각지 않을 수 없습니다만, 뜻대로 하십시오.

시간에 쫓기는 고통 속

J. 테니얼 드림

캐럴은 두 가지 제안을 모두 채택했다. 노부인은 사라졌고, 말벌 에피소드는 아예 삭제했다.

13 Snap-dragon-fly: 스냅드래곤은 빅토리아 시대 크리스마스 시즌에 어린이를 비롯한 온 가족이 즐긴 오락 이름이다. 오목한 접시에 브랜디를 따르고 건포도를 넣은 다음, 브랜디에 불을 붙인다. 식구들이 차례로 하늘거리는 파란 불꽃 속에서 건포도를 재빨리 건져내어, 불이 붙은 채로 입에 집어넣는다. 불붙은 건포도를 스냅드래곤이라고 부르기도 했다.*

* 이 놀이를 하며 "snip! snap! dragon!"이라고 외치는데, 여기서 snip과 snap은 의성어 겸 의태어로, 접시에서 건포도를 쓰윽! 싸악! 검지로 날렵하게 건져내는 것을 나타내는 말이다.

그 말에 앨리스는 생각에 잠겨 한참 입을 다물었다. 그 사이 각다귀는 흥겹게 윙윙거리며 앨리스 머리둘레를 돌았다. 그러다 결국 다시 나뭇가지에 앉은 각다귀가 "너는 네 이름을 잃고 싶지 않지?" 하고 말했다.

"물론이지." 앨리스는 살짝 걱정스레 말했다.

"근데 정말 그럴까?" 각다귀가 천연덕스레 말했다. "생각 좀 해봐. 네가 집에 돌아갔을 때 이름이 없다면 얼마나 편할지 말이야. 예를 들어 가정교사가 공부를 시키려고 너를 부르려고 해. 그녀가 외치겠지. '이리 와…' 하고. 그러곤 입을 다물 수밖에 없어. 불러야 할 이름이 없으니까. 물론 너는 가정교사한테 가지 않아도 될 거야, 그치?"

"그럴 리가 없어." 앨리스가 말했다. "부를 이름이 없다고 해서 가정교사가 수업을 빼먹으려고 하진 않을 거야. 내 이름이 생각나지 않으면 '아가씨Miss' 하고 부를걸? 우리 집 하인들이 그러는 것처럼 말이야."*

"하지만 '아가씨'라고 말했다 해도, 딱히 너를 부른 게 아니잖아." 각다귀가 말했다. "당연히 너는 수업을 빼먹을miss 거야. 아, 이건 농담이야. 난 네가 농담을 했으면 좋겠어."

"아니 왜 내가 농담을 하길 바라는 거야?" 앨리스가 물었다. "그런 건 안 좋은 농담이잖아."

그 말에 각다귀는 크게 한숨을 푹 내쉬었고, 그새 커다란 눈물 두 방울이 두 뺨을 타고 굴러떨어졌다.

그러자 앨리스가 말했다. "농담일랑 하지 마. 농담을 해서 불행해진다면 말이야."

불행한 각다귀는 또다시 우울한 한숨을 살짝 내쉬었는데, 이번에는

---

* 앨리스의 리들 가문은 상류층이었고, 루이스 캐럴은 중류 이하(의사나 교수 등이 중류층인데, 캐럴은 강사)였다.

피터 뉴얼, 1903

말 그대로 한숨이 각다귀를 훅 날려버린 듯했다. 아닌 게 아니라 앨리스가 고개를 들어 쳐다보니, 나뭇가지에는 아무것도 보이지 않았다. 꽤 오랫동안 가만히 앉아 있자니 몸이 오슬오슬 떨린 앨리스는 자리에서 일어나 걷기 시작했다.

곧바로 공터가 나왔다. 맞은편에는 숲이 있었는데, 지나온 숲보다 훨씬 더 깊어 보여서, 들어가기가 겁이 났다. 하지만 다시 생각해보고는 계속 나아가기로 마음먹었다. "난 분명 돌아가지 않을 거니까."[15] 앨리스는 그게 여덟 번째 칸으로 가는 유일한 방법이라고 생각했다.

"이게 그 숲인 게 분명해. 모두가 이름이 없는 숲 말이야." 앨리스는 곰곰 생각하며 혼잣말을 했다. "저길 들어가면 내 이름은 어떻게 될까? 난 결코 이름을 잃고 싶지 않아. 그랬다가는 사람들이 새 이름을 지어주어야 할 거야. 근데 아마 분명 내 마음에 안 들걸? 하지만 재밌기는 하겠다. 내 옛 이름을 가진 존재를 찾는 것 말이야! 그건 잃어버린 동물을 찾는 광고랑 비슷할 거야, 그치? 애완견을 잃어버리고 이렇게 광고를 하잖아. '"대시"[16] 하고 부르면 반응을 함. 황동 목걸이에 이름이 적혀 있음.' 대답을 할 때까지 만나는 모든 것들한테 사람들이 '앨리스야' 하고 부른다고 생각해봐, 어휘! 하지만 아무도 응답하지 않겠지, 바보가 아니라면."

숲에 도착했을 때 앨리스는 이런 식으로 종알거리고 있었다. 그곳은 아주 서늘하고 그늘이 짙었다. "음, 어쨌거나 아주 편안한걸?" 앨리스는 나무 아래로 발걸음을 내디디며 말했다. "그렇게나 덥더니, 거시기로 들어오니까… 거시기? 거시기가 뭐지?" 앨리스는 어떤 낱말을 떠올릴 수가 없어 놀라며, 나무줄기에 한 손을 얹고 말을 이었다. "내 말은 내가 도착한 게 이 아래… 그러니까 이것 아래인데, 이것이 뭐지? 이것은 자기를 뭐라고 부를까? 아무래도 이름이 없는 것 같아. 아니, 이름이 없는

14 'Frumenty'는 밀가루 푸딩으로, 보통 설탕과 향신료, 건포도를 함께 넣어 만든다.

15 이스라엘에서 편지를 보내온 독자 요시 나탄손은 앨리스는 폰이고, 폰은 뒤로 움직일 수 없기 때문에 돌아갈 수 없다는 것을 앨리스는 알고 있다고 지적했다.

16 찰스 러빗이 내게 알려준 바에 따르면, 빅토리아 여왕은 잉글랜드에서 유명했던 대시라는 이름의 스패니얼을 소유하고 있었다. 사진이나 그림 모델이 될 때 여왕은 종종 무릎이나 옆에 대시를 앉혔다.

게 확실해!"

앨리스는 한동안 말없이 서 있다 문득 다시 말하기 시작했다. "그러고 보니 정말 그런 일이 일어나고 말았어, 기어이! 그럼 이제 나는 누구지? 기억이 날 거야. 기억할 수만 있다면! 나는 기억하고야 말 거야!" 하지만 그런 결심은 도움이 되지 않았다. 앨리스는 한참이나 고개를 갸우뚱거린 후 겨우 이렇게 말했다. "엘L. 엘로 시작한다는 건 알겠어."¹⁷

바로 그때, 아기사슴¹⁸ 하나가 어슬렁어슬렁 지나가며 크고 부드러운 눈으로 앨리스를 쳐다봤다. 앨리스를 보고 겁을 먹은 것 같지는 않았다. "그래 여기야! 이리 오렴!" 손을 내밀어 사슴을 쓰다듬으려 하면서 앨리스가 말했다. 그러자 아기사슴은 갑자기 살짝 뒤로 물러서선 앨리스를 다시 멀뚱멀뚱 쳐다봤다.

"너는 널 뭐라고 부르니?" 마침내 아기사슴이 말했다. 너무나 부드럽고 감미로운 목소리였다!

불쌍한 앨리스는 "나도 그걸 알았으면 좋겠어!" 하고 생각하며, 다소 슬프게 말했다. "난 아무것도 아냐, 지금 당장은."*

"다시 생각해봐. 그래서야 쓰겠어?"

앨리스는 생각을 해봤지만 아무것도 떠오르지 않았다. "제발 말 좀 해줄래? 너는 너 자신을 뭐라고 불러? 그걸 알면 도움이 좀 될 것 같아." 앨리스가 소심하게 말했다.

"좀 더 가서 말해줄게. 지금 여기선 기억이 나질 않아."

둘은 함께 숲속을 계속 걸었다. 앨리스의 두 팔이 아기사슴의 부드러운 목덜미를 사랑스럽게 감싼 채였다. 둘이 다른 공터에 도착했을 때

---

* 앨리스는 이 숲에서 무無가 된다. 노자 『도덕경』에 이런 말이 나온다. 도는 늘 이름이 없는 통나무와 같다(道常無名樸, 32장). 도는 감추어져 이름이 없다(道隱無名, 41장). 이름이 없는 세계는 도의 세계이기도 하다(마지막 이야기 「누가 꿈꾸었을까?」의 마지막 옮긴이 주를 참고할 것).

17 앨리스는 자기가 대신하고 있는 하얀 폰의 이름인 백합Lily을 생각하고 있는 것일 수도 있고, 자기 성씨인 리들을 생각하고 있는 것일 수도 있다. 독자 조세핀 반 다이크와 칼튼 하이먼 여사가 각각 제안했듯, 여기서 앨리스는 자신의 이름 첫소리를 L로 시작하는 것인 양(엘=앨) 어렴풋이 떠올리고 있다. 에이다 브라운은 캐럴의 『실비와 브루노』 완결편의 한 장인 「브루노의 피크닉」에 나오는 다음 구절로 이 추측을 뒷받침했다. "사과나무 Apple Tree가 말하고 싶을 때는 무슨 말로 시작하지?" 하고 실비가 묻자 화자가 대답한다. "애플트리는 항상 '에Eh!'로 시작하지 않아?"

베시 피즈 구트만, 1909

『언어와 루이스 캐럴』[9]에서 로버트 서덜랜드는 자신의 이름을 잊는다는 주제가 캐럴의 저서에 공통으로 나타난다고 지적한다. "너는 누구냐?" 하고 쐐기벌레가 앨리스에게 묻자, 앨리스는 혼란스러워하며 대답하지 못한다. 붉은 여왕은 앨리스에게 "네가 누군지 잊지 마!"라고 조언한다. 하얀 종이옷 신사는 앨리스에게 이렇게 말한다. "너는 어디로 가야 할지부터 알아야 해. 네 이름은 모르더라도 그건 알아야지!" 하얀 여왕은 우레에 겁이 나서 자기 이름도 생각나지 않았다고 말한다. 『스나크 사냥』에서 베이커는 자기 이름을 잊어버리고, 『실비와 브루노』에서 교수 역시 자기 이름을 잊어버린다. 어쩌면 이 주제는 캐럴 자신이 옥스퍼드의 강사인 찰스 도지슨인지, 판타지와 난센스 작가 루이스 캐럴인지 혼란스러워하는 것을 반영한 것인지도 모른다.

18 프레드 매든(이번 이야기 11번 주석 참고)의 지적에 따르면, 여기서 폰pawn인 앨리스가 여기서 아기사슴fawn을 만나고 있는데, 캐럴의 더블릿 게임에서 한 글자만 바꾸면 pawn이 fawn으로 바뀐다. 『거울 나라의 앨리스』 첫머리에 나오는 캐럴의 체스 등장인물에 따르면, 아기사슴은 사실상 체스 게임의 폰이다. 이는 지금 두 하얀 폰이 서로 인접해 있는 것을 나타내는 것으로 볼 수 있다.

였다. 아기사슴이 갑자기 펄쩍 뛰어오르며 앨리스의 품을 벗어났다. "나는 아기사슴이야!"[19] 아기사슴이 기쁨에 들떠 외쳤다. "그런데 맙소사! 너는 인간 아이잖아!" 아기사슴의 두 갈색 눈에 갑자기 놀란 빛이 떠올랐다. 그리고 다음 순간 아기사슴은 쏜살같이 달아나 버렸다.

앨리스는 멍하니 아기사슴의 뒷모습만 바라봤다. 마음에 쏙 들었던 길동무를 갑자기 잃어버린 게 마음 아파 왈칵 눈물이 북받칠 듯했다. "하지만 이제 내 이름이 뭔지 알겠어." 앨리스가 말했다. "그건 좀 위안이 되는걸. 앨리스… 앨리스…, 다시는 까먹지 말아야지. 자 그럼 이제 저 길 안내판 중 어느 쪽을 따라가야 할까?"

그건 어려운 질문이 아니었다. 숲으로 난 길은 하나뿐이었고, 길 안내판은 둘 다 그 길을 가리키고 있었기 때문이다. "그건 나중에 고민해야지. 길이 갈라져서 안내판이 서로 다른 방향을 가리키면 말이야." 앨리스는 혼잣말을 했다.

하지만 그런 일은 일어날 것 같지 않았다. 길을 한참 가고 또 갔지만, 길이 갈라진 곳이 있어도 두 안내판은 같은 길만 가리켰다. 안내판에는 하나엔 "트위들덤의 하우스 ⋯▸" 다른 하나엔 "◂⋯ 하우스 오브 트위들디"라고 쓰여 있었다.[20]

"둘이 같은 집에 사나 봐!" 앨리스가 말했다. "전에는 왜 그런 생각을 못 했지? 하지만 거기 오래 있을 순 없어. 그냥 그들을 불러 '안녕하세요?' 인사를 하고는 곧바로 숲을 벗어나는 길을 물어볼 거야. 어두워지기 전에 여덟 번째 칸에 도착할 수 있다면 얼마나 좋을까!" 앨리스는 계속 혼잣말을 하며 걸어갔다. 그러다, 급하게 꺾인 모퉁이를 도는 순간, 뚱뚱하고 작은 남자 둘과 마주쳤는데, 그게 너무나 갑작스러워 앨리스는 흠칫 뒤로 물러서지 않을 수 없었다. 그러나 이내 정신을 차렸다. 그들이 틀림없다고 생각하며.[21]

19 각다귀는 "저 숲에선 모두가 이름이 없어" 하고 말했는데, 모든 것이 이름이 없는 숲이란 사실상 우주 자체다. 앨리스가 앞서 실용적인 지혜로 말했듯이, 이름이란 "이름을 지은 사람들에게"나 쓸모가 있는 것이기 때문이다. 하지만 우주 자체는 인간이 붙인 이름과 별개다. 자신의 일부에 이름이라는 꼬리표를 붙이는 상징조작symbol manipulation을 하는 존재, 곧 인간의 조작과 우주는 별개인 것이다. 세계 자체에는 아무런 기호signs가 없다는 깨달음—인간 정신이 다만 꼬리표tags에 쓸모가 있음을 발견한 것일 뿐, 사물과 그 이름 사이에는 아무런 연관이 없다는 깨달음—은 결코 사소한 철학적 통찰이 아니다(여섯 번째 이야기 「험티 덤티」 13번 주석 참고). 아기사슴이 자기 이름을 떠올리고 기뻐하는 것은, 타이거가 타이거처럼 '보였기' 때문에 타이거라고 아담이 이름을 지었다는 옛 농담을 상기시킨다.

20 TO THE TEEDLEDUM'S HOUSE / TO THE HOUSE OF TWEEDLEDEE: 이 안내판에서 HOUSE와 트위들 형제 이름 표기가 거울상처럼 왼쪽과 오른쪽이 반전되어 있음을 주목해야 한다고 독자 그레그 스톤이 내게 일깨워주었다. 캐럴이 의도적으로 그렇게 한 것이 분명하다.

21 이 마지막 문장feeling sure that they must be과 다음 이야기의 제목Tweedledum and Tweedledee이 라임be/dee을 이루는 것은 캐럴이 의도한 게 분명하다.

네 번째 이야기

트위들덤과 트위들디

그들은 어깨동무를 한 채 나무 아래 서 있었다. 목깃에 한 명은 '덤', 다른 한 명은 '디'라고 수를 놓은 게 보여서 누가 누군지 금세 알 수 있었다. "아마 등 뒤 목깃에는 '트위들'이라고 수를 놓았을 거야" 하고 앨리스는 혼잣말을 했다.

그들이 꼼짝도 하지 않았기에 앨리스는 둘이 살아 있다는 사실조차 깜빡 잊고, 그들 뒤로 돌아가 보려 했다. 목덜미에 '트위들'이라고 수가 놓여 있는지 알아보려고 말이다. 그때, '덤' 쪽에서 말소리가 튀어나왔고, 앨리스는 화들짝 놀랐다.

"우리를 밀랍 인형이라고 생각한다면, 너는 돈을 내야 해" 하고 트위들덤이 말했다. "밀랍 인형은 공짜로 보여주려고 만든 게 아니거든. 결코 아니지!"

"반대로, 만일 우리가 살아 있다고 생각한다면, 넌 우리에게 말을 걸어야 해" 하고 '디'가 덧붙여 말했다.

"정말 죄송해요." 앨리스는 그 이상 더 길게 말할 수가 없었다. 시계가 째깍거리는 소리처럼 머릿속에서 옛 노래 하나가 저절로 들려왔기

거트루드 케이, 1929

때문이다. 앨리스는 견디다 못해 소리 내어 노래를 부르고 말았다.[1]

> "트위들덤과 트위들디가
>   한바탕 싸우기로 했다지.
> 트위들덤이 말했거든, 트위들디가
>   자신의 멋진 새 딸랑이를 망가뜨렸다고.
>
> 바로 그때 타르 통처럼 새까만
>   괴물 까마귀가 날아와 앉았다지.
> 두 영웅은 너무 놀라 까맣게
>   싸우는 것도 잊어버렸다지."

"네가 무슨 생각을 하는지 알아. 하지만 그것은 그렇지 않아, 결코." 트위들덤이 말했다.

"반대로, 그것이 그러했다면 그것은 그럴 수 있지. 그리고 그것이 그렇다면 그것은 그럴 거야. 하지만 그것이 아니니까 그것은 아닌 거야. 그런 게 논리라는 거지."[2] 트위들디가 말했다.

"내가 생각한 것은요, 이 숲에서 나가는 가장 좋은 길이 어느 길일까 하는 것이었답니다" 하고 앨리스는 아주 정중하게 말했다. "날이 저물고 있으니, 부디 길을 가르쳐주길 바라요."

하지만 작은 두 뚱보는 서로를 바라보며 씩 웃기만 했다.

그 둘이 한 쌍의 훌륭한 남학생과 똑 닮아 보여서, 앨리스는 손가락

● 반전된 거울 나라의 모든 것이 '반대로'라면, 싸운다는 것은 곧 화해한다는 뜻이 된다. 『이상한 나라의 앨리스』에서 딜레마의 여왕이 "머리를 베어라!" 하고 외친 말이 실은 "처형하지 말라!"는 절규였듯이.

1   1720년대에 독일에서 태어나 영국에서 활동한 작곡가 게오르크 프리드리히 헨델과 이탈리아 작곡가 조반니 바티스타 보논치니는 격렬한 경쟁 관계였다. 18세기 찬송가 작사가이자 속기 교사였던 존 바이롬John Byrom(1692~1763)은 이 적대 관계를 다음과 같이 묘사했다.

> 더러는 말하지, 보논치니에 비하면
> 헨델 씨는 멍청이라고
> 또 더러는 단언하지, 헨델에 비하면
> 보논치니는 달빛 아래 촛불이라고.
> 이상도 하지, 트위들덤과 트위들디 사이에
> 그렇게나 큰 차이가 있을 줄이야.

트위들 형제에 관한 동요가 그 유명한 음악적 경쟁을 다룬, 위의 존 바이롬의 시에서 유래한 것인지, 아니면 더 옛날의 동요에서 바이롬이 차용해 위와 같은 라임이 엉성한 라임의 시를 썼는지는 아무도 알지 못한다.[1]
세월이 한참 흐른 뒤에 나온 다음 시구는 인용할 가치가 있다.

> 트위들이라는 이름의 신학대 학생은
> 학위 받기를 거부하며 말했다.
> "트위들 디디D.D.가 되지 않고
> 그냥 트위들인 것은 너무 안 좋아."

위의 '트위들Tweedle'을 '피들Fiddle'로 바꿀 수 있음을 주목하라.● 트위들덤과 트위들디 관련 동요의 여러 버전에 대해서는 존 린드세스의 「두 트위들 이야기」[2]를 참고하라.
● tweedle은 내키는 대로 연주한다는 뜻으로, fiddle과 통한다. 위 시의 D.D.는 deacon(성공회 priest 아래의 직위인 부제)의 축약이다. 부제 서품도 안 받고 그냥 트위들로 졸업하는 건 안 좋다는 뜻이다.

2   도널드 커누스는 조지 부울의 글을 인용해 이를 설명하고 있다(『컴퓨터 프로그래밍 기술』 제4권 「부울리언 베이식」[3]에서 조지 부울의 『사고 법칙에 대한 조사』[4]를 인용). 커누스는 "그러면, 기호 x, y, z, 그리고 c가 0과 1의 값만을 각각 갖는 [부울] 대수를 상상해보자"면서 독자에게 "트위들디의 코멘트의 의미는 무엇일까?" 하고 물은 뒤 (C. 사르테나가 풀었다는) 답을 제시한다. "그[사르테나]는 조건문 x ⇒ y에서 [여섯 개의] '그것it'이 각각 y, x, x, y, y, x에 해당한다고 기술하면서, '다른 해답도 가능하다'

으로 트위들덤을 가리키며 "퍼스트 보이First Boy!"[3] 라고 말하지 않을 수 없었다.*

"아니야!" 트위들덤이 씩씩하게 외치고는, 입을 딱 다물었다.

"넥스트 보이Next Boy!" 하고 말하며 앨리스는 트위들디를 가리켰다. 앨리스는 그가 "반대로!"라고 외칠 거라고 확신했는데, 역시나 그렇게 외쳤다.

"넌 잘못 시작했어!" 하고 트위들덤이 외쳤다. "처음 방문해서 가장 먼저 할 일은, '처음 뵙겠습니다' 하고 말한 뒤 악수를 하는 거야!" 이 대목에서 두 형제는 서로 더 단단히 어깨동무

'ELTO'의 『어린이를 위한 거울 나라의 앨리스와 여러 동화』[5] 권두화 등장인물들을 테니얼과 다르게 그려 출판한 최초의 책이다.

를 하더니 각자 자유로운 손을 내밀어 앨리스와 악수를 하려 했다.[4]

앨리스는 둘 중 하나와 먼저 악수를 하고 싶지 않았다. 다른 쪽이 속상해할 테니까. 그래서 가장 좋은 방법으로, 두 손을 다 내밀어 동시에 악수를 했다. 다음 순간, 셋은 원을 그리며 빙글빙글 춤을 추기 시작했다. 이것은 썩 자연스러워 보여서(나중에야 기억났다) 앨리스는 음악 소리가 들렸는데도 놀라지 않았다. 셋은 나무 아래서 춤을 추었는데,

---

* 트위들덤을 퍼스트 보이, 트위들디를 넥스트 보이라고 "말하지 않을 수 없었다"는 것은 트위들덤이 항상 먼저 말을 꺼냈고, 그다음에 트위들디가 "반대로"라고 이어 말했기 때문이다. 하지만 트위들덤과 트위들디는 부정한다. 이곳은 반전된 세상이기 때문이다.

고 주석을 달고 있다."*

• 조건문 x ⇒ y란 x면 y라는 뜻으로 x가 참이면 y도 참이다(충분조건)와 y가 참이어야만 x는 참일 수 있다(필요조건)는 뜻을 담고 있다. 이 조건문에 따라, 사르테나의 답을 트위들디의 '그것'에 대입해 고쳐 말하면 다음과 같다. "반대로, y가 참이었다면 x는 참일 수 있지. 그리고 x가 참이라면 y도 참일 거야. 하지만 y가 참이 아니니까, x도 참이 아닌 거야."

3　테니얼의 트위들 형제는 소위 스켈레톤 슈트*라는 것을 입고 있는데, 이는 테니얼이 《펀치》에 기고한 존 불 그림과 매우 닮았다. 마이클 핸처의 『앨리스 책들에 실린 테니얼의 삽화』 1장을 참고하라.

에버렛 블레일러의 편지에 따르면, '퍼스트 보이First Boy'란 영국 학교의 학급에서 가장 똑똑한 소년, 또는 학급의 반장 역할을 한 나이가 많은 소년을 일컫는 용어였다.

• skeleton suits: 1790년 무렵부터 1820년대 후반까지 어린 학생들이 입던 옷. 바지 허리춤이 허리 위로 높이 올라가고 상의가 몸에 아주 꽉 끼는 것이 특징이다.

4　트위들덤과 트위들디는 기하학자들이 '거울상 이성질체'*라고 부르는 것으로, 서로가 거울상 형태를 띠고 있다. 캐럴이 이것을 의도했다는 것은 트위들디가 가장 좋아하는 단어인 '반대로'와 그들이 악수를 하기 위해 한 명은 오른손을 다른 한 명은 왼손을 뻗는다는 사실에 의해 강하게 암시된다. 결투를 하기 위해 자리 잡은 테니

음악 소리는 머리 위에서 흘러내리는 듯 들려왔다. 바이올린을 켜듯 나뭇가지들이 서로 마찰하며 그런 소리를 냈다(그것은 앨리스도 알아차릴 수 있었다).

"그런데 확실히 재미있었어."(앨리스가 나중에 이 모든 일들을 언니에게 털어놓으며 한 말이다.) "그래서 나도 모르게 노래를 불렀지 뭐야. '뽕나무를 빙빙 돌자'라는 노래 말이야. 언제 노래를 시작했는지도 몰랐지만, 아주 오래오래 노래를 부른 기분이었어!"

다른 두 춤꾼은 뚱뚱해서 곧 숨이 찼다. "한 번 춤을 추는 데는 네 번만 돌면 충분해." 트위들덤이 헐떡이며 말하고는, 춤을 추기 시작했을 때와 마찬가지로 느닷없이 춤을 멈췄다. 동시에 음악도 멈추었다.

둘은 앨리스의 손을 놓아주고는 그녀를 물끄러미 바라보았고, 잠시 쑥스러운 침묵이 흘렀다. 방금 같이 춤을 췄던 사람들과 무슨 이야기를 나누어야 할지 앨리스는 알 수가 없었다. "이제 와서 '처음 뵙겠습니다' 하고 말할 순 없어. 이미 춤까지 같이 춘 사이이니까." 앨리스는 혼잣말을 했다.

앨리스는 결국 "혹시 힘들었던 거 아니죠?" 하고 말했다.

"조금도 힘들지 않았어. 물어봐 줘서 고마워." 트위들덤이 말했다.

"정말 고마워!" 트위들디가 덧붙여 말했다. "근데 시 좋아해?"

"그, 그럼요, 꽤 좋아하긴 해요, 어떤 시는" 하며 앨리스는 우물쭈물 덧붙였다. "이 숲을 벗어나려면 어느 길로 가야 하는지 좀 가르쳐줄래요?"

"내가 얘한테 어떤 시를 암송해주면 좋을까?" 트위들디는 아주 엄숙한 눈길로 트위들덤을 돌아보며 말했다. 앨리스의 질문은 들은 척도 하지 않고 말이다.

"「바다코끼리와 목수」가 가장 길지." 트위들덤이 형제를 애틋하게 포

마일로 윈터, 1916

옹하며 대답했다.

트위들디는 바로 낭송을 시작했다.

"태양이 빛나고 있었지…."

이 대목에서 앨리스는 대뜸 말을 가로챘다. "그게 아주 길다면, 먼저 가르쳐줄래요? 어느 길로 가야 하는지…."

트위들디는 부드러운 미소를 머금고 처음부터 다시 낭송을 시작했다.[5]

"태양이 빛나고 있었지, 바다에서
　　있는 힘껏 빛나며
태양은 최선을 다했지, 바다가
　　잔잔하고 환하도록…
근데 참 이상했어, 그때는
　　날이 저문 한밤중이었으니까.

달님이 뾰로통하니 빛나고 있었지.
　　달님이 생각하기에
태양이 거기 있어서는 안 되었거든.
　　진작 날이 저물었으니까…
'내 즐거움을 망치다니' 하고 달님이 말했어.
　　'태양은 무례하기 짝이 없어!' 하고.

바다는 한없이 축축하고

얼의 두 거울상 이성질체가 동일한 자세로 서 있는 삽화(569쪽)를 보면, 테니얼 역시 이 쌍둥이를 그런 이성질체로 바라보았음을 알 수 있다. 트위들덤(트위들디일까? 하지만 뒤에 나오듯 석탄 들통을 투구로 쓴 것이 트위들디, 냄비를 쓴 것이 트위들덤이다)의 오른손 손가락 모습이 트위들디의 왼손 손가락 모습과 정확히 일치하는 것을 주목하라. 트위들 형제는 『피네간의 경야』[6] 258페이지에 언급되어 있다.

● enantiomorphs: 거울상처럼 대칭을 이루지만 회전을 통해서는 서로 겹치지 않는 입체상.

5   캐럴은 1872년 삼촌에게 이런 편지를 보냈다. "「바다코끼리와 목수」를 쓰면서는 다른 어떤 시도 염두에 두지 않았어요. 보격은 흔히 쓰이는 것이죠. 내가 읽은 시들, 그러니까 보격이 같은 다른 많은 시들 중에서 특히 [시인 토머스 후드의] 「유진 아람」이 이 시에 더 많은 영향을 끼쳤다고는 보지 않아요."[7]

『앨리스』에서 의도된 상징을 너무나 많이 찾으려는 경향에 대한 억제책으로, 캐럴이 『실비와 브루노』 12장 그림에 대해 해리 퍼니스에게 보낸 다음의 짧은 편지(1889. 9. 27.)는 기억할 만하다. "'알바트로스'에 관해: 귀하에게 다른 3음절 낱말이 더 적절할 것 같다면, 부디 내게 알려주시오. '가마우지cormorant'나 '잠자리dragonfly' 등등 첫음절에 악센트가 오기만 하면 뭐든 괜찮습니다. 나는 테니얼 씨에게 똑같은 제안을 했답니다. 그는 「바다코끼리와 목수」를 절망적인 조합이라고 반대하면서 '목수carpenter'를 없애달라고 했습니다. 대안으로 '준남작baronet'과 '나비butterfly'를 내가 제안했지만, 그는 결국 '목수'를 택했습니다. (그런데 당신이 보기엔 어느 것이 더 나을 것 같나요?)"

테니얼이 목수 머리 위에 얹어준 종이로 접은 상자 모양의 모자를 오늘날 목수들은 더 이상 쓰지 않는다. 하지만 신문 인쇄기를 돌리는 이들은 지금도 널리 쓴다. 머리

모래톱은 뽀송뽀송했지.[●]
구름 한 점 보이지 않았어. 하늘엔
　　구름 한 점 없었으니까.
하늘을 나는 새들도 없었지…
　　날아갈 새들이 없었으니까.⁶

바다코끼리와 목수는
　　가까이서 함께 걷고 있었어.⁷
그들은 한탄을 했지, 해변에는
　　왜 이리 모래가 많은 거냐며
'모래를 싹 쓸어버릴 수 있다면
　　정말 좋겠어' 하고 말했어.

'일곱 자루 대걸레를 가진 일곱 하녀가
　　한 반년 밀고 또 밀면
깨끗이 치울 수 있을까?' 하고
　　바다코끼리가 물었어.
'안 될 거야' 하고 말한 목수는
　　안타까워 눈물을 뚝뚝 떨궜지.

'앗, 굴들아, 이리 와서 함께 걷자!'

● 구약 「출애굽기」 14:21에서 바다가 갈라지는데, 그냥 갈라지기만 한 것이 아니었다. "여호와께서 큰 동풍으로 밤새도록 바닷물을 물러가게 하시니 물이 갈라져 바다가 마른 땅이 되었다." 바다 밑바닥 모래가 뽀송뽀송했다. 흙이었다면 먼지깨나 날렸을 것이다. 그런 바다 바닥을 걸어서 건넌 사람들이 얼마 후 그 기적을 까맣게 잊어버렸다는 게 참 이상하다.

에 잉크가 묻지 않도록 신문지를 접어서 쓰는 것이다. J. B. 프리스틀리는 「바다코끼리와 목수」[8]에서 바다코끼리와 목수를 두 종류 정치인의 원형으로 해석하는 재미있는 글을 선보였다.

6 피터 뉴얼은 이 장면 삽화에서 새들과 구름을 둘 다 하늘에 그려놓음으로써 시의 내용을 어겼다고 리처드 부스가 편지로 알려주었다. 뉴얼의 바다코끼리는 빅토리아 시대의 수영복을 입고 있는데, 목에 매달린 열쇠는 배경에 그려진 해수욕 포장마차용 열쇠다.

7 캐럴이 이디스 A. 구디어와 앨리스 우드에게 보낸 편지(1875. 3. 20.)에 이런 말이 나온다.

피터 뉴얼, 1903

　　"네가 인용한 시구가 처음에는 다음과 같았다는 것을 알면 흥미로울지 모르겠구나.

　　　　바다코끼리와 목수는
　　　　손을 맞잡고 걷고 있었어.

하지만 화가가 쉽게 그리라고 말을 바꿨어."

바다코끼리는 반갑게 외쳤어.
'짭짤한 해변을 따라
　　즐겁게 거닐며, 즐겁게 얘기를 나누자.
우리는 손이 네 개라서
　　네 명 하고만 손잡고 걸을 수 있지만.'

가장 나이 많은 굴이 그를 바라보았지만
　　말은 한마디도 하지 않았어.
가장 나이 많은 굴은 눈을 깜빡이며
　　무거운 머리를 내둘렀지.
그건 집을 떠나지 않겠다고
　　말하는 거나 다름없었어.

하지만 네 마리의 어린 굴은 달라서
　　열렬히 반기며 부랴부랴 서둘렀어.
외투를 솔로 털고, 얼굴을 씻고
　　신발을 깔끔하게 닦았지…
근데 참 이상했어. 알다시피
　　굴들한테는 발이 없으니까.

다른 네 마리 굴이 어린 굴들을 뒤따랐고
　　또 다른 네 마리가 뒤를 이었지.
이윽고 우글우글 후딱후딱 몰려왔고
　　그리고 더, 더 많이, 더욱 많이…
모두가 폴짝폴짝 거친 파도를 헤치고

블랑슈 맥마누스, 1889

해변으로 기어올랐어.

바다코끼리와 목수는
　　1마일은 족히 계속 걷다가
편안하고 나지막한
　　바위에 앉아 쉬었어.
작은 굴들은 모두 한 줄로
　　우두커니 서서 기다렸지.

'시간이 됐어' 하고 바다코끼리가 말했어,
　　'많은 것들에 대해 이야기할 시간.
신발과… 배들과… 봉랍에 대하여…
　　양배추와… 왕들에 대하여…[8]
그리고 왜 바다가 뜨겁게 끓는지…
　　그리고 돼지에게 날개가 있는가에 대하여'

'하지만 잠깐 기다려요' 하고 굴들이 외쳤지.
　　'얘기는 좀 있다가 나눠요.
숨이 찬 굴들도 있거든요.
　　우린 모두 살이 투실투실하거든요!'
'서두를 건 없어!' 하고 목수가 말했지.
　　그래서 모두가 그에게 고마워했어.

'우리에게 무엇보다 필요한 건
　　빵 한 덩이야' 하고 바다코끼리가 말했어.

8 오 헨리의 첫 책 제목은 『양배추와 왕들』이었다.

이 11연의 앞부분 네 행(아래 영문)은 이 시편에서 가장 유명하고 가장 널리 인용된다.

> 'The time has become,' the Walrus said,
> 'To talk of many things:
> Of shoes—and ships—and sealing-wax—
> Of cabbages—and kings—

추리소설 『엘러리 퀸의 모험』 마지막 이야기인 「미친 티파티의 모험」에서, 이 시구는 탐정이 살인자에게서 절묘하게 자백을 받아내는 방법 중 중요 요소를 이룬다.

제인 오코너 크리드는 캐럴의 시구가 셰익스피어의 『리처드 2세』 3막 2장에 나오는 리처드 왕의 다음 연설을 어떻게 반영하고 있는지 잘 지적해주었다.

> 무덤과 벌레에 대해, 비문에 대해 얘기해봅시다.
> 먼지로 우리의 종이를 만들고, 비에 젖은 눈으로
> 지상의 가슴에 슬픔을 기록합시다.
> …
> 제발, 우리 땅에 앉아서
> 왕들의 죽음에 대해 슬픈 이야기를 나눕시다.

후추와 식초도 곁들이면

　　더할 나위 없이 좋겠지만…

자, 사랑하는 굴들아, 준비가 되었다면

　　우리 슬슬 먹기 시작해도 될까?'

'하지만 우릴 먹으면 안 돼요!'

　　파랗게 질린 굴들은 외쳤지.

'그렇게나 친절을 베풀더니, 어떻게

　　그런 끔찍한 짓을 벌이려 하시나요!'

'멋진 밤이잖아' 하고 바다코끼리가 말했어.

　　'이렇게나 경치가 좋은데 왜 그러니?'

'친절하게도 따라오더니!

　　너희는 맛도 정말 좋구나!'

하고 목수는 이렇게만 말했어.

　　'한 조각 더 잘라줄래?

혹시라도 가는귀가 어두워

　　내가 두 번씩 말하지 않았으면 좋겠어!'

하지만 바다코끼리는 또 말했지.

　　'얘들에게 속임수를 쓰는 건

부끄러운 일 같아. 그렇게나 빨리 뛰게 해서

　　이렇게나 멀리 데려왔는데!'

하지만 목수는 이렇게만 말했어.

　　'버터를 너무 두껍게 발랐잖아!' 하고.

해리 라운트리, 1928

바다코끼리는 말했지. '불쌍한 것들,

　너희들 때문에 눈물이 난다'

흐느껴 울며 그는

　가장 커다란 굴들을 골라잡았어.

손수건을 들고

　흐르는 눈물을 훔치며.

'오, 굴들아' 하고 목수는 말했어.

　'참 즐겁게 달려왔는데 이제

우리 다시 집으로 달려갈까?'

　하지만 어디서도 대답은 들려오지 않았지.

그건 조금도 이상하지 않았어, 왜냐하면

　둘이서 다 먹어 치웠거든.⁹*

● 이 난센스 시에서는 밤에 태양이 뜨고, 발이 없는 굴들이 신발을 신고 뛴다. 남성성인 태양은 밤에도 지려 하지 않는다. 남성인 것이 분명한 바다코끼리와 목수는 여성인 하녀들 maids을 시켜 바닷가 모래를 전부 쓸어버리고 싶어 한다. 무모하고 무의미한 그 짓을 하지 못해 목수는 눈물까지 떨군다. 이 시편이 가부장적 사회에서 남성의 횡포나 여성 학대, 또는 착취를 은연중 패러디한 것으로 볼 만한 근거는 충분하다. 캐럴 당시에는 계급 모순과 사유재산, 그리고 생산수단 문제로 인해 여성과 아동 착취가 극심했던 시기였다. 13세 이하 아동만 해도 19세기 중반 탄광에서 주 6일 하루 10~15시간을 일했다. 당시 의회 조사 보고서 중에는 하루 19시간 중노동에 시달리다 사고가 난 후 일체의 보상을 받지 못한 소녀에 대한 언급이 있다고 한다. 탄광에서 어린이가 수없이 사망한 것은 두말할 나위도 없다.
『거울 나라의 앨리스』가 나오기 2년 전에 철학자 존 스튜어트 밀이 남성 최초로『여성의 종속』이라는 페미니즘 저서를 펴냈으니, 캐럴도 당연히 여권 신장 운동을 잘 알고 있었을 것이다. 『이상한 나라의 앨리스』열한 번째 이야기「누가 타르트를 훔쳤나」에서 앨리스는 배심원들을 보고 jurors(배심원)라고 생각한다. 이에 대해 화자, 곧 캐럴은 jurors 대신 남자배심원jurymen이라고 생각했어도 마찬가지였을 거라고 말한다. 이는 캐럴이 성차별을 의식하고 있었다는 뜻이다.
『이상한 나라의 앨리스』에 나온 아동 학대는 여기서도 이어진다. 아니 여기서는 아동 학살로 나타난다. 어린 굴 중에서 특히 토실토실한 것들을 골라 잡아먹는 바다코끼리는 가식

9 새빌 클라크의 〈앨리스〉 오페레타를 위해 캐럴은 다음과 같은 구절을 추가했다.

> 목수는 흐느끼기를 그쳤고
>> 바다코끼리는 탄식하기를 그쳤지.
> 그들은 굴들을 다 먹어 치운 뒤
>> 잠을 자려고 몸을 눕혔어—
> 그리고 자신들의 재주와 잔인함에 대해
>> 처벌을 받아야 했지.

바다코끼리와 목수가 잠든 후, 굴 유령 둘이 무대에 나타나 노래하고 춤추며, 잠든 자들의 가슴을 짓밟는 벌을 준다. 캐럴은 이것이 이 에피소드에 더 효과적인 결말을 제공하고 관객들 사이 굴 동조자들의 마음도 다소 달랜 것으로 생각했고, 관객도 그의 의견에 동의한 것이 분명하다.
첫 번째 굴 유령은 마주르카를 추며 노래한다.

> 잠이 든 목수의 얼굴에는 버터가 묻어 있고,
> 식초와 후추가 사방에 흩어져 있지!
> 굴들로 하여금 너의 요람을 흔들어 너를 안식게 하라.
> 그것으로 안 되면 우리가 네 가슴에 앉으리!

"바다코끼리가 그중 마음에 드네요" 하고 앨리스가 말했다. "불쌍한 굴들한테 **조금**은 미안해했으니까."

"하지만 그는 목수보다 더 많이 먹었어" 하고 트위들디가 말했다. "그가 손수건을 들고 있었다는 거 알지? 그건 자기가 얼마나 많이 먹어 치우는지 목수가 세지 못하도록 그런 거야. 반대로."

"그건 비열한 짓이야!" 앨리스는 와락 성이 나 말했다. "그렇다면 목수를 좋아할 거예요. 바다코끼리만큼 많이 먹지 않았다면."

"하지만 그는 배가 빵빵하도록 먹었지" 하고 트위들덤이 말했다.

이건 어려운 문제였다.[10] 잠시 뜸을 들인 앨리스는 입을 열었다. "그렇다면! 둘 다 아주 못됐어…." 이 대목에서 앨리스는 말을 멈췄다. 근처 숲에서 커다란 증기 기관차가 증기를 내뿜는 것 같은 소리가 들린 듯해 살짝 겁이 났기 때문이다. 그건 기차가 아니라 들짐승일 것만 같아서였다.

"근처에 사자나 호랑이가 있어요?" 앨리스는 조심스레 물었다.

"그건 붉은 왕이 코를 고는 소리야." 트위들디가 말했다.

"와서 봐봐" 하고 외친 두 형제는 각자 앨리스의 손을 하나씩 잡고, 왕이 잠들어 있는 곳으로 그녀를 데려갔다.

"참 멋진 모습이잖아?" 트위들덤이 말했다.

의 말을 하며 거짓 눈물을 흘린다. 굴oyster은 이익을 뽑아낼 수 있는 것을 뜻하는 말이기도 하다(The world is my oyster). 이 시편에는 강자의 위선이 노골적으로 표현되어 있다. "많은 것에 대해 이야기할 시간이 되었다" 그러면서 정작 신발과 배와 봉랍과 양배추와 왕들에 대해 이야기한다는 것은 반어법으로, 실은 중요한 그 무엇도 이야기되지 않는다는 뜻이다(작은 것이 아름답기는 하지만). 그러한 세상이기에 웃음과 골계가 더욱 필요했을 것이다. 마틴 가드너는 1960년 서문에 이렇게 썼다. "우리는 삶의 표면적인 부조리를 웃어넘김으로써 제정신을 유지하지만, 악과 죽음이라는 더 깊은 불합리함을 향할 경우 그 웃음은 쓰라림과 비웃음으로 변한다." 이 시편은 웃음이 아니라 대답 없는 정적으로 끝난다.

찰스 포커드, 1929

앨리스는 솔직히 그게 멋지다고는 말할 수 없었다. 왕은 장식용 술이 달린 기다란 빨강 고깔모자를 쓴 채 웬 지저분한 풀무더기 위에 쭈그리고 누워 드르렁 코를 곯고 있었다. 트위들덤 말마따나 "귀청이 떨어지도록."

"저렇게 축축한 풀밭에 누워 있다가는 감기에 걸릴 거야." 생각이 깊은 소녀 앨리스가 말했다.

"지금 꿈을 꾸고 있는 거야." 트위들디가 말했다. "너는 그가 무슨 꿈을 꾸고 있다고 생각해?"

"그건 아무도 알 수 없어요." 앨리스가 말했다.

"아니, 너를 꿈꾸고 있는 거야!" 트위들덤이 박수를 치며 의기양양하게 외쳤다. "그가 너를 꿈꾸길 그만두면 너는 어디 있을 것 같아?"

"그야 물론 지금 내가 있는 곳이죠." 앨리스가 말했다.

"넌 없어!" 트위들디가 짓궂게 빈정거리며 반박했다. "넌 어디에도 없을 거야. 맞아, 넌 그의 꿈속에 있을 뿐이거든!"[11]

우리가 네 가슴에 앉으리! 네 가슴에 앉으리!
가장 간단한 안식의 방법은 네 가슴에 앉는 것이니!

두 번째 굴 유령은 호른파이프 무곡을 추며 노래한다.

오 애절하게 탄식하는 바다코끼리, 너의 눈물이 가증스럽구나!
너는 잼을 찾는 아이들보다 더 굴을 탐하니
너는 식사의 흥을 돋우기 위해 굴을 즐겨 먹는구나―
사악한 바다코끼리여, 내가 너의 가슴을 밟는 것을 용서하라!
너의 가슴을 밟는!
너의 가슴을 밟는!
나를 용서하라, 사악한 바다코끼리여, 너의 가슴을 밟는 나를!

(위의 모든 구절은 로저 그린의 『루이스 캐럴의 일기』 2권, 446~447쪽 주석에서 인용한 것이다.)
아울러 2007년 밀스 칼리지의 《더 월러스》 50주년 기념호에 실린 매트 데마코스의 「굴들의 운명: 루이스 캐럴의 '바다코끼리와 목수'에 추가된 구절들의 역사와 해설」[19]을 참고하라.

10 앨리스가 곤혹스러워한 것은 전통적인 윤리 딜레마에 봉착했기 때문이다. 사람을 판단할 때 그 의도를 보아야 하는지, 행동을 보아야 하는지를 두고 고민하는 것 말이다.

11 붉은 왕의 꿈에 관한 논의는 널리 알려져 있고 허다하게 인용되기도 했다(체스판에서 붉은 왕은 앨리스 바로 옆인 e4에서 코를 골고 있다). 이 논의는 가엾은 앨리스를 암울한 형이상학의 바다에 빠뜨린다. 우리 자신을 포함한 모든 물질적 대상은 다만 절대자의 마음속에 있는 '모종의 것sorts of things'에 불과하다는 버클리 주교의 견해를 트위들 형제는 옹호하고 있다.* 앨리스는 큰 돌을 발로 걷어참으로써 버클리를 반박했다는 새뮤얼 존슨의 상식적인 입장을 취하고 있다. 버트런드 러셀은 앨리스에 관한 라디오 패널 토론에서 붉은 왕의 꿈에 대해 "철학적 관점에서 매우 유익한 논의"라고 평하며 이어 말했다. "그러나 그것이 유머러스하게 표현되지 않았다면, 우리는 그것이 너무 고통스럽다는 것을 알게 될 것입니다."
버클리식의 주제는 캐럴을 괴롭혔다. 그것이 모든 플라톤주의자들을 괴롭힌 것처럼 말이다. 두 『앨리스』의 모험은 모두 꿈이고, 『실비와 브루노』에서 화자는 현실과 꿈

"저 왕이 깨어나면, 넌 훅 사라져버리지. 마치 촛불처럼!"[12] 트위덤들이 덧붙였다.

"그럴 리 없어요!" 앨리스가 씩씩거리며 말했다. "게다가 내가 그의 꿈속에 있을 뿐이라면, 두 분은 뭐죠? 난 그걸 알고 싶어요."

"내가 앞서 말한 대로야." 트위들덤이 말했다.

"같아, 같아!"[13] 트위들디가 외쳤다.

트위들디가 너무 크게 소리를 지르는 바람에 앨리스는 "쉿!" 하고 말해야만 했다. "그렇게 떠들다가 왕이 깨어나면 어쩌려고 그래요."

"글쎄, 왕이 깨어나는 것에 대해선 네가 무슨 말을 하든 상관이 없어." 트위들덤이 말했다. "넌 그의 꿈속에 있을 뿐이니까. 너도 잘 알잖아. 넌 진짜가 아니라 환상이라는 것 말이야."

"난 진짜라고요!" 하고 말한 앨리스는 마침내 울기 시작했다.

"운다고 더 진짜가 되는 건 아냐. 울어야 할 까닭도 없고." 트위들디가 꼬집어 말했다.

"내가 진짜가 아니라면, 난 울 수도 없어야 해." 앨리스는 그 모든 게 우스꽝스러워서, 눈물을 뚝뚝 떨구다가 반쯤 쿡쿡 웃으며 말했다.

"설마 네 눈물이 **진짜**일 거라고 생각하는 건 아니겠지?" 트위들덤이 이죽거리며 말했다.

"저게 말도 안 되는 소리란 걸 난 알아. 다 난센스야." 앨리스는 생각했다. "허튼소리를 듣고 울면 바보지." 앨리스는 그래서 얼른 눈물을 훔치고 한껏 흥겨운 목소리로 말했다. "아무튼 난 숲에서 벗어났으면 좋겠어요. 진짜 너무 어두워지고 있으니까. 비가 올 것 같지 않아요?"

트위들덤은 자기와 형제의 머리 위로 커다란 우산을 펼쳐 쓰고는 고개를 들고 우산을 쳐다보며 말했다. "아니, 안 올걸? 적어도 여기 우산 아래로는 안 올 거야. 결코."

의 세계를 신비롭게 왕복한다. 화자는 소설 앞부분에서 혼자 이렇게 중얼거린다. "그러니 내가 실비에 대해 꿈을 꾼 것이라면, 지금 이것은 현실이다. 아니 정말 실비랑 같이 있었던 것이라면, 지금 이것은 꿈이다! 실은 인생 자체가 꿈이 아닐까?" 『거울 나라의 앨리스』여덟 번째 이야기 「"이건 내가 발명한 거야."」 첫 문단과 마지막 이야기 대단원 문장, 그리고 에필로그 마지막 행에서 캐럴은 다시 이 꿈 문제를 언급한다.

앨리스와 붉은 왕의 평행한 꿈 속에서는 얄궂은 유형의 무한 소급regress이 이루어진다. 앨리스를 꿈꾸는 왕을 꿈꾸는 앨리스를 꿈꾸는 왕을 꿈꾸는…, 이는 서로 마주한 두 거울과 같다. 다른 예로, 이는 마른 여자를 그리고 있는 뚱뚱한 여자를 그리고 있는 마른 여자를 그리고 있

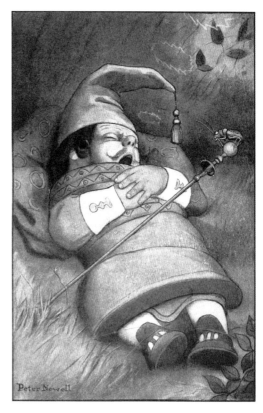

피터 뉴얼, 1903

는 뚱뚱한 여자…를 그리며 두 캔버스 속으로 점점 더 깊이 들어가는 여자들을 그린 사울 스타인버그의 기묘한 만화와도 같다.

제임스 브랜치 카벨은 『스머트』, 『스미스』, 『스마이어』 삼부작 중 마지막 판타지 소설인 『스마이어』에서 서로를 꿈꾸는 두 사람의 동일한 순환 패러독스를 다룬다. 스마이어와 스마이크는 9장에서 마주쳐, 지금 잠을 자면서 상대를 꿈꾸고 있다고 주장한다. 이 삼부작 서문에서 카벨은 삼부작을 "루이스 캐럴의 자연주의를 확장하기 위한" 시도인 "전편에 걸친 꿈 이야기"라고 일컬었다.

붉은 왕은 내내 잠만 잔다. 아홉 번째 이야기 「앨리스 여왕」 마지막 대목에서 앨리스 여왕이 붉은 여왕을 잡음으로써 체크메이트를 당할 때까지 말이다. 프로 선수들의 체스 게임에서 왕들은 거의 움직이지 않고, 때로 캐슬링 이후 전혀 움직이지 않는다. 게임이 끝날 때까지 처음 놓인 자리에서 아예 꼼짝도 하지 않는 경우도 있다.

"하지만 밖에는 올 수 있잖아요."

"그럴 수도 있지, 비가 원한다면." 트위들디가 말했다. "우린 반대 안 해. 반대로."

"이기적이야!" 앨리스는 생각했다. 두 형제가 미워진 앨리스가 "굿나잇" 작별인사를 하고 막 떠나려고 할 때, 트위들덤이 우산 아래서 튀어나오더니 앨리스의 손목을 잡았다.

"저것 보여?" 트위덤들은 갑자기 울컥해 목멘 소리로 말했다. 나무 아래 놓인 작고 하얀 것을 가리키는 그의 손가락은 덜덜 떨렸고, 부릅뜬 두 눈은 노래졌다.

"그냥 딸랑이잖아요." 작고 하얀 그것을 꼼꼼히 살펴본 후 앨리스가 말했다. "아시겠지만, 저건 딸랑거리는 방울뱀이 아니에요" 하고 앨리스는 얼른 덧붙여 말했다. 그가 무서워하는 것 같아서였다. "그냥 낡은 딸랑이라고요. 아주 낡고 망가졌어요."

"그건 나도 알아!" 트위들덤이 외치더니, 펄쩍펄쩍 뛰며 머리칼을 쥐어뜯기 시작했다. "망가졌다는 것도 물론 맞아!" 하며 그는 트위들디를 바라보았다. 트위들디는 부리나케 땅바닥에 주저앉더니 우산 아래로 숨으려 했다.

앨리스는 트위들덤의 팔에 손을 얹고 위로하듯 말했다. "낡은 딸랑이 때문에 그렇게 화낼 건 없잖아요."

"하지만 낡은 게 아니야!" 트위들덤이 버럭 더 화를 내며 외쳤다. "그건 새거야. 분명히 말하지만, 그건 내가 어제 산 거야. 멋진 새 딸랑이[14]였단 말이야!" 그는 비명을 지르듯 목청을 높였다.

● 양대 주류 철학인 실재론과 관념론 중 이것을 관념론이라고 하는데, 이는 플라톤의 이데아론을 계승한 것이다. 그리스도교는 객관적 관념론을 따르고, 불교는 주관적 관념론에 가깝다.

12 트위들덤의 이 말은 『이상한 나라의 앨리스』 첫 번째 이야기 「토끼 굴 아래로」에서 앨리스가 예고한 것으로, 거기서 앨리스는 자신의 크기가 "마냥 줄어들다간 양초처럼 다 녹아버릴지도 몰라, 그치?"라고 말한다.

13 몰리 마틴은 트위들디가 말한 "Ditto, ditto(上同, 前同, 동종)!"가 쌍둥이 이중성, 그리고 동일한 형태의 물체들과 그 거울상의 이중성을 강조하고 있다고 편지에서 제안했다.

우리엘 번바움, 1925

14 깨진 딸랑이는 테니얼 삽화에서 땅에 떨어져 있는 것을 볼 수 있다. 헨리 새빌 클라크에게 보낸 편지(1886. 11. 29.)에서 캐럴은 테니얼이 너무 장난스럽게 야경꾼의 딸랑이를 그려놓았다고 불평했다. "테니얼 선생은 트위들덤과 트위들디의 싸움 그림을 그리면서 책을 잘못 '독해'했어요. 나는 '멋진 새 딸랑이'라는 게 그가 그린 야경꾼의 딸랑이가 아니라 옛날 동요에 나오는 어린이용 딸랑이를 의미한 것이라고 굳게 믿고 있어요."
당시 나무로 만든 야경꾼의 딸랑이는 손잡이를 쥐고 빙글빙글 돌리면, 톱니바퀴가 얇은 나무 판때기와 마찰하며 따르르륵 경보음을 내는 것이었다. 이것은 오늘날 주로 파티에서 쓰인다. 독자인 H. P. 영이 편지에서 지적했듯, 이것은 약해서 망가지기 쉽다.

그러는 동안, 트위들디는 우산 속에서 우산을 접어 몸을 감싸려고 애면글면하고 있었다. 그건 참 별난 행동이라서 앨리스의 눈길을 끌었다. 하지만 트위들디는 우산을 접지 못하고, 제 몸을 데굴데굴 굴려 우산으로 몸을 감쌌다. 머리만 쑥 내민 채 드러누운 그는 입을 뻐끔거리며 커다란 두 눈을 끔벅끔벅했다.

"영락없이 물고기를 닮았네." 앨리스는 생각했다.

"물론 너는 결투를 한다는 데 동의하지?" 트위들덤이 한결 차분한 목소리로 형제에게 말했다.

"그래." 트위들디가 뾰로통하니 대꾸하며 우산 밖으로 기어 나왔다. "다만 알다시피, 우리가 옷 입는 걸 저 애가 도와줘야 해."

두 형제는 손을 맞잡고 숲으로 들어가더니, 얼마 후 물건을 한 아름 보듬어 안고 돌아왔다. 긴 덧베개와 담요, 벽난로 깔개, 식탁보, 접시 덮개, 석탄 들통 같은 것들이었다. "네가 핀을 잘 꽂고 끈도 잘 묶을 줄 알면 좋겠다만" 하고 트위들덤이 말했다. "이 모든 것을 하나하나 걸쳐야 하거든. 어떻게든."

앨리스는 나중에 이렇게 말했다. 그렇게 호들갑 떠는 모습은 평생 처음 보았다고. 두 형제가 야단법석을 떠는 것 하며, 몸에 걸친 수많은 것들 하며, 앨리스에게 끈을 묶어달라거나 단추를 채워달라고 다그치는 것 모두가 그랬다. "이걸 다 차려입으면 정말이지 무슨 누더기 꾸러미처럼 보이겠어!" 하고 중얼거리며 앨리스는 트위들디의 목에 긴 덧베개를 감아주었다.

"이러면 목이 베이지 않지." 트위들디가 말했다. 그러고는 아주 엄숙하게 덧붙였다. "너도 알다시피, 그건 결투를 벌이다 일어날 수 있는 가장 심각한 일 가운데 하나야. 목이 베이는 것 말이야."

앨리스는 깔깔 웃음이 터져 나왔다. 하지만 혹시 그가 기분 나빠할

베시 피즈 구트만, 1909

까 봐, 웃는 대신 쿨럭쿨럭 기침을 터트렸다.

"내 얼굴이 아주 창백해 보이지?" 트위들덤이 투구를 묶어달라고 다가오며 말했다. (투구라고는 했지만, 실은 냄비처럼 보였다.)[15]

"음… 그래요… 조금은" 하고 앨리스는 점잖게 대답했다.

"난 원래 아주 용감해. 근데 오늘은 어째 좀 두통이 있어서 그래."

그러자 그 말을 엿들은 트위들디가 말했다. "난 치통이 있어! 너보다 훨씬 더 안 좋단 말이야!"

앨리스는 화해를 시킬 좋은 기회라고 생각하며 말했다. "그럼, 오늘은 결투를 하지 않는 게 좋겠어요."

"우린 좀 싸워야 해. 많이 싸워도 상관없고. 근데 지금 몇 시야?"

트위들디가 자기 시계를 보고는 말했다. "네 시 반이야."

"그럼 여섯 시까지 싸우고 나서 저녁을 먹자." 트위들덤이 말했다.

"좋아." 다른 이가 다소 슬프게 말했다. "그럼 저 애가 우리 싸움을 구경할 수 있겠네. 근데 너무 가까이 다가오진 않는 게 좋을 거야" 하고 그는 덧붙여 말했다. "내가 진짜 흥분하면, 눈에 뵈는 게 없거든. 모든 걸 마구 후려친단 말이야."

"나는 손에 닿는 모든 걸 후려치지. 뵈든 안 뵈든." 트위들덤이 외쳤다.

웃음이 빵 터진 앨리스는 "그럼 숲의 나무를 막 후려치겠네요?" 하고 말했다.

트위들덤은 흐뭇한 미소를 머금고 주위를 둘러보았다. "저 멀리까지 아마 멀쩡하게 서 있는 나무가 없을 거야. 우리가 싸움을 끝냈을 무렵에는!"

"그게 다 딸랑이 하나 때문이라고요?" 아직도 그렇게 사소한 일 때문에 싸운다는 게 조금은 부끄러 일인 줄 알길 바라며 앨리스가 말

여덟 번째 이야기 「"이건 내가 발명한 거야."」에 나오는 하얀 기사의 말에 부착된 물건들에 대해 빈틈없는 분석을 한 재니스 럴은 말의 목 아래쪽에 큼직한 야경꾼 딸랑이가 매달려 있는 것을 확인했다. 그것은 『거울 나라의 앨리스』 권두화(412쪽)만이 아니라 다른 세 장의 삽화(676, 695, 708쪽)에서도 볼 수 있다. 테니얼은 그보다 앞서, 1856년 1월 19일 자《펀치》만화에서 바로 그런 야경꾼의 딸랑이를 그렸다.

15 테니얼의 이 장면의 삽화는 언뜻 앨리스가 트위들디의 목에 긴 덧베개*를 감아주는 것처럼 보이지만, 실은 트위들덤을 도와주고 있다. 자세히 보면 앨리스가 두 손에 끈을 쥐고 있는 것을 볼 수 있다. 트위들덤의 머리에 냄비를 고정시켜주고 있는 것이다. 마이클 핸처가 테니얼 삽화에 대해 그의 책에서 지적했듯, 여기서 테니얼이 트위들디 허리춤에 목검을 달아준 것은 분명 실수였다.

● bolster: 죽부인처럼 쓰이기도 하는 긴 쿠션 베개.

했다.

"그게 새것만 아니었어도 이렇게 뿔이 나진 않았을 거야." 트위들덤이 말했다.

"차라리 괴물 까마귀라도 왔으면 좋겠네." 앨리스는 생각했다.

"너도 알다시피, 칼은 하나밖에 없어." 트위들덤이 형제에게 말했다. "하지만 너는 우산을 쓰면 돼. 아주 날카로우니까 말이야. 어서 시작하자. 날이 저물고 있어."

"점점 어두워지고 있지." 트위들디가 말했다.

날이 갑자기 어두워져, 앨리스는 분명 천둥 번개가 칠 거라는 생각이 들었다. "엄청난 먹구름이야! 먹구름이 몰려오고 있어! 아니, 저건 날개가 달린 게 분명해!"[16] 앨리스가 말했다.

"저건 까마귀야!" 트위들덤이 깜짝 놀라 날카롭게 외쳤다. 그러곤 두 형제는 부리나케 도망쳤고, 금세 어디론가 사라져버렸다.

앨리스는 숲으로 조금 들어가 커다란 나무 아래 섰다. "여기라면 나를 어쩌지 못할 거야." 앨리스는 생각했다. "까마귀는 너무 커서 숲속으로 들어오지 못할 테니까. 근데 저렇게 날개를 퍼덕이지 않았으면 좋겠어. 숲에 태풍이 불어 닥치잖아. 아니, 저기 웬 숄이 날아가고 있어!"

16 J. B. S. 홀데인은 그의 책 『가능한 세계들』에서 이 까마귀(앞서 앨리스가 읊은 동요의 새까만 괴물 까마귀)는 일식을 나타내는 것이라고 했다.

예를 들어, 모두가 트위들덤과 트위들디들에 대해 들어본 적이 있는데, 그들의 싸움은 커다란 타르 통 같은 괴물 까마귀 때문에 중단되었다. 이 영웅들의 실제 이야기는 다음과 같다. 크로이소스라는 유명인사의 아버지인 리디아의 왕 알리아테스는 메디아의 왕 키악사레스와 5년 동안 전쟁을 벌였다. 6년째인 서력기원전 585년 5월 28일, 우리가 지금 알고 있는 바와 같이, 전투가 개기일식으로 중단되었다. 두 왕은 전투를 중단했을 뿐 아니라 조정을 받아들였다. 중재자 두 사람 중 한 명은 느부갓네살 못지않은 사람이었는데, 그는 전년도에 예루살렘을 파괴하고 그 백성들을 포로로 잡았다.[10]

M. L. 커크, 1905

다섯 번째 이야기

뜨개질하는 양과 강

　말했던 숄을 붙잡은 앨리스는 주인을 찾으려 두리번거렸다. 잠시 후 하얀 여왕이 부랴부랴 숲을 뚫고 달려왔다. 마치 날기라도 하듯 두 팔을 활짝 펼친 모습이었다. 앨리스는 숄을 들고 아주 공손하게 여왕을 마중하러 갔다.[1]

　"용케 제가 길을 막고 있어 다행이네요." 여왕이 어깨에 숄을 걸치는 걸 도와주며 앨리스가 말했다.

　하얀 여왕은 놀라 발길을 멈추고는 멀뚱히 앨리스를 바라보며 뭔가 혼잣말을 계속 되뇌었다. "버터 바른 빵, 버터 바른 빵"[2]이라고 말하는 것 같았다. 얘길 나누려면 결국 먼저 말을 걸어야 되겠다 생각한 앨리스는 짐짓 쭈뼛거리며 입을 열었다. "하얀 여왕님이시죠? 인사addressing 드릴게요."

　"아, 그래, 그걸 몸단장a-dressing이라고 말하고 싶다면야. 내 생각엔 전혀 그게 아니지만." 여왕이 말했다.

　앨리스는 대화를 시작하자마자 입씨름을 해서는 안 된다고 생각했다. 그래서 방긋 웃으며 말했다. "여왕님께서 올바른 방법을 가르쳐주

1   QB4[c4]로 부랴부랴 달려온 하얀 여왕은 앨리스의 바로 왼쪽에 도착한다. 이야기 내내 여왕들이 달리기를 많이 한다는 것은 그들이 체스판의 모든 방향으로 무한정 움직일 수 있음을 암시한다. 하얀 여왕은 특유의 부주의함 때문에 K3[e3]로 가서 체크메이트 할 기회를 놓쳤다. 기고문 「무대 위의 앨리스」에서 캐럴은 하얀 여왕 캐릭터에 대해 다음과 같이 썼다.

> 마지막으로, 하얀 여왕은 이러한 것 같다. 내 꿈처럼 환상적이고, 온화하고, 멍청하고, 뚱뚱하고, 창백한. 아기처럼 무력해 보이는, 그리고 단지 무능함을 암시할 뿐 결코 완전 무능한 것은 아닌, 느리고, 두서없이 말하며, 당혹해하는 태도를 지닌. 내 생각에 그러지만 않았다면 코믹했을 텐데 그러지 못한 그런 존재. 윌키 콜린스의 소설 『무명』엔 이상하게도 그녀처럼 보이는 캐릭터가 나온다. 두 갈래 다른 길이 모아져서 우리는 어떻게든 같은 이상에 도달했으니, 래그 여사와 하얀 여왕은 쌍둥이 자매였을지도 모른다.

2   에드윈 마스든은 매사추세츠에서 자랄 때 말벌 따위의 곤충이 주위를 돌 때면 "버터 바른 빵, 버터 바른 빵" 하고 소곤거리라고 배웠다는 것을 편지에 써 보냈다. 그것은 찔리거나 쏘이지 않으려 할 때 관습적으로 하던 말이었다. 빅토리아 시대 잉글랜드에 그런 관습이 있었다면, 하얀 여왕은 커다란 까마귀에게 쫓긴 것 때문에 이 말을 쓴 것이라 설명할 수 있다.
"마치 날기라도 하듯" 두 팔을 벌리고 달린 여왕을 앨리스는 세 번째 이야기 「거울 곤충들」에서 본 '브레드 앤드 버터 플라이' 중 하나라고 상상했음 직도 하다. 아홉 번째 이야기 「앨리스 여왕」에서 하얀 여왕은 앨리스에게 묻는다. "칼로 빵을 나눠 봐. 답이 뭐지?" 붉은 여왕이 끼어들어 이 나눗셈 문제의 답을 대신 말한다. "물론, 답은 버터 바른 빵이지." 이는 빵을 자른 후 버터를 바른다는 뜻이다.
미국에서 'bread and butter'라는 말은 다음과 같은 상황에서 더 흔히 쓰인다. 즉, 두 사람이 함께 붙어서 나란히 걸어가다가 기둥이나 그와 비슷한 장애물을 만났을 때 두 사람이 잠시 어쩔 수 없이 거리를 두고 양쪽으로 '나뉘어' 걸어야 할 때, "브레드 앤드 버터!"라고 말하는 것이다.
에릭 패트리지의 『영어 속어와 조어 사전』[1]을 보면 빅토리아 시대 잉글랜드에서 유행한 '버터 바른 빵'이라는 구어의 의미가 몇 가지 나온다. 그중 '여학생' 항목을 보면, 여학생처럼 행동하는 여자를 '브레드앤드버터 미스breadandbutter miss'(버터 바른 빵 소녀)라고 불렀다고 한다. 하얀 여왕은 바로 그런 뜻으로, 앨리스에게 그 말을 한 것일 수도 있다.
• 'bread and butter'는 그런 상황에서 이 말을 하지 않으면 찰떡같았던 두 사람 사

시면 잘해볼게요."

"하지만 나는 그걸 전혀 원치 않아! 두 시간이나 들여서 직접 몸단장을 했으니까." 여왕이 툴툴거렸다.

앨리스가 보기에 여왕에게는 옷을 입혀줄 사람이 따로 있는 게 훨씬 나을 것 같았다. 여왕의 차림새가 엉망이어서였다. "모든 게 비뚤어졌어. 게다가 사방에 핀을 꽂았네" 하고 앨리스는 생각했다.

"제가 숄을 똑바로 해드릴까요?" 앨리스가 큰 소리로 말했다.

"어떻게 해야 할지 난 모르겠더구나!" 여왕이 우울하게 말했다. "내가 보기엔, 숄이 화가 났나 봐. 여기저기 핀을 꽂았는데도 숄이 기뻐하질 않아!"

"그야 한쪽에만 핀을 꽂았으니 삐진 거죠" 하고 말하며 앨리스는 살그머니 여왕의 숄을 바로잡아주었다. "근데, 맙소사, 머리칼이 엉망이에요!"

"브러시가 머리칼에 걸렸어! 어제 머리빗을 잃어버렸지."** 여왕이 한숨을 내쉬며 말했다.

앨리스는 살살 브러시를 빼내고 머리카락을 정성껏 정리했다. "음, 이제 좀 나아 보이네!" 핀을 거의 몽땅 바꿔 꽂은 후 앨리스가 말했다. "하지만 정말이지 여왕님에겐 시녀가 꼭 있어야겠어요!"

"기꺼이 너를 시녀로 쓰겠다! 일주일에 2펜스, 하루건너 잼,** 어때?"

• 외래어로 등록된 브러시brush의 순우리말은 '솔'. 솔은 그 모양이 입체적이고, 머리빗comb은 납작하다.

•• jam every other day: 관용어로는 격일로 잼을 주겠다는 뜻이지만, 문자 그대로 읽으면 '모든 다른 날' 잼을 주겠다는 뜻이 된다. '오늘'은 '다른 날'이 아니다. 'to-day isn't any other day' 뒤에 나오는 이 영문은 우리말 문맥상 불가피하게 "오늘은 하루 건너가 아니야"로 번역했다. 관용 표현을 문자 그대로의 의미로 언어유희를 하는 것에 대해서는 일곱 번째 이야기 「사자와 유니콘」 7번 주석을 참고하라.

이에 마가 끼어 다투게 될 거라고들 믿을 때, 계속 찰떡같기를 바라며 하는 말이다.
일단 빵에 펴 바른 버터는 떼어낼 수 없다는 데서 유래한 말로 '호구지책', 즉 '필수적
인 것' 등의 뜻도 있다.

하고 여왕이 말했다.

"저는 여왕님께 고용되는 것을 원치 않아요. 잼은 좋아하지도 않고요" 하고 말하고 나니 앨리스는 절로 웃음이 나왔다.

"그건 아주 좋은 잼이란다." 여왕이 말했다.

"음, 암튼, 오늘은 그걸 원치 않아요."

그러자 여왕이 말했다. "네가 그것을 원했다 해도 가질 수는 없었어. 내일 잼 그리고 어제 잼, 이게 규칙이야. 오늘 잼은 결코 없어."[3]

"때론 '오늘 잼'이 되는 날이 와야만 해요." 앨리스가 반박했다.

"아니, 그럴 순 없어," 여왕이 말했다. "하루건너 잼인데, 오늘은 하루건너가 아니야, 그렇지?"

"무슨 말인지 모르겠어요. 너무 혼란스러워요." 앨리스가 말했다.

"그게 다 시간을 거슬러 사는 덕분이란다. 처음에는 좀 어질어질하지만…." 여왕이 친절하게 말했다.

"시간을 거슬러 살다니!"[4] 앨리스는 화들짝 놀라 여왕의 말을 되뇌었다. "그런 소린 들어본 적이 없어요!"

"…하지만 썩 좋은 점이 있단다. 과거와 미래, 양쪽 모두를 기억할 수 있거든."

"분명 내가 기억하는 건 과거뿐이에요. 일어나지도 않은 미래의 일을 기억할 순 없다고요." 앨리스가 따졌다.

"과거만 기억하는 건 참 불쌍한 거야." 여왕이 딱 잘라 말했다.

"그럼 **여왕님께선** 어떤 일들이 가장 기억에 남나요?" 앨리스가 당차게 물었다.

"아, 그건 다다음 주에 일어난 일들이야." 여왕은 심드렁하게 대답했다. "예를 들어, 왕에게 전령이 있는데,"[5] 하고 말한 여왕은 손가락에 큼직한 고약을 붙이며 이어 말했다. "그는 지금 감옥에 갇혀 벌을 받고

3   jam to-day: 1960년『주석 달린 앨리스』를 편집할 때 나는 캐럴이 고전 라틴어 iam(고전 라틴어에서 i는 모음과 붙여 써서 반자음을 나타냈는데, 나중에 이를 모음 i와 구분하기 위해 j를 도입했다)으로 언어유희를 한 것을 전혀 알아차리지 못했다. 'iam'은 '현재now'라는 뜻이다. 그런데 '현재'를 뜻하는 'iam'이라는 낱말은 과거 시제와 미래 시제에만 사용되고, 현재 시제에서는 'nunc'라는 말을 쓴다.* 내가 못 보고 넘어간 언어유희 중 그 어떤 것보다 더 많은 편지를 받은 것이 바로 이 대목에 대한 것이다. 주로 라틴어 교사들이 편지를 보냈는데, 그들은 수업 시간에 이 낱말의 적절한 용례를 기억하기 좋게끔 하얀 여왕의 이 말을 종종 인용한다고 내게 말해주었다.

• 'iam today'라는 말은 없다. 즉, '오늘 현재'는 'nunc today'라고 써야 한다. 하얀 여왕의 말을 고쳐 쓰면 다음과 같다. "네가 '현재'를 원했다고 해도 가질 수는 없었어. 어제 현재 그리고 내일 현재iam to-morrow and iam yesterday, 이것이 (라틴어 문법) 규칙이야. 오늘 현재iam to-day는 결코 없어." 이는 라틴어 문법에만 해당하는 소리가 아니라 판타지 세계에 두루 해당하는 규칙이다. 판타지의 세계는 지금 이 자리가 아닌 다른 시공이다. 그래서 판타지 세계의 현재는 오늘이 아니라 다른 모든 날every other day 이다. 환상이 현실이 되는 것은 오늘이 아니라 다른 날인 것이다. 이는 거울 반전을 반영한 것이기도 하다.

4   Living backwards: 캐럴의『실비와 브루노』완결편에서 독일 교수의 기묘한 시계에 달린 '역진 핀reversal peg'을 돌림으로써 시간을 거슬러 사건이 거꾸로 진행되는 이야기가 나온다.

캐럴은 거울 반전만큼이나 시간 반전에 매료되었다.『루이스 캐럴 이야기』에서 캐럴이 자칭 '머리 위에 서 있는 음악'이라고 부르는 것을 만들기 위해 뮤직박스의 음악을 거꾸로 틀기를 좋아한 것에 대해 이사 보먼은 이야기한다. 캐럴은 「이사의 옥스퍼드 방문」 제5장에서 오가넷organette[또는 orguinette: 휴대용 오르간]을 거꾸로 연주하는 것에 대해 말한다. 1870년대의 이 미국 발명품은 플레이어 피아노처럼 구멍이 뚫린 종이 롤로 작동하는 것으로, 손잡이를 돌려 회전시키면 소리가 나게끔 되어 있다.

그들은 먼저 하나를[롤을] 거꾸로 넣어 곡을 거꾸로 틀었다. 그러자 곧이어 그들은 엊그제로 돌아간 것을 알게 되었다. 그들은 감히 곡을 계속 거꾸로 틀 수 없었다. 이사가 너무 어려져 말도 하지 못하게 될까봐 걱정되었기 때문이다. A.A.M.은[늙고 늙은 남자는] 아침부터 밤까지 얼굴 빨갛게 짖어대기만 하는 방문객들을 좋아하지 않았다.

있단다. 근데 재판은 다음 주 화요일
에 열릴 거야. 물론 범죄는 그담에 저
지르지."

"나중에 범죄를 저지르지 않는다
면 어쩔 건데요?" 앨리스가 말했다.

"그야, 그러면 훨씬 더 낫겠지, 응?"
하고 말하며 여왕은 리본으로 손가락
에 붙인 고약을 묶었다.

그것은 앨리스도 부정할 수 없을
것 같았다. "물론 그러면 훨씬 더 낫겠
죠. 하지만 그가 벌을 받는 것은 더
나은 게 아닐 거예요."

"네 생각이 틀린 게 바로 그 점이야, 아무튼, 넌 벌 받아본 적 있어?"
여왕이 말했다.

"잘못했을 때만요."

"그래, 그래서 분명 넌 훨씬 더 나아졌어!" 여왕이 의기양양하게 말
했다.

"네, 하지만 그때 저는 벌을 받을 만한 짓을 했다고요. 그건 전혀 달
라요."

"하지만 네가 잘못을 하지 않았더라면, 그게 훨씬 더 나았겠지, 훨씬
더, 그리고 더, 그리고 더!" 하고 말하며 여왕은 '더'라는 말에 더욱 목청
을 높이더니, 끝내는 목청이 찢어져라 외쳤다.

"뭔가 착각이 있는 듯…" 하고 앨리스가 막 말을 꺼냈을 때, 여왕이
너무나 크게 목청을 높이기 시작해서, 앨리스는 중간에 말을 끊을 수밖
에 없었다.

캐럴은 어린이 친구인 이디스 블레이크모어에게 보낸 편지(1879. 11. 30.)에서 너무 바쁘고 피곤해서 때로 일어난 후 곧바로 다시 침대로 돌아간다며 이렇게 이어 썼다. "그리고 때로는 일어나기 1분 전의 침대로 다시 돌아가기도 해."

캐럴이 이런 개념을 이용한 이후, '시간을 거슬러 살기'는 많은 판타지와 SF 이야기들의 기초가 되었다. 그중 가장 유명한 것이 바로 스콧 피츠제럴드의 단편소설 「벤저민 버튼의 기이한 사건」[영화 〈벤저민 버튼의 시간은 거꾸로 간다〉의 원작]이다.

5　왕의 전령은 다름 아닌 『이상한 나라의 앨리스』의 미친 모자장수다. 이는 테니얼의 삽화를 통해 분명히 알 수 있는데, 이후 일곱 번째 이야기 「사자와 유니콘」에서 다시 보게 될 것이다.

테니얼이 미친 모자장수를 그릴 때 미래의 버트런드 러셀의 모습을 예견하고 그렸다는 과학자 노버트 위너의 기발한 생각에 발맞추어, 피터 히스는 감옥에 갇힌 모자장수 그림이 1918년경 러셀이 영국의 제1차 세계대전 참전을 반대한 것 때문에 감옥에 갇혀 『수학 철학 입문서』[2]를 쓰고 있는 모습을 보여주고 있다고 주장한다. 캐럴은 테니얼에게 이 그림을 다시 그려달라고 요청한 게 분명하다. 다른 버전의 그림이 남아 있기 때문이다. 그 그림은 마이클 헌의 「앨리스의 다른 부모: 루이스 캐럴의 삽화가 존 테니얼」[3]에 실려 있다.

미친 모자장수는 왜 처벌받고 있는 것일까? 그가 아직 저지르지 않은 범죄 때문인 듯하지만, 거울 뒤의 시간은 어느 방향으로든 흐를 수 있다. 어쩌면 그는 '시간을 죽이고' 있었다는 이유로 처벌받았는지도 모른다. 그러니까 『이상한 나라의 앨리스』에서 하트의 여왕이 개최한 콘서트에서 박자를 맞추지 못하고 노래했기 때문에 말이다. 그때 여왕은 "당장 머리를 베어라!" 하고 명했다.

여기서 여왕이 한 '다다음 주week after next'라는 말은 아홉 번째 이야기 「앨리스 여왕」에서 다시 메아리치는데, 부리가 긴 어떤 동물이 쾅 문을 닫기 전 앨리스에게 말한다. "다다음 주까지 입장 금지!"

사용하지 않은 테니얼의 삽화

"아악, 악, 악!" 하고 외치며, 여왕은 손목이 끊어져라 손을 마구 흔들었다. "내 손가락에서 피가 나! 아악, 악, 악!"

여왕의 고함소리는 증기 기관차에서 기적이 울려 퍼지는 소리와 똑 닮아서, 앨리스는 두 손으로 귀를 틀어막지 않을 수 없었다.

"무슨 일이세요? 손가락이 찔렸어요?" 자기 목소리가 들릴 만해지자마자 앨리스가 말했다.

"아직 찔리지 않았어. 하지만 곧…. 아악, 악, 악!" 여왕이 또 외쳤다.

"언제 찔릴 건데요?" 앨리스가 물었다. 앨리스는 웃음보가 터질 것만 같았다.

불쌍한 여왕은 끙끙거리며 말했다. "내가 다시 숄을 여밀 때, 브로치가 바로 벌어질 거야. 아악, 악!" 그렇게 말하는 순간 브로치가 벌어져 날아갔고 여왕은 그것을 홱 낚아채 다시 채우려 했다.

"조심해요! 브로치를 그렇게 쥐면 어떡해요!" 하고 외치며 앨리스가 브로치를 붙잡았지만, 이미 늦은 뒤였다. 핀이 여왕의 손가락에 박힌 것이다.

"보다시피, 이래서 아까 피를 흘린 거야. 이제 여기서 일들이 어떻게 돌아가는지 알겠지?" 여왕이 빙그레 웃으며 말했다.

"근데 지금은 왜 비명을 지르지 않아요?" 앨리스가 두 손으로 귀를 막을 준비를 단단히 한 채 물었다.

"그야 이미 비명을 다 질렀기 때문이지. 그런 걸 다시 해서야 좋을 게 없잖니?" 여왕이 말했다.

그 무렵 다시 주위가 밝아지고 있었다. "까마귀가 다 날아간 것 같아요. 사라져서 참 기뻐요. 밤이 된 줄만 알았지 뭐예요." 앨리스가 말했다.

"나도 기쁠 수 있다면 좋으련만!" 여왕이 말했다. "나로서는 그 규

엘레너 애벗, 1916

칙*을 기억할 수가 없어. 너는 분명 아주 행복할 거야. 이 숲에 살면서 원할 때마다 기뻐할 수 있으니까!"

"여기는 너무 외롭기만 한걸요!" 앨리스는 우울한 목소리로 말했다. 그러곤 자신의 외로움에 대해 생각하자, 커다란 눈물 두 방울이 볼을 타고 또르르 떨어졌다.

마음이 온유한 여왕은 가슴 철렁해 "어머나, 그러지 마!" 하고 외치며 양손을 비벼댔다.** "네가 얼마나 대단한 소녀인지 생각해봐. 오늘만 해도 얼마나 먼 길을 왔니? 생각해봐, 지금이 몇 시인지. 뭐든 생각해봐,

---

● 기쁨과 행복을 느낄 수 있는 규칙. 그런 게 있을까? 아마 없지는 않을 것이다. 노벨 문학상 수상인인 버트런드 러셀(1872~1970)은 『행복의 정복』에서 행복은 정복해 나가야 하는 것이라며, 그러려면 불행의 원인을 먼저 파악해야 한다고 주장했다. 그것이 행복에 이르는 제1 규칙일까? 행복의 비결로 러셀은 정신적 조화, 두려움 직시, 비교 금지, 남들의 손가락질에 무관심, 폭넓은 관심, 신체 활동 등을 꼽았다.
한때 러셀의 제자였던 비트겐슈타인은 이에 대해 "구토가 치민다vomitive"라고 썼다. 수학과 철학 분야의 진정한 소명을 포기하고 대중에 영합하려 하는 것이 역겹다는 뜻이다. 그런데 러셀의 손녀인 펠리시티 러셀의 말에 따르면, 러셀의 두 아내가 러셀 때문에 자살을 기도했고, 79세 때 26세의 며느리와 육체관계를 가졌으며, 그 때문에 소설가인 아들은 정신병자가 되었다고 한다(공인된 사실은 아니다). 다른 손녀 루시 러셀은 1975년 26세의 나이에 분신자살을 했다. 이런 세상이니 더욱 행복의 규칙을 기억할 필요가 있을 것 같다. 네 번 결혼한 버트런드 러셀은 자서전에서, 자기가 자살을 하지 않은 것은 수학이 너무 좋아서였다고 밝혔다. 러셀의 인간적 결함이야 어쨌든, 그의 행복의 비결만큼은 딱히 흠잡을 데가 없어 보인다.
●● 'wring one's hands'의 문자 그대로의 뜻은 불안하거나 걱정이 되어 양손을 비벼대고 손가락을 꼬아대는 동작을 나타내는데, 숙어로 쓰일 경우 '한탄하다/애석해하다'라는 뜻이다. 그래서 숙어로 번역하면 "애석해하며 외쳤다"는 말이 된다. 캐럴은 관용어를 문자 그대로의 뜻으로 풀어 써서 언어유희하기를 좋아했다. 다시 말하면 중의적 표현에 관심이 많았다는 뜻이다. 그런 맥락에서 여왕 앞에 붙은 'poor'는 여기서 '가난한/가엾은'의 뜻이 아니라 '마음이 온유한'의 뜻이다. 마태복음과 누가복음에 "가난한 자(고대 그리스어로 프토코스πτωχός)는 복이 있다"는 말이 나오는데, '프토코스'는 어지간히 가난한 게 아니라, 물질적으로 절대적인 가난을 뜻하는 동시에 '온유한/겸허한'이라는 뜻도 있다. 사실상 '프토코스'는 부자의 반대말이 아니라 '억압하는 자'의 반대말, 곧 '마음이 온유한 자'의 뜻으로 쓰였다고 한다. 물론 예수는 성서의 행간에서 물질적 가난을 찬미한다. 그래서 부자에게 자기를 따르려면 '모든' 재산을 가난한 자들에게 나눠주라고 말한다(『마가복음』 10:21).

윌리엄 펜할로우 헨더슨, 1915

우는 것만 빼고!"

앨리스는 눈물을 떨구면서도 여왕의 말에 웃지 않을 수 없었다. "여왕님은 그런 걸 생각하면 울음을 그칠 수 있어요?" 앨리스가 물었다.

"그게 바로 울음을 그치는 방법이야." 여왕은 단호하게 말했다. "알다시피, 두 가지 일을 동시에 할 수는 없거든.[6] 먼저 네 나이부터 생각해 보자. 넌 몇 살이지?"

"정확히 일곱 살 하고 여섯 달이 되었어요."

"'정확히' 말할 필요는 없어." 여왕이 말했다. "정확하지 않아도 난 믿으니까. 이제 네가 믿어야 할 것을 알려줄게. 나는 딱 백 살하고도 5개월 1일이 됐어."

"그건 믿을 수 없어요!"

"못 믿겠다고?" 여왕이 애달프게 말했다. "다시 믿도록 해봐. 길게 숨을 들이쉬고, 두 눈을 지그시 감고."

앨리스는 풋 웃고는 말했다. "그래봐야 소용없어요. 불가능한 것을 믿을 수는 없다고요."

"그건 제대로 연습을 하지 않아서 그래." 여왕이 말했다. "나는 네 나이 때 늘 하루 30분씩 연습을 했단다. 아니, 때로는 아침을 먹기 전에 여섯 가지나 되는 불가능한 것을 믿기도 했지.[7] 숄이 또 날아간다!"

여왕이 말할 때 브로치가 풀렸고, 마침 갑자기 불어온 돌풍에 여왕의 숄이 도랑 너머로 날아가 버렸다. 여왕은 다시 두 팔을 활짝 펼치고는 숄을 잡으러 날아갔는데,[8] 이번에는 스스로 숄을 잡는 데 성공했다. "잡았어!" 여왕은 환호성을 질렀다. "이번에는 내가 직접 핀을 꽂는 걸 보여줄게!"

"그럼 이제 여왕님 손가락이 좀 좋아졌기를 바라요." 앨리스는 아주 공손하게 말하며, 여왕을 따라 도랑을 건넜다.[9]

존 버넌 로드, 2011

6 캐럴은 하얀 여왕의 충고를 실천했다. 그는 『베개 문제와 엉킨 이야기*Pillow Problems*』서문에서, 건전하지 못한 생각 때문에 스스로 괴로워하는 일이 없도록 하는 일종의 정신 운동요법으로, 밤에 깨어 있는 동안 머릿속으로 수학 문제를 푸는 것에 대해 이렇게 썼다. "회의적인 생각이 들 때가 있다. 가장 확고한 믿음조차 단숨에 뿌리째 뽑아버릴 듯한 생각 말이다. 불경한 생각이 들 때가 있다. 더없이 경건한 영혼 속으로 초대받지 않고 돌진하는 생각 말이다. 신성치 못한 생각이 들 때가 있다. 가증스럽게 끼어들어 흔연히 순수한 환상을 뒤틀리게 하는 생각 말이다. 그 모든 것에 맞서는 정신 운동이야말로 더없이 도움이 되는 동맹이다."

7 2세기 신학자 테르툴리아누스는 특정 기독교 교리의 모순성에 대한 변호의 글로 자주 인용되는 글에서 이렇게 선언했다. "나는 그것이 불합리하기 때문에 그것을 믿는다." 1864년 어린이 친구 매리 맥도널드에게 보낸 편지에서 캐럴은 이렇게 경고했다.

이담에는 너무 빨리 믿지 마. 그 이유를 들려줄게. 만일 네가 모든 걸 믿으려고 노력하기 시작하면, 마음의 근육이 쉬 피로해지고 너무 약해져서 가장 단순한 진실도 믿지 못하게 될 거야. 내 친구 한 명은 지난주에야 잭이라는 살인마가 존재한다는 것을 믿기 시작했어. 겨우 믿기는 했지만, 그러다 너무 지쳐버려서 내가 그에게 비가 온다고 말하니 (그게 사실이었는데도) 그걸 믿지 못하고 모자나 우산도 없이 거리로 뛰쳐나갔지 뭐야. 결국 머리가 흠뻑 젖어버린 나머지 곱슬머리가 거의 이틀이나

$$* \qquad * \qquad * \qquad *$$
$$* \qquad * \qquad *$$
$$* \qquad * \qquad * \qquad *$$

"오, 매우 좋아졌어!" 하고 여왕이 외쳤다. 그러고는 점점 더 크게, 목청이 터져라 외쳤다. "매우 좋아졌어! 매애애우! 매애애애우! 매애애애!" 여왕의 마지막 말은 길게 이어지다 끝났는데, 마치 양이 우는 소리 같아 앨리스는 깜짝 놀랐다.

여왕을 바라보니 그녀가 갑자기 양털로 뒤덮이는 것만 같았다. 앨리스는 두 눈을 비비고 다시 쳐다봤다. 도대체 무슨 일이 벌어진 거지? 아니, 여기가 가게 안이었어? 정말로… 정말로 저게 양이야? 계산대 맞은편에 앉아 있는 저것이? 앨리스는 다시 두 눈을 비벼봤다. 하지만 그 이상은 아무것도 알아낼 수 없었다. 앨리스는 어둡고 조그마한 가게 안에 있었다. 계산대에 두 팔을 얹고 기대 서 있었는데, 맞은편에는 늙은 양 한 마리가 앉아 있었다. 양은 커다란 안경을 쓴 채 안락의자에 앉아 뜨개질을 하고 있었다.[10] 그러다 이따금 뜨개질을 멈추고 앨리스를 쳐다봤다.

"사고 싶은 게 뭐지?" 뜨개질을 하다 잠시 고개를 든 양이 마침내 입을 열었다.

"아직은 잘 모르겠어요." 앨리스는 아주 나긋하게 말했다. "괜찮으시다면 우선 주위를 둘러보고 싶어요."

"원한다면 앞을 살펴보렴. 오른쪽 왼쪽도 살펴보고." 양이 말했다. "하지만 주위를 전부 둘러볼 순 없어. 뒤통수에 눈이 달리지 않은 한 말이야."

그건 그랬다. 뒤통수에 눈이 없어서, 앨리스는 선반에 다가가 이리저

회복되지 못하고 축 늘어졌지.

8　하얀 여왕은 QB5[여왕 쪽 비숍 줄 중에서 5번째 가로줄, 곧 c5]로 한 칸 앞으로 나아간다.

9　앨리스도 마찬가지로 한 칸 앞으로 전진한다. 이로써 앨리스는 다시 여왕(이제는 양) 옆[d5]에 있게 된다.

10　윌리엄스와 메이던은 공저인 『C. L. 도지슨 부제의 문학 입문서』[4]에서 테니얼의 가게 그림 두 장이 옥스퍼드, 세인트 앨데이트 83번지의 작은 식료품점 창문과 출입문을 충실히 모사했다고 밝혔다(그것을 입증하기 위해 오른쪽 사진을 첨부했다). 테니얼은 '홍차값 2실링' 안내문뿐만 아니라 출입문과 창문의 위치를 반전시키는 데 공을 들였다(599쪽). 이러한 반전은 앨리스가 반anti-앨리스가 아니라는 견해를 뒷받침한다.

데이비드 피긴스와 C. J. C. 필립스는 「『거울 나라의 앨리스』의 양의 시력」[5]에서 양의 안경이 뜨개질 전용이라서 돋보기안경일 거라고 생각했다. 양이 앨리스와 함께 보트에 있을 때는 안경을 착용하지 않는다.*(피터 뉴얼의 그 장면 삽화(593쪽)에서는 안경을 계속 쓰고 있다.) 연구에 따르면 양의 눈은 수정체 조절 능력(초점을 맞추는 능력)이 부족해 양의 안경은 광학적으로 의미가 없다는 결론이 났다.

사진 속 작은 가게는 오늘날 '원더랜드의 앨리스 숍'으로 불린다. 여기서는 책은 물론 『앨리스』와 관련한 온갖 물품을 살 수 있다.

● 피긴스와 필립스의 의견이든, 마틴 가드너의 그것이든, 이는 잘못된 지적이다. 테니얼의 보트 장면 삽화(591쪽)에서도 양은 안경을 착용하고 있다. −편집자

리 몸을 돌려가며 둘러보는 것으로 만족했다.

가게는 온갖 요상한 물건들로 가득했다. 하지만 그중 가장 야릇한 건, 앨리스가 어떤 선반에 무엇이 놓였는지 알아보려고 골똘히 바라볼 때마다 그 선반이 언제부터인지 모르게 텅텅 빈다는 점이었다. 주위의 다른 선반에 물건들이 한가득 쌓여 있는데도 말이다.[11]

"여기선 물건이 흘러가요!"[12] 앨리스는 결국 담담하게 말했다. 환하게 빛나는 커다란 물건 하나를 보곤 그게 뭔지 알아보려고 1분 정도 헛되이 시간을 보낸 뒤였다. 그것은 어떨 때는 인형인가 싶다가도 어떨 때는 반짇고리 같았는데, 앨리스가 어디를 바라보든 항상 바로 그 선반 위에 놓여 있었다. "이 물건이 제일 약을 올리네? 하지만 이게 뭔지 알아내고 말 거야…." 이렇게 말하던 앨리스는 문득 좋은 생각이 떠올랐다. "그래, 맨 꼭대기 선반까지 쫓아 올라가 보자. 천장을 뚫고 올라가진 못하겠지!"

하지만 이 계획조차 실패하고 말았다. 그 '물건'이 아주 조용히 천장을 뚫고 사라져버린 것이다. 마치 늘 그래왔다는 듯이.

"너 혹시 아이가 아니라 팽이[13]야?" 양이 다른 뜨개바늘 두 개를 집어 들며 말했다. "그렇게나 몸을 뱅뱅 돌리다가는 어지러워 쓰러질 거야." 양은 이제 한 번에 열네 쌍의 바늘을 가지고 뜨개질을 하고 있었다. 놀란 앨리스는 양을 멍하니 바라보기만 했다.

"어쩜 저렇게 많은 바늘로 뜨개질을 할 수가 있지?" 눈이 휘둥그레진 앨리스는 생각했다. "저러니 꼭 호저*처럼 보이잖아!"

"넌 노를 저을 줄 아니?" 양이 앨리스에게 뜨개바늘 한 쌍을 건네주

● pocupine: 산미치광이라고도 불리는 호저는 설치류로, 잡식동물인 고슴도치hedgehog 보다 네 배 정도 큰 초식동물이다. 이미지는 둘이 비슷하다. 우리와 달리 영어권 동화에서는 고슴도치 대신 호저가 주로 등장한다.

11 앨리스가 가게에서 파는 물건들을 직시하는 데 어려움을 겪는 것은 양자 이론에서 원자핵 주위를 도는 전자의 정확한 위치를 고정시키는 것이 불가능하다는 것에 비견되어왔다. 또한 인간의 시야 중심에서 약간 벗어난 곳에서 나타나는 미세한 반점들에도 비견되었다. 눈을 움직이면 그 반점 역시 움직여 똑바로 볼 수가 없기 때문이다.

12 캐럴은 파스칼의 『팡세』를 열렬히 찬미했다. 제프리 스턴은 「루이스 캐럴과 블레즈 파스칼」[6]에서 캐럴이 양의 작은 가게에서 물건이 흘러가는 것에 대해 쓸 때 염두에 두었음 직한 『팡세』의 구절을 인용했다.

> [우리는] 확실한 지식이나 절대적인 무지를 지닐 수 없다. 우리는 광대한 범위의 매개체에 떠 있으며, 항상 불확실하게 이리저리 날리며 표류하고 있다. 우리가 단단히 매달릴 수 있는 고정된 지점이 생겼다고 생각할 때마다 그 지점은 우리를 뒤에 남기고 이동해버린다. 우리가 그것을 따라가면, 그것은 우리의 손아귀를 슬그머니 빠져나가 영영 우리 앞에서 달아나고 만다. 우리를 위해 정지해 있는 것은 아무것도 없다. 그것이 바로 우리의 자연 상태이면서도 우리의 성향과 가장 반대되는 상태다. 우리는 무한대로 치솟는 탑을 세울 수 있는 확고한 기반, 궁극적이고 지속적인 토대를 찾고자 하는 열망에 불타지만, 우리의 모든 기초는 깨지고 만다.

13 이 팽이teetotum는 오늘날 잉글랜드와 미국에서 '풋언테이크 팽이putandtake top'라고 부르는 것과 비슷한 작은 팽이(손가락으로 돌리는 각이 진 팽이)다. 빅토리아 시대 잉글랜드에서 어린이 게임에 사용된 도구로 인기가 좋았다. 팽이의 납작한 옆면들에 문자나 숫자가 쓰여 있어서, 팽이가 쓰러졌을 때 가장 위에 드러난 면이 바로 게임의 지시 내용이 된다. 팽이의 초기 형태는 네모에 문자가 새겨진 것이었다. 옆면 중 하나에 쓰인 문자 T는 라틴어 totum(total)을 뜻하는 것으로, 이것이 나오면 팽이를 돌린 사람이 모두 차지했다. 수학자 솔로몬 골롬은 이렇게 썼다. "독자들 다수는 이것이 정확히 네 면을 가진 팽이로 '드라이델'이라 불린다는 것을 알면 자못 놀랄 것이다. 이는 유대인 아이들이 하누카라는 성전 헌당 기념일* 놀이에 쓰는 것이다. 네 면에 히브리어 'נ, ג, ה, ש'가 새겨져 있는데, 이는 각각 '1) 꽝, 2) 전부, 3) 절반, 4) 추가'를 뜻한다."

• 11월 말경부터 12월 초까지 8일간 열리는 축일.

며 물었다.

"네, 조금은요. 하지만 땅에서는… 뜨개바늘로는 못 하는데요…" 앨리스가 그렇게 말하는 사이, 두 손에 쥔 뜨개바늘이 갑자기 노로 변했다. 문득 정신을 차리고 보니 둘은 작은 보트를 탄 채, 강둑 사이를 미끄러져 가고 있었다. 앨리스는 깜냥껏 노를 저을 수밖에 없었다.

"페더!"[14] 양이 외치며 다른 뜨개바늘 한 쌍을 집어 들었다.

무슨 말인지는 몰라도 대답이 필요한 말 같지는 않아서, 앨리스는 입을 꾹 다물고 그저 노를 저었다. 그러다 문득 물속에 뭔가 아주 이상한 것이 있다는 생각이 들었다. 종종 노가 더 빨리 저어졌는데, 아무리 용을 써도 노가 물 밖으로 나오질 않았다.

"페더! 페더!" 양이 다시 외치며 더 많은 뜨개바늘을 집어 들었다. "너 그러다 게를 잡게 될 거야."[15]

"귀여운 작은 게! 그런 거라면 나도 좋지." 앨리스는 생각했다.

"내가 '페더'라고 말한 거 못 들은 거야?" 뜨개바늘을 한 움큼 집어 든 양은 화가 나 버럭 소리를 질렀다.

"확실히 들었어요." 앨리스가 말했다. "여러 번, 그리고 아주 크게 말했잖아요. 근데 게는 지금 어디 있나요?"

"물론 물속에 있지!" 양이 말하며 양손에 한가득 움켜쥔 뜨개바늘 일부를 자기 머리칼 속에 찔러 넣었다. "페더라고 했잖아!"

"왜 자꾸 '페더'라고 하시는데요?" 약간 당황한 앨리스가 물었다. "내가 새도 아닌데 깃털로 뭘 어쩌라고요!"

"넌 새 맞아." 양이 말했다. "넌 멍텅구리 새끼거위야."

● 『이상한 나라의 앨리스』에서 하얀 토끼는 어떤 동물인지 알 수 없는 팻Pat에게 "you goose!"라고 외친다(네 번째 이야기 「토끼가 빌을 굴뚝으로 보내다」 136쪽 첫 번째 옮긴이 주 참고). 그 대목에서 'goose'는 '멍텅구리'라고 나무라는 뜻인데, 이 대목에서는 조류인 '거위'라는 뜻

14 'feather'는 여기서 '깃털/깃털처럼 움직이다'라는 뜻이 아니라 '스트로크(노 젓기) 이후 노를 되돌릴 때 노 깃oar blade을 물과 수평으로 하라'는 뜻이다.

15 조정 경기에서 노 깃을 물에 너무 깊이 찔러 넣거나 입수 각도가 잘못될 경우 물살에 밀린 노의 손잡이가 조정선수의 가슴을 치게 된다. 운이 나쁘면 선수가 고꾸라져 보트 밖으로 나동그라지기도 하고, 운이 좋으면 노 손잡이가 머리 위로 스쳐 지나가기도 한다. 바로 그런 현상을 "게를 잡는다"는 익살스러운 말로 표현한다.

피터 뉴얼, 1903

피터 뉴얼, 1903

이 말에 앨리스는 살짝 화가 났고 한동안 대화가 끊겼다. 그 사이 보트는 계속 부드럽게 미끄러지듯 흘러갔다. 때로는 물풀 속으로(이때는 노가 물속에 더욱 단단히 처박혀 노를 젓기 힘들었다), 때로는 나무 그늘 아래로 흘러갔는데, 머리 위로는 항상 강둑이 으스스하게 높이 치솟아 있었다.

"어머, 설마please!" 골풀 향기가 솔솔 나요! 진짜 골풀이야, 너무 예뻐요!" 앨리스가 기뻐 어쩔 줄 몰라 하며 갑자기 소리를 질러댔다.

"그런 걸로 나한테 부탁please할 필요는 없어. 내가 거기 심은 것도 아니고, 내가 가져다 쓸 것도 아니니까." 뜨개질하던 양은 고개도 들지 않고 말했다.

"네, 하지만 제 말은…. 제발요, 우리 잠깐 멈춰서 골풀 좀 뽑아가요, 네?" 앨리스가 하소연했다. "괜찮으시다면, 1분만 보트를 세워요."

"내가 어떻게 세우니?" 양이 말했다. "네가 노 젓기를 그만두면 배가 저절로 멈출 거야."

노 젓기를 멈춘 보트는 물결을 따라 흘러가다가, 이윽고 살랑거리는 골풀 사이로 스르르 미끄러져 들어갔다. 앨리스는 두 소매를 차분히 걷어붙이고, 자그마한 두 팔을 팔꿈치 깊이까지 물속에 찔러 넣었다. 그러곤 골풀을 뽑기 전 충분히 길게 거머쥐었다. 그러는 동안 앨리스는 양과 뜨개질에 대해 까맣게 잊었다. 앨리스가 보트 뱃전 위로 몸을 숙이자, 헝클어진 머리칼 끝이 물속에 잠겼다. 열띤 두 눈을 반짝이며 앨리스는 사랑스럽고 향기로운 골풀을 한 움큼 한 움큼씩 뽑았다.

까지 지닌 중의법이다. 앞서 새라고 분명히 말했으니까. 물론 앨리스는 거위 아닌 거위다(모순 어법).

● "(oh) please!"는 상대의 말이나 어떤 상황이 믿기지 않을 때, "설마!" "말도 안 돼!" 정도의 뜻으로도 쓰이는 말이다.

베시 피즈 구트만, 1909

"설마 보트가 뒤집어지진 않겠지!" 앨리스가 혼잣말을 했다. "아, 저건 정말 예쁜 골풀이다! 하지만 손이 닿지 않아." 그 골풀은 진짜로 살짝 약을 올리는 듯했다("일부러 저러는 것만 같아" 하고 앨리스는 생각했다). 보트가 미끄러져 가는 동안 예쁜 골풀을 그럭저럭 많이 뽑기는 했지만, 항상 손이 닿지 않는 곳에 더 예쁜 것이 있었다.

"가장 예쁜 건 항상 더 멀리 있구나!" 앨리스는 마침내 한숨을 내쉬며 말했다. 예쁜 골풀은 한사코 아주 먼 곳에서 자라고 있는 듯했다. 두 볼이 불그레해진 앨리스는 머리칼과 두 손에서 물을 뚝뚝 흘리며, 서둘러 제자리로 돌아가 새로 발견한 보물들을 다듬기 시작했다.

앨리스에게 문제가 된 것은, 바로 그때 골풀들이 사라지기 시작했고, 뽑는 순간부터 향기와 아름다움을 잃기 시작한다는 사실이었다.[16] 알다시피, 실제 골풀은 막 뽑았을 때 아주 잠깐만 향기가 난다. 그런데 앨리스의 발치에 한 무더기 쌓인 이것들은 꿈의 골풀이라서 거의 눈송이처럼 스르르 녹아내렸다. 하지만 앨리스는 그것을 거의 알아차리지 못했다. 안 그래도 생각해야 할 요상한 것들이 너무 많았으니까.

보트는 더 멀리 나아가기도 전, 노깃 하나가 물속에 붙들려 (앨리스가 나중에 한 말에 따르면) 밖으로 나오려 하지를 않았다. 그 결과 노의 손잡이가 앨리스의 턱 밑에 턱 걸려버렸다. 가련한 앨리스는 "어머, 어머, 어머!" 하고 계속 비명을 질렀지만, 결국은 노 손잡이에 밀려 골풀 더미 위에 벌러덩 자빠지고 말았다.

하지만 조금도 다치진 않아서, 앨리스는 이내 일어나 다시 앉았다. 아무 일도 없다는 듯 양은 태연히 뜨개질을 계속하고 있었다. "아주 멋진 게를 잡았군 그래." 양이 말했다. 앨리스는 다시 제자리에 돌아와 앉아서는, 보트 밖으로 나동그라지지 않아 그나마 다행이라 생각하고 있었다.

16   캐럴은 이런 꿈의 골풀이 어린이 친구들을 상징하는 것으로 생각했을 수 있다. "가장 예쁜 것은 항상 더 멀리 있다The prettiest are always further!" 가장 사랑스러운 것은 손이 닿지 않는 곳에 있는 것만 같고, 한번 뽑으면 빠르게 시들어가며 향기와 아름다움을 잃어버린다. 물론 꿈의 골풀은 그 모든 아름다움을 간직하기 어렵고, 덧없으며, 수명이 짧은 것의 상징으로 의도된 것이다.

에드윈 J. 프리티, 1923

"진짜요? 저는 못 봤어요" 하고 말하며 앨리스는 뱃전 너머로 어두운 물속을 넌지시 바라보았다. "놓치지 않았으면 좋았을 걸⋯. 귀여운 게를 집에 가져가면 정말 좋을 거야!" 그 말에 양은 그저 코웃음을 치고는 뜨개질을 계속했다.

"여기는 게가 많나요?" 앨리스가 말했다.

"게뿐만 아니라, 온갖 게 다 있지.*" 양이 말했다. "고를 건 쌔고 쌨으니, 결정만 해. 자, 네가 사고 싶은 것이 정말 뭐지?"

"사고 싶은 것!" 앨리스는 반은 흠칫하고 반은 섬뜩해하며 양의 말을 되뇌었다. 두 개의 노와 보트, 그리고 강이 모두 어느새 감쪽같이 사라져버렸기 때문이다. 앨리스는 다시 어둑한 작은 가게로 돌아와 있었다.

"달걀 하나 사고 싶어요." 앨리스는 소심하게 말했다. "얼마에 팔아요?"

"하나에 5펜스 1파딩이야.** 두 개에는 2펜스." 양이 대답했다.

"그럼 하나보다 두 개가 더 싸네요?" 지갑을 꺼내던 앨리스는 놀라 물었다.

"하지만 두 개를 사면 반드시 두 개를 다 먹어야 해." 양이 말했다.

"그럼 하나만 살게요." 앨리스는 계산대에 돈을 내려놓으며 말했다. 그건 "알다시피, 둘 다 좋은 달걀이 아닐 수도 있거든"[17] 하고 생각해서

● 여기서 온갖 것이란 앞서 말한 향기로운 골풀을 비롯한 모든 것이다. 『이상한 나라의 앨리스』 일곱 번째 이야기 「미친 티파티」에 나오는, 달을 비롯해 많고 많은 그림 같은 것들을 길어 올릴 수 있는 당밀 우물과도 같다, 이 강은. 그리고 이 강에는 "항상 손이 닿지 않는 곳에 더 예쁜 것이 있었다." 그러나 막상 뭔가를 사고자 하면 "반은 흠칫하고 반은 섬뜩해하며" "어둑한 작은 가게"에 거듭 서게 된다. 다음 17번 주석에 따르면 가게에서 파는 달걀 둘 중 적어도 하나는 곤달걀이다.
●● 파딩farthing은 1961년에 폐기된 동전으로, 4분의 1페니다. 달걀 하나에 5.25펜스라면 오늘날의 화폐가치로 약 3파운드(4,500원), 달걀 두 개에 2펜스라면 오늘날 1.2파운드로 약 1,800원으로 이 가격 역시 거울 반전이다.

였다.

돈을 집어 상자에 담고는 양이 말했다. "난 손에 물건을 집어주지 않아. 그건 안 되지. 그러니 네가 직접 집어가야 해." 그렇게 말한 양은 가게 맞은편 끝으로 가더니[18] 달걀을 선반에 똑바로 세워놓았다.[19]*

"왜 그러면 안 되는데?" 하고 생각하며 앨리스는 손을 더듬어 탁자와 의자들 사이를 지나갔다. 안으로 들어갈수록 가게가 더욱 어두웠기 때문이다. "다가갈수록 달걀이 더 멀어지는 것만 같아."** 어디 보자, 이건 의자인가? 아니, 여긴 나뭇가지가 달렸잖아! 가게 안에서 나무들이 자라고 있다니 정말 이상해! 실은 여기에 도랑도 있어! 음, 이건 내가 본 가게 가운데 가장 야릇한 가게야!"[20]

아무튼 앨리스는 계속 나아갔는데, 한 걸음 내디딜 때마다 더욱 어리둥절했다. 뭐든 마주치자마자 나무로 변했기 때문인데, 앨리스는 달걀도 나무로 변하길 기대했다.

---

* 반전된 거울 나라라서, 눕혀 놓은 것은 세워 놓은 것이다. 그런데 캐럴 당시 달걀을 세우는 마술이 유행했다고 한다. 자루에서 뭔가를 마구 꺼내는 마술을 비롯해서. 일곱 번째 이야기 「사자와 유니콘」 664쪽 두 번째 옮긴이 주를 참고하라.
** 이 역시 반전이다. 하지만 도랑을 건너, 아주 '멀리'(가까이 아니라 멀리)까지 다가가자 한 번 더 반전되어 아주 커진 달걀이 사람을 닮아간다.

17 캐럴 당시 크라이스트처치의 학부생들은 이렇게 주장했다. 아침 식사 때 삶은 달걀 하나를 주문하면 보통 두 개를 받았는데, 그중 하나는 좋고, 하나는 안 좋은 달 걀이었다고.[7]

18 하얀 여왕이 가게 끝까지 갔다는 것은 체스판에서 KB8[킹 쪽 비숍 줄 8번째 가로 줄, 곧 f8]로 이동한 것을 가리킨다.

19 양이 달걀을 수직으로 세워놓았다는 것에 주목하라. 이것은 쉬운 일이 아니다. 콜럼버스처럼 아래쪽을 살짝 깨뜨려 세우지 않는 한 말이다.

20 이다음 별표는 앨리스가 도랑을 건너 Q6[여왕 줄 6번째 가로줄, 곧 d6]로 나아간 것을 나타낸 것이다. 그래서 이제 앨리스는 하얀 왕 오른쪽 옆 칸에 있게 되었지만, 다음의 「험티 덤티」 이야기가 끝난 뒤에야 왕을 만난다.

존 R. 닐, 1908

여섯 번째 이야기

험티 덤티[1]

앨리스의 바람과 달리 달걀은 점점 커졌고, 점점 더 사람을 닮아 갔다. 몇 미터 앞까지 다가가자 달걀에 코와 입이 있는 걸 볼 수 있었다. 분명 험티 덤티였다. "아니면 누구겠어! 틀림없어. 얼굴에 이름이 쓰여 있는 것만 같잖아!" 앨리스는 혼잣말로 종알거렸다. 그렇게 넙데데한 얼굴에라면 이름을 백 번은 써넣을 수 있을 것이다.

험티 덤티는 터키 사람처럼 양반다리를 틀고,[2] 높다란 담벼락 위에 앉아 있었다. 담이 워낙 얇아서, 그가 다리를 꼬고 앉아 어떻게 균형을 잡을 수 있는지 앨리스는 자못 궁금했다.[3] 그는 앨리스를 본 체도 않고 줄곧 맞은편을 뚫어져라 바라보고 있었다. 그래서 앨리스는 그것이 빵빵한 봉제인형인 줄만 알았다.

"어쩜 달걀이랑 똑 닮았을까!" 앨리스가 소리 내 말했다. 그가 당장이라도 곤두박질할 것만 같아 앨리스는 두 손으로 붙잡을 준비를 하고 서 있었다.

1 유아 동요에 나오는 이 험티 덤티가 누구인지 또는 무엇인지에 대해서는 이론이 구구하다. 1956년에 나온 한 이론에 따르면, 원래 험티 덤티는 잉글랜드 내전 시기(1642~1651) 콜체스터에서 사용된 강력한 대포였다. 이 대포는 폭격으로 무너진 탑 꼭대기에 배치되어 동요에 영감을 주었다. 『옥스퍼드 동요 사전』에서는 그 이후의 의미를 추적해 알코올 중독자 해방과 어린이 놀이까지 탐구한다. 그 결과 그 이름이 처음으로 인간에게 적용된 것은 1785년이고, 인간형으로 등장하는 최초의 그림은 1843년 이후인 것을 밝혀냈다. 옥스퍼드 크라이스트처치의 사제인 알리퀴스 페키트*(그 뜻은 '누군가 이것을 만들었다')가 아코디언처럼 접히는 그림책에 험티 덤티를 그려 넣은 것이 그것이다. 달걀 모양을 거의 모두 얼굴로 삼고, 팔다리를 따로 그려 넣은 그 그림이 캐럴에게 영감을 주었을 것이다. 오늘날 표준이 된 인간형 달걀 이미지의 험티 덤티를 대중화시킨 것이 바로 캐럴이다.

● Aliquis Fecit: 새뮤얼에드워드 메이벌리의 필명.

2 테니얼도 뉴얼(611쪽)도 양반다리*를 틀고 앉은 험티 덤티를 그리지 않았다고, 에버렛 블레일러가 편지로 지적해주었다. 양반다리로 앉아야 더 위태로워 보일 텐데 말이다.

● 터키 사람들은 높고 널따란 소파에 즐겨 양반다리를 하고 앉는다. 표준국어대사전에서 말하는 (앉은뱅이)책상다리는 접은 다리 위에 다른 다리를 얹는 것으로, 두 발이 모두 바닥에 닿는 양반다리와 좀 다르다. 두 발을 다 꼬아 올려서 발바닥이 모두 위로 올라오면 결가부좌라고 한다. 표준국어대사전에서 결가부좌가 곧 책상다리라

"이야, 아주 도발적인걸!"● 한참 침묵하던 험티 덤티는 마침내 입을 열었다. 그러면서도 앨리스를 바라보진 않았다. "달걀이라 불리는 것 말이야⋯, 아주야 아주!"

"달걀처럼 **보인다**는 뜻으로 말한 거예요." 앨리스는 나긋하게 변명했다. "그리고 아시겠지만 어떤 달걀은 아주 예뻐요" 하고 덧붙이며 앨리스는 자기 말을 칭찬으로 여겨주길 바랐다.

"어떤 사람은 아기보다 더 센스가 없긴 하지!" 험티 덤티가 전처럼 앨리스를 외면한 채 말했다.

앨리스는 어떻게 대구해야 할지 알 수 없었다. "이건 전혀 대화 같지가 않아." 앨리스는 생각했다. 게다가 그는 앨리스를 향해 말한 것도 아니었다. 그의 마지막 말은 나무를 향해 한 것이 분명했다. 그래서 앨리스는 똑바로 선 채 나직이 동요를 읊었다.[4]

"험티 덤티가 담 위에 앉았다네.
험티 덤티가 아래로 곤두박질쳤다네.
왕의 모든 말과 왕의 모든 병사가 와서도
험티 덤티를 다시 제자리에 돌려놓을 수 없었다네."

● "달걀이랑 닮았다"는 말은 아주 도발적provoking이다. 이 문장을 "아주 짜증 난다"라고 오독하기 쉽다. 표면적으로는 그런 뜻이 맞는 듯도 하다. provoke는 특히 부정적인 반응을 일으킬 때 쓰이는 말이기 때문이다. 하지만 험티 덤티는 이번 이야기 10번 주석에 나오듯 언어 문제를 즐기는 문헌학자이자 철학자이고, '과거에 지어진 모든 시'만이 아니라 '아직 지어지지 않은 많은 시'들도 설명해줄 수 있는 문학평론가이기도 하다. 그 정도의 인물이 이 상황에서 대뜸 짜증을 내는 것은 어울리지 않는다. 따라서 'provoking'은 'thought-provoking'의 축약으로, '뭔가 많은 것을 생각하게 하는'의 뜻으로 쓰인 것이다. 다시 말해 짜증을 낸 것이 아니라, 실은 자못 반가워한 것이다. "반대로!" 그런데 앨리스는 짜증을 낸 것으로 이해하고 변명을 한다. 어려서 언어 센스가 부족한 탓인데, 험티는 "아기보다 더 센스가 없"다고 놀린다. 험티가 반가워하면서도 외면하고 있는 것 역시 거울 반전이다. 이렇게 행간을 읽는 옮긴이의 주해gloss를 곡해gloss라고도 한다.

고 한 것은 잘못이다. 허벅지 위에 한쪽 발을 얹는 반가부좌는 다른 발은 뻗을 수도 접을 수도 있는데, 책상다리는 이 반가부좌의 일종이다.

3　마이클 핸처는 테니얼의 그림에 관한 책에서 험티가 앉아 있는 담벼락 위가 극단적으로 좁아 보이는 테니얼 삽화(603쪽)의 미묘함에 주목하라고 말한다. 그림 오른쪽을 보면 담의 단면이 보이는데, 담 위에 올린 갓돌이 거의 각이 져 있다는 것을 알 수 있다.

미셸 믹스트 빌라르, 1994
『앨리스, 또는 경이로운 거울』에 실린 이 삽화는 험티의 말에 담긴 패러독스를
불가능한 형상의 시각적 유희로 잘 반영하고 있다.

"동요치고는 마지막 소절이 너무 길어."⁵ 앨리스는 거의 소리치듯 덧붙여 말했다. 험티 덤티가 듣고 있다는 것은 까맣게 잊고 있었다.

"혼자 서서 그렇게 쫑알거리지 좀 마" 하고 말하며 험티 덤티는 처음으로 앨리스를 바라보았다. "하지만 이름과 용건을 말해봐."

"제 이름은 앨리스에요. 근데…."

"아주 멍청한 이름이로군!" 험티 덤티가 참지 못하고 말을 가로챘다. "이름이 무슨 뜻이지?"

"이름에 반드시 무슨 뜻이 있어야 하나요?" 앨리스는 의아해 물었다.

"물론이지." 험티 덤티가 피식 웃고는 말했다. "내 이름은 내 모습을 뜻하지.* 아주 잘생겼다는 뜻이기도 해. 근데 네 이름 같은 걸로는 생김새를 종잡을 수가 없어, 거의 말이야."⁶

"왜 여기 혼자 앉아 있어요?" 입씨름을 하고 싶지 않아 앨리스는 말을 돌렸다.

"그야, 내 옆에 아무도 없기 때문이지!" 험티 덤티가 외쳤다. "내가 그런 것에도 대답 못 할 줄 알았어? 다른 걸 물어봐."

"땅에 내려오는 게 더 안전하다고 생각지 않아요?" 앨리스는 이어 말했다. 다른 수수께끼를 내려는 게 아니라, 요상한 이 존재가 그저 걱정되어 한 말이었다. "거기 앉아 있기엔 너무 좁잖아요!"

"아니 그렇게 엄청 쉬운 걸 묻다니!" 험티 덤티가 투덜거렸다. "당연히 난 그렇게 생각하지 않아! 그러니까, 내가 만일 진짜로 떨어진다면, 그럴 리가 없지만 만일 그런다면…." 이 대목에서 그는 입술을 조개처럼 합죽 다물었다. 은근히 엄숙해 보이는 그 모습에 앨리스는 쿡쿡 웃음이

---

* 88올림픽 공식 마스코트인 '호돌이'라는 이름이 인간형 호랑이 모습을 뜻하는 것과 같다. 하지만 이번 이야기 6번 주석에 따르면 더욱 깊은 의미가 있다. 즉, 고유명사가 일반명사로 반전된 것이다.

4　험티 덤티 이야기는 하트의 잭과 트위들 형제, 그리고 사자와 유니콘 이야기처럼, 친숙한 동요와 관련된 사건들을 정교하게 다룬다. L. 프랭크 바움의 첫 어린이책인 『엄마 거위 이야기』(1897)에서 발견할 수 있는 정교함과는 사뭇 다르다. 최근 몇 년 동안 덤티 씨는 어린이 잡지를 편집해 왔다(《험티 덤티의 매거진》,* 페어런트 인스티튜트 발행). 나는 그의 아들 험티 덤티 주니어의 모험 기록자로 8년 동안 일하는 특권을 누렸다.

●《험티 덤티의 매거진》은 2~6세 아이를 대상으로 한, 1952년 10월에 창간된 미국에서 가장 오래된 어린이 잡지 가운데 하나다. 편집장 이름이 '험티 덤티'로 등록되어 있었는데, 편집장이 바뀐 지금도 아마 그럴 것 같다. 현재 잡지 이름은《험티 덤티》로 격월간이다.

우리엘 번바움, 1925

5　마지막 소절이 보통과 다른 앨리스 버전의 이 동요는 실제로 1843년 런던의 『험티 덤티 그림책』에 실렸다. 이에 대해서는 브라이언 리들의 「험티 덤티에 대한 음악」[1]을 참고하라. "Couldn't put Humpty Dumpty in his place again"이라고 된 앨리스 버전 대신 보통은 "험티를 다시 붙일 수 없었네Couldn't put Humpty together again"로 되어 있다.

6　피터 앨릭젠더는 훌륭한 논문 「루이스 캐럴의 논리와 유머」[2]에서 간과하기 쉬운 캐럴의 반전에 주의를 환기시킨다. 실생활에서 고유 이름들은 개별적인 사물들의 명칭이라는 의미 이상을 갖는 경우가 거의 없는 반면, 다른 낱말들은 일반적이고 보편적인 의미를 지닌다. 험티 덤티의 영역에서는 이것이 반전된다. 그래서 일반적인 낱말들은 고유명사처럼 험티가 의미하고자 하는 고유한 것을 의미하는 반면, '앨리스'나 '험티 덤티'와 같은 고유한 이름들은 보통명사처럼 일반적인 의미를 갖게 된다. 캐럴의 유머가 그의 형식 논리에 대한 관심으로 강하게 채색되어 있다는 앨릭젠더 씨의 주장에 진심으로 동의하지 않을 수 없다.

미어져 나왔다. "내가 만일 추락한다면," 험티 덤티가 말을 이었다. "왕이 내게 약속을 했댔어. 아, 뭐, 너만 좋다면 얼굴이 창백해져도 좋아! 내가 그렇게 말할 줄은 몰랐지? 왕이 내게 약속을 했댔어. 왕이 직접 말이야. 약속한 게 뭐냐면… 뭐냐면…"

"왕의 모든 말과 모든 병사를 보내주겠다고요." 앨리스가 말을 가로 챘다. 그건 좀 현명하지 못한 행동이었다.

"단언컨대 너무 나빴어!" 갑자기 감정이 폭발한[7] 험티 덤티가 외쳤다. "너, 엿들었구나. 문간에서…, 나무 뒤에서…, 굴뚝 아래서…. 아니면 그걸 알 리가 없어!"

"저는 진짜 엿듣지 않았어요." 앨리스는 아주 부드럽게 말했다. "그건 책에 나오는 말이에요."

"아, 그래! 책이라면 그런 말이 나올 만하지." 험티 덤티가 조금 차분해진 음성으로 말했다. "그게 바로 너희가 역사라고 하는 거야, 그래. 자, 나를 좀 봐봐! 나는 왕과 얘기를 나눈 사람이야, 이 몸이 말이야. 설마 그런 사람을 나 말고 또 보진 못했겠지. 내가 오만하지 않다는 걸 너에게 보여주기 위해, 너랑 악수를 해주마!"[8] 그는 입꼬리가 귀에 걸릴 정도로 씩 웃으며 (거의 담벼락에서 떨어질 정도로) 몸을 앞으로 기울이곤 앨리스에게 한 손을 내밀었다. 앨리스는 손을 맞잡으며 약간 걱정스레 그를 지켜봤다.

"좀 더 크게 미소를 지으면 입꼬리가 뒤통수에서 만나겠는걸?" 앨리스는 생각했다. "그랬다간 그의 머리가 어떻게 될지 나도 모르겠어! 머리가 반쪽이 날까?"

"그래, 왕의 모든 말과 모든 병사." 험티 덤티가 말을 이었다. "그들이 나를 금세 다시 일으켜 세울 거야, 암! 하지만 이런 대화를 나누기에는 좀 이르군. 이 얘기는 접어두고 그 전에 한 말로 돌아가 보자."

7　몰리 마틴은 험티의 추락을 예고하는 'breaking'*이라는 단어에 주목하라는 편지를 보내주었다.

● break/fall/fly/work into a passion은 모두 버럭 화를 낸다는 뜻으로 쓰인다.

8　험티의 발언은 그가 추락하기 전에 지닌 '자긍심pride'을 드러낸다. 앨리스와의 나머지 대화에서 '오만한proud'이라는 말을 여러 번 사용한 것도 주목하라.*

● pride는 기본적으로 '자존심/자긍심/자부심'을 뜻하는 말로, 이 프라이드가 지나치면 '오만/자만/교만'이 된다. 제인 오스틴의 『오만과 편견』은 『프라이드와 편견』이라고 번역하는 편이 더 나을 수도 있다. 뼈대 있는 귀족 가문의 엄청난 부자인 남자 주인공 피츠윌리엄 다아시는 기본적으로 강한 프라이드를 장착한 캐릭터로, 처음 본 엘리자베스에 대해 "괜찮지만 아름답지는 않다"고 생각하며 같이 춤추기를 거부한다. 그 때문에 엘리자베스는 다아시가 근본적으로 오만하다는 편견을 갖게 된다. 험티 덤티는 proud를 네 번 사용하는데 모두 '오만'의 뜻이다. 그리스도교의 관점에

블랑슈 맥마누스, 1899

"그 말이 뭔지 생각이 안 나요." 앨리스는 아주 공손하게 말했다.

"그렇다면 새로 시작하지 뭐." 험티 덤티가 말했다. "주제는 내가 선택할 차례야."("마치 게임하듯 말하네?" 하고 앨리스는 생각했다). "그래 너한테 물어볼 게 있어. 네가 몇 살이라고 말했어?"*

앨리스는 잠깐 계산을 한 후 말했다. "일곱 살 하고도 여섯 달이요."

"틀렸어!" 험티 덤티가 의기양양하게 외쳤다. "넌 나한테 그런 말을 한 적이 없어!"

"'너는 몇 살이냐?' 하고 물은 줄 알았어요." 앨리스가 변명했다.

"그럴 생각이었다면, 그렇게 물었겠지." 험티 덤티가 말했다.

앨리스는 다시 입씨름을 시작하고 싶지 않아 아무 말도 하지 않았다.

"일곱 살 하고도 여섯 달이라!" 험티 덤티가 곰곰 생각하며 되뇌었다. "편치 않은 나이로군. 내 충고를 듣고 싶다면, 이렇게 말해주었을 거야. '일곱 살에서 멈춰' 하고 말이야. 하지만 이제는 너무 늦고 말았어."

"자라는 것에 대해 내가 언제 충고를 해 달랬나요?" 앨리스가 화가 나 말했다.

"너무 오만한 거 아니야?" 상대가 물었다.

앨리스는 이 말에 더 화가 났다. "내 말은, 누구나one 나이를 먹는 걸 피할 순 없다는 거예요."

"아마 혼자one라면 그러겠지." 험티 덤티가 말했다. "하지만 둘이라면 달라. 도움을 잘 받았으면, 너도 일곱 살에서 멈출 수 있었을 거야."[9]

"차고 있는 허리띠가 참 멋지네요!" 앨리스가 급하게 말했다. (나이에

• 이 문장은 두 가지 의미가 있다. 네가 "몇 살?"이라고 말했나와 네가 몇 살이라고 "말했나?" 문어가 아닌 입말에서는 강세를 어디에 두느냐에 따라 의미가 달라진다. 뒤에 이런 말장난이 또 나온다.

서는 자존심도 7대 죄악에 속한다. 여호와 앞에서 인간이 감히 프라이드를 내세워서는 안 되기 때문이다. 절대자 앞에서 인간의 자존심이란 곧 오만이다.

9 여러 사람이 언급했듯 이는 두 『앨리스』 중 가장 미묘하고, 가장 섬뜩하며, 가장 간과하기 쉬운 말이다. 앨리스는 당연히 함축된 의미[그것이 결혼이든, 죽음이든]를 재빨리 알아차리고 바로 화제를 바꾼다.

피터 뉴얼, 1903

대한 주제는 그만하면 충분해, 하고 앨리스는 생각했다. 그리고 주제를 선택할 차례라는 게 있다면, 이제 자기 차례였다.) "어쩌면," 하고 생각한 앨리스는 고쳐 말했다. "참 멋진 목도리라고 말해야 했으려나? 아니, 허리띠인가? 죄송해요!" 말을 마친 앨리스는 당황했다. 험티 덤티가 무척이나 화가 난 듯 보였기 때문이다. 앨리스는 주제를 잘못 골랐다고 후회하기 시작했다. "어디가 목이고 어디가 허리인지 알 수가 있어야 말이지!" 하는 생각과 함께.

험티 덤티는 한동안 아무런 말이 없었지만 무척 화가 난 게 분명했다.[*] 그리고 그가 다시 말문을 열었을 때는 목소리가 으르렁거리는 듯 들렸다.

"그건 정말… 최고로… 도발적인… 딸이로구나." 마침내 그가 말했다. "사람이 목도리와 허리띠를 분별하지 않다니."[**]

---

[*] 앨리스가 보기엔 화가 난 것이다. 하지만 거울 반전을 생각해야 한다. 앞서 험티 덤티가 감정passion을 폭발시켰는데, 거울 반전을 생각하면 그것은 기쁨의 감정이 폭발한 것으로 새길 수 있다. 생각나지 않던 노랫말을 일깨워주었는데, 문헌학자 겸 철학자 겸 문학평론가가 화를 낼 리 없다. 따라서 앞서 "너무 나빴어too bad!"는 "너무 좋았어/멋졌어so cool!"란 뜻이다.

[**] 'know' 대신 'distinguish'나 'tell'을 써도 같은 뜻이다. 이 말은 상투적으로 분별하지 '못한다'로 들리기 쉽다. 다시 말해 "목도리를 허리띠로 착각하다니mistakes a cravat from a belt"라는 뜻으로 새기기 쉽다. 하지만 아내를 모자로 착각한 것도 아닌 사소한 착각을 두고 최고로 도발적이라고 말할 수 있을까? 험티 덤티가 자기 생김새에 강한 콤플렉스를 갖고 있다고 생각하면 크게 오독한 것이다. 캐럴의 험티 덤티는 남다른 자기 생김새에 강한 프라이드를 지닌 위인이다. 위 문장은 문자 그대로 분별하지 '않는다'는 뜻이다.
짧은 영어로 하버드 대학생들을 매료시킨 숭산 선사(1927~2004)는 수많은 질문에 이렇게 답했다. "Only don't know(모를 뿐이다)!" 질문을 했는데 오로지 모를 뿐이라니! 그는 사실 이렇게 말한 셈이다. "I don't know A from B(나는 분별을 하지 않는다)!" 노자는 일찍이 세상 사람이 다들 아름답다 하는 것은 추한 것이고, 좋다는 것은 좋지 않은 것이라고 말했다. 이 말은 역으로 추한 것이 아름답고, 좋지 않은 것이 좋다는 뜻이기도 하다. 이를 체득한 경지를 일여一如의 경지라고 한다. 삶과 죽음이 하나다. 선악이 하나다. 번뇌가 열반이다. 차안이 피안이다. '분별'하는 마음을 버려라! 이 정도 수준은 되어야 최고로 도발적이고 자극적인, 'most thought-provoking thing'이라 할 수 있지 않을까? 뜻깊은 말을 종교는 위와 같이 무

거트루드 케이, 1929

"제가 정말 무식했어요." 험티 덤티의 화가 풀리게끔 앨리스는 아주 겸손하게 말했다.

"이건 목도리*란다, 얘야. 네 말대로 멋진 목도리지. 이건 하얀 왕과 여왕이 선물로 준 거야. 아무렴, 그렇고말고!"

"정말로요?" 앨리스가 말했다. 결국 주제를 잘 고른 셈이라는 걸 안 앨리스는 아주 기뻤다.

"그들이 내게 줬어." 험티 덤티가 생각에 잠긴 채 이어 말했다. 그는 한쪽 무릎을 다른 무릎에 척하니 걸치고 두 손으로 무릎을 감쌌다. "그들이 내게 줬지. 안생일un-birthday 선물로."

"뭐라고요I beg your pardon?" 앨리스가 어리둥절해 물었다.

"용서pardon를 빌 건 없어. 난 화나지 않았으니까." 험티 덤티가 말했다.

"제 말은, 안생일 선물이란 게 뭐냐고요."

"그야 물론 생일 아닌 날 주는 선물이지."

앨리스는 잠깐 생각했다. 그리고 결국 이렇게 말했다. "저는 생일 선물이 최고로 좋아요."

"너는 통 모르는구나!" 험티 덤티가 외쳤다. "1년이 모두 며칠이지?"

"365일이에요." 앨리스가 말했다.

"그럼 그중 네 생일은 몇 번이지?"

"한 번이죠."

"365에서 1을 빼면 몇이 남지?"

"그야 364죠."

겁게 말하는데, 문학은 무거운 말을 가볍게 말한다. 험티 덤티처럼.
● cravat: 넥타이의 전신인 넥밴드(스카프에 가까워 보이는 목도리)로 17세기 크로아티아군 병사들이 착용한 것에서 유래했다고 한다.

마일로 윈터, 1916

험티 덤티는 믿기지 않는다는 표정이었다. "종이에 써서 알아보는 게 좋겠어." 그가 말했다.[10]

앨리스는 싱글벙글하며 수첩을 꺼내선 그를 위해 계산을 해 보였다.

$$
\begin{array}{r}
365 \\
1 \\
\hline
364
\end{array}
$$

험티 덤티는 수첩을 쥐고 유심히 바라보았다. "맞게 계산한 것 같긴 한데…"

"수첩을 거꾸로 들고 있어요!"* 앨리스가 말을 가로챘다. "정말 그랬군!" 앨리스가 수첩을 바르게 돌려 쥐여주자, 험티 덤티가 쾌활하게 말했다. "어쩐지 좀 야릇해 보이더라. 내가 말한 대로, 맞게 계산한 것 같아. 지금 당장은 제대로 따져볼 시간이 없지만. 암튼 이걸 보면 네가 안 생일 선물을 받을 수 있는 날은 364일이야."

"그건 그렇네요." 앨리스가 말했다.

"그럼 생일 선물은 1년에 **한** 번뿐인 걸 알겠군. 영광인 줄 알아라!"

"그게 왜 '영광'이라는지 모르겠어요." 앨리스가 말했다.

험티 덤티는 비아냥거리듯 이죽거렸다. "당연히 모르겠지. 내가 말해 주기 전에는 말이야. 그건 네가 멋진 논증에 녹다운 당했다는 뜻이야."[11]

"'영광'이라는 게 '멋진 논증에 녹다운 당했다'는 뜻은 아니잖아요." 앨리스는 반박했다.

"내가 어떤 낱말을 사용할 때, 그 낱말은 내가 의미하고자 선택한 것

• 험티 덤티가 멍청해서 그런 것이 아니라 거울 반전을 나타낸 것이다. 안생일 선물처럼.

10 험티 덤티는 주로 언어 문제에 능한 문헌학자이자 철학자이다. 아마도 캐럴은 여기서 예나 지금이나 옥스퍼드 지역의 너무나 많은 사람이 수학적으로 거의 재능이 없다는 사실을 암시하고 있는 듯하다.

11 윌버 개프니는 「험티 덤티와 이단: 또는 성공회 부제의 달걀 사례」[3]에서 험티의 '영광glory'에 대한 정의는 이기주의적인 영국의 먹물 철학자 토머스 홉스의 책에 나오는 문장에 영향을 받았을 거라고 주장했다.

> **난데없는 영광이란,** 웃음이라 불리는 저 우거지상들grimaces을 만들어내는 열정이다. 그것은 자신을 기쁘게 하는 어떤 갑작스러운 (명백히 멋진 녹다운 논증을 들이미는 것과 같은) 행동에 의해 야기되거나, 타자에게서 어떤 기형적인 것을 파악함으로써, 또는 타자와 비교함으로써 갑작스레 자신에게 박수갈채를 보내는 그런 비교 행위로 인해 야기된다. 그것이 그들에게는 자기 안에 잠재된 극히 적은 능력을 의식하게 되는 최대 사건인데, 그들은 타인의 불완전함을 목도함으로써 자신의 우월함을 억지로 유지한다.

재니스 럴은 『루이스 캐럴: 찬사』[4]에서 하얀 기사가 여덟 번째 이야기 「"이건 내가 발명한 거야."」에서 붉은 기사와의 '녹다운' 결투에서 '영광스러운 승리'를 했다고 선언한 것을 주목한다.

캐럴은 수학 난제와 풀이 책인 『엉킨 이야기』의 여섯 번째 매듭 끝머리에서 이렇게 말한다. glory에서 l을 빼라, 그러면 gory(유혈이 낭자한)가 된다. 녹다운 논증의 결말을 묘사하는 형용사 말이다.•

• 영광glory과 유혈 낭자gory는 한 끗 차이다. "a nice knock-down argument(멋진 녹다운 논증)"에 당한 것이 '영광'인 까닭은 우선 거울 반전 때문이고, 아울러 험티의 말처럼 이 언어 게임에서 언어의 의미는 말하는 자(사용자)가 결정하기 때문이다. 권투에서 녹다운은 얼마든지 다시 일어설 수 있는 반면, KOknockout는 실신해 일어나지 못하는 것이다. 유전공학에서 녹다운은 유전자 발현을 줄이는 것인 반면, KO는 유전자 발현을 아예 없애는 것이다.

을 의미한단다. 더도 덜도 말고 딱 내가 선택한 그 뜻이지." 험티 덤티가 깔보듯 말했다.

"요는, 새로운 낱말 뜻이 그렇게나 엉뚱해도 되냐는 거예요."**12**

"요는, 누가 그 말의 사용자인가 하는 거야. 그게 전부지."**13**

앨리스는 너무 어리둥절해 아무런 말도 할 수 없었다. 얼마 후, 험티 덤티가 다시 말을 시작했다. "낱말들은 성깔이 있단다. 특히 동사가 그렇지. 동사들이 가장 오만해…. 너는 형용사론 뭐든 할 수 있지만, 동사로는 안 되거든…. 하지만 나라면 동사로도 온갖 것을 해낼 수 있지. 불가해不可解! 내가 하고자 하는 말이 바로 그거야!"

"부디 설명해주시겠어요? '불가해'가 무슨 뜻인지?"

"이제야 좀 뭘 아는 아이처럼 말을 하는구나." 험티 덤티가 아주 흐뭇한 표정으로 말했다. "'불가해'란, 어떤 주제에 대해 알 만큼 충분히 알았다는 뜻이란다. 그리고 네가 남은 평생을 여기서 멈춰 있을 게 아니라면, 다음에 새로이 하고자 하는 것을 슬슬 입에서 꺼내는 게 좋겠다는 뜻이지."

"낱말 하나가 뭔가를 뜻하게 한다는 게 참 굉장한 일이군요." 앨리스가 사려 깊게 말했다.

● impenetrability: 이해할 수 없음. 이 말과 험티 덤티의 의미 설명 "알 만큼 충분히 알았음"은 서로 거울상이다. 알만큼 다 알았음과 더는 알 수 없음, 이는 반대어가 아니라 반전어로, 표면을 반전시켜 이면을 보여주는 거울상과 같다. 앞서 말한 숭산 선사의 "오직 모를 뿐!"이라는 화두의 거울상 의미는 아마 "[일체의 고정관념이 없이] 그때그때 새로이 알 뿐!"일 것이다. 일상적으로 사과를 먹어도 새로이 처음 먹어보듯이 하라는 말이랄까. 은나라 탕왕의 세숫대야에 다음과 같은 말이 새겨져 있었다는 말이 『대학』에 나온다. "진실로 하루를 새로이 하고, 하루하루를 새로이 하고, 또 하루를 새로이 하라苟日新 日日新 又日新." 동양고전종합DB에서는 이를 다음과 같이 새겼다. "진실로 어느 날에 새로워졌거든 나날이 새롭게 하고 또 날로 새롭게 하라." 문학사에서 캐럴이 빛나는 것은 무엇보다도 그의 상상과 언어가 새로웠기 때문이다. 어린이들에게도 새로웠지만, 수많은 지식인들eggheads에게도 새로웠고, 지금도 새롭다.

12 캐럴은 「존중의 정신과 무대」라는 기고문에 이렇게 썼다. "어떤 낱말도 불가분의 고정된 의미가 부여되어 있지 않다. 즉, 낱말은 화자가 그 말로 의도하는 것, 그리고 청자가 그 말을 듣고 이해한 것을 의미한다. 그것이 전부다. 이런 생각은 하층 계급이 사용하는 언어 일부에 대한 공포를 줄이는 데 도움이 될 수 있다. 화자와 청자에 관한 한 어떤 말은 무의미한 소리의 단순한 집합에 불과하다는 것을 명심하면 마음이 편할 것이다."

13 루이스 캐럴은 의미론에 대한 험티 덤티의 기발한 담론의 심오함을 충분히 알고 있었다. 험티는 중세 유명론°으로 알려진 관점을 취한다. 이는 보편적인 용어[이를테면 채소]는 객관적으로 존재하는 것이 아니라, 플라투스 보키스flatus vocis(바람 소리), 곧 발화된 말에 지나지 않는다는 주장이다. 유명론은 오캄의 윌리엄이 세련되게 옹호했고, 이제는 거의 모든 현대 논리실증주의자들이 이를 지지하고 있다.

다른 학문보다 대체로 더 정확한 용어를 구사하는 논리학과 수학에서도, 낱말이 의도된 의미보다 '더도 덜도' 의미하지 않는다는 것을 깨닫지 못함으로써 종종 큰 혼란이 초래된다. 캐럴 시대에 형식 논리학 분야의 활발한 논쟁은 아리스토텔레스의 네 가지 기본 명제의 '존재 함축existential import'에 관한 것이었다. "모든 A는 B다"와 "어떤 A도 B가 아니다"라는 전칭명제는 A가 실제로 원소들을 포함하는 집합임을 의미하는가? "어떤 A는 B다"와 "어떤 A는 B가 아니다"라는 특칭명제는 어떨까?°°

캐럴은 그의 『기호논리학』 165쪽에서 이 질문들에 답한다. 그 구절은 험티 덤티의 널따란 입에서 나온 것이기도 하기 때문에 인용할 가치가 있다.

> 평범한 틀 안에서 전개되는 논리학 교과서의 저자들과 편집자들은(이후 그들을 '논리학자들'이라고 부를 텐데 부디 기분 상하지 않길 바란다), 이 주제에 대해 내가 보기에 필요 이상으로 겸손한 입장을 취하는 듯하다. 그들은 '숨을 죽이고' 명제의 계사[주어와 술어를 연결하는 '~이다']에 대해 말한다. 마치 그것이 의미하기로 선택한 것이 무엇인지를 스스로 선언할 수 있는, 의식이 있는 살아 있는 실체라도 된다는 듯이, 그리고 불쌍한 피조물인 우리는 그 지고한 실체의 의지와 기쁨이 무엇인지 확인하고 그것에 복종하는 것 외에는 달리 할 수 있는 것이 없다는 듯이 말이다.
>
> 그러한 견해에 반대하여 나는 책을 쓰는 사람은 누구나 사용하고자 하는 단어나 구절에 스스로 좋아하는 의미를 부여할 수 있는 전적인 권한을 지녔다고 주장한다. 만일 작가가 책 첫머리에 "'검정'이라는 낱말로 나는 항상 '하양'을 의미하고, '하양'이라는 말로 항상 '검정'을 의미할 테니 양해 바란다"라고 쓴 말을 내가 발견한다면, 나는 그 작가의 규칙을 경솔한 것으로 여길지라도, 그것을 고분고분 받아들인다.

프랭크 A. 낸키벨, 1910

그래서 명제라는 것이 그 주어의 존재 함축으로 이해되어야 하느냐 마느냐의 질문과 관련하여, 나는 어떤 작가라도 자기 나름의 규칙을 택할 수 있다고 주장한다. 물론 그것이 자체 모순이 없고, 공인된 논리적 사실과도 모순되지 않을 경우에 말이다.

논리적으로 지지할 수 있는 특정 견해들을 고려하여, 그중 어떤 것이 **손쉽게** 지지될 수 있는가를 결정하자. 그 후 나라면 그중 어떤 견해를 지지하고자 하는지 자유롭게 선언할 것이다.

캐럴이 채택한 견해('모든'과 '어떤' 둘 다 존재를 함축하지만, '아니다'는 의문으로 남겨둔다는 견해)는 결국 승리하지 못했다. 현대 논리학에서는 '어떤'이라는 특칭명제들만을 하나의 집합도 공집합이 아니라는 것을 의미하는 것으로 받아들인다. 물론 그렇다고 해서 캐럴과 그의 달걀의 유명론적 태도가 무가치해지는 것은 아니다. 오늘날 그런 견해를 채택한 것은 오로지 논리학자들이 그것을 가장 유용한 것이라고 믿었기 때문이다.

논리학자들이 아리스토텔레스의 고전 논리학에서 명제의 진리값 연산으로 관심을 옮기자, '실질 함축material implication'의 의미를 둘러싸고 (대개 논리학자가 아닌 사람들 사이에서) 격렬하고 재미있는 또 다른 논쟁이 벌어졌다. "A는 B를 함축한다A implies B"라는 명제에서 '함축한다'는 것은 그 연산에서만 특유한 제한적 의미를 지닐 뿐, A와 B 사이에 어떤 인과관계가 있다는 것은 아니다. 그런 사실을 깨닫지 못함으로써 대부분의 혼란이 야기되었다. 또, 그리고와 아니다, **함축한다** 같은 용어가 상식적이거나 직관적인 의미를 갖지 않는 다중값 논리와 관련해서는 그와 유사한 혼란이 여전히 지속되고 있다. 사실상 그것들은 그러한 '연결' 용어를 생성하는 행렬matrix 표에 의해 정확하게 정의된 것 외에는 다른 의미가 없다. 일단 이것이 완전히 이해되면, 이러한 이상한 논리를 둘러싼 대부분의 미스터리는 증발한다.

수학계에서는 '허수'나 '무한대' 같은 말의 '의미'에 대한 쓸데없는 논쟁으로 앞서와 필적하는 막대한 에너지가 소모되었다. 그러한 단어들은 정확히 의미하도록 정의된 것 그 이상도 이하도 아닌 것을 의미하기 때문에 그런 논쟁은 하등 쓸모가 없는 것이다.

다른 한편으로, 우리가 정확하게 의사소통하기를 원한다면 우리는 일반적으로 사용되는 단어에 사적인 의미를 부여하는 험티의 관행을 피해야 하는 일종의 도덕적 의무를 지고 있다. 로저 W. 홈즈는 「철학자가 본 원더랜드의 앨리스」[5]에서 이렇게 물었다. "우리는… 우리의 말들이 우리가 선택한 의미가 무엇이든 그 의미를 지니도록 할 수 있을까? 유엔 토론에서 소비에트의 대표가 '민주주의'라는 말을 쓰는 것을 생각해보라. 우리는 우리의 용어에 별도의 의미를 부여해도 되는 걸까? 아니면

"하나의 낱말한테 그렇게 많은 일을 시킬 때, 나는 항상 가외 수당을 준단다." 험티 덤티가 말했다.

앨리스는 그저 "오!" 하고 외쳤다. 무슨 뜻인지 몰라서 달리 뭐라고 할 말이 없어서였다.

"아, 토요일 밤에 낱말들이 내 주위로 몰려드는 것을 너는 꼭 봐야 해." 이어 말하며, 험티 덤티는 심각하게 고개를 내둘렀다. "그러니까, 낱말들이 품삯을 받으려고 몰려드는 것 말이다."*

(앨리스는 낱말들에게 품삯으로 무엇을 주는지 감히 물어볼 수 없었다. 그래서 나로서도 **여러분**에게 그걸 말해줄 수가 없다.)

"낱말의 뜻을 아주 잘 풀이하시는 것 같아요. 괜찮으시면 「재버워키」라는 시의 뜻을 저에게 좀 알려주시겠어요?" 앨리스가 말했다.

"어디 들어보자꾸나." 험티 덤티가 말했다. "나는 과거에 지어진 모든 시를 설명해줄 수 있지. 아직 지어지지 않은 많은 시들도 설명해줄 수 있고." 아주 솔깃한 말이라서, 앨리스는 첫 번째 연을 암송했다.

"브릴릭의 시간, 나끌나끌한 토브들
　　웨이브에서 빙글팽글 후빌빌거리니,
보로고브들은 너무나 가냘련하고
　　몸 라스들은 휘칫꿀거렸더라."

● 낱말들이 토요일 밤마다 품삯wages으로 받은 것은 무엇일까? 거울 나라에서 언어 사용자는 노동자인 언어에게 품삯을 주어야 한다. 여호와가 "빛이 있으라 하니 빛이 있었다" 말했을 때, 태초에 '빛'이라는 언어(로고스)에게 줄 최고의 품삯은 빛 자체가 아니었을까? 언어의 태초에 "비!"라는 말을 들으면 사람들은 비에 젖지 않았을까? 몸은 아니라도 마음만은! 낱말들에게 줄 만한 최고의 품삯은 살아 숨 쉬는 훌륭한 문장이 아닐까? 정상적인 주급이 그렇다면 『앨리스』에서처럼 펄떡이는 난센스와 언어유희는 '가외수당extra'이 아닐까?

그것은 그저 정치 선전으로 만들어진 것일까? 우리에게는 과거의 용법에 대한 모종의 의무가 있는 것일까? 어느 면에서 언어는 우리의 주인이다. 그렇지 않으면 의사소통이 불가능할 것이다. 또 다른 면에서 우리는 언어의 주인이다. 그게 아니라면 시가 존재할 수 없다."●●●

● 중세에 보편자가 실재하는지, 이름뿐인지를 두고 논쟁했는데, 이를테면 배추라는 개별자는 존재하지만 채소라는 보편자는 존재하지 않고 이름만 있을 뿐이라는 것이 유명론nominalism이다.

●● "상자 안의 모든 감은 대봉이다"라는 전칭명제는 감이 상자 안에 존재한다는 사실을 함축하고 있는가? 아리스토텔레스는 그렇다고, 부울은 아니라고 했다.

J. 앨런 세인트 존, 1915

"상자 안의 어떤 감은 대봉이다"의 경우에는 존재를 함축한다. '어떤'이 특칭이기 때문이다. '모든'에는 공집합도 포함되므로 전칭명제는 존재를 함축하지 않는 것으로 결론이 나서 부울이 이겼다.

●●● 비트겐슈타인은 후기에 이렇게 주장했다. "대개의 경우, 한 낱말의 의미는 [문맥에서의] 쓰임새에 달려 있다." 이는 낱말에 정해진 의미가 있는 게 아니라 사용자가 쓰기에 따라 다른 뜻이 될 수 있다는 것을 강조한 말이다. 1953년의 책『철학 탐구』에서 한 말인데, 험티 덤티는 그보다 82년이나 앞선 1871년에 같은 말을 한 셈이다.

"우선 거기까지." 험티 덤티가 말을 끊었다. "어려운 낱말이 많구나. '브릴릭Brillig'이란 오후 네 시를 뜻한단다. 저녁거리를 보글보글 요리하기broiling 시작하는 시간이지."

"알겠어요." 앨리스가 말했다. "그럼 '나끌나끌한slithy'은요?"

"음, 그거야 몸이 미끌미끌slimy하고 나굿나굿lithe하다는 뜻이지. 그처럼 하나의 낱말에 두 가지 뜻을 꾸려 넣은 것을 혼성어[14]라고 한단다."

"이제 알겠네요." 앨리스가 사려 깊게 말했다. "그럼 '토브toves'는 뭐예요?"

"음, '토브'는 오소리 같기도 하고… 도마뱀 같기도 하고… 타래송곳 같기도 한 거야."

"아주 요상해 보이는 동물인가 봐요."

"그렇지. 그것들은 해시계 아래 둥지를 틀고, 치즈를 먹고 산단다." 험티 덤티가 말했다.

"그럼 '빙글팽글gyre' '후빌빌거렸다gimble'는 건 뭔가요?"

"재빨리 돌면서 마구 긁거나 돌려 파낸다는 뜻이야. 한 마디로 땅굴을 팠다는 소리지."*

"그럼 '웨이브wabe'는 혹시 해시계 둘레의 풀밭을 뜻하는 건가요?" 하고 말한 앨리스는 자신의 독창성에 스스로 놀라워했다.

"물론이지. 그걸 '웨이브'라고 하는 건 웨이 비포way before와 웨이 비하인드way behind를 줄인 말이기 때문이야. 그 앞으로도 길이 멀고, 그 뒤로도 길이 멀어서 그런 이름이 붙었지."

● 이 대목의 영문을 축어역하면 다음과 같다.
"그럼 'gyre'와 'gimble'은 무슨 뜻이에요?"
"자이어는 자이로스코프처럼 빙글빙글 돈다는 뜻이야. 김블은 김블릿gimblet[타래송곳의 이형]처럼 구멍을 낸다는 뜻이지."

14 portmanteau word: 현대 사전에는 혼성어°가 많이 나온다. 이는 여행 가방 portmanteau, 곧 슈트케이스처럼 여러 의미를 꾸려 넣은 낱말을 뜻하는 말이다. 영문학에서 첫째로 손꼽히는 혼성어의 대가는 제임스 조이스다. 『피네간의 경야』에는(『앨리스』 속의 꿈처럼) 수많은 혼성어가 담겨 있다. 그 혼성어 가운데 아일랜드의 호드[아일랜드식 지개]꾼인 피네간이 사다리에서 추락해 두개골이 깨지는 것을 상징하는 100개의 문자로 된 우렛소리가 열 번에 걸쳐 나오는데,°° 그중 일곱 번째 우렛소리 안에 험티 덤티가 다음과 같이 꾸려 넣어져 있다.

Bothallchoractorschumminaroundgansumuminarumdrumstrumtruminahumpt adumpwaultopoofooloderamaunsturnup!°°°

『피네간의 경야』에는 첫 페이지부터 마지막 대목까지 험티에 대한 언급이 많이 나온다.°°°°

● '혼성어'는 표준국어대사전에 나오지 않는 말이다. 합성어(돌다리)와 파생어(덧신)를 합한 것을 복합어라고 한다. 복합어는 두 낱말이 온전히 결합된다는 점에서 혼성어와 다르다. 머리글자를 따와서 만드는 두음절어(노챗사)도 혼성어와 다르다. 한국에서 흔히 쓰이는 혼성어는 브런치brunch, 라볶이, 엄빠, 웃프다 등이 있다.

●● 마지막은 101개 문자로, 모두 1,001개 글자로 이루어져 있다.

●●● "합창단과 배우들 모두가 우글우글 뒤섞여 쿵쾅거리고 뒤뜰에서는 누군가 험티 덤티 노래를 불러제끼는데 딱하고 어리석은 루더라마운이 또 와다글다글 몰려오는구나!" 중간 이후에 나오는 humptadump가 곧 험티 덤티다.

●●●● 『피네간의 경야』의 주인공 이름에도 험티가 혼성어로 들어 있다. 더블린 외곽의 술집 주인으로 정식 이름은 험프리 침튼 이어위커Humphrey Chimpden Earwicker. 험티 덤티는 수많은 혼성어에 섞여 들어간 상태로 나온다cwympty dwympty, Humpsea dumpsea, humbly dumbly....

M. L. 커크, 1905

베시 피즈 구트만, 1909

"웨이 비욘드way beyond도요!"[15] 그 너머로도 길이 멀겠어요." 앨리스가 덧붙여 말했다.

"그래, 그래. 음, 그리고 '가냘련mimsy'은 가냘프고flimsy 가련한miserable 것을 뜻하지(이것도 혼성어란다). 그리고 '보로고브borogove'는 비쩍 마른 데다, 깃털이 사방으로 부스스 삐친 꼴 사나운 새란다. 살아 있는 대걸레 같다고나 할까."

"그럼 '몸 라스mome raths'*'는요? 제가 너무 많은 걸 묻는 것 같네요."

"음, '라스'는 초록 돼지의 일종이야. '몸'은 나도 잘 모르겠구나. 영어로 '프롬 홈from home'을 줄인 말 같기도 해. 그러니까 집을 떠나 정신이 멍하다는 소리랄까."[16]

"'휘칫꿀거렸다outgrabe'는 건요?"

"음, 그건 새소리와 돼지소리를 섞은 거랄까. 중간에 재채기하듯 칫칫거리기도 하는데, 너도 듣게 될 거야, 아마. 저 숲에서 말이지. 일단 들어보면 꽤나 그럴듯할걸? 근데 이 어려운 시를 누가 너에게 들려줬지?"

"책에서 읽었어요." 앨리스가 말했다. "하지만 어떤 시는 이보다 훨씬 더 쉬웠어요. 생각해보니 그건 트위들디가 들려준 것 같아요."

"시에 대해서라면," 험티 덤티가 커다란 두 손 중 하나를 내밀며 말했다. "내가 누구 못지않게 잘 낭송할 줄 알지. 어떻게 하냐 하면…."

"어머, 그럴 필요 없어요!" 앨리스는 잽싸게 말했다. 아예 시작도 못하게 하려는 것이었다.

"내가 낭송하려던 시는, 전적으로 너를 즐겁게 해주려고 쓰인 거야." 앨리스의 말은 들은 척도 하지 않고 그가 이어 말했다.

● 험티의 말에 따르면 몸 라스는 (집이 무너져) '집 떠난 라스'라는 뜻이고, 캐럴의 설명에 따르면 (집이 무너져) '심각한 라스'라는 뜻이다. 맥락은 같지만 설명이 너무 달라 음역했다.

15 앞서의 험티의 말장난 "It's called *wabe*, you know, because it goes a long way before it, and a long way behind it…"을 독자들은 앨리스만큼 빨리 이해하지 못할 수도 있을 것이다. 'wabe'는 '*way be*fore'와 '*way be*hind'의 앞부분이다. 이에 대해 앨리스가 시의적절하게 '*way be*yond'를 더한다.•

• 앞서 캐럴은 'wabe'를 '언덕(정확히는 언덕 비탈)'이라고 풀이했다. 그 언덕까지의 길이 멀고, 그 뒤로도, 너머로도 길이 멀다는 것은 불교적 관점에서 보면 제법 의미심장하게 들린다.

16 'From home'에서 h가 묵음이 되면 'mome'으로도 들린다.

그렇다면 듣지 않을 수 없겠다고 앨리스는 생각했다. 그래서 앨리스는 자리에 앉아, 좀 애처롭게 "고마워요" 하고 말했다.

"온 들판이 하얀 겨울철에 나는
이 노래를 부르지, 너의 기쁨을 위하여…"[17]

"지금 난 노래를 부르는 게 아니야." 그가 변명하듯 말했다.
"알겠어요." 앨리스가 말했다.
"그걸 네가 안다면, 넌 정말 누구보다 예리한 눈썰미를 지닌 셈이지.""
험티 덤티가 진지하게 말했다. 앨리스는 아무 말도 하지 않았다.

"숲이 초록빛 물드는 봄철에 나는
너에게 말하려 하지, 내가 하고자 하는 말을."

"정말 고마워요." 앨리스가 말했다.

"낮이 길고 긴 여름철에 너는
아마도 그 노래를 이해하겠지.
나뭇잎 단풍 드는 가을이 오면
펜과 잉크를 챙겨, 그걸 기록하렴."

"그럴게요. 그렇게 오래도록 잊지 않는다면요." 앨리스가 말했다.
"그렇게 계속 말대꾸할 필요는 없단다." 험티 덤티가 말했다. "말대꾸하

• 노래는 귀로 듣는 것인데 험티 덤티는 "누구보다 예리한 눈썰미" 운운하고 있다.

17 닐 펠프스는 오늘날 다들 잊어버린 빅토리아 시대의 시인 웨이던 마크 윌크스 콜Wathen Mark Wilks Call(1817~1870)의 「여름날들」이라는 시를 내게 보내주었다. 이 험티의 노래를 짓는 데 영감을 준 듯한 시다. 그 시는 빅토리아 시대의 많은 시집에 익명으로 실려 있다. 다음 버전은 J. R. 왓슨이 편집한 『모두를 위한 빅토리아 시대의 시집』[6]에 나오는 것이다.

날이 긴 여름철에 우리 두 친구는
들판과 숲을 거닐었지,
마음은 밝고, 발걸음 씩씩하며
우리 주위의 삶은 더없이 아름답지,
날이 긴 여름철에.

아침부터 저녁이 올 때까지 우리는
여기저기서 꽃을 꺾어 왕관을 엮었지.
불꽃처럼 붉은 양귀비들 사이를 거닐거나
노란 그늘 아래 앉아
우리의 삶이 늘 여전하기를 바랐지.

날이 긴 여름철에 우리는
산울타리를 넘고 개울을 건넜지.
그녀는 여전히 흐르는 듯 노래하거나
우아한 책을 좀 읽었지,
낮이 긴 여름철에.

그 후 우리는 나무 아래
정오의 줄어드는 그림자와 더불어
햇살과 산들바람 속에 앉아 있었지.
초원 너머로 종달새 노래하는
영광스러운 6월을 우리는 즐겼지.

날이 긴 여름철에 우리는
마냥 붉게 익은 딸기를 따거나
은총도 없이 노래만 부르며
황금빛 과즙과 새하얀 빵을 즐겼지,

는 건 지각없는 짓이야. 내 흥을 깨뜨리거든."

"나는 물고기에게 메시지를 보냈지.
'이것이 내가 바라는 것'이라고.

바다의 어린 물고기들이
내게 답장을 보냈어.

어린 물고기들의 답장은 이랬지.
'우린 그럴 수 없어요, 왜냐하면…'"

"무슨 뜻인지 모르겠어요." 앨리스가 말했다.
"갈수록 더 쉬워질 거야." 험티 덤티가 말했다.

"나는 다시 이런 말을 전했지.
'내 말을 따르는 것이 좋을 것'이라고

물고기들은 히죽 웃으며 답했어.
'저런, 뭘 그리 안달복달이람!'

그들에게 한 번, 또 한 번 나는 말했지.
그들은 조언을 들으려 하지 않았어.

나는 커다란 새 솥단지를 챙겼지.
내가 해야 할 일에 알맞은 솥을.

피터 뉴얼, 1903

내 심장은 벌렁거리고 쿵쿵거렸지.
나는 솥단지에 펌프 물을 채웠어.

그러자 누군가 내게 와서 말했지.
'어린 물고기들이 자고 있다'고.

나는 그에게 일렀어, 이렇게 분명하게.
'그럼 다시 그들을 깨워라.'

나는 아주 분명하게 큰 소리로 말했어.
그의 귓전에 대고 소리를 질렀지."

마지막 대목을 낭송할 때 험티 덤티는 거의 비명을 지르듯 목청을 높였다. 앨리스는 흠칫 몸을 떨고는 "나는 결코 그런 심부름은 하지 않을 거야!" 하고 생각했다.

"그러나 그는 아주 뻣뻣하고 오만해서
이렇게 말했지. '고함지를 필요 없어!'[18]

그는 아주 오만하고 뻣뻣해서
이렇게 말했지. '내가 가서 깨우겠어, 만일…'

나는 선반에서 타래송곳을 챙겨
직접 그들을 깨우러 갔지.

날이 긴 여름철에.

우리는 사랑했지만, 알지 못했지,
그때 사랑은 숨 쉬는 것과 같았기에,
모든 곳에서 천국을 발견했고
천사들도 보았지, 모든 선한 사람들에게서.
그리고 숲과 동굴 속 신들을 꿈꾸었지.

날이 긴 여름철에
나는 홀로 방황하며, 홀로 묵상하며
그녀가 아니라, 그 옛날 노래를 만나지.
향기로이 부는 바람 아래서
날이 긴 여름철에.

홀로 나는 숲속을 헤매지만
어느 아름다운 영혼이 내 한숨 소리 들으니,
진홍의 후드가 반쯤 보이고,
빛나는 머리칼, 잔잔한 기쁨의 눈이
인생의 여름철에 물든 나를 매혹게 하지.

날이 긴 여름철 나는
옛날을 사랑하듯 그녀를 사랑하지.
내 마음 밝고, 발걸음은 씩씩하지
사랑이 저 찬란한 세월들 돌이켜 주기에,
날이 긴 여름철에.

18 테니얼에 관한 책에서 마이클 핸처는 1871년 7월 15일 자 《펀치》 만화에 테니얼이 그린 거대 구스베리(636쪽)와 이 대목 삽화의 험티 덤티가 너무나 닮은 것에 주목한다.[7] 만화에서 거대 구스베리는 이렇게 말한다. "대단한 난리굿이야, 개굴아! 나는 거대 구스베리들과 개구리 소나기*들이 어쨌든 이번 '멍청한 계절'에 휴가를 떠날 줄 알았어. 하지만 대단한 티치본 사건 재판이 연기되었으니, 우리는 다시 일어나 해야 할 거야."

• 개구리 소나기란 개구리가 하늘에서 떨어지는 폭풍우를 말한다. 비 올 때 하늘에서 미꾸라지 따위가 떨어지는 것 같이 드물지만 실제로 일어나는 현상이다. 영국 영

테니얼의 〈거대 구스베리〉

문이 잠겨 있다는 것을 안 나는
밀고 당기고 걷어차고 두드렸어.

문이 닫혀 있다는 것을 안 나는
손잡이를 돌리려고 했지만…."**19**•

● 가드너는 이 시가 불가해하다고 평했다. 이번 이야기 19번 주석에서 리처드 켈리는 이 시가 『앨리스』속 시편 중 "최악"이라고 평하며, 여러 부실한 점을 지적하고, "난센스의 참된 요소가 거의 존재하지 않는다"고 비판한다. 그러나 이 시편의 진짜 가치는 바로 그 부실함과 부재, 그리고 불가해함에 있다. 시에서 '나'는 물고기에게 '이것이 내가 바라는 것'이라는 '메시지message'를 보냈는데, 그 내용을 독자에게 밝히지 않는다. 물고기들은 어떤 명령이나 조언도 귀담아듣지 않고 잠만 자는데, 그 명령과 조언의 내용은 밝히지 않는다. 루이스 캐럴이 성직자였다는 점을 감안해 이를 종교적으로 독해해보자.

예수와 사도들은 사람을 낚는 어부다. 그런 맥락에서 물고기는 구원을 받아야 할 인간을 상징하게 된다. 메시아는 강력한 메시지, 곧 복음을 전했는데도 필멸자들은 결코 그 복음을 따르지 않는다. 원수를 사랑하라고 명백히 말했는데도, 원수 아닌 이웃까지 살상한다. 심지어 그리스도교라는 깃발 아래 끊임없이 전쟁을 일으켜 대량학살을 하기도 했다. '솥단지 kertle'는 물고기에게 걸맞은 종말의 장소일 것이다. '타래송곳'은 와인을 따는 도구다. 와인어 구스베리gooseberry에는 훼방꾼이라는 뜻이 있다.

19　리처드 켈리는 『루이스 캐럴』[8]에서 "이것은 『앨리스』에 나온 시 가운데 최악임이 틀림없다"라고 썼다. "언어는 진부하고 단조로우며, 어긋난 스토리 라인은 흥미롭지 않고, 각 2행의 라임에는 놀라움이나 기쁨이나 영감이 없고, 화자의 소망은 진술되지도 않은 데다, 작품에 결론이 없는 것 외에도 난센스의 참된 요소가 거의 존재하지 않는다."

에드워드 길리아노와 제임스 킨케이드가 편집한 『도도와의 비상』[9]에 실린 글에서 비벌리 라이온 클라크는 마지막 시행이 갑작스레 끝나는 것은 험티가 "그럼 안녕"이라고 앨리스에게 한 인사말의 갑작스러움과 호응할 뿐만 아니라, 이번 이야기의 마지막 문단에서 앨리스가 "내가 만나본 모든 불평쟁이 중에서…"라고 미처 말을 다하지 못하는 것과도 호응하고 있음을 주목하라고 말한다.

1995년 9월 9일 자 《스펙테이터》에서는 1897번째 시 짓기 대회 결과를 발표했다. 이 대회는 독자들이 험티의 시에 이어 8연의 2행 연구聯句를 덧붙이는 것이었다. 그 중 우승작 두 편이 《밴더스내치》(1995. 10.)에 실렸다.

손잡이가 덥석 내 손을 깨물었어!
내가 말했지, '이런, 손잡이야, 이해해줘

나는 그저 문 안으로 들어가려는 거야
그러니 문을 열어! 앙탈 부리지 말고!'

손잡이는 (역시나 오만하고 뻣뻣하게)
더없이 경멸하듯 코웃음 쳤지

그리고 말했어, '만일 네가 2시까지 기다리면
그때 내가 할 수 있는 조치를 취해줄지도 몰라.'

'2시까지?' 내가 외쳤지. '몇 시간이나 남았는걸!'
그러자 손잡이가 말했지. '대부분 하루를 기다려.

누군가는 1년도 기다리게 했지.
그는 죽었어, 아마 지금 네가 서 있는 곳에서.

그리고 오래 말이 없었다.

"그게 다예요?" 앨리스는 소심하게 물었다.

"그게 다야. 그럼 안녕." 험티 덤티가 말했다.

너무 뜬금없잖아, 앨리스는 생각했다. 하지만 그만 떠나라는 듯한 아주 강력한 말을 듣고도 남아 있는 것은 예의가 아닐 거라는 생각이 들었다. 그래서 앨리스는 벌떡 일어나 한 손을 내밀었다. "그럼 안녕히 계세요. 다시 만날 때까지!" 앨리스는 한껏 명랑하게 말했다.

"우리가 또 만난다 해도, 널 알아보진 못할 거야. 너는 다른 사람과 똑같이 생겼으니 말이야." 험티 덤티가 불만이라는 듯 대꾸했다. 그러곤 자기 손가락 하나를 내밀어 앨리스와 악수를 했다.[20]

"보통은 얼굴로 구별이 되잖아요." 앨리스가 사려 깊게 말했다.

"바로 그게 불만이야." 험티 덤티가 말했다. "네 얼굴은 다른 모든 사람과 똑같아. 눈 두 개에, 이렇게… (하며 코가 있는 자리를 엄지로 가리키며) 복판에 코가 있고, 그 아래에 입이 있지. 늘 그래. 예를 들어, 너의 두 눈이 코 양쪽이 아니라 한쪽에 몰려 있거나, 입이 얼굴 꼭대기에

은 예수의 피를 기념하는 것이다. 마태, 마가, 누가복음에서 "깨어 있으라"고 명하는데 물고기들은 잠만 잔다. 이런 식으로 유의미하게 해석해볼 수도 있겠지만, 이는 난센스와 반대되는 해석이다.

『고도를 기다리며』에서 등장인물들은 계속 두서없고 무의미한 대화를 나누며 'Nothing'을 숱하게 되뇐다(28회). 되는 일도, 할 수 있는 일도 없고(7회), 확실한 것은 아무것도 없다(3회). 없고 없다는 말을 되뇌며, 누구인지 모를 뿐만 아니라, 직접 보아도 알아보지 못할 거라는 '고도'를 하염없이 기다린다. 사무엘 베케트도 '고도'의 의미를 모른다고 밝힌 바 있다. 험티의 시에도 고스란히 담겨 있는 그 부조리함이 바로 난센스의 참된 요소 가운데 하나다. 물고기로 상징되는 필멸의 인간이 진정 귀담아들어야 할 메시지는 무엇일까? 예수는 길이요 진리요 생명이라는 메시지일까? 부처는 똥 막대기라는 선문답의 메시지일까? 신은 죽었다는 메시지? 지금 이 자리가 중요하다는 명상가들의? Nothing에 관한 어떤 소식? "사랑이여, 사랑이여, 세상을 돌아가게 하는 것이여!"(?)

험티의 시가 좀 투박하기는 하지만, 거기 담긴 부조리함, 극명한 소통 부재, 결말 없음, 해석의 열려 있음 등은 보기에 따라 단점이 아닌, 지극히 시대를 앞선 것이다.

찰스 포커드, 1929

있으면 좋잖아. 그러면 구별하는 데 좀 도움이 될 테니까."

"그래서는 흉해 보일 거예요." 앨리스는 반대했다. 하지만 험티 덤티는 그저 두 눈을 꼭 감고는 말했다. "해보기나 하고 말하렴."

앨리스는 그가 다시 말하길 한참 기다렸지만, 그는 눈도 뜨지 않았고, 앨리스를 더는 아랑곳하지 않았다. 그래서 앨리스는 다시 한번 "그럼 안녕히" 하고 말했다. 그래도 아무런 대답이 없자, 앨리스는 조용히 자리를 떴다. 걸으면서 앨리스는 혼자 중얼거리지 않을 수 없었다. "불평쟁이 중에서, 그러니까 내가 만나본 모든 불평쟁이 중에서…" 앨리스는 말을 다 마치지 못했다. 우당탕탕 하는 소리가 숲을 송두리째 뒤흔들었기 때문이다.[21]

그러니 부디 참아, 2시까지는. 그런 다음
발로 차거나 밀지 말고, 그냥 노크를 해.
물론, 장담은 못 하지만, 어쩌면…
그동안 나한테 노래를 불러주지 않을래?'
-앤드류 기븐스

줄잡아 30분은 지나고서야
나는 거기 페인트가 칠해진 것을 알았어.

바로 그때 뒤에서 바스락거리는
소리를 듣고 나는 돌아서서

여왕의 사촌을 보았지
초콜릿누가사탕을 스무 접시나 든

그가 내게 침중하게 물었어.
'이것을 안에 쟁여둘 자리가 있겠지?'

내가 답했어, '그럴 거라 말 못 하겠어,
물고기가 오늘은 제정신이 아니거든.'

그는 어느 책에 조심스레 그걸 썼다지.
'내가 한번 둘러봐야겠어.

여왕의 사촌으로서
알았던 것을 까먹은 게 분명하지만,

당신은 무엇을 좋아하지, 물고기찜과 튀김 중에서?'
하고 물은 그는 씩 웃더니 안으로 들어갔어.
-리처드 루시

20 에식스주, 밀 레인의 존 Q. 러더퍼드는 빅토리아 시대 귀족 계층 일부가 하층민
과 악수할 때 손가락 두 개를 내미는 불유쾌한 버릇을 지니고 있었다고 내게 일러주
었다. 프라이드가 강한 험티는 이 버릇을 사수하고 있다.

존 버넌 로드, 2011

서머싯 몸의 소설 『케이크와 맥주』 19장 끝에서 한 등장인물은 화자에게 "악수하자고 맥 빠진 손가락 두 개를" 내민다.

21 『피네간의 경야』를 배운 학생이라면 험티 덤티가 그 책의 기본 상징들 가운데 하나라는 것을 굳이 말하지 않아도 알 것이다. 피네간 술꾼의 사다리 추락과 마찬가지로 거대한 우주적 달걀의 추락은 루시퍼의 몰락과 인간의 몰락을 암시한다.

캐럴이 열세 살에 쓴 14연의 시 「고집불통 남자The Headstrong Man」는 험티의 강력한 추락을 예고한다. 이 시는 캐럴이 동생들을 위해 쓴 첫 번째 책인 『대단히 유익한 시』에 실렸고, 1954년에 사후 출판되었다. 시는 다음과 같이 시작한다.

> 한 남자가 서 있었지. 높은 곳에,
>   높디높은 담 위에.
> 그를 지나쳐 가는 모든 사람이
>   소리쳤지, "그러다 떨어질 거야."

그리고 강풍이 그를 담에서 날려버린다. 이튿날 나무에 오른 그는 나뭇가지가 부러져 다시 추락한다.

일곱 번째 이야기

사자와 유니콘

다음 순간, 병사들이 숲을 뚫고 달려왔다. 처음엔 둘씩, 셋씩, 그러다 열씩, 열둘씩, 마지막엔 온 숲을 한가득 채울 듯 와다글와다글 몰려왔다. 앨리스는 병사들에게 치일까 나무 뒤에 숨어 그들이 지나가는 걸 지켜봤다.

앨리스는 평생, 그토록 걸음걸이가 불안한 병사들을 본 적이 없다는 생각이 들었다. 병사들은 늘 뭔가에 발이 걸렸고, 한 사람이 고꾸라질 때마다 그 위로 여러 사람이 엎어졌다. 그래서 곧 땅바닥에는 쓰러진 병사들이 수두룩했다.

이어서 말이 몰려왔다. 말은 네 발이 달린 덕분에 병사들보다는 한결 잘 달렸다. 하지만 말들조차 이따금 발이 걸려 쓰러졌는데, 그렇게 쓰러지는 것이 정해진 규칙인 것만 같았다. 말 한 마리가 쓰러질 때마다 기수도 바로 곤두박질쳤다. 혼란이 갈수록 심해졌지만, 앨리스는 숲에서 벗어나 공터로 나갈 수 있게 된 것이 무척 기뻤다. 공터에는 하얀 왕이 땅바닥에 앉아, 수첩에 뭔가를 바삐 끼적이고 있었다.

"그들을 모두 보냈어!" 왕이 앨리스를 쳐다보며 환한 목소리로 외

피터 뉴얼, 1903

쳤다, "애야, 너 병사들을 만났
지? 숲에서 말이다."

"예, 만났어요." 앨리스가 말
했다. "몇천 명은 만난 것 같
아요."

"4천 2백 7명이란다. 정확
히." 왕이 수첩을 보며 말했다.
"너도 알다시피, 말을 전부 보
낼 수는 없었어. 두 마리는 게
임을 해야 하거든.¹ 전령 두 명
도 보내지 못했지. 둘 다 마을
에 내려갔거든. 저 길을 좀 보
고 말해주렴. 전령들이 보이는
지 말이다."

"길엔 아무도 안Nobody 보
여요." 앨리스가 말했다.

M. L. 커크, 1904

"아무도 안이 보여? 나도 그런 눈을 가졌으면 정말 좋겠구나" 하고 왕
이 툴툴거렸다. "노바디Nobody를 볼 수 있는 눈 말이야!²ᵃ 그것도 이렇게
나 멀리서 볼 수 있다면! 근데, 이런 빛에 내가 볼 수 있는 건 진짜 사람
뿐이야!"

● "I only wish I had such eyes to be able to see Nobody!"는 "노바디를 볼 수 있는 눈
만 가졌으면 얼마나 좋을까!"라는 뜻으로도 옮길 수 있다. 그런데 'nobody'에는 '무명인사,
보잘것없는 사람'이라는 뜻도 있다. 'somebodies and nobodies'는 '유명·무명의 사람들'을
뜻하는 숙어다. 이어 왕은 '진짜 사람real people'만 보인다고 말한다. 『이상한 나라의 앨리스』
에서 짝퉁거북은 날마다의 수프 한 그릇을 위해 '진짜' 거북임을 포기했다. 그런 식이라면
가난한 사람과 유명하지 않은 사람은 왕에게 진짜 사람으로 보이지 않는다는 뜻이 된다.

1 하얀 나이트 둘을 태울 두 마리의 말이 체스 게임에 필요하다는 뜻이다.

2 수학자와 논리학자, 그리고 일부 형이상학자들은 제로와 공집합, 그리고 무
Nothing를 무엇Something, 곧 유有로 취급하기를 좋아하는데, 캐럴도 예외가 아니었다.
『이상한 나라의 앨리스』에서 그리핀은 앨리스에게 "they never executes nobody"
라고 말한다[아홉 번째 이야기 「짝퉁거북 이야기」 320쪽 옮긴이 주 참고]. 여기서 우리는
처형되지 않고 길을 걸어가는 노바디를 만나는데, 우리는 나중에 이 노바디가 전령
보다 더 늦거나 더 빠르게 걷는다는 것을 알게 된다. 캐럴은 한 어린이 친구에게 이
런 편지를 썼다. "혹시 노바디가 방에 들어온 것을 보면, 부디 나 대신 그에게 키스해
주렴." 캐럴의 책 『유클리드와 그의 현대 라이벌들』엔 독일 교수 헤르 니만트Herr
Niemand가 나오는데, 그 이름은 영어로 Mr. Nobody라는 뜻이다. 『앨리스』에서 노바
디가 처음 등장한 건 언제였을까? 『이상한 나라의 앨리스』 일곱 번째 이야기 「미친

앨리스에게 이 모든 말들은 하나 마나 한 말이었다. 앨리스는 손차양을 한 채 여전히 길만 골똘히 바라보고 있었다. "이제 누가 보여요!" 앨리스가 마침내 외쳤다. "하지만 아주 느릿느릿 오고 있네요. 자세가 아주 이상해요!" (그 전령은 위아래로 깡충깡충 뛰다간 뱀장어처럼 꿈틀거리며 다가오고 있었는데, 커다란 두 손을 부채처럼 양쪽으로 내뻗고 있었다.)

"천만에. 그는 앵글로색슨족 전령인데, 그게 바로 앵글로색슨의 자세[3]라는 거란다. 행복할 때만 그렇게 하지. 그의 이름은 헤어야." (그는 헤어Haigha를 '메어mayor'와 라임을 이루게끔 발음했다.)[4]

"나는 꾸밈말이 H로 시작하는 내 님을 사랑해요."[5] 앨리스는 제 흥에 겨워 바로 낱말 놀이를 시작했다. "왜냐하면 그는 행복하니까Happy. 나는 그를 싫어해요. 왜냐하면 그는 너무 못생겼으니까Hideous. 나는 그에게 먹여요. 어…, 음…, 햄샌드위치Ham-sandwiches랑 건초Hay를.● 그의 이름은 헤어Haigha, 그가 사는 곳은…."

"언덕Hill이지." 왕이 툭 던졌는데, 그렇다고 낱말 놀이를 같이하겠다는 생각은 조금도 없었다. 그 사이에도 앨리스는 H로 시작하는 도시 이름을 생각해내려 끙끙거리고 있었다.

"다른 전령 이름은 해터hatta란다. 알다시피, 나한테는 둘이 있어야 해. 오고 갈 전령으로 말이야. 와야 할 한 명과 가야 할 한 명."

"그게 무슨 말씀인지I beg your pardon?●●" 앨리스가 말했다.

"사과pardon할 짓을 하면 못쓰지." 왕이 말했다.

● hay(건초/목초)는 토끼의 주식이다.
●● I beg your pardon에는 세 가지 뜻이 있다. 1. 사과드립니다/죄송합니다. 2. 실례합니다만/실례지만(모르는 사람에게 말을 걸거나, 상대의 말에 반대할 때) 3. 뭐라고 하셨나요?/다시 말씀해주세요.

티파티」에서다. 즉 "Nobody asked your opinion(아무도 안 물어봤거든요)" 하고 앨리스가 모자장수에게 말한 것이 최초다. 노바디가 다시 나타나는 것은 『이상한 나라의 앨리스』 마지막 이야기 「앨리스의 증언」에서다. 하얀 토끼가 '누군가something에게' 하트의 잭이 편지를 썼다고 말하자 왕은 말한다. "그야 그렇겠지. 노바디nobody에게 쓴 게 아니라면 말이다. 알다시피, 노바디에게는 보통 편지를 쓰지 않으니까."

이 대목에서 문학평론가들은 율리시스가 자신을 '노맨Noman'이라고 속이고 불에 달군 막대로 외눈박이 거인 폴리페모스의 눈을 찌르는 장면을 떠올렸다. 폴리페모스는 이렇게 외쳤다. "Noman이 나를 죽이고 있다!" 이 말을 듣고, 누군가 실제로 그를 공격하고 있다고 생각한 자는 아무도 없었다.

3   앵글로색슨의 자세에 대한 언급을 통해 캐럴은 당시 널리 알려진 앵글로색슨에 관한 지식을 조롱하고 있다. 해리 모건 에어스는 자신의 저서 『캐럴의 앨리스』[1]에서 다양한 의상과 자세를 선보이는 앵글로색슨 드로잉들을 재수록했다. 그것은 옥스퍼드 보들리언 도서관에서 소장하고 있는 주니어스 필사본에서 발췌한 것으로, 캐럴과 테니얼 모두 그것을 자료로 이용했을 가능성이 있다. 앵거스 윌슨의 소설 『앵글로색슨의 자세』[2]에서는 캐럴의 이 구절을 표제 페이지에 인용한다.•

• 앵거스 윌슨은 자신의 작품에 『거울 나라의 앨리스』 권두화(412쪽)인 280쪽의 테니얼 삽화를 표지로 썼다.

게르만족의 일파인 앵글로색슨족은 5세기부터 잉글랜드 지역에 정착했다. 1066년 정복왕 윌리엄이 이끄는 노르만인에게 정복당해 앵글로색슨 시대는 끝나지만, 그 정체성은 그 후로도 계속 유지되어 오늘날의 잉글랜드 민족성의 근간을 이루었다.

1000년경의 주니어스 필사본 중 「캐드먼 고문서」에 나오는 앵글로색슨의 자세

4   [두 단락 뒤에 나오는] 해터Hatta는 방금 감옥에서 풀려난 미친 모자장수Mad Hatter다. 헤어Higha를 메어mayor[메어는 영국식 발음으로, 미국식 발음은 메이어]와 라임을 이루게끔 발음하면 헤어Hare처럼 들리는데, 이는 물론 삼월 산토끼Hare. 해리 모건 에어스는 『캐럴의 앨리스』에서 캐럴이 색슨족의 룬 문자에 대한 19세기 저명한 전문가이자 색슨족에 관한 두 권의 학술서적을 펴낸

J. 앨런 세인트 존, 1915

저자인 데니얼 헨리 헤이Haigh를 염두에 두고 이 이름을 썼을 거라고 제안했다.

제임스 터티어스 디케이와 솔로몬 골롬은 각각 헤어와 해터가 5세기의 두 형제인 헨지스트와 호사에서 영감을 받은 캐릭터일 거라고 제안하는 글을 썼다. 초기 색슨족의 계보는 이 두 전사까지 거슬러 올라간다.

앨리스가 그녀의 두 옛 친구 중 한 명도 알아보지 못한 것은 이상한 일이다.

캐럴이 모자장수와 산토끼를 앵글로색슨 전령으로 위장한 이유(그리고 테니얼이 그들을 앵글로색슨으로 변장시키고 '앵글로색슨의 자세'를 부여함으로써 그들의 기행을 강조한 이유)가 무엇인지는 수수께끼로 남아 있다. 로버트 서덜랜드는 『언어와 루이스 캐럴』[3]에 이렇게 썼다. "앨리스의 꿈의 맥락에서, 그들은 학자들의 기쁨을 교란시키기 위해 유령처럼 다가온다."

> 앨리스가 꿈꾸는 체스 기물들의 존재, 유아 동요의 인물들, 말하는 동물들, 무엇보다 기괴하고 다양한 생물들은 쉽게 설명이 된다. 그들은 앨리스가 깨어 있을 때 만나는 이들이 변신한 것이거나, 꿈속에서 어린 소녀의 마음이 빚어낸 환상의 창조물이다. 하지만 앵글로색슨 전령들이라니! 그들은 첫 번째 『앨리스』에서 언급되지 않는다. 앨리스가 교과서에 나오는 앵글로색슨 역사를 읽었다고 가정해야 할까? 아니면 앵글로색슨 전령의 존재는 캐럴이 불필요하게 추가한 것으로, 일관되게 구상된 이야기 구성에 끼어든 사소한 결함이라고 보아야 할까? 그들의 존재는 당시 앵글로색슨에 관한 지식을 비아냥거리는 사적 농담이거나, 영국의 고대에 대한 그의 관심의 반영일까? 앵글로색슨 전령을 창조한 도지슨의 의도가 무엇인가는 곤혹스러운 문제로, 추가 정보가 나올 때까지는 달리 알 길이 없다.

로저 그린은 다음과 같이 추리한다.[4] 캐럴은 자신의 일기(1863. 12. 5.)에 '알프레드 대왕'이라고 불린 우스꽝스러운 촌극을 공연 중이던 크라이스트처치 홀에 갔던 일을 기록했다. 그곳에는 리들 부인이 자녀와 함께 와 있었다. 로저 그린은 이 촌극에 앵글로색슨의 의상과 무대 배경이 포함되어 있었을 것이며, 이것이 캐럴에게 모자장수와 토끼를 앵글로색슨 전령으로 바꾸는 아이디어를 심어주었을 거라고 추측한다.

5 "I love my love with a A"는 빅토리아 시대 잉글랜드에서 인기 있던 실내 언어 놀이였다. 첫 번째 참가자가 다음과 같이 암송하는 것으로 놀이가 시작한다.

> 나는 꾸밈말이 A로 시작하는 내 님을 사랑해. 왜냐하면 그는 쾌활agreeable*하니까.
> 나는 그를 싫어해. 왜냐하면 그는 욕심쟁이Avaricious니까.
> 그는 나를 도토리acorn 표지판으로 데려갔어.**

"무슨 말씀인지 이해가 안 된다는 뜻으로 한 말이었어요."
앨리스가 말했다. "왜 한 명은 와야 하고, 한 명은 가야 해요?"

"내가 말하지 않았어?" 왕이 조급하게 다시 말했다.
"나한테는 둘이 있어야 한다고. 가져오고 가져가야
하니까. 한 명은 가져오고, 한 명은 가져가지."

바로 그때 전령이 도착했다. 그는 숨이 너무 가빠
한마디도 하지 못했다. 그저 두 손을 이리저리 허둥거리면
서, 왕에게 황공무지하다는 표정을 지었다.

"이 어린 아가씨가 H로 시작하는 헤어 너를 좋아한다는
구나." 왕이 말했다. 왕 앞이라 쩔쩔매는 전령의 주의를 딴
데로 돌리려 앨리스를 소개한 것이었다. 하지만 아무 소용
이 없었다. 앵글로색슨의 자세는 매 순간 점점 더 이상해지기만 했다.
그는 커다란 두 눈망울을 좌우로 희번덕거렸다.

"나를 놀라게 하지 마라!" 왕이 말했다. "어지럽고 몽롱하구나. 샌드
위치나 하나 내놓거라!"

우스꽝스럽게도, 그 말을 들은 전령은 목에 걸고 있던 자루를 열더
니 샌드위치를 하나 꺼내주었고, 왕은 그걸 게걸스레 먹어 치웠다.

"하나 더!" 왕이 말했다.

"이제 남은 건 건초뿐인데요." 전령이 자루 속을 들여다보며 말했다.

"그럼 건초를" 하고, 왕은 몽롱하게 웅얼거렸다.

왕이 건초를 먹고 제법 기운을 차린 걸 본 앨리스는 기뻤다. 왕이 쩝
쩝거리며 앨리스에게 말했다. "몽롱할 때는 건초만 한 게 없지."

"찬물을 끼얹는 게 더 낫지 않을까요?" 앨리스가 제안했다. "…아니
면 방향염[6]을 조금."

"더 좋은 것이 없다고는 안 했다. 그만한 것이 없다고 말했을 뿐이지."[7]

그리고 나한테 사과apple를 대접했지.

그의 이름은 앤드루Andrew.

그리고 그가 사는 곳은 알링턴Arlington.

첫 번째 참가자는 위의 밑줄 친 모든 공란에 A로 시작하는 적절한 단어를 넣어 말한다. 그러면 두 번째 참가자가 B로 시작하는 낱말을 넣어 말한다. 그런 식으로 알파벳 끝까지 놀이를 계속한다. 적절한 낱말을 제시하지 못한 참가자는 놀이에서 탈락한다. 사용하는 문장은 다양하다. 위에 인용한 문장들은 캐럴 당시 인기 도서였던 제임스 오처드 할리웰의 『잉글랜드 동요』[5]에서 차용한 것이다. 앨리스가 A 대신 H로 놀이를 시작한 것은 영리한 행동이었다. 앵글로색슨Anglo-Saxon 전령이란 이름 첫 글자엔 [앨리스의 두 친구인] 헤어Haigha와 해더Hatta의 H가 없으니 말이다.

• 밑줄 부분은 옮긴이가 임의로 채웠다.

•• Sign of the Acorn은 오래 걸어야 하는 산길을 가리키는 표지판으로 표지판에 도토리가 하나 그려져 있다.

6   sal-volatile: 오늘날의 스멜링 솔츠smelling salts.•

• '샐-볼래틀리'는 빅토리아 시대에 기절한 여성을 깨우는 데 사용한 탄산암모늄 용액으로, 암모니아를 식초나 알코올로 녹여 냄새를 맡게 했다. 탄산암모니아와 소금,

왕이 대꾸했다.

앨리스는 차마 부정하지 못했다.

"길에서 너는 누구를 앞질러 갔느냐?" 왕이 건초를 더 달라고 손을 내밀며 전령에게 말했다.

"아무도요nobody." 전령이 말했다.

"그랬군." 왕이 말했다. "이 어린 아가씨 역시 노바디를 보았느니라. 그러니까 노바디Nobody는 너보다 더 느리게 걷는 게로군."••

"저는 최선을 다해요. 저보다 훨씬 더 빠르게 걷는 자는 아무도 없음nobody이에요!" 전령이 불퉁하니 말했다.

"그럴 리가 없어." 왕이 말했다. "노바디가 훨씬 더 빠르게 걷는다면 너보다 먼저 도착했겠지. 암튼 이제 너도 숨을 좀 돌렸으니, 마을에서 무슨 일이 일어났는지 말해보도록 해라."

"귓속말로 할게요" 하며 전령은 두 손을 나팔처럼 모아 입에 대곤 왕의 귀 가까이 닿도록 허리를 숙였다. 앨리스는 그런 모습이 마음에 들지 않았다. 자기도 마을 소식을 듣고 싶었기 때문이다. 하지만 전령은 귓속말을 한다면서, 있는 대로 목청을 높여 고함을 질렀다. "그들이 또

● 전령이 노바디를 앞질렀으니 노바디가 더 느린 게 당연하다. 뒤에 가서 전령은 노바디가 자기보다 훨씬 더 빠르다고 말한다. 이렇게 nobody라는 관용어를 고유명사 Nobody로 새기면 패러독스가 발생한다. 『이상한 나라의 앨리스』에 나온 노바디 패러독스보다는 전체적으로 단순하지만, 이 대목에서는 훨씬 더 깊은 곳을 건드리고 있다. 노바디를 존재로 볼 것인가 부재로 볼 것인가? 제로, 공집합, 무無 또는 Nothing은 존재할까 부재할까?(이번 이야기 2번 주석 참고). 이는 생각보다 그 진폭이 훨씬 더 큰 주제다. 중세 보편논쟁의 연장선에서, 예컨대 수많은 각각의 사람, 곧 개별자가 존재하는데 '인간'이라는 보편자도 존재할까? 개별자인 사과는 존재하지만 보편자인 과일이라는 것도 존재할까? 존재하지 않고 말 있을 뿐일까? 유명론에서 말하듯 '인간'이라는 보편자가 다만 이름(개념)만 있을 뿐이라면 '원죄'가 부정당하게 된다. 죄는 개별자 아담과 이브가 저질렀을 뿐이니까. 더불어 삼위일체의 신도 존재를 부정당하고, 그리스도교의 뿌리가 흔들리게 된다. 존재와 부재의 갈등 역시 반전의 거울 나라에 어울리는 주제다.

아로마오일 혼합액인 스멜링 솔츠는 권투선수에게 많이 쓰이다가 금지되었는데, 미식축구 등 격한 경기를 하는 선수들은 오늘날에도 쓰고 있다.

7　문구를 관용어로 이해하지 않고 문자 그대로 받아들이는 것이 바로 거울 나라 인물들의 특징인데, 캐럴의 유머 가운데 다수가 이를 토대로 하고 있다. 또 다른 좋은 예가 아홉 번째 이야기 「앨리스 여왕」에 나오는데, 붉은 여왕은 앨리스에게 "양손으로 부인하려 해도" 부인할 수 없다고 말한다[「앨리스 여왕」 724쪽 두 번째 옮긴이 주 참고].

그런 다양한 난센스에 대한 그의 애착을 보여주는 또 다른 사례가 있다. 아래 세 통의 편지는 캐럴의 가장 재미난 장난 가운데 하나라 할 수 있다. 1873년 엘라 모니어 윌리엄스(어린이 친구)가 그에게 자신의 여행 일기를 빌려주었을 때, 그는 다음과 같은 편지와 함께 일기장을 돌려주었다.

> 친애하는 엘라,
> 고마움을 가득 담아 일기장을 돌려줄게. 내가 왜 그렇게 일기장을 오래 가지고 있었는지 궁금할 거야. 네가 일기에 대해 말한 것으로 미루어보면, 그중 어떤 것도 발표할 생각이 없다는 것을 잘 알겠어. 하지만 내가 그 일기 중 짧막한 세 편을 《월간 패킷》에 싣도록 보낸 것에 대해 네가 화를 내지 않기를 바라. 그저 「엘라의 일기, 곧 옥스퍼드 교수 딸의 한 달간 외국 여행 체험기」라는 제목과 다른 그 어떤 제목도 보내지 않았고, 어떤 실명도 밝히지 않았어.
> 《월간 패킷》의 편집자인 미스 영에게 원고료로 받게 될 금액은 전액 너에게 보내줄게.
>
> 너의 다정한 친구,
> C. L. 도지슨.

엘라는 그가 농담을 한 줄 알았지만, 다음 문장이 포함된 두 번째 편지를 받고는 그의 말이 진담이라고 믿기 시작했다.

> 내가 편지에 쓴 모든 말이 완전 사실이라는 것을 알리게 되어 매우 안타깝구나. 이제 너에게 그보다 더한 것을 알려야 할 것 같아. 미스 영이 원고를 거절하진 않았어. 그런데 한 편에 1기니* 이상은 주지 않을 거야. 그걸로 되겠어?

캐럴은 세 번째 편지에서 그것이 장난이었다고 밝힌다.

붙었어요!"

"그것이 귓속말이냐?" 딱한 왕이 펄쩍 뛰더니 몸을 파들거리며 외쳤다. "또 그런 짓을 하면 네 입을 꿰매버리겠다! 머릿속에 지진이 난 줄 알았다!"

"아주 작은 지진이었겠지" 하고 앨리스는 생각했다. 그러곤 "누가 또 붙었다고요?" 용기를 내 물었다.

"그야 물론 사자와 유니콘이지." 왕이 말했다.

"왕관을 차지하려 싸우는 건가요?"

"그렇단다." 왕이 말했다. "근데 무엇보다 웃기는 건 말이다, 그 왕관이란 게 예나 지금이나 항상 내 것이라는 거야! 어서 가서 좀 보자." 그러곤 둘은 달려가기 시작했다.[8] 앨리스는 동동걸음을 치며 옛 노랫말[9]을 혼자 종알거렸다.

　　"사자와 유니콘이 왕관을 두고 싸우고 있었어. 온 마을을 돌며 사
　　자가 유니콘을 때렸지.
　　누군가 그들에게 하얀 빵을 주거나, 갈색 빵을 주었어.
　　누군가 그들에게 건포도 케이크를 주곤 마을에서 쫓아냈지."

"근데 이기는… 쪽이… 왕관을… 차지하나요?" 달리느라 숨이 찬 앨리스는 간신히 물었다.

"그럴 리가 없지! 무슨 뚱딴지같은 생각을!"[10] 왕이 말했다.

"괜찮으시다면… 1분만… 멈추면… 안 될까요? 숨 좀… 돌리게요." 좀 더 달린 후 가쁜 숨을 몰아쉬며 앨리스가 말했다.

"난 괜찮아. 하지만 난 그럴 힘이 없어" 하고 왕이 말했다. "너도 알다시피, 1분은 쏜살같이 지나가지. 1분을 멈추느니 밴더스내치를 멈추게

친애하는 엘라,

너에게 심한 장난을 친 것 같구나. 하지만 내 말은 정말로 다 사실이었어. 나는 "내가 한 기타 등등의 일에 대해 네가 화를 내지 않기를 바라"마지않았어. 실제로 그런 짓을 하지 않았다는 아주 훌륭한 근거가 있으니 말이야. 나는 다른 그 어떤 제목도 보내지 않았고, '엘라의 일기'라는 바로 그 제목도 보내지 않았어. 미스 영은 원고를 거절하지 않았지. 그녀는 원고를 보지도 못했거든. 그녀가 3기니 이상을 주지 않았다는 건 설명할 필요 없겠지?

300기니를 낸다고 해도 나는 그중 어떤 것도 보여주지 않았을 거야. 남에게 보여주지 않겠다고 약속한 후라면 말이야.

애정을 담아
이만 총총,
C. L. D.

● 1기니는 21실링으로 오늘날의 화폐가치로 약 220만 원이다.

8　명확하지 않은 이유로 하얀 왕이 사자와 유니콘의 싸움을 보기 위해 멀리 달려감으로써 체스 게임에서 왕이 한 칸씩만 움직여야 한다는 규칙을 어기고 있다.

9　『옥스퍼드 동요 사전』에 따르면 사자와 유니콘의 라이벌 관계는 아득한 옛날로 거슬러 올라간다. 동요는 일반적으로 17세기 초에 생긴 것으로 추정된다. 당시 스코틀랜드와 잉글랜드가 연합하면서 두 왕실의 문장을 합쳐 오늘날과 같은 문장, 곧 스코틀랜드의 유니콘과 잉글랜드의 사자가 새로운 영연방 문장에 함께 나타나게 되었다. 두 동물이 왕실 문장을 옆에서 받들고 있는 모습으로 말이다.[6]

사자와 유니콘이 새겨진 왕실 문장

10　사자와 유니콘으로 캐럴이 자유당의 글래드스턴과 보수당의 디즈레일리를 상징할 의도였다면(이번 이야기 13번 주석 참고), 이 대화는 남다른 의미를 갖게 된다. 정치적 견해가 보수적이고 글래드스턴을 좋아하지 않았던 캐럴은 글래드스턴의 전체 이름 윌리엄 이워트 글래드스턴William Ewart Gladstone으로 주목할 만한 두 개의 애너그램[철자 순서를 바꿔 만든 다른 낱말이나 구문]을 만들었다. "Wilt tear down *all*

하는 편이 더 쉬울 거야!"*

앨리스는 숨이 턱에 차 더는 말을 할 수 없었다. 그들은 말없이 계속 달렸다. 이윽고 사람들이 구름처럼 모여 있는 게 눈에 들어왔다. 그 한복판에선 사자와 유니콘이 싸우고 있었다. 주위에 흙먼지가 일어서, 처음에 앨리스는 누가 누군지 알아볼 수 없었다. 하지만 곧 뿔을 봤고 그제야 그게 유니콘이라는 걸 알아차릴 수 있었다.

그들은 다른 전령인 해터 가까이에 자리를 잡고 있었다. 해터는 한 손엔 찻잔을, 다른 손엔 버터 바른 빵을 들고 서서 싸움 구경을 하고 있었다.

"해터는 방금 감옥에서 나왔어. 차를 다 마시지 못하고 감옥에 들어갔었지." 헤어가 앨리스에게 소곤거렸다. "그런데 감옥에서는 굴 껍데기만 준대. 그러니 얼마나 배가 고프고 목이 말랐겠어. 어이, 좀 어때?" 하고 말하며 헤어는 다정하게 해터의 목에 팔을 둘렀다.

해터는 헤어를 돌아보곤 고개를 주억거리더니 계속 버터 바른 빵을 먹었다.

"감옥에서는 괜찮았어?" 헤어가 말했다.

해터는 다시 헤어를 돌아보았다. 이번에는 눈물 한두 방울이 또르르 흘러내렸다. 하지만 해터는 입을 꾹 다물고만 있었다.

"말을 해봐, 엉?" 헤어가 참지 못하고 외쳤다. 그래도 해터는 그저 쩝쩝거리기만 하다 차를 조금 마실 뿐이었다.

"말해보거라!" 왕이 외쳤다. "저들의 싸움이 어찌 되어가고 있느냐?"

해터는 큼직한 버터 바른 빵 조각을 안간힘을 다해 꿀떡 삼켰다. 그

● to stop a minute: 1분만 쉬었다 가자는 앨리스의 말을 왕이 문자 그대로 1분을 (잡아) 멈추게 하자"는 말로 새긴 것.

피터 뉴얼, 1903

러곤 목멘 소리로 말했다. "아주 잘 진행되고 있습죠. 둘 다 줄잡아 87번씩은 땅바닥에 고꾸라졌답니다."

"그럼 곧 사람들이 흰 빵과 갈색 빵을 가져오겠네요?" 앨리스는 용기를 내 한마디 거들었다.

"지금 그걸 기다리고 있지." 해터가 말했다. "내가 먹고 있는 이것이 바로 거기서 떼어낸 거야."

바로 그때 싸움이 멈추더니, 사자와 유니콘이 헐떡이며 털퍼덕 주저앉았다. 그리고 그 순간 왕이 외쳤다. "10분 동안 쉬는 것을 허락하노라!"* 헤어와 해터는 바로 나서서 흰 빵과 갈색 빵 접시를 돌렸다. 앨리스도 한 조각 받아서 맛을 보았는데, 빵이 너무 말라 있었다.

"오늘은 더 이상 싸우지 않을 것 같구나." 왕이 해터에게 말했다. "가서 북을 치기 시작하라고 명해라."** 그 말에 해터는 메뚜기처럼 뛰어갔다.

1~2분 동안 앨리스는 말없이 서서 해터를 지켜보았다. 그러다 갑자기 얼굴이 환해졌다. "저기, 저기 좀 봐요!" 앨리스는 열렬히 손짓을 하며 외쳤다. "하얀 여왕이 들판을 가로질러 달려오고 있어요!" 숲을 벗어나 쏜살같이 다가오네요. 어쩌면 저렇게 빠를 수가 있담!"

"보나 마나 적군이 뒤를 쫓아오고 있겠지." 왕이 돌아보지도 않고 말했다. "숲에는 적군이 우글거리거든."

"얼른 가서 도와주셔야 하는 거 아니에요?" 왕이 너무나 태연한 것에 깜짝 놀란 앨리스가 물었다.

• 명령이 뒤늦게 나온 것도 거울 반전이다.
•• 북을 치는 것은 결투나 전투의 개시를 알리는 것이다. 그런데 거울 나라에서는 끝나고 친다.

images(모든 이미지를 찢어발길 참인가)?"와 "Wild agitator! Means well(난폭한 선동가 여! 뜻은 좋다만)"[7]이 그것이다.

● to mean well: 이는 반어법으로, 의도는 좋았으나 재주나 노력 따위가 부족해 의도와 동떨어진 결과를 낳았을 때 하는 말이다. 예를 들어 선의로 위로하려고 한 말이 모욕으로 들렸을 때. 가드너의 주석은, 만일 여기에 정치색이 담겨 있다면, 글래드스턴이 총리가 될 턱이 없다는 뜻이다.

보수당(과거 토리당) 당수인 벤저민 디즈레일리는 1968년에 약 10개월 동안, 그리고 1874~1880년에 총리를 역임했다. 자유당(과거 휘그당)의 글래드스턴은 1868년부터 1894년 사이에 약 12년 동안 네 차례 총리를 역임했다. 파란만장한 소년기를 보낸 디즈레일리와 달리 글래드스턴은 부유한 상인 집안 출신으로 일찍부터 탄탄한 경력을 쌓았다. 1832년 23세에 보수당 후보로 하원의원에 당선된 글래드스턴은 처음엔 극단적 보수주의자였으나 곡물 수입을 둘러싼 갈등에서 보호무역이 아닌 자유무역을 주장하며 자유당의 지도자로 부상했다. 이 양당 체제에서 1900년 노동당이 창당되었고, 1920년대부터 자유당을 밀어내고 제1야당이 되었다. 현재 영국은 이 양당을 중심으로 다수의 군소정당이 있다.

루이스 캐럴이 디즈레일리를 좋아한 데에는 유대인 저술가의 장남으로 태어난 디즈레일리의 본업이 작가였다는 점도 아마 한몫했을 것이다. 디즈레일리와 글래드스턴 모두 성공회 신자였다. 빅토리아 여왕은 디즈레일리를 좋아했는데, 오늘날에도 보수당 지지자의 압도적 다수가 왕실 유지론자다.

"일없어, 일없어!"* 하고 왕이 말했다. "여왕은 겁나게 빨리 뛰거든. 차라리 밴더스내치를 따라잡는 게 더 쉽지! 하지만 너만 괜찮다면 여왕에 대해 메모를 좀 해놓아야겠다. 여왕이 참 사랑스러운 피조물이라고 말이야." 왕은 수첩을 펼치며 혼잣말로 나직이 되뇌었다. "근데 '피조물 creature' 중간에 'e'가 두 개 들어가던가?"

바로 그때 유니콘이 두 손을 호주머니에 찔러 넣은 채 그들 곁을 어슬렁어슬렁 지나갔다. 그러면서 곁눈질로 힐끔 왕을 쳐다보며 말했다. "이번에는 내가 우세한 거 맞지?"

"조금…, 조금." 왕은 다소 미심쩍게 대답했다. "알다시피 너는 뿔로 들이받지 말아야 했어."

"다치지도 않았는데 뭘." 유니콘은 별일 아니라는 듯 말했다. 그러곤 계속 어슬렁어슬렁 걸어가던 그는 우연히 앨리스를 발견했다. 그러자 유니콘은 곧바로 홱 돌아서선, 아주 혐오스럽다는 표정으로 앨리스를 한참 바라보며 서 있었다.

"이건… 대체… 뭐지?" 그가 마침내 말했다.

"뭐긴, 아이지!" 앨리스를 소개해주려 앞으로 나서며 헤어가 열띤 목소리로 말했다. 그러곤 앵글로색슨의 자세로 앨리스를 향해 두 손을 활짝 펼쳐 보이며 이어 말했다. "오늘에야 얘를 발견했어. 평범한 앤데, 두 배로 평범해!"12

"난 항상 얘들이 전설적인 몬스터인 줄만 알았어! 살아 있기는 한 거야?" 유니콘이 말했다.

"말할 줄도 알아." 헤어가 엄숙하게 말했다.

● No use, no use(going to run and help her): 달려가서 도와줄 '필요 없다/그래봐야 의미 없다/소용없다'라는 뜻. 우리말 '일없다'는 '필요 없다/걱정할 것 없다/괜찮다/별일 없다' 외에 때로 '싫다'라는 뜻으로도 쓰인다.

11 붉은 기사의 서쪽[e8]에 있던 하얀 여왕이 QB8[여왕 쪽 비숍의 줄 중 8번째 가로줄, 곧 c8]로 이동하고 있다. 붉은 기사가 그녀를 잡을 수는 없으니 실은 이렇게 도망갈 필요가 없다. 오히려 붉은 기사를 잡을 수도 있었는데 이렇게 어리석게 움직이는 것이 하얀 여왕 캐릭터의 특징이다.

12 캐럴 시대엔 'as large as life and quite as natural'과 같은 말이 흔히 쓰였다. 『옥스퍼드 영어사전』에서는 1863년의 사용례를 인용하고 있다. 그런데 캐럴은 'quite'를 'twice'로 바꿔 썼다.• 그렇게 바꿔 쓴 최초의 사람이 캐럴인데, 오늘날 잉글랜드와 미국 모두에서 캐럴의 말이 곧잘 쓰인다.

해리 라운트리, 1928

• larger than life라는 숙어가 있는데, 문자 그대로의 의미는 '실물보다 크다'지만 숙어로는 남다르게 화려하거나 제법 비범하다는 뜻이다. 그래서 'as large as life'는 유머러스한 표현으로 '그냥 평범하다' 또는 '(세월이 흘렀어도 겉모습이나 하는 짓이) 옛날 그대로'라는 뜻으로 쓰인다. 뒤에 덧붙인 'quite as natural'은 평범하다는 것을 강조하는 말로 캐럴처럼 'quite'를 'twice'로 바꾸면 같은 의미가 배로 강조되고 익살스러움 역시 배가된다. 본문 영문을 문자 그대로 번역하면 "얘는 실물 크기인데, 두 배로 자연스러워!"

그 말에 유니콘은 앨리스를 몽롱하게 바라보며 말했다. "말해봐, 꼬맹아."

앨리스는 씨익 입꼬리를 말아 올리고는 말문을 열었다. "이거 아시나 몰라? 나도 항상 유니콘이 전설적인 몬스터인 줄만 알았다는 거 말예요. 이제껏 살아 있는 유니콘을 본 적이 없거든요."

"음, 이제 우리가 서로를 보았으니, 네가 나를 믿는다면, 나도 너를 믿어주지. 어때, 그럴래?" 유니콘이 말했다.

"원하신다면 그러죠." 앨리스가 말했다.

"노인장,* 어서 건포도 케이크나 줘!" 하고 말한 유니콘은 왕을 돌아보며 이어 말했다. "나한테 줄 갈색 빵은 없을 테니까!"

"그래, 그래!" 왕이 중얼거리며 헤어에게 손짓을 했다. "자루를 열어라!" 왕이 소곤거렸다. "빨리! 그게 아냐! 그건 건초잖아!"

헤어는 자루에서 커다란 케이크를 꺼내 앨리스더러 들고 있으라고 건네주고는 접시와 길쭉한 식칼을 꺼냈다. 그 모든 것이 어떻게 자루에서 다 나올 수 있는지 앨리스는 짐작도 할 수 없었다. 마치 요술conjuring trick** 같다고 앨리스는 생각했다.

그들이 그러는 동안 사자가 끼어들었다. 그는 녹초가 돼 졸음이 쏟아지는 것처럼 보였다.[13] 눈꺼풀이 이미 반쯤 내려와 있었다. "이거 뭐야!" 그가 말했다. 그는 나른하게 눈을 끔벅거리며 커다란 종이 울리는 것처럼 웅숭깊은 목소리로 말했다.

---

* 노인장old man은 노인을 높여 이르는 말로 비하하는 표현이 아니다. 남의 아버지나 남편, 또는 남자친구를 지칭하거나, 직장상사를 친근하게 부르는 말로 보통 애정 어린 호칭으로도 쓴다.
** 캐럴 당시 달걀을 세우는 마술과 더불어, 이처럼 빈 자루에서 뭔가를 꺼내는 마술이 유행했다고 한다. 'conjure'는 '잽싸게 꺼내다, 마법이나 주술로 불러내다'의 뜻인데, 과거에는 그런 속임수를 마술magic이라기보다 요술conjuring-trick이라고 한 듯하다.

13 테니얼은 이 동물들로 글래드스턴과 디즈레일리를 희화화하고자 했을까? 마이클 핸처는 테니얼의 그림에 관한 책에서 캐럴과 테니얼 모두 그 유사성을 염두에 두진 않았을 거라고 주장한다. 그는 테니얼의 《펀치》 만화 중 하나를 재수록했는데, 둘다 『앨리스』에 나오는 것과 거의 똑같이 그려진 것으로, 스코틀랜드의 유니콘과 영국의 사자가 서로 마주 보고 있는 모습이다.

피터 뉴얼, 1903

"아, 지금, 이거 뭐냐고 했어?" 유니콘이 열렬히 외쳤다. "넌 짐작도 못 할 거다! 나도 그랬어."

사자는 께느른하게 앨리스를 바라보며, 한마디 할 때마다 한 번씩 하품을 하며 말했다. "얘는 동물…, 아님 식물…, 아님 광물이야?"[14]

"전설적인 몬스터야!" 앨리스가 입을 열기 전, 유니콘이 외쳤다.

"그럼 건포도 케이크를 돌려봐라, 몬스터야." 자리에 주저앉아 두 앞다리에 턱을 올려놓으며 사자가 말했다. "그리고 거기 둘 다 좀 앉아." (사자는 왕과 유니콘에게 말했다.) "케이크를 공평하게 나눠 먹자고!"

커다란 두 피조물 사이에 앉아야 한다는 것이 왕에게는 아주 불편한 게 분명했다. 하지만 달리 앉을 자리가 없었다.

"왕관을 차지하려고 **이번엔** 정말 대판 붙었지!" 유니콘이 엉큼한 눈으로 왕관을 쳐다보며 말했다. 가련한 왕이 어찌나 부들부들 떨고 있는지, 왕관이 머리에서 떨어질 것만 같았다.

"내가 단박에 이겨버려야 했는데." 사자가 말했다.

M. L. 커크, 1905

"내 생각은 다른데?" 유니콘이 말했다.

"아이고, 이 겁쟁이야! 온 마을을 돌며 나한테 두들겨 맞은 주제에!" 발끈한 사자가 몸을 반쯤 일으키며 말했다.

이때, 또 싸움이 벌어지는 걸 막으려고 왕이 끼어들었다. 안절부절해 목소리가 심하게 떨렸다. "온 마을을 돌았다고? 그거 엄청 오래 걸리는데? 그럼 옛 다리도 건넜나? 시장도 지나쳤고? 옛 다리 옆이 경치는 아주 그만이지."

"그건 전혀 몰랐어." 사자는 다시 주저앉으며 으르렁거렸다. "먼지가 너무 피어올라서 뭘 볼 수가 있었어야지. 몬스터야, 케이크 자르다 해 떨어지겠다!"

앨리스는 도랑 옆에 앉아 양 무릎에 커다란 접시를 얹고선 식칼로 열심히 케이크를 썰고 있었다. "케이크가 나를 약 올려요!" 앨리스가 사자에게 대꾸했다. (이제는 '몬스터'라고 불리는 것이 아무렇지도 않았다.) "진작에 여러 조각으로 잘랐는데, 이것들이 다시 딱 달라붙어요!"

"너는 거울 케이크 다룰 줄을 모르는구나." 유니콘이 말했다. "먼저 케이크를 나눠준 다음에 잘라야지."

그건 난센스로 들렸다. 하지만 앨리스는 고분고분 일어나 접시를 돌리기 시작했다. 그러자 케이크가 저절로 세 조각으로 나뉘었다. "이제 자르도록 해" 하고 사자가 말했을 때, 앨리스는 빈 접시를 들고 자기 자리로 돌아갔다.

"이건 공평하지 않아!" 유니콘이 외쳤다. "몬스터가 사자한테 내 것보다 두 배나 많이 줬어!"[15] 다시 앉은 앨리스는 칼을 든 채 어째야 할지 몰라 쩔쩔맸다.

"쟤가 자기 몫을 내게 준 거야." 사자가 말했다. "몬스터야, 넌 건포도

마일로 윈터, 1916

블랑슈 맥마누스, 1899

블랑슈 맥마누스, 1899

케이크 안 좋아해?"

그러나 앨리스가 대답하기 전, 북소리가 울리기 시작했다.

앨리스는 그 소리가 어디서 들려오는지 알 수 없었다. 북소리는 귀가 먹을 정도로 쩌렁쩌렁 사방에서 울려 퍼졌다. 겁에 질린 앨리스는 벌떡 일어나 도랑을 훌쩍 건너뛰었다.[16]

그런 뒤 사자와 유니콘을 돌아보니, 식사를 방해받아 화가 난 표정으로 둘 역시 벌떡 일어나 있었다. 앨리스가 무릎을 꿇고 앉아 두 손으로 귀를 막았지만, 요란한 북소리는 손을 뚫고 들어와 고막을 울렸다.

"저 북소리로도 그들을 마을에서 쫓아내지 못한다면, 그 어떤 것으로도 쫓아내지 못할 거야!" 앨리스는 속으로 생각했다.

14 『이상한 나라의 앨리스』아홉 번째 이야기 「짝퉁거북 이야기」 8번 주석 참고.

15 이 문장은 한 무리의 짐승들이 사냥의 전리품을 어떻게 나누었는가에 대한 이솝 우화 「사자의 몫」에서 유래한 것이다. 여러 버전 가운데 하나로, 사자는 자신의 지위에 대한 몫으로 4분의 1, 뛰어난 용기에 대한 몫으로 4분의 1, 자기 아내와 아이들의 몫으로 또 4분의 1을 요구했다. 남은 4분의 1에 대해서는 그게 제 몫임을 주장하고 싶으면 누구든 자기와 한 판 입씨름을 해보자고 사자는 덧붙인다.

16 앨리스는 Q7[하얀 여왕 줄 중 7번째 가로줄, 곧 d7]으로 나아간다.

여덟 번째 이야기

"이건 내가 발명한 거야."

북소리는 차츰 잦아들었다. 그리고 마침내 사방이 괴괴한 침묵에 휩싸이자 앨리스는 조심스레 고개를 들었다. 주위엔 아무도 보이지 않았다. 처음엔 사자와 유니콘과 그 이상한 앵글로색슨 전령들에 대한 꿈을 꾼 것만 같았다. 하지만 건포도 케이크를 올려놓고 자르려 애썼던 커다란 접시가 발치에 놓여 있었다.

"이걸 보니 꿈이 아니었네." 앨리스는 혼잣말을 했다. "만일… 만일 이 모든 것 역시 그 꿈의 일부가 아니라면 말이야. 만일 이것도 꿈이라면, 붉은 왕의 꿈이 아니라 내 꿈이기만 바라! 다른 사람의 꿈속에 들어가 있기는 싫으니까." 앨리스는 뾰로통하게 말을 이었다. "가서 기어이 붉은 왕을 깨우고 말 거야. 그러면 어떻게 되나 보자구!"

바로 그때 우렁차게 외치는 소리에 앨리스의 생각은 끊겼다. 붉은 갑옷을 입은 기사가 말을 탄 채 커다란 곤봉을 휘두르며, "어이! 어이! 게 섰거라Check!"* 소리치면서 앨리스를 향해 달려온 것이다. 앨리스 옆에

• 'Check'는 중의법으로, 체스를 의식하면 "장군!"으로 들리고, 문맥을 보면 "게 섰거라

엘레너 애벗, 1916

이르자 말은 갑자기 우뚝 멈췄고,[1] "너는 내 포로다!" 하고 외친 기사는 고꾸라지며 말에서 굴러떨어졌다.

앨리스는 더럭 겁이 났는데, 그건 자기가 아니라 기사 때문이었다. 앨리스는 다시 말에 오르는 기사를 걱정스레 지켜봤다. 기사가 안장에 편안히 걸터앉자 "너는 나의…" 하고 다시 말문을 여는 순간, 다른 목소리가 불쑥 끼어들었다. "어이! 어이! 게 섰거라Check!" 새로운 적의 등장에 살짝 놀란 앨리스는 주위를 둘러보았다.

이번엔 하얀 기사였다.[2] 앨리스 옆으로 다가온 그는 붉은 기사가 그랬던 것처럼 앞으로 고꾸라지며 굴러떨어지더니 다시 말에 올라탔다. 두 기사는 말 등에 가만히 앉아 한동안 말없이 서로를 바라봤다. 앨리스는 약간 당황한 채 두 기사를 번갈아 쳐다봤다.

"쟤는 당연히 내 포로야!" 마침내 붉은 기사가 말했다.

"그래, 하지만 곧이어 내가 와서 구했지!" 하얀 기사가 응수했다.

Stop!로 들린다. 이 낱말은 12~15세기에 체스 용어(왕을 공격하다)에서 유래한 말이다. 그후 'stop or control'의 의미가 파생됐고, 17세기 후반에 '점검하다/확인하다'라는 의미가 추가되었다. 셰익스피어 작품 중 『십이야』에는 'check'가 두 번(2막 5장과 3막 1장) 나오는데 모두 솔개가 무언가를 '공격해서 잡는다'는 뜻으로 쓰였다. 매를 길들일 때 매에게 쓰는 용어 'check'는 "잡아라"라는 뜻이다. 영국 영어에서 check의 첫 번째 의미는 a sudden stop(갑작스러운 정지)이다. 그런데 이번 이야기 2번 주석에 따르면 이 말이 미국인에게는 "장군!"으로만 들리는 모양이다.

1 붉은 기사가 K2[붉은 왕 줄 2번째 가로줄, 곧 e7]로 이동한 것인데, 이는 전통 체스 게임에서 강력한 착수다. 하얀 왕과 여왕을 동시에 체크하는 수이기 때문이다. 하얀 기사가 붉은 기사를 잡지 않으면 여왕을 잃게 된다.

2 붉은 기사가 차지한 칸(앨리스의 옆)에 이른 (체스 게임이라면 붉은 기사를 잡은) 하얀 기사가 여기서 "체크!"하고 외쳤는데, 이는 넋 나간 소리다. 자기편 왕한테 "장군!"을 부른 것이기 때문이다. 이야기에서 붉은 기사가 졌다는 건 체스에서 하얀 기사에게 잡혔다는 것을 암시한다.

하얀 기사가 캐럴 자신을 나타내는 것이라는 견해에 대부분의 캐럴리언이 동의하지만, 다른 후보들도 있다. 첫 번째는 돈키호테다. 로버트 필립스가 편집한 『앨리스의 여러 측면』에 재수록된 존 힌즈의 「앨리스가 돈[키호테]을 만나다」[1]에 그 유사성이 잘 제시되어 있다.

찰스 에드워즈는 세르반테스의 그 소설(2부 제1장) 한 구절을 내게 알려주기 위해 편지를 보냈다. 돈키호테는 '둘시네아 델 토보소dulcinea del Toboso'의 각 문자를 각 행의 첫 문자로 삼은 아크로스틱 시를 써달라고 한 시인에게 부탁한다. 시인은 이 문자 17개는 어떤 수로도 나눌 수 없는 소수라서 보통의 시처럼 연을 나눈 시로 쓰기엔 부적절하다고 생각한다. "자기 이름이 들어 있다고는 생각도 못 할 그런 시가 자기를 위해 쓰였다고 믿을 여자는 아무도 없소이다" 하며 돈키호테는 그래도 열심히 써보라고 시인을 다그친다. 앨리스의 실명 '앨리스 플레전스 리들Alice Pleasanace Liddell'은 21개 문자로 되어 있다. 이것으로 캐럴은 3행씩 7연으로 된 아크로스틱 시를 썼다.•

하얀 기사의 다른 후보로, 캐럴의 일기에 종종 언급되는 친구가 있다. 화학자이자 발명가인데, 이는 크리스틴 킹의 「우화 속의 화학자: 오거스터스 버넌 하코트와 하얀 기사」[2]에 언급된다. 한편 또 다른 후보가 마이클 핸처의 『앨리스 책들에 실린 테니얼의 삽화』 제7장에 언급된다. 말년에 테니얼은 콧수염 양 끝을 길게 길렀는데, 그 콧수염과 하얀 기사의 콧수염을 빼닮았다. 그래서 테니얼이 자신의 캐리커처를 기사의 모습으로 그렸다는 의견이 나온 것이다. 하지만 당시에 테니얼은 그런 콧수염을 기르지 않았기에 그것은 사실과 동떨어진 의견이다.

『거울 나라의 앨리스』 권두화에 나오는 하얀 기사 그림은 알브레히트 뒤러의 동판화인 〈기사, 죽음, 악마〉에 나오는 기사와 여러모로 닮았다. 일부러 닮게 그린 것일까? 내가 편지로 마이클 핸처에게 의견을 묻자, 그는 〈기사와 그의 동행〉(뒤러의 유명한 그림이 연상되는)이라는 제목으로 《펀치》(1887. 3. 5.)에 실은 테니얼의 만화를 보라며 이렇게 말했다. "테니얼은 이 만화를 그릴 때 뒤러의 그림 사본을 앞에 놓고 있었던 게 분명합니다. 내 육감에 따르면 그가 『거울 나라의 앨리스』 권두화를 그릴 때는 그러지 않았지만, 그는 자신의 놀라운 시각 기억 속에서 그것을 끄집어냈을 것으로 보입

"흠, 그렇다면 쟤를 두고 싸워야겠군" 하고 말한 붉은 기사는 투구를 집어 들어 머리에 썼다(안장에 매달려 있던 투구는 말 머리처럼 생긴 것이었다).

"물론 결투 규칙을 따르겠지?" 하고 말하며, 하얀 기사 역시 투구를 썼다.

"나는 언제나 규칙을 따른다." 붉은 기사가 말했다. 그리고 둘은 곤봉을 휘두르며 싸우기 시작했다. 싸움이 너무나 격렬해, 앨리스는 곤봉에 맞지 않도록 멀찍이 나무 뒤로 숨었다.

"결투 규칙이란 게 뭔지 궁금한걸?" 하고 혼잣말을 하며 앨리스는 나무 뒤에서 빼꼼 고개를 내민 채 싸움을 지켜보았다. "규칙 하나는 알 것 같아. 그러니까 한쪽 기사가 상대 기사를 곤봉으로 맞히면, 상대가 말에서 굴러떨어지는 거야. 맞히지 못하면 자기가 굴러떨어지고. 또 다른 규칙은, 자기 곤봉을 끌어안고 있어야 한다 같아. 펀치와 주디처럼.³ 근데 굴러떨어지는 소리가 엄청난걸? 불쏘시개나 부삽 같은 쇠붙이가 바닥에 떨어지는 것처럼 요란해! 근데 말은 너무나 조용해. 마치 탁자처럼 말이야. 기사들이 탁자에 걸터앉았다가 벌렁 쓰러지는 것 같잖아!"

앨리스는 알아차리지 못했지만, 쓰러질 때 항상 머리부터 곤두박질친다는 것이 또 다른 결투 규칙인 듯했다. 그런 식으로 둘이 나란히 곤두박질치자 결투가 끝났다. 다시 일어난 두 기사는 악수를 했고, 붉은 기사는 말에 올라타더니 재빨리 달려가 버렸다.

"영광스러운 승리였어, 그렇지?"⁴ 하얀 기사가 다가와 숨을 헐떡이며 말했다.

"난 모르겠어요." 앨리스가 갸우뚱거리며 말했다. "나는 누구의 포로도 되고 싶지 않아요. 난 여왕이 되고 싶다고요."

"다음 도랑을 건너면 그렇게 될 거야." 하얀 기사가 말했다. "내가 숲

THE KNIGHT AND HIS COMPANION.

존 테니얼의 〈기사와 그의 동행〉, 1887

알프레드 뒤러의 〈기사, 죽음, 악마〉, 1513

니다."

캐럴은 테니얼에게 이렇게 썼다. "하얀 기사는 수염이 없어야 합니다. 늙어 보이면 안 돼요." 캐럴은 본문에서 하얀 기사의 수염도 나이도 언급하지 않았다. 테니얼이 그린 긴 콧수염과 뉴얼이 그린 풍성한 콧수염은 그들이 상상으로 추가한 것이다. 어쩌면 테니얼은 하얀 기사가 캐럴이라는 것을 눈치채고, 캐럴과 앨리스의 나이 차를 두드러지게 하기 위해 하얀 기사를 대머리 노인으로 그렸는지도 모른다.

제프리 스턴은 기고문 「캐럴이 마침내 자기 정체를 알리다」[3]에서 최근에 발견된 캐럴의 자작 그림 게임보드에 대해 설명한다. 무슨 게임인지는 불분명하지만, 판지 밑면에 캐럴은 이렇게 썼다. "올리브 버틀러에게 하얀 기사가. 1892. 11. 21." 스턴은 이렇게 평했다. "그래서 마침내, 캐럴이 자기 자신을 하얀 기사로 묘사했다는 것을 이제 우리는 확실히 알게 되었다."

• 『거울 나라의 앨리스』 마지막, 에필로그가 바로 그것이다.

3 여기서 캐럴은 기사들이 그저 펀치와 주디Punch and Judy 같은 꼭두각시 인형에 불과하다는 것을 암시하고 있는지도 모른다. 보이지 않는 플레이어들에 의해 움직이는 꼭두각시 말이다. 테니얼은 현대의 삽화가들과 달리 기사들이 펀치와 주디 같은 전통 방식으로 곤봉을 껴안듯 들고 있는 모습(676쪽)을 보여준다.

밖으로 안전하게 배웅해줄게. 그런 뒤에 나는 돌아가야 해. 내 조치*는 그걸로 끝이야."

"정말 고마워요. 제가 투구를 벗겨 드릴까요?" 투구는 혼자 벗기에 너무 힘든 게 분명했다. 앨리스는 간신히 투구를 벗겨줄 수 있었다.

"이제 숨쉬기가 편하군." 기사는 양손으로 헝클어진 머리를 뒤로 넘기며, 점잖은 얼굴과 커다랗고 온화한 두 눈을 앨리스에게로 향한 채 말했다. 그녀는 평생 이렇게 이상하게 생긴 군인은 본 적이 없다는 생각이 들었다.[5]

그는 양철 갑옷을 입고 있었는데, 전혀 몸에 맞지 않는 것 같았다. 또 야릇하게 생긴 작은 소나무 상자를 양쪽 어깨에 붙잡아맸는데, 상자는 뚜껑이 열린 채 뒤집혀 대롱거렸다. 앨리스는 호기심에 눈을 반짝이며 그것을 바라보았다.

"내 상자에 감탄하고 있구나?" 기사가 다정하게 말했다. "이건 내가 발명한 거야. 옷이랑 샌드위치를 담기 위해서지. 이걸 뒤집어 놓은 건 빗물이 들어가지 않게 하려는 거란다."

"하지만 물건이 쏟아지잖아요." 앨리스는 부드럽게 지적했다. "뚜껑이 열려 있는 거 아세요?"

"그건 몰랐어" 하고 말하는 기사의 얼굴엔 부루퉁한 기색이 역력했다. "그럼 몽땅 쏟아지고 말았겠구나! 이래서는 상자가 쓸모가 없잖아." 그렇게 말하며 상자를 끄르더니 덤불 속으로 내동댕이치려던 기사는 문득 무슨 생각이 떠올랐는지 상자를 조심스레 나무에 매달았다. "내가 왜 이런 줄 아니?" 기사가 말했다.

앨리스는 고개를 저었다.

• my move: 체스의 '착수'를 뜻하기노 하는 말.

4　매트 데마코스는 "험티 덤티가 '멋진 녹다운 논증에 당한 것'을 '영광'이라고 정의한 것을 돌이켜본다면, 이번 영광은 아마도 문자 그대로 녹다운을 실현한 것"이라고 썼다

5　캐럴이 하얀 기사를 자신의 캐리커처로 의도했다고 많은 캐럴리언 학자들이 추측하는데, 그럴 만한 근거가 있다. 하얀 기사처럼 캐럴은 머리가 부스스했고, 푸른 눈은 순해 보였으며, 얼굴은 친절하고 온화해 보였다. 또한 하얀 기사처럼 사물을 거꾸로 바라볼 때 정신이 가장 잘 기능하는 것 같았다. 또 그는 하얀 기사처럼 이상한 도구를 좋아했고, '발명하는 재주가 뛰어난 사람'이었다. 그는 늘 이것저것을 조금씩 다르게 하는 '방법을 궁리'했다. 그의 발명품들은 매우 독창적이었지만, 하얀 기사의 압지 푸딩처럼 실제로 만들어질 것 같지 않은 것이 많았다(하지만 어떤 것들은 수십 년 후에 다른 이들이 실제로 재창조했을 때 그렇게 쓸모없지 않은 것으로 밝혀졌다).

캐럴의 발명품 중에는 이런 것들도 있었다. 즉, 구멍이 있는 보드에 기물을 꽂을 수 있게 한 여행용 체스 세트, 어둠 속에서 글을 쓰는 데 도움이 되는 판지 그릴cardboard grill(그는 이것을 닉토그래프Nyctograph*라 불렀다), 두 개의 '서프라이즈 그림'**이 있는 우표 케이스 등. 그의 일기 중에는 이런 글들이 있다. "게임은 글자로 만들어질 수도 있고, 체스판 위에서 글자들이 낱말을 이룰 때까지 움직일 수도 있다는 생각이 문득 떠올랐다."(1880. 12. 19.) "내가 지금까지 고안한 것 중 아주 최고인, 새로운 '비례 표현' 공식을 만들어냈다…. 또한 17과 19로 나누어지는 수인가를 알아내는 규칙들을 만들어냈다. 발명의 날이다!"(1884. 6. 3.) "우표 풀과 봉투 붙이개 대용품…, 책에 사진 따위를 붙일 수 있는 것, 곧 양면에 접착제를 바른 종이를 발명했다."(1896. 6. 18.) "우편환을 간소화하는 방법을 생각해냈다. 송금인이 두 개의 사본을 만들어 그 중 하나를 우체국에 주고, 키key 번호가 적힌 우편환을 받은 수령인이 그 번호를 제시하고 돈을 받게 하는 방법이다. 나는 이것과 더불어 일요일에는 우편요금을 두 배로 내게 하는 방식을 정부에 제안할 생각이다."(1880. 11. 16.)

캐럴의 방에는 어린이 손님들이 즐길 수 있는 다양한 장난감들이 즐비했다. 뮤직박스와 각종 인형, 태엽 동물들(걷는 곰과 방 안을 날아다닌 '밥Bob 박쥐' 등), 각종 게임, 구멍 뚫린 종이를 끼우고 손잡이를 돌리면 음악이 연주되는 '아메리칸 오가넷'. 스튜어트 클링우드의 캐럴 전기에 따르면 캐럴이 여행을 떠날 때 "각각의 아이템을 분리한 조각들을 종이로 공들여 포장해 담아 그의 트렁크는 유용한 물건 못지않게 많은 종이로 채워지곤 했다."

앨리스가 두 차례의 모험에서 만나는 모든 등장인물 중 오직 하얀 기사만이 앨리스를 진심으로 좋아하고, 앨리스를 각별히 도와주는 것처럼 보인다는 점도 주목할 만하다. 앨리스를 존중하고 예의를 갖춰 말하는 것은 하얀 기사가 거의 유일하다. 앨리

"벌들이 벌통으로 쓰라고 그런 거야. 그러면 나중에 꿀을 얻을 수 있겠지."

"근데 벌통은 이미 있는 거 아니에요? 벌통 비슷한 게 안장에 묶여 있잖아요." 앨리스가 말했다.

"맞아, 썩 좋은 벌통이지." 기사는 불만족스럽다는 듯 말했다. "최고의 벌통인데, 아직 벌이 얼씬거리지도 않아. 그 옆에 있는 건 쥐덫인데, 쥐 때문에 벌이 다가오지 못하는 것 같아. 아니면 벌 때문에 쥐가 다가오지 못하는 걸까? 어느 쪽인지 모르겠네."

"쥐덫은 어디다 쓰는 건지 궁금하던 참이었어요." 앨리스가 말했다. "쥐가 말 등에 올라탈 것 같지는 않은데요?"

"그럴 일은 없겠지." 기사가 말했다. "하지만 만일 쥐가 말 등에 올라탈 경우, 사방으로 뛰어다니게 내버려 둘 수는 없잖아."

기사는 그러곤 잠시 말을 멈추었다 다시 말을 이었다. "너도 알다시피, 모든 일에 대비해두면 좋잖아. 말 발목에 발찌를 단 것도 그 때문이야."

"그건 또 왜 달았는데요?" 앨리스는 호기심이 크게 동해 물었다.

"상어한테 발목이 물리지 않도록 한 거란다"[6] 하고 대답한 기사는 이어 말했다. "이것도 내가 발명한 거야. 이제 말에 올라타게 좀 도와주렴. 너랑 같이 이 숲 끝까지 가야 하니까. 근데 그 접시는 뭐지?"

"건포도 케이크를 담은 거였어요."

"그것도 가져가는 게 좋겠다. 건포도 케이크를 찾으면 쓸모가 있을 거야." 기사가 말했다. "자루에 넣게 좀 도와주렴."

그건 시간깨나 걸리는 일이었다. 갑옷 입은 기사의 몸이 너무나 불편해서, 기사가 접시를 넣는 동안 앨리스는 아주 조심스레 자루를 벌리고 있어야 했다. 기사는 처음 두어 번은 접시 대신 자기가 자루 속에 처박스가 거울 나라에서 겪은 그 어떤 일보다 "가장 선명하게 기억나는 것"이 하얀 기사와의 동행이었다는 말이 뒤에 나온다. 앨리스와 우울한 기사의 이별은, 커서 (여왕이되어) 자기를 저버린 앨리스와의 이별을 암시한 것인지도 모른다. 아무튼 이 석양의에피소드야말로 캐럴이 서시에서 들려주는 "한숨의 그림자가 이야기 속을 떨며 지나"가는 그 한숨이 가장 크게 들리는 대목이다.

● 판지에 뚫린 16개 네모 구멍에 점을 찍거나 획을 그어 캐럴이 만든 암호 글자를 쓰게 한 것.

●● 앨리스가 안고 있는 돼지가 아기로 바뀌는 그림.

6 "하얀 기사가 그의 말 발목이 상어에게 물리지 않도록 발찌를 달았다고 말했을때 식자공이 첫 번째 교정쇄에서 상어sharks의 'h'를 'n'으로 잘못 식자하기는 쉬운 일이었고, 그 오식 덕분에 캐럴은 상어 아닌 스나크snarks에게 물리면 어떻게 될까 하는궁금증을 품기에 이르렀는데…, 불가피하게 『스나크 사냥』을 쓸 때까지 이 궁금증이이어졌으니, 『스나크 사냥』의 시편들이 바로 그런 식으로 집필되기에 이른 것이라고나는 제안하는 바이다."

—A. A. 밀른의 『해가 오고 또 가도』(1952) 중에서

히려 했다. "보다시피 자루가 아주 꽉 찼어." 간신히 접시를 밀어 넣은 기사가 말했다. 그러곤 "자루 안에 촛대가 너무 많아서 말이야" 하더니 자루를 안장에 매달았다. 안장엔 이미 당근 여러 다발과 불 피우는 도구들을 비롯, 수많은 것이 매달려 있었다.[7]

"머리카락은 단단히 묶었겠지?" 둘이 막 출발했을 때 기사가 말을 이었다.

"그냥 평소처럼요" 하고 앨리스는 웃으며 말했다.

"그 정도로는 안 돼. 여긴 바람이 워낙 강하거든. 수프만큼이나 강력하단다.[●]" 기사가 걱정스레 말했다.

"머리카락이 휘날리지 않게 하는 건 발명하지 않으셨어요?" 앨리스는 자못 궁금하다는 듯 물었다.

"아직은." 기사가 말했다. "하지만 머리가 **훌러덩** 벗겨지지 않게 할 방법은 알고 있지."

"그게 뭔지 꼭 듣고 싶어요."

"먼저 곧은 막대를 하나 챙겨, 다음 머리카락을 거기에 돌돌 감아. 과일나무가 기둥을 타고 올라가는 것처럼 말이야. 머리카락이 빠지는 이유는 머리카락이 **아래로** 축 늘어져서 그렇거든. 그러니까, 머리칼이 아래로 떨어지지 않게 해야 해. 그것도 내가 발명품으로 만들어낼 생각이야. 너만 좋다면 그걸 써보도록 하렴."

그건 그리 편한 방법 같지 않다는 생각이 들었지만, 앨리스는 몇 분을 말없이 걸으며 그 아이디어에 관해 곰곰 생각했다. 그러는 동안에도 앨리스는 이따금 발길을 멈추곤 말 타는 솜씨가 좋지 않은 게 분명한

● 이 거울 반전 어법도 하얀 기사가 발명한 것이라고 할 수 있겠다. 한데 짝퉁거북의 애절한 수프 노래를 돌이켜보면, 수프만큼 강력한 것도 없다(『이상한 나라의 앨리스』 열 번째 이야기 「바닷가재 쿼드릴」 354쪽 옮긴이 주 참고).

7   재니스 럴은 『루이스 캐럴: 찬사』[4]에서 『앨리스』에서 언급되거나 그림으로 묘사된 것들과 밀접한 관련이 있는 물건들을 캐럴과 테니얼이 합작해서 말에 실었다고 주장한다. 목검과 우산은 트위들 형제가 지닌 검과 우산과 비슷하다. 권두화에 나오는 딸랑이는 트위들 형제의 결투를 불러일으킨 딸랑이와 비슷하다. 벌통은 세 번째 이야기 「거울 곤충들」의 코끼리 벌들을 연상시킨다. 쥐덫은 『이상한 나라의 앨리스』의 생쥐를 대변한다. 아주 많은 촛대는 아홉 번째 이야기 「앨리스 여왕」 말미에서 쑥쑥 커져 불타는 폭죽처럼 변하는 양초를 암시한다. 말의 이마에 매단 스프링벨은 「앨리스 여왕」의 문에 매달린 두 개의 초인종을 암시한다. 풀무와 부삽과 부지깽이는 앨리스의 거실에 있는 것들과 비슷하다. 상어 발찌는 『이상한 나라의 앨리스』 열 번째 이야기 「바닷가재 쿼드릴」에서 앨리스가 암송한 시에 나오는 상어와 관련이 있다. 두 개의 브러시는 다섯 번째 이야기 「뜨개질하는 양과 강」에서 앨리스가 하얀 여왕의 머리를 빗겨주는 브러시와 관련이 있다. 물론 한 접시의 건포도 케이크는 사자와 유니콘이 왕관을 두고 싸울 때 헤어가 그의 작은 자루에서 마법처럼 꺼낸 것이다. 당근은 산토끼의 먹이로 그곳에 있음 직하다. 그리고 와인병은 아마도 비어 있을 것이다. 이는 삼월 산토끼가 미친 티파티에서 앨리스에게 마시라고 권하던, 존재하지도 않는 와인은 물론이고, 「앨리스 여왕」 축제에 쓰인 진짜 와인을 암시한다.

캐럴은 이렇게 요약했다. "기사는 일종의 무대 소도구 담당자다. 그가 소지한 것들은 앞서 일어났던 일들을 개괄해 보여주고, 다가올 일들을 예상케 한다."

우산 손잡이 끝에 달린 앵무새 머리는 기사의 결투 그림(676쪽)에서 볼 수 있다. 프랭키 모리스의 『원더랜드의 화가』 제10장에서 보듯, 테니얼의 예비 드로잉에는 눈에 띄게도 우산을 든 기사가 등장한다. 모리스는 이렇게 썼다. "1839년 에글린턴 파크에서 열린 대규모 마상 결투가 엄청난 폭우 탓에 흐지부지되고 만 것을 아직 기억하고 있던 당시 사람들이라면, 무장을 한 기사들과 우산들이 코믹하게 조합된 장면도 여전히 기억하고 있었을 것이다. 풍자가들은 그 후로도 20년 동안이나 우산을 창처럼 들고 다니는 기사들을 그렸다."

캐럴의 하얀 기사가 발명한 것들에 대해 더 알고 싶다면 내 책 『오즈의 방문객들』 제9장을 참고하라.[5]

가련한 기사를 도와야 했다.

말이 멈출 때마다(자주 그러는 바람에 자주), 기사는 여지없이 앞으로 고꾸라져 말에서 굴러떨어졌다. 그리고, 말이 다시 출발할 때마다(대체로 갑자기 출발하는 바람에), 기사는 뒤로 벌러덩 나동그라졌다. 그것만 빼면 그럭저럭 괜찮았다. 버릇처럼 걸핏하면 옆으로 쓰러지는 것도 빼면 말이다. 기사는 대체로 앨리스가 걷고 있는 쪽으로 쓰러졌다. 그래서 앨리스는 말 옆에 **바투** 붙어 걷지 않는 게 안전하다는 걸 바로 알아차렸다.

"기사님은 말타기 연습을 별로 안 하신 것 같아요." 앨리스는 용기를 내 말했다. 굴러떨어진 기사를 벌써 다섯 번이나 도와주었기 때문이다.

기사는 깜짝 놀란 표정을 짓고는 살짝 화를 냈다. "어째서 그딴소리를 하는 거냐?" 하고 그는 말했다. 그때 기사는 안장에 다시 기어 올라가선 다른 쪽으로 쓰러지지 않으려 한 손으로 앨리스의 머리칼을 움켜쥐고 있었다.

"그야 연습을 많이 한 사람들은 그렇게 자주 말에서 떨어지지 않으니까요."

"난 연습 많이 했어. 아주 많이 했단 말이다!" 기사는 아주 진지하게 말했다.

앨리스는 "진짜요?"라는 말 밖에는 달리 할 말이 떠오르지 않았다. 그래서 진심을 다해 그렇게 말했다. 그 후 둘은 말없이 걸었는데, 기사는 두 눈을 감은 채 혼잣말을 중얼거렸고, 앨리스는 또 굴러떨어질까 걱정스레 지켜보았다.

"가장 중요한 승마 기술은," 하고 갑자기 다시 말문을 연 기사는 오른팔을 휘두르며 우렁차게 외치기 시작했다. "잘 잡는 거야." 이 대목에서 기사는 말문을 열었을 때처럼 갑자기 말을 멈추더니, 앨리스가 걷고

팻 안드레아, 2006

거트루드 케이, 1929

에드윈 J. 프리티, 1923

있는 길 바로 앞에 육중하게 곤두박질쳐선 머리로 땅을 들이받았다. 이번에는 앨리스도 깜짝 놀랐다. 앨리스는 기사를 다시 말 등에 태우며 걱정스레 말했다. "뼈가 부러지지 않았기만을 바라요."

"까짓것!" 뼈 두어 개 부러지는 것쯤은 아무렇지도 않다는 듯 기사가 말했다. "내가 말하려던 게 뭐냐면, 가장 중요한 승마 기술은, 잘 잡는 거야, 균형을! 알다시피, 이렇게…."

기사는 고삐를 놓고는 자신의 말이 무슨 뜻인가를 보여주려는 듯 양팔을 활짝 펼쳤다. 기사는 이번엔 뒤로 벌러덩 나동그라져 말 뒷발에 깔리고 말았다.

"연습 많이 했어!" 앨리스가 다시 일으켜 세우는 동안 기사는 이 말을 반복했다. "연습 많이 했단 말이다."

"말도 안 돼!" 참다못한 앨리스가 이윽고 외쳤다. "기사님은 바퀴 달린 목마나 타셔야 해요. 목마 말예요!"

"그건 탈 없이 잘 달릴까?" 이번만큼은 굴러떨어지지 않으려 말 목을 양팔로 감싼 채 기사가 자못 관심을 기울이며 물었다.

"살아 있는 말보다야 훨씬 낫겠죠." 앨리스는 웃음보가 터지려는 걸 겨우 억누르곤 살짝 웃으며 말했다.

"하나 구해야겠군." 기사는 생각에 잠긴 채 중얼거렸다. "하나, 아니 둘이나 여러 개."

잠깐 침묵이 이어진 후, 기사가 말을 이었다. "나는 발명하는 재주가 뛰어난 사람이야. 장담컨대 너도 알아차렸을 거야. 아까 네가 말에 태워준 뒤 나는 뭔가 생각하고 있었잖아?"

"조금 진지해 보이긴 했어요."

"그래, 그때 난 대문을 넘어가는 새로운 방법을 궁리하고 있었지. 뭔지 알고 싶지?"

해리 라운트리, 1928

"꼭 알고 싶어요." 앨리스는 정중하게 말했다.

"내가 어떻게 그런 생각을 떠올렸는지 들려주마." 기사가 말했다. "그러니까, 난 이렇게 중얼거렸어. '오로지 다리가 문제다. 머리는 이미 충분히 높이 있으니까'라고 말이야. 자, 그렇다면 대문 위에 머리를 먼저 얹자. 머리는 충분히 높으니까. 그리고 머리로 물구나무를 서자. 그러면 다리도 충분히 높을 수밖에. 그런 다음 대문을 넘어가면 돼."

"네, 그렇게 되기만 하면 넘어가겠네요." 앨리스는 사려깊게 이어 말했다. "하지만 그러는 게 어려울 것 같지 않아요?"

"아직 해본 적은 없어." 기사가 진지하게 말했다. "그러니 확실히 말할 수는 없지만, 조금 어려울 것 같긴 해."

그리 말하며 기사가 언짢아하는 것처럼 보이자, 앨리스는 얼른 화제를 바꿨다. "참 요상한 투구를 갖고 계시네요!" 앨리스는 명랑하게 덧붙였다. "이것도 기사님이 발명한 거예요?"

기사는 안장에 매달린 투구를 뿌듯하게 바라보고는 말했다. "그래. 하지만 이런 투구보다 더 나은 것도 발명했지. 설탕 덩어리처럼 생긴 걸로 말이야.[8] 그 투구를 쓰고 말에서 떨어지면, 항상 투구가 먼저 땅에 닿았어. 덕분에 땅에 나동그라질 일이 거의 없었지. 하지만 확실히 투구 속으로 나동그라질 위험은 있었단다. 한번은 진짜 그런 일이 벌어졌는데, 정말 최악이었어. 내가 빠져나오기 전에, 다른 하얀 기사가 와서 그게 자기 투구인 줄 알고 덥석 머리에 써버린 거야."

기사가 워낙 엄숙해 보였기에 앨리스는 차마 웃지 못했다. "그럼 기사님이 그를 다치게 했겠네요. 그의 머리에 올라탔을 테니까요." 앨리스가 떨리는 목소리로 말했다.

"당연히, 그를 발로 걷어차지 않을 수 없었지." 기사가 아주 진지하게 말했다. "그러자 그가 투구를 벗었어. 하지만 내가 투구에서 빠져나오

8　캐럴 당시 정제된 설탕은 설탕 덩어리라고 불렸는데, 모양이 원뿔꼴이었다. 그래서 당시 원뿔꼴의 모자나 산을 흔히 'sugar loaf'라고 일컬었다.

피터 뉴얼, 1903

는 데 몇 시간이 걸렸는지 몰라. 나는 워낙 빠르거든fast. 이를테면 번 개처럼!"

"하지만 번개와는 다른 거 아니에요? 말뚝처럼 단단히 박힌fast 거잖 아요." 앨리스는 말을 바로잡아주었다.

기사는 고개를 내둘렀다. "장담컨대, 내게는 그 모든 게 다 패스트 야!" 그렇게 말하며 꽤나 흥분한 탓에 두 손을 쳐든 기사는 이내 안장 에서 굴러떨어져, 깊은 도랑에 머리를 처박았다.⁹

앨리스는 기사를 찾아 도랑가로 달려갔다. 기사가 한동안 말을 잘 타 고 갔던 터라, 꽤나 놀란 앨리스는 이번에는 그가 정말 다쳤을 것만 같 았다. "그게 다 패스트야" 하고 기사는 되뇌었다. 기사의 발바닥만 보였 지만, 평소처럼 말하는 그의 목소리를 듣자 앨리스는 마음이 놓였다. "다른 사람의 투구를 쓴 것은 그 작자의 잘못이지. 게다가 안에 사람이 들어가 있는 투구를 쓰다니, 원."

"어쩌면 그렇게 차분히 계속 말할 수가 있어요? 머리를 도랑에 처박 은 채 말이에요." 기사의 발을 잡아 끌어내 도랑 둑에 눕히며 앨리스가 물었다.

기사는 그 질문에 놀란 듯했다. "몸이 어떻든 무슨 상관이야?" 기사 가 말했다. "마음만 한결같으면 그만이지. 사실 나는 머리를 땅에 박을 수록 새로운 것을 계속 발명하게 된단다."

하얀 기사는 잠시 뜸을 들인 뒤 말을 이었다. "이제껏 내가 한 일 가 운데 가장 현명했던 것은, 고기 요리 코스에 나올 새로운 푸딩을 발명

● 'fast'는 형용사로 '민첩한/빠른', '확고한/단단히 박힌', '(우정이) 변치 않는' 등의 뜻이 있다. 투구에서 빠져나오는 데 몇 시간이나 걸린 게 번개처럼 빠른 것이라는 말은 물론 거 울 반전 어법이다. 물론 느린 것이 빠른 것이라는 모순어법이기도 하며, 투구에 단단히 박힌 상태는 'fast'한 게 맞으니 중의법이기도 하다.

9 프랭키 모리스는 《재버워키》(1985년 가을)에서 하얀 기사가 말 등에 제대로 앉아 있지 못하는 것은 악명이 높을 정도로 형편없던 제임스 1세의 승마술을 반영한 것이라고 추측한다. 월터 스콧은 소설 『나이즐의 행운』에서 왕은 말 등에 자신을 고정시키기 위해 특별히 만든 안장을 지니고 있다고 썼다. 찰스 디킨스는 『잉글랜드의 어린이 역사』에서 제임스 1세를 "지금까지 본 것 중 최악의 기수"라고 일컬었다. 1692년에 말이 비틀거리며 그를 차가운 강에 내동댕이쳤을 때, 강물 위론 그의 부츠만 보였다. 그 사실은 앨리스가 하얀 기사를 도랑에서 구하는 테니얼의 그림(아래)에 영감을 주었을지도 모른다.

한 거야."

"다음 코스를 요리할 시간에 맞춰 내놓는 건가요?" 앨리스가 말했다. "음, 그건 분명 빨리 만들어야 했을 거예요!"

"아, 다음 코스를 위한 게 아니었어." 기사는 뜸을 들이며 말했다. "그래, 다음 코스를 위한 게 아니었던 건 분명해."

"그럼 다음 날을 위한 것이었겠네요. 저녁 식사 한 끼에 푸딩 코스가 두 번 이어지진 않을 테니까요."

"아, 다음 날을 위한 게 아니었어." 기사는 전처럼 뜸을 들이며 말했다. "다음 날을 위한 건 아니었지." 기사는 그러고는 고개를 숙이고 이어 말했는데, 목소리가 점점 더 나지막해졌다. "그 푸딩은 요리된 적이 없는 것 같은데, 실은 앞으로도 요리될 일이 없을 것 같아. 하지만 그건 발명할 만한 아주 현명한 푸딩이었지."**10***

"어떻게 만들 생각이었는데요?" 앨리스는 기사의 기분을 북돋아 주려 물었다. 가련한 기사가 너무 풀이 죽은 것처럼 보여서였다.

"그건 압지**를 가지고 시작해." 기사는 신음과 함께 대답했다.

"그건 별로 좋은 것 같지 않은데…."

"그것만으로는 좋지 않지." 기사가 중간에 말을 자르고는 매우 열띤

● 하얀 기사의 '푸딩'에 관한 발언은 매우 난해한데, 다음 아홉 번째 이야기 「앨리스 여왕」 17번 주석과 그 주석에 더한 옮긴이 주를 참고하면, '푸딩'은 다음 코스를 위한 게 아니라는 것을 알 수 있다. 더해 다음 날을 위한 것도 아니라고 하니 실제로 만들 일이 없는 '푸딩'이라는 뜻이다. 과거에도 존재하지 않았고 미래에도 존재하지 않겠지만, 그래도 발명할 만한 아주 현명한 푸딩very clever pudding to invent이란? 물론 그것은 상상의 세계에만 존재하는 푸딩이다. 유니콘과 드래곤처럼 상상의 세계에만 존재해도 존재 가치가 있는 게 수없이 많다. 이후 하얀 기사가 이 푸딩에 화약이 들어간다 한 것으로 미루어보면, 이는 폭발하는 푸딩일 것이다.

●● blotting-paper: 잉크나 먹물 따위로 쓴 것이 번지거나 묻어나지 않도록 살짝 눌러 물기를 빨아들이는 종이. 푸딩을 만드는 데 쓸 만한 재료와는 반대되는 것으로, 이것 역시 거울 반전이다.

M. L. 커크, 1904

음성으로 말했다. "하지만 화약이나 실링왁스 같은 다른 것들과 섞으면 얼마나 달라지는지 넌 모를 거다. 근데 여기서 나는 그만 떠나야겠다."

둘은 막 숲 끝에 도착한 참이었다.

앨리스는 어리둥절할 수밖에 없었다. 줄곧 푸딩만 생각하고 있어서였다.

"슬픈가 보구나." 기사가 걱정스레 말했다. "노래를 불러 너를 위로해주마."

"노래가 많이 긴가요?" 앨리스는 물었다. 이날 시를 아주 질리도록 들은 탓이었다.

"길지." 기사가 말했다. "하지만 아주, 아주 아름답단다. 내가 부르는 그 노래를 듣는 사람은 누구나 눈물을 뚝뚝 떨구거나, 아니면⋯."

"아니면?" 앨리스가 물었다. 기사가 갑자기 말을 멈춰서였다.

"아니면, 눈물을 흘리지 않지, 물론.[11] 그 노래 제목을 '해덕대구의' 눈이라고들 한단다."

"아, 그게 그 노래 제목이에요?" 앨리스는 흥미를 가져보려 애쓰며 말했다.

"아니, 이해를 못 하고 있구나." 기사는 살짝 언짢은 얼굴로 말했다. "그건 사람들이 그렇게 말한다는 소리고, 진짜 제목은 '늙고 늙은 남자'야."

"그럼 아, '그게 그 노래를 부르는 이름인가요?' 하고 제가 말했어야 했네요" 하고 앨리스는 말을 바로잡았다.

"아니, 그러면 안 되지. 그건 전혀 다른 거야! 그 노래는 '수단과 방법'이라고 일컬어진단다.[12] 하지만 그건 단지 그렇게 일컬어지는 것일 뿐이지."[●]

● 곡 실체와 이름, 곡명 실체와 이름을 구별하고 있다. '대문 위에 앉아 있던 노인'이 곡 실체고, 이 실체를 부르는 이름은 '수단과 방법'이며, '늙고 늙은 남자'는 이 곡명 실체이고, 곡명 실체를 부르는 이름은 '해덕대구의 눈'이다.

10 여기서 캐럴은 '푸딩 맛은 먹어봐야 안다The proof of the pudding is in the eating'라는 속담을 암시하고 있는 것일까?*

● 백문이 불여일견과 같은 뜻으로 실제로 경험하는 것이 중요함을 이르는 말이다.

11 참과 거짓 이가二價 논리에서 이 진술은 배중률law of excluded middle[중간에 제3의 명제는 존재하지 않는 법칙]의 예로 꼽을 만한 것이다. 진술은 참이거나 거짓이며, 제3의 대안은 없다. 옛 난센스 라임의 토대가 된 것이 바로 이 배중률이다.
예: 언덕hill 위에 어떤 노파가 살았어./ 죽지 않았다면 아직still 거기 살고 있겠지.

12 캐럴은 일기(1862. 8. 5.)에 이렇게 썼다. "저녁 식사 후 하코트와 나는 내일의 강 나들이 계획을 세우려 학장 관사에 갔고, 오래 머물며 아이들과 '수단과 방법Ways and Means' 게임을 했다." 캐럴이 자필로 쓴 일단의 게임 규칙들을 친척들이 가지고 있다는 말을 들었지만, 그 게임이 정작 캐럴이 고안한 것인지 여부는 불명이다.

피터 뉴얼, 1903

"음, 그럼 진짜 그 노래는 뭔데요?" 앨리스가 물었다. 이 무렵 앨리스는 무슨 소린지 전혀 갈피를 잡지 못하고 있었다.

"그걸 말하려던 참이었어" 하고 기사가 말했다. "그 노래는 사실 '대문 위에 앉아 있던 노인'이란다.[13] 내가 손수 가락을 붙였지."**

그렇게 말하며, 하얀 기사는 말을 세우고는 고삐를 말 목덜미에 걸쳐놓았다. 그러곤 한 손으로 천천히 박자를 맞추며, 온화하고 어수룩한 얼굴에 희미하지만 밝은 미소를 머금은 채, 자신의 노래를 즐기듯 노래하기 시작했다.

앨리스가 거울 나라 여행에서 본 모든 낯선 것들 중 언제나 가장 선명하게 기억나는 것이 바로 이 대목이었다. 몇 년 후에도 앨리스는 마치 어제 일인 양 전체 장면을 또렷이 회상할 수 있었다. 부드러운 푸른 눈[14]과 친절한 미소, 머리칼 사이로 반짝이는 석양, 갑옷에 비쳐 눈부신 그 반짝임, 고삐를 느슨하게 목덜미에 걸친 채 발치의 풀을 뜯으며 묵묵히 걸어가는 말, 그 뒤로 길게 드리워진 숲의 검은 그림자, 그 모든 게 한 폭의 그림이었다.

앨리스는 눈이 부셔 손차양을 하고, 나무에 등을 기댄 채 기묘한 기사와 말을 지켜보며, 반쯤 꿈을 꾸는 듯 우울한 노래[15]에 귀를 기울였다.

● '울타리에 앉아 있기A sitting on the fence'라는 숙어 표현이 있다. 이는 결정을 내리지 못하고 갈팡질팡하고 있거나, 이도 저도 아닌 중립을 취하고 있음을 나타내는 말이다. 캐럴은 울타리 대신 대문gate을 썼다. 그런데 왜 대문일까? 인사이더도 아웃사이더도 아닌, 아마도 세상의 틈에 낀 존재라는 것을 나타내기 위한 것이 아닐까?

●● 하얀 기사는 자신이 가락을 붙였다는데, 나중에 앨리스는 그가 작곡한 게 아니라고 말한다. 하얀 기사가 거짓말을 했다고 볼 수는 없고, 이는 자기 노래 아닌 자기 노래라는 식의 모순어법이거나 거울 반전이다. 또는 노래를 새로 자작한 것처럼 제멋대로 불렀다는 뜻일 수도 있다.

13   논리학과 의미론을 배운 사람에게는 이 모든 말들이 다 이치에 맞는 소리로 들릴 것이다. 그 노래는 '대문 위에 앉아 있던 노인'이다. 그것은 '수단과 방법들'이라고 '일컬어진다.' 노래 이름은 '늙고 늙은 남자'인데, 그 이름을 '해덕대구의 눈'이라고들 '일컫는다'. 캐럴은 여기서 노래라는 사물things 자체, 그 사물의 이름, 사물의 이름의 이름을 각각 구별하고 있다.

'해덕대구의 눈'은 이름의 이름으로, 오늘날 논리학자들이 '메타언어'라고 부르는 것이다. 논리학자들은 메타언어의 위계라는 약속을 채택함으로써 고대 그리스 시대 이래로 그들을 괴롭혔던 패러독스를 가까스로 피해 갈 수 있었다.

어니스트 네이글이 하얀 기사의 발언을 재미있게 상징적으로 풀이한 것을 보고 싶다면 제임스 R. 뉴먼의 선집 『수학 세계』 제3권에 실린 그의 글 「상징적 주해, 해덕대구의 눈과 개 산책 조례」를 보라.[6]

이 대목에 관한, 전문성은 떨어지지만, 마찬가지로 바람직하고 유쾌한 분석으로 로저 W. 홈즈의 「철학자가 본 이상한 나라의 앨리스」[7]를 꼽을 수 있다. 마운트 홀리요크대학 철학과 학과장인 홈즈는 이 노래가 '대문 위에 앉아 있는 사람'이라고 하얀 기사가 말할 때, 이는 캐럴이 우리를 속이고 있는 것이라고 지적한다. '대문 위에 앉아 있는 사람'은 명백히 노래 자체일 수 없다. 그것은 그저 또 다른 이름일 뿐이다. 홈즈는 이렇게 결론지었다. "논리상 모순이 없으려면 그 노래가 ~~라고 말했을 때 하얀 기사는 그 노래 자체를 소리 내어 불렀어야 했다. 그러나 논리적 모순이 있든 없든 하얀 기사는 루이스 캐럴이 논리학자들에게 준 소중한 선물이다."

하얀 기사의 노래는 또한 거울에 비친 사물이 다시 거울에 비친 것과 같은 위계를 보여준다. 캐럴의 하얀 괴짜 기사는, 곧 앨리스가 잊을 수 없었던 그 존재는, 캐럴의 캐리커처일지도 모르는 특징을 지닌 또 다른 괴짜 노인을 앨리스가 잊지 못하고 있다는 것을 보여준다. 어쩌면 캐럴은 사랑받지 못하는 외로운 노인으로 자신을 그렸는지 모른다.

● 언어를 기술하는 데 쓰이는 언어. 언어에는 대상언어와 메타언어가 있다. 크레타 사람인 에피메니데스가 말했다. "크레타 사람들은 항상 거짓말만 한다." 이 말이 대상언어라면, 패러독스에 빠지게 된다. 항상 거짓말만 하는 크레타 사람인 에피메니데스의 말은 참인가 거짓인가? 거짓이면 참이 되고, 참이면 거짓이 되는 이 패러독스에서 빠져나오는 방법이 바로 진술에 대한 진술인 메타언어를 도입하는 것이다.

14   캐럴은 부드러운 푸른 눈을 지녔을까? 그의 눈 색깔에 대한 기록은 일치하지 않는다! 어떤 이들은 파란 눈이었다 하는데, 회색 눈이었다는 이들도 있다. 아마 옅은 파란색을 띤 회색 눈이어서 때로는 회색으로, 때로는 파란색으로 보였을 것이다.[8]

"하지만 기사님이 만든 곡이 아니었어. 〈나 그대에게 모두 줘, 더는 줄 게 없네〉라는 노랫가락에 맞춘 거야" 하고 혼잣말을 하며 앨리스는 우두커니 서 골똘히 귀를 기울였다. 하지만 두 눈에 눈물이 차오르지는 않았다.

"너에게 가능한 모든 이야기를 들려주마,
　　들려줄 건 별로 없지만,
나는 대문 위에 앉아 있는
　　늙고 늙은 남자를 보았단다,
'늙은이, 당신은 뉘슈?' 하고 내가 물었지.
　　'또 어찌 살고 있수?'" 하고.
그러나 그의 대답은 내 머릿속을 주르르 흘러가더군,
　　마치 체를 통과한 물처럼.

그가 말했지. '나는 밀밭에 잠든
　　나비°들을 찾고 있다네.
그걸 구워 양고기 파이로 만들어
　　길거리에서 판다네.
남자들에게 팔지' 하고는 이어 말했어,
　　'폭풍우 바다를 항해하는 자들에게

° butterfly는 시시하고 덧없는 쾌락을 추구하는 부박한 사람을 뜻하는 말로도 쓰인다. 장자의 꿈에서처럼 동양의 나비 역시 덧없음과 관련이 있는 낱말이다. 고치기 전 원작에서는 나비 대신 '비눗방울soap bubbles'을 말하는데, 비눗방울 역시 멋지지만 덧없는 것을 가리키는 은유다.

15 하얀 기사의 노래는 1856년 《열차》라는 잡지에 익명으로 발표한 캐럴의 아래 초기 시를 고쳐 쓴 것이다.

쓸쓸한 황무지에서

나는 늙고 늙은 남자를 만났지,
　　쓸쓸한 황무지에서.
나는 내가 신사이고
　　그는 그저 불한당인 줄만 알았어.
그래서 걸음을 멈추고 거칠게 물었지.
　　"어서, 어찌 사는지 말해봐!"
그러나 그의 말소리는 내 귓등을 스쳐 지나가더군,
　　체를 통과하듯 덧없이.

그가 말했지. "나는 밀밭에 나뒹구는
　　비눗방울들을 찾고 있다네.
그걸 구워 양고기 파이로 만들어
　　길거리에서 판다네.
남자들에게 팔지" 하고는 이어 말했어,
　　"폭풍우 바다를 항해하는 자들에게
팔아서 일용할 빵을 구한다네….
　　원한다면, 맛이나 좀 보게나."

그러나 나는 열 곱을 하는
　　방법을 궁리하고 있었어.
하지만 답은 항상
　　다시 질문으로 돌아오더군.
나는 그의 말 한마디도 듣지 않고
　　그 뻔뻔한 노인을 걷어차고 말했어.
"어서, 어찌 사는지 말해보라니까!"
　　하며 그의 팔을 꼬집었지.

그는 부드러운 말투로 이야기를 꺼냈어.
　　그가 말했지, "나는 내 길을 간다네.

팔아서 일용할 빵을 구한다네⋯.*

　　원한다면 맛이나 좀 보게나.'

그러나 나는 구레나룻을

　　초록으로 물들일 생각을 하고 있었어.

나는 항상 커다란 부채로

　　구레나룻이 보이지 않게 가리지.[16]

그러니, 노인이 한 말에

　　마땅히 대꾸할 말이 없어

'이봐, 어찌 사는지 말해보라니까!'

　　하고 외치며 그의 머리를 후려쳤어.

그는 부드러운 말투로 이야기를 꺼냈지.

　　그가 말했어. '나는 나만의 길을 간다네,

그러다 산골짜기 실개천을 찾으면

　　나는 불을 지펴.

그러면 그때부터 로랜드의 마카사르 오일[17]이라는

　　물건을 사람들은 만들어내지.

하지만 그들은 고작 2펜스 반**을

● 고치기 전 원작에서, 밀밭에 나뒹구는 덧없는 것들(비눗방울들)을 주워 가공해서 빵을 얻는다는 것은, 노동의 결과로 간신히 생계나 유지한다는 소리로도 들리고, 성공회 부제이자 실없는 글쟁이로서 남의 노동에 빌붙어(남의 밀밭에서 이삭을 주워) 먹고사는 불한당boor인 자신을 자조하는 소리로도 들린다. 원작의 불한당不汗黨은 본문에서 대문 위의 노인으로 바뀌었다.

●● 2.5펜스는 오늘날 화폐가치로 2,200원 정도이다. 고치기 전 원작에는 4.5펜스, 곧 약 4,000원이라고 되어 있다. 1850년대 잉글랜드의 평균 주급이 성인은 약 15실링, 아동은

그러다 산골짜기 실개천을 찾으면
    나는 불을 지펴.
그러면 그때부터 로랜드의 마카사르 오일이라는
    물건을 사람들은 만들어내지.
하지만 그들은 고작 4펜스 반을
    내 노고의 대가로 준다네."

그러나 나는 누군가의 각반들을
    초록색으로 칠할 계획을 세우고 있었어.
풀색은 너무 흔해서
    눈에 띄지 않을 테니까.
나는 느닷없이 그의 귀뺨을 올려붙이고
    다시 질문했지.
그리고 그의 성직자 같은 백발 머리채를
    틀어쥐고 그를 고통에 빠뜨렸어.

그가 말했지. "나는 환한 히스 덤불 속에서
    해덕대구의 눈을 사냥한다네.
그리고 조용한 한밤중에
    그걸로 조끼 단추를 만드는데
팔아 금화는커녕
    은화도 얻지 못하고
그저 반 페니 동전 하나 얻을 뿐이라네.
    그것도 아홉 개는 팔아야 하지.

때로는 버터 바른 롤빵을 캔다네.
    아니면 끈끈한 나뭇가지로 게를 잡거나.
때로는 핸섬 택시 바퀴를 찾으려고
    꽃이 흐드러진 언덕을 누빈다네.
그게 내가 사는 방식이라네." (그는 윙크를 했어.)
    "여기서 생계를 꾸려 가고 있으니,
기꺼이 나는 잔을 들겠네,
    귀하의 맥주 속 건강을 위하여."

찰스 포커드, 1929

그때 비로소 그의 말이 들려왔지,
마침내 내 계획이 완성되었으므로.
나는 메나이 다리가 녹슬지 않도록
그걸 포도주에 넣어 끓일 계획이었어.
나는 떠나기 전, 노인의 온갖 이상한
이야기에 예의 바르게 고맙다 말하고
잔들 들어 맥주 속 내 건강을
빌어준 것은 더더욱 고맙다 했지.

그리고 이제, 어쩌다 내 손가락을
아교 속에 담그거나
또는 미친 듯이 오른발을
왼쪽 신발에 쑤셔 넣거나
또는 내가 잘 알지 못하는 것을
확실히 안다고 단언할 때면
나는 곧잘 생각이 난다네, 쓸쓸한
황야의 그 기묘한 떠돌이가.

「쓸쓸한 황무지에서」는 테니슨의 아들 라이오넬을 위해 쓴 것이다. 다음은 위 원작에 대한 캐럴의 설명으로, 1862년 4월 일기에 기록되어 있다. 그 일기 중 일부는 행방불명이었는데, 스튜어트 콜링우드가 캐럴 전기에서 그 일부를 인용하고 있다.

점심 식사 후 나는 테니슨의 집에 가서 내 사진첩에 핼럼과 라이오넬의 서명을 받았다. 또한 라이오넬과 거래도 했다. 그가 쓴 시 원고를 일부 내게 보여주고, 나는 내 시 일부를 보여주기로 한 것이다. 그것은 아주 어렵사리 성사시킨 거래였다. 나는 처음에 거의 절망할 정도였다. 그가 너무나 많은 조건을 단 탓이다. 첫 번째 조건은 그와 체스를 두는 것이었다. 더욱 어려운 것은 양쪽 모두 착수를 열두 번으로 줄인 것이었지만, 내가 여섯 수만에 체크메이트를 함으로써 이는 별 어려움이 없었다. 두 번째는 그가 내 머리를 망치로 한 대 때리도록 허용한 것이었다(이것만은 결국 그가 포기하는 데 동의했다). 또 다른 조건들은 생각이 나지 않는데 결국 그의 시를 얻을 수 있었고, 그 대신 나는 「쓸쓸한 황무지에서」를 써서 보여주었다.

캐럴은 한 편지에 이렇게 썼다. "「대문 위에 앉아 있던 노인」은 패러디다. 문체나 운율은 패러디가 아니지만, 그 플롯은, 항상 나를 무척이나 즐겁게 해준 시인 워즈워스의

내 노고의 대가로 준다네.'

그러나 나는 밀가루 풀죽을 먹으며

　　어떻게 살지 생각하고 있었어.

그렇게 하루 또 하루 연명을 하며

　　조금 더 살이나 찌우지.

나는 노인의 얼굴이 시퍼레질 때까지

　　이리저리 노인을 흔들어댔어.

'이봐, 어찌 살고 있느냐니까!' 하고

　　나는 외쳤어, '하는 일이 뭐냐니까!'

5실링(60펜스)이었다고 한다. 6일 근무니까 하루 10펜스로, 일당이 오늘날 화폐가치로 약 9,000원에 해당한다(시급은 그 10분의 1). 이는 중노동의 임금이니 실개천 발견 같은 것은 훨씬 더 일당이 낮았을 것이다. 그런데 산골짜기 실개천과 마카사르 오일 제조가 무슨 관계가 있을까? 산골짜기 실개천mountain-rill 물로 마카사르 오일을 만든다고 풍자한 듯하다.

「결의와 독립」에서 차용한 것이다. 그의 시가 코믹한 것은 결코 아니지만, 시인이 [의료용] 거머리를 잡는 노인에게 계속 질문을 하고, 노인으로 하여금 자기 삶을 거듭 털어놓게 하면서도 노인의 말에는 전혀 귀를 기울이지 않는 그 부조리함이 무척이나 재미있었다. 워즈워스는 교훈으로 끝낸다. 하지만 그런 모범을 나는 결코 따르지 않았다."[9]

워즈워스의 시 전문은 『주석 달린 앨리스』 초판(1960)에 실렸는데, 이번 판에서는 여백이 부족해 생략했다.

캐럴은 하얀 기사의 이 노래에 나오는 '늙고 늙은 남자'와 자신을 동일시한 것이 확실하다. 이 노인은 하얀 기사보다도 나이가 많아 앨리스와의 나이 차는 더욱 크게 벌어진다. 「이사의 옥스퍼드 방문」에서 캐럴은 스스로를 '늙고 늙은 남자the Aged Aged Man'라 일컫고, 일기 전체에 걸쳐 이를 'the A.A.M.'으로 줄여 썼다. 캐럴은 당시 58세였다. 그는 종종 어린이 친구들에게 보낸 편지에서 자신을 늙고 늙은 남자라고 언급했다.

전반적으로 워즈워스의 시는 훌륭한 시다. 나는 그 시 일부가 D. B. 와인덤 루이스와 찰스 리가 편찬한 재미있는 나쁜 시 선집인 『박제된 부엉이』에 포함되어 있다는 사실을 알지만, 훌륭한 시라고 말한다.

하얀 기사의 노래 도입부는 워즈워스의 시 「가시나무」 원작에 나오는 구절, 곧 "가능한 한 최선을 다해 도와주겠다"와 "내가 아는 모든 것을 말해주마"를 희화화한 것이다.* 또한 그 도입부는 하얀 기사가 가락을 차용한 〈나 그대에게 모두 줘, 더는 줄 게 없네〉라는 노래 제목을 반영한 것이기도 하다. 그 노래는 토머스 무어의 시 「내 마음과 류트」에 영국 작곡가 헨리 로울리 비숍이 가락을 붙인 것이다. 캐럴의 노래는 무어의 시 운율과 라임 체계를 따랐다.

캐럴은 한 편지에 이렇게 썼다. "하얀 기사 캐릭터는 시의 화자와 잘 어울리게끔 의도한 것이다." 화자가 캐럴 자신이라는 것은 위 원작에서 "열 곱을 하는 방법만 궁리"하고 있었다는 것에 암시되어 있다. 무어의 연시에 곡을 붙인 것은 캐럴이 앨리스에게 불러주고 싶었지만 차마 부르지 못한 노래였을 가능성이 높다. 무어의 시 전문은 다음과 같다.

나 그대에게 모두 줘, 더는 줄 게 없네.
　　내가 주는 것이 구차할지라도
그대에게 줄 수 있는 모든 것이
　　내 마음과 류트에 담겨 있네.
류트에 실린 부드러운 노래는
　　사랑의 영혼으로 충만하고
내 마음은 더욱 충만히, 류트의

피터 뉴얼, 1903

노래보다 더 많은 것을 느끼네.

사랑과 노래가 인생의 먹구름을
　　멀리하는 데 실패할지라도, 아아!
적어도 사랑과 노래가 머무른다면
　　가벼이 흘려보내거나 틈을 낼지니.
잠깐씩 인생의 행복한 노랫가락 위로
　　근심이 불협화음을 날린다 해도
사랑으로 다만 부드러이 현을 타게 하라
　　모든 것이 다시 달콤해지리니!

● 두 구절은 워즈워스와 코울리지가 익명으로 발표한 『서정 담시집*Lyrical Ballads*』에 실린 「가시나무」에 나오는 것으로, 최종 버전 「가시나무」에는 나오지 않는다.

16 버트런드 러셀은 『상대성 이론의 참뜻』 제3장에서 이 대목 4행을 로렌츠-피츠제럴드의 수축 가설에 적용한다. 이 가설은 지구의 운동이 빛의 속도에 미치는 영향을 감지하는 마이컬슨-모리 실험의 실패를 설명하려는 초기의 시도였다. 이 가설에 따르면, 빠르게 이동하는 물체는 운동 방향으로 수축하지만, 모든 측정 도구 역시 같은 비율로 짧아지기 때문에 측정 도구로는 변화를 감지할 수 없다. 하얀 기사의 부채처럼 변화의 감지를 차단하는 셈이다. 아서 스탠리 에딩턴도 『물리적 세계의 본질』[10] 제2장에서 이 구절을 인용하고 있는데 거기에는 더 큰 은유적 의미가 담겨 있다. 즉, 자연은 기본적인 구조 계획을 우리에게 영원히 숨기는 습관을 명백히 지니고 있다는 것이다. 초록으로 물드는 것이 본문에서는 '구레나룻'이지만, 위에서 인용한 캐럴의 원작 시 「쓸쓸한 황무지에서」는 '누군가의 각반들'이다.

17 『옥스퍼드 영어사전』에 따르면 이 오일은 "19세기 초에 제조업자들(로랜드와 아들들)이 과장 광고한 것으로, 마카사르에서 구한 재료로 만든 머릿기름"이다. 『돈 주앙』 첫 편 17연에 바이런은 이렇게 썼다.

세상의 미덕 면에서는 그녀를 능가할 수 있는 것이 없으나,
그대의 "비할 바 없는 오일" 마카사르만은 예외다!

머릿기름이 묻어 더러워지는 것을 막기 위해 의자나 소파 뒤에 붙인 천 조각을 가리키는 '안티마카사르'라는 용어는 이 기름의 인기에서 유래한 것이다.

그가 말했지. '나는 환한 히스 덤불 속에서
　　해덕대구의 눈을 사냥한다네.
그리고 조용한 한밤중에
　　그걸로 조끼 단추를 만드는데
팔아 금화는커녕
　　은화도 얻지 못하고
그저 반 페니 동전 하나 얻을 뿐이라네.
　　그것도 아홉 개는 팔아야 하지.

때로는 버터 바른 롤빵을 캔다네.
　　아니면 끈끈한 나뭇가지[18]로 게를 잡거나.
때로는 핸섬 택시[19] 바퀴를 찾으려고
　　풀이 우거진 언덕을 누빈다네.*
그게 내가 사는 방식이라네.' (그는 윙크를 했어.)
　　'그렇게 한 재산 모았으니,
기꺼이 나는 잔을 들겠네,
　　귀하의 고귀한 건강을 위하여.'

---

* 언덕을 뒤져 바퀴들을 찾는다는 건 무슨 소리일까? 난센스로 들리지만, 난센스에도 나름의 센스가 있다. 불교의 바퀴, 곧 법륜法輪은 부처의 가르침(설법)을 뜻한다. 부처는 수레바퀴를 굴려 중생의 번뇌를 소멸시킨다. wheel은 행운의 여신이 들고 다니는 것이기도 하고, 고어로는 시나 노래의 후렴을 뜻한다. 캐럴은 언덕에서 시를 찾았음직도 하다. 캐럴에게 난센스 시는 재산이 된다.
셰익스피어의 『리어왕』 2막 2장 말미에서 켄트 백작은 잠들기 직전 이렇게 독백한다. "행운의 여신이여, 굿나잇. 그대 또다시 미소를 지으며, 행운의 바퀴를 돌려라!Fortune, good night; smile once more; turn thy wheel!"

해리 라운트리, 1928

그때 비로소 그의 말이 들려왔지,

　　마침내 내 계획이 완성되었으므로.

나는 메나이 다리[20]가 녹슬지 않도록

　　그걸 포도주에 넣어 끓일 계획이었어.

노인에게 나는 한 재산 모은 방법을

　　말해줘 썩 고맙다 말하고

잔을 들어 고귀한 내 건강을

　　빌어준 것은 더더욱 고맙다 했지.

그리고 이제, 어쩌다 내 손가락을

　　아교 속에 담그거나

또는 미친 듯이 오른발을

　　왼쪽 신발에 쑤셔 넣거나[21]

또는 내 발가락에

　　아주 무거운 것을 떨어뜨릴 때면,

나는 눈물이 나지, 지난날 내가 알았던

그 노인이 문득 생각나기에….

온화한 표정에 말이 느렸던 노인,

머리가 백설보다 하얗던 노인,

잉걸불처럼 이글거리는 두 눈에,[22]

얼굴은 까마귀 같던 노인,

시름에 겨워 심란한 듯한 노인,

몸을 앞뒤로 흔들며

입에 밀가루 반죽을 가득 문 듯

우물우물 나지막이 웅얼거리던 노인,

레슬리 클링거는 『새로운 주석 달린 셜록 홈즈』[11]에 로랜드의 마카사르 오일 광고를 실었다. 클링거는 주석에서 이 기름이 열대 아시아 나무인 일랑일랑에서 추출한 향수를 첨가해 만든 것이라고 썼다. 그리고 마카사르라는 이름은 인도네시아의 도시 마카사르에서 유래했다고 덧붙였다.

18 끈끈한 나뭇가지란 새를 잡기 위해 새잡이용 끈끈이를 바른 나뭇가지를 말한다.

19 Hansom-cabs: 말 한 필이 끄는 2인승 이륜 포장마차로, 마부는 뒤쪽 높은 자리에 앉았다. 이것은 빅토리아 시대 잉글랜드의 택시였다.*
* 핸섬Joseph Aloysius Hansom(1803~1882)은 발명자 이름이고 cab는 캐브리얼레이cabriolet(이륜 유개 마차)의 축약이다. 요금 측정을 위한 시계 장치를 달았고, 무게 중심을 낮추고 경량화 하는 등 개량을 한 덕분에 매우 민첩하고 안전해 크게 인기를 끌었다.

20 북웨일스의 메나이 해협을 건너는 메나이 다리는 기차가 오가는 두 개의 거대한 철 터널로 이루어져 있었다. 캐럴은 어렸을 때 가족과 함께 이 다리를 건너 긴 휴가 여행을 떠난 적이 있다. 현재의 강철 현수교는 1938~1946년에 건설된 것이다.[12]

21 캐럴은 고대 미신을 암시하고 있는 것일까? 레지널드 스콧은 『마법의 발견』[13]에 이렇게 썼다. "불운한 일을 당한 자라면 속옷을 뒤집어 입지 않았는지, 아니면 오른발에 왼쪽 신발을 신지 않았는지 생각해볼 것이다." 아우구스투스 카이사르는 신발을 다른 발에 신는 것이 불길하다는 미신을 믿었다. 이는 새뮤얼 버틀러의 『휴디브라스』[14]에도 언급된다.

　　아우구스투스가 실수로
　　왼쪽 신발을 오른발에 신음으로써
　　그날 살해당할 뻔했다….

22 물리학자 데이비드 프리시는 워즈워스가 이후 출판을 위해 고친, 고치기 전의 시 12연의 마지막 두 행에 주목해달라고 내게 청했다.

　　그는 기쁨과 놀라움으로 내게 대답했다.
　　말하는 동안 그는 두 눈에 불을 지폈다.

들소처럼 콧김을 내뿜던 노인…

오래전 그 여름날 저녁,

　　대문 위에 앉아 있던 그 노인."

하얀 기사는 마지막 구절을 노래하며 고삐를 집어 들더니, 둘이 왔던 길로 말머리를 돌렸다. "몇 야드만 더 가서, 언덕 아래로 내려가 도랑을 건너면 너는 여왕이 될 거야. 하지만 우선은 여기 남아 나를 배웅해줄 거지?" 앨리스가 기사가 가리킨 방향을 열띤 표정으로 돌아볼 때 그가 덧붙여 말했다. "오래 걸리지 않을 거야. 너는 내가 모퉁이를 돌아가길 기다렸다가 손수건을 흔들어주기만 하면 돼! 그러면 나는 용기를 얻게 될 것 같아."

"물론 기다릴게요." 앨리스가 말했다. "여기까지 같이 와주셔서 정말 고마워요. 노래도 고맙고요. 노래가 정말 마음에 들어요."

"그랬기를 바라." 하얀 기사는 의심스럽다는 듯 말했다. "하지만 넌 내 생각과 달리 울지를 않았어."

둘은 악수를 나눴고, 기사는 숲속으로 천천히 멀어졌다. "배웅하는 데 오래 걸리지 않겠지?" 앨리스는 기사를 지켜보고 서서 혼잣말을 했다. "저런, 또 고꾸라졌어! 예전처럼 또 머리를 처박았어! 하지만 꽤나 쉽게 다시 올라타네? 그건 다 안장에 주렁주렁 매달린 수많은 물건들 덕분이야." 그렇게 혼잣말을 계속하며, 앨리스는 말이 길을 따라 한가롭게 걸어가는 것을 지켜보았다. 기사는 이쪽으로, 다음에는 저쪽으로 줄곧 말에서 떨어지곤 했다. 네댓 번 떨어진 후 기사가 길모퉁이에 이르자, 앨리스는 그를 향해 손수건을 흔들며, 그가 보이지 않을 때까지 기다렸다.[23]

"기사님이 용기를 얻었으면 좋겠네" 하고 말하며 앨리스는 언덕을 달

M. L. 커크, 1905

려내려가기 위해 돌아섰다. "이제 마지막 도랑만 건너면 여왕이 되는 거야! 가슴이 웅장해진다!" 몇 걸음 내딛지 않아 앨리스는 도랑에 이르렀다.[24] "마침내 여덟 번째 칸이야!" 하고 외치며 앨리스는 도랑을 훌쩍 건너뛰었다.

    *   *   *   *
     *   *   *
    *   *   *   *

 그리고 앨리스는 이끼처럼 부드러운 풀밭에 벌렁 드러누워 쉬었다. 풀밭에는 여기저기 작은 꽃밭이 펼쳐져 있었다. "마침내 여기 오다니 정말 기뻐! 근데 내 머리에 있는 게 뭐지?" 당황한 앨리스는 소리를 지르며, 머리 위로 두 손을 올렸다. 뭔가 아주 무거운 것이 머리에 꽉 끼워져 있었다. "내가 모르는 사이에 어떻게 이런 게 머리에 씌워졌담?" 앨리스는 혼잣말을 하며, 그것을 머리에서 벗겨내선 무엇인지 알아내려 무릎에 얹고 바라봤다.

 황금 왕관이었다.[25]

23 하얀 기사는 붉은 기사를 잡기 전에 있었던 자리인 KB5[f5]로 돌아갔다. 기사의 움직임은 L자형이기 때문에 앞서 기사가 언급했듯, 하얀 기사는 '모퉁이를 돌아가게' 된다.

캐럴은 앨리스가 커서 이 작별에 어떤 기분이 들기를 바라는가를 이 장면에서 묘사하고 있는 것이 분명하다. 이 장면은 영국 문학에서 가장 애절한 에피소드로 손꼽힌다. 도널드 라킨의 수필 「캐럴의 『앨리스』 속 사랑과 죽음」[15]만큼 그것을 적절히 웅변한 글은 없다. "그러므로 이 장면에서 내내 속삭이며 멀어져가는 사랑의 노래는 복잡하고 역설적이다. 이는 모든 것이 가능한데 자유와 유동성을 띠고 성장해가는 아이와 모든 것이 불가능한데 구속과 정체성을 띠고 추락해가는 성인 사이의 사랑이다."

24 이 자리는 원래 캐럴이 '가발을 쓴 말벌' 에피소드를 넣으려 했던 곳이다. 캐럴에게 보낸 편지에서 테니얼은 이 에피소드를 빼고 하나의 챕터로 삼는 게 낫겠다면서 말벌 에피소드가 없어도 하나의 챕터로 가장 길다고 조언했다. 이 「가발을 쓴 말벌」 이야기는 내 서문과 주석을 포함, 이 책에 전부 재수록되었다.

25 폰이었던 앨리스는 하나 남은 도랑을 뛰어넘어, 여왕의 줄 마지막 칸인 Q8[d8]에 이르렀고, 마침내 여왕이 됐다.

아홉 번째 이야기

앨리스 여왕

"흠, 대단한걸!" 앨리스가 말했다. "이렇게 빨리 여왕이 될 줄은 몰랐
어. …음, 그럼 이게 무슨 상황인지 말씀드리죠, 여왕 마마" 하고 자기에
게 엄한 말투로 덧붙인 앨리스는 이어 말했다. (앨리스는 늘 자신을 나
무라길 좋아했다). "이렇게 풀밭에서 빈둥거리는 건 여왕 마마에게 도움
이 되지 않는답니다. 알다시피, 여왕이라면 마땅히 품위를 지켜야
해요!"

그렇게 말한 앨리스는 풀밭에서 일어나 여기저길 거닐었다. 처음에
는 왕관이 벗겨질까 다소 뻣뻣하게 걸었지만, 아무도 보는 사람이 없다
는 생각에 곧 마음을 놓았다. "만일 내가 정말 여왕이라면," 앨리스는
다시 주저앉으며 말했다. "시간이 지나면 여왕답게 아주 잘 해낼 수 있
을 거야."

일어나는 일마다 너무나 요상해, 붉은 여왕과 하얀 여왕이 자기 가
까이에 나란히 앉아 있는 것을 보고도 앨리스는 조금도 놀라지 않
았다.[1] 두 여왕이 어떻게 왔는지 궁금하기 짝이 없었지만, 그런 걸 묻는
건 무례인 것 같았다. 하지만, 게임이 끝났느냐고 묻는 것쯤은 해로울

1　하얀 여왕은 c8에 있고, 방금 붉은 여왕이 e8로 이동했기 때문에 이제 앨리스 양쪽에 여왕이 있다. 붉은 여왕의 착수로 하얀 왕이 체크 위치에 놓이지만, 어느 쪽도 그것을 알아차리지 못한 것 같다.

아이더 데이비스는 「거울 나라 체스」[1]에서 이를 이렇게 설명하고 있다. 붉은 여왕의 착수로 하얀 왕이 체크가 되었는데, 왜 아무도 알아차리지 못하는가? 캐럴의 서재에 있는 체스 책 가운데는 조지 워커의 『체스의 기술』[2]도 있다. 이 책의 20번 규칙은 다음과 같다. "체크를 부를 때, 큰 소리로 '체크' 하고 외쳐서 상대에게 알려주어야 한다. 그러지 않으면 상대는 체크에 아랑곳하지 않고 체크가 아닌 것처럼 착수를 할 수 있다."

데이비스는 이렇게 평했다. "붉은 여왕은 '체크'를 외치지 않았다. 그녀의 침묵은 전적으로 논리적이다. e8에 도착한 순간 그녀는 '누가 먼저 말을 걸거든 말을 하렴!' 하고 앨리스에게 말했기 때문이다. 아무도 '붉은 여왕'에게 먼저 말을 걸지 않았기 때문에 그녀가 먼저 '체크'라고 말하면 자신의 규칙을 깨는 것이 된다."

체스 게임에 대한 또 다른 유익한 논문으로, A. S. M. 디킨스의 「요정 나라의 앨리스」[3]가 있다. '요정 체스'의 세계적 전문가인 디킨스는 캐럴의 게임에 요정 체스 규칙들이 섞여 있는 것으로 분석한다. 그는 워커의 14번 규칙에 주의를 촉구하는데, 믿기지 않지만, 상대가 이의를 제기하지 않을 경우 자기 차례에 두 번 이상 연속으로 착수를 할 수 있다!

게 없을 것 같았다. "부디, 말씀해주시겠어요…?" 앨리스는 붉은 여왕을 바라보며 소심하게 말문을 열었다.

"누가 먼저 말을 걸거든 말을 하렴!" 붉은 여왕은 날카롭게 말허리를 끊었다.

"하지만 모두가 그런 규칙을 따른다면," 하고 언제든 입씨름을 할 준비가 조금은 되어 있는 앨리스*가 대뜸 말했다. "그러니까 말을 들은 뒤에만 말을 해야 한다면, 그래서 다른 사람이 말하기를 항상 기다려야 한다면, 아시다시피 아무도 어떤 말도 꺼내지 못할 거예요. 그러니…."

"말도 안 돼!"** 여왕이 외쳤다. "아니, 얘야, 넌 이해를 못 하는구나?" 여왕은 그러곤 얼굴을 찡그리며 말을 멈추더니 한참을 생각한 뒤 갑자기 대화 주제를 바꿨다. "'만일 내가 정말 여왕이라면'이라고 네가 한 말은 무슨 뜻이지? 무슨 권리로 너 자신을 여왕이라고 하는 거야? 합당한 시험을 통과하기 전에는 여왕이 될 수 없어. 그리고 곧 시험을 시작할 텐데, 빠를수록 좋겠지."

"저는 그저 '만일'이라고 했을 뿐이에요!" 앨리스는 애처롭게 하소연했다.

두 여왕은 서로를 쳐다봤고, 이어 붉은 여왕이 살짝 떨면서 말했다. "얘가 그저 '만일'이라고 말했을 뿐이라네?"

"하지만 그 말 이상을 했어!"*** 하얀 여왕은 양손을 쥐어짜며 신음했다. "아, 그보다 훨씬 더 많은 말을!"

---

* 전에는 늘 주뼛거리며 논쟁을 회피했지만, 이제는 '항상' 논쟁을 할 준비가 되었다. 여왕이 되어 성장했기 때문이다.
** 여왕의 이 말은 물론 거울 반전이다. 하지만 다른 한편으로 노바디가 항상 먼저 말을 걸고 있으니, 누구든 말을 꺼낼 수 있다. 앨리스는 아직도 노바디의 존재를 인정하지 않고 있다.
*** 문자 그대로 '만일if'이란 말만 한 게 아니라 더 많은 말을 했다는 뜻이다.

"Well, this is grand!" said Alice." I never expected I should be a Queen so soon   Peter Blake. 1970.

피터 블레이크, 1970

"그래, 정말 그랬지." 붉은 여왕이 앨리스에게 말했다. "항상 진실을 말하도록 하렴. 말하기 전엔 생각부터 하고, 나중엔 그것을 기록해두도록 해."

"분명 그럴 뜻은 없었어요…" 앨리스가 말문을 열자, 붉은 여왕이 참지 못하고 말허리를 끊었다.

"내가 불만스러운 게 바로 그거야! 너는 그럴 뜻이 있었어야 해! 아무 뜻도 없는 아이를 대체 어디다 쓰겠니? 농담이라도 뜻이 있어야 하는 거란다… 그리고 아이는 농담보다 더 깊은 뜻이 있기를 나는 바라.* 넌 이 말을 부인할 수 없을 거야. 양손으로** 부인하려 해도 안 돼."

"저는 손으로 뭔가를 부인하지 않아요." 앨리스는 이의를 제기했다.

"네가 그런다고는 아무도 말하지 않았어." 붉은 여왕이 말했다. "네가 하려 해도 못 한다고 난 말한 거야."

"얘 마음이 바로 그런 상태야" 하고 하얀 여왕이 말했다. "뭔가를 부인하고 싶어 하는 마음 상태지. 단지 뭘 부인해야 할지를 모를 뿐이야!"***

"그건 고약한 심보야." 붉은 여왕이 지적했다. 그러곤 1~2분 동안 불편한 침묵이 감돌았다.

"오늘 오후 앨리스의 만찬 파티에 당신을 초대하겠어요." 붉은 여왕이 침묵을 깨고 하얀 여왕에게 말했다.

"그럼 나는 당신을 초대하겠어요." 하얀 여왕이 희미한 미소를 머금으

---

* 달리 번역하면, "농담이라도 의미가 좀 있어야 해… 그리고 아이는 농담보다 더 중요한 의미가 있기를 나는 바라."
** with both hands: 문자 그대로는 '양손으로'라는 뜻이지만, 숙어로는 '전력을 다해', '열렬히', '기꺼이'라는 뜻이다.
*** 하얀 여왕은 정신이 좀 멍하고 앨리스에게 우호적인데, 여기서는 매우 예리하고 얄밉게 말한다. 하얀 여왕의 이 말은 순진무구한 아이(7세 이하)에서 반항기의 아이로 성장해가는 앨리스를 꼬집고 있는 듯하다.

네이사 맥메인, 1927

며 말했다.

"제가 파티를 열 예정인지 전 몰랐어요. 하지만 만일 파티를 열어야 한다면, 제가 손님들을 초대해야 한다고 생각해요." 앨리스가 말했다.

"우리가 너에게 그럴 기회를 주었지." 붉은 여왕이 지적했다. "그런데 너는 아직 예절 수업을 많이 받지는 않은 것 같구나?"

"예절을 수업으로 배우진 않아요." 앨리스가 말했다. "수업 시간에는 계산 따위를 배운다고요."

"너는 덧셈을 할 줄 아니?" 하얀 여왕이 물었다. "일 더하기 일 더하기 일 더하기 일 더하기 일 더하기 일 더하기 일 더하기 일 더하기 일은 뭐지?"[2]

"몰라요. 셈하는 걸 까먹었어요."

"얘는 덧셈을 못 하는 거야." 붉은 여왕이 불쑥 끼어들었다. "뺄셈은 할 줄 아니? 8에서 9를 빼봐."

"8에서 9를 뺄 수는 없어요." 앨리스는 선뜻 대답했다. "하지만…."

"얘는 뺄셈을 못 하네." 하얀 여왕이 말했다. "나눗셈은 할 줄 알아? 칼로 빵을 나눠봐. 답이 뭐지?"

"제 생각엔…." 앨리스가 말문을 열었지만, 붉은 여왕이 대신 대답했다. "물론, 답은 버터 바른 빵이지. 다른 뺄셈을 해보자. 개한테서 뼈다귀를 빼앗아봐. 뭐가 남지?"

앨리스는 곰곰 생각했다. "만일 내가 뼈다귀를 빼앗으면. 물론 개한테 뼈다귀가 남지 않겠지. 그럼 개도 가만히 남아 있지 않을걸? 나를 물려고 달려들겠지. 그럼 분명 나도 남아나지 않을 거야!"

"그럼 아무것도 남지 않을 거라고 생각하는 거니?" 붉은 여왕이 말했다.

"그게 답인 것 같아요."

2   반 바레타의 가정에 따르면, 여왕과 앨리스의 이 문답은 당시 매우 인기 있는 『262개의 질문과 답, 곧 어린이를 위한 지식 가이드』[4]를 패러디한 것일 수 있다. 그 책은 패니 엄펠비Fanny Umphelby(1728~1852)라는 필명의 어떤 여성이 1828년에 처음 출판한 후 60판 이상이 발행됐다.

피터 뉴얼, 1903

"역시나 틀렸어." 붉은 여왕이 말했다. "그 개의 화가 남을 거야."

"저는 모르겠는데요, 어떻게…."

"그야, 이걸 생각해보렴!" 붉은 여왕이 외쳤다. "개는 화를 냈을 거야, 그렇지?"

"그랬겠죠." 앨리스는 조심스레 대답했다.

"그러니 개가 사라져도 화는 남아야 하지!"* 붉은 여왕이 의기양양하게 외쳤다.

"개처럼 화도 딴 데로 사라졌을 거예요." 앨리스는 한껏 진지하게 말했다. 그러나 속으로 생각하지 않을 수 없었다. "지금 무슨 난센스를 늘어놓고 있는 거람?"

"얘는 셈을 조금도 못 해!" 두 여왕이 여봐란듯 입을 모아 말했다.

"여왕님은 셈을 할 줄 알아요?" 앨리스는 갑자기 하얀 여왕을 돌아보며 물었다. 꼬치꼬치 흠을 잡는 게 너무 싫었기 때문이다.

하얀 여왕은 흠칫하더니 눈을 질끈 감고 말했다. "더하기는 할 줄 알아. 시간을 좀 주면 말이야. 하지만 그 **어떤** 상황에서도 **빼기**는 못 해!"**

"너는 물론 네 이름 철자를 알고 있겠지?" 붉은 여왕이 말했다.

"물론 알고말고요."

"나도 알아." 하얀 여왕이 소곤거렸다. "얘야, 우리는 종종 함께 우리

• "뭐가 남지?"의 영문은 "what remains?"이고 앞서 개가 "화를 냈을 거다"의 영문은 "would lose its temper"다. 문자 그대로 가지고 있던 temper를 잃었으니, 그 부근에 temper가 남아 있을 것이다its temper would remain라는 의미다.

•• 이 대목은 셈이 아니라 삶을 이야기하는 소리로 들린다. 원문은 빼기Subtraction를 대문자로 썼다. Subtraction은 거룩하거나 고유한 것이라는 뜻이다. 이 문장은 보태고 채울 줄은 알아도 덜고 나눌 줄은 모르는 부유한 최상류층의 삶을 풍자하는 것일 수도 있다. 여기서 셈 이야기가 갑자기 끝나고 부유층의 어리석음에 관한 이야기로 넘어가는 것이 그것을 뒷받침한다. 부유하면서 현명할 수는 없다는 암시는 이번 이야기 5번 주석을 참고하라.

마일로 윈터, 1916

이름을 암송하곤 한단다. 너에게 비밀 하나 일러줄게. 나는 한 글자로 된 낱말들을 읽을 줄 안단다. 그것참 대단하지 않니? 그렇다고 풀죽지는 마. 너도 때가 되면 읽게 될 테니까."*

이 대목에서 붉은 여왕이 다시 말을 시작했다. "넌 유용한 질문의 답을 아니? 빵은 어떻게 만들지?"

"그건 알아요!" 앨리스는 열렬히 외쳤다. "밀가루flour 약간과⋯."

"꽃flower을 어디서 꺾어오는데? 정원, 아니면 울타리에서?" 하얀 여왕이 물었다.

"아니, 그건 꺾어오는 게 아니에요." 앨리스는 설명을 시작했다. "그건 갈린ground⋯."

"땅ground이 얼마나 넓은데?" 하얀 여왕이 말했다. "그렇게 많은 걸 빼먹고 말하면 안 돼."

"애 머리 좀 식혀주자!" 붉은 여왕이 걱정스레 끼어들었다. "생각을 너무 많이 했으니 열이 날 거야." 두 여왕은 나뭇잎들을 움켜쥐고는 열심히 앨리스에게 부채질을 해주기 시작했다. 머리칼이 마구 헝클어져

● 글자 하나로 된 영어 낱말이 a와 I, O뿐이라면 그걸 읽는 건 굉장한 것도 아니고, 앨리스도 이미 알고 있을 테니 나중에 "때가 되면" 읽게 되는 것도 아니다. 하얀 여왕이 워낙 멍청해 이런 말을 하는 것처럼 들리기도 하지만, 언어 구사에 너무나 치밀한 캐럴이 아무런 꿍꿍이도 없이 그런 맥 빠진 소리로 하얀 여왕을 표현했을까?
읽는다read는 것은 전혀 뜻도 모르고 읽는 게 아니다. 문학책에서는 a부터 z에 이르기까지의 모든 알파벳이 저마다의 뜻을 지니고 등장한다. 주홍글자 A는 간통을 뜻한다. 캐럴은 분명 이런 의미의 낱말들을 의식하고 썼을 것이다. 주홍글자 C는 빨갱이communist를 뜻한다. 제임스 조이스의 『율리시즈』에 이런 말이 나온다. "B is parkgate." 히브리어 문자 B는 집을 뜻한다. 빅토르 위고는 유명한 단편 에세이 「알파벳은 근원이다」에서 이렇게 썼다. "A는⋯ 지붕이다. D는 등인데, B는 그 D 위의 D인 '이중의 등double back' 곧, 낙타의 육봉이다. ⋯ C는 초승달이다. F는 교수대, 포크. ⋯ M은 산⋯. U는 항아리이고, V는 꽃병이다(그래서 U와 V는 혼동된다). ⋯ Z는 번개이고, 신이다." 이렇게 문학에 등장하는 온갖 한 글자 낱말을 풀이한 사전으로 크레이그 콘리의 『한 글자 단어』[5]가 있는데, 무려 267쪽에 달한다.

J. 앨런 세인트 존, 1915

앨리스가 제발 그만두라고 하소연할 때까지.

"얘 다시 말짱해졌어." 붉은 여왕이 말했다. "너 외국어 좀 아니? 피들디디fiddle-de-dee*를 프랑스어로 뭐라고 하지?"

"Fiddle-de-dee는 영어가 아니에요." 앨리스는 진지하게 대답했다.

"누가 그래?" 붉은 여왕이 말했다.

앨리스는 이번에야말로 곤경에서 빠져나올 방법을 찾았다는 생각이 들었다. "Fiddle-de-dee가 어느 나라 말인지 알려주면, 그걸 프랑스어로 뭐라고 하는지 알려드리죠!" 앨리스는 의기양양하게 외쳤다.

하지만 붉은 여왕은 다소 뻣뻣하게 몸을 곧추세우고는 말했다. "여왕은 결코 흥정을 하지 않는 법이야."

"여왕이 결코 질문을 하지 않았으면 좋겠어." 앨리스는 생각했다.

"우리 다투지 말자." 하얀 여왕이 걱정스런 목소리로 말했다. "번개의 원인이 뭔지 아니?"

"번개가 생기는 건," 앨리스는 아주 단호하게 말했다. 그것에 대해서는 확실히 아는 것 같았기 때문이다. "바로 우레 때문이에요, 아니, 아니 잠깐! 그 반대예요." 앨리스는 얼른 바로잡았다.

"바로잡기엔 너무 늦었어." 붉은 여왕이 말했다. "일단 뭔가를 말해버리면, 그걸로 확정이 되는 거야. 너는 그 결과를 받아들여야 해."[3]

"그러고 보니 생각나는 게 있어." 하얀 여왕이 말했다. 그녀는 고개를 숙인 채 양손을 불안하게 쥐었다 풀었다 했다. "지난 화요일에 엄청난 우레와 함께 폭우가 쏟아졌어. 그러니까 내 말은, 지난 모든 화요일들 중 어느 화요일에 말이야."[4]

---

* 난센스, 허튼소리, 또는 시시한 것이라는 뜻으로 영어사전에 나오는 단어다. 하지만 1775~1785년경 기록에 처음 등장하는 것이라, 앨리스가 영어가 아니라고 할 만하다.

3　셀윈 구데이커와 몇몇 기고자들이 추측한 바와 같이 붉은 여왕은 체스에선 어떤 움직임도 되돌릴 수 없다는 사실을 암시하고 있는 것일까? 일단 착수가 이루어지면 "그 결과를 받아들여야 한다." 현대 체스 규칙은 그보다 더 엄격해서 일단 기물에 손만 대도 무조건 그 기물로 착수를 해야 한다.

4　캐럴은 특히 화요일을 좋아했다. 1877년 4월 10일 화요일 일기에 그는 이렇게 썼다. "런던에서 하루를 보냈다. (내 인생의 많은 화요일처럼) 매우 즐거운 하루였다." 이 날의 경우 그는 아주 얌전한 소녀를 만나서 기쁜 것이었다. "내가 본 어린이 중 (얼굴과 외관 모두가) 거의 가장 찬란하게 아름다운 아이"였다. "사진을 100장은 찍고 싶다."

"우리나라에서 지난 화요일은 하루뿐이에요." 앨리스가 어리둥절해 하며 지적했다.

그러자 붉은 여왕이 말했다. "그래서는 사는 게 참 얄팍하지. 지금 여기선 날들과 밤들을 두 번, 세 번씩 다시 산단다. 때로 우리는 겨울날 하루에 다섯 밤을 살기도 해. 더 따뜻하게 말이지."

"그럼 하룻밤보다 다섯 밤이 더 따뜻하단 건가요?" 앨리스가 당차게 물었다.

"물론 다섯 배로 따뜻하지."

"하지만 그런 규칙대로라면 다섯 배로 추워야 하잖아요."

"그렇고말고!" 붉은 여왕이 외쳤다. "다섯 배로 따뜻하고, 동시에 다섯 배로 춥지. 내가 너보다 다섯 배로 부자면서, 동시에 다섯 배로 현명한 것처럼 말이야!"[5]

앨리스는 한숨을 내쉬며 그만 포기했다. "답이 없는 수수께끼 같아!"[6] 앨리스는 생각했다.

"험티 덤티도 그걸 알았어." 하얀 여왕이 혼잣말을 하듯 나지막이 이어 말했다. "그는 타래송곳을 들고 문으로 왔지."

"그가 뭘 원했는데?" 붉은 여왕이 물었다.

"그는 들어오겠다고 말했어" 하고는 하얀 여왕이 이어 말했다. "그러고 보니 그는 하마를 찾고 있었는데, 마침 그날 아침 하마는 집에 없었어."

"보통은 집에 있고요?" 앨리스가 놀라 물었다.

"음, 목요일에만 있지." 하얀 여왕이 말했다.

"그가 왜 왔는지 알겠어요." 앨리스가 말했다. "그는 물고기한테 벌을 주고 싶었던 거예요. 왜냐하면…"[7]

이때 하얀 여왕이 다시 말을 이었다. "그건 엄청난 폭우였어. 넌 짐작

5   따뜻한 것과 추운 것이 반대인 것처럼, 여기서 부유한 것과 현명한 것이 반대라는 암시를 놓치기 쉽다.

6   riddle with no answer: 미친 모자장수의 '까마귀와 책상' 수수께끼 역시 답이 없는 수수께끼다.

7   앨리스는 험티의 노래를 떠올리고 있다. 거기서 험티는 타래송곳을 챙겨 물고기를 깨우러 간다. 자기 말을 따르지 않은 데 따른 벌을 주려고.
앨리스는 말을 끝맺지 못했는데, 아마도 여섯 번째 이야기 「험티 덤티」에서 결론이 나지 않은 다음 2행 연구를 떠올리고 있었음 직하다.

　어린 물고기들의 답장은 이랬지.
　"우린 그럴 수 없어요, 왜냐하면…."

J. 앨런 세인트. 존, 1915

도 못 할 거야!"("그래 쟤는 **결코** 짐작 못 하겠지"하고 붉은 여왕이 말했다.)"게다가 지붕 한쪽이 뜯겨나가고, 엄청난 우레가 들이치더니 커다란 덩어리로 방 안을 맥때굴 굴러다니다가, 탁자 위로 꽈르르 쏟아졌어.⁸ 겁이 나 내 이름도 생각나지 않더라고!"

앨리스는 생각했다. "사고가 났는데 자기 이름을 떠올리려고 하는 건 또 뭐람! 그게 무슨 소용이 있다고!" 하지만 앨리스는 가여운 여왕의 기분이 상할까 그걸 소리 내어 말하진 않았다.

"여왕 마마께서 양해해. 뜻은 좋았는데, 하얀 여왕이 내체로 바보 같은 소리를 하고 말았어." 붉은 여왕이 앨리스에게 말하곤 하얀 여왕의 손을 잡고 부드럽게 쓰다듬었다.

하얀 여왕은 소심하게 앨리스를 쳐다봤다. 뭔가 친절한 말을 해야 해줘야 할 것 같았지만, 그 순간 앨리스는 정말 아무런 생각도 떠오르지 않았다.

"하얀 여왕은 어릴 적 제대로 양육을 받지 못했단다." 붉은 여왕이 이어 말했다. "하지만 놀랍도록 성격이 좋지! 하얀 여왕의 머리를 좀 쓰다듬고, 얼마나 기뻐하는지 봐봐!" 하지만 앨리스는 차마 그럴 용기가 나지 않았다.

"작은 친절만 베풀어도… 그러니까 머리카락을 종이⁹로 감아주기만 해도… 하얀 여왕은 감격할 거야…"

하얀 여왕은 깊이 한숨을 내쉬곤, 앨리스의 어깨에 머리를 기대며 신음하듯 말했다. "너무 졸려!"

"피곤한가 보구나, 가여운 것!" 붉은 여왕이 말했다. "머리칼을 좀 매만져주고, 네 취침 모자를 빌려주렴. 마음을 진정시키는 자장가도 불러주고."

"취침 모자는 가져오지 않았어요." 앨리스는 첫 번째 지시에 따라 하

8　몰리 마틴은 이렇게 추측했다. 지붕이 뜯겨나가고, 엄청난 우레가 방 안에서 굴러다녔다는 것은 체스를 두려고 준비하면서 체스 상자의 뚜껑이 제거되는 소리이고, 기물들이 상자 안에서 굴러다니는 것을 나타내는 소리이며, 우레가 탁자 위로 쏟아진 것은 기물들을 체스판에 쏟아부은 것이라고.

9　papers: 컬링을 하기 위해 머리카락을 감는 종이.

안 여왕의 머리를 매만지며 말했다. "그리고 마음을 진정시키는 자장가는 아는 게 없어요."

"그럼 그건 내가 해야겠군" 하고 말한 붉은 여왕은 노래를 부르기 시작했다.[10]

> "잘 자요 아가씨, 앨리스의 무릎에서!
> 잔치가 준비될 때까지는, 낮잠 잘 시간이 있으니.
> 잔치가 끝나면 우리는 춤을 추러 갈 거야…
> 붉은 여왕과 하얀 여왕과 앨리스 모두 다 함께!"

"그럼 이제 너도 가사를 알겠지" 하고 말한 붉은 여왕은 앨리스의 다른 쪽 어깨에 머리를 기댔다. "내게 이 자장가를 끝까지 불러주렴. 나도 잠이 와." 다음 순간 곤히 잠든 두 여왕은 큰소리로 드르렁 코를 골았다.

처음 둥그런 머리에 이어 다른 머리가 앨리스의 어깨에서 굴러떨어져, 무거운 덩어리처럼 무릎에 털퍼덕 얹혔다. "이걸 어째야 좋담?" 하고 외친 앨리스는 너무나 당황해 이리저리 주위를 둘러보았다. "이런 일은 한 번도 없었을 거야. 동시에 잠든 여왕 둘을 돌본 사람이 세상에 누가 또 있겠어! 그래, 역사를 탈탈 털어봐도 있을 리가 없어. 잉글랜드에 여왕이 둘이나 동시에 있은 적은 없으니까.* 제발 좀 일어나라, 이 무거운 뭉치들아!" 참다 못해 앨리스가 소리를 질렀지만, 고롱고롱 코 고는 소

● 캐럴 당시의 여왕 빅토리아(1819~1901)는 그레이트브리튼 아일랜드 연합왕국의 여왕(1837~1901)이자 캐나다 자치령의 여왕(1867~1901)이었고, 인도 제국의 여왕(1876~1901)이자 호주 연방의 여왕(1901)이었다. 국제 관계를 고려해 디즈레일리 총리가 여제 호칭Empress을 바쳤지만, 빅토리아는 여왕 호칭Queen을 유지했다.

10 익숙한 동요인 〈Hushaby baby, on the tree top…〉*을 패러디한 것이 분명하다.

● 동요는 다음과 같다.

자장자장, 아가야, 나무 꼭대기에서,
바람이 불면 요람이 흔들릴 거야.
가지가 부러지면 요람이 떨어질 거야.
떨어질 거야, 아기와 요람 모두 다 함께.

피터 뉴얼, 1903

리 말고는 아무런 응답이 없었다.

시간이 갈수록 코 고는 소리가 점점 잦아들더니, 무슨 노랫가락처럼 들렸고, 마침내는 노랫말까지 알아들을 수 있을 정도가 되었다. 그런데 어느샌가 무릎 위 커다란 두 머리통이 홀연 사라져버렸다. 하지만 골똘히 귀를 기울이고 있던 터라 앨리스는 노랫말은 거의 놓치지 않았다.

앨리스는 문 위쪽에 커다란 글자로 '앨리스 여왕'이라고 쓰여 있는 아치형 문 앞에 섰다. 아치 양옆에는 초인종 손잡이가 매달려 있었는데, 한쪽에는 '방문객용', 다른 쪽에는 '하인용'이라고 쓰인 표지판이 붙어 있었다.

"노래가 끝날 때까지 기다릴 거야" 하고 앨리스는 생각했다. "그담에 초인종을 울릴 거야. 근데, 어느 쪽 종을 울린담?" 표지판에 쓰인 말 때문에 앨리스는 어째야 좋을지 알 수가 없었다. "나는 방문객이 아니야. 그리고 하인도 아니야. 그러니까, '여왕'이라는 표지판도 있어야만 해."

바로 그때 문이 살짝 열리더니, 부리가 긴 어떤 동물이 불쑥 고개를 내밀었다. 그러곤 "다다음 주까지 입장 금지!" 외치더니 다시 쾅 문을 닫았다.

한참 노크를 하고 초인종을 울려봤지만 헛일이었다. 그런데 이윽고 나무 아래 앉아 있던 아주 늙은 개구리가 일어나더니, 절름절름 앨리스를 향해 천천히 다가왔다. 그는 샛노란 옷에 굉장히 큰 구두를 신고 있었다.[11]

"또 무슨 일이여?" 개구리가 굵고 쉰 목소리로 소곤거렸다.

누구에게든 심통을 부릴 준비가 된 앨리스는 뒤를 돌아보며 말했다. "하인은 어디 갔대요? 문소리에 응답을 해야 하는 거 아니에요?" 앨리스는 씩씩거리기 시작했다.

"어느 문?" 개구리가 말했다.

11 이 장면 삽화(아래 왼쪽)의 문은 로마네스크 양식의 문으로, 이전 주석들에서 자주 인용한 마이클 핸처가 자신의 책에서 지적한 바와 같이, 테니얼이 1853년 7~12월 《펀치》합본 표지 그림(아래 오른쪽)으로 그린 문과 동일하다. 핸처는 또 책에 테니얼이 그린 원래 삽화를 수록했는데, 그 그림은 앨리스가 체스 기물의 왕관과 동일한 왕관을 쓰고 체스 여왕들과 닮은 크리놀린 스커트를 걸친 모습을 보여준다.

"크리놀린 패션이 싫다"고 말한 것으로 알려진 캐럴은 테니얼의 그림 다섯 점에서 여왕이 된 앨리스가 크리놀린 스커트를 입고 있는 것에 반대를 했다. 테니얼은 캐럴의 요구대로 다섯 점 모두 스커트를 바꿔 다시 그렸다. 이 다섯 점의 원래 스케치는 저스틴 실러와 셀윈 구데이커의 『이상한 나라의 앨리스: 1865년 판의 더욱 완전한 인쇄』[6]에 수록되었다.

1985년 가을, 『앨리스』를 인쇄하는 데 쓰인 달지얼 형제의 원래 목판화 92점이 뜻밖에도 내셔널 웨스트민스터 은행 코벤트 가든 지점의 어두운 금고에서 발견되었다. 이는 1988년 맥밀런 출판사에서 발행한 디럭스 전집에 재인쇄되었는데, 이 책의 삽화 역시 거기서 가져온 것이다. 다섯 점의 삽화에 유일한 결점이 있는데, 그것은 앨리스의 드레스를 수정하기 위해 목판을 깎고 새로 나무 조각을 덧댄 탓이다. 새로 덧댄 것이 수년에 걸쳐 목판에서 분리돼 눈에 띌 만큼 틈이 벌어졌다.

찰스 러빗이 내게 말한 바에 따르면, 이(아래 두 삽화)와 동일한 특유의 지그재그 문

존 테니얼의 원래 드로잉

천천히 질질 끄는 개구리의 말에 짜증이 난 앨리스는 짐짓 발을 동동거렸다. "당연히, 이 문이죠!"

개구리는 크고 흐리멍텅한 눈으로 문을 한참 바라보았다. 그러다 가까이 다가가선 페인트칠이 벗겨지는지 알아보겠다는 듯 엄지로 문을 문대다가, 다시 앨리스를 바라보았다.

"문소리에 응답을 하다니?"● 개구리가 말했다. "문이 뭘 물어봤는데?" 개구리가 너무나 쉰 목소리로 말하는 바람에 앨리스는 알아듣기가 힘들었다.[12]

"무슨 말씀인지 모르겠어요." 앨리스가 말했다.

"난 우리말을 했어, 그렇지?" 하고는 개구리가 이어 말했다. "아니면 네 귀가 먹은 거여, 뭐여? 문이 너한테 뭘 물어보았느냐니께?"

"아무것도요!" 앨리스가 참지 못하고 말했다. "나는 그저 문을 두드렸다니까요."

"그걸로는 안 되지…. 그걸로는 안 돼…." 개구리가 우물거리며 말했다. "달달 볶아야 해."[13] 개구리는 그러곤 문 앞 섬돌 위로 올라가더니 커다란 발로 문짝을 쾅 걷어찼다. "넌 문짝을 냅둔 셈이여." 개구리는 절름절름 다시 나무 아래로 돌아가며 숨을 헐떡였다. "그래서 문짝도 너를 냅둔 거여."●●

● To answer the door?: 이 관용 표현은 노크나 초인종 소리를 듣고 문을 열어주는 등 응답을 한다는 뜻이다. 개구리는 관용구가 아니라 문자 그대로 (문이 무언갈 물어봐서) 문에게 대답을 한다는 뜻으로 말하고 있다.
●● 너를 냅두다(내버려두다)의 영문은 'let you alone'이다. 영문에서 사투리를 구사할 경우 번역에도 사투리를 좀 넣었다.
비틀즈의 〈Let it be〉는 흔히 '냅둬유'로 번역하는데, Let it be는 방치나 방관의 내버려둠을 뜻하는 말이 결코 아니다. 시한부 인생을 평생 연구한 정신과 의사 엘리자베스 퀴블러-로스의 임종 5단계, 곧 부정-분노-타협-우울-수용 중의 마지막 수용 단계가 바로 Let it be다. 시한부 선고를 받은 환자들은 결국 죽음을 받아들이고 마음의 평화에 이른다고 한다. 이

양이 새겨진 노르만식 아치형 문이 『영국 발라드 책』의 두 번째 시리즈 삽화에도 나온다. 그것은 테니얼이 최초로 청탁을 받아 그려준 삽화다. 이 아치는 또한 「킹 에스트미어」라는 민담의 배경 장면으로도 나온다.

1980년 메이비스 베이티는 자신의 소책자 『앨리스의 옥스퍼드 모험』[7]에서 이 문은 "분명 앨리스 아버지의 장원 문", 곧 크라이스트처치 성당 업무를 수행하는 집의 문이라고 말한다.

12 개구리the frog 목소리는 쉰 목소리a frog다.

13 Wexes it!: '들볶다/괴롭히다vex'란 말을 캐럴은 'wex'라고 썼다. 빅토리아 시대의 런던 토박이들은 앞머리 글자 v를 w로, w를 v로 바꿔 말하는 버릇이 있었다. 찰스 디킨스의 소설 『픽윅 보고서』에서 미스터 픽윅의 하인 샘 웰러는 'vexes'를 'wexes'라고 발음한다.

J. 앨런 세인트 존, 1915

바로 이때 문이 벌컥 열리며, 높고 날카로운 음성의 노래 소리가 들려왔다.[14]

"거울 나라를 향해 앨리스가 말했도다.
'내 손에 왕홀을 쥐고, 머리에 왕관을 썼으니
거울 나라의 피조물들아, 그 무엇이 되었든 이리 와
붉은 여왕과 하얀 여왕, 그리고 나와 함께 만찬을 들자!'"

이어 수백 명이 입을 모아 후렴을 노래했다.

"그러니 되도록 빨리 잔들을 채우고
식탁에 단추와 밀기울을 뿌려라.
커피에는 고양이, 홍차에는 생쥐를 넣어라…
그리고 서른 번씩 세 번,[15] 앨리스 여왕을 환영하라!"

뒤이어 혼란스러운 환호성이 들리자, 앨리스는 생각했다. "서른 번씩 세 번이면 아흔 번이야. 그걸 누가 다 세지?" 얼마 후 다시 조용해지자, 앞서의 높고 날카로운 음성이 2절을 노래했다.

"'오 거울 나라 피조물들이여,' 앨리스가 말했도다. '가까이 오라!

곡을 만든 폴 매카트니는 친모인 메리(마리아)가 꿈에 나타나 말해준 Let it be를 통해 걱정을 떨치고 마음의 평화에 이르렀다고 한다. 아프면 아파하고, 슬프면 울고, 죽을 때가 되면 담담히 죽자. 일단 상황it을 있는 그대로 인식하고 받아들이자. 이런 의미의 Let it be에는 (노자를 포함한) 어떤 종교적 의도도 담겨 있지 않다고 매카트니는 말했다. "냅둬유"는 Let it be가 아니라 영어로 "Let it alone"이다.

14 이것은 월터 스콧 경의 희곡 『비운의 데보고일』[8]에 나오는 노래 〈보니 던디〉를 패러디한 것이다.

보니 던디[●]

컨벤션의 의원들에게 클래버 하우스가 말했도다.
그 왕의 왕관이 추락하기 앞서 깨어진 왕관들이 있으니
명예와 나를 사랑하는 모든 기사들이여
보니 던디의 보닛bonnet[스코틀랜드 베레모]을 따라오라.

"어서 내 잔을 채워라, 어서 내 맥주컵을 채워라.
어서 너희 말들에 안장을 얹고, 부하들을 불러라.
어서 서부 항구를 열고, 나를 말 달리게 하라.
거기는 보니 던디의 보닛을 위한 곳!"

던디가 말을 타고 거릴 달리니
뒤에서 종이 울리고, 북소리가 울리네.
그러나 차분한 의장이 말하길, "그를 내버려 두어라.
구드 마을은 전장의 악마 던디에게 굴복했으니."

어서 내 잔을 채우고….

그가 성스러운 바우 지역을 굽이굽이 말달릴 때
그곳 노파들은 전쟁 포로들을 꾸짖으며 다그치는데,
은혜의 새싹들은 귀여운 모습으로 썰매를 타며
"보니 던디여, 그대의 보닛에 행운 있으라!" 생각하네.

어서 내 잔을 채우고….

불쾌한 표정의 휘그당원들로 그래스마켓은 북적거리네.
마치 서부 절반은 교수형에 처해졌다는 듯,
보니 던디의 보닛을 볼 때면
표정마다 원한이, 눈마다 두려움이 깃드니.

나를 보는 것은 영광이며, 내 말을 듣는 것도 영광이고,

붉은 여왕과 하얀 여왕, 그리고 나와 더불어

만찬과 차를 드는 것은 지극한 특권이리니!"

이어 다시 후렴이 들려왔다.

"그러니 잔을 채워라, 당밀과 잉크로,

아니면 무엇이든 마시기 좋은 것으로.

사이다에 모래를, 포도주에 양털을 섞어라…

그리고 아흔 번씩 아홉 번, 앨리스 여왕을 환영하라!"

"아흔 번씩 아홉 번!" 앨리스는 가슴이 철렁해 되뇌었다. "아, 그래서야 환영이 언제 끝난담! 일단 집 안에 들어가는 게 좋겠어…." 그러곤 앨리스는 들어갔고, 앨리스 모습이 나타난 순간 쥐 죽은 듯 침묵이 흘렀다.

커다란 연회실을 쭈뼛쭈뼛 지나가며 앨리스는 식탁을 힐끔거렸다. 온갖 종류의 손님들이 쉰 명쯤 모여 있었다. 더러는 네발동물이고, 더러는 새들인데, 심지어 꽃들도 몇몇 있었다. "초대를 기다리지 않고 와줘서 다행이네." 앨리스는 생각했다. "나야 누구를 초대해야 옳은지도 몰랐으니까."

식탁 상석에는 의자 세 개가 놓여 있었다. 그중 둘은 붉은 여왕과 하얀 여왕이 이미 차지하고 있었고, 가운데 의자만 비어 있었다. 의자에 앉은 앨리스는 조용한 것이 꽤나 불편해, 누가 말을 해줬으면 싶었다.

마침내 붉은 여왕이 입을 열었다. "넌 수프와 생선 코스를 놓쳤구나." 여왕은 그러곤 이어 말했다. "통다리를 대령해라!" 그 말에 웨이터들이 앨리스 앞에 양고기 통다리 하나를 내려놓았다. 전에 통고기를 썰어야

어서 내 잔을 채우고….

이들 킬마녹의 수도사들은 쇠꼬챙이와 창과
손잡이 긴 푸줏간 칼로 기사들을 죽였으나
보니 던디의 보닛 앞에서는
머리를 조아리고 길을 틔웠네.

어서 내 잔을 채우고….

그는 우뚝한 캐슬록 아래로 박차를 가해 달려가
적장 고든에게 당당히 이야기했도다.
"몬스 맥과 일당은 입이 있으면 말하라,
보니 던디의 보닛에 맹세코."

어서 내 잔을 채우고….

고든은 그에게 어디로 가는지를 물으니
"몬트로스의 그림자가 나를 어디로 이끌든,
가까이 계신 전하께서는 내 소식을 듣게 되리라!
아니면 보니 던디의 보닛이 땅에 뒹굴고 있으리."

어서 내 잔을 채우고….

"펜틀랜드 너머엔 산이 있고, 포스 너머엔 농지가 있지.
로랜즈에는 영주들, 북부에는 족장들이 있다면,
거기엔 3천의 세 배나 사나운 명문자제들이 있으니
보니 던디의 보닛을 향해 환호성을 올릴 것이다."

어서 내 잔을 채우고….

"말린 소가죽 방패에는 황동이 붙어 있고
옆구리에 찬 칼집에는 강철 칼이 꽂혔으니
황동은 번들거리고, 강철은 어지러이 번뜩이리라
보니 던디의 보닛 앞에서."

했던 적이 없던 앨리스는 다소 걱정스레 그걸 바라보았다.

"너는 숫기가 좀 없어 보이는 구나. 양고기 다리에게 너를 소개해주마." 붉은 여왕이 말했다. "앨리스, 이쪽은 양고기야. 양고기, 이쪽은 앨리스야." 그 말에 양고기 다리가 접시에서 일어나더니 앨리스에게 가볍게 절을 했다. 깜짝 놀라야 할지 즐거워해야 할지 알 수가 없었지만, 앨리스는 답례로 절을 했다.

"제가 한 조각 썰어드릴까요?" 하고 말한 앨리스는 나이프와 포크를 들고는 두 여왕을 차례로 쳐다봤다.

블랑슈 맥마누스, 1899

"당연히 안 되지." 붉은 여왕이 아주 단호하게 말했다. "소개받은 이를 써는 것은 예의가 아니야.[16] 통다리를 치워라!" 그러자 웨이터들이 그것을 가져가고, 대신 커다란 건포도 푸딩을 내왔다.

"푸딩에게는 소개를 받지 않겠어요." 앨리스는 얼른 말했다. "안 그러면 전혀 식사를 못 할 테니까요. 좀 나눠 드릴까요?"

그러나 붉은 여왕이 뚱한 얼굴을 하며 툴툴거리듯 말했다. "푸딩, 이쪽은 앨리스. 앨리스, 이쪽은 푸딩. 푸딩을 치워라." 웨이터들이 순식간에 푸딩을 치우는 바람에 앨리스는 답례 절을 할 새도 없었다.

그건 그렇고, 붉은 여왕만 명령을 내리란 법이 어디 있담? 하고 생각어서 내 잔을 채우고….

"먼 산들, 동굴들, 암벽들을 누비며 나는
찬탈자를 해치우기 전 여우와 함께 잠복하리라
거짓된 휘그당은 환락 중에 두려워하라
너는 내 보닛과 나의 마지막을 보지 못했으니!"

어서 내 잔을 채우고….

그가 자랑스레 손을 흔들자 나팔소리 들리고
양철북 울리며 기사들은 말을 달리는구나.
라벨스턴의 벼랑과 클러미스턴의 후미까지
보니 던디의 거친 전쟁의 노래 잦아들 때까지.

어서 내 잔을 채워라, 어서 내 맥주컵을 채워라,
어서 너희 말들에 안장을 얹고, 부하들을 불러라
어서 너희 문들을 열고, 나를 말 달리게 하라
보니 던디의 보닛과 더불어 일어섰으니!

● 보니 던디는 매력적인/뛰어난 던디 자작을 일컫는 말로, 그는 1689년 재커바이트 군과 잉글랜드군의 전투에서 재커바이트군 지휘관이었다. 재커바이트는 1688년 명예혁명으로 프랑스로 추방당한 스튜어트 왕조의 제임스 2세(가톨릭교도)를 다시 왕위에 올리고자 한 세력으로, 주로 스코틀랜드인들이었다. 시에 처음 나오는 컨벤션 convention은 왕권의 정지로 인해 왕의 소집 없이 열린 의회를 뜻한다. 휘그당(훗날의 자유당)과 고든은 던디의 적으로 보수당을 지지한 캐럴은 보니 던디를 좋아했을 것이다.

15 'Three-times-three', 곧 아홉 번의 건배는 건배를 마무리하는 인기 있는 방식이었고, 지금도 그렇다. 테니슨은 「인 메모리엄」을 이렇게 마무리했다.

다시 그 향연, 그 연설, 그 기쁨…
그 더할 나위 없는 잔을, 세 번씩 세 번.

한 앨리스는 시험 삼아 소리를 질렀다. "웨이터! 푸딩 돌려줘!" 그러자 요술처럼 순식간에 푸딩이 다시 식탁에 놓였다. 푸딩이 너무 커, 양고기를 보고 그랬던 것처럼 앨리스는 이번에도 **살짝** 꺼려했다. 하지만 이내 굳게 먹고는 거리낌 없이 한 조각 썰어선 붉은 여왕에게 건네주었다.

이때 푸딩이 굵고 기름진 음성으로 말했다. "참으로 무례하구나! 내가 너를 한 조각 썰면, 네가 달가워할지 궁금하다, 이 피조물아!"**17**

뭐라 대답할 말을 찾지 못한 앨리스는 그저 놀라 입을 떡 벌린 채 오도카니 앉아 멀뚱멀뚱 푸딩만 쳐다봤다.

"한마디 하렴." 붉은 여왕이 말했다. "모든 대화를 푸딩에게 맡기는 건 말이 안 돼!"

"오늘 내가 얼마나 많은 시를 들었는지 아세요?" 입을 연 순간 주위가 쥐 죽은 듯 조용해진 것을 안 앨리스는 살짝 놀랐다. 게다가 모두가 자기를 빤히 바라보고 있었다. "그리고 그게 참 요상한 것 같아요. 물고기 이야길 조금이라도 하지 않는 시가 없었어요. 여기서는 왜들 그렇게 물고기를 좋아하나요?"

앨리스는 붉은 여왕에게 물었다. 붉은 여왕의 대답은 모호했다. "물고기에 관해서라면," 여왕은 아주 느릿느릿, 엄숙하게, 앨리스의 귀에 입을 가까이 들이대고 말했다. "하얀 여왕마마가 멋진 수수께끼 하나를 알아. 전부 시로 된 건데, 무슨 물고기인지 알아맞히는 거야. 암송해달라고 할까?"

"붉은 여왕마마께서 그 말씀을 해주시다니 자상도 하시지." 앨리스의 다른 쪽 귀에 대고 하얀 여왕이 마치 비둘기가 구구거리듯 웅얼거렸다. "그건 **무척** 재미날 거야. 외워볼까?"

"부탁드려요." 앨리스는 아주 공손하게 말했다.

16 빅토리아 시대의 독자라면 이 언어유희를 금세 알아차렸을 것이다. '썬다는 것to cut'은 아는 사람을 무시한다는 뜻이다. 브루어의 『우화와 유명 구절 사전』[9]은 이 무시를 네 가지로 구분한다. cut direct(직접 무시): 아는 사람을 쳐다보며 모르는 척하기. cut indirect(간접 무시): 못 본 척하기. cut sublime(고고한 무시): 아는 사람이 지나갈 때까지 감탄하며 건물의 꼭대기 따위를 쳐다보기. cut informal(친근한 무시): 허리를 구부리고 신발 끈 조이고 있기.

17 《펀치》의 한 만화(1861. 1. 19.)에선 건포도 푸딩이 접시 안에 서서 식객에게 "당신의 뜻에 동의하지 않겠소" 하고 말한다. 바로 그 만화를 보고 캐럴이 앨리스와 푸딩의 대화를 착안했을지도 모른다고 로저 그린은 생각했다. 마이클 핸처는 테니얼에 관한 책에서 《펀치》 만화를 재수록하고, 이번 이야기 말미의 테니얼 삽화(758쪽) 왼쪽 하단 모서리에 두 다리가 공중에 뜬 푸딩이 보인다는 점을 지적한다. 솔로몬 골롬은 영국에서 '푸딩'이라는 단어는 여기서 사용되는 것보다 훨씬 모호한 말이라고 썼다. "그것은 요크셔 푸딩의 경우처럼 달콤한 음식 혹은 디저트거나, 아니면 전혀 다른 음식이다." 하얀 기사가 발명했다는 푸딩은 '고기 요리 코스'를 위해 고안되었다는 것을 주목하라.•

• 과거 잉글랜드 코스 요리에서 '디저트'란 생과일을 뜻하는 말이었다. 이 과일 바로 앞 코스가 요즘 말하는 디저트 코스로, 이를 과거 잉글랜드에서는 '푸딩'이라고 했다. '푸딩' 코스로는 케이크나 과일무스, 기타 디저트가 서빙되었다.

"'먼저, 누가 그 물고기를 잡아야 해.'

　　그건 쉽지. 내가 보기엔 아기라도 잡을 수 있어.

'다음엔, 그 물고기를 사야 해.'

　　그건 쉽지. 내가 보기엔 1페니면 살 수 있어.

'이제 나한테 그 물고기를 요리해줘!'

　　그건 쉽지. 1분도 걸리지 않을 거야.

'접시에 그걸 담아!'

　　그건 쉽지, 이미 접시에 담겨 있어.

'이리 가져와! 맛을 보게끔!'

　　그걸 서빙하는 건 쉽지.

'접시뚜껑dish-cover을 벗겨!'

　　아, 그건 너무 어려워서 못 하겠어!

너무 철썩 달라붙어 있어서…

　　접시에 담겨 있을 때 뚜껑이 딱 달라붙었어.

그럼 어떤 게 가장 쉬울까?

　　물고기 접시뚜껑 벗기기, 아니면 수수께끼 접시뚜껑?**18°**

● 이 난센스 수수께끼의 마지막 행 영문은 "Un-dish-cover the fish, or dishcover the riddle?"이다. 이게 무슨 소린지 알아내는 것이 1단계 수수께끼다. 이때 디시커버dishcover는 디스(ㅎ)커버dis(h)cover로 읽어야 한다. 요리 보온용 접시뚜껑을 'dishcover'라고 하는데, 그것으로 'discover'를 통치고 있다는 게 웃음 포인트. 물고기 접시뚜껑 벗기기가 더 쉬울까? 아니면 수수께끼를 발견하는 게 더 쉬울까? 그런데 바로 앞 행에서 어떤 게 '더 쉬울까?'라고 묻지 않고 '가장 쉬울까easiest?'라고 물은 것은 숨겨진 질문이 많기 때문이다. 아기baby도 잡을 수 있고, 싸고, 요리하기 쉽고, 이미 접시(껍데기)에 담겨 있고, 서빙하기도 쉬운데, 뚜

피터 뉴얼, 1901

"생각 좀 해보고, 답을 말하렴." 붉은 여왕이 말했다. "그러는 동안, 우린 너의 건강을 위해 건배할게. 앨리스 여왕의 건강을 위하여!" 붉은 여왕이 목청 찢어져라 소리를 지르자, 모든 손님이 곧바로 술을 들이켜기 시작했다. 얼마나 묘하게 들이켜던지, 어떤 손님들은 촛불끄개[19]처럼 잔을 머리에 엎어놓고 얼굴로 흘러내리는 것을 마셨다. 또 더러는 병을 엎어놓고 식탁 가장자리로 흘러내리는 와인을 마셨다. (캥거루처럼 보이는) 손님 세 명은 구운 양고기 접시로 달려들어 허겁지겁 고깃국물을 핥아먹기 시작했다. "꼭 여물통에 달려든 돼지들처럼!" 하고 앨리스는 생각했다.

"품위 있게 감사 연설을 해야지" 하며 붉은 여왕이 언짢은 얼굴로 앨리스에게 말했다.

"알다시피 우리는 너를 뒷바라지 해줘야 해." 하얀 여왕이 소곤거렸다. 앨리스는 아주 고분고분, 그러나 살짝 겁을 먹은 채 일어섰다.

"정말 고마워요." 앨리스는 소곤소곤 대꾸했다. "하지만 도와주지 않아도 잘할 수 있어요."

"전혀 못 할걸?" 붉은 여왕이 아주 단호하게 말했다. 앨리스는 그래서 예의 바르게 고분고분 따르려고 했다.

("그들이 떠받치듯 밀어붙였어!" 하고 앨리스는 나중 언니에게 이 잔치 이야기를 들려줄 때 말했다. "언니가 봤으면, 그들이 나를 쥐어짜는 줄 알았을 거야!")

껍을 벗기기가 너무 어려운 물고기인 것이다. 답을 알게 되면 또 질문이 생긴다. 그 껍데기 벗기기가 더 쉬울까, 아님 이 수수께끼 풀기가 더 쉬울까?
참고로, 수수께끼의 답인 oyster(굴)는 fish(물고기/어류)가 아니라 shellfish(조개류/갑각류)다. 우리말 물고기 역시 어류 척추동물을 뜻해서, 굴은 어류가 아닌 조개류인데, 캐럴은 굴을 fish로 취급하고 있다. 아이 관점에서는 셸피시도 피시의 일종일 것 같다.

18 이 수수께끼의 답은 굴oyster이다. 『루이스 캐럴 입문서』[10] 95쪽을 보면, 이 수수께끼와 같은 보격으로, 하얀 여왕의 수수께끼에 대한 4연의 대답이 영국 정기간행물 《펀Fun》(1878. 10. 30.) 175쪽에 실렸다고 쓰여 있다. 그 답이 캐럴에게 사전에 제시되었고, 캐럴은 그 익명의 저자를 위해 시의 보격을 다듬어주었다. 『루이스 캐럴 입문서』에 인용된 그 답의 마지막 연은 다음과 같다.

> 튼튼한 굴 칼을 가지고
>> 뚜껑과 접시 사이 중간에 끼워
> 그러면 너는 머지않아
>> OYSTERS를 un-dish-cover하고, 수수께끼를 dish-cover할 거야!

19 extinguisher: 촛불이 꺼지면서 생기는 연기 냄새가 실내에 퍼지지 않도록 하기 위해 쓰는, 속이 빈 작은 원뿔꼴에 긴 손잡이가 달린 촛불 끄는 도구.

우리엘 번바움, 1925

찰스 포커드, 1929

찰스 포커드, 1929

실제로 앨리스는 연설을 하는 동안 가만히 서 있기가 어려울 지경이었다. 두 여왕이 양쪽에서 앨리스를 너무 밀어붙여 거의 공중에 떠받치듯 했기 때문이다. "답례로 감사의 말씀을 드리려고 일어섰어요rise⋯." 앨리스는 말 그대로 공중으로 한 뼘쯤 떠올랐다rise. 하지만 곧 식탁 가장자리를 붙잡고 다시 아래로 몸을 끌어내릴 수 있었다.

"조심해!" 하얀 여왕이 두 손으로 앨리스의 머리칼을 움켜쥐며 외쳤다. "무슨 일이 벌어지려고 해!"

그러고는 (앨리스가 나중에 설명했듯) 온갖 일이 일순간에 벌어졌다. 모든 양초가 천장에 닿을 만큼 커지더니, 꼭대기에 불타는 폭죽이 달린 골풀밭처럼 보였다. 술병에 관해 말하자면, 저마다 서둘러 날개로 장착한 쟁반 두 개를 단 데다, 포크 다리까지 달고 사방으로 퍼덕퍼덕 날아다녔다. "정말

M. L. 커크, 1905

새 같은걸?" 앨리스는 생각했다. 섬뜩한 혼란이 벌어지는 와중에도 앨리스는 용케 별생각을 다 했다.

바로 그 순간 목쉰 웃음소리가 옆에서 들려왔다. 앨리스는 하얀 여왕에게 무슨 일이 일어났나 싶어 돌아봤다. 하지만 의자에는 여왕 대신 양고기 통다리가 앉아 있었다. "난 여기 있어!" 하고 외치는 소리가 수프 그릇 속에서 들려왔다. 앨리스가 다시 돌아보니, 때마침 수프 그릇 언저리 너머로 하얀 여왕이 널따랗고 싹싹한 얼굴로 앨리스를 향해 잠깐 씩 웃어 보이고는, 수프 속으로 폭 가라앉았다.[20]

꾸물거릴 시간이 없었다. 이미 여러 손님이 접시에 엎어져 있었고, 식탁 위 수프 국자가 앨리스 쪽으로 걸어오며, 앨리스더러 비키라고 성마르게 손짓을 해대고 있었다.

"더는 참을 수 없어!" 하고 외친 앨리스는 벌떡 일어나 두 손으로 식탁보를 움켜쥐었다. 한 번 홱 잡아채자, 쟁반과 접시, 손님, 양초가 한 무더기로 와장창 바닥에 나동그라졌다.

"그리고 당신은!" 하고 말하며 앨리스는 이 모든 장난의 원흉이라 생각되는 붉은 여왕을 향해 사나운 눈길을 돌렸다. 하지만 붉은 여왕은 옆에 없었다. 갑자기 작은 인형 크기로 줄어든 여왕은 날아다니는 숄을 붙잡으려고 식탁 위에서 신나게 뱅뱅 돌고 있었다. 한데 숄을 끌고 다니는 것은 여왕 자신이었다.

다른 때라면 그걸 보고 놀랐겠지만, 너무 흥분한 지금, 앨리스는 그 어떤 것에도 놀라지 않았다 . "당신은," 하고 되뇌며 막 식탁 위에 불을 붙인 술병을 폴짝 뛰어넘던 그 작은 피조물을 낚아챈 앨리스는 여왕에게 말했다.

"흔들어서 아기고양이로 만들어버릴 거야, 기어이!"[21]

20 하얀 여왕이 앨리스 곁을 떠나 QR6[여왕 쪽 6번째 가로줄, 곧 a6]으로 이동했다. 정상적인 체스 게임에서라면 하얀 왕을 체크에서 구해야 하니, 이는 잘못된 착수다.

21 이 착수는 앨리스가 붉은 여왕을 잡은 것인 동시에, 체스 게임 내내 움직이지 않고 잠만 잔 붉은 왕을 체크메이트한 것이다. 앨리스의 승리는 아주 희미한 [권선징악의] 교훈을 주기도 한다. 하얀 기물들은 격하고 악의적인 붉은 기물들과 달리 선량하고 온화한 캐릭터이기 때문이다. 체크메이트로 꿈은 끝나지만, 그 꿈이 앨리스의 꿈이었는지 붉은 왕의 꿈이었는지에 대한 의문은 여전히 남아 있다.

베시 피즈 구트만, 1909

흔들기

그렇게 말한 앨리스는 붉은 여왕을 들고 앞뒤로 마구 흔들었다.

붉은 여왕은 아무런 저항도 하지 않았다. 다만 얼굴이 아주 작아지
고, 두 눈이 커지면서 초록색이 되
었다. 그리고 앨리스가 계속 흔들어
대자, 여왕은 점점 더 작아지고…,
더 통통해지고…, 더 보들보들해지
고…, 더 동글동글해지더니….

1 미국 작가 겸 평론가인 에버렛 블레일러는 「황도 12궁 나라의 앨리스」[1]에서 기묘한 추측을 한다. 캐럴이 이번 장과 다음 장을 너무나 짧게 써서 두 번째 『앨리스』를 12장으로 늘린 것은 황도 12궁을 염두에 둔 것이 아니었을까? 예를 들어 트위들 쌍둥이는 12궁 중 쌍둥이자리를 암시하는 것일 수 있다.

사자는 사자자리, 양은 양자리, 기차 안의 염소는 산양자리, 하얀 기사는 궁수자리, 험티는 천칭자리, 술병은 물병자리, 물고기는 물고기자리, 게는 게자리 등. 이러한 상관관계가 눈에 띄긴 하지만, 블레일러의 추측을 진지하게 받아들인 캐럴리언은 거의 없다. 캐럴리언들은 캐럴이 점성술에 관심이 없었을 뿐만 아니라, 두 번째 『앨리스』가 첫 번째 『앨리스』와 같이 12장이기를 바랐다는 점을 지적한다.

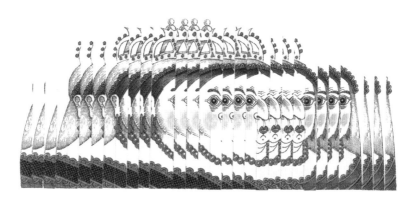

존 비넌 로드, 2011

열한 번째 이야기

깨어나기

…진짜 아기고양이가 되었다, 결국.[1]

1　캐럴의 어린이 친구 중 한 명인 로즈 프랭클린은 캐럴이 자기에게 이렇게 말했다고 회고했다. "나는 붉은 여왕을 무엇으로 변하게 할지 결정할 수가 없어." 로즈는 대답했다. "그녀는 몹시 화가 난 것 같아요. 그녀를 까만 아기고양이로 변하게 해줘요." 그 말에 캐럴은 이렇게 답했다고 한다. "그것참 놀랍겠는걸? 그럼 하얀 여왕은 하얀 아기고양이로 변하겠지?" 첫 번째 이야기 「거울 속의 집」에서 앨리스는 잠이 들기 전 까만 아기고양이에게 이렇게 말했다는 것을 돌이켜보라. "너는 붉은 여왕인 척해."

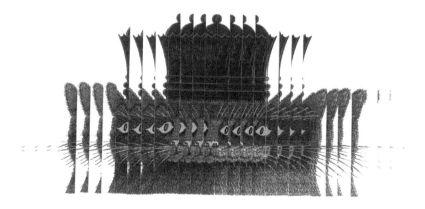

존 버넌 로드, 2011

열두 번째 이야기

누가 꿈꾸었을까?

"붉은 여왕마마,* 그렇게 크게 가르랑거리면 안 돼요." 앨리스는 눈을
비비며 아기고양이에게 정중하면서도 다소 엄하게 말했다.

"네가 나를 깨웠구나, 아, 멋진 꿈이었는데! 아가냥아, 그럼 넌 그 거
울 나라**에 줄곧 나랑 함께 있었던 거로구나. 애, 너도 그걸 알았어?"

아주 불편한 아기고양이들 버릇이 하나 있다(앨리스가 딱 한 번 그
런 말을 한 적이 있다). 아기고양이에게 뭐라고 하든 늘 가르랑거리는 버
릇이 바로 그것이다. "'예'라고 할 땐 가르랑거리기만 하고, '아니오'라고
할 때는 야옹거리기만 해야 한다는 규칙이라도 있다면, 그럼 대화를 이
어 나갈 수 있을 거야!" 하고 앨리스는 말했었다. "근데 고양이가 항상
같은 말만 한다면 사람이랑 어떻게 대화를 할 수 있겠어?"[1]

● 여왕이나 왕의 호칭을 폐하로 오역하기도 하는데, 폐하는 왕이 아닌 황제의 호칭이다.
●● Looking-glass world: 이 두 번째 『앨리스』의 원제는 *Through the Looking-Glass
and What Alice Found There*다. 축어역을 하면 '거울을 통과해서 거기서 앨리스가 발견
한 것.' 그런데 '거울'이 '거울 나라'의 축약이라고 보면, '거울 나라를 두루 다니며 거기서 앨
리스가 발견한 것'이라는 뜻이 된다.

1 앨리스의 이런 논점은 정보 이론의 기본이라고 제럴드 와인버그가 한 편지에서 지적한다. 즉, 일가一價 논리는 존재하지 않는다. 최소한 2진법, 곧 예와 아니오, 또는 참과 거짓으로 구분하지 않고는 정보를 기록하거나 전송할 수 없다. 컴퓨터에서 그 구별은 회로의 온오프 스위치로 처리된다.

블랑슈 맥마누스, 1899

이때 아기고양이는 가르랑거리기만 했다. 그래서 앨리스는 그것이 '예'인지 '아니오'인지 가늠할 수가 없었다.

앨리스는 탁자 위 체스 기물을 뒤져, 붉은 여왕을 찾아냈다. 그리고 벽난로 앞 깔개에 무릎을 꿇고 앉아, 아기고양이와 여왕이 서로 마주 보게끔 내려놓았다. "자, 아가냥아!" 앨리스는 손뼉을 치며 의기양양하게 외쳤다. "네가 요렇게 변했었다고 얼른 자백해."

("하지만 바라보려고도 하지 않았어" 하고 앨리스는 나중에 언니에게 설명했다. "고개를 홱 돌리고는 못 본 체하더라니까. 하지만 살짝 뉘우치는 건 같더라고. 그래서 난 생각했지. 얜 틀림없이 붉은 여왕이었다고.")

"좀 더 뻣뻣하게 앉아봐, 애!" 앨리스는 깔깔 웃으며 외쳤다. "그리고 절부터 하면서 생각을 하도록 해. 뭐라고…, 뭐라고 가르랑거릴지 말이야. 그러면 시간이 절약될 거야, 명심해!" 앨리스는 그러곤 아기고양이를 들어 올려 '붉은 여왕이 되었던 기념으로', 가볍게 쪽 입을 맞추었다.

"스노드롭, 내 귀염둥이!" 하며, 앨리스는 어깨너머로 하얀 아기고양이를 바라보고는 이어 말했다. 하얀 아기고양이는 여전히 참을성 있게 몸단장 체험을 하고 있었다. "다이나가 언제나 하얀 여왕마마의 단장을 끝내려나? 내 꿈에 네가 그렇게나 깔끔하지 못했던 이유도 바로 그 때문이었어. … 다이나! 네가 지금 벅벅 문지르고 있는 게 하얀 여왕이라는 거 알고 있니? 정말이지, 그건 너무 불손한 행동이야!"

피터 뉴얼, 1903

"그럼 다이나는 뭘로 변했던 걸까?" 앨리스는 계속 종알거리며, 편안히 기대앉았다. 그러곤 한쪽 팔로는 깔개를 짚고 다른 손으론 턱을 괸 채, 아기고양이들을 지켜봤다. "말해봐, 다이나. 넌 험티 덤티로 변했었니?[2] 내가 **생각**하기엔 그래. 하지만 아직 네 친구들에게는 그런 말 하지 않는 게 좋을 거야. 확실한 건 아니니까."

"근데 아가냥아, 네가 정말 내 꿈속에서 계속 나랑 함께 있었다면, 네가 즐길 만한 게 한 가지 있었어. 내가 엄청 많은 시를 들었는데, 그게 다 *물고기*에 관한 시였거든![3] 내일 아침밥은 제대로 챙겨줄게. 네가 아침밥을 먹는 동안 내내 너에게 「바다코끼리와 목수」란 시를 읊어줄 거야. 그러면 얘, 넌 굴인 척해도 돼!"

"자, 아가냥아, 이제 그 모든 걸 누가 꿈꾸었을지 생각해보자. 그건 중요한 문제야. 얘, 근데 앞발 좀 그만 핥으럼. 그러면 다이나가 오늘 아침에 널 안 씻겨준 것 같잖아! 그러니까 아가냥아, 꿈을 꾼 건 틀림없이 내가 아니면 붉은 왕이야. 물론 그는 내 꿈의 일부였지만, 그때 나는 그의 꿈의 일부였거든! 아가냥아, 그건 붉은 왕의 꿈이었을까? 얘, 넌 그의 아내였으니 알 거 아냐. 제발, 아가냥아, 이 문제를 풀게 날 좀 도와줘! 네 앞발은 좀 있다가 핥아도 돼!" 하지만 괘씸한 아기고양이는 그저 다른 앞발을 핥기 시작하며, 그 문제를 못 들은 척했다.

여러분은 그게 누구의 꿈이었다고 생각하나요?'

● 『장자』 「제물론」 6장에 이번 이야기의 제목 'Which [of the dreamers] Dreamed It(그것을 꿈꾼 것은 누구인가)?'과 비슷한 질문이 나온다. "옛적에 장주가 꿈에 나비가 되니, 하늘하늘 잘도 나는 나비였다. 스스로 제 뜻대로 유유자적하니 자기가 장주인 것을 알지 못하였다. 그러다 아연 놀라 화들짝 깨어보니 장주가 되어 있었다. 알지 못하겠구나. 장주의 꿈에 장주가 나비가 되었던 것인가? 나비의 꿈에 나비가 장주가 된 것인가? (昔者에 莊周夢爲胡蝶호니 栩栩然 胡蝶也라. 自喩適志與라 不知周也호라. 俄然覺하니 則蘧蘧然周也러라. 不知케라. 周之夢에 爲胡蝶與아, 胡蝶之夢에 爲周與아.)" 꿈을 꾼 것은 어느 쪽인가?

2 앨리스는 왜 험티가 다이나라고 생각했을까? 앨리스 힐먼은 「다이나, 체셔 고양이, 험티 덤티」[1]에서 기발한 이론을 제시한다. 험티는 앨리스에게 이렇게 말했다. "나는 왕과 얘기를 나눈 사람이야, 이 몸이 말이야." 『이상한 나라의 앨리스』 여덟번째 이야기 「여왕의 크로켓 경기장」에서 앨리스가 인용한 옛 속담에서 알 수 있듯 고양이도 왕을 볼 수 있다.

프레드 매든은 세 번째 이야기 「거울 곤충들」 11번과 18번 주석에서 인용한 그의 글에서 험티 덤티의 머리글자 H. D.를 반전시키면 D. H.가 되는데, 이는 다이나Dinah의 첫 글자와 마지막 글자라고 지적한다.

3 'queer fish(요상한 물고기)'라는 말이 캐럴 당시 유행했는데, 그것은 이상하게 여겨지는 사람을 일컫는 말이었다. 이번 책에서 물고기를 강조하면서 캐럴은 그것이 함축하고 있는 모든 이상한 사람들을 생각하고 있었을까? 아니면 그의 난센스에 'fishy(어색한)' 대목이 있다는 걸 혹시 의식했을까? 공교롭게도 미국에서 물고기는 평범한 체스 선수를 뜻하는 속어이다.

해리 라운드리, 1928

전에 장주이면서 나비인 줄만 알았듯, 지금은 다른 무엇인데도 장주인 줄만 알고 있을 수 있다. 『이상한 나라의 앨리스』 중 「눈물웅덩이」에서 앨리스는 탄식한다. "'도대체 나는 누구지?' 아, 그건 커다란 수수께끼야!" 대한성공회에서 읽는 공동번역 성서 「시편」 90편에 이런 말이 나온다. "당신 앞에서는 천 년도 하루와 같이 지나간 어제 같고 깨어 있는 밤과 같사오니, 당신께서 휩쓸어가시면 인생은 한바탕 꿈이요, 아침에 돋아나는 풀잎이옵니다." 이번 이야기에 나오는 마지막 시, 마지막 행은 이렇게 끝난다. "인생이, 꿈이 아니라면 무엇일까?" 앨리스는 꿈속으로 들어가기 전 이렇게 말한다. "아, 아가냥아, 거울 속 집으로 들어갈 수만 있다면 얼마나 좋을까! 그곳엔 아! 너무나 아름다운 것들이 분명 한가득할 거야."

그것이 누구의 꿈이든 이 거울 나라 꿈은 독특하고 아름답다. 거울 나라는 앨리스를 빼고 상당 부분이 반전된 세계다. 거기서 싸운다는 것은 화해한다는 뜻이다. 다가가려면 물러나야 한다. 거꾸로 거슬러 가야 바로 가고, 땅에 처박혀서 거꾸로 보아야 제대로 보인다. 아름다운 정원은 황무지나 다름없고, 언덕은 골짜기나 다름없다. 느린 것은 번개처럼 빠른 것이다. 왠지 노자 느낌이 난다.

사서삼경은 물론이고 『도덕경』과 『장자』까지 영역한 제임스 레게James Legge(1815~1897)는 루이스 캐럴(1832~1898)과 동시대 사람이다. 1875년부터 옥스퍼드 코퍼스크리스티 칼리지 초대 중국학 교수였던 레게와 1855년부터 옥스퍼드 크라이스트처치 칼리지의 수학 강사였던 캐럴 사이에 큰 접점은 없었겠지만 서로의 존재를 모르지는 않았을 것이다.

노자는 말했다. 아름다운 것은 추한 것이고, 좋은 것은 안 좋은 것이다(2장). 성인은 몸을 뒤에 둠으로써 몸이 앞서고, 몸을 내침으로써 몸이 보존된다(聖人後其身而身先 外其身而身存, 7장). 있음이 이로운 까닭은 없음이 쓸모가 있기 때문이다(11장). 구부러지면 온전해지고 휘면 펴지고 낡으면 새로워진다(22장). 22장을 문자 그대로 번역하면, 구부러진 것은 온전한 것이고, 휜 것은 곧은 것이고 낡은 것은 새로운 것이다(曲則全 枉則直 幣則新). 거울 반전과 노자의 반(反)의 의미가 겹치지는 않지만, 반反이라는 것은 도의 움직임이다(反者道之動, 40장). 앨리스는 '모두가 이름 없는 숲'으로 들어가 자기 이름을 잊고 Nothing이 된다(세 번째 이야기 「거울 곤충들」 534쪽 옮긴이 주 참고).

이렇게 은근히 닮은 구석이 많지만, 물론 노자와 캐럴은 전혀 다르다. 노자는 무위를 강조하지만 캐럴은 유희를 강조한다. 무위가 삶의 근본이라면 유희는 삶의 날개 같은 것이다.

귀네드 허드슨, 1922

¹햇살 찬란한 하늘 아래, 배 한 척
꿈결같이 앞으로 한가로이 나아가는
7월의 어느 해 질 녘….

가까이 보금자리를 튼 세 아이
귀가 솔깃해 열띤 눈빛으로
수수한 이야기 하나 듣고자 했지.

햇살 찬란한 저 하늘은 창백해진 지 오래.
메아리는 잦아들고 추억은 시들어가네.
가을 서리가 7월을 묻어버렸으니.

그래도 앨리스는 환상처럼 내게 나타나
하늘 아래를 지나가네
결코 깨어 있는 눈엔 띄는 법 없이.

1　캐럴의 최고 시편 가운데 하나인 이 마지막 시에서 캐럴은 7월 4일 템스강을 거슬러 올라가며 세 명의 리들 소녀들에게 '앨리스'의 모험 이야기를 처음 들려주었던 것을 회상한다. 이 시는 『거울 나라의 앨리스』 서시를 관류하는 겨울과 죽음의 주제를 반영하고 있다. 이것은 눈물 없이 다만 열띤 눈빛으로 언덕을 뛰어 내려가 마지막 도랑을 넘어 성숙한 여자로 변하기 전 앨리스를 기억하는 하얀 기사의 노래이기도 하다. 이 시는 아크로스틱acrostic이라 불리는 것으로, 각 행의 첫 글자를 나열하면 앨리스의 풀네임인 ALICE PLEASANCE LIDDELL(앨리스 플레전스 리들)이 된다.

잉글랜드에서 편지를 보내온 매슈 호가트는, 캐럴의 이 아크로스틱 시편이 당시 잉글랜드에 널리 알려진 작자 미상의 다음 동요를 반영하고 있다는 제안을 했다.

　　저어라, 저어라, 노를 저어라,
　　　　강 하류로 부드러이 흘러라.
　　즐겁게, 즐겁게, 즐겁게, 즐겁게,
　　　　인생은 한바탕 꿈이라네.

편지를 보내온 독자 랠프 러츠도 같은 제안을 하며, 이 동요에 나오는 '즐겁게merrily'가 『이상한 나라의 앨리스』 서시에 나오는 '행복한 뱃사람들merry crew'과 연결된다고 지적한다.

현실 세계와 꿈의 '기묘한eerie' 상태는 캐럴의 두 권짜리 『실비와 브루노』에서 번갈아 나타난다. 첫 번째 책 2장에서 그는 자신에게 이렇게 말한다. "실비에 대한 것은 내가 꿈을 꾸었던 것이고 지금이 현실인가, 아니면 내가 실비랑 같이 있었던 것이 현실이었고, 지금은 꿈속인가! 혹, 인생 자체가 한바탕 꿈이 아닌가?"

『실비와 브루노』의 서시, 곧 캐럴의 어린이 친구인 이사 보먼의 이름으로 각 시행의 첫 글자를 시작한 아래 아크로스틱 시편에도 같은 주제가 담겨 있다.

　　그렇다면 우리의 모든 삶은 한바탕 꿈인가?
　　불가항력으로 흘러가는 어두운 시간의 강을 가로지르는
　　황금빛 섬광 속에서 언뜻 보이는 한바탕 꿈―

　　쓰라린 슬픔에 파묻히거나
　　요지경 세상에 헤피 웃으며
　　우리는 헛되이 이리저리 나부끼네.

　　그 즐거운 삶의 정점에서, 침묵의 끝을

아이들은 아직도 이야길 들으려고
솔깃하니 귀를 열고 열띤 눈빛으로
사랑스럽게 가까이 보금자리를 틀겠지.

아이들은 원더랜드에 누워
날이 가도 꿈을 꾸고
여름이 가도 꿈을 꾸겠지.

줄곧 강을 따라 표류하며
황금빛 햇살 속을 한가로이 나아가는
인생이, 꿈이 아니라면 무엇일까?

아서 래컴, 1907

마중하는 눈길 한번 던지지 않고
우리는 인간의 짧은 날을 서둘러 보내네.

본문 시편 1연의 처음 두 행에서 캐럴은 하늘sky과 꿈결같이dreamily가 라임을 이루도록 했다[dreamily를 드리밀라이로 발음하게 했다는 뜻]. R. J. 카터는 자신의 판타지 『앨리스의 달 너머 여행』[1] 주석에서 리들 학장이 sky와 라임을 이루게끔 university를 발음(유니버시타이)했다고 썼다. 카터가 인용한 다음의 시편에서도 같은 라임이 나온다, 캐럴 당시 이 시편은 옥스퍼드대학에서 종종 암송되었다.

나는 크라이스트처치의 학장 나리Sir
저기 내 아내가 있으니, 잘 보라 그녀를her.
그녀는 브로드the Broad, 나는 하이the High
우리는 대학university.•

• sir와 her, high와 university(유니버시타이)가 라임을 이룬다. 브로드와 하이는 옥스퍼드의 두 큰길 이름으로 두 길이 만나 옥스퍼드대학을 이룬다. 헨리 리들 학장은 이런 시의 주인공이 될 만큼 당시 아주 유명한 인물이었는데, 후대에는 캐럴에게 영감을 준 앨리스의 아버지로 더 잘 알려지게 되었다.

TO THE MEMORY OF
LEWIS CARROLL

J. 앨런 세인트 존, 1915

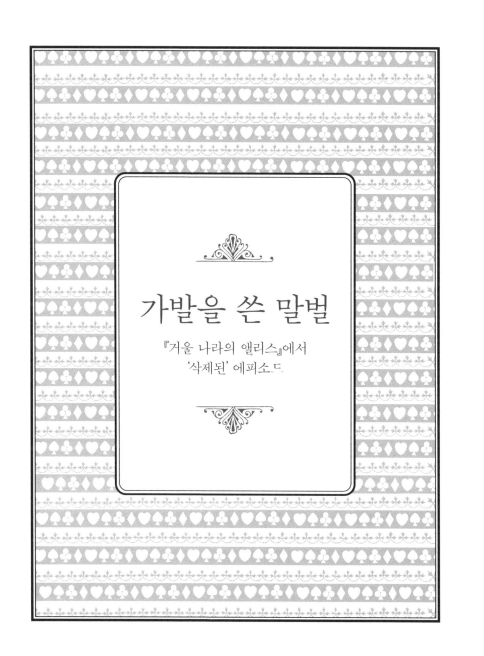

가발을 쓴 말벌

『거울 나라의 앨리스』에서
'삭제된' 에피소드

● 「가발을 쓴 말벌」의 서문과 읽기에 앞서는 모두 마틴 가드너가 『거울 나라의 앨리스』에
서 삭제된 말벌 에피소드를 출판하며 추가한 것이다. -편집자

서문

1974년 소더비 파크 버넷 & 컴퍼니의 런던 경매 회사는 6월 3일 자 카탈로그에 다음 품목을 눈에 잘 띄지 않게 올렸다.

도지슨 C.L. '루이스 캐럴' 『거울 나라의 앨리스』에서 삭제된 부분의 교정 쇄로 64~67쪽 및 63쪽과 68쪽 일부인데, 저자가 검정 잉크로 자필 수정을 하고 자주색 잉크로 많은 부분을 삭제 표시했다.

이 부분은 앨리스가 성질 나쁜 말벌을 만나는 사건을 담고 있으며, "나 어릴 적, 곱슬머리 찰랑거리고"로 시작하는 5연의 시를 담고 있다. 이는 초판 183쪽 "몇 걸음 내딛지 않아 도랑에 이르렀다" 다음에 나온다. 이 교정 쇄는 1898년 옥스퍼드에서 저자의 가구와 소장품, 도서 등을 판매할 때 구입한 것으로, 따로 기록되거나 출판되지 않은 것으로 보인다.

마지막 문장의 '보인다'는 절제된 표현이다. 삭제된 이 부분은 출판되지 않았을 뿐 아니라, 캐럴 전문가들조차 보존 사실은 물론 초판에 식자되었다는 사실조차 몰랐다. 그런데 여전히 존재하고 있었다는 사실의 발견은 캐럴리언들에게, 실은, 모든 영문학도에게 큰 의미를 지닌 사건이었다. 그리고, 『거울 나라의 앨리스』가 처음 활자화된 지 100년이 넘은 지금, 이윽고 오랫동안 잃어버린 이 에피소드가 최초로 정식 출판되기에 이르렀다.

캐럴의 조카인 콜링우드가 1898년 삼촌의 전기, 곧 『루이스 캐럴의 삶과 편지』에서 말한 것 외에 또 무엇이 삭제되었는가에 대해서는 1974년까지 알려진 바가 일절 없었다. 콜링우드는 다음과 같이 썼다.

> 이 이야기[『거울 나라의 앨리스』]는 초고에서는 13장으로 구성되었지만, 책은 12장으로 출판되었다. 삭제된 장에는 판사나 변호사의 성격을 띤 말벌이 등장하는데, 테니얼 씨가 「가발을 쓴 말벌」은 미술 적용의 한계를 훌쩍 뛰어넘는다"고 쓴 탓에 삭제된 듯하다. 삽화로 그리기 어려운 점은 둘째 치고, 이 '말벌' 장은 책의 다른 부분에 비해 수준이 떨어지는 것으로 간주되었고, 그 점이 아마도 삭제의 주된 이유였을 것이다.

이 발언 전에 존 테니얼이 캐럴에게 보낸 1870년 6월 1일 자 편지가 있다(그 복사본을 784~785에 재수록했다). 편지에 담긴 테니얼의 기차 객실 장면 스케치에서 앨리스는 염소와 흰 종이옷을 입은 남자 맞은편에 앉아 있고, 기차 차장이 오페라 쌍안경으로 앨리스를 관찰한다. 테니얼은 자신의 최종 드로잉에서 종이 모자를 쓴 남자의 얼굴을 영국 총리 디즈레일리의 얼굴로 그렸다. 디즈레일리는 《펀치》에서 테니얼이 자주 희화화한 인물이다.

캐럴은 테니얼의 두 가지 제안을 모두 받아들였다. 원래 원고 세 번째 이야기(「거울 곤충들」)에 등장하는 인물로 추정되는 '노부인'이 테니얼의 삽화와 이야기에서 사라졌고, 말벌 에피소드는 아예 책에서 빠졌다. 『주석 달린 앨리스』에서 이에 대한 내 주석은 이렇게 끝난다. "맙소사, 잃어버린 챕터 중 아무것도 살아남지 못했다." 콜링우드는 말벌 에피소드를 읽어본 적이 없었다. 그 사실을 우리가 아는 까닭은 말벌이 가발을 썼다면 판사나 변호사였을 것이라고 그가 지레짐작했기 때문이다.

캐럴은 말벌 에피소드에 관한 최종 의견이나 거기 포함된 시에 대한 기록을 남기지 않았다. 하지만 교정쇄를 꼼꼼하게 보존한 것으로 미루어, 언젠가는 교정쇄로 무언가를 하려고 했던 것 같다. 앨리스 리들을 위해 글을 쓰고 삽화를 그린 『이상한 나라의 앨리스』 원작을 출판하기로 결정한 사람이 바로 캐럴 자신이라는 것을 생각해보라. 그의 초기 시들 상당 부분이 무명의 정기 간행물로 인쇄되거나, 전혀 출판되지 않았다가 나중에 결국은 정식으로 출판되었다. 비록 캐럴에게 말벌 에피소드나 그 시편을 사용할 구체적인 계획이 없었다 해도 그것이 결국 출판되었음을 안다면 그는 분명 기뻐할 것이다.

1898년에 캐럴이 사망한 후 교정쇄는 익명의 구매자에게 넘어갔다. 소더비에 경매로 나오기 전까지 누가 교정쇄를 소유했는지에 대해선 현재까지 알려진 바가 없다. 소더비 카탈로그에는 다만 '신사의 재산'으로 등재되어 있었다. 소더비는 익명을 원하는 판매자들의 신원을 공개하지 않는다. 하지만 관계자가 내게 전한 말에 따르면, 캐럴의 가족 중 연장자가 교정쇄를 넘겼다고 한다. 1898년 캐럴의 소장품 목록에는 교정쇄가 등재되어 있지 않은데, 이는 교정쇄가 자잘한 다수의 미확인 품목에 포함되어 있었기 때문인 듯하다.

교정쇄는 맨해튼의 희귀 도서 거래상인 존 플레밍이, 뉴욕시티의 노먼 아머 주니어를 대신해 구입했다.[1] 이 책의 출판이 가능하게 된 것은 아머 씨가 너그럽게 출판을 허락해준 덕분이다. 감사의 마음을 이루 다

Interior of Railway carriage.
(1st Class). Alice on seat
by herself. Man in white
paper, reading, & Goat
very shadowy & indistinct
sitting opposite. (with opera-glass,
looking in at windows.

My dear Dodgson.

I think that where
the jump occurs in the
Railway Scene you might
very well make Alice lay
hold of the Goat's beard
as being the object nearest
to her hand - instead of

The old lady's hair. The
jerk would naturally
throw them together.
Don't think me brutal, but
I am bound to say that
the 'wasp' chapter does'nt
interest me in the least, &
~~that~~ I can't see my way
to a picture. If you
want to shorten the book,
I can't help thinking —
with all submission —
that there is your oppor-
tunity.
In an agony of haste
        Yours sincerely [
            J Tenniel.

Portsdown Road.
    June 1. 1870

테니얼이 도지슨에게 보낸 편지 복사본

전할 수가 없다.

친애하는 도지슨.

기차가 점프하는 장면에서 앨리스가 가장 가까운 물체로 노부인의 머리카락을 잡는 대신 염소 **수염**을 잡는 게 낫겠다는 생각이 듭니다. 그러면 염소가 홱 뿌리치는 동작으로 앨리스와 각다귀를 함께 자연스레 날려버릴 수 있을 겁니다.

나를 잔인하다고 생각할지 모르시만, 나는 '말벌' 챕터가 전혀 흥미롭지 않다고 말할 수밖에 없습니다. 어떻게 그려야 할지도 모르겠습니다. 만일 책을 좀 줄이고 싶다면, **그것**이야말로 기회라고—일체 순종하며—생각지 않을 수 없습니다만, 뜻대로 하십시오.

시간에 쫓기는 고통 속

J, 테니얼 드림

포츠다운 로드에서

1870. 6. 1.

---

1 2005년 뉴욕에서 열린 크리스티 경매에서 이 교정쇄는 5만 달러에 팔렸다.

읽기에 앞서

말벌 에피소드가 빛을 보기 전, 캐럴 학도들 대부분은 잃어버린 이 에피소드가 기차 장면에 바로 이어 나오거나, 아니면 적어도 멀리 떨어져 있지는 않을 거라고 생각했다. [앞서 복사본으로 보여준] 테니얼의 불만 담은 편지가 두 사건을 연결시키는 것처럼 보였기 때문이다. 앨리스가 첫 번째 도랑을 뛰어넘고, 기차가 두 번째 도랑을 뛰어넘는 세 번째 이야기 「거울 곤충들」에서 앨리스는 코끼리만 한 벌을 비롯한 다양한 곤충들을 만난다. 바로 그쯤에서 앨리스가 말벌을 만나는 것이 적절하지 않았을까?

하지만 캐럴은 앨리스와 말벌을 체스 게임 초기에 만나게 할 생각이 없었다. 그 점은 교정쇄의 페이지 숫자와 말벌이 자신의 곱슬머리가 어떻게 찰랑거렸는가를 말할 때 앨리스가 이를 어떻게 생각했는가를 통해 바로 알 수 있다. "그때, 앨리스 머리에 요상한 생각이 떠올랐다. 이제 껏 만난 거의 모든 이들이 시를 들려주었다. 그러니 만일 말벌이 시를 들려주지 않는다면 자기가 해봐야겠다는 생각이 든 것이다." 앨리스에게 처음 시를 들려준 것은 트위들이고, 두 번째는 험티 덤티다. 그러니 잃어버린 에피소드는 여섯 번째 이야기보다 뒤에 나와야 한다.

교정쇄의 불완전한 첫 줄을 보면, 캐럴의 말벌 에피소드가 어디에 자리 잡았던가를 소더비 카탈로그가 정확히 지적하고 있다는 것을 확실히 알 수 있다. (797쪽에 『거울 나라의 앨리스』 초판 183쪽의 그 위치를 화살표로 표시했다.) 앨리스는 하얀 기사에게 마지막 작별 인사를 하고 언덕을 내려가, 여왕이 되기 위해 뛰어넘어야 할 마지막 도랑에 이르렀다. "몇 걸음 내딛지 않아 도랑에 이르렀다." 이 문장에 마침표 대신 쉼표가 찍히고, 다음과 같은 교정쇄 첫머리 분장이 이어진다. "그리고 막 도랑을 건너뛰려는데, 문득 깊은 한숨 소리가 들렸다. 뒤쪽 나무에서 들려오는 것 같았다."

테니얼과 콜링우드 모두 이 에피소드를 하나의 '챕터'라고 일컬었지만, 그런 관점에는 난점이 있다. 교정쇄를 보면 그것들이 여덟 번째 이야기에서 발췌한 것이라는 사실 외의 어떤 암시도 주지 않는다. 첫 번째 『앨리스』가 모두 12장인데, 두 번째 책이 13장이 되는 것을 캐럴은 원치 않았을 것으로 보인다. 테니얼이 편지에 '챕터'라고 쓴 것은 "시간에 쫓기는 고통 속"에서 '에피소드'를 잘못 쓴 것이라고 모턴 코언은 믿는다. 콜링우드의 발언은 테니얼의 편지를 있는 그대로 받아들인 것이라 볼 수 있다. (콜링우드에게는 테니얼의 다른 편지가 적어도 하나는 더 있었음에 틀림없다. 그가 「가발을 쓴 말벌」에 대해 쓰면서 서문에 소개한 테니얼의 복사본 편지에는 나오지 않는 "미술 적용의 한계를 훌쩍 뛰어넘는다"라는 말을 인용하고 있기 때문이다.)

말벌 에피소드가 하얀 기사 챕터에 속했다면, 챕터가 이례적으로 너무 길지 않았겠느냐고 쉽게 반론을 제기할 수 있다. 또한 그럴 경우, 테니얼은 "책을 좀 줄이고 싶다면"이 아니라 "챕터를 좀 줄이고 싶다면"이라고 써야 했던 게 아닌가라고. 하지만 다른 한편으론 그 챕터가 너무 길었다는 사실이 말벌 에피소드를 캐럴이 기꺼이 삭제한 또 하나의 이유였다고도 볼 수 있다. 안타깝게도 다른 교정쇄가 남아 있진 않은 것으로 알려져 있으니, 우리는 간접 증거만으로 어떤 견해가 옳은지 판단하지 않을 수 없다.

에드워드 길리아노는 테니얼이 '에피소드'를 챕터라고 잘못 말했다는 견해를 지지한다. 그는 이미 제기된 주장을 지지하며, 아울러 말벌 에피소드의 사건들이 하얀 기사 챕터의 주제와 잘 어우러진다고 생각한다. 나이 많은 상류층 신사인 하얀 기사와 대화를 나눈 후, 앨리스는 노년의 하류층 노동자를 만난다.[1] 앨리스는 손수건을 흔들며 하얀 기사에게 작별을 고하는데, 말벌은 얼굴에 손수건을 두르고 있다. 하얀 기사는 벌과 꿀에 대해 이야기하는데, 말벌은 앨리스를 벌이라고 생각하면서 꿀이 많으냐고 물어본다. 길리아노는 「가발을 쓴 말벌」에서 머리빗comb을 벌집comb이라 말장난하는 것조차 원래 계획했던 챕터의 맥락에서 그리 미약하지는 않다고 믿는다. 그외에도, 말벌 에피소드의 이런저런 사건들은 그것이 홀로 구분될 의도가 아니었음을 시사할 만큼 하얀 기사 챕터와 연계되어 있다.

말벌 에피소드는 보존할 가치가 있었을까? 물론 역사적 측면에선 보존 가치가 대단히 크다. 내가 말하는 건 역사적 가치가 아니다. 본질적으로 존재 가치가 있을까? 테니얼은 말벌 이야기가 전혀 흥미롭지 않다고 말했다. 최근에 이 에피소드를 읽은 많은 사람들도 (콜링우드의 말대로) "책의 다른 부분에 비해 수준이 떨어지는 것"에 동의한다. 피터 히스 교수는 이 에피소드가 책의 다른 부분에 비해 생동감이 부족한 이

---

1 캐럴의 글로만 보면 하얀 기사는 20대 청년일 수도 있다. 테니얼은 캐럴의 허락을 받고 기사가 '늙고 늙은 남자'보다는 젊지만 그래도 나이가 좀 있는 노신사로 그렸다.

유를 다른 곳에서 다룬 주제들을 너무나 많이 되풀이한 탓이라고 설명한다. 앨리스는 세 번째 이야기에서 불행한 곤충인 각다귀와 이미 대화를 나눴다. 말벌 에피소드 다음 이야기에서 앨리스는 또 다른 하층 계급인 나이 든 수컷 개구리와 대화를 나눈다. 앨리스의 얼굴에 대한 말벌의 비판은 험티 덤티의 비판을 연상시킨다. 앨리스가 말벌의 흐트러진 모습을 정돈해주려는 시도는 다섯 번째 이야기에서 하얀 여왕의 지저분한 몸단장을 바로잡아주려는 것과 유사하다. 히스 교수가 언급한 친숙한 주제들의 되풀이는 그밖에도 더 있다. 그는 한 편지에 이렇게 썼다. "캐럴의 창의성이 좀 약해진 것 같다. 이야기의 추진력이 일시적으로 상실되었다."

그 모든 것이 사실일 수 있다. 하지만 나는 이 에피소드를 주의 깊게 읽은 후 나중 다시 여러 번 읽는다면, 그 장점이 꾸준히, 더 분명하게 부각될 거라고 확신한다. 무엇보다도 전체 어조와 유머, 말장난, 그리고 난센스가 너무나 캐럴답다. "Let it stop there!(신문 읽기를 집어치워!/신문의 오류를 집어치워!)"라는 말벌의 말[중의법]이나, 앨리스의 두 눈이 (물론 말벌 자신의 눈과 비교했을 때) 너무 가까이 붙어 있어 두 눈이 아니라 한 눈만 있어도 되겠다는 말벌의 말도 영락없는 캐럴식 어법이다. 언어유희가 캐럴의 최고 수준에 미치지 못할 수 있지만, 우리는 그가 본격적으로 수정 작업을 시작하기 훨씬 전에 자주 원고를 활자화했다는 점을 염두에 두어야 한다. 캐럴이 교정쇄의 글을 다듬기 전에 말벌 에피소드를 삭제했다면, 그 내용이 책의 다른 부분보다 미흡해 보이는 이유에 대한 해명이 될 것이다.

특히 내 관심을 끄는 것은 이 에피소드의 두 가지 특징이다. 몇 쪽에 불과한 대화에서 말벌 캐릭터의 고약한 특성을 여실히 드러내면서도 왠지 사랑스러운 특성까지 은연중 드러내는 놀라운 글솜씨와 그 노인

을 향한 앨리스의 변함없는 온화함이 그것이다,

두 꿈에서, 만나는 호기심 많은 생물들이 아무리 불쾌하게 굴어도 앨리스는 보통 그 모두를 존중하고 다정하게 대하지만, 항상 그런 것은 아니다. 『이상한 나라의 앨리스』 두 번째 이야기 「눈물웅덩이」에서는 쥐를 잡는 제 고양이와 이웃의 개 이야기를 함으로써 두 번이나 생쥐를 불쾌하게 한다. 얼마 후, 코커스 경주가 끝난 뒤 다시, 자기도 모르게 제 고양이가 새를 얼마나 잘 잡아먹는지 말함으로써 모임의 새들을 화들짝 놀라게 한다. 그리고, 네 번째 이야기 「토끼가 빌을 굴뚝으로 보내다」에서 도마뱀 빌을 굴뚝 밖으로 걸어찬 앨리스의 발차기를 생각해보라. "빌이 붕 떴다!"

『거울 나라의 앨리스』에서 (이제 6개월 더 나이를 먹은) 앨리스는 아주 철이 없는 것은 아니지만, 그래도 앨리스가 그렇게나 놀라운 인내심으로 불쾌한 생명체를 대하는 이야기는 찾아볼 수 없는 것이다. 두 책 모두의 다른 어떤 에피소드에도 말벌 에피소드에 비해 그렇게나 생생하게 지적이고, 예의 바르고, 사려 깊은 앨리스의 모습은 찾아볼 수 없다. 말벌 에피소드는 극한의 젊음과 극한의 늙음이 대면하는 에피소드다. 말벌은 앨리스에게 끊임없이 비판적이지만, 앨리스는 단 한 번도 교감과 연민을 멈추지 않는다.

더 자세히 운운할 필요가 있을까? 우리는 하얀 폰인 앨리스가 여왕이 되기를 얼마나 갈망하는가를 듣는다. 또한 앨리스가 체스판의 마지막 줄을 차지하기 위해 얼마나 쉽게 마지막 도랑을 뛰어넘는지도 알고 있다. 그러나 「가발을 쓴 말벌」에선 깊은 한숨이 뒤에서 들려오자 앨리스는 도랑을 넘지 않는다. 말벌이 친절한 말에 화를 내자, 앨리스는 그가 고통스러워 화를 내는 것으로 이해하며 그의 나쁜 성격을 두둔한다. 더 따뜻한 곳에 앉아 있게끔 말벌의 자리를 옮겨주자, 그는 "송장a body

좀 가만 냅둘 수 없겠어?" 하고 통명스럽게 반응하지만, 앨리스는 불쾌해하지 않고, 그의 발치에 있는 말벌 신문을 읽어주겠다고 제안한다.

말벌은 계속해서 앨리스를 헐뜯지만, 그를 떠날 때 앨리스는 "몇 분시간을 내 불쌍한 늙은이를 편안하게 돌봐준 것이 내심 뿌듯했다." 캐럴은 다가오는 앨리스의 대관식을 정당화할 수 있는 자선 행위를 마지막으로 보여주고 싶었음 직하다. 경건한 그리스도교인이자 애국적 영국인인 캐럴은 대관식을 보상으로 여겼을 것이다. 길리아노 교수는 말벌에피소드를 읽은 뒤 전체 책에 대한 자신의 반응이 살짝 바뀐 것을 알고 스스로 놀라워했다. 앨리스가 그렇게나 사랑스럽고 매력적인 어린소녀로 등장한 것을 통해 말이다.

말벌 같은 성격에 해묵은 뼈가 시린 그 늙은이는 물론 진짜 곤충이다. 암컷 말벌은 (여왕들과 일꾼들 모두) 애벌레와 거미, 파리와 같은다른 곤충들을 잡아먹는데, 이 먹잇감들을 침으로 쏴 마비시킨다. 그리고 강한 턱으로 먹이의 머리와 다리, 날개를 떼어 낸 다음, 유충에게 먹이로 주기 위해 몸통을 씹어 연한 과육처럼 만든다. 캐럴의 곤충 사회구조에 체스의 여왕들과 영국의 과거 여러 여왕들처럼 사납고 강력한여왕들이 포함되어 있다는 것은 우연이 아닐 것이다.

반면 수컷 말벌은 침을 쏘지 않는다. 어떤 종의 경우, 그 수컷을 손에쥐면, 마치 침을 쏘기라도 하겠다는 듯 온갖 허세 동작을 하며 벗어나려 한다. (이 허세는 전투 중인 병사가 없는 총알을 발사하겠다고 적을 겁주는것과 다름없다고 존 버로스는 비유했다.) 캐럴의 말벌처럼, 겁을 주는 듯 보이는 수컷 말벌들은 체스의 왕들을 닮았다. 알고 보면 사랑스럽고 무해한 동물인 것이다.

말벌은 모두 여름 곤충으로 겨울잠을 자는 소수 여왕벌을 제외하곤겨울을 견디지 못한다. 더운 몇 달 동안 자식을 부양하기 위해 맹렬히 일하고, 가을 찬바람이 불어오면 몸이 굳어가며 죽는다. 올리버 골드스미스는 이제는 잊힌 훌륭한 저서 『지구와 활기찬 자연의 역사』[1]에서 이를 다음과 같이 표현한다.

여름 더위가 계속되는 동안, 그들은[말벌들은] 대담하고 탐욕스럽고 진취적이다. 하지만 해가 저물면 용기와 활동성이 사라지는 듯하다. 추위가 더해감에 따라 더욱 많은 시간을 둥지 안에 머무는 것으로 보인다. 좀처럼 둥지를 떠나지 않고, 둥지를 떠나도 짧은 모험만 한다. 정오의 열기 속에서 날아다니다이내 몸이 차가워지고 약해져 돌아온다. 추위가 더해가면, 더 이상 둥지 안조차 충분히 따뜻하지 않아 둥지를 싫어하게 된다. 그래서 그나마 온기가 도는 집 안 귀퉁이를 찾아 날아다니거나 열이 발생하는 곳을 탐색한다. 그래도 결국 겨울은 견딜 수 없어서, 새해가 시작되기 전 활기를 잃고 죽는다.

많은 노인들처럼, 말벌은 머리채 찰랑거리던 어린 시절의 행복한 기억을 지니고 있다. 5연의 광시doggerel에서 말벌은 친구들의 꼬임에 넘어가 자기 머리를 밀어버린 끔찍한 실수에 대해 앨리스에게 얘기한다. 이후 그의 모든 불행은 그 어리석은 경솔함에서 기인한다. 그는 자신의 현재 모습이 우스꽝스럽다는 것을 안다. 그의 가발은 머리에 맞지 않고 단정하게 관리되지도 않는다. 그는 조롱당한다. 말벌은 올리버 웬들 홈스의 「마지막 잎사귀」(1831)와도 같이 '버려진 오래된 가지'에 매달린 채 공동체의 조롱을 견뎌왔다.

앨리스가 도와주는 것을 말벌은 원치 않는 척하지만, 앨리스가 찾아와 자신의 슬픈 이야기를 전할 기회를 얻은 그의 기분은 고양된다. 실제로 앨리스가 떠나기 전, 그는 활기차고 수다스러워진다. 앨리스가 마침내 작별 인사를 하자 그는 "고맙구먼Thank ye" 하고 답한다. 그것은 앨리스가 거울 나라에서 들은 유일한 감사의 말이다.

가발 패션은 17세기와 18세기 프랑스와 영국에서 부조리할 정도로 유행했다. 앤 여왕 치세엔 잉글랜드의 거의 모든 상류층 남녀가 가발을 썼는데, 어떤 가발을 썼는지로 남자의 직업을 바로 알 수 있었다. 등과 가슴을 모두 덮을 정도로 길게 늘어뜨린 남성 가발도 있었다. 그 열풍은 빅토리아 여왕 치세에 사라지기 시작했다. 캐럴 당시에는 판사와 변호사의 법정용 가발, 배우의 가발, 대머리를 감추기 위한 가발을 제외하고는 거의 사라졌다. 말벌의 가발은 어렸을 때부터 쓰기 시작했음에도 불구하고 그의 나이가 많다는 것을 역력히 보여준다.

왜 노란 가발일까? 말벌의 곱슬머리가 노란색이었다면 노란색 가발을 쓰는 게 당연하겠지만, 캐럴은 다른 이유로 그 색깔을 강조하는 것 같다. 캐럴은 그것을 '샛노란bright yellow' 가발이라고 말한다. 앨리스가 말벌을 처음 만났을 때 그의 가발은 머리와 얼굴에 묶인 노란 손수건에 감싸여 있었다.

두 『앨리스』 모두, 진짜 앨리스인 앨리스 플레전스 리들이 알고 있던 사람들에 대한 농담을 담고 있다. 캐럴의 말벌은 해초를 닮은 단정치 못한 노란 가발을 자랑하던 어떤 사람(아마도 그 지역의 나이 든 상인)을 조롱하는 것일 수도 있다.

또 다른 이론은 잉글랜드에 서식하는 많은 말벌의 노란색과 관련이 있다. 말벌hornet이라 불렸고 지금도 그렇게 불리는 사회성 곤충의 큰 부류를 일컫는 미국 용어 옐로재킷Yellowjackets(말벌)을 캐럴은 염두에 두었을지도 모른다. 이 용어는 잉글랜드로 전파되었는데, 수많은 종류의 영국 말벌들이 검은 몸통 둘레에 샛노란 줄무늬가 있다. 말벌 더듬이는 링레츠ringlets(작은 고리/곱슬머리)라 할 수 있는 작은 마디들로 이루어져 있다. 어린 말벌의 더듬이는 광시에 나오는 것처럼 확실히 찰랑거리며 고불고불하다. 만일 이 더듬이가 잘린다면 다시 자라지 않을 것이다. 옥스퍼드에는 아마도 캐럴과 앨리스 리들에게 친근한 그런 말벌이 있었을 것이고, 노란 줄무늬가 있는 검은 머리는 마치 얼굴에 노란 손수건을 두른 것처럼 보였을 것이다. 노란색 줄무늬가 없더라도 말벌의 얼굴은 손수건으로 감싼 사람의 얼굴을 닮았고, 손수건의 매듭 끝은 머리 위로 두 개의 더듬이처럼 솟아 있다.[2] 히스 교수는 잉글랜드에서 살던 어린 시절 말벌을 보며 바로 그런 생각을 한 적이 있다고 회상한다.

세 번째 이론은, 노란 손수건으로 노란 가발을 감싼 말벌은 여왕이 된 후의 앨리스와 유사하다는 것이다. 담황색 머리 위에 황금 왕관을 쓴 앨리스의 모습 말이다.

네 번째 이론(물론 이들 이론은 서로 배타적인 게 아니다)은, 가을과 노년의 공통점, 그리고 문학상의 오랜 연관성 때문에 캐럴이 노란색을 택했다는 것이다. 황달을 앓는 노인들은 특히 안색이 노랗다. 또 노란색은 단풍과 잘 익은 옥수수, '해묵어 노란' 종이의 색깔이다. 초서는 『장미의 로맨스』에 이렇게 썼다. "슬픔과 생각, 커다란 고통으로 인해 그녀는 안색이 온통 노랗게 변했다." 셰익스피어도 종종 노란색을 나이의 상징으로 사용했다. 코언 교수는 캐럴이 편지에서 적어도 두 번은 맥베스의 다음 말을 인용한다고 전한다. "나의 삶의 방식은 시들어 노란 잎사귀가 되고 말았다." 노란색의 상징성과 관련해 셰익스피어의 소네트 73의 다음 구절은 특히 더 적절하다.

그대 내 안에서 세월의 한때를 보리라

---

2 루이스 캐럴 사망 당시 그의 서재에는 존 G. 우드의 책도 있었다. 『작은 경이의 세계: 또는 집에 있는 곤충들』[2]이라는 그 책의 말벌에 관한 대목을 보면, 사회성을 지닌 여러 말벌 종의 공통점 첫 마디에 '앞쪽이 노란' 더듬이가 있다고 쓰여 있다.

추위에 흔들리는 저 나뭇가지들에 매달린

　노란 잎사귀들 두엇 있거나, 하나도 없는 그런 때를.

『거울 나라의 앨리스』는 겨울과 죽음을 언급하는 시편으로 열리고 닫힌다. 꿈은 아마 11월에 꾸었을 것이다. 앨리스가 이글거리는 벽난로 앞에 앉아 있고, 하얀 눈발이 창문에 '입맞춤'을 할 때 말이다. "가을 서리가 7월을 묻어버렸으니"라는 에필로그 시행은 캐럴이 앨리스에게 원더랜드 여행 이야기를 처음 들려주던 햇살 찬란한 7월의 템스강 보트 나들이를 회상하며 쓴 것이다.

두 번째 『앨리스』를 썼을 때 캐럴은 마흔 살 전이었지만, 그가 가장 사랑한 어린이 친구인 앨리스 리들보다는 스무 살이 더 많았다. 그는 서시에 그와 앨리스가 "반평생을 떨어져" 있다고 말한다. 그리고 "쓰라린 소식"이 "달갑지 않은 침상"으로 앨리스를 소환할 때까지 오래 걸리지 않을 것이라며, 마지막 취침 시간이 닥쳐오는 것에 애가 타는 "우리는 다만 더 나이 든 어린이일 뿐"이라고 말한다.

캐럴 학자들은 캐럴이 하얀 기사를 자신의 패러디로 의도했다고 믿는다. 투박하면서도 독창적이고, 거울 나라의 어느 누구보다도 앨리스를 각별히 예의 바르게 대한, 부드러운 푸른 눈과 친절한 미소를 지닌 나이 지긋한 신사 말이다. 그런 캐럴이 말벌로 40년 후의 자신을 패러디했을 가능성은 없을까? 코언 교수는 그럴 가능성이 없다고 나를 설득했다. 캐럴은 빅토리아 시대의 신사라고 자부했으니, 어떤 상황에서도 자신을 하층민에 빗대지는 않았으리라는 거였다. 그렇다 하더라도 내가 보기에는, 앨리스와 말벌의 나이 차가 앨리스 리들과 중년 이야기꾼의 나이 차와 비슷하다는 사실을 예리하게 인식하지 않고서는 캐럴이 이 에피소드를 쓸 수 없었을 것으로 보인다.

comes of having so many things hung round the horse——" So she went on talking to herself, as she watched the horse walking leisurely along the road, and the Knight tumbling off, first on one side and then on the other. After the fourth or fifth tumble he reached the turn, and then she waved her handkerchief to him, and waited till he was out of sight.

"I hope it encouraged him," she said, as she turned to run down the hill: "and now for the last brook, and to be a Queen! How grand it sounds!" A very few steps brought her to the edge of the brook. "The Eighth Square at last!" she cried as she bounded across,

. . . .
. . . . .
. . . . . .

and threw herself down to rest on a lawn as soft as moss, with little flower-beds dotted about it here and there. "Oh, how glad I am to get here! And what *is* this on my head?" she

캐럴이 원래 말벌 에피소드를 넣고자 했던 곳(초판)

"꺽정이여, 꺽정worrity! 세상에 무슨 저런 애가!" 하고 말벌이 난데없이 외쳤을 때, 그건 마치 복화술사가 인형을 통해 말하듯, 아마 의식한 것은 아니겠지만, 캐럴이 말벌을 통해 본심을 외친 것이라고 나는 확신한다.

가발을 쓴 말벌

…그리고 막 도랑을 건너뛰려는데, 문득 깊은 한숨 소리가 들렸다. 뒤쪽 나무에서 들려오는 것 같았다.

"저기 너무나 불행한 사람이 있나 봐" 하고 생각하며, 앨리스는 무슨 일인가 싶어 걱정스레 뒤를 돌아보았다. 아주 늙은 사람 같은 (다만 얼굴이 말벌에 더 가까운) 뭔가가 나무에 기댄 채 땅바닥에 앉아 너무나 춥다는 듯 오들오들 떨며 몸을 오그리고 있었다.

"내가 무슨 도움을 줄 수는 없을 것 같아" 하는 생각이 먼저 든 앨리스는 다시 도랑을 건너뛰려 돌아섰다. "하지만 무슨 문제라도 있다면? 그거나 물어보자" 하고 종알거린 앨리스는, 도랑 가장자리에서 우뚝 몸을 세웠다. "일단 건너뛰면, 모든 게 변해버릴 거야. 그럼 도와줄 수도 없겠지."[1]

앨리스는 말벌에게 돌아갔다. 여왕이 되기를 너무나 열망하고 있었던 탓에 발걸음이 좀 무겁긴 했다.

앨리스가 다가갈 때 그는 "아이고, 삭신이야. 아이고!" 하고 투덜거리고 있었다.

1 앨리스가 도랑을 건너뛸 때마다 일어나는 갑작스러운 장면 변화는 체스 게임에서 착수를 할 때마다 일어나는 변화뿐만 아니라, 꿈에서 일어나는 갑작스러운 변화와도 닮았다.

해리 퍼니스, 1908

"관절염 탓일 거야" 하고 중얼거린 앨리스는 그를 굽어보며 다정하게 말했다. "많이 아프지 않으셨으면 좋겠어요."

말벌은 어깨만 건들거릴 뿐 앨리스에게로 고개를 돌리진 않았다. "아이고, 내 신세야!" 하고 계속 혼잣말을 할 뿐이었다.

"제가 좀 도와드릴까요? 여긴 좀 춥지 않으세요?" 앨리스가 말했다.

"뭘 어쩔라고! 걱정이여, 걱정Worrity, worrity![2] 세상에 무슨 저런 애가!" 말벌이 퉁명스럽게 말했다.

그 대답에 살짝 불쾌해진 앨리스는, 걸음을 돌려 그의 곁을 떠나버릴 뻔했다. 그러나 문득 이런 생각이 들었다. "너무 언짢을 만큼 아픈 탓일 거야." 앨리스는 그래서 다시 시도했다.

"다른 쪽으로 옮겨 앉게끔 제가 좀 도와드려도 될까요? 저기라면 찬바람을 피할 수 있을 거예요."

말벌은 앨리스의 팔을 잡고, 앨리스의 부축을 받아 나무 반대편으로 돌아가 앉았다. 하지만 새로 자리를 잡자마자, "걱정이여, 걱정! 송장 좀 가만 냅둘 수 없겠어?" 하고 조금 전처럼 퉁명스레 말할 뿐이었다.

"제가 이거 좀 읽어드릴까요?" 앨리스는 그의 발치에 놓인 신문을 집어 들며 공손하게 말했다.[3]

"그러고 싶으면 그러던가." 말벌이 불퉁하니 말했다. "보아하니 누가 널 막겠어."

그 말에 앨리스는 그의 곁에 앉아, 신문을 무릎 위에 펼쳐놓곤 조곤조곤 읽기 시작했다. "'최신 뉴스.' '탐험대가 식품 저장실을 또다시 답사했다. 새로운 하얀 각설탕[•] 다섯 개를 발견했는데, 크고 상태가 좋았다.

• 설탕은 18세기까지 유럽에서 사치품이었다가 이후 널리 이용되며 필수품이 되었다. 처음에는 단단한 원뿔 형태여서 망치와 끌로 깬 다음 니퍼로 잘게 쪼개 썼다. 각설탕은 빅토리아 시대 발명품이지만, 1843년 보헤미아에서 발명된 이래 여러 해가 지나서야 잉글랜드

2   Worrit은 캐럴 당시 걱정이나 정신적 고통을 뜻하는 속어로 쓰이던 명사였다. 『옥스퍼드 영어 사전』에서는 디킨스의 『올리버 트위스트』에 나오는 범블 씨의 말을 인용하고 있다. "마담, 도시 소교구의 삶은, 걱정worrit과 고달픔에 시달려 다들 무례하답니다." Worrity는 Worrit의 이형으로 하층민들이 주로 쓰던 말이다.

3   신문을 가진 곤충 사회가 있다면 그것은 분명 말벌 사회일 것이다. 말벌은 훌륭한 종이 제작자다. 그들은 얇은 둥지를 보통 속이 빈 나무 안에 짓는데, 잎과 나무 섬유를 씹어서 만든 펄프로 짓는다.

1800년대 영국 신문

돌아오는 길에….'"

"갈색 설탕은?" 말벌이 중간에 말을 끊었다.

앨리스는 재빨리 신문을 훑어보고는 대답했다. "없어요. 갈색 설탕에 대해서는 아무 말이 없네요."

"갈색 설탕[4]이 없다니! 영판 잘난 탐험대로구먼!" 말벌이 툴툴거렸다.

앨리스는 계속 읽었다. "'돌아오는 길에, 그들은 당밀 호수를 발견했다. 파랗고 하얀 호숫가 둑이 마치 도자기처럼 보였다. 그들은 당밀을 맛보던 중 슬픈 사고를 당했다. 일행 중 두 명이 당밀에 빨려 들어가….'"

"아니 어쨌다고?" 말벌이 아주 언짢다는 듯 물었다.

"빨려-들어-갔다고요En-gulph-ed.[5] 앨리스가 또박또박 말했다.

"그런 낱말은 없어!" 말벌이 말했다.

"하지만 신문에 나왔는데요?" 앨리스는 다소 소심하게 말했다.

"집어치워!"* 말벌이 고개를 핵 돌리며 말했다.

앨리스는 신문을 내려놓았다. "몸이 안 좋으신 것 같아요. 제가 도와드릴 일 없을까요?" 앨리스는 부드럽게 달래듯 말했다.

"이게 다 가발 때문이여It's all along of the wig.[6] 말벌은 훨씬 부드러워진

에 들어왔다. 「"이건 내가 발명한 거야."」에서 하얀 기사는 '설탕 덩어리sugar-loaf'처럼 생긴 투구를 발명했다고 말하는데, 그 덩어리는 원뿔꼴이다. 원뿔꼴의 'sugar-loaf'는 사람 머리통만큼 컸다. 하지만 세 번째 이야기 「거울 곤충들」과 여기에 나오는 것은 원뿔꼴이 아닌 '각설탕a lump of sugar'이다.
● Let it stop there: 중의법으로, "신문 읽기를 집어치워!"라는 뜻이자, 신문의 그릇된 단어 사용을 집어치우라는 뜻이기도 하다. 나아가 갈색 설탕으로 상징되는 서민보다는 백설탕으로 상징되는 상류층을 대변하는 언론의 편향, 언론의 오류를 집어치우라는 일갈이기도 할 것이다. 잉글랜드 최초의 주간신문은 1622년에 발행되었다(세계 최초의 일간지는 1660년 독일에서 발행). 신문 출판은 『거울 나라의 앨리스』가 발행되기 10년 전쯤부터 황금기였고, 언론 권력은 그만큼 막강해졌다.

4 brown sugar: 말벌은 사람이 만든 모든 종류의 단 것, 특히 설탕을 좋아한다. 모턴 코언은 빅토리아 시대 하층민들이 말벌처럼 갈색 설탕을 선호했다고 지적한다. 정제한 백설탕보다 저렴했기 때문이다.•

• 오늘날의 일반 갈색 설탕(황설탕)은 원당을 백설탕으로 정제한 후 조금 더 끓이면서 사탕수수 당밀을 추가해 갈변시킨 것이라 백설탕보다 비싸다. 흑설탕은 거기에 캐러멜색소를 또 첨가한다.

5 16~17세기에는 'engulf'를 흔히 'engulph'라고 표기했다. 캐럴 당시에는 어쩌다 그랬는데, 캐럴이 개인적으로 그런 표기를 싫어한다는 것을 말벌이 대변하는 것일 수도 있다. 아니면 engulphed(/in-gulft/)가 2음절인데 앨리스가 3음절로 잘못 발음한 탓에 말벌이 언짢게 여겼을 수도 있다. 도널드 L. 핫슨은 캐럴이 여기서 당시의 대학 속어 표현을 사용한 것일 수도 있다고 제안한다. 『슬랭 사전』[1]에 따르면, 때로 'gulphed'로도 표기되는 'gulfed'는 "원래 케임브리지대학 용어로, 수학에서 낙제한 사람은 고전 시험을 볼 수 없음을 나타내는 말이었다. 이 표현이 이제는 옥스퍼드대학에서도 흔히 쓰인다. 학위를 받기 위해 들어갔지만 수료만 하고 졸업한 사람을 나타내는 말로."

6 'all along of'는 'all because of'의 뜻으로 이 역시 당시 하층민들이 쓰던 말이다.

음성으로 말했다.

"가발 때문이었군요?" 하고 되뇌며 앨리스는 그가 마음을 진정시킨 것 같아 안심이 되었다.

"내 가발 같은 걸 쓰면 너도 언짢을 거여." 말벌이 말을 이었다. "남들이 가발을 손꾸락질하며 나를 얼마나 꺽정worrits시키던지, 원.[7] 그래서 난 언짢고 몸이 떨렸어. 그래서 나무 아래로 왔지. 그리고 노란 손수건[8]을 얻었어. 그래서 내 얼굴을 싸맸지. 시방처럼."

앨리스는 그를 가엾게 바라보며 말했다. "얼굴을 싸매면 치통에 아주 좋대요."[9]

"그리고 자부심에도 썩 좋지."* 말벌이 덧붙였다.

앨리스는 그게 무슨 뜻인지 몰라 물었다. "자부심은 치통 같은 건가요?"

말벌은 잠시 생각한 뒤 말했다. "음, 아니야. 그건 **이렇게** 고개를 쳐들고 목은 숙이지 않는 거야."

"아, 뻣뻣한 목stiff-neck[10] 말이죠?"

"그건 요샛말이여. 나 때는 그걸 자부심이라 했어."

"그럼 그건 병이 아니잖아요."

"아니, 병이여." 말벌이 말했다. "그게 생길 때까지 기다려 봐, 그럼 알게 될 거여. 네가 그 병에 걸리면, 얼굴을 노란 손수건으로 감싸도록 해. 그럼 직방이여!"**

● 자부심에 썩 좋다는 그것은 자부심을 북돋아 주는 것일까? 아니면 자부심을 억누르는 것일까? 앨리스는 그것을 모르겠다고 뒤이어 말한다. 말벌의 말에 따르면, 자부심은 치통 같은 게 아니지만 병이다. 프라이드와 동의어인 자부심은 종교인에게 긍정적인 말이 아니다 (여섯 번째 이야기 「험티 덤티」 8번 주석에 대한 옮긴이 주 참고).

●● 왜 직방일까? 창피해서? 아무튼 노란 손수건으로 얼굴을 감싸는 것은 자부심을 까뭉개는 행위라는 뜻이다. 말벌은 자부심이 없고 가난하니 천국이 그의 것이다. 캐럴은 단순한

7   이 낱말을 하층민들은 동사로도 썼다. 디킨스의 소설 『픽윅 보고서』에서 손더스 부인이 이 낱말을 쓴다. "가엾은 어머니를 걱정시키지worrit 마세요." 말벌의 어투는 그가 말벌 사회의 하층민임을 역력히 보여준다.

캐럴은 괴팍한 노인을 다들 두려워하고 싫어하는 말벌과 동일시할 뿐만 아니라, 앨리스의 상류층 배경보다 낮은 자신의 계층을 유난히 두드러지게 부각시켰다. 이는 곤충들을 향한 앨리스의 다정함을 더욱 도드라지게 부각시키는 것이기도 하다.

8   노란 비단 손수건은 빅토리아 시대 잉글랜드에서 유행한 것으로, 속칭 '옐로맨yellowman'이라고 불렸다.

9   캐럴 당시 얼굴에 습포를 붙이고 손수건으로 감싸면 치통을 완화한다고들 믿었다. 자신이 잘생겼다고 생각한 사람들이 곧잘 그런 모습을 하고 나타난 게 틀림없다. 하지만 그런 모습이 자부심을 북돋아 주지는 않았을 것이다.

10   목이 뻣뻣한 것은 신체 질병일 뿐만 아니라, 오만하거나 자부심이 가득한 사람의 태도이기도 하다. 아마도 말벌은 앨리스가 오만한 여왕이 될 위험을 경고하고 있는 듯하다. 상아로 만든 체스의 기물처럼 목이 뻣뻣한 여왕 말이다. 실제로 앨리스는 머리 위에 왕관을 쓴 것을 알고 "왕관이 벗겨질까 다소 뻣뻣하게" 걸었다. 마지막 이야기 「누가 꿈꾸었을까?」에서는 빨간 여왕처럼 "좀 더 뻣뻣하게" 앉아보라고 까만 아기고양이에게 말한다. 더해 험티 덤티의 시에 나오는 "아주 뻣뻣하고 오만"한 심주름꾼과도 비교해보라.

말벌이 stiff-neck을 요샛말이라고 말할 때, 그건 역사를 반전시킨 것임을 코언 교수는 주목한다. 그 말은 자부심보다 훨씬 더 오래된 말이기 때문이다. "너희는 목이 뻣뻣한 백성이다. 내가… 너희를 없애 버릴 수도 있다. 그러니 이제 너희는 패물을 몸에서 떼어 내라"(「출애굽기」 33:5).

그렇게 말하며 그가 손수건을 끄르자, 앨리스는 노란 가발을 보곤 화들짝 놀랐다. 손수건처럼 샛노란bright yellow[11] 가발이었는데, 해초 더미같이 온통 뒤엉킨 채 뭉쳐 있었다. "머리빗comb만 가지고 계시면, 단정하게 가발을 빗을 수 있을 텐데요." 앨리스가 말했다.

"아니, 너, 꿀벌인겨?" 말벌이 좀 관심이 간다는 듯 앨리스를 바라보며 말했다. "그럼 너한테 벌집comb[12*]이 있겠구먼. 꿀은 많은겨?"

"아니, 그런 게 아니라요. 머리를 빗는 머리빗 말이에요." 앨리스는 서둘러 설명했다. "아시다시피, 가발이 너무 헝클어졌잖아요."

"내가 어쩌다 가발을 쓰게 되었는지 말해주마." 말벌이 말했다. "나 어렸을 땐, 그러니까, 긴 곱슬머리가 찰랑거렸지…."

그때, 앨리스 머리에 요상한 생각이 떠올랐다. 이제껏 만난 거의 모든 이들이 시를 들려주었다. 그러니 말벌이 시를 들려주지 않는다면 자기가 해봐야겠다는 생각이 든 것이다. "라임을 이루게끔 말씀해주시지 않겠어요?" 앨리스는 아주 공손하게 물었다.

"그랬던 적이 없지만, 그래보마. 좀만 있어봐" 하고 말한 말벌은 몇 분동안 말이 없더니, 이윽고 말문을 열었다.

> [13]"나 어릴 적, 곱슬머리 찰랑거리고
>   돌돌돌 고불고불했지.
>   그러자 남들이 말했어. '넌 머리를 밀고
>   대신 노란 가발을 써야 해' 하고.

하층민 말벌이 아니라 마음이 온유한 말벌과 자신을 동일시했을 것이다.
● comb은 honeycomb(벌집)을 뜻한다.

11 이 낱말은 고령과 관련이 있어서 아홉 번째 이야기 「앨리스 여왕」에 나오는 '아주 늙은 개구리'는 '샛노란 옷'을 입고 있다.

12 이 역시 언어유희다. 앨리스가 벌이라면, 곧 여왕벌이 될 것이라는 점을 주목하라.

13 이 시 역시, 『앨리스』의 다른 많은 시처럼 패러디일까? 당시 많은 시와 노래가 "나 어렸을 때…"로 시작하지만, 이 시의 토대가 되었음 직한 시는 찾아낼 수 없었다. "긴 곱슬머리 찰랑거리네"라는 구절은 존 밀턴의 『실낙원』 4권에서 아름다운 알몸의 이브를 묘사하는 말로 나온다.

> 호리호리한 허리까지 내려온 베일처럼
> 　꾸밈없는 금빛 머리칼을 드리운 그녀
> 포도나무 덩굴손처럼 관능적으로
> 　헝클어진 긴 곱슬머리 찰랑거리네…

또 알렉산더 포프의 「사포」에 이런 말이 나온다.

> 긴 곱슬머리 내 머리채, 더는 고불거리지 않았네.

그러나 긴 곱슬머리는 항상 고불고불하고 찰랑거리기 때문에, 그런 유사성은 우연의 일치일 수 있다.

'긴 곱슬머리ringlets'라는 낱말은 짧은 곱슬머리가 아니라, 존 밀턴이 언급한 포도 덩굴 같은 나선형의 긴 머리채를 일컫는 말이라는 사실은 분명 언급할 가치가 있다. 수학자답게 캐럴은 긴 곱슬머리의 나선도 거울 속에서 '반대로' 돌아가는 비대칭 구조라는 것을 잘 알고 있었다.

앞서 언급했듯 두 번째 『앨리스』가 거울 반전과 비대칭 물체에 대한 언급으로 가득한 것은 우연이 아니다. 나선 자체는 여러 차례 언급되었다. 험티 덤티는 토브가 타래송곳 같기도 하다고 말했다. 테니얼은 토브의 주둥이와 꼬리를 나선형으로 그렸다. 험티는 또 시에서 타래송곳으로 물고기를 깨우는 것에 대해 말하고, 하얀 여왕은 험티가 하마를 찾을 때 손에 타래송곳을 쥐고 있었다고 회상한다. 테니얼의 그림에서 유니콘과 염소의 뿔은 나선형이다. 세 번째 이야기 「거울 곤충들」에서 언덕을 오르는 길은 타래송곳처럼 꼬여 있다. 말벌도 어렸을 때는 아마도 거울에 비친 자기 모습을 보며 찬탄(아마도 자부)하며, 머리채가 거울 속에서 '반대로' 구불거리는 것을

하지만 내가 그들의 충고를 따르자
　　그들은 그 결과를 보고
말했어, 혹시나 하고 기대한 만큼
　　그렇게 멋져 보이지 않는다고.

그들은 가발이 맞지 않는다 했지, 그리고
　　가발 때문에 내가 너무나 평범해 보인다고도.
하지만 나더러 뭘 어쩌라는 거여, 뭘?
　　내 곱슬머리는 다시 자라나지 않는걸.

그래서 이제 나는 늙고 핼쑥한 데다
　　머리도 거의 다 빠져버렸지.
그들은 내 가발을 벗기더니 말했어.
　　'어떻게 이런 쓰레기를 머리에 쓰지?'

그리고 항상 내가 나타날 때마다,
　　우우우 야유하며 나를 '돼지'라고 놀리지!¹⁴
그들이 그러는 까닭은, 애야,
　　내가 노란 가발을 쓰고 있기 때문이란다."

"정말 마음 아파요." 앨리스는 진심을 담아 말했다. "가발이 조금만
더 잘 맞았다면, 그렇게나 놀려대진 않았을 텐데."

"네 가발은 아주 잘 맞는구나." 말벌은 감탄스럽다는 표정으로 앨리
스를 바라보며 중얼거렸다. "그건 다 네 머리 모양이 좋아서여. 네 턱은
꼴불견이지만 말이다. 그런 턱으로 뭘 깨물 수 있기나 하겠어?"

알아보았을 것이고, 캐럴도 그것을 의식했을 것이다.

어느 모로 보나 이 시 자체는 여섯 번째 이야기 「험티 덤티」에서 험티가 읊조린 불가해한 시보다 더 어린이책에 어울리지 않는 듯하다. 머리를 베는 것이나 치아를 뽑는 것과 마찬가지로 머리를 미는 것은 프로이트 심리학에서 거세를 상징한다. 정신분석 지향적인 비평가들이라면 이 시를 흥미롭게 분석해봄 직하다.

14 『이상한 나라의 앨리스』 여섯 번째 이야기 「돼지와 후추」에서 앨리스는 여공작이 "돼지야!" 하고 외친 게 자기한테 한 말인 줄 안다. 그런데 알고 보니 그건 여공작이 돌보고 있던 사내 아기의 별명이었다. 이 아기는 얼마 후 진짜 돼지로 변한다. 『옥스퍼드 영어 사전』에 따르면 빅토리아 시대 잉글랜드에서는 흔히 '돼지'라는 말로 사람을 조롱했다. 놀랍게도 당시 경찰의 별명이 '돼지'였다. 1874년의 슬랭 사전에서는 이런 설명을 덧붙였다. "이 낱말은 런던의 도둑들 전문 용어로 사복을 입은 형사를 뜻한다."

영국의 희극시 작가인 J. A. 린든은 이렇게 제안했다. 말벌이 돼지라는 별명을 얻게 된 것은 그가 대머리였기 때문일 거라고(예를 들어 여공작 아기도 대머리였다). 더해, 돼지pig와 가발wig을 결합한 'piggy wiggy(아기돼지)'라는 말이 『옥스퍼드 영어 사전』에 나오는데, 이는 아기돼지나 어린이를 귀엽게 일컫는 말로 쓰였다는 점을 린든은 상기시켰다. 「부엉이와 고양이」라는 난센스 시에서 에드워드 리어Edward Lear(1812~1888)는 이렇게 썼다.

숲속에 아기돼지piggywig가 서 있었지,
코끝에 반지를 끼고.

앨리스는 쿡쿡 미어져 나오는 웃음을 재빨리 억지 기침으로 바꿨다.[15] 마침내 겨우 웃음을 참을 만하자 앨리스가 차분히 말했다. "저는 원하는 건 뭐든 깨물 수 있어요."[16]

"그렇게 작은 입으로는 못 깨물어. 니가 시방 싸우고 있다면, 상대방 목덜미를 깨물 수 있었어?" 하고 말벌은 우겼다.

"그건 못할 것 같아요." 앨리스가 말했다.

"그래, 그건 네 턱이 너무 짧아서여" 하고 말벌은 이어 말했다. "하지만 네 정수리는 둥글둥글하고 잘생겼구먼." 그렇게 말한 그는 가발을 벗더니, 갈고리발톱을 앨리스에게 뻗었다.[17] 자기처럼 앨리스의 가발도 벗기려는 듯했다. 하지만 좀 떨어져 서 있던 앨리스는 그걸 못 본 척했다. 그러자 말벌은 헐뜯기를 이어갔다.

"그리고 네 두 눈 말이여, 그게 너무 앞쪽에 몰려 있어, 암 그렇고말고. 두 눈이 그렇게 딱 붙어 있을 거면, 눈 하나만 있어도 충분할 텐디…".[18]

앨리스는 자기 신상에 대해 찧고 까부는 것을 좋아하지 않았다. 게다가 말벌이 제법 기력을 되찾은 데다 워낙 수다스러워졌기에, 이제 마음 놓고 떠나도 될 것 같았다. "이제 그만 가봐야 할 것 같아요. 안녕히 계세요." 앨리스가 말했다.

"잘 가렴. 그리고 고맙구먼." 말벌이 말했다. 앨리스는 다시 언덕을 내려가며, 몇 분 시간을 내 불쌍한 늙은이를 편안하게 돌봐준 것이 내심 뿌듯했다.[19]

15 앨리스는 사려 깊게 웃음을 기침으로 바꿨다. 얼마 전 하얀 기사 앞에선 웃음보가 터지는 것은 참았지만, 그래도 쿡쿡 웃는 것까지는 참지 못했었다. 물론 캐럴의 당초 원고에도 이런 유사성이 있었을 거라고 확신할 수는 없다. 말벌 에피소드를 삭제한 후, 나머지 교정쇄 문장을 다듬으며 다른 곳에서 사용한 문구와 이미지를 일부 차용했을 수도 있으니까.

16 앨리스는 보모 귀에 대고 갑자기 이렇게 외친 적이 있다. "보모! 우리 이런 척해봐요. 나는 굶주린 하이에나인 척할 테니까, 보모는 뼈다귀인 척해요!"(『거울 나라의 앨리스』첫 번째 이야기 「거울 속의 집」)

17 앨리스의 생머리를 벗기기 위해 '갈고리발톱'을 내미는 커다란 말벌의 모습을 담은 섬뜩한 이 장면은 『앨리스』의 다른 세 가지 에피소드를 연상시킨다. 말에 탄 하얀 기사가 쓰러지지 않으려고 한 손으로 앨리스의 머리칼을 움켜쥐는 것. 또 「앨리스 여왕」에서 양초가 천장에 닿을 만큼 커지기 직전 하얀 여왕이 두 손으로 앨리스의 머리칼을 움켜쥐는 것. 그리고 (테니얼의 편지에서 언급한) 기차가 두 번째 도랑을 건너뛸 때 머리칼을 움켜쥐는 자의 나이를 반전시켜, 앨리스가 가까이 앉아 있는 노부인의 머리채를 와락 붙잡는 것.

18 말벌은 앨리스와 달리 머리 양쪽에 구근 모양의 복합 눈이 있고, 턱이 크고 강하다. 머리는 앨리스와 마찬가지로 "둥글둥글하고 잘생겼"다. 거울 나라의 다른 생물들(장미, 참나리, 유니콘)도 말벌처럼 자신들의 신체 특성에 견주어 앨리스의 신체를 품평한다.
테니얼은 아버지와 펜싱을 하다 20세의 나이에 한쪽 눈을 잃었다. 뜻밖에도 아버지의 포일*에서 버튼이 빠지는 바람에 칼끝이 테니얼의 오른쪽 눈을 스쳐 그랬던 것인데, 분명 말벌에 쏘인 듯한 강렬한 통증을 느꼈을 것이다. 그러니 이 대목 말벌의 말에 테니얼은 기분이 꽤 상했을 수 있다. 만일 그랬다면, 이 에피소드에 대한 그의 태도에도 사뭇 영향을 미쳤을 것이다.
● foil: 연습용 펜싱 칼로 부상 방지를 위해 칼끝에 버튼을 끼운 것.

19 1978년 영국 루이스 캐럴 협회는 「가발을 쓴 말벌」에피소드 교정쇄가 진본인지 인상적인 위조품인지에 대한 문제를 두고 캐럴 학자들이 모여 오랫동안 토론한 심포지엄을 후원했다. 이는 《재버워키》(1978. 여름)에서 자세히 다루었다. 찬반 주장이 두루 나왔지만 진본이라는 쪽이 다수 의견이었다. 그러나, 이 에피소드가 앨리스의 새로운 면모를 보여주긴 했지만, 캐럴의 최선의 글은 아니어서, 테니얼이 삭제할

타티아나 이아노프스카야, 2007

것을 제안한 것은 정당했다는 것에는 모두가 동의했다.* 더해, 이 에피소드를 「"이건 내가 발명한 거야."」 챕터에 넣을 것으로 의도한 것인지, 아니면 독립 챕터로 의도한 것인지에 대해서도 토론을 했는데, 이에 대한 합의는 이루어지지 않았다.

새로 발견된 문서의 복제를 비롯해 토론과 관련된 심포지엄의 포괄적인 설명은《나이트 레터》에 실린 매트 데마코스의 「진짜 말벌」을 참고할 것.[2]

●「가발을 쓴 말벌」 수준이 떨어진다는 평가에 옮긴이는 동의하지 않는다. 혹시 말벌의 모습이나 말투가 너무나 비루해 보인다는 점이 글의 수준을 평가하는 데 영향을 미친 게 아닐까? 루이스 캐럴이 자신을 중류층 신사로 자부했다는 말에도 옮긴이는 동의하지 않는다(종교인에게 자부심이나 프라이드는 7대 죄악 가운데 하나인데, 마틴 가드너나 모턴 코언은 그것을 모르는 척하는 것 같다).

캐럴은 앨리스 플레전스 리들을 사랑하면서도 결혼에 대해선 일기장에서조차 언급하지 않았다. 여기엔 나이 차만이 아니라 현격한 신분 차이의 벽도 한몫을 단단히 했을 것이다. 가드너는 이렇게 썼다. "리들 부인 입장에서 그런 결혼은 천부당만부당한 일이었다. 스무 살이나 나이 차가 날 뿐만 아니라, 캐럴의 사회적 신분이 너무 낮다고 여겼기 때문이다." 수학 교수쯤 된다면 중류층 신분이지만, 캐럴은 교수가 아니라 26년 동안 강사로만 지냈고, 사제가 아닌 부제였다(당시 크라이스트처치 칼리지의 강사가 되려면 의무적으로 성직자가 되어야 했다고 한다).

캐럴의 여러 패러디 시를 보면, 화자는 암암리에 상류 지배층을 풍자하고 약자를 변호한다. 캐럴이 귀족을 경외하고 하급자에게 잘난 척하는 경향을 보였다는 말이 서문에 나오는데, 사실이라 해도 그것은 스스로가 약자이고 중하층 신분임을 충분히 자각했기 때문일 것이다. 하지만 캐럴은 아마 그런 자신을 부끄럽게 여기진 않았을 것이다. 그의 패러디를 통해 알 수 있듯, 상류 지배층의 민낯을 너무나 잘 알고 있었기 때문이다.

말벌은 4행 5연시에서 남들의 말을 쉽게 믿고 속은 자신을 탓한다. 남들의 말에 현혹되지 말라는 것은 교훈시에 현혹되지 말라는 뜻이기도 하다. 앞서의 여러 교훈시들에 대한 옮긴이의 분석에서 충분히 알 수 있듯, 이번 말벌의 시는 부자 상류층이나 고위 지배층의 말들이 얼마나 허무맹랑한 것인가를 통렬히 비판하고 있는 것으로 볼 수 있다. 돌이켜 보면 옮긴이는 어린 시절 교실 태극기 앞에서 국가에 대한 충성을 맹세하며 세뇌를 당했고, 20대 시절 술자리에서조차 대통령 욕을 하는 사람을 단 한 명도 보지 못했다. 150여 년 전 캐럴 당시엔 권위주의의 횡포가 얼마나 더 심했을까? 말벌의 시는 또한 다중에게 유린당한 소수의 절규일 수도 있다(돌돌 말린 곱슬머리는 직모에 비해 극히 소수다). 어린 시절의 실수를 돌이킬 수 없다니 이는 또 얼마나 참혹한가. 비록 참혹하더라도, 아니 참혹하기에 더더욱, 캐럴은 어린이들에게 이 시를 꼭, 반드시, 한사코, 들려주고 싶었는지도 모른다. 그랬지만 그러나, 너무나 참혹하기에 앨리스의 이상한 거울 나라에서 슬그머니 삭제했을 것이다.

《나이트 레터》 주석판을 펴내며[•]

1999년에 『주석 달린 앨리스』를 노턴 출판사에서 '최종판'이라 이름 붙여 펴낸 이후, 수많은 독자들이 새로운 주석을 제안하는 편지를 보내주었고, 여러 책과 정기간행물에서도 다른 좋은 제안들이 많이 나왔다. 한 마디로 '최종판'은 최종과 거리가 멀었다. 최종판은 분명 결코 도달하지 못할 목표였던 것이다. 새로운 주석들을 또 다른 개정판으로 내는 것은 기존 판본 구매자들에게 불공평한 일이 될 것이다. 그래서 나는 몇몇 사소한 수정과 더 많은 주석을 포함한 보완 자료를 (개정판으로 내기보다는) 차라리 《나이트 레터》에 보내기로 결심했다.

『주석 달린 앨리스』 초판은 1960년 클락슨 포터 출판사에서 펴냈다. 이어 30년 후에 피터 뉴얼의 삽화를 실은 『더 많은 주석 달린 앨리스』를 랜덤 하우스에서 펴냈다. 현재의 노턴 판은 두 책의 주석을 합치고, 많은 주석을 새로이 추가한 것이다. 그 후 지난 몇 년 동안 루이스 캐럴

[•] 마틴 가드너는 2010년 5월 22일 사망할 때까지 『주석 달린 앨리스』의 주석을 수정·보완하는 한편, 새로운 주석을 계속 추가했다. 2011년, 북미 루이스 캐럴 학회에서 출판한 『가드너에게 바치는 찬사: 마틴 가드너를 회고하며』는 협회보인 《나이트 레터》 75호(2005년 여름)와 76호(2006년 봄)에 발표된 가드너의 업데이트 주석을 사후에 통합 발간한 것이다. 《나이트 레터》 75호에 실린 이 서문은 『앨리스』에 관한 가드너의 공식 에세이에 해당한다. 『가드너에게 바치는 찬사: 마틴 가드너를 회고하며』에 실린 주석과 수정 사항은 이번 150주년 기념 디럭스 에디션 『앨리스』에 모두 그대로 실렸다. ─원서 편집자

과 앨리스에 관한 새 책과 기고문들이 계속 쏟아져 나왔다. 이제는 캐럴 전기만 20종이 넘는다. 내가 보기에 그중 최고는 모턴 코언이 쓴 것이다.[1]

잉글랜드 루이스 캐럴 협회는 3종의 정기간행물을 펴내는데,《더 캐럴리언》,《루이스 캐럴 리뷰》,《밴더스내치》가 그것이다. 북미 루이스 캐럴 협회는《나이트 레터》를 펴낸다. 캐나다와 호주, 일본의 비슷한 협회에서도 간행물을 펴내고 있다.

캐럴의 책이나 캐럴에 관해 더욱 많은 책이 해마다 나오고 있기 때문에, 새로운 삽화를 실은 『앨리스』 목록만 나열하는 데도 많은 페이지를 할애해야 한다. 나는 캐럴이 창안한 퍼즐과 게임에 관한 책 『손수건 속의 우주』를 펴냈고, 캐럴의 난센스 시집 『스나크 사냥』과 『판타스마고리아』에 주석을 달았으며, 『유아용 앨리스』와 『앨리스의 땅속 나라 모험』, 그리고 『실비와 브루노』 첫 권에 서문을 썼다.[2]

모턴 코언의 책과 논문들은 놀랍도록 새로운 정보를 밝히고 있다. 또 수많은 희곡과 뮤지컬, 영화, 심지어 발레 작품들이 계속해서 무대와 스크린을 채우고 있다. 『앨리스』를 새로이 번역한 책들이 러시아와 일본을 비롯한 세계 각지에서 출판되고 있다. (앨리스에 관해 급증하고 있는 러시아 문헌에 대해서는 《나이트 레터》 74호에 실린 마리아 이사코바의 훌륭한 기고문을 참고하라.)[3]

진행 중인 캐럴 문예 부흥의 밝은 면은 이걸로 충분할 것이다. 물론 어두운 면도 있다. 외부인들에게는 '수정론자'로 알려졌고, 그들 스스로는 '반대로Contrariwise 루이스 캐럴 새 연구 협회'라고 칭하는 소규모 학자들 집단의 비판이 봇물 터지듯 터져 나왔다. ('반대로'란 물론 트위들 쌍둥이에게서 유래한 용어다.) 그들은 심지어 '반대로'라는 이름의 웹사이트[4]까지 운영하고 있다.

이러한 비판적 '새 물결'의 목적은 헌신적인 성공회 지지자로서의 도지슨 '신화'라고 부르는 것을 폭파하는 것이다. 소년들이나 성숙한 여인들에 대해서는 거의 전혀 관심이 없는 대신, 어린 앨리스 리들을 특히 사랑하면서 사춘기 이전의 매력적인 소녀들에게 애정을 집중하는 도지슨의 '신화' 말이다. 코언 교수의 주장에 따르면, 도지슨은 사실상 언젠가는 성인이 된 앨리스와 결혼하길 소망했다.

"반대로!" 하고 캐럴라인 리치 Karoline Leach 는 외친다. 수정론 운동의 창시자인 그녀는 격정적인 저서 『꿈의 아이의 그늘에서: 루이스 캐럴에 대한 새로운 이해』에서 캐럴의 고결한 이미지를 파괴하려고 최선을 다한다. 그녀는 책에서 캐럴은 어린이와의 우정을 "더러운 영혼의 세척제"로 이용한 보통의 이성애자라고 주장한다.[5] 도지슨이 앨리스의 친어머니인 리들 부인과 불륜을 저질렀을 뿐만 아니라, 다른 성인 여성들과 비슷한 정사를 나누었다는 리치의 주장을 수용하는 것은 불가능하다.[6]

리치는 코언 교수와 나를 비롯한 많은 캐럴리언들을 공격한다. 다빈치의 그림 〈최후의 만찬〉에서 예수의 오른쪽에 앉아 있는 막달라 마리아가 예수와 결혼을 했다는 댄 브라운의 『다빈치 코드』[7]만큼이나 얼토당토않은 전제를 깔고서 말이다. 리치의 주장은 캐럴이 실은 잭 더 리퍼였다고 주장한 여러 해 전의 어느 책만큼이나 터무니없는 주장이다. 또는 『앨리스』의 진짜 저자가 빅토리아 여왕이라는 백치 같은 주장만큼이나 말이다.

'반대로'들에 관한 촌평을 좀 더 보고 싶다면, 모턴 코언의 통렬한 기고문 「사랑이 어렸을 때: 루이스 캐럴의 섹슈얼리티에 대한 엉터리 주창자들」(《타임》 문예부록)을 참고하라.[8] 코언은 리치의 책과 《타임》 문예부록에 앞서 실린 리치의 두 기고문을 토대로 삼아 공격한다.[9]

리치가 특이하게도 오랫동안 잊힌 중편소설 『어느 섬에서』(1877, 1996

재발간)에 대한 주목을 요청한 점에 대해서는 찬사를 보내고 싶다. 그 소설의 저자는 윌리엄 새커리의 딸인 앤이다. 《더 캐럴리언》 기고문에서 리치는 앤의 중편소설이 실화소설이라고 주장한다.[10] 테니슨과 화가 G. F. 와츠 등 동시대의 실존 인물을 주요 등장인물로 삼아 그렇다는 것인데, 그 소설의 중심인물은 조지 핵섬이라는 이상한 이름을 지녔다. 그는 젊은 사진작가로 케임브리지 크라이스트처치 칼리지 출신인 듯하다.* 그는 와이트섬 방문 도중 소설의 여주인공인 헤스터와 사랑에 빠지고, 그녀 역시 그를 사랑하게 된다. 리치의 주장에 따르면, 헤스터는 저자인 앤 자신을 희미하게 반영한 인물이고, 핵섬은―독자께서는 안전벨트를 단단히 매시길!―바로 우리의 도지슨 선생이다.

앤 새커리는 핵섬을 무자비하게 공격한다. 핵섬은 키가 훤칠하고 (말을 더듬지도 않고) 잘생겼지만, 이기적이고 독단적이며, 자기중심적이고, 매우 공격적인 데다 걸핏하면 화를 내고, 헤스터를 비롯한 모든 사람에게 무례하다. 그의 머리칼은 길게 내려뜨린 캐럴의 장발과 달리 "짧게 깎았다." 그는 다른 여자와 뻔뻔할 만큼 시시덕거리면서도 헤스터에게는 아주 매정하게 군다. 그러나 소설 말미에서 두 남녀는 난데없이 사이가 좋아진다.

「낭만적인 영웅으로서의 '루이스 캐럴'」이라는 제목의 기고문에서 리치는 도지슨이 『어느 섬에서』를 소장하고 있었고, 한 편지에서 앤의 문체가 유난히 "멋지다"고 칭찬했음을 밝힌다. 1869년 10월 5일 만찬 파티에서 앤을 "만났다"고 캐럴은 다른 편지에서 이를 짧게 언급한다. 리치는 여기서 "만났다"는 것이 앤을 처음으로 만났다는 뜻이 아니라는

---

* 핵섬이 케임브리지 크라이스트 칼리지 출신이라고 실제로 명시되지는 않았다. 소설 끝부분에서 한 친구가 '케임브리지 크라이스트칼리지'에서 핵섬에게 편지를 보낸다. 앞서 핵섬은 린드허스트에서 편지를 쓰는데, 소설에는 핵섬과 린드허스트와의 연관성에 대한 어떤 언급도 없다. -매슈 데마코스

근거 없는 주장을 한다. 실은 몇 년 전에 만났는데, 그 만남에 관한 일기 내용은 분실되었음에 틀림없다고 리치는 추측한다. 내가 보기에 도지슨이 앤의 작품을 그토록 높이 평가했다면, 그와 앤이 단순한 친구 이상이라는 암시를 어딘가에 남겼을 것이다. 헥섬이 도지슨을 모델로 한 것이라면, 앤 새커리는 헥섬을 사진작가가 아닌 유명한 어린이책 작가로 보았어야 했다. (앤의 중편소설이 나오기 3년 전에 이미 『이상한 나라의 앨리스』가 출판되었으니까.)

키스 라이트는 편집자에게 보낸 편지에서 『어느 섬에서』를 논평하며, 그 책의 다른 인물들과 달리 헥섬은 전적으로 창조된 허구라고 주장했다.[11] 도지슨이 와이트섬을 세 차례 방문한 것은 사실이라고 그는 썼다. 앞선 두 차례 방문 사실을 테니슨 부인이 일기에 남기기도 했다. 하지만 앤과 도지슨이 동시에 그 섬에 있었다는 언급은 전혀 없다. 도지슨의 첫 번째 방문은 1864년 일기에 기록되어 있는데, 앤에 대한 언급은 없다. 젊은 도지슨에 대해 다른 닮은 점은 언급하지 않고 헥섬처럼 그저 추악한 성격을 지녔을 거라고 가정하는 것은 너무 지나친 언사다. 한 여자를 사랑하는 것에 관한 캐럴의 후기 시들은 앤과의 낭만적인 만남이 그 밑바탕에 깔려 있다고 리치는 추정한다.

내가 최근에 발견한, 미묘한 캐럴식 단서를 리치가 왜 놓쳤나 모르겠다. 말장난 마니아들이 '알파벳 이동alphabetical shifts'이라고 부르는 것에 바탕을 둔 멋진 단서 말이다. 조지 헥섬George Hexham의 두 문자 GH의 각 알파벳을 뒤로 네 단계 이동해보라. 그러면 찰스 도지슨Charles Dodgson의 두 문자 CD가 된다! 그리고 GH를 앞으로 4단계 이동하면 KL이 되는데, 이는 캐럴라인 리치Karoline Leach의 두 문자다. 또 다른 수비학에 따르면 GH는 루이스 캐럴의 두 문자 LC와도 연결된다(G를 앞으로 5단계, H를 뒤로 5단계 이동). A=1, B=2 등과 같이 알파벳을 위치 번호로 대체하면, LC는 12와 3이 되고, 이를 더하면 15가 된다. GH는 7과 8로, 이것 역시 더하면 15가 된다.

(물론 위 단락은 순전히 "메롱"이다!)

어쨌든 기이하고 여전히 해결되지 않은 문학적 미스터리를 하나 드러 낸 것에 대해서는 리치도 칭찬받을 만하다.[1]*

매슈 데마코스는 《더 캐럴리언에 보낸 편지》[12]에서 『어느 섬에서』 의 등장인물들의 정체를 추리한 여섯 명의 학자를 주목한다. 그들의 의 견이 상반된 것으로 미루어보면 이 중편소설은 결국 실화가 아닐 수도 있다. 앤의 이야기에 등장한 인물들의 실존 모델이 누군가에 대해서는 어떤 동의도 이루어지지 않았다. 예를 들어 테니슨은 세인트 줄리언인 지 로드 울레스켈프인지 알 수 없다. 세인트 줄리언은 테니슨뿐만 아니 라 브라우닝이나 와츠를 모델로 한 것일 수도 있고, 다른 인물들 역시 마찬가지다.

데마코스가 밝힌 바에 따르면, 캐럴이 앤을 만났다는 어떤 기록도 존 재하기 전에, 그 중편소설이 《콘힐 매거진》(1868~1869)에 세 편으로 나 누어 처음으로 실렸다. 그 중편소설에서 헥섬은 린드허스트에서 편지를 보내는데, 그가 왜 거기 있었는지에 대한 설명은 없다. 그 모든 것이 미 스터리로 남아 있다.

마틴 가드너, 2005

---

1 헥섬Hexham은 잉글랜드 북부 노섬벌랜드주에 있는 도시다. 앤이 왜 이 도시 이름을 따 서 조지 헥섬이라는 이름을 지었는지에 대해, 독자 누구라도 좋은 설명을 해주기를 기다리 고 있다. 또한 케임브리지대학에 헥섬 출신의 사진작가가 있었을 가능성이 있을까?
● 헥스hex(six를 뜻하는 고대 그리스어)는 도드dod(고대 그리스어로 12)의 반이라는 사실은 흥 미로운 듯? ─매슈 데마코스

150주년 기념 디럭스 에디션을 펴내며

전통적으로 미적 판단을 할 때는 보통 '논란의 여지가 있지만' 따위의 낱말을 덧붙인다. 그러나 나는 다음 발언에 논란의 여지가 있다고는 상상도 할 수 없다. "1865/66년과 1872년의 두 『앨리스』 초판 이후 캐럴의 걸작 중 가장 중요한 판본은 마틴 가드너의 1960년 『주석 달린 앨리스』다."

마틴 가드너 주석본이 각주와 미주, 방주 등의 비평 자료를 포함한 최초의 책은 아니었지만, 그의 선구적인 형식과 광범위한 연구, 예리한 판단력, 그리고 풍부한 논평은 독자들에게 맥락과 비교, 대안과 설명을 제공함으로써, 전무후무한 규모의 이해와 즐거움을 안겨주었다. 우연찮게도 이를 계기로 고전 작품들에 대한 다른 수많은 주석본이 세상에 쏟아져 나오게 되기도 했다.

오늘날의 학생이라면, 반세기도 더 전에 그런 연구가 어떻게 이루어졌는지 아마 상상도 못할 것이다. 개인용 컴퓨터도, 스마트폰도, 인터넷도, 위키도, 구글도, 이메일도, 소셜 미디어도 없던 시대, 다만 도서관과 대학이 있고, 우표를 붙인 편지를 주고받던 시대, 심지어 캐럴을 연구할 수 있는 편지 모음집도 없던 시대였다. 모턴 코언과 로저 랜슬린 그린이 캐럴의 편지를 모아 펴낸 것은 1978년에 이르러서였다. 캐럴의 일기 전체는 2007년이 되어서야 에드워드 웨이클링이 10권으로 펴냈다.

당연히, 학술적이면서도 대중의 관심을 끈 캐럴리언 잡지인 《재버워키》 (1969~1997)와 《더 캐럴리언》(1998~현재)은 물론 《나이트 레터》(1974~현재)도 없었고, 루이스 캐럴 협회 역시 없었다. 다만 우편이나 가끔의 전화 통화로 그는 그 모든 것을 해낸 것이다. 그는 '크라우드소싱'의 열렬한 신봉자였다. 그런 말이 생기기도 전에 말이다. 그는 수많은 사람들과 편지를 주고받으며, 그들이 제시한 여러 통찰과 사실은 물론이고, 탐구할 만한 흥미로운 이론들을 대폭 수용했다.

1997년 가을, 북미 루이스 캐럴 협회의 잡지 《나이트 레터》를 몇 년째 편집하고 있던 나는 마틴에게 처음 편지를 받고 전율을 느꼈다. 그의 편지는 언제나 변함없이 정중했다. 그는 습관적으로 타자기를 썼는데, 수정할 때는 펜과 잉크를 이용해 손으로 적절한 낱말을 써넣고 밑줄을 그었다. 그의 편지 몇 통이 우리 잡지에 실렸고, 이후 우리가 마닐라 봉투 우편물을 받은 2005년 5월의 그날까지 몇 년 동안 산발적으로 계속 서신을 주고받았다. 동봉된 편지는 이렇게 시작되었다. "친애하는 마크, 동봉한 문서가 《나이트 레터》에 적합할까요?" 「『주석 달린 앨리스』보충 자료」라는 제목의 이 문서는 14쪽에 이르렀는데, 무엇보다도 그가 캐럴에 대해 생각하기를 멈추지 않았음을 증명하는 더 많은 주석과 수정 내용이 타이핑되어 있었다. "적합할까?" 물론, 나는 그렇다고 믿었다. 이 문서는 2005년 여름 《나이트 레터》 75호에 실렸다. 그는 곧 다른 문서를 보내주었고, 이것은 다음 호(2006년 봄)에 실렸다. 이 주석들이 그가 생전에 마지막으로 출판한 것이 되었지만, 그는 이후에도 주석 작업을 멈추지 않았다. 그리고 2010년, 그가 세상을 뜰 때까지 작업해온 수기로 작성한 주석과 타이핑한 자료의 복사본을 그의 아들 짐 가드너가 내게 건네주었다. 21세기에 쓰인 마틴 가드너의 이 주석들은 이번 디럭스 에디션 구성에 많은 변화를 주었다.

우리 협회는 그의 사망을 추모하는 데 책을 펴내는 것보다 더 유용한 것은 없다고 생각했다. 그래서 나는 2011년에 더글러스 호프스타터와 모턴 코언, 데이비드 싱마스터, 마이클 패트릭 헌 등 유명 인사들의 추모 에세이와 함께, 일련의 회고와 전기, 참고문헌, 기념 논문집을 담아 『가드너에게 바치는 찬사: 마틴 가드너를 회고하며』를 펴내게 되었다.

가드너와 아카데미

그 책의 에세이 중 하나는 우리 협회의 창립자 가운데 한 명이자 명예 회장이며, 현재 뉴욕 공과대학 총장인 에드워드 줄리아노 박사가 쓴 것이다. 가드너가 대학 세계에 끼친 영향에 대해 논평하며 그는 이렇게 썼다.

인과관계란 꼭 집어 말하기 어려운 것이지만, 오늘날 아카데미는 물론이고 전 세계 문화계에 루이스 캐럴과 『앨리스』가 널리 수용되고 인기를 끌게된 데는 마틴 가드너가 기여한 바가 크다는 점을 인정하지 않을 수 없다. … 가드너 이전까지만 해도, 캐럴은 대학에서 인정한 저자가 아니었고, 다룰 만한 주제도 아니었다. 그의 책은 권장도서 목록에 없었고, 학회에서는 그의 작품에 대한 논문을 다루지 않았다.

(중략)

캐럴이 사망한 후, 유명 작가들에 대한 관습이 그러하듯, 전기와 편지, 서지 등이 쏟아져 나왔다. 그러나 1935년이 되어서야 캐럴은 비로소 주요 학술 연구에 포함되었다. 윌리엄 엠슨이 자신의 저서 『여러 버전의 목가시』에 「연인으로서의 아이」라는 에세이를 실은 것이 시초였다. 이어 1952년에 엘리자베스 시웰이 다소 이해할 수 없는 책 『난센스라는 분야』에서 캐럴을 다루었다. 1955년에는 필리스 그리네이커가 스위프트와 캐럴에 대한 반semi 전기적인 정신분석학적 연구를 발표했다. 그러나 이들은 그저 스쳐 지나가 듯 언급했을 뿐이다. 캐럴 사망 후 60여 년 동안 가치 있는 다른 에세이들 이 분명 없지는 않았지만, 지금 우리가 생각하는 것만큼 학문적이거나 비평 적인 관심 및 논평은 지속되지 않았다. 캐럴은 1964년의『빅토리아 시대 소 설: 연구 지침서』초판에, 그리고 1978년의 재판에도 포함되지 않았다. 그러 나 1980년 무렵에 이르자, 캐럴에 대한 학문적 관심은 빅토리아 시대의 일 부 가장 존경받는 작가들에 대한 관심을 빛바래게 할 정도가 되었다.

(중략)

마틴 가드너는 우리를 위해『앨리스』의 세계를 활짝 펼쳐 보인다. 어느 면 에서 그는 아동 문학children's literature이라는 건 없다는 것을 우리에게 일께 워준다. '아동 도서'라고 낮잡아 부름으로써 그 책에 담긴 의미 있는 통찰과 즐거움을 앗아갈 수 있다는 점에서 말이다. 그는 우리를 예술 작품으로 이 끌고 가서, 그 안에서 더 많은 것을 보고, 더 많이 매료될 수 있도록 해주었 고, 게임과 논리, 스토리, 유머, 언어의 찬란함을 더 많이 즐길 수 있게 해주 었다. 그는 캐럴의 책에서 성인에 해당하는 주제와 보편타당성을 발견해 펼 쳐 보여 주었다.

그리하여 오늘날 학계에서 캐럴의 위치는 확고하다. … 이 같은 현상의 출 현이나 수용은, 내가 보기에, 마틴 가드너의 불타는 호기심과 더불어『주석 달린 앨리스』를 쓰기에 이른 관심의 불꽃과 어디에도 치우침이 없는 폭넓 은 취향 덕분이 아닌가 싶다.

150주년 기념 디럭스 에디션

『주석 달린 앨리스』는 늘 팰림프세스트* 같았다. 새로 인쇄할 때마다, 가드너는 자신의 주석을 추가하거나 수정했다. 지금 독자 여러분의 손에 들린 책은 1999년 '최종판'이 나온 이후의 새로운 연구나 발상을 포함하는 100여 개의 주석을 추가하거나 업데이트한 것이다. 여기에는 또 『앨리스』에 대해 알려주거나 『앨리스』를 새롭게 표현한 100컷의 새로운 삽화나 이미지(세상이 아닌 이 책에서 새로운 것)가 포함되어 있다.** 즉, 1887년 무렵부터 등장하기 시작해 지금도 계속 이어지고 있는 테니얼 이외의 화가들이 그린 수많은 그림들 말이다. 또 이 책 말미에 나오는 루이스 캐럴 협회에 관한 메모와 엄선한 참고 자료 등을 최근 정보까지 업데이트했고, 삽화를 그린 이들 소개는 새로 추가했다.***

이 책의 본문 이야기는 캐럴 생전에 마지막으로 쓰인 것이다(1897년 맥밀런 판으로 일명 '8만 6천 쇄'). 이는 캐럴 자신은 물론이고 캐럴리언들에게 가장 진실하고 정확한 것으로 여겨지는 판본이다. [영문판에서는] 캐럴이 선호한 표기법 "can't"와 "sha'n't" 등을 그대로 유지했고, 캐럴 특유의 구두점과 하이픈도 그대로 사용했다. 테니얼의 삽화는 1985년 은행 금고에서 발견된, 달지엘 형제가 새긴 원판을 재제작해 수록한 것으로, 테니얼 삽화 중 최고의 품질이다. 다른 삽화가들의 경우 가능한 한 원화를 디지털화했는데, 그것이 불가능한 경우 인쇄된 책에서 삽화를 취했다. 다들 상상할 수 있듯이, 앨리스의 삽화 전부 또는 일부를 여

---

* palimpsest: 쓴 것을 지우고 위에 다시 쓰기를 되풀이한 고대 낱장 형태의 필사본.
** 한국어판에는 무려 376개나 되는 옮긴이 주가 추가되었고, 삽화 역시 400여 컷 넘게 추가되었다. -편집자
*** 한국어판에는 『앨리스』 삽화를 그린 삽화가'라는 제목으로 실었으며, 한국어판에 추가한 삽화의 삽화가들에 관한 설명도 덧붙였다. -편집자

러 방식으로 그린 수천 명의 화가들의 그림을 선별하는 일은 결코 쉽지 않았다.

우리는 마틴 가드너의 과거 세 판본에 실린 서문과 《나이트 레터》에 실린 서문도 여기에 포함시켰다.

마틴 가드너의 아들 짐이 이 책의 본문과 삽화를 편집해달라고 내게 부탁한 2013년 겨울에 내가 경험한 엇갈린 감정의 봇물을 말로 다 표현할 길이 없다. 이 책에 한 손 거들게 된 것이 영광스럽고, 황송하고, 너무나 기쁘고, 가슴 벅차다.

북미 루이스 캐럴 협회 명예 회장

마크 버스타인

루이스 캐럴 협회에 관한 메모

북미 루이스 캐럴 협회LCSNA는 찰스 러트위지 도지슨의 삶과 작품, 시대, 영향력 등에 관한 연구를 장려하는 비영리 단체다. 1974년 마틴 가드너와 모튼 코언 등 10여 명이 창립한 이 협회는 회원 수가 수십 명에서 수백 명으로 성장해 북미 전역과 해외에서 활동하고 있다.* 현재 캐럴에 대한 주요 권위자와 수집가, 학생, 일반 애호가, 그리고 여러 도서관을 회원으로 두고 있다. 협회는 또 캐럴 활동과 연구의 중심이 되기 위해 전문적인 노력을 기울이고 있다.

LCSNA는 1년에 두 번, 보통 가을과 봄에 미국과 캐나다 전역의 도시에서 회의를 연다. 이 회의에서는 저명한 연사들이 종종 재미있는 발표를 하거나 공연을 하고, 뛰어난 전시회를 개최한다.

유명 위원들이 관리하는 LCSNA에서는 출판 프로그램도 활발하게 진행한다. 회원들은 신뢰할 수 있는 인기 잡지인 《나이트 레터》를 1년에 두 번 받고, 『루이스 캐럴의 라 위다 디 브라기아*La Guida di Bragia***』, 『프랑스의 목소리』, 『마틴 가드너에게 바치는 찬사』와 같은 프리미엄 책을 가끔 무료로 받는다. 「가발을 쓴 말벌」도 그런 시리즈의 일부로 처음 출

---

* 영국이나 북미 루이스 캐럴 협회는 모두 유료로 회원을 받는다. 일반 개인의 연간 회비는 약 5만 원.
** 브라기아의 지도자라는 뜻의 인형극.

판되었다. 협회에서는 또 버지니아대학 출판부와 함께 『루이스 캐럴 팸플릿』이라는 6권짜리 시리즈를 출판하고 있다. 《나이트 레터》의 과거 출판물은 인터넷 아카이브(archive.org/details/knightletters)에서 온라인으로 이용할 수 있다.

LCSNA에서는 www.lewiscarroll.org 웹사이트와 함께 블로그를 매우 활발하게 운영하고 있다. 온라인, 아니면 우편(LCSNA, P.O. Box 197, Annandale, VA 22003)으로 비서와 연락할 수 있다.

영국 루이스 캐럴 협회는 1969년에 설립되었다. 학술적인 정기간행물인 《더 캐럴리언》(이전 제목은 《재버워키》), 《밴더스내치》, 그리고 (책에 관한) 《루이스 캐럴 리뷰》를 발행하고 있다. 자세한 정보는 온라인 lewiscarrollsociety.org.uk 또는 우편(The Lewis Carroll Society, Flat 11 Eastfields, 2430 Victoria Road North, Southsea PO5 1PU, UK.)으로 비서에게 문의할 수 있다.

일본의 루이스 캐럴 협회는 1994년에 설립되어 뉴스레터인 《룩킹 글래스 레터》와 연간 잡지인 《밋슈맛슈ミッシュマッシュ》를 발행하고 있는데, 둘 다 주로 일본어로 되어 있지만 가끔 영어 기사가 실린다. 이 협회에서는 1년에 여섯 차례 회의를 연다. 자세한 내용은 온라인 또는 우편 (Lewis Carroll Society of Japan, c/o Professor Izumi Yasui, Department of Literature, Faculty of Literature, Seitoku University, Iwase 550, Matsudo, Chiba 2718555, Japan.)으로 알아볼 수 있다.

루이스 캐럴 협회 중 가장 젊은 브라질 협회는 2009년 아드리아나 펠리아노가 설립한 것으로, 웹사이트와 블로그를 포르투갈어와 영어로 매우 활발하게 운영하고 있다. lewiscarrollbrasil.com.br에서 검색하거나, 우편(Peliano at Rua Saint Hilaire, 118, ap. 81, Jardim Paulista, São Paulo / SP 01423040, Brazil.)으로 연락할 수 있다.

『앨리스』 삽화를 그린 삽화가[*]

존 테니얼Sir John Tenniel(1820~1914) 영국의 정치 만화가이자 삽화가. 젊은 시절, 영국 대영 박물관에서 중세 시대 책과 갑옷을 연구했다. 1848년 『이솝 이야기』에 처음으로 그린 삽화가 큰 성공을 거둔 직후부터 50년 넘게 풍자만화 잡지 《펀치Punch》의 고정 삽화가로 활약하며 2,000편 이상의 정치 풍자만화로 영국 정치에 적잖은 영향을 끼쳤다. 루이스 캐럴과 처음 만난 건 1864년이었는데, 이후 두 권의 『앨리스』 삽화를 맡아 8년 동안 『앨리스』와 함께했다. 그가 그린 『앨리스』 삽화는 지금도 여전히 이야기 속 캐릭터의 전형으로 인정받고 있고, 이로 인해 그는 『앨리스』의 또 다른 창조자라 불린다.

Wonderland (Macmillan, 1865); *Looking-Glass* (Macmillan, 1871)

A. E. 잭슨Alfred Edward Jackson(1873~1952) 영국의 삽화가. 18세의 나이에 왕립 미술원에 그림을 전시하기도 했던, 캠던 미술학교의 우수 학생이었다. 1909년부터 《플레이박스》에 삽화를 기고했으며, 주간 《보니 블루벨》 일러스트레이션과 산문 이야기를 위한 많은 삽화를 그렸고, 플레이박스, 타이거 팀 위클리, 레인보우 등의 출판사에서 빌 피셔의 동요 만화를 그리는 등 광범위하게 활동했다.

Wonderland (Henry Frowde, 1914; George H. Doran, 1915)

F. Y. 코리Fanny Young Cory(1877~1972) 미국의 만화가이자 삽화가. 연재만화 〈소니세이즈Sonnysayings〉와 〈리틀 미스 머펫Little Miss Muffet〉으로 잘 알려진, 미국 최초의 여성 신디케이트syndicate 만화가 중 한 명이다. 루이스 캐럴뿐 아니라 L. 프랭크 바움의 작품에도 삽화를 그렸다.

Wonderland (Rand McNally, 1902)

J. 앨런 세인트 존James Allen St. John(1872~1957) 미국의 작가이자 삽화가. 에드거 라이스 버로스 등 많은 작가의 작품에 삽화를 그렸다. 시카고 미술관과 미국 미술 아

---

[*] *Wonderland*는 『이상한 나라의 앨리스』, *Looking-Glass*는 『거울 나라의 앨리스』이며, 『앨리스』에 삽화를 그린 경우, 삽화가 수록된 『앨리스』 및 출판사와 출간연도를 함께 표시했다. © 기호와 이하 정보는 저작권을 의미한다. -편집자

카데미에서 학생들을 가르쳤고, 로이 크렌켈Roy Krenkel과 프랭크 프라제타Frank Frazetta 등을 제자로 두었다. 1915년 앨리스 제르스텐버그Alice Gerstenberg가 제작한 연극 〈이상한 나라의 앨리스〉 삽화를 그리기도 한 그는 현대 판타지 예술의 대부로 불리기도 했다.

Wonderland/Looking-Glass (Chicago, A. C. McClurg & Co., 1915)

M. L. 커크Maria Louise Kirk(1860~1938) 미국의 화가이자 삽화가. 1890년대에 시카고 아트 인스티튜트에서 공부했고 1894년, 초상화로 펜실베이니아 미술 아카데미의 메리 스미스 상을 수상했다. 『이상한 나라의 앨리스』 미국판, 『비밀의 정원』 초판, 루시 모드 몽고메리의 작품 등 50여 권 이상의 책에 삽화를 그렸다.

Wonderland (F. A. Stokes, 1904); *Looking-Glass* (F. A. Stokes, 1905)

W. H. 로메인 워커William Henry Romaine Walker(1854~1940) 영국의 건축가이자 인테리어 디자이너이기도 한 삽화가. 1881년 영국 왕립 건축가 협회 준회원으로 선출되었다. 그는 판타지 주제의 전통적 삽화에 독특하고 유쾌하며 신선한 접근을 시도한 삽화를 선보였다.

Wonderland (John Lane, 1907)

거트루드 케이Gertrude Kay(1884~1939) 미국의 삽화가이자 작가. 드렉셀대학교에서 하워드 파일Howard Pyle에게 배웠으며, 필라델피아의 플라스틱 클럽, 뉴욕의 여성 화가 및 조각가 협회, 미국 작가 연맹의 회원으로 활동했고, 미국 일러스트레이션 황금기에 수많은 아동 도서를 출판했다. 『이상한 나라의 앨리스』는 그녀의 작품 중 가장 인기 있는 작품이다.

Wonderland (Lippincott, 1923); *Looking-Glass* (Lippincott, 1929)

귀네드 허드슨Gwynedd Hudson(1881~1935) 영국의 화가이자 삽화가. 『이상한 나라의 앨리스』와 『피터 팬』 삽화로 유명하다. 그녀의 앨리스는 차분한 색과 어두운 색조를 특징으로 하며 아름다운 동시에 약간 위협적이다.

Wonderland (Boots the Chemists, 1922)

네이사 맥메인Neysa McMein(1888~1949) 미국의 초상화가이자 삽화가. 시카고 미술학교와 뉴욕 예술 학생 연맹에서 공부했다. 잡지 표지와 광고 및 언론 기사의 삽화를 그렸고, 대통령, 배우, 작가들의 초상화를 그리기도 했다.

레너드 와이스가드Leonard Weisgard(1916~2000) 미국의 작가이자 삽화가. 200권 이상의 아동 도서에 삽화를 그렸고, 특히 마거릿 와이즈 브라운Margaret Wise Brown과 공동작업으로 잘 알려져 있다. 브라운의 책 중 최소 14권의 작품에 삽화를 그렸고,

그중『작은 섬*The Little Island*』삽화는 1947년 칼데콧 상을 수상했다.

레오노르 솔랑스 그라시아 Leonor Solans Gracia(1980~) 스페인의 화가. 2005년 그라나다대학교 알론소 카노 학부에서 미술 학사 학위를 받았다. 그녀의 작품은 소녀들을 주인공으로 하고 있는데, 루이스 캐럴이나 샤를 페로 등의 동화 작가들로부터 깊은 영향을 받았다.

리즈베트 츠베르거 Lisbeth Zwerger(1954~) 오스트리아의 아동 도서 삽화가. 1990년 한스 크리스티안 안데르센 상을 받았고, 볼로냐 국제 아동 도서진과 브리티슬라바의 일러스트레이터 비엔날레에서도 수상했으며, 2000년에는『이상한 나라의 앨리스』로 실버 브러시를 수상했다.

마거릿 태런트 Margaret Tarrant(1888~1959) 영국의 삽화가이자 아동 문학가. 요정 이야기와 종교적인 주제를 주로 그렸으며, 삶 대부분을 교구 교회 활동을 위해 헌신했다. 메디치 소사이어티와 함께 지속적으로 엽서, 달력, 인쇄물 및 기타 작품을 출판했고, 메디치 소사이어티 주주가 되기도 했다.『물의 아이들』을 시작으로『안데르센 동화』,『피리 부는 사나이』,『이상한 나라의 앨리스』등에 신비롭고 따스한 분위기의 낭만적 삽화를 그려 많은 인기를 누렸다.

마일로 윈터 Milo Winter(1888~1956) 미국의 삽화가. 차일드크래프트의 북아트 편집자였으며, 실버 버넷 컴퍼니의 필름 스트립 담당 아트 편집자로도 활동했다.『이솝 우화』,『아라비안나이트』,『이상한 나라의 앨리스』,『크리스마스 캐럴』,『걸리버 여행기』등 수많은 작품의 에디션을 만들었다.

메리 시브리 Mary Sibree 영국의 예술가. 케이트 프라일리그라트 크뢰커Kate Freiligrath-Kroeker의『아이들을 위한 앨리스와 다른 요정 이야기』권두 삽화를 그렸다.

미셸 믹스트 빌라르 Michel Mixt Villars(1952~) 스위스의 아티스트. 1994년 상연된 연

극 〈Le miruir des mervilles〉의 앨리스 프로그램 삽화를 그렸다.

밀리센트 소어비 Millicent Sowerby(1878~1967) 영국의 화가이자 삽화가. 토마스 크레인 Thomas Crane과 케이트 그리너웨이Kate Greenaway 같은 예술가들의 작품 및 공예 운동의 영향을 받았고, 엽서와 어린이 일러스트레이션, 유채화와 수채화를 바탕으로 한 풍경화를 주로 그렸다. 『이상한 나라의 앨리스』를 비롯한 고전 동화와 동요, 셰익스피어 작품의 장면이 등장하는 엽서를 제작했으며, 『이상한 나라의 앨리스』에 삽화를 그린 최초의 여성이기도 하다.

Wonderland (Chatto, 1907; Duffield, 1908)

바이런 W. 시웰 Byron W. Sewell(1942~) 미국의 작가이자 삽화가. 루이스 캐럴과 관련된 많은 작품에 삽화를 그렸고 그중에는 아내 빅토리아 J. 시웰Victoria J. Sewell과 작업한 것도 있다. 현재 그는 허리케인에서 빅토리아와 함께 살고 있다.

Wonderland (University of Adelaide, 1975; Sharing-Place, 1990)

베시 피즈 구트만 Bessie Pease Gutmann(1876~1960) 미국의 삽화가. 초기에는 초상화와 신문 광고를 그리는 상업 예술가로 일했으나 나중에는 주로 유아 및 어린아이들을 위한 그림을 그렸다. 로버트 루이스 스티븐슨의 1905년 판 『시가 있는 뜰의 아이들 *A Child's Garden of Verses*』 및 1907년 판 『이상한 나라의 앨리스』를 포함, 몇몇 어린이책에 삽화를 그렸다.

Wonderland (Dodge Publishing, 1907);
Looking-Glass (Dodge Publishing, 1909)

블랑슈 맥마누스 Blanche McManus(1869~1935) 미국의 작가이자 예술가. 남편 밀버그 프란시스코 맨스필드Milburg Francisco Mansfield와 함께 삽화가 있는 여행 서적들을 출간했는데, 그중 많은 책에 당시 새로운 교통수단이었던 자동차에 대한 정보를 소개하기도 했다. 그녀의 작품은 스미스소니언 미국 미술관 컬렉션에 포함되어 있으며, 영어로 된 (무허가) 앨리스 책들에서 테니얼 이후 최초로 다른 삽화를 그렸다.

Wonderland/Looking-Glass (M. F. Mansfield & A. Wessels, 1899)

아서 래컴 Arthur Rackham(1867~1939) 영국의 삽화가. 『이상한 나라의 앨리스』로 시작된 아동서적의 황금기 동안 동화와 판타지 문학을 위한 독특하면서도 잊지 않는 이미지들을 창조했다. 그림 형제와 안데르센 동화는 물론 『립 밴 윙클』, 『켄싱턴 공원의 피터 팬』, 『버드나무에 부는 바람』 등 90여 편의 책에 삽화를 그렸다. 바그너의 〈니벨

룽의 반지〉와 셰익스피어의 『한여름 밤의 꿈』과 같은 삽화 작업도 했는데, 이 작품들은 비평적, 상업적으로 최고 성공작에 속한다. (803쪽의 삽화는 아서 래컴의 삽화다.)

Wonderland (Heinemann, 1907)

이앤 맥케이그 Iain McCaig(1957~) 미국의 예술가, 영화감독, 시나리오 작가, 영화 제작자. 〈스타워즈〉 전편의 주요 캐릭터 디자이너였으며, 〈터미네이터 2〉, 〈후크〉, 〈뱀파이어와의 인터뷰〉, 〈샬롯의 거미줄〉, 〈피터 팬〉, 〈해리 포터와 불의 잔〉, 〈어벤져스〉, 〈가디언즈 오브 갤럭시〉, 그리고 〈정글북〉에 이르는 수많은 영화 프로젝트에 참여, 공동 프로듀서 겸 컨셉 디자인 디렉터로 활동했다.

© 2008 Iain McCaig

앤서니 브라운 Anthony Browne(1946~) 영국의 동화 작가이자 삽화가. 1983년 직접 쓰고 그린 『고릴라*Gorilla*』와 1992년 『동물원*zoo*』으로 두 차례 영국의 권위 있는 그림책 상인 케이트 그린어웨이 메달을 받았고, 2000년엔 그림책 작가로서는 최고의 영예인 한스 크리스티안 안데르센 상을 받았다. 완벽한 구성, 간결한 글, 유연하고 정밀한 그림, 기발한 상상력을 담은 작품으로 어린이뿐만 아니라 어른들에게도 많은 사랑을 받고 있다.

Wonderland (Walker Books Ltd., 1988)

© 1988 Anthony Browne

앨리스 B. 우드워드 Alice Bolingbroke Woodward(1862~1951) 영국의 예술가이자 삽화가. 사우스 켄싱턴 미술학교와 웨스트민스터 미술학교, 줄리앙 아카데미(파리)에서 공부했다. 20세기 전환기에 가장 다작한 삽화가 중 한 명으로 주로 아동 문학과 과학 분야의 삽화로 잘 알려져 있다. 아버지 버나드 헨리 우드워드Bernard Henry Woodward는 유명한 과학자이자 런던 자연사 박물관의 지질학자였고, 해부학 및 석판학 분야에서 일한 여동생 거트루드 메리 우드워드는 피터 래빗을 창조한 베아트릭스 포터의 평생 친구였다.

Wonderland (G. Bell & Sons, Ltd., 1913)

에드윈 J. 프리티 Edwin J. Prittie(1879~1963) 미국의 삽화가. 펜실베니아 박물관 산업 예술학교에서 공부한 후 필라델피아에 남아 프리랜서 예술가로 활동했다. 20세기 초 대중에게 가장 잘 알려진 삽화가였으며, 책 시리즈와 잡지 삽화는 물론 심지어 풍선껌 포장 삽화까지도 여전히 그 작품성을 인정받고 있다.

Wonderland/Looking-Glass (John Winston, 1923)

엘레너 애벗 Elenore Abbott(1875~1935) 미국의 풍경 디자이너이자 화가, 삽화가. 『그림 동화』, 『로빈슨 크루소』, 『보물섬』 등에 삽화를 그렸다. 필라델피아와 파리의 세 미술학교에서 교육을 받았으며, 하워드 파일Howard Pyle의 영향을 받았다. 자신의 작품을 홍보하기 위해 The Plastic Club 같은 전문 예술 협회를 만드는 것을 포함, 여성을 위한 교육 및 기회를 모색한 New Women 그룹에서 활동하기도 했다.

Wonderland/Looking-Glass (George W. Jacobs & Co., 1916)

우도 케플러Joseph Keppler Jr.(1872~1956) 미국의 정치 만화가, 출판인. 잡지《퍽 Puck》을 창간한 만화가 조셉 케플러Joseph Keppler의 아들로, 아버지 사망 후 공동소유주가 됐다. 아메리카 원주민 옹호자이자 아메리카 원주민 유물 수집가였으며, 세네카 네이션에 입양, 명예 추장이 되는 한편 'Gyantwaka'라는 이름을 얻기도 했다.

우리엘 번바움Uriel Birnbaum(1894~1956) 오스트리아의 화가이자 작가, 시인. 미술 교육을 받은 건 1913년 베를린 미술학교에서의 단 한 달뿐이었고, 제1차 세계대전 중 중상을 입었다. 에드거 앨런 포, 루이스 캐럴 및 자신의 작품『세상의 끝Weltuntergang』을 포함한 많은 책에 삽화를 그렸다.

Wonderland (Sesam Verlag, 1923); *Looking-Glass* (Sesam Verlag, 1925)

윌리 포거니Willy Pogány(1882~1955) 헝가리의 삽화가. 본명은 빌모스 안드라스 포거니Vilmos Andreas Pogány다. 책 삽화와 벽화, 초상화, 에칭 및 조각 외에 연극도 관심을 가져 다양한 작품에 참여했고, 메트로폴리탄 오페라 하우스를 위한 무대 설정과 의상을 디자인하기도 했다. 1930년대와 1940년대엔 할리우드에서 여러 영화 스튜디오의 아트 디렉터로 일했다. (772, 809쪽의 삽화는 윌리 포거니의 삽화다.)

Wonderland (Dutton, 1929)

윌리엄 펜할로우 헨더슨William Penhallow Henderson(1877~1943) 미국의 화가, 건축가, 가구 디자이너. 매사추세츠 노멀 아트스쿨 및 보스턴 파인아트 미술관 학교에서 공부했다. 1904년부터 1910년까지는 시카고의 미술 아카데미에서 학생들을 가르쳤으며, 1915년에는 앨리스 제르스텐버그가 제작한 연극〈이상한 나라의 앨리스〉의 의상 및 무대 디자인과 삽화를 담당하기도 했다. 그의 작품은 시카고 미술연구소, 덴버 미술협회, 뉴멕시코 미술관, 타오스 미술관, 앨버커키 미술사 박물관 등에 영구 소장품으로 소장되어 있다. (「이상한 나라의 앨리스」, 「거울 나라의 앨리스」, 「가발을 쓴 말벌」차례 페이지의 캐릭터와 602쪽의 험티 덤티, 652쪽의 헤어는 모두 윌리엄 펜할로우 헨더슨의 삽화다.)

조지 소퍼George Soper(1870~1942) 영국의 화가이자 삽화가. 예술가로서 정식 교육을 받지 않았지만 왕립 예술원 회원인 프랭크 쇼트Frank Short로부터 능력을 인정받아 전문 예술가이자 판화 제작자로 빠르게 명성을 얻었다.『이상한 나라의 앨리스』, 셰익스피어의『어린 양 이야기』,『아라비안나이트』등 많은 책과 잡지에 삽화를 그렸다.

Wonderland (Headley Bros, 1911)

존 R. 닐 John Rea Neill(1877~1943) 미국의 작가이자 아동 도서 삽화가. L. 프랭크 바움, 루스 플럼리 톰슨 그리고 자신의 쓴 작품을 포함, '오즈'를 배경으로 한 40개 이상의 이야기에 삽화를 그렸다. 『오즈의 마법사』에 원작 삽화를 그린 W. W. 덴슬로W. W. Denslow와는 다르게 자신만의 독특한 감각으로 어린 소녀를 세련되게 묘사하는 등 캐릭터를 예술적으로 표현했고, 수많은 장면을 아름답게 표현해 나중에 오즈의 제국 삽화가로 지명되었다.

That Never Grow Old (Reilly & Britton, 1908)

존 버넌 로드 John Vernon Lord(1939~) 영국의 작가이자 교사, 삽화가. 이솝 우화를 비롯, 루이스 캐럴, 제임스 조이스 등 영문학 고전에 삽화를 그렸다. 브라이턴대학교에서 일러스트레이션 교수로 재직했으며 현재는 명예 교수다.

Wonderland (Artists' Choice Editions, 2009);
Looking-Glass (Artists' Choice Editions, 2011)
© 2011 John Vernon Lord

찰스 로빈슨 Charles Robinson(1870~1937) 영국의 삽화가. 삽화가인 토마스 로빈슨 Thomas Robinson의 아들이며, 그의 형제인 토마스 히스 로빈슨과 윌리엄 히스 로빈슨도 삽화가이다. 오브리 비어즐리Aubrey Vincent Beardsley의 섬세한 수채화, 일본 예술 작품, 알브레히트 뒤러Albrecht Dürer 같은 옛 거장들의 목판화에서 영감을 받은 그는 수많은 동화와 아동 도서에 삽화를 그렸다.

Wonderland (Cassell & Co., 1907)

찰스 코프랜드 Charles Copeland(1858~1945) 미국의 삽화가. 1887년경부터 1940년경까지 활동했으며, 그의 삽화는 다양한 책과 잡지에 실렸다. 보스턴 수채화 협회와 보스턴 아트 클럽 회원이기도 했다.

Wonderland/Looking-Glass (Thomas Crowell of Boston, 1893)

찰스 포커드 Charles Folkard(1878~1963) 영국의 만화가이자 삽화가. 아동 도서 삽화가로 활동하기 전 마술사로 일했는데, 마술 쇼를 위해 자신의 무대를 디자인하면서 예술적 재능을 키웠다. 수십 년 동안 《데일리 메일》에 인기 캐릭터 테디 테일Teddy Tail을 연재했으며, 『아라비안나이트』, 『그림 동화』, 『이솝 우화』, 『피노키오』 등에 삽화를 그렸다.

Wonderland/Looking-Glass (A & C Black, 1929)

찰스 피어스 Charles Pears(1873~1958) 영국의 화가이자 삽화가. 초기 삽화 작품은 《옐로우북》, 《펀치》, 《더 그래픽》 등 정기간행물에 실렸고, 1913년부터 1936년까지는 런던 지하철에서 일하는 다작의 포스터 아티스트로도 활동했다. 왕립 해양 예술가 협회의 첫 번째 회장으로 선출된 그는 소형 보트 크루즈에 관한 책을 쓰기도 했다.

Wonderland (Collins, 1908)

타티아나 이아노브스카야 Tatiana Ianovskaia(1960~) 조지아의 삽화가. 조지아 SSR에서 태어나 현재 캐나다와 러시아에서 활동하고 있다.

Wonderland (Tania Press, 2005, 2008);

Looking-Glass (Ryazan, Russia: Uzorochie, 2009; Tania Press, 2009)

© 2007 Tatiana Ianovskaia

팻 안드레아 Pat Andrea(1942~) 네덜란드의 현대 화가이자 조각가. 헤이그 왕립 예술 아카데미에서 공부했으며 네덜란드 화가 코 웨스테릭Co Westerik의 학생이었다. 월터 노베Walter Nobbe, 피터 블로퀴스Peter Blokhuis와 함께 ABN 그룹을 설립했다. 파리와 부에노스아이레스를 오가며 살고 있다.

Wonderland/Looking-Glass (Éditions Diane de Selliers, 2006)

© 2006 Diane de Selliers, éditeur;

© 2015 Artists Rights Society(ARS), New York / ADAGP, Paris

프랭크 A. 낸키벨 Frank A. Nankivell(1869~1959) 오스트레일리아의 예술가이자 정치 만화가. 멜버른의 웨슬리대학에서 미술을 공부한 후 일본으로 건너가 만화가로 활동하면서 기타자와 라쿠텐北澤 楽天과 친분을 쌓기도 했다. 1896년 뉴욕으로 이주한 후에는 사회적 주제와 주 및 연방 정치 문제에 전념하는 인기 있고 영향력 있는 만화가로 활동했다.

피터 뉴얼 Peter Newell(1862~1924) 미국의 작가이자 삽화가. 1880년대와 1890년대에 유머러스한 그림과 시로 명성을 얻었으며, 인기 있는 아동 도서를 쓰고 그렸다. 『홀 북*The Hole Book*』, 『경사 책*The Slant Book*』, 『로켓 북*The Rocket Book*』 같은 특이한 어린이책으로 유명했으며, 1905년 《뉴욕 헤럴드》에 만화 〈폴리 슬리피헤드의 낮잠The Naps of Polly Sleepyhead〉을 연재하기도 했다. 200여 개 저널 기사 및 마크 트웨인, 루이스 캐럴 등의 작품에 삽화를 그렸다.

Wonderland (Harper & Brothers, 1901); *Looking-Glass* (Snark, 1903)

피터 블레이크 Sir Peter Blake(1932~) 영국의 미술가이자 팝 아티스트. 비틀즈의 Sgt. Pepper's Lonely Hearts Club Band의 커버를 디자인한 것으로 유명하다. 더 후The Who의 앨범 커버와 라이브 에이드Live Aid 포스터를 디자인하기도 했다. 가장 널리 알려진 영국의 팝 아티스트로서 팝 아트 운동의 주요한 인물로 평가되고 있다. 그의 작품의 핵심 요소는 대중문화에서 생성된 이미지나. 2002년, 예술에 대한 기여로 버킹

엄궁에서 기사 작위를 받았다.

Looking-Glass (D3 Editions, 2004)

© 2004 Peter Blake

해리 라운트리 Harry Rountree(1878~1950) 뉴질랜드 출신 영국 삽화가. 1905년부터 1939년까지 잡지 《펀치》의 인기 만화를 제작했으며, P. G. 워드하우스, 아서 코난 도일 같은 작가들을 위한 광고, 포스터, 책 삽화에 참여했다. (97, 117, 368쪽의 삽화는 해리 라운트리의 삽화다.)

Wonderland (Glasgow, 1908; Nelson, 1916), *Looking-Glass* (Collins, 1928)

해리 퍼니스 Harry Furniss(1854~1925) 영국의 만화가이자 삽화가. 현대 영국인의 삶을 풍자적으로 묘사했으며, 정치석이며 유머러스한 캐리커쳐를 그리기도 했다. 루이스 캐럴의 『실비와 브루노』(1889, 1893)를 포함, 찰스 디킨스와 윌리엄 메이크피스 새커리 등 많은 작가의 작품에 삽화를 그렸다. 1912년부터는 뉴욕시와 런던에서 토머스 에디슨을 위한 최초의 애니메이션 영화의 작가, 배우 및 프로듀서로도 일했다.

Wonderland (Harper & Brothers, 1908)

Illustration Credits

엄선한 참고 자료

루이스 캐럴의 저서

Alice's Adventures in Wonderland. 1865. 『이상한 나라의 앨리스』는 캐럴이 앨
리스 이야기를 처음 들려준 3년 전의 보트 나들이 날짜를 기념해 7월 4일 초판
2,000부가 발행되었다. 하지만, 캐럴과 테니얼은 이 초판본의 인쇄 품질이 마음에
들지 않아 리콜했다. 제본하지 않은 인쇄물은 뉴욕 애플턴Appleton 출판사에 팔렸
고, 애플턴은 옥스퍼드에서 인쇄된 새로운 표지를 달아 1866년 2,000부를 발행
했다. 이것이 초판 2쇄다. 3쇄는 남아 있던 인쇄물 952부에 미국에서 인쇄된 표지
를 달아 발행한 것이다. 캐럴은 미국 인쇄물의 질에 거의 관심이 없었다. 그는 뉴
욕의 8세 소녀를 만난 후, 그 소녀의 행실에 개탄하며 일기(1880. 9. 3.)에 이렇게
썼다. "나는 미국에 아이들이 없다는 게 사실이 아닌가 싶다."

An Elementary Treatise on Determinants. 1867.

Through the Looking-Glass, and What Alice Found There. 1871.

The Hunting of the Snark, An Agony in Eight Fits. 1876.

Euclid and His Modern Rivals. 1879; reprint, 1973.

Alice's Adventures Under Ground, 1886; reprint, 1965. 『앨리스의 땅속 나라 모험』
은 『이상한 나라의 앨리스』 원작으로, 앨리스 리들에게 선물로 주기 위해 캐럴이
자필로 쓰고 직접 그린 것이다. 『이상한 나라의 앨리스』는 이 원작에서 두 배 가까
이 내용이 늘어났다.

The Nursery "Alice." 1889 (withdrawn); reprint, 1890. 『유아용 앨리스』는 '0~5세'
유아를 위해 『이상한 나라의 앨리스』를 줄여 새로 쓴 것이다. 테니얼의 삽화를 확
대하고 채색해 수록했다.

Sylvie and Bruno. 1889; reprint, 1988.

Sylvie and Bruno Concluded. 1893.

The Lewis Carroll Picture Book. Edited by Stuart Dodg-son Collingwood. 1899;
reprint, 1961. 『루이스 캐럴 그림책』은 스튜어트 도지슨 콜링우드Stuart Dodgson
Collingwood가 편집한 것으로, 캐럴의 수많은 원작 게임과 퍼즐, 수학적 오락을 비
롯해 캐럴의 자잘한 게임 기물들 자료까지 수집한 값진 책이다.

Further Nonsense Verse and Prose. Edited by Langford Reed. 1926.

The Russian Journal and Other Selections from the Works of Lewis Carroll. Edited by John Francis McDer-mott. 1935; reprint, 1977. 『루이스 캐럴의 러시아 일기와 기타 작품 선집』은 존 프랜시스 맥더모트John Francis McDermott가 편집한 것으로, 루이스 캐럴이 1867년 헨리 리던Henry Liddon과 러시아를 여행한 기록 등이 담겨 있다.

The Complete Works of Lewis Carroll. Introduction by Alexander Woollcott. 1937. 『루이스 캐럴 작품 전집』은 알렉산더 울콧Alexander Woollcott이 서문을 쓴 것으로, 전집이라는 제목과는 거리가 먼 책이다. 하지만 여전히, 가장 수월하게 캐럴의 시와 산문을 함께 모아서 볼 수 있는 책이다.

Pillow Problems and a Tangled Tale. Reprint, 1958. 『베개 문제와 엉킨 이야기』라는 제목의 이 책은 캐럴의 수학적 오락에 관한 두 권의 책을 합본해 펴냈다.

Symbolic Logic and the Game of Logic. Reprint, 1958. 『기호 논리학과 논리 게임』은 논리학과 어린이를 위한 게임에 관한 두 책을 합본해 펴냈다.

The Rectory Umbrella and Mischmasch. Reprint, 1971. 『교구 우산과 뒤죽박죽』은 캐럴의 초기 원고를 모아 재인쇄한 것이다.

Lewis Carroll's Diaries: The Private Journals of Charles Lutwidge Dodgson. Edited by Edward Wakeling. 1993–2007. 『루이스 캐럴의 일기: 찰스 러트위지 도지슨의 개인 일기』는 에드워드 웨이클링Edward Wakeling이 편집한 것으로, 캐럴 생도들의 필독 도서다. 영국 루이스 캐럴 협회에서 일기의 빠진 내용을 복구하는 한편 찾아보기를 추가하고, 주석을 더해 아홉 권으로 발행했다. 이는 1953년 로저 랜슬린 그린Roger Lancelyn Green이 편집한 두 권짜리 『루이스 캐럴의 일기』를 보완한 것이다.

The Pamphlets of Lewis Carroll. Vol. 1: The Oxford Pamphlets, Leaflets, and Circulars (1993), edited by Edward Wakeling; Vol. 2: The Mathematical Pamphlets (1994), edited by Francine Abeles; Vol. 3: The Political Pamphlets (2001), edited by Francine Abeles; Vol. 4: The Logic Pamphlets (2010), edited by Francine Abeles; Vol. 5: Games, Puzzles, and Related Pieces (2015), edited by Christopher Morgan.

Phantasmagoria. Edited by Martin Gardner. 1998. 『주마등』은 마틴 가드너가 편집한 것으로, 캐럴의 유령에 관한 코믹 발라드ballad를 재인쇄한 것이다.

주석 달린 앨리스

Alice in Wonderland, Edited by Donald J. Gray, 1971.

Alice in Wonderland and Through the Looking-Glass, Edited by Roger Lancelyn

Green, 1971.

The Philosopher's Alice, Edited by Peter Heath, 1974.

Alice's Adventures in Wonderland and Through the Looking-Glass Vol. 2, Edited by James R. Kincaid, 1982–1983.

Alice in Wonderland and Through the Looking-Glass, Edited by Hugh Haughton, 1998.

앨리스 삽화 책

세계 각지의 수많은 화가가 『앨리스』 삽화를 그렸다. 이를 개관하려면 유명 출판사인 Artists' Choice Editions에서 펴낸 『*Illustrating Alice*』(2013)를 참고하라. 매우 멋진 이 책은 앞서 제시한 책 거의 모두에서 최소한 하나 이상의 삽화를 뽑아 보여준다. 이 범주의 다른 책은 아래를 참고할 것.

The Illustrators of Alice, Edited by Graham Ovenden and John Davis, 1972.

Alice's Adventures in Wonderland: The Ultimate Illustrated Edition, Compiled by Cooper Edens, 1989.

Stephanie Lovett Stoffel, *The Art of Alice in Wonderland*, 1998.

Alice's Adventures in Wonderland: A Classic Illustrated Edition, Compiled by Cooper Edens, 2000.

Alice Illustrated, Edited by Jeff Menges, 2012.

앨리스 책들에 대한 번역

Warren Weaver, *Alice in Many Tongues*, 1964.

Alice in a World of Wonderlands: The Translations of Lewis Carroll's Masterpiece, Edited by Jon Lindseth, 2015. 세 권짜리로, 174개 언어와 방언으로 번역된 책들의 특성에 관한 에세이와 영어로 재번역한 「미친 티파티」 챕터가 수록되었고, 각 언어에 대한 광범위한 서지 체크리스트까지 수록된 학술적 작품으로, 총 8,400개 이상의 판본을 망라하고 있다.

대중문화 속 앨리스

Will Brooker, *Alice's Adventures: Lewis Carroll and Alice in Popular Culture*, 2004.

Linda Sunshine, *All Things Alice: The Wit, Wisdom, and Wonderland of Lewis Carroll*, 2004.

Catherine Nichols, *Alice's Wonderland: A Visual Journey Through Lewis Carroll's Mad, Mad World*, 2014.

루이스 캐럴의 편지

A Selection from the Letters of Lewis Carroll to His Child-Friends, Edited by Evelyn M. Hatch, 1933.

The Letters of Lewis Carroll Vol. 2, Edited by Morton N. Cohen, 1979.

Lewis Carroll and the Kitchins, Edited by Morton N. Cohen, 1980.

Lewis Carroll and the House of Macmillan, Edited by Morton N. Cohen and Anita Gandolfo, 1987.

Lewis Carroll and His Illustrators: Collaborations and Correspondence 1865–1898, Edited by Morton Cohen and Edward Wakeling, 2003.

앨리스 연극 관련

Charles C. Lovett, *Alice on Stage*, 1990.

Dietrich Helms, "Dramatic Adaptations of Lewis Carroll's Works," *The Carrollian* 4, 1999.

August A. Imholtz, Jr. Four parts, "Alice on Stage: A Supplement to the Lovett Checklist," *The Carrollian* 14, 16, 20, and 24, 2005–2013.

루이스 캐럴 전기

Stuart Dodg-son Collingwood, *The Life and Letters of Lewis Carroll*, 1898. 캐럴의 조카가 쓴 전기로 캐럴의 생애에 관한 주요 정보원이다.

Isa Bowman, *The Story of Lewis Carroll*, 1899; reprint, 1972. 이사 보먼은 새빌 클라크Savile Clarke의 뮤지컬에서 앨리스 역을 맡은 여배우 가운데 한 명으로, 캐럴의 주요 어린이 친구였다.

Walter de la Mare, *Lewis Carroll*, 1932.

Langford Reed, *The Life of Lewis Carroll*, 1932.

Harry Morgan Ayres, *Carroll's Alice*, 1936.

Florence Becker Lennon, *Victoria through the Looking-Glass*, 1945; reprint, 1972.

Helmut Gernsheim, *Lewis Carroll: Photographer*, 1949; revised 1969. 캐럴이 찍은 뛰어난 사진 64점이 실려 있다.

Roger Lancelyn Green, *The Story of Lewis Carroll*, 1949.

Derek Hudson, *Lewis Carroll*, 1954; revised 1977.

Roger Lancelyn Green, *Lewis Carroll*, 1960.

James Playsted Wood, *The Snark Was a Boojum*, 1966.

Jean Gattégno, *Lewis Carroll*, 1974.

Richard Kelly, *Lewis Carroll*, 1977; revised 1990.

Anne Clark, *Lewis Carroll*, 1979.

Graham Ovenden, *Lewis Carroll*, 1984.

Lewis Carroll: Interviews and Reflections, Edited by Morton N. Cohen, 1989.

Fan Parker, *Lewis Carroll in Russia*, 1994.

Morton N. Cohen, *Lewis Carroll*, 1995.

Michael Bakewell, *Lewis Carroll*, 1996.

Stephanie Stoffel, *Lewis Carroll in Wonderland*, 1996.

Donald Thomas, *Lewis Carroll*, 1998.

Morton N. Cohen, *Reflections in a Looking Glass*, 1998. 어린 소녀의 누드 사진 중 유일하게 남아 있는 네 점을 포함한 캐럴의 아름다운 사진 작품이 실려 있다.

Karoline Leach, *In the Shadow of the Dreamchild: A New Understanding of Lewis Carroll*, 1999.

Charlie Lovett, *Lewis Carroll Among His Books*, 2005. 캐럴이 소장하거나 읽었거 나 추천한 책 목록을 모았다.

Richard Foulkes, *Lewis Carroll and the Victorian Stage: Theatricals in a Quiet Life*. 2005.

Jenny Woolf, *Lewis Carroll in His Own Account*, 2005. 캐럴의 여러 은행 계좌와 그 계좌에 담긴 캐럴의 성격을 알 수 있는 자료이다.

Jenny Woolf, *The Mystery of Lewis Carroll*, 2010.

Edward Wakeling, *Lewis Carroll: The Man and His Circle*, 2015.

Edward Wakeling, *The Photographs of Lewis Carroll, A Catalogue Raisonné*, 2015.

루이스 캐럴 비평 자료

Harry Morgan Ayres, *Carroll's Alice*, 1936.

Alexander L. Taylor, *The White Knight*, 1952.

Daniel F. Kirk, *Charles Dodgson, Semiotician*, 1963.

Alice's Adventures in Wonderland, Edited by Donald Rackin, 1969.

Robert D. Sutherland, *Language and Lewis Carroll*, 1970.

Aspects of Alice, Edited by Robert Phillips, 1971.

Kathleen Blake, *Play, Games, and Sports: The Literary Works of Lewis Carroll*, 1974.

Lewis Carroll Observed, Edited by Edward Guiliano, 1976.

Francis Huxley, *The Raven and the Writing Desk*, 1976.

Lewis Carroll: A Celebration, Edited by Edward Guiliano, 1982.

Soaring With the Dodo, Edited by Edward Guiliano and James R. Kincaid, 1982.

Modern Critical Reviews: Lewis Carroll, Edited by Harold Bloom, 1987.

Donald Rackin, *Alice's Adventures in Wonderland and Through the Looking-Glass*, 1991.

R. L. F. Fordyce and Carla Marcello, *Semiotics and Linguistics in Alice's World*, 1994.

John Docherty, *The Literary Products of the Lewis Carroll–George Mac-Donald Friendship*, 1995.

Ronald Reichertz, *The Making of the Alice Books: Lewis Carroll's Use of Earlier Children's Literature*, 1997.

Stephanie Lovett Stoffel, *The Art of Alice in Wonderland*, 1998.

Jo Elwyn Jones and J. Francis Gladstone, *Lewis Carroll: The Alice Companion*, 1998.

Elizabeth Sewell, *Lewis Carroll: Voices from France*, 2008.

Alice Beyond Wonderland, Edited by Christopher Hollingsworth, 2009.

Jan Susina, *The Place of Lewis Carroll in Children's Literature*, 2010.

정기간행물

《캐럴리언The Carrollian》, 영국 루이스 캐럴 협회. thecarrollian.org.uk에서 기사 전체를 찾아보기로 검색할 수 있다.

《나이트 레터Knight Letter》, 북미 루이스 캐럴 협회. archive.org/details/knightletters에서 지난 호를 읽을 수 있다.

루이스 캐럴에 대한 정신분석학적 해석

A. M. E. Goldschmidt, "Alice in Wonderland Psycho-Analyzed," *New Oxford Outlook*, May 1933.

William Empson, "Alice in Wonderland: the Child as Swain," *In Some Versions of Pastoral*, 1935. 미국판 제목은 *English Pastoral Poetry*(1957)으로 윌리엄 필립스William Phillips가 편집한 *Art and Psychoanalysis*에 재수록되었다.

Joseph Wood Krutch, "Psychoanalyzing Alice," *The Nation* 144, Jan. 30, 1937, pp.129–130.

Paul Schilder, "Psychoanalytic Remarks on *Alice in Wonderland* and Lewis Carroll," *The Journal of Nervous and Mental Diseases* 87, 1938, pp.159–168.

Martin Grotjahn, "About the Symbolization of *Alice's Adventures in*

Wonderland," *American Imago* 4, 1947, pp.32−41.

John Skinner, "Lewis Carroll's *Adventures in Wonderland*," *American Imago* 4, 1947, pp.3−31.

Phyllis Greenacre, *Swift and Carroll: A Psychoanalytic Study of Two Lives*, Intl Universities Pr Inc, 1955.

Robert Bloch, "All on a Golden Afternoon," *Fantasy and Science Fiction*, June 1956. 앨리스를 분석적으로 접근한 짧은 희시.

논리학자 및 수학자로서의 캐럴 관련 자료

R. B. Braithwaite, "Lewis Carroll as Logician," *The Mathematical Gazette* 16, July 1932, pp.174−178.

D. B. Eperson, "Lewis Carroll, Mathematician," *The Mathematical Gazette* 17, May 1933, pp.92−100.

Warren Weaver, "Lewis Carroll and a Geometrical Paradox," *The American Mathematical Monthly* 45, April 1938, pp.234−236.

Warren Weaver, "The Mathematical Manuscripts of Lewis Carroll," *Proceedings of the American Philosophical Society* 98, October 15. 1954, pp.377−381.

Warren Weaver, "Lewis Carroll: Mathematician," *Scientific American* 194, April 1956, pp.116−128.

Martin Gardner, "Mathematical Games," *Scientific American*, March 1960, pp.172−176. 캐럴의 게임과 퍼즐 관련 토론서이다.

The Magic of Lewis Carroll, Edited by John Fisher, 1973.

William Warren Bartley, *Lewis Carroll: Symbolic Logic* III, 1977; revised 1986.

Lewis Carroll's Games and Puzzles, Edited by Edward Wakeling, 1982.

The Mathematical Pamphlets of Charles Lutwidge Dodgson and Related Pieces, Edited by Francine Abeles, 1994.

Rediscovered Lewis Carroll Puzzles, Edited by Edward Wakeling, 1995.

The Universe in a Handkerchief, Edited by Martin Gardner, 1996.

Robin Wilson, *Lewis Carroll in Numberland*, 2008.

The Logic of Alice: Clear Thinking in Wonderland, Bernard Patten, 2009.

앨리스 리들 관련 자료

Anne Clark, *The Real Alice*, 1981.

Colin Gordon, *Beyond the Looking Glass: Reflections of Alice and Her Family*, 1982.

Morton N. Cohen, *Lewis Carroll and Alice: 1832–1982*, 1982.

Christina Bjork, *The Other Alice*, 1993.

C. M. Rubin with Gabriella Rubin, *The Real Alice in Wonderland: A Role Model for the Ages*, 2010.

참고 문헌 목록 관련 자료

Sidney Herbert Williams and Falconer Madan, *The Lewis Carroll Handbook*, 1931; Revised by Roger Lancelyn Green, 1962; further revised by Dennis Crutch, 1979.

Edward Guiliano, *Lewis Carroll: An Annotated International Bibliography, 1960–77*, 1980.

Edward Guiliano, *Lewis Carroll: A Sesquicentennial Guide to Research*, 1982.

Charles and Stephanie Lovett, *Lewis Carroll's Alice: An Annotated Checklist of the Lovett Collection*, 1984.

Rachel Fordyce, *Lewis Carroll: A Reference Guide*, 1988.

Charles Lovett, *Lewis Carroll and the Press: An Annotated Bibliography of Charles Dodgson's Contributions to Periodicals*, 1999.

Mark Burstein, Byron Sewell, and Alan Tannenbaum, *Pictures and Conversations: Lewis Carroll in the Comics: An Annotated International Bibliography*, 2005.

Zoe Jaques and Eugene Giddens, *Lewis Carroll's Alice's Adventures in Wonderland and Through the Looking-Glass: A Publishing History*, 2013.

난센스 관련 자료

Gilbert Chesterton, "A Defence of Nonsense," *The Defendant*, 1901.

Emile Cammaerts, *The Poetry of Nonsense*, 1925.

George Orwell, "Nonsense Poetry," *Shooting an Elephant*, 1945.

Elizabeth Sewell, *The Field of Nonsense*, 1952.

Gilbert Chesterton, "Lewis Carroll" and "How Pleasant to Know Mr. Lear," *A Handful of Authors*, 1953.

Susan Stewart, *Nonsense*, 1980.

테니얼 관련 자료

매혹적인 앨리스여! 흑백*이
너의 매력을 불멸케 했네.
"혼돈과 오래된 밤"이 아니면 그 무엇도
너와 테니얼을 결별케 하지 못하리.
　　　　－ 오스틴 돕슨Austin Dobson의 시에서

존 테니얼 경, 〈자화상〉, 1889.

W. C. Monkhouse, "The Life and Works of Sir John Tenniel," *Art Journal*, Easter Number, 1901.

Marguerite Mespoulet, *Creators of Wonderland*, 1934. 이 책은 테니얼이 프랑스 화가 J. J. 그랑빌J. J. Grandville의 영향을 받았다고 주장한다.

Frances Sarzano, *Sir John Tenniel*, 1948.

Michael Hancher, *The Tenniel Illustrations to the "Alice" Books*, 1985.

Michael Patrick Hearn, "Peter Newell," *More Annotated Alice*, Edited by Martin Gardner. 1990. 이 책에는 두 『앨리스』에 실렸던 뉴얼의 삽화 80점이 실렸다.

Rodney Engen, *Sir John Tenniel: Alice's White Knight*, 1991.

Roger Simpson, *Sir John Tenniel: Aspects of His Work*, 1994.

Frankie Morris, *Artist of Wonderland: The Life, Political Cartoons, and Illustrations of Tenniel*, 2005.

• 여기서 흑백이란 흑백 삽화를 뜻한다.

스크린 속 앨리스

매릴랜드 실버 스프링에 사는 캐럴 연구자 데이비드 셰이퍼는 친절하게도 영화와 관련한 자신의 훌륭한 '앨리스' 콜렉션을 제공해줬다. 아래 리스트가 그것이다.

Newsreel

1932 *Alice in U.S. Land*. Paramount News. Newsreel of Mrs. Alice Liddell Hargreaves, eighty, arriving for the hundredth-anniversary celebration of Carroll's birth. Talks of her trip down the river with "Mr. Dodgson." Her son, Caryl Hargreaves, and her sister Rhoda Liddell, are identifiable. Filmed aboard the Cunard Line's *Berengeria* in New York Harbor, April 29, 1932. Running time: seventy-five seconds.

Feature Films

1903 *Alice in Wonderland*. Produced by Cecil Hepworth; directed by Cecil Hepworth and Percy Stow. Filmed in Great Britain. Alice is played by May Clark. The very first Alice film. Alice shrinks and grows. The film has sixteen scenes, all from *Alice's Adventures*. Running time: ten minutes.

1910 *Alice's Adventures in Wonderland (A Fairy Comedy)*. Produced by the Edison Manufacturing Company, Orange, New Jersey. Alice is played by Gladys Hulette. The film has fourteen scenes, all from *Alice's Adventures*. Running time: ten minutes (one reel). The film was made in the Bronx. Gladys Hulette later became a Pathé star.

1915 *Alice in Wonderland*. Produced by Nonpareil Feature Film Company, directed by W. W. Young, "picturized" by Dewitt C. Wheeler. Alice is played by Viola Savoy. Most of the scenes were filmed on an estate on Long Island. The film as originally made contained scenes from *Alice's Adventures* and *Through the Looking-Glass*. Running time: fifty minutes (five reels).

1927 *Alice thru a Looking Glass*. Pathé. *Looking-Glass* scenes from the 1915 production, with 1927 intertitles.

1931 *Alice in Wonderland*. Commonwealth Pictures Corporation. Screen adaptation by John F. Godson and Ashley Miller. Produced at the Metropolitan Studios, Fort Lee, New Jersey. Directed by "Bud" Pollard. Alice played by Ruth Gilbert. All scenes are from *Alice's Adventures*. The first sound *Alice*. The thump of the camera can often be heard. In the 1950s Ruth Gilbert played Milton Berle's secretary, Maxine, on *The Milton Berle Show*.

1933 *Alice in Wonderland*. Paramount Productions. Produced by Louis D. Leighton, directed by Norman McLeod, screenplay by Joseph J. Mankiewicz and William Cameron Menzies. Music by Dimitri Tiomkin. Alice played by Charlotte Henry. An all-star cast of forty-six includes: W. C. Fields as Humpty Dumpty, Edward Everett Horton as the Mad Hatter, Cary Grant as the Mock Turtle, Gary Cooper as the White Knight, Edna May Oliver as the Red Queen, May Robson as the Queen of Hearts, and Baby LeRoy as the Deuce of Hearts. Scenes from *Alice's Adventures and Looking-Glass*. Running time: ninety minutes. In looking-glass fashion Charlotte Henry started her movie career as the star of this film and worked her way down to lesser roles.

1948 *Alice au pays des merveilles (Alice in Wonderland)*. Produced in France at Victorine Studios by Lou Bunin. Directed by Marc Maurette and Dallas Bowers; script by Henry Myers, Edward Flisen, and Albert Cervin. Marionette animation by Lou Bunin. Alice played by Carol Marsh. Voices for puppets by Joyce Grenfell, Peter Bull, and Jack Train. The prologue, which shows Lewis Carroll's life at Christ Church, has Pamela Brown as Queen Victoria and Stanley Baker as Prince Albert. Color. Produced in French and English versions. Exclusive of the prologue, all the characters are puppets except Alice, who is a live adult. Disney tried to stop production, distribution, and display of the film.

1951 *Alice in Wonderland*. Walt Disney Productions. Production Supervisor, Ben Sharpsteen. Alice's voice by Kathryn Beaumont. Animation. Color. Sequences from *Alice's Adventures and Looking-Glass*. Running time: seventy-five minutes. Poorly received when produced, but has made a great deal of money for Disney since.

1972 *Alice's Adventures in Wonderland*. Executive Producer, Joseph Shaftel. Producer, Derek Home. Director, William Sterling. Musical Director, John

Barry. Lyricist, Don Black. Alice played by Fiona Fullerton. Peter Sellers is the March Hare, Dame Flora Robson is the Queen of Hearts, Dennis Price is the King of Hearts, and Sir Ralph Richardson is the Caterpillar. Color. Wide screen. A lavish production, visually beautiful, slow moving. The Tenniel illustrations were faithfully followed. Sequences from *Alice's Adventures and Looking-Glass*. Running time: ninety minutes.

1976 *Alice in Wonderland, an X-Rated Musical Comedy*. Alice is played by Kristine DeBell.

1977 *Jabberwocky*. Python Pictures. Terry Gilliam's full-length adaptation of the poem. Fellow Python Michael Palin stars.

1985 *Dreamchild*. The 80-year-old Alice (Alice Hargreaves) is played by Coral Browne. Her young paid companion by Nicola Cowper. The young Alice by Amelia Shankley and Lewis Carroll by Ian Holm. A fictional story inspired by Alice's visit to the United States in 1932.

1988 *Něco z Alenky*. Directed and written by Jan S˘vankmajer of Czechoslovakia. The English version is simply called Alice.

2010 *Alice in Wonderland*. Walt Disney Pictures. Live action/computer-animated, directed by Tim Burton, written by Linda Woolverton. The film stars Mia Wasikowska as "Alice Kingsleigh," with Johnny Depp, Anne Hathaway, and Helena Bonham Carter. The nineteen-year-old Alice returns to "Underland." A sequel is in the works for 2016.

Alice Sequences in Other Feature Films

1930 *Puttin' on the Ritz*. Produced by John W. Considine, Jr., directed by Edward H. Sloman. Music and lyrics by Irving Berlin. Joan Bennett is in a six-minute Alice in Wonderland dance sequence from this film.

1938 *My Lucky Star*. 20th Century Fox. Sonja Henie is an Alice on skates along with many other characters from the book, all on the ice. Approximately ten-minute sequence.

Cartoons

1933 *Betty in Blunderland*. Cartoon directed by Dave Fleischer. Animation by Roland Crandall and Thomas Johnson. Betty Boop follows Wonderland and Looking-Glass characters from a jigsaw puzzle via subway station down the rabbit hole. Running time: ten minutes.

1936 *Thru the Mirror.* Walt Disney Productions. A brilliant Mickey Mouse cartoon based on *Through the Looking-Glass.* Running time: nine minutes.

1955 *Sweapea Thru the Looking Glass.* King Features Syndicate cartoon. Executive Producer, Al Brodax. Directed by Jack Kinney. Color. Sweapea goes through a looking glass and falls down a golf hole into the "Wunnerland Golf Club." Running time: six minutes.

1965 *Curly in Wonderland.* The Three Stooges in animation. Running time: four minutes.

1966 *Alice in Wonderland.* Adapted by Sandy Glass for the Festival of Family Classics TV show. Running time: thirty minutes.

1967 *Abbott and Costello in Blunderland.* Hanna-Barbera Productions. Running time: five minutes.

1971 *Žvahlav aneb Šatičky Slaměného Huberta.* Produced by Katky Film, Prague. Screenplay, design, and direction by Jan Švankmajer. This animation begins with a reading of "Jabberwocky." "Sequence of images composed of seemingly nonsense activities." Color. Running time: fourteen minutes.

1973 *Alice of Wonderland in Paris.* Animator Gene Deitch's mash-up with Ludwig Bemelmans's Madeline. Running time: fifty-two minutes.

1980 *Scooby in Wonderland.* Hanna-Barbera. Available on *The Richie Rich/ Scooby-Doo Show: Volume One* DVD. Running time: twenty-two minutes.

1987 *Alice Through the Looking-Glass.* Sixty-three-year-old Janet Waldo stars as Alice in this Australian animation from Burbank Films/Jambe.

1987 *The Care Bears Adventure in Wonderland.* Running time: seventy-six minutes.

1989 *The Hunting of the Snark and Jabberwocky.* Michael Sporn Animation. James Earl Jones narrates the Snark. Running time: twenty-seven minutes.

1993 *Hello Kitty in Alice in Wonderland.* Sanrio. Available on the *Hello Kitty & Friends: Timeless Tales, Volume 3* DVD. Running time: thirty minutes.

1995 *Miyuki-chan in Wonderland.* Sony Music Entertainment. Anime. Running time: thirty minutes.

1996 *Alice in Wonderland.* Jetlag Productions. Running time: forty-seven minutes.

2007 *Alice in Wonderland: What's the Matter with Hatter?* BKN International. Running time: forty-seven minutes.

2008 *Abby in Wonderland.* Sesame Street's adaptation. Running time: forty-one minutes.

2009 *Mickey's Adventures in Wonderland*. Disney Channel. Running time: fifty minutes.

2010 *The Wonder Pets: Adventures in Wonderland*. Nick Jr. Running time: twenty-two minutes.

2014 *Dora in Wonderland*. Nickelodeon. Mel Brooks as the Mad Hatter. Running time: thirty minutes.

Made for Television

1950 *Alice in Wonderland*. Television production staged at the Ford Theatre in December 1950. Alice is played by Iris Mann and the White Rabbit by Dorothy Jarnac.

1966 *Alice in Wonderland, or What's a Nice Kid Like You Doing in a Place Like This?* Hanna-Barbera Productions. Book by Bill Dana. Music and lyrics by Lee Adams and Charles Strauss. Color. Animation. Alice's voice by Janet Waldo, Cheshire Cat by Sammy Davis, Jr., White Knight by Bill Dana, Queen by Zsa Zsa Gabor. Running time: fifty minutes. Alice follows her dog through a television tube.

1966 *Alice Through the Looking Glass*. Shown November 1966. Script by Albert Simmons, lyrics by Elsie Simmons, music by Moose Charlap. Its cast includes Judi Rolin as Alice, Jimmy Durante as Humpty Dumpty, Nanette Fabray as the White Queen, Agnes Moorehead as the Red Queen, Jack Palance as the Jabberwock, The Smothers Brothers as Tweedledum and Tweedledee, Ricardo Montalban as the White King. Running time: ninety minutes.

1967 *Alice in Wonderland*. BBC television production. Directed by Jonathan Miller. Presentation of Wonderland as a Victorian social commentary. Grand production with a star cast: Sir John Gielgud as the Mock Turtle, Sir Michael Redgrave as the Caterpillar, Peter Sellers as the King, Peter Cook as the Hatter, Sir Malcolm Muggeridge as the Gryphon, Anne-Marie Mallik, a young schoolgirl, as Alice.

1970 *Alice in Wonderland*. O.R.T.F. (French television) production. Directed by Jean-Christophe Averty. Burlesque with stunning visual and auditory overlay. Alice Sapritch and Francis Blanche as the King and Queen.

1973 *Through the Looking-Glass*. BBC television production. Produced by Rosemary Hill, adapted and directed by James MacTaggart. Twelve-year-old Sarah Sutton as Alice, Brenda Bruce as the White Queen, Freddie Jones as

Humpty Dumpty, Judy Parfitt as the Red Queen, and Richard Pearson as the White King.

1983 *Alice in Wonderland*. PBS *Great Performances*. Directed by Kirk Browning, Starring Kate Burton, Richard Burton, Eve Arden, Nathan Lane, et al.

1985 *Alice in Wonderland and Through the Looking Glass*. Produced by Irwin Allen. Songs by Steve Allen. Natalie Gregory as Alice, with a cast of stars including Jayne Meadows, Robert Morley, Red Buttons, and Sammy Davis, Jr.

1986 *Alice in Wonderland*. BBC Television. Kate Dorning as Alice in Barry Letts's adaptation.

1991 *Alice in Wonderland*. Walt Disney Television. Live-action musical series. Alice (Elisabeth Harnois) can go to and from Wonderland simply by walking through her mirror. One hundred episodes, including "White Rabbits Can't Jump," with O. J. Simpson as the eponymous bunny. The series ran through 1995.

1999 *Alice in Wonderland*. Three-hour production directed by Nick Willing. There were 875 postproduction digital effects. Robert Halmi, Sr., and Robert Halmi, Jr., were the executive producers, and Peter Barnes wrote the script. Tina Majorino is Alice; Whoopi Goldberg, the Cheshire Cat; Martin Short, the Mad Hatter; Ben Kingsley, the Caterpillar; Christopher Lloyd, the White Knight; Peter Ustinov, the Walrus; Miranda Richardson, the Queen of Hearts; and Gene Wilder, the Mock Turtle. Robbie Coltrane and George Wendt are Tweedledum and Tweedledee. The first *Alice* with extensive computer enhancement.

2009 *Alice* (miniseries), a modern interpretation broadcast on Syfy, with Caterina Scorsone as Alice and Kathy Bates as the Queen of Hearts. A fiercely independent twenty-something suddenly finds herself on the other side of a looking glass.

2013 *Once Upon a Time in Wonderland*, an ABC spin-off of the TV series *Once Upon a Time* (2011–). Sophie Lowe as Alice, John Lithgow as the White Rabbit.

Direct to DVD

위 리스트의 거의 모든 영화 및 TV 시리즈는 이미 DVD로 출시되었다. 아래는 상영을 거치지 않고 곧장 DVD로 출시된 '앨리스' 목록이다.

1999 *Alice in Wonderland*. DVD, aka Digital Versatile Disc, Nutech Digital, or

Goldhill Home Media. Animated. Available in English, Spanish, German, Italian, Portuguese, and Mandarin Chinese. Running time: fifty-one minutes.

2004 *Jabberwocky.* Joyce Media. Signed in American Sign Language by Louie Fant. From an older film.

2004 *Sincerely Yours: A Film About Lewis Carroll.* Live action. Producers George Pastic and Andy Malcom. Running time: twenty-four minutes.

2009 *The Life of Lewis Carroll / Alice* (2010). Arts Magic. Produced by Mike Mercer. Research and script by Gerry Malir. Two documentary programs, the first about his life and the second exploring his relationship with Alice Liddell.

2010 *Alice in Wonderland.* Cinematronics. Starring Dinah Shore, Arthur Q. Bryan, Ralph Moody. The excellent soundtrack from a 1948 NBC Universal Theater radio production is combined with truly primitive vector animation. Running time: fifty-seven minutes.

2010 *Initiation of Alice in Wonderland: The Looking Glass of Lewis Carroll.* Reality Films. Execrably inaccurate. Running time: seventy-five minutes.

Educational

1972 *Curious Alice.* Written, designed, and produced by Design Center, Inc., Washington, D.C. Made for the National Institute of Mental Health. Color. Part of a drug course for elementary school children. A live Alice has a journey among animated characters. The Caterpillar smokes marijuana, the Mad Hatter takes LSD, the Dormouse uses barbiturates, and the March Hare pops amphetamines. The White Rabbit is a leader already into drugs. The Cheshire Cat is Alice's conscience. Running time: approximately fifteen minutes.

1978 *Alice in Wonderland: A Lesson in Appreciating Differences.* Walt Disney Productions. Live action at beginning and end with the lesson in appreciating differences brought home by a showing of the flower sequence from the Disney feature and a discussion about how badly the flowers treated Alice simply because she was different.

참고 문헌[*]

앨리스야 어디 있니?

[1]   Vincent Starrett, *Brillig*, Dierkes Press, 1949.

『주석 달린 앨리스』 서문

[1]   Shane Leslie, "Lewis Carroll and the Oxford Movement", *London Mercury*, Vol.28, No.165, E. J. Pink for The London Mercury Ltd., July 1933.
[2]   Kate Lyon, "The White Stone", *Knight Letter*[**] 68, Spring 2002 / *Knight Letter* 69, Summer 2002.
[3]   John Ruskin, *Praeterita*, George Allen, 1885.
[4]   Irene Barnes, *To Tell My Story*, Hutchinson, 1948.
[5]   Roger Green, *Carroll's Diary*, Vol.2, Oxford University Press, 1954, p.454.
[6]   Lord Dunsany, *The Gods of Pagana*, Elkin Mathews, 1905.

『더 많은 주석 달린 앨리스』 서문

[1]   Morton Cohen, *Lewis Carroll's Photographs of Nude Children*, Rosenbach Foundation in Philadelphia, 1979.
[2]   Morton Cohen, "Lewis Carroll in a changing world", Edited by Edward Guiliano & James Kincaid, *Soaring with the Dodo: Essays on Lewis Carroll's Life and Art*, Lewis Carroll Society of North America, 1982.
[3]   Edited by Alfred Appel, Jr., *The Annotated Lolita*, McGraw-Hill, 1970, pp.377–378.

『앨리스』의 모든 어린이 독자에게

[1]   Lewis Carroll, "Solitude", *The Train*, Vol.1, No.3, London, March 1856.

● 참고문헌에 관한 이 미주는 모두 한국어판 편집자가 정리한 것이다.
●● 《나이트 레터》는 북미 루이스 캐럴 협회Lewis Carroll Society of North America에서 발간하는 잡지다. 다음 인터넷 주소에서 온라인으로 읽을 수 있다. https://archive.org/details/knightletters

| 이상한 나라의 앨리스 |

서시

[1] Lewis Carroll, *"Alice* on the Stage", *The Theatre*, Carson and Comerford, April 1887.

[2] Stuart Dodgson Collingwood, *The Life and Letters of Lewis Carroll*, The Century Co., 1898.

[3] Caryl Hargreaves, "Alice's Recollections of carrollian Days, as told to Her son, Caryl Hargreaves", *Cornhill Magazine*, Smith, Elder & Co., July 1932.

[4] Stuart Dodgson Collingwood, *The Lewis Carroll Picture Book*, T. Fisher Unwin, 1899.

[5] Helmut Gernsheim, *Lewis Carroll: Photographer*, Max Parrish, 1949.

[6] Radcliffe Observatory, *Astronomical and Meteorological Observations Made at the Radcliffe Observatory*, Vol.23, Parker, 1862.

[7] H. B. Doherty, "The Weather on Alice in Wonderland Day, 4 July 1862", *Weather*, Vol.23, RMetS, February 1968, pp.75-78.

[8] Peter Pindar, "Complete Epistle", John Wolcot, *The works of Peter Pindar, ESQ*, J. Walker, Paternoster-Row and the other Proprietors, 1812.

[9] Thomas Carlyle, *Sartor Resartus*, Fraser's Magazine, 1831.

[10] Anne Clark, *Lewis Carroll: A Biography*, Schocken, 1979, p.65.; Morton Cohen, *Reflections in a Looking Glass*, Aperture, 1998, p.58.

1. 토끼 굴 아래로

[1] Stephanie Chatfield, "Lewis Carroll the Pre-Raphaelite", Edited by Edward Guiliano, *Lewis Carroll Observed: A collection of unpublished photographs, drawings, poetry, and new essays*, Clarkson N. Potter, 1976.

[2] Mark Burstein, "That Badcock Girl", *Knight Letter* 86, Summer 2011.

[3] Lewis Carroll, *"Alice* on the Stage", *The Theatre*, Carson and Comerford, April 1887.

[4] Linda Sunshine, *All Things Alice*, Clarkson Potter, 2004. / *All Things Oz*, Clarkson Potter, 2003.

[5] William Empson, *Some Versions of Pastoral*, Chatto & Windus, 1935.

[6] Galileo, *Dialogo dei Massimi Sistemi, Giornata Seconda*, Vol.1, Florence, 1842, pp.251-252.

[7] Camille Flammarion, *The Strand Magazine*, Vol.38, Clear Prints, 1909.

[8] Andrew Lang, "Ballade of the Bookworm", *The Poetical Works of Andrew Lang*, Longmans, Green & Company, 1923.

[9] Michael Patrick Hearn, *The Victorian Fairy Tale Book*, Pantheon, 1988.

[10] T. S. Eliot, "Burnt Norton", *Four Quartets*, Harcourt, 1943.

[11] Mark Burstein, "Am I Blue?", *Knight Letter* 85, Winter 2010.

[12] Selwyn Goodacre, "On Alice's Changes in Size in Wonderland", *Jabberwocky*,● Winter 1977.

[13] James Joyce, *Finnegans Wake*, Viking, 1959.

[14] Ann McGarrity Buki, "Lewis Carroll in *Finnegans Wake*", Edited by Edward Guiliano & J. S. Atherton, *Lewis Carroll: A Celebration*, Clarkson N. Potter, 1982; J. S. Atherton, "Lewis Carroll and Finnegans Wake", *English Studies*, Vol.33, Oxford University Press, February 1952.

[15] Anne Clark, *The Real Alice*, Stein & Day, 1982.

[16] Denis Crutch & R. B. Shaberman, *Under the Quizzing Glass*, Magpie Press, 1972.

2. 눈물웅덩이

[1] A. L. Taylor, *The White Knight*, Oliver & Boyd, 1952.

[2] Francine Abeles, "Multiplication in Changing Bases: A Note on Lewis Carroll", *Historia Mathematica*, Vol.3, International Commission on the History of Mathematics, 1976, pp.183–184.

[3] Kenneth D. Salins, "Alice in Mathematics", *The Carrollian*,●● Spring 2000.

[4] Isaac Watts, "Against Idleness and Mischief", *Divine Songs for Children*, Cheap Repository Tracts, 1715.

[5] Edmund Taylor Whittaker, *Eddington's Principle in the Philosophy of Science*, Cambridge University Press, 1951.

[6] J. Ellot Hodgkin & Others, "Bathing Machines", *Notes and Queries*,●●● Series 10, Vol.2, John C France, August 13, 1904, pp.130–131.

[7] Selwyn Goodacre, "In Search of Alice's Brother's Latin Grammar", *Jabberwocky*, Spring 1975.

[8] August A. Imholtz, Jr., "A Mouse, a Cat, and a King: The Lesson Books", *Knight Letter* 82, Summer 2009.

● 《재버위키》는 영국 루이스 캐럴 협회The Lewis Carroll Society에서 발간하는 잡지 '더 캐럴 리언'의 이전 제목이다. 다음 인터넷 주소에서 지난 호《더 캐럴리언》포함) 정보(발간일과 필 자 및 글 제목)를 확인할 수 있다. http://thecarrollian.org.uk/archivetoccar.html

●● 《더 캐럴리언》은 영국 루이스 캐럴 협회에서 발간하는 잡지다. 협회의 인터넷 주소는 다음과 같다. https://lewiscarrollsociety.org.uk

●●● 1849년 W. J. Thoms가 창간한 《Notes and Queries》는 이후 여러 다른 편집자가 맡 아 출간한 간행물이다. 권호수는 'No'로만 표시하다 나중엔 'Series' 및 'No'로 표시했고, 옥 스퍼드대학교 출판부에서 발행하기 시작했을 때부터는 'Vol'과 'No'로 표시했다. 출판사(출 판인)가 시기에 따라 다른 것처럼 책의 권호수 표시가 일관되지 않은 것은 이 때문이다. 출 간일도 마찬가지, 옥스퍼드대학교 출판부에서 발행한 것은 일자까지는 밝히지 않아 월까지 만 밝힌 것이다. 잡지 원문은 다음 주소에서 확인할 수 있다. https://archive.org/details/ notesqueries01londuoft/page/n9/mode/2up?view=theater

[9] Hugh O'Brien, "The French Lesson Book", *Notes and Queries* Vol.10, No12, Oxford University Press, December 1963.

[10] Stephen Jay Gould, "The Dodo in the Caucus Race", *Natural History Magazine*, Vol.105, No.11, American Museum of Natural History, November 1996.

3. 코커스 경주와 꼬불꼬불한 이야기

[1] Havilland Chepmell, *Short Course of History*, Whittaker and Co., pp.143-144.

[2] Edited By Roger Lancelyn Green, *The Diaries of Lewis Carroll*, Vol.1, Cassell & Company Ltd London, 1953, p.2.

[3] Charles Kingsley, *Water Babies*, Macmillan, 1863.

[4] Narda Lacey Schwartz, "The Dodo and the Caucus-Race", *Jabberwocky*, Winter 1977; August Imholtz, Jr., "The Caucus-Race in *Alice in Wonderland*: A Very Drying Exercise", *Jabberwocky*, Autumn 1981.

[5] Alfreda Blanchard, "Further comments on the Caucus Race with reference to August A. Imholtz Jr.'s article in Jabberwocky Autumn 1981" *Jabberwocky*, Summer 1982.

[6] George Jackson Mivart, *On the Genesis of Species*, Macmillan & Co.,1871.

[7] Martin Gardner, *On the Wild Side*, Prometheus Books, 1992, Chapter 7.

[8] Howard Chang, "Seek It with a Thimble", *Knight Letter* 92, Spring 2014.

[9] Charles Boultenhouse, "Poems in the Shapes of Things", *Art News Annual*, MacMillan Company, 1959; *Portfolio*, Zebra Press, Summer 1950; C. C. Bombaugh, *Gleanings for the curious from the harvest-fields of literature*, A. D. Worthington & CO., 1875.; William S. Walsh, *Handy-Book of Literary Curiosities*, J.B. Lippincott Company, 1892; Carolyn Wells, *A Whimsey Anthology*, Charles Scribner's Sons, 1906.

[10] Edited By Roger Lancelyn Green, *The Diaries of Lewis Carroll*, Vol.1, Cassell & Company Ltd London, 1953, p.146.

[11] Denis Crutch & R. B. Shaberman, *Under the Quizzing Glass*, Magpie Press, 1972.

[12] Edited by Morton Cohen, *The Letters of Lewis Carroll*, Oxford University Press, 1979, p.358.

[13] *New York Times*, May 1. 1991, p.23; Jeffery Maiden, Gary Graham & Nancy Fox, "A Tail in a Tail-Rhyme", *Jabberwocky*, Summer/Autumn 1989.

[14] David & Maxine Schaefer, *The Tale of the Mouse's Tail*, Mica Publishers, 1995.

[15] Lewis Carroll, *A Tangled Tale*, Macmillan, 1885.

4. 토끼가 빌을 굴뚝으로 보내다

[1] Oliver Goldsmith, "The Ferret", *History of the Earth and Animated Nature*, Printed for J. Nourse in the Stand, 1774.

[2] Peter Heath, *The Philosopher's Alice*, St. Martin's, 1974.

[3] Lewis Carroll, *Alice in Wonderland*, University of California, 1982.

[4] James Kincaid, "Confessions of a Corrupt Annotator", *Jabberwocky*, Spring 1982.

[5] Isa Bowman, *The Story of Lewis Carroll*, J.M. Dent & Co., 1899.

[6] Denis Crutch & R. B. Shaberman, *Under the Quizzing Glass*, Magpie Press, 1972.

[7] Bernard Patten, *The Logic of Alice: Clear Thinking in Wonderland*, Prometheus, 2009.

5. 쐐기벌레의 도움말

[1] Charles Mackay, "Popular Follies of Great Cities", *Extraordinary Popular Delusions and the Madness of Crowds*(41년 판 원제는 *Memoirs of Extraordinary Popular Delusions*), Richard Bentry, 1841.

[2] Fred Madden, "'Alice, Who are You?': Charles Mackay and Alice's Adventures in Wonderland", *Jabberwocky*, Summer/Autumn 1988.

[3] John Clark, "'Who Are You?': A Reply", *Jabberwocky*, Winter/Spring 1990.

[4] Selwyn Goodacre, "A Quizzical Look at Alice's Adventures in Wonderland", *Jabberwocky*, Spring 1982.

[5] Philip Benham, *Jabberwocky*, Winter 1970.•

[6] Michael Hancher, *The Tenniel Illustrations to the "Alice" Books*, Ohio State University Press, 1985.

[7] Robert Hornback, "Garden Tour of Wonderland", Edited by W. George Waters *Pacific Horticulture*, The Pacific Horticultural Foundation, Fall 1983.

[8] Edited by Morton Cohen, *The Letters of Lewis Carroll*, Vol.1, Oxford University Press, 1979, pp.471–472.

[9] R. B. Shaberman, "Lewis Carroll and the Society for Psychical Research", *Jabberwocky*, Summer 1972.

6. 돼지와 후추

[1] W. A. Baillie-Grohman, "A Portrait of the Ugliest Princess in History", *Burlington Magazine*, Burlington Magazine Ltd., April 1921.

[2] Lion Feuchtwanger, *The Ugly Duchess*, Martin Secker, 1923.

[3] Michael Hancher, *The Tenniel Illustrations to the "Alice" Books*, Ohio State University Press, 1985.

[4] Charles C. Lovett, *Alice on Stage: A History of the Early Theatrical Productions*

• 확인 결과, 해당 호에는 필립 버넘Benham, Philip S.의 글이 없다. 버넘은 《제버워키》에 모두 여덟 개의 글(8, 10, 12, 18, 19, 21호의 각 1편 및 17호의 2편)을 실었는데, 이중 가드너가 말한 겨울호에 실은 글은, 17호(1973년)의 "Left Hand? – Right Hand?" 및 "Carroll and Cats"와 21호(1975년)의 "Correction to the article 'Sonnet Illuminate' in Jabberwocky Summer 1974"이다. 원문은 볼 수 없어 가주에서 말하는 대목이 어떤 글에 담겨 있는지는 확인하지 못했다.

of Alice in Wonderland, Meckler, 1990.

[5] A, "Grinning like a Cheshire cat⋯.", *Notes and Queries*, Vol.5, No.130, Thomas Clark Shaw, April 24. 1852, p.402.

[6] T.D., "Cheshire Cat⋯.", *Notes and Queries* No.55, Thomas Clack Shaw, November 16. 1850, p.412.

[7] Phyllis Greenacre, *Swift and Carroll: A Psychoanalytic Study of Two Lives*, International Universities Press, 1955.

[8] Ken Oultram, "The Cheshire-Cat and Its Origins", *Jabberwocky*, Winter 1973.

[9] 笠井 勝子, 「不思議の国のアリス」の誕生:ルイス・キャロルとその生涯, 創元社, 1989.

[10] William Makepeace Thackeray, *Newcomes*, Bradbury and Evans, 1855.

[11] Captain Gosse, *A Dictionary of the Buckish Slang, University Wit and Pickpocket Eloquence*, C. Chappel, 1811.

[12] Joel Birenbaum, "Have We Finally Found the Cheshire Cat?", *Knight Letter*, Summer 1992.

[13] John M. Shaw, *The Parodies of Lewis Carroll and their Originals*, Florida State University Library, December 1960.

[14] David Bates, *The Eolian*, 1849, p.15.

[15] Edited by Stockton Bates, *The Poetical Works of David Bates*, Claxton, Remsen and Haffelfinger, 1870.

[16] *Philadelphia Inquirer*, July 15, 1845, p.2.

[17] Martin Gardner, "Speak Gently", Edited by Edward Guiliano, *Lewis Carroll Observed: A collection of unpublished photographs, drawings, poetry, and new essays*, Clarkson N. Potter, 1976.

[18] John Shaw, "Who Wrote 'Speak Gently'?", *Jabberwocky*, Summer 1972.

[19] Joe Brabant, *Wouldn't It Be Murder?*, Cheshire Cat Press, 1999.

[20] Lewis Carroll, "Letter 21, to Maggie Cunnynghame", Edited by Evelyn M. Hatch, *A Selection from the Letters of Lewis Carroll to His Child-friends*, Macmillan, 1933.

[21] Frankie Morris, "Alice and the Countess of Buckingham", *Jabberwocky*, Autumn 1985.

[22] John Kemeny, *A Philosopher Looks at Science*, D. Van Nostrand Company, 1959.

[23] H. A. Waldron, "Did the Mad Hatter Have Mercury Poisoning?", *The British Medical Journal*, BMJ, December 1983, pp.24-31.

[24] Michael Hancher, *The Tenniel Illustrations to the "Alice" Books*, Ohio State University Press, 1985.

[25] James Joyce, *Finnegans Wake*, Viking, 1959. p.83(line 1), p.84(line 28).

7. 미친 티파티

[1] Norbert Wiener, *Ex-Prodigy: My Childhood and Youth*, The MIT Press, 1964, Chapter 14.

[2] Ellis Hillman, "Who Was the Mad Hatter?", *Jabberwocky*, Winter 1973.

[3] Hugh Rawson, *Devious Derivations*, Three Rivers Press, 1994.

[4] William Makepeace Thackeray, *Pendennis*, Bradbury & Evans, 1849.

[5] Thomas Chandler Haliburton, *The clockmaker; or, The sayings and doings of Samuel Slick, of SlickvilleClockmaker*, R. Bentley, 1837.

[6] William Michael Rossetti, *Some Reminiscences of William Michael Rossetti*, C. Scribner's Sons, 1906.

[7] Denis Crutch & R. B. Shaberman, *Under the Quizzing Glass*, Magpie Press, 1972.

[8] Isa Bowman, *The Story of Lewis Carroll*, J.M. Dent & Co., 1899.

[9] Sam Loyd, *Cyclopedia of Puzzles*, Lamb Publishing Co., 1914, p.114.

[10] Aldous Huxley, "Ravens and Writing Desks", *Vanity Fair*, Conde Nast, September 1928.

[11] Jr. Cyril Pearson, *Twentieth Century Standard Puzzle Book*, George Routledge & Sons, 1907.

[12] Denis Crutch, "A note on the Hatter's riddle, further to remarks in 'Lewis Carroll: Linguist of Wonderland' (in Mr Dodgson)", *Jabberwocky*, Winter 1976.

[13] Francis Huxley, *The Raven and the Writing Desk*, Harper & Row, 1976.

[14] A. L. Taylor, *The White Knight*, Oliver & Boyd, 1952.

[15] Helmut Gernsheim, *Lewis Carroll: Photographer*, Chanticleer, 1949.

[16] Jane Pettigrew, *A Social History of Tea*, The National Trust, 2001, p.141.

[17] Arthur Stanley Eddington, *Space, time and gravitation*, Cambridge At The University Press, 1920, Chapter 10.

[18] Mavis Batey, *Alice's Adventures in Oxford*, A Pitkin Pictorial Guide, 1980.

[19] Karen Wright, "On the Road to the Global Village", *Scientific American*, Scientific American, a Division of Nature America, Inc., March 1990; G. Pascal Zachary, "Artificial Reality", *Wall Street Journal*, January 23. 1990, p.1.

[20] Alison Gopnik & and Alvy Ray Smith, "The Curious Door: Charles Dodgson and the Iffley Yew", *Knight Letter* 87, Winter 2011.

[21] Joseph Skelton, *Antiquities of Oxfordshire*. 1823.

8. 여왕의 크로켓 경기장

[1] Charles Mackay, *Extraordinary Popular Delusions and the Madness of Crowds*(41년 판 원제는 *Memoirs of Extraordinary Popular Delusions*), Richard Bentry, 1841.

[2] Martin Gardner, *Universe in a Handkerchief: Lewis Carroll's Mathematical Recreations, Games, Puzzles, and Word Play*, Copernicus, 1996.

[3] Frankie Morris suggests, "Alice and the Countess of Buckingham", Jabberwocky, Autumn 1985; Archibald Weldon, *A Cat May Look Upon a King*, Unicorn in Pauls Church-yard, 1652.

[4] Mary Sibree, *Alice and Other Fairy Plays for Children*, New York: Scribner and Welford / London: W. Swan Sonnenschein & Allen, 1880.

9. 짝퉁거북 이야기

[1] Charles Dickens, *Our Mutual Friend*, Chapman & Hall, 1865, Book 4, Chapter 4.

[2] Anne Clark, "The Griffin and the Gryphon", *Jabberwocky*, Winter 1977.

[3] Lewis Carroll, "What the Tortoise said to Achilles", *Mind*, Williams and Norgate, April 1895.

[4] Colin Gordon, *Beyond the Looking Glass*, Harcourt Brace Jovanovich, 1982.

10. 바닷가재 쿼드릴

[1] Chloe Nichols, "The Contribution of Mary Howitt's 'The Spider and the Fly' to Alice's Adventures in Wonderland", *The Carrollian*, Spring 2004.

[2] Armelle Futterman "'Yes,' Said Alice, 'We Learned French and Music'", *Knight Letter* 73, Spring 2004.

[3] Stuart Dodgson Collingwood, *The Life and Letters of Lewis Carroll*, The Century Co., 1898, p.402.

[4] Jacques Pépin, *La Technique*, Times Books, 1976.

[5] William Boyd, *Songs from Alice in Wonderland*, Simpkin, Marshall & Co., 1870.

[6] David Lockwood, "Pictorial Puzzles in Alice", *The Carrollian*, Autumn 2004.

11. 누가 타르트를 훔쳤나

[1] Glanville L. Williams, "A Lawyer's Alice", *The Cambridge Law Journal*, Vol.9, No.2, Cambridge University Press, 1946. pp.171-84.

[2] William & Ceil Baring-Gould, *Annotated Mother Goose*, Clarkson N. Potter, 1962, p.149.

12. 앨리스의 증언

[1] Edward Wakeling, "What I Tell You Forty-two Times Is True!", *Jabberwocky*, Autumn 1977 / "Further Findings About the Number Forty-two", *Jabberwocky*, Winter/Spring 1988.

[2] Martin Gardner, "The Annnotated Snark", Lewis Carroll, *The Hunting of the Snark*, William Kaufmann, Inc., 1981.

[3] Douglas Adams, *The Hitchhiker's Guide to the Galaxy*, Del Rey, 1979.

[4] August A. Imholtz, Jr., "Patience and 42-de", *Knight Letter* 75, Summer 2005.

[5] Elwyn Jones & J. Francis Gladstone, *The Alice Companion*, New York University Press, 1998, pp.93-94.

[6] Selwyn Goodacre, "A Quizzical Look at Alice's Adventures in Wonderland", *Jabberwocky*, Spring 1982.

[7] Edited by Charles H. Bennett, *The Fables of Aesop and Others Translated into Human Nature*, W. Kent & Company, 1857.

[8] Jeffrey Stern, "The frontispiece illustration to Charles H. Bennet's The Fables of Aesop and Others Translated into Human Nature", *Jabberwocky*, Spring 1978.

[9] Richard Kelly, ""If you don't know what a gryphone is": text and illustration in Alice's Adventures in Wonderland", Edited by Edward Guiliano, *Lewis Carroll: A Celebration*, Clarkson N. Potter, 1982.

| 거울 나라의 앨리스 |

1897년 판 서문

[1] Sidney Williams & Falconer Madan, *A Handbook of the Literature of the Rev. C. L. Dodgson*, Oxford University Press, 1931, p.48.

[2] Donald M. Liddell, *British Chess Magazine*, Vol.30, J. E. Wheatley & Co. [etc.], May 1910, p.181.

[3] François Rabelais, *Gargantua and Pantagruel* Book 5, Moray Press, 1894, Chapter.24-25.

[4] Poul Anderson, "The Immortal Game", *Fantasy and Science Fiction*, Vol.6, No.2,, A Mercury Publication, February 1954.

[5] Denis Crutch, "Through the Looking-Glass: Some Hints for Travellers(edited transcription of lecture)", *Jabberwocky*, Summer 1972.

[6] Rev. J. Lloyd Davies, "Looking-Glass Chess", *The Anglo-Welsh Review*, Vol.19, No.43, Dock Leaves press, Autumn 1970; Ivor Davies, "Looking-Glass Chess", *Jabberwocky*, Autumn 1971.

[7] A. S. M. Dickins, "Alice in Fairyland", *Jabberwocky*, Winter 1976.

서시

[1] Sidney Williams & Falconer Madan, *A Handbook of the Literature of the Rev. C. L. Dodgson*, Oxford University Press, 1931, p.60.

거울 속의 집

[1] Matt Demakos, "The Annotated Wasp", *Knight Letter* 72, Winter 2003.

[2] Mrs. Mavis Baitey, *Alice's Adventures in Oxford*, A Pitkin Pictorial Guide, 1980.

[3] *Times*, January 22, 1932.

[4] Florence Becker, *Victoria Through the Looking Glass*, Amereon Ltd., 1988.

[5] R. B. Shaberman, "Lewis Carroll and George MacDonald", *Jabberwocky*, Summer 1976.

[6] George MacDonald, *Phantastes*, Smith, Elder & Co., 1858.

[7] Hermann Weyl, *Symmetry*, Princeton University Press, 1952.

[8] Philip Morrison, "The Overthrow of Parity", *Scientific American*, Scientific American, a division of Nature America, Inc., April 1957.

[9] Martin Gardner, *The Scientific American Book of Mathematical Puzzles and Diversions*, Simon and Schuster, 1959.

[10] Martin Gardner, "Left or Right?", *Esquire*, February 1951.

[11] H. G. Wells, "The Plattner Story", *The New Review*, WM. Heinemann, April 1896.

[12] Edward Teller, "Department Of Amplification", *New Yorker*, December 15, 1956, p.164.

[13] Bryan Bunch, *Reality's Mirror: Exploring the Mathematics of Symmetry*, Wiley, 1989.

[14] Martin Gardner, *New Ambidextrous Universe*, W. H. Freeman, 1990.

[15] Roger Hegstrom & Dilip Kondepudi, "The Handedness of the Universe", *Scientific American*, Scientific American, a division of Nature America, Inc., January 1990.

[16] Henry S. Whitehead, "The Trap", *Strange Tales Of Mystery And Terror*, The Clayton Magazines, Inc., 1931; Donald Wandrei, "The Painted Mirror", *Esquire*, May 1937; Fritz Leiber, "Midnight in the Mirror World", *Fantastic*, Ziff-Davis Publishing Company, 1964.

[17] August A. Imholtz, Jr., "King's Cross Loss", *Jabberwocky*, Winter 1991/1992.

[18] Arthur Stanley Eddington, *New Pathways in Science*, Cambridge At The University Press, 1935.

[19] Arthur Stanley Eddington, *The Nature of the Physical World*, The Macmillan Company, 1928.

[20] August A. Imholtz, Jr., "Latin and Greek Versions of "Jabberwocky" Exercises in Laughing and Grief", *The Rocky Mountain Review of Language and Literature*, Vol.41, No.4, Rocky Mountain Modern Language Association, 1997.

[21] Frank L. Warrin, *The New Yorker*, January 10, 1931.

[22] Robert Scott, "The Jabberwock Traced to Its True Source", *Macmillan's Magazine*, Macmillan and Co., February 1872.

[23] Edited by Jon A. Lindseth & Alan Tannenbaum, *Alice in a World of Wonderlands: The Translations of Lewis Carroll's Masterpiece*, Oak Knoll, 2015.

[24] Carolyn Wells, *Such Nonsense*, George H. Doran, 1918.

[25] Lewis Padgett, "Mimsy Were the Borogoves", *Astounding Science Fiction Magazine*, Street & Smirh Publications, INc., February 1943.

[26] Fredric Brown, *Night of the Jabberwock*, Dutton, 1950.

[27] Alexander L. Taylor, *The White Knight*, Oliver & Boyd, 1952.

[28] Roger Green, *London Times Literary Supplement*, News UK, March 1, 1957.

[29] Roger Green, *The Lewis Carroll Handbook*, Oxford University Press, 1962.

[30] Manella Bute Smedley, "The Shepherd of the Giant Mountains", *Sharpe's London Magazine*, T. B. Sharpe, March 7, March 21, 1846.

[31] Joseph Brabant, *Some Observations on Jabberwocky*, Cheshire Cat Press, 1997.

[32] Edited by Dayna McCausland & Hilda Bohem, *Jabberland: A Whiffle Through the Tulgey Wood of Jabberwocky Imitations*, The Battered Silicon Dispatch Box, 2002.

[33] Harry Levin, "Wonderland Revisited", *Jabberwocky*, Autumn 1970.

2. 말하는 꽃들의 정원

[1] Arthur S. Eddington, *The Nature of the Physical World*, Cambridge, 1928.

[2] William James, *The Dilemma of Determinism*, Unitarian Revie, 1884.

[3] H. G. Wells, *The Undying Fire*, Cassell, 1919.

[4] James Branch Cabell, *Jurgen*, Robert M. McBride, 1919.

3. 거울 곤충들

[1] Isa Bowman, *The Story of Lewis Carroll*, J.M. Dent & Co., 1899.

[2] Denis Crutch & R. B. Shaberman, *Under the Quizzing Glass*, Magpie Press, 1972.

[3] James Duggan, *The Great Iron Ship*, Harper & Brothers, 1953.

[4] Frankie Morris, "'Smiles and Soap:' Lewis Carroll and the 'Blast of Puffery'", *Jabberwocky*, Spring 1997.

[5] E. S. Turner, *The Shocking History of Advertising*, Ballantine, 1953, Chapter 3.

[6] Walter Crane, *Little Annie and Jack in London*, George Routledge & Sons, 1869.

[7] Fred Madden, "Orthographic Transformations in *Through the Looking-Glass*", *Jabberwocky*, Autumn 1985.

[8] Lewis Carroll, *Doublets: A Word Puzzle*(Third Edition), Macmillan, 1880, p.31.

[9] Robert Sutherland, *Language and Lewis Carroll*, Mouton, 1970.

4. 트위들덤과 트위들디

[1] Iona & Peter Opie, *Oxford Dictionary of Nursery Rhymes*, The Clarendon Press, 1952, p.418.

[2] Jon Lindseth, "A Tale of Two Tweedles", *Knight Letter* 83, Winter 2009.

[3] Donald E. Knuth, "Boolean Basics", *The Art of Computer Programming*, Vol.4, Addison-Wesley Professional, 2008, Pre-fascicle 0B, Section 7.1.1.

[4] George Boole's *Investigation of the Laws of Thought*, Walton and Maberly, 1854.

[5] Kate Freiligrath Kroeker, *Alice Thro' the Looking-Glass and Other Fairy Tales for Children*, W. Swan Sonnenschein & Allen, 1882.

[6] James Joyce, *Finnegans Wake*, Viking, 1959. p.258.

[7] Edited by Morton Cohen, *The Letters of Lewis Carrol*, Vol.1, Oxford University Press, 1979, p.177.

[8] J. B. Priestley, "The Walrus and the Carpenter", *New Statesman*, New Statesman Ltd., August 10. 1957, p.168.

[9] Matthew Demakos, "The Fate of the Oysters: A History and Commentary on the Verses Added to Lewis Carroll's 'The Walrus and the Carpenter'", *The Walrus*(50th Anniversary Issue), Mills College, 2007.

[10] J. B. S. Haldane, *Possible Worlds*, Chatto and Windus, 1927, Chapter 2.

5. 뜨개질하는 양과 강

[1] Eric Partridge, *Dictionary of Slang and Unconventional English*, Routledge & Kegan Paul Ltd., 1937.

[2] Bertrand Russell, *Introduction to Mathematical Philosophy*, George Allen & Unwin, Ltd., 1919.

[3] Michael Hearn, "Alice's Other Parent: Sir John Tenniel as Lewis Carroll's Illustrator", *American Book Collector*, Vol.4, No.3, William Burton/The Moretus Press, May/June 1983.

[4] Sidney Herbert Williams & Falconer Madan, *Handbook of the Literature of the Rev. C. L. Dodgson*, Oxford University Press, 1931.

[5] David Piggins & C. J. C. Phillips, "Sheep Vision in *Through the Looking-Glass*", *Jabberwocky*, Spring 1994.

[6] Jeffrey Stern, "Lewis Carroll and Blaise Pascal", *Jabberwocky*, Spring 1983.

[7] Edited By Roger Lancelyn Green, *The Diaries of Lewis Carroll*, Vol.1, Cassell & Company Ltd London, 1953, p.176.

6. 험티 덤티

[1] Brian Riddle, "Musings on Humpty Dumpty", *Jabberwocky*, Summer/Autumn 1989.

[2] Peter Alexander, "Logic and the Humor of Lewis Carroll", *Proceedings of the Leeds Philosophical Society*, Vol.6, Leeds Phlosophcal And Literary Society Ltd., May 1951, pp.551-566.

[3] Wilbur Gaffney, "Humpty Dumpty and Heresy; Or, the Case of the Curate's Egg", *Western Humanities Review*, Vol.22, The University Of Utah, Spring 1968.

[4] Janis Lull, "The Appliances of Art: The Carroll-Tenniel Collaboration in Through the Looking Glass", Edited by Edward Guiliano, *Lewis Carroll: A Celebration*, Clarkson N. Potter, 1982.

[5] Roger W. Holmes, "The Philosopher's *Alice in Wonderland*", *Antioch Review*, Vol.19, No.2, The Antioch Review Inc., Summer 1959.

[6] J. R. Watson, *Everyman's Book of Victorian Verse*, J M Dent & Sons Ltd, 1982.

[7] Michael Hancher, *The Tenniel Illustrations to the "Alice" Books*, Ohio State University Press, 1985.

[8] Richard Kelly, *Lewis Carroll*, Twayne Publishers, 1977.

[9] Beverly Lyon Clark, "Carroll's well-versed narrative: Through the looking-glass", Edited by Edward Guiliano & James Kincaid, *Soaring with the Dodo: Essays on Lewis Carroll's Life and Art*, Lewis Carroll Society of North America, 1982.

7. 사자와 유니콘

[1] Harry Morgan Ayres, *Carroll's Alice*, Columbia University Press, 1936.

[2]   Angus Wilson, *Anglo-Saxon Attitudes*, Secker & Warburg, 1956.

[3]   Robert Sutherland, *Language and Lewis Carroll*, Mouton, 1970.

[4]   Roger Green, "Looking-Glass Reflections", *Jabberwocky*, Autumn 1971.

[5]   James Orchard Halliwell, *The Nursery Rhymes of England*, Percy Society, 1842.

[6]   Jeffrey Stern, "Carroll, the Lion and the Unicorn", *The Carrollian*, Spring 2000.

[7]   Edited By Roger Lancelyn Green, *The Diaries of Lewis Carroll*, Vol.2, Cassell & Company Ltd London, 1953, p.277.

8. "이건 내가 발명한 거야."

[1]   John Hinz, "Alice Meets the Don", *South Atlantic Quarterly*, Vol.52, Duke University Press, 1953, pp.253–266 / Edited by Robert Phillips, *Aspects of Alice*, Vanguard, 1971.

[2]   M. Christine King, "The Chemist in Allegory: Augustus Vernon Harcourt and the White Knight", *Journal of Chemical Education*, American Chemical Society, March 1983.

[3]   Jeffrey Stern, "Carroll Identifies Himself at Last", *Jabberwocky*, Summer/Autumn 1990.

[4]   Janis Lull, "The Appliances of Art: The Carroll-Tenniel Collaboration in Through the Looking Glass", Edited by Edward Guiliano, *Lewis Carroll: A Celebration*, Clarkson N. Potter, 1982.

[5]   Martin Gardner, *Visitors from Oz*, St. Martin's Press, 1998, Chapter 9.

[6]   Earnest Nagel, "Symbolic Notation, Haddocks'Eyes and the Dog-Walking Ordinance", Edited by James R. Newman, *The World of Mathematics*, Vol.3, Simon & Schuster, 1956.

[7]   Roger W. Holmes, "The Philosopher's *Alice in Wonderland*", *Antioch Review*, Vol.19, No.2, The Antioch Review Inc., Summer 1959.

[8]   Matt Demakos, "To Seek It with Thimbles, Part II", *Knight Letter* 81, Winter 2008.

[9]   Edited by Morton Cohen, *The Letters of Lewis Carroll*, Vol.1, Oxford University Press, 1979, p.177.

[10] Arthur Stanley Eddington, *The Nature of the Physical World*, The Macmillan Company, 1928. Chapter 2.

[11] Leslie Klinger, *New Annotated Sherlock Holmes*, Vol.1, Norton, 2004, p.428.

[12] Ivor Wynne Jones, "Menai Bridge", *Bandersnatch* 127, The Lewis Carroll Society, April 2005.

[13] Reginald Scot, *The Discovery of Witchcraft*, Elliot Stock, 1886(Being a Reprint of the First Edition Published in 1584).

[14] Samuel Butler, *Hudibras*, Richard Marrist, [etc.], 1663–1668.

[15] Donald Rackin, "Love and Death in Carroll's *Alices*", Edited by Edward Guiliano & James Kincaid, *Soaring with the Dodo: Essays on Lewis Carroll's Life and Art*, The Lewis Carroll Society of North America, 1982.

9. 앨리스 여왕

[1] Ivor Davies, "Looking-Glass Chess", *The Anglo-Welsh Review*, Dock Leaves Press, Autumn 1970.

[2] George Walker, *The Art of Chess-Play*, Gilbert & Piper, 1846.

[3] A. S. M. Dickins, "Alice in Fairyland", *Jabberwocky*, Winter 1976.

[4] Fanny Umphelby, *262 Questions and Answers, or The Children's Guide to Knowledge*, Samuel Mills, 1828.

[5] Craig Conley, *One-letter words*, Harper, 2005.

[6] Justin Schiller & Selwyn Goodacre, *Alice's Adventures in Wonderland: An 1865 Printing Redescribed*, (Privately Printed for) The Jabberwock, 1990.

[7] Mavis Batey, *Alice's Adventures in Oxford*, Pitkin Pictorials Ltd., 1980.

[8] Sir Walter Scott, "Bonny Dundee", *The Doom of Devorgoil*, A. and W. Galignani, 1830.

[9] E. Cobham Brewer, *Dictionary of Phrase and Fable*, Cassell and Company, 1895.

[10] Roger Green, *The Lewis Carroll Handbook*, Oxford University Press, 1962, p.95.

10. 흔들기

[1] Everett F. Bleiler, "Alice Through the Zodiac", *Book World*, Washington Post, August 3, 1997.

12. 누가 꿈꾸었을까?

[1] Ellis Hillman, "Dinah, the Cheshire Cat, and Humpty Dumpty", *Jabberwocky*, Winter 1977.

에필로그

[1] R. J. Carter, *Alice's Journey Beyond the Moon*, Telos, 2004.

| 가발을 쓴 말벌 |

읽기에 앞서

[1] Oliver Goldsmith, "The Ferret", *History of the Earth and Animated Nature*, Printed for J. Nourse in the Stand, 1774.

[2] John G. Wood, *A World of Little Wonders: or Insects at Home*, Hurst & Co,, 1871.

가발을 쓴 말벌

[1] Edited by John Camden, *The Slang Dictionary*, Chatto & Windus, 1874.[*]

---

[*] 원서에는 이 'Chatto and Windus' 판의 출간연도를 1974년으로 제시했는데, 1874년이 맞다.

[2]   Matthew Demakos, "The Authentic Wasp", *Knight Letter* 72, Winter 2003.

| 《나이트 레터》 주석판을 펴내며 |

[1]   Morton Cohen, *Lewis Carroll: A Biography*, Knopf, 1995.

[2]   Martin Gardner, *The Universe in a Handkerchief*, Copernicus, 1996 / *The Annotated Snark*, Simon and Schuster, 1962 / "Introduction and Notes, Lewis Carroll", *Phantasmagoria*, Prometheus Books, 1998 / "Introduction and Notes", Lewis Carroll, *The Nursery "Alice"*, McGraw-Hill, 1966 / "Introduction and Notes", Lewis Carroll, *Alice's Adventures Under Ground*, Dover, 1965 / "Introduction and Notes", Lewis Carroll, *Sylvie and Bruno*, Dover, 1988.

[3]   Maria Isakova, "The Metamorphoses of Alice", *Knight Letter* 74, Winter 2004.

[4]   http://contrariwise.wild-reality.net.

[5]   Karoline Leach, *In The Shadow of the Dreamchild: A New Understanding of Lewis Carroll*, Peter Owen, 1999, p.71, p.223.

[6]   Ibid., p.196, pp.252–256.

[7]   Dan Brown, *The Da Vinci Code*, Doubleday, 2003.

[8]   Morton Cohen, "When Love Was Young: Failed Apologists for the Sexuality of Lewis Carroll," *The Times Literary Supplement*, The Times, September 10, 2004, pp.12–13.

[9]   Karoline Leach, "Ina in Wonderland" / "The Real Scandal: Lewis Carroll's Friendships with Adult Women," *The Times Literary Supplement*, The Times, August 20, 1999 / February 9, 2002.

[10]   Karoline Leach, "'Lewis Carroll' as Romantic Hero: Anne Thackeray's *From an Island*," *The Carrollian* 12, Autumn 2003, pp.3–21.

[11]   Keith Wright, "letter to the editor", *The Carrollian* 13, Spring 2004, pp.59–60.

[12]   Matthew Demakos, "letter to the editor", *The Carrollian* 14, Autumn 2004, pp.63–64.

패러독스와 반전의 유희 공간,
또는 어른들을 위한 『앨리스』

"루이스 캐럴의 글을 읽어야 하는 것은 어린이들이 아니다."

20세기 가장 영향력 있는 영국 작가로 손꼽히는 G. K. 체스터턴 Gilbert Keith Chesterton(1874~1936)이 한 말이다. 캐럴의 난센스를 읽어야 하는 건 "현자와 백발의 철학자들"이다. "제정신과 광기[합리와 불합리] 사이의 형이상학적 경계에 자리한 가장 어두운 문제를 연구하기 위해" 그리고 "그 둘[합리와 불합리] 사이에서 영원히 춤을 추는, 가장 변덕스러운 영적 힘의 본질인 유머를 연구하기 위해."

물론 그렇다. 하지만 캐럴 탄생 100주년이 되었을 때, 『앨리스』는 전 세계의 어린이들에게 가장 유명하고 재미있는 책 가운데 하나로 손꼽히게 되었다. 두 『앨리스』가 출판된 지 150년이 훌쩍 지난 지금도 인기는 여전하다. 2016년에는 디즈니 영화로도 거듭 제작되어, 세계적으로 3억 달러의 흥행 실적을 올렸다. 그런데 묘하게도 세월이 흐르면서 어린이 보다는 어른들이 『앨리스』를 더 좋아하게 되었다. 루이스 캐럴은 '동화 fairy-tale'를 쓴다고 썼지만, 이제는 '동화'가 아니라 '판타지'로 분류된다.

놀라운 것은 이 판타지가 결코 현실을 도피하거나 외면하는 게 아니라 통렬하게, 그리고 유쾌하게 현실의 부조리를 풍자하고 있다는 점이다.

예를 들어『이상한 나라의 앨리스』에서 짝퉁거북은 흐느끼며 거북 수프 노래를 목 놓아 부르는데, 그 노래에는 진짜 거북임을 포기해야만 하는 쓰라린 비애가 감춰져 있다. 어린이 수준에서는 그런 모든 패러디가 우스꽝스럽고 재미나게만 들리는데, 어른의 눈으로 돌아보면 더러 비통하기 짝이 없다. 딜레마의 여왕인 하트의 여왕이 "머리를 베어라!" 하고 수십 번 부르짖는 소리에는 "머리를 베지 말라!"는 애타는 절규가 절묘한 패러독스로 담겨 있다.

『거울 나라의 앨리스』에서는 거울 반전의 세계를 끊임없이 보여준다. 거울 나라에서 가까이 다가가려면 뒤로 물러나야 한다! 언덕은 골짜기이고 화사한 꽃밭은 황무지다. 예쁜 아이(앨리스)는 못생긴 아이다. 거꾸로 보아야 제대로 보인다. 지나쳤다는 것은 앞으로 더 가야 한다는 뜻이다. 반대로 가고 있다는 것은 제대로 가고 있다는 뜻이다. 제자리에 머물려면 있는 힘껏 달려야 한다! (한 과학자가 이 달리기를 '붉은 여왕 효과'라 명명하고 이것으로 '생물종의 법칙'을 설명했다.) 거울 나라의 집은 길밖이 아니라 길 안에 있다. 노자 느낌도 물씬 나지만, 노자와 캐럴은 물론 전혀 다르다. 노자는 무위를, 캐럴은 유희를 강조한다.『거울 나라의 앨리스』의 작품 수준은『이상한 나라의 앨리스』와 비슷하거나 더 뛰어난 것으로 평가된다.

어른들에게 캐럴의『앨리스』는 한 마디로 패러독스와 반전의 유희(골계) 공간이다. 캐럴의 난센스는 센스로 충만하다. 또한 우물 이야기나 골풀 이야기 등에서는 시적 흥취가 도도하다. 캐럴은 생쥐의 입을 빌어, 스토리텔링으로 젖은 몸을 말릴 수 있다며 세상에서 가장 건조한 이야기를 늘어놓는다. 오늘날에야 그저 재미난 유머로 들리지만, 이는 시대를 매우 앞선 발상이다.

　엄청난 분량의 주석이 달린 책을 번역하고 나서 돌아보니, 옮긴이 주를 잔뜩 더해 놓은 것이 조금 면구스럽다. 가드너의 주석과 마찬가지로 옮긴이 주도 독자에게 조금이나마 보탬이 되기 위한 것이니 널리 양해하시리라 믿는다. 『이상한 나라의 앨리스』 최후의 시편을 제외한 다수의 패러디와 패러독스에 대한 모든 분석은, 명색이 문학평론가인 옮긴이의 순수한 창작이다. 참고할 만한 영문 텍스트가 구글로 검색되지 않았다. 행간 읽기에 해당하는 옮긴이의 주해는 곡해gloss일 수도 있음을 또한 양지하시기 바란다.

　가드너는 『주석 달린 앨리스』 '최종판'을 낸 후, 결국 주석에 최종이란 없다는 것을 깨닫고, 세상을 뜨는 날까지 계속 주석을 보완하고 추가했다. 어른들을 위한 『앨리스』, 그 평생의 결실이 바로 이 책이다. 하지만 수많은 주석에도 불구하고, 독자들께서 추가할 수 있는 통찰은 또 무한대로 남아 있을 것이다.

승영조

『앨리스』 경전의 끝판왕

책에는 세 부류가 있다. 읽어야 하는 책, 읽고 싶은 책, 설령 읽어내지 못하더라도 소장해야 하는 책이 그것이다. 2000년대 중반 한국에서 번역 발간된 『마틴 가드너의 앨리스 깊이 읽기』(원제는 『주석 달린 앨리스』)를 보고 곧바로 알았다. 앨리스의 세계를 가로지르는 무수한 함의와 상징, 수수께끼와 법칙과 농담 들을 완벽하게 소화할 수 있는 날이 내게 언제까지고 오지 않을지도 모르지만, 일단 무조건 갖고는 있어야 한다는 것을.

그로부터 18년이 지난 지금, 한층 업그레이드된 장정은 물론 여러 작가들의 컬러풀한 일러스트가 대거 추가되면서 소장 가치를 더욱 높인 『앨리스』를 볼 수 있어 기쁘다. 지난 시절에 막차를 놓치고서 아쉬웠던 분들은 이번에는 꼭 탑승하시기를 바란다. 당분간은, 적어도 나의 이번 생에서는 이보다 아름다운 『앨리스』 경전의 끝판왕을 만나기 어려울 것으로 보인다.

구병모(소설가)

ALICE
IN WONDERLAND

『앨리스』 출간 150주년 기념 디럭스 에디션

초판 1쇄 펴낸날 2023년 7월 4일
지은이 루이스 캐럴   주석 마틴 가드너
그린이 존 테니얼 외   옮긴이 승영조
펴낸이 원미연   기획편집 이명연
표지디자인 김형균   본문디자인 이수정   제작 프리온
펴낸곳 꽃피는책   등록번호 691-94-01371
주소 서울시 금천구 독산로58나길 53 한신빌 501호
전화 02-858-9917   팩스 0505-997-9917
E-mail blossombky@naver.com
Instagram @ blossombook_publisher
Facebook blossombookpublisher

ISBN 979-11-978945-3-4 03840

이 책을 만든 사람들

루이스 캐럴 *Lewis Carroll*

본명이 찰스 러트위지 도지슨(Charles Lutwidge Dodgson, 1832~1898)인 루이스 캐럴은 영국의 작가이자 수학자다. 잉글랜드 북부 체셔 지역의 작은 마을인 데어스버리에서 9남매 중 셋째로 태어난 그는 어려서부터 말장난, 체스 게임, 인형극 등에 관심이 많았고, 가족들이 즐길 수 있는 놀이를 만드는 데 특별한 소질을 보였으며, 열두 살 때는 가족의 글을 모아 잡지를 만들기도 했다. 그는 한편으론 책을 많이 읽고 생각이 깊은 아이였지만, 다른 한편으론 심한 말더듬증 때문에 말수가 적고 성격도 내성적인 아이기도 했는데, 성공회 성직자 집안에서 태어난 데다 1861년 부제 서품까지 받았음에도 평생 설교대엔 서지 않은 것은 아마도 그 때문이었을 것이다. 1850년, 옥스퍼드대학교 크라이스트처치에 입학해 수학을 전공하고 1855년부터 같은 곳에서 수학을 강의한 캐럴은 학문적으로 수학에 크게 공헌하지는 못했지만, 논리학에 남다른 재능을 보였고, 글쓰기와 그림은 물론 사진에도 조예가 깊었다. 그런 캐럴이 다른 무엇보다 사랑한 것은 소녀들이었다. 그는 소녀들을 즐겁게 해주는 것을 가장 좋아했는데, 이를 위해 새로운 게임과 독특한 퍼즐, 흥미로운 장난감을 끊임없이 고안하고 제작했을 정도였다. 평생 소녀들을 사랑한 캐럴은 독신으로 생을 마감했다.

1865년 출판된 『이상한 나라의 앨리스』와 1872년 출판된 『거울 나라의 앨리스』는 캐럴의 대표작으로 이 두 작품만으로도 그는 가장 중요한 영국 작가 중 수위에 드는 작가로 꼽힌다. 그 외 작품으론 장편 시인 『스나크 사냥』과 장편 동화인 『실비와 브루노』가 있으며, 수학과 관련된 책 및 논문도 몇 편 있다.

캐럴은 1898년 7월 14일 기관지염으로 세상을 떠났지만, 그가 남긴, 판타지라는 배경 안에 (그의 또 다른 소질이자 가장 값진 소질인) 말장난(언어유희)과 풍자로 구현한 난센스와 수수께끼의 총화인 두 『앨리스』는 150년 동안 단 한 번도 절판된 적 없이 독자들을 만나왔고, 여전히 다른 언어, 다른 판본으로 새롭게 탄생하고 있다. 여전히, 수많은 작가와 철학자, 심리학자는 물론 수학자, 물리학자에게까지 많은 영감을 주는 동시에 심대한 영향을 끼치면서 말이다.

앨리스 플레전스 리들 *Alice Pleasance Liddell*

1852년 옥스퍼드대학교 크라이스트처치의 학장 헨리 리들과 그의 아내 로리나 사이에서 10명의 자녀 중 넷째로 태어났다. 캐럴은 크라이스트처치 수학 강사였기에 리들 자매와 자주 만날 수 있었는데, 그중 특히 앨리스를 좋아했다. 앨리스 리들은 어찌 보면 『앨리스』라는 세계를 만들어 낸 가장 중요한 인물이라 할 수 있다. 왜냐하면 『앨리스』라는 세계가 그녀의 부탁으로부터 탄생했기 때문이다. 1862년 7월 4일, 앨리스는 다른 자매들 및 캐럴과 함께 이시스강을 여행하는데, 심심해진 그녀는 평소처럼 캐럴에게 재미있는 얘길 해달라고 조르고, 캐럴은 그런 그녈 위해 '앨리스'라는 소녀가 토끼굴에 빠지는 모험 이야기를 즉석에서 창작해 들려준다. 그리고 후일 앨리스가 그 모험 이야기를 책으로 만들어달라고 부탁하자 캐럴은 그녀를 위해 손수 쓰고 그린 책을 만든다. 얼마 뒤, 『이상한 나라의 앨리스』라는 제목으로 출간되는 바로 그 책을 말이다.

1880년, 앨리스 리들은 레지널드 하그리브스와 결혼, 이후 세 아들을 둔다. 그리고 1934년, 82세의 나이로 생을 마감한다. 그녀는 죽었지만, 그녀의 이름은 영원히 『앨리스』와 함께 남아 있을 것이다.

존 테니얼 *Sir John Tenniel*

1820년에 태어나 1914년에 사망한 영국의 삽화가이자 정치 만화가로 『이상한 나라의 앨리스』와 『거울 나라의 앨리스』 원본 삽화가다. 대영 박물관에서 중세 시대 책과 갑옷을 연구했으며, 1848년 『이솝 이야기』에 처음으로 그린 삽화가 큰 성공을 거둔 후에는 풍자만화 잡지 《펀치》의 고정 삽화가로 50년 넘게 활약, 2,000편 이상의 정치 풍자만화로 영국 정치에 적잖은 영향을 끼친다(1893년엔 기사 작위까지 받았으니 그 영향력의 정도를 짐작해볼 수 있다).

테니얼이 루이스 캐럴과 처음 만난 건 1864년이었는데, 이후 두 권의 『앨리스』 삽화를 맡아 8년 동안 『앨리스』와 함께한다. 그가 그린 『앨리스』 삽화는 지금도 여전히 이야기 속 캐릭터의 전형으로 인정받고 있으며, 이로 인해 그는 『앨리스』의 또 다른 창조자라는 별칭으로 불리기도 한다. 하지만, 그럼에도 『앨리스』 작업과 캐럴이 얼마나 힘들었는지, 테니얼은 『앨리스』 이후 어떤 작품의 삽화도 그리지 않았다. 당시 이미 최고의 삽화가로 인정받았는데도 말이다.

마틴 가드너 *Martin Gardner*

1914년, 미국 오클라호마주에서 태어나 2010년, 같은 주에서 95세의 나이로 사망한 마틴 가드너는 퍼즐 게임에 유난히 관심이 많은 아이였다. 1936년, 고등학교를 수석 졸업한 그는 시카고대학교에서 철학을 공부한 후 털사 신문사 기자로 잠깐 활동한다. 그리고 이후 수십 년 동안 독립 저자로서 여러 신문과 잡지에 칼럼을 기고하고 책을 출간하는 한편, 1956년부터 1981년까지는 대중 과학 잡지 《사이언티픽 아메리칸》에 수학 게임 칼럼을 연재하기도 하는데, 그의 이런 작업, 즉 일반인들도 쉽게 읽을 수 있는 수학, 퍼즐, 과학에 관한 글들은 가드너에게 과학 대중화의 선구자라는 호칭을 선사하기도 한다. 그는 또한 '유희수학' 분야를 집대성해 수많은 수학자와 과학자에게 큰 영향을 끼친 수학자이기도 하며, 문학, 마술, 종교, 철학 등 다방면에 걸친 책을 무려 60여 권 넘게 저술한 작가이기도 하다.

그런 가드너지만, 그를 가장 빛나게 했고, 여전히 빛나게 하는 건 바로 루이스 캐럴에 관한 글들이다. 그의 『주석 달린 앨리스』는 초판 이후 출간된 수많은 다른 판본의 『앨리스』 중 '의심의 여지 없는, 가장 중요한 판본'으로 인정받고 있다. 네 권의 시리즈 중 마지막 버전인 150주년 기념 디럭스 에디션 『주석 달린 앨리스』에 달린 370개의 방대하고 깊이 있으면서도 애정이 가득 담긴 주석들을 읽고 있노라면, 『앨리스』 원작 삽화를 그린 존 테니얼을 그렇게 부르는 것처럼 마틴 가드너를 『앨리스』의 또 다른 창조자라 부르는 것이 얼마나 합당한 호명인지 분명하게 알 수 있다.

승영조

1991년 중앙일보 신춘문예 문학평론 부문에 당선했다. 『주석 달린 셜록 홈즈』를 비롯한 다수의 소설과 글쓰기 책, 어린이책, 그리고 리처드 파인만의 저서를 포함한 다수의 자연 과학서를 번역했다. 저서로 『창의력, 꽃에게 길을 묻다』가 있고, e북 번역서로 아리스토텔레스의 『시학』이 있다. email: itupda@hanmail.net